JUDITH W. TASCHLER

Über Carl reden wir morgen

GOLDMANN

Buch

Seit 1828 betreibt die Familie Brugger eine Hofmühle auf dem österreichischen Land. Doch mit dem Ersten Weltkrieg findet das Familienglück ein jähes Ende. Während Eugen Brugger noch rechtzeitig nach Amerika auswandert, wird sein Zwillingsbruder Carl eingezogen. Nach dem Krieg fehlt von Carl jede Spur. Doch gerade als sich die Familie mit seinem vermutlichen Tod abgefunden hat, steht er im Winter 1918 plötzlich vor der Tür. Selbst Eugen hätte ihn fast nicht erkannt. Eugen ist nur zu Besuch, er hat in Amerika sein Glück gesucht und vielleicht sogar gefunden. Wird er es mit Carl teilen? Und lässt sich Glück überhaupt teilen?

Autorin

Judith W. Taschler, 1970 in Linz geboren, wuchs mit sechs Geschwistern und vielen Tieren im Mühlviertel auf. Nach dem Studium der Germanistik und Geschichte arbeitete sie einige Jahre als Lehrerin. Sie lebt in Innsbruck. Für ihren Roman »Die Deutschlehrerin« erhielt sie 2014 den Friedrich-Glauser-Preis.

Judith W. Taschler

Über Carl
reden wir morgen

Roman

GOLDMANN

Penguin Random House Verlagsgruppe FSC® N001967

2. Auflage
Taschenbuchausgabe Oktober 2023
Wilhelm Goldmann Verlag, München,
in der Penguin Random House Verlagsgruppe GmbH,
Neumarkter Straße 28, 81673 München
Copyright © 2022 Paul Zsolnay Verlag Ges. m. b. H., Wien
Umschlaggestaltung: UNO nach einer Vorlage von Anzinger und Rasp
unter Verwendung eines Bildes
von John Owen »Sommerlicht im Mühlenviertel«
KN · Herstellung: ik
Satz: GGP Media GmbH, Pößneck
Druck und Bindung: GGP Media GmbH, Pößneck
Printed in Germany
ISBN: 978-3-442-49450-7

www.goldmann-verlag.de

FÜR PAPA

Anton
und
Rosa

1

Im Haus seines Nachbarn schlüpfte für Albert Theodor Brugger zum ersten Mal ein Mädchen aus den Kleidern. Sie knöpfte die Bluse auf, zog sie über die Schultern zurück und hängte sie achtlos über die Stuhllehne, sie öffnete den Knopf des Bundes und stieg aus dem schweren Rock. Als sie so im Unterhemd vor ihm stand, schien sie über sich selbst zu erschrecken und kroch schnell unter die Bettdecke. Hastig zog er Schuhe und Hose aus – er hatte Angst, sie würde ihre Entschlossenheit bereuen und einen Rückzieher machen – und folgte ihr. Ihr Name war Magdalene, Albert sagte Lene zu ihr, sie war die Schwägerin des Nachbarn, dessen Schlafzimmer sich genau gegenüber befand.

Einige Wochen zuvor hatte dieser, ein ernster Mann Anfang dreißig, seine Hochzeit gefeiert. Da er von einem kleinen Bauernhof und seiner Arbeit als Tagelöhner leben musste, war es ein bescheidenes Fest mit wenigen Gästen gewesen, aber nichtsdestotrotz ein ausgelassenes. Die Braut hatte den Ruf, sich nicht zu schade für die Arbeit zu sein, brachte sogar eine kleine Aussteuer in die Ehe mit und war obendrein nicht unansehnlich. Vor allem aber war ersichtlich, dass die Heirat kein pragmatischer Bund zweier Übriggebliebener war, sondern aus Liebe geschah. Die Leute freuten sich für ihn, sie gönnten ihm sein Glück – in dem kleinen Ort durchaus keine Selbstverständlichkeit. Der Mann hatte einiges durchgemacht, nicht nur dass sein Vater ein Tunichtgut gewesen war und den Hof völlig heruntergewirtschaftet hatte, er hatte seine Familie regelmäßig verprügelt. Da er nicht mehr lebte, übernahm Alberts Vater Anton die Rolle des Bräutigamvaters.

Für den sechzehnjährigen Albert war es sogar ein rauschendes Fest, der Grund dafür war Magdalene, die jüngste Schwester der Braut, ein Jahr älter als er. Er hatte sie in den Monaten vor der Hochzeit vier-, fünfmal in der Kirche gesehen – jedes Mal hatte sie ihm einen neugierigen, beinahe frechen Blick zugeworfen –, wenn sie mit ihrer Schwester zu Besuch im Ort gewesen war, damit die beiden Verlobten Zeit miteinander verbringen konnten, denn die junge Braut stammte aus einem entfernten Nachbardorf. Lene hatte krauses dunkelblondes Haar, Sommersprossen, eine kleine Nase, große blaue Augen, volle Lippen.

Auf dem Weg von der Kirche zum Gasthof Zur Linde ging sie plötzlich neben ihm, sie lächelte ihn an und begann mit ihm zu plaudern, ihre Wangen waren von der Kälte mit einer leichten Röte überzogen, der frischgefallene Schnee knirschte unter ihren energischen Schritten. Als die Hochzeitsgesellschaft schweinsbratenverzehrend im kleinen Saal saß, warfen Lene und Albert einander immer wieder Blicke zu, was von seinen Schwestern natürlich nicht unbemerkt blieb, sie hänselten ihn. Albert fühlte sich übermütig, trank zu viel Bier. Sein Vater schüttelte missbilligend den Kopf, er – der Sparsame – dachte weniger an den Alkohol, der seinem Sohn vielleicht abträglich sein konnte, sondern an die hohe Rechnung, die der Bräutigam bezahlen musste. Der Musiker packte sein Akkordeon aus, Albert tanzte mit seiner Tante – er wirbelte sie so schwungvoll herum, dass sie von einigen sogar Applaus bekamen – und fand endlich den Mut, zuerst die Braut und dann Lene aufzufordern.

»Ich freue mich, einen netten Buben wie dich in der Nachbarschaft zu haben«, sagte die Braut, »deine Tante Rosa erzählt nur Gutes von dir.« Es kränkte ihn, dass sie ihn als Buben bezeichnete.

»Du bist mit drei älteren Schwestern aufgewachsen, das bedeutet, du weißt alles über Frauen«, sagte Lene und lachte ihn herausfordernd an.

Später am Abend, er war auf dem Weg zurück in den Saal – das Klosett befand sich hinter dem Gasthof in einem Holzhäuschen –, trat sie ihm am Ende des Ganges entgegen und zog ihn hinter eine Tür. Während sie versteckt im Dunkeln auf der Treppe standen, die hinunter in den Keller führte, im Hintergrund die Tanzmusik hörten, das laute Lachen und Rufen, das aus dem Saal zu ihnen drang, erlebte Albert das Aufregendste und Glückseligste, das er bisher in seinem jungen Leben erfahren hatte: Er hielt eine junge Frau in den Armen, spürte ihre Rundungen und küsste sie.

Lene blieb bei dem frisch verheirateten Ehepaar und somit in Alberts Nähe. Sie ging ihrer Schwester auf dem Hof zur Hand und verdingte sich tageweise als Aushilfe in den Häusern auf dem Marktplatz, auf Bauernhöfen wollte sie nicht arbeiten. Albert besuchte sie heimlich in den Nächten. Wenn sie ihre Lampe ins Fenster stellte, wusste er, die Luft war rein, das junge Ehepaar hatte sich in seine Kammer zurückgezogen. Er schlich aus seinem Elternhaus, der Hofmühle, eilte den Bach entlang und den Hang hinauf. Wenn es warm war, stand das Fenster bei den Eheleuten offen, und er hörte, wie sie sich liebten oder zärtlich miteinander sprachen. Lene erwartete ihn vor der Stalltür, durch den kleinen Stall betraten sie das Haus. In ihrer Kammer lagen sie – zunächst bekleidet, später halb entkleidet, schließlich völlig nackt – auf dem schmalen Bett und erkundeten gegenseitig ihre Körper.

Abrupt endete der paradiesische Frühling für beide Paare. Im Mai führte der Ehemann mit anderen Männern für einen Großbauern Waldarbeiten durch und verletzte sich dabei schwer. Als einer der Männer einen Baum fällte, stürzte der Stamm auf einen anderen Baum, der dadurch entwurzelt wurde und den Mann unter sich begrub, wenige Tage darauf starb er. Die junge Witwe war außer sich vor Trauer, im Dorf stand man der Tragödie fassungslos gegenüber.

Umgehend unterbreitete ihr Johann Eder – der Großbauer, in dessen Wald das Unglück geschehen war – ein Kaufangebot für den kleinen Hof und die zwei dazugehörigen Felder. Die meisten Dorfleute bezweifelten, dass es aus Mitleid oder aus Verantwortungsgefühl geschah, Eder war seit Jahren unermüdlich dabei, seinen Besitz zu vergrößern. Alberts Vater Anton und seine Tante Rosa schluckten, als die junge Frau sie davon in Kenntnis setzte. Sie wollten den Großbauern, der – wie schon sein Vater vor ihm – als Grobian bekannt war, als ein Leuteschinder, nicht als unmittelbaren Nachbarn haben, selbst wenn dieser den Hof an jemanden verpachtet hätte. Der Ertrag des Hofes war derart gering, dass er eine Pachtzahlung kaum zuließ, es hätte das Elend des Pächters bedeutet und in der Folge ständig wechselnde Pächter.

Die Eltern der Witwe drängten diese, den Besitz zu verkaufen und nach Hause zurückzukehren. Anton und Rosa redeten ihr zu, den Hof zu behalten, ihn zu bewirtschaften, sie boten ihre Unterstützung an, aber die Frau fühlte noch keine Verbundenheit für das Fleckchen Erde. In ihrer Trauer sehnte sie sich nach Heimat, nach vertrauten Gesichtern und wollte alles, was sie an ihr kurzes Glück erinnerte, so schnell wie möglich hinter sich lassen. Anton sah keinen anderen Ausweg als ebenfalls ein Angebot zu machen, obwohl er beim besten Willen nicht wusste, wie er den Kaufpreis bezahlen sollte, daraufhin erhöhte Johann Eder die gebotene Summe. Es entstand ein erbittertes Ringen zwischen ihm und Anton, schlussendlich verkaufte die Witwe an Anton Brugger, da sie sich ihm gegenüber mehr verpflichtet fühlte, und gewährte ihm Ratenzahlungen. Der Familie brachte es einen vergrößerten Grundbesitz ein, der sie in alle Himmelsrichtungen nachbarlos machte – und obendrein die Feindschaft mit dem größten Bauern im Ort.

So kam es, dass nicht einmal fünf Monate nach der Hochzeit die beiden jungen Frauen auf dem Fuhrwerk ihres Vaters – hinter ihnen aufgetürmt ihr Hausrat – bei der Hofmühle vorbeikamen, um sich zu verabschieden. Bedrückt saßen alle in der Stube beieinander. Albert betrachtete das verweinte Gesicht der Ehefrau, das um Jahre gealtert schien, dachte an das unbeschwerte Hochzeitsfest zurück und stellte sich die Frage, warum das Glück derart zerbrechlich und vor allem ungerecht war. Und als er in das traurige Gesicht seiner Geliebten schaute, fragte er sich verzweifelt, wie sein Körper ohne den ihren die nächsten Wochen überstehen sollte.

2

Die Sache mit dem Glück beschäftigte Albert bereits als Kind, besonders was das weibliche Geschlecht betraf, zerbrach er sich den Kopf darüber. Im Alter von sieben Jahren erlebte er mit, wie ein Kind zur Welt kam, und die Angelegenheit erschreckte ihn zutiefst. Wochenlang fragte er sich, warum die Frauen beim Gebären derart leiden mussten, und kam zu keinem richtigen Schluss. Er wusste nur eines: Großes Glück hatte ein Mann allein schon deshalb, weil er als Mann geboren worden war, zusätzlich konnte er dann noch sein Glück machen, indem er tüchtig war und es zu etwas brachte. Wohingegen eine Frau nur von Glück reden konnte, wenn sie bei einer Geburt nicht elendig starb. Er war froh, als Bub zur Welt gekommen zu sein.

Sein Vater Anton war derjenige, der die Hebamme holte, da ihn der werdende Vater darum bat. Dieser war Knecht beim Schmied und wohnte mit seiner Frau bei seiner Mutter auf einem kleinen Hof mit nur einem Feld und zwei Kühen, nicht weit entfernt von der Hofmühle. Er stand um die Mittagszeit in der

Tür und knetete seinen Hut in den Händen, während er mit hochrotem Kopf seine Bitte vortrug. Er selbst besaß nicht einmal ein langsames Ochsenfuhrwerk und wusste von der Stute, die der Hofmüller vor einem Jahr gekauft hatte. Die Hebamme hatte er in ihrem Haus nicht angetroffen, von ihrem Gatten wusste er, dass sie sich bei einer Wöchnerin im Nachbarort aufhielt. Dorthin würde er zu Fuß länger als eine Stunde brauchen.

»Meine Frau liegt schon seit gestern Abend in den Wehen, und mir scheint, es stimmt was nicht«, sagte der Mann verlegen. »Ich würd dich sonst nicht fragen, Hofmüller.«

Während ihm Anton noch ungläubig ins Gesicht schaute – er wunderte sich, warum der Mann nicht schon früher die Hebamme holen gegangen war und auch warum er mit seiner Bitte nicht zu seinem Arbeitgeber ging –, scheuchte Rosa bereits Albert in den Stall.

»Leg der Mari das Geschirr und das Zaumzeug an«, sagte sie zu ihm, während sie in den Mantel schlüpfte. Zu ihrem Bruder gewandt sagte sie: »Ich hab seiner Frau Hilfe angeboten.«

Anton seufzte und schüttelte den Kopf. Seitdem seine Schwester aus Wien zurückgekommen war, konnte sie es nicht lassen, sich bei den Armen im Dorf als große Retterin in der Not aufzuspielen, obwohl er sie immer wieder gebeten hatte, in der Hinsicht etwas zurückhaltender zu sein. Güte wurde ausgenutzt, war seine Meinung, oder anders ausgedrückt: Gibt man dem Teufel den kleinen Finger, so greift er nach der ganzen Hand.

Albert begleitete seinen Vater, durfte ab und zu die Zügel halten. Auf dem Rückweg saß die Hebamme vorne am Bock, sie trieb Anton zur Eile an, er redete kein Wort mit ihr. Albert spürte, dass seinem Vater die Situation nicht behagte: Er musste die teuer erstandene Stute, die er wie seinen Augapfel hütete, für etwas schinden, das ihm keinerlei Nutzen brachte. Er tat einem Mann, den er nicht ausstehen konnte, einen Gefallen, indem er eine Frau im Nachbarort abholte, die er ebenfalls nicht sonderlich leiden konnte. Schließlich jagte er das Pferd im Galopp bis zum Hof des Mannes, er wollte keine schlechte Nachrede im Ort haben. Die Frau bedankte sich, kletterte vom Wagen und verschwand im Haus, der Vater stieg ebenfalls ab und tätschelte sorgenvoll Maris schweißnassen Hals und Bauch.

»Ich muss sie trockenreiben, sonst wird sie krank. Das hätte mir noch gefehlt«, sagte er. »Steig ab. Du fragst deine Tante, ob sie etwas braucht, und kommst dann nach Hause.«

Mit flauem Magen und zittrigen Knien – er war bei der rasanten Fahrt ziemlich durchgerüttelt worden – stand Albert im Hausflur. Aus der Kammer hinter der Küche drangen furchtbare Geräusche, er konnte sich nicht erklären, wie ein Mensch in der Lage sein konnte, solche Laute von sich zu geben, ihm wurde übel. Die Tür öffnete sich, und er hörte die Hebamme mit dem Mann schimpfen: »Warum hast mich nicht früher holen lassen? Hast geglaubt, ihr kommt ohne mich aus und du kannst dir meinen Lohn sparen, du Geizkragen?«

Der Mann, er war grau im Gesicht, trat heraus. Für einen kurzen Augenblick konnte Albert in den Raum hineinspähen, er sah das vor Schmerz verzerrte Gesicht der Frau, ihre weißen, gespreizten Beine und eine dunkle, blutige, haarige Öffnung, in der die Hand der Hebamme steckte. Der Mann schlurfte an ihm vorbei in die Küche, und Albert hockte sich auf den Boden, um nicht umzufallen. Es erschien ihm wie eine Ewigkeit, bis seine Tante aus der Kammer kam, beinahe wäre sie über ihn gestolpert.

»Was tust du hier?«, fuhr sie ihn an.

»Ich soll dich fragen, ob du etwas brauchst«, stammelte er. »Hat der Vater gesagt.«

»Herrgott nochmal«, sagte sie. »Was soll ich schon brauchen?« Sie zog ihn hoch. »Ein Wunder wär nicht schlecht. Geh nach Haus, Bub, das ist nichts für dich.«

»Wird alles gutgehen?«, fragte er ängstlich.

Sie hob nur hilflos die Hände. Albert wankte ins Freie, es

dämmerte bereits. So schnell er konnte lief er in die Talsenke hinunter, Licht drang aus dem kleinen Stallfenster, der Vater war also noch mit Mari oder den Schweinen beschäftigt. Albert lehnte sich an die Stallmauer und erbrach sich. In der Nacht kam seine Tante nach Hause, er stand auf und schlich in ihre Kammer.

»Ist es ein Bub oder ein Mädchen?«, fragte er sie.

»Ein Mädchen.«

»Wie geht es der Mutter?«

Seine Tante zögerte. »Es war eine schwere Geburt. Das Kind ist mit den Beinen zuerst gekommen. Wir hoffen, dass beide die Nacht überleben.«

»Kommt denn ein Kind normalerweise nicht zuerst mit den Beinen?«

Er hatte sich immer vorgestellt, dass zuerst seine Füße geboren worden waren, dass er regelrecht auf die Welt gesprungen war.

»Nein«, sagte Tante Rosa, »ein Kind kommt mit dem Kopf zuerst zur Welt.«

Am liebsten hätte er sich neben seine Tante ins Bett gelegt, um mit ihr noch ein bisschen zu reden, doch mit seinen sieben Jahren war er zu alt dafür, sein Vater hatte es ihm schon vor längerem verboten, er kroch zurück in sein Bett. Bestimmt hatte sich der Mann einen Sohn gewünscht und war enttäuscht, dachte er. Mit einem Sohn ging alles weiter, für die Tochter musste man einen guten Mann finden und ihr obendrein eine Aussteuer mitgeben, das bedeutete Sorgen und Mühsal. Albert wusste das, es war allgemein bekannt, ohne dass ständig darüber gesprochen worden wäre. Sein Vater hatte ihm erzählt, wie glücklich er über seine, Alberts, Geburt gewesen war. Seine arme Mutter war wenige Tage darauf an hohem Fieber gestorben, und manchmal hätte Albert gerne seinen Vater gefragt, ob er lieber eine vierte Tochter gehabt hätte, wenn die Mutter dafür am Leben geblieben wäre, traute sich jedoch nicht. Vor welcher Antwort er sich mehr fürchtete, hätte er nicht sagen können.

Albert wälzte sich im Bett herum, er bekam das Bild der gebärenden Frau nicht aus seinem Kopf. Er hatte schon vorher gewusst, dass die Geburt eines Kindes für die Mutter schmerzhaft war, doch was er gesehen hatte, überstieg seine Vorstellungskraft bei weitem.

»Gottes Schöpfung ist unendlich, und jede noch so winzige Kleinigkeit hat darin ihren Sinn«, hatte der Pfarrer einmal im Religionsunterricht gesagt. Wenn dem so war, hatte das Leiden der Frauen also einen Grund.

In der Schule nahm Albert seinen ganzen Mut zusammen und fragte den Pfarrer danach. Er wurde puterrot dabei, auch den meisten der Mädchen stieg vor Scham das Blut in den Kopf. Der Pfarrer war entsetzt darüber, dass Albert die Geschichte von Adam und Eva noch nicht kannte.

»Ich werde mit deiner Tante ein Wörtchen reden müssen«, sagte er, und es klang beinahe drohend.

Er erzählte ausschmückend und ereifernd vom ersten Menschen Adam, den Gott als Krone der Schöpfung aus Lehm geformt und ihm mit seinem Atem Leben eingehaucht hatte. Adam, der im Paradies lebte, fühlte sich einsam, und Gott erkannte, dass es gut wäre, wenn er eine Gefährtin hätte. Aus einer Rippe Adams wurde Eva geschaffen, die beiden waren glücklich im Paradies, bis sie eines Tages eine Frucht von einem Baum aßen, von dem zu essen ihnen Gott verboten hatte. Eine Schlange verführte Eva, und sie wiederum überredete Adam, ebenso von dem Baum zu essen. Daraufhin war Gott erzürnt und verjagte die zwei aus dem Paradies, sie sollten fortan hart arbeiten müssen, um ihr Leben fristen zu können. Der Frau kündigte Gott an, dass sie ihre Kinder unter Schmerzen gebären werde.

Die Mädchen saßen mit gesenkten Köpfen da, als der Pfarrer

mit den Worten schloss: »Die Frau hat sich durch ihren Ungehorsam als schlechtes, verderbtes Wesen herausgestellt, und Gott bestraft sie mit den Qualen, die sie bei der Geburt ihrer Kinder erleiden muss.«

Ganz zufriedenstellend fand Albert die Erklärung des Pfarrers nicht. Seiner Meinung nach war die Strafe Gottes eindeutig zu hoch bemessen, auch er stahl immer wieder Äpfel, Birnen und Zwetschken und verleitete seine Freunde, es ihm nachzumachen. Immerhin hatte Eva den Baum, den Gott offensichtlich sehr liebte, ja nicht umgehackt, sondern lediglich einen einzigen Apfel davon genommen. Noch etwas, was der Pfarrer gesagt hatte, wollte ihm nicht aus dem Kopf. Die Frau war verderbt und schlecht? Wenn er im Geiste die Frauen in seiner Umgebung durchging, kam er zu dem Schluss, dass sie freundlicher und fürsorglicher als die Männer waren. Allein wenn er seinen Vater und seine Tante betrachtete: Der Vater war wortkarg und mitunter auch grantig, seine Tante, die zwar resolut sein konnte, war eine liebevolle Person. Er hatte von Männern gehört – und auch mit eigenen Augen gesehen –, die Kinder, Dienstboten, Vieh, Ehefrauen sehr grob behandelten, auch verprügelten, umgekehrt hatte er das nie miterlebt.

Bei der Weihnachtsbeichte platzte es im Beichtstuhl aus ihm heraus: »Ich empfinde seit Wochen Freude darüber, ein Mann zu sein! Ist das Hochmut?« Albert hörte ein leises Glucksen. Lachte der Pfarrer über ihn?

»Bist du denn schon einer?«, ertönte die Stimme hinter dem Gitter.

»Ich meine«, stotterte er, »ich bin froh, dass ich nicht als Mädchen geboren worden bin und später keine Frau, sondern ein Mann bin.«

»Gott verzeiht dir«, sagte der Pfarrer. »Die Frau ist dem Mann unterlegen, er muss sie lenken. Deshalb ist es gut, dass du mit Stolz ein Mann bist.«

Als er beim Mittagessen seinen Vater und seine Tante vor sich sah, dachte er, dass der Pfarrer Unrecht gehabt hatte: Sie lenkt ihn, und er ist ihr unterlegen, und zwar in allem. Nur was die Körperkraft betraf, war es umgekehrt, der Vater konnte einen Vierzigkilosack Mehl schleppen, die Tante nur einen Zwanzigkilosack, da sie aber mit dem leichteren Sack ein bisschen schneller war, lief es am Ende auf fast dasselbe hinaus.

Und noch etwas dachte er: Welch ein Glück haben meine Schwestern und ich gehabt, dass Tante Rosa keine Kinder bekommen hat und deshalb bei uns leben kann.

3

Anton und Rosa Brugger waren die einzigen überlebenden Kinder ihrer Eltern. Alle anderen – die genaue Anzahl ihrer Geschwister kannten beide nicht – hatten entweder die Geburt oder die ersten Lebensjahre nicht überlebt. Eine ältere Schwester war zwölf Jahre alt geworden, bevor sie in einem harten Winter eine Lungenentzündung dahinraffte, Anton hatte nur vage Erinnerungen an sie, die um drei Jahre jüngere Rosa gar keine.

Nach dem sechsjährigen Schulbesuch erlernte Anton den Beruf des Müllers bei seinem Vater, Rosa half der Mutter im Haus und bei der kleinen Landwirtschaft, die aus zwei Kühen und der Schweinezucht bestand. Rosa war für den Kuhstall zuständig, während die Mutter sich vorwiegend um die Schweine kümmerte, sie wollte nicht, dass die Tochter nach Schweinestall stank.

Die meisten Bauern, die ihr Mehl in der Hofmühle mahlen ließen, konnten nicht bezahlen, sondern entrichteten die sogenannte Maut: Der Müller durfte – je nach Verhandlung – zehn bis fünfzehn Prozent des Getreides für sich behalten, damit wurden die Schweine gefüttert, deren Verkauf an den Metzger oder direkt an einen Gastwirt bares Geld einbrachte.

Manchmal half Rosa im Gasthof Zur Linde aus, die Wirtin war eine entfernte Verwandte ihres Vaters, sie schenkte den Gästen ein und trug das Essen auf. Die Arbeit im Gasthof machte sie gerne, vor allem dann, wenn die Gäste keine Einheimischen waren, sondern Durchreisende. Sie liebte es, diese zu beobachten, zu belauschen, alles an ihnen studierte sie, Kleider, Hüte, Schuhe und ihre Sprache. Durch sie erhielt Rosa einen Einblick in eine fremde aufregende Welt, ihre eigene erschien ihr langweilig und trostlos.

Der Lebenslauf der beiden Geschwister war vorgezeichnet. Anton war der zukünftige Pächter der Hofmühle und würde sie, so Gott wollte, vergrößern und später seinem Sohn übergeben. Rosas Zukunft lag – wie die jeder Frau – in der Ehe, wenn möglich mit einem Bauern oder einem gut gestellten Müller, der den Ruf genoss, nicht grob zu sein, darauf würden die Eltern bei der Wahl achten. Die Familie war zuversichtlich, das Mädchen hatte gute Aussichten, sie war fleißig und galt als Schönheit, bei jedem Gottesdienst schauten ihr die Männer nach. Schon mit siebzehn bekam sie den ersten Heiratsantrag, den die Eltern ablehnten. Auf dem Land hielten sich noch manche an das ungeschriebene Gesetz, eine Tochter nicht gar zu jung zu verheiraten, an die fünfzehn Schwangerschaften und Geburten innerhalb eines Ehelebens waren mehr als ausreichend. Insgeheim hegte Anton die Hoffnung, dass Rosa nie heiraten und zeitlebens bei ihm bleiben würde. Die meisten unverheirateten Frauen blieben in ihrem Elternhaus und dienten der Familie des Bruders, welcher den Besitz geerbt hatte und weiterführte. Genau das wünschte sich Anton, er konnte sich nicht vorstellen, auf seine Schwester zu verzichten.

Er war ihr sehr zugetan, sah in ihr etwas Besonderes. Ihre gerade Haltung und ihr unbekümmertes, jedoch anmutiges Benehmen erschienen ihm beinahe aristokratisch, er wusste, dass manche Frauen im Dorf sie als hochmütig bezeichneten. Ihn faszinierte ihre frische Art, das Unerwartete zu sagen oder zu tun, er liebte ihre Lebhaftigkeit, ihre leuchtenden Augen, wenn sie sich für etwas begeisterte. Neben ihr kam er sich gewöhnlich vor, derb, und vor allem hässlich, er war zwar groß und stattlich gebaut, hatte aber eine pockennarbige Haut und schlechte Zähne, eine Glatze zeichnete sich bereits ab.

Wenn sie alleine waren, las Rosa ihrem Bruder etwas aus den Büchern vor, die ihr der Schulmeister heimlich lieh. Dem Vater gefiel es nicht, seine Tochter so oft über ein Buch gebeugt zu sehen, seiner Meinung nach war zu viel Lektüre gefährlich für den einfachen, arbeitenden Menschen, weil es ihm Flausen in den Kopf setzte und ihn unzufrieden machte. Anton hörte gern von Abenteuern und fremden Ländern, er konnte ihr stundenlang zuhören, musste aber insgeheim seinem Vater Recht geben. Rosa vertraute ihm eines Tages ihre Träume an, die ihm vermessen erschienen: Sie wollte keinen Bauern heiraten, sie wollte in der Stadt leben. Ihn lockte das Stadtleben nicht, im Gegenteil, wenn er sich die vielen Leute vorstellte, bekam er Bauchschmerzen.

So ungern der Vater seine Tochter über ein Buch gebeugt sah, noch weniger passte es ihm, dass der Sohn so viel Zeit mit seiner Schwester verbrachte. Es kam sogar vor, dass Anton auf das sonntägliche Kartenspielen im Gasthaus verzichtete, um mit Rosa nach Hause zu spazieren oder, wenn das Wetter schön war, noch einen längeren Spaziergang zu machen.

»In deinem Alter solltest du anderen Mädchen nachstellen und nicht deiner Schwester«, sagte der Vater manchmal. Rosa lachte darüber, Anton war angewidert von der Andeutung.

Er erinnerte sich nicht daran, seine Eltern jemals fröhlich gesehen zu haben, ihr Wesen war erfüllt von Strenge und Gottesfurcht. Er brachte ihnen wenig Achtung entgegen und empfand auch keine Liebe für sie, nichtsdestotrotz konnte er sich aufgrund seiner Erziehung kein anderes als ein auf absoluter Unterordnung und höchstem Respekt beruhendes Verhältnis vorstellen. Er ging ihnen aus dem Weg. Ganz anders empfand er für seine Schwester, er suchte ihre Nähe, sie hatte eine Wirkung auf ihn, die er sich nicht erklären konnte, wenn sie bei ihm war, erschien ihm die Welt freundlicher. Die Beziehung seiner Schwester zu den Eltern war eine andere als seine; die Liebe, die sie der Mutter entgegenbrachte, gepaart mit Mitgefühl, war spürbar zwischen den beiden, dem Vater bot sie unverblümt die Stirn, wenn er missmutig oder grob mit ihr umsprang, Anton hätte nie den Mut dazu aufgebracht. Er liebte es, wenn sie nur mit dem Unterkleid neben ihm auf der Wiese stand, um das Heu zu wenden, und er ihre nackten, schweißnass glänzenden Schultern und Arme sehen konnte, ihre bloßen schlanken Füße.

4

Im Frühling 1828 begann Rosa – nicht einmal achtzehnjährig – als Dienstmädchen in einem großen Wiener Haushalt zu arbeiten.

Sie hatte die Chance genutzt, als sie eines Samstagabends in der Gaststube der Linde von einer älteren Frau angesprochen wurde, die sie geradeheraus nach ihrem Namen fragte und ihr im selben Atemzug ein Kompliment machte: »Wie ist dein Name, schönes Mädchen?«

Wie die meisten Anwesenden in der Gaststube schaute Rosa die ganze Zeit verstohlen zu ihr hinüber und spürte, dass sie ebenso beobachtet wurde. Die Frau war offensichtlich eine feine Dame aus der Stadt, sie trug ein in der Taille eng geschnürtes, dunkelgrünes Kleid aus Satin mit Puffärmeln und Rüschen am

Rock. Begleitet wurde sie von drei einfach gekleideten Mädchen. Der Unterschied zwischen der Aufmachung der älteren Frau und der Mädchen war derart groß, dass die Gruppe beinahe grotesk wirkte. Die Tatsache, dass die Frau kerzengerade saß, mit Messer und Gabel und zierlichen Bewegungen nur wenige Bissen zu sich nahm, während die Mädchen gierig zulangten, verstärkte den Eindruck.

»Setz dich doch einen Augenblick zu uns«, sagte sie zu Rosa, als sie die Teller abräumte. Sobald Rosa Platz genommen hatte, erklärte die Frau, dass sie auf der Suche nach Arbeitskräften für reiche Wiener Familien war. Junge Frauen konnten ihr Glück als Dienstmädchen versuchen und, falls sie sich geschickt anstellten, zur Köchin, zum Kindermädchen oder gar zur Hauswirtschafterin ausgebildet werden, die doppelt so viel verdiente; junge Männer waren als Gärtner, Hausmeister, Portier, Stallknecht gefragt.

»Wärst du an einer solchen Stelle interessiert, mein Kind?«, fragte die Frau lauernd. »Du würdest viel Geld verdienen und Wien kennenlernen.«

Ein Bauer, der am Nebentisch saß und ihren Worten gelauscht hatte, spuckte verächtlich auf den Boden und sagte: »Sollen wir dem ausbeuterischen Gesindel auch noch unsere Kinder und Kindeskinder als halbe Sklaven überlassen? Schlimmer als jede Kupplerin bist du! Verschwind von hier!«

In einem der Gastzimmer, welches die Frau, sie hieß Martha Böhm, gemietet hatte, wurde Rosa von allen Seiten begutachtet. Sie musste ihre Lippen kräftig in die Höhe ziehen, damit ihre Zähne betrachtet werden konnten, dabei blies ihr die Frau ihren schlechten Atem ins Gesicht. Sie musste den Rock heben, um ihre Beine zu zeigen, die nicht krumm sein sollten, ihre Haare öffnen, die nach Läusen durchsucht wurden. Rosa wurde über ihre Familie ausgefragt, welchen Beruf ihr Vater ausübte, welche Krankheiten sie bisher gehabt hatte, über bestimmte Fertigkeiten und Fähigkeiten im Haushalt. Sogar die Frage, ob sie bereits bei einem Mann gelegen war, musste sie über sich ergehen lassen.

»Nein!«, rief Rosa entrüstet aus, unwillkürlich trat sie einen Schritt zurück und errötete. Eine Unverschämtheit, mich Derartiges zu fragen, was fällt der Frau ein?, dachte sie zornig.

Zum Schluss ließ man sie ein paar Zeilen aus einem Buch vorlesen und die erste Strophe eines Kinderliedes vorsingen, mit allem war die Böhm höchst zufrieden. Und sie dankte Gott für den glücklichen Zufall, dass sie ausgerechnet vor diesem Gasthof Halt gemacht hatte, um die Nacht zu verbringen. Welch eine liebreizende Schönheit und obendrein noch klug, dachte sie. Das Mädchen entsprach genau dem Typ, den sie für eine bestimmte Herrschaft suchte. Großgewachsen sollte sie sein, nicht dürr, mit geradem Rücken, symmetrisch gefälligen Gesichtszügen, nicht zu hellem Teint, dichtem dunklen Haar, wachen Augen, mit einer angenehmen Stimme, des Lesens mächtig, vom Wesen klug, temperamentvoll, fröhlich, jedoch nicht zu rebellisch, war im Brief gestanden, welcher ihr vom Kutscher überreicht worden war. Martha Böhm hatte nicht schlecht gestaunt, als sie gesehen hatte, dass er von der Freifrau von Reischach persönlich verfasst worden war, üblicherweise war das Anstellen von Dienstpersonal Angelegenheit der Hauswirtschafterin. Sie nahm an, dass die neue Unschuld vom Lande neben ihrer Arbeit vor allem die Bedürfnisse des Sohnes der Herrschaften befriedigen sollte. So etwas war nicht selten in den höchsten Kreisen Wiens, Affären mit Dienstmädchen stellten, was Krankheiten betraf oder gar Erpressungen, keine Gefahr dar. Nicht nur in adeligen, auch in großbürgerlichen Haushalten unterhielten junge Herren Liebesbeziehungen zu Dienstmädchen, das Ganze wurde oftmals regelrecht arrangiert von den Eltern, Martha Böhm hatte bereits viele solcher Mädchen vermittelt. Seit mehr als zehn Jahren war sie im Geschäft und bekannt dafür, dass sie diskret war und ein gutes Händchen hatte, wenn es darum ging, zaghafte Schönheiten in den hintersten Dörfern aufzuspüren, um genau zu sein, war sie auf dem Gebiet die Beste. Mit der Köchin des Hauses Reischach war sie befreundet, weshalb sie einiges über den einzigen Sohn wusste. Er litt an einer seltenen unheilbaren Krankheit, doch niemand vom Personal wusste Genaueres darüber. Die Familie war bemüht, die Krankheit vor der Öffentlichkeit zu verbergen, weshalb man mit allen Mitteln versuchte, den jungen Mann viel im Haus zu halten.

Beim Abschied drückte die Böhm verbindlich Rosas Hand und sagte eindringlich, wobei sie ihre Worte sorgfältig wählte, um das Mädchen für sich zu gewinnen: »Ich habe einen hervorragenden Posten als Stubenmädchen für dich und würde dich gerne auf der Stelle nach Wien mitnehmen. Was möchtest du werden? Köchin? Hauswirtschafterin? Kindermädchen und später Gouvernante? Du kannst dich hocharbeiten. Die Herrschaft, die mich beauftragt hat, wird auf deine Wünsche eingehen. Sie sucht genau jemanden wie dich. Sie ist sehr reich und behandelt ihre Angestellten gut, besser als viele andere Familien, vor allem bezahlen sie besser. Du bekommst ein sauberes, warmes Zimmer und reichlich zu essen, vermutlich bekommst du dort mehr zu essen als in deinem Elternhaus. In zwei Tagen komme ich aus Haslach zurück, ich habe in der Weberei zu tun. Wenn du bereit bist, kannst du mitkommen. Selbstverständlich komme ich für alle Auslagen auf, die du während der Fahrt hast.«

Sie winkte dem Mädchen freundlich nach und dachte: Für die schöne Müllerstochter kann ich eine Gebühr verlangen, die sich gewaschen hat.

Schon bei der ersten Andeutung, die Rosa im Kreis ihrer Familie machte, wusste sie, sie würde von ihrem Vater nie die Erlaubnis bekommen. Dieser wurde äußerst zornig, er verpasste ihr eine Ohrfeige und untersagte ihr, je wieder davon zu reden.

Sie machte sich in der Nacht auf den Weg. Bevor sie aufbrach, schrieb sie ihrer Familie einen Abschiedsbrief, in dem sie erklärte, sie wolle nicht im Dorf bleiben, um ein derart armseliges Leben zu führen, wie es alle Frauen taten, die sie kannte. *Ich werde fleißig arbeiten, so viel Geld wie möglich sparen und später in Wien einen gutherzigen Mann heiraten, am liebsten wäre mir ein Lehrer.* Sie überlegte, Anton in ihre Pläne einzuweihen und sich von ihm zu verabschieden, doch sie traute ihm nicht, er würde vermutlich den Vater warnen, der sie daraufhin eingesperrt hätte.

Heimlich lief sie zu der vereinbarten Stelle, welche ihr die Böhm genannt hatte. Mittlerweile wurde diese von vier Mädchen begleitet, allesamt Töchter von kleinen Bauern, wie Rosa erfuhr. Sie hatte noch nie eine Kutsche von innen gesehen, in Linz bestieg sie zum ersten Mal ein Schiff. Die ganze Zeit über wurden die Mädchen belehrt, wie sie sich gegenüber ihren Arbeitgebern zu benehmen hatten. Sie studierten ein, wann sie das Wort an die Herrschaften richten durften, wie sie ihre Dienstgeber anzusprechen hatten, wohin sie dabei ihre Blicke wendeten, wie sie ein Zimmer betraten und es wieder verließen, wie der vollendete Knicks aussah.

Die Mädchen waren ausgelassen und benahmen sich wie kleine Kinder, so glücklich fühlten sie sich, der Enge ihres Weilers, ihres Dorfes entkommen zu sein, sie waren deshalb nicht besonders aufmerksam. Die Böhm hörte schließlich auf zu dozieren, und weil sie von einem plötzlich aufkeimenden Mitleid heimgesucht wurde – neuerdings erst hatte sie festgestellt, dass sie dagegen nicht gefeit war –, öffnete sie seufzend ihre große Tasche. Sie holte die Linzer Torte heraus, die sie einem Konditor an seinem Stand abgekauft hatte, bevor sie das Schiff betreten hatten, und gab jedem Mädchen ein großes Stück. Sie schaute ihnen dabei zu, wie sie kauten und schmatzten und lachten. Die fünf waren dabei, ihr bedauernswertes Schicksal gegen ein anderes bedauernswertes einzutauschen, denn so oder so war es ein jämmerliches Leben. Doch was konnte sie schon dagegen ausrichten, und schließlich musste sie irgendwie ihren Lebensunterhalt verdienen.

Rosas Vater raste vor Wut. Weit weg sollte die einzige Tochter die Nachtschüssel irgendwelcher feiner Pinkel leeren und waschen und das vielleicht sogar ihr ganzes Leben lang. Der Gedanke daran war für ihn unerträglich, schlimmer noch als die Vorstellung, Rosa wäre in seinem Haus eine alte Jungfer geworden. Er stürmte in die Linde und stellte seine Kusine lautstark zur Rede, die nicht wusste, wie ihr geschah.

»Gib es zu, du hast das Treffen zwischen Rosa und diesem – diesem Wiener Weibsbild arrangiert!«, schrie er wie von Sinnen.

Hinter dem Tresen begann er alle Gläser auf den Boden zu fegen. Die Gastwirtin musste ihren Mann zu Hilfe holen, der den Müller aus der Gaststube warf und ihm drohte: Nie wieder möge er sich blicken lassen.

Anton war tief gekränkt, seine Schwester hatte sich nicht einmal von ihm verabschiedet. Wenn sie es getan hätte, er hätte mit Sicherheit den Vater geweckt. Sie wäre wütend auf ihn gewesen, doch hätte sie sich wieder beruhigt und eingesehen, dass es letztendlich das Beste für sie war, in der Heimat zu bleiben, in der Nähe der Familie. An dem Morgen, an dem ihr Verschwinden bemerkt wurde, packte ihn ein Entsetzen, das ihn lähmte, er war also allein mit den wortkargen, abgestumpften Eltern. Wochenlang war er reizbar und kaum ansprechbar, später begann er sie unsäglich zu vermissen, den Eltern gegenüber gab er es nicht zu.

Die Mutter war die Einzige, die weder wütend noch gekränkt war, sie freute sich für ihre Tochter, dass sie dem harten Leben auf dem Land entkommen war, doch nie hätte sie gewagt, dies laut auszusprechen. Fast ein bisschen Schadenfreude empfand sie ihrem Mann gegenüber und auch all den Männern gegenüber, die ihrer schönen Tochter mit lüsternen Blicken nachgeschaut hatten. Meine kluge Rosa hat euch ein Schnippchen geschlagen, keiner von euch wird sie bekommen, um sie schuften zu lassen und ihr wieder und wieder einen dicken Bauch zu machen, dachte sie hämisch. Sie wünschte ihrer Tochter, dass ihr Traum wahr wurde, dass die Arbeit nicht zu hart war und sie nach einigen Jahren Dienst einen lieben Mann fand. Aber um Himmels willen keinen Lehrer, Lehrer sind im Kopf zwar vollgestopft mit Wissen, verstehen aber die einfachsten Dinge im Leben nicht, dachte sie, sie sind zu weich und zu nachgiebig, um sich durchzusetzen, gegenüber allem und jedem. Außerdem nagen sie am Hungertuch, am besten ist, Rosa heiratet einen Handwerker, einen Tapezierer oder Schneider, am besten einen Bäcker, ein Bäcker hat weiche Hände, vielleicht sogar einen, der sein eigenes Geschäft besitzt, das den kaiserlichen Hof beliefert. Immer rosiger malte sich die Mutter die Zukunft der Tochter aus. Und ein ganz klein wenig schwang auch Neid mit: Liebend gern wäre sie einmal in ihrem Leben schön gekleidet in einem Kaffeehaus gesessen, um dort Kaffee mit Milchschaum zu trinken und eine duftende Nussschnecke zu verzehren.

5

Mit seiner Mutter, seiner Frau und seinen drei Kindern bewohnte Rosas Dienstgeber Karl Freiherr von Reischach ein Palais in der Leopoldstadt in Wien, welches von der Familie selbst als klein bezeichnet wurde. In den ersten Tagen fühlte sich Rosa von der Üppigkeit und Opulenz, die sie umgab, beinahe wie betäubt. Sie verlief sich mehrmals in den unzähligen Fluren, Salons, Zimmern und Kammern, die sich über den Keller, drei Stockwerke und das Dachgeschoss verteilten. Gemeinsam mit einer jungen Böhmin bewohnte sie eine kleine fensterlose Kammer unter

dem Dach, die Arbeit erschien ihr in den ersten Tagen nicht
hart – sie war härtere gewohnt –, doch das änderte sich schnell.
Sie musste sich daran gewöhnen, dass sie permanent unter Beobachtung stand, sich keine Minute auf einen Stuhl setzen durfte –
es sei denn, sie nahm die Mahlzeiten ein – und dass der Arbeitstag um vieles länger war, als er es in ihrem Elternhaus gewesen
war, um halb sieben Uhr morgens trat sie ihren Dienst an, der bis
zehn Uhr abends dauerte. Selbst wenn man ihr nichts auftrug,
hatte sie bereitzustehen und durfte sich nicht zurückziehen. Die
ganze Woche lang freute sie sich auf die sonntäglichen freien
Stunden, in denen sie durch die Innenstadt bummeln durfte, viel
zu schnell waren sie jedes Mal um. Am ersten Sonntag verlief
sich Rosa und kehrte zu spät in das Palais zurück, die Hauswirtschafterin erfuhr davon, schimpfte sie heftig, sie setzte bereits zu
einer Ohrfeige an, als der junge Freiherr auf der Treppe stand
und ihr überraschend zu Hilfe kam: »Seien Sie nicht so streng
mit dem Mädchen.«

Einschließlich der Gärtner, Kutscher und Rossknechte, die in
einem eigenen Personalhaus hinter dem Stall wohnten, kam auf
die sechsköpfige Familie eine Dienerschaft von insgesamt sechs-
unddreißig Personen. Es herrschte eine strenge Hierarchie, die
von niemandem missachtet wurde, auch nicht von den Dienst-
gebern. Wenn ein Auftrag erteilt wurde, war er an eine bestimmte Person gerichtet, und diese musste ihn wiederum an eine bestimmte Person weiterleiten, welche den Auftrag dann entweder
ausführte oder noch einmal weiterleitete. Jeder hatte seinen Aufgabenbereich, den er ohne ausdrückliche Erlaubnis und genaue
Instruktion nicht überschreiten durfte. Als sich Rosa einmal darüber lustig machte – sie bot sich für eine Arbeit an, für die sie
nicht vorgesehen war –, wurde sie mehrfach gerügt. Wie man
richtig polierte, war das Erste, das man ihr beibrachte, sie polierte Böden, Tische, Lederfauteuils, Fenster, Schuhe. Für alles
gab es die richtige Politur, fein säuberlich beschriftet standen die

Flaschen und Dosen in den Regalen der Kammer hinter der Waschküche, in der es auch Besen, Bürsten, Putzlappen und Staubwedel jeder Art gab, und es galt als ein großes Vergehen, die Dinge an den falschen Platz zurückzustellen.

Rosa und ihre Zimmerkollegin Agnezka waren für die Sauberkeit im ersten Stockwerk zuständig. Im östlichen Teil befanden sich die Schlaf-, Ankleide- und Badezimmer der beiden Töchter, im westlichen Teil die Räume des Sohnes, die eine in sich abgeschlossene Wohnung darstellten. Für das Wohlbefinden der Töchter war ein anderes Dienstmädchen zuständig, sie stand im Rang höher als Rosa und ihre Kollegin, diente bereits mehrere Jahre der Familie und kannte jede Kleinigkeit, die es zu beachten gab, in- und auswendig. Die heiße Schokolade, welche die Jüngere ans Bett serviert haben wollte, bevor sie sich schlafen legte, musste in einer bestimmten Tasse gebracht werden und durfte nicht zu heiß und nicht zu kalt sein. Das warme Fußbad und die anschließende Fußmassage, welche die Ältere vor dem Schlafengehen benötigte, da sie ansonsten wegen zu kalter Füße nicht einschlafen konnte, stellte eine noch heiklere Sache dar. Die Jüngere liebte frische Blumen in ihrem Schlafzimmer, die Ältere konnte bei intensivem Blumenduft nicht schlafen. Am Anfang kam Rosa aus dem Staunen nicht heraus, wenn sie von all den Details hörte, die es von früh bis spät zu wissen und zu beherzigen galt. Nur die erfahrene Dienstbotin war in der Lage, die Bedürfnisse der Herrschaft im Vorhinein zu erkennen und mit Umsicht zu erfüllen, sie hatte also einen langen Weg vor sich.

Theodor Johann Freiherr von Reischach war einundzwanzig und hatte eine eigene Wohnung im Palais der Eltern, zu der nur sein Diener Zutritt hatte, weshalb ihn das übrige Personal wenig zu Gesicht bekam. Am Familienleben nahm er kaum teil, wenn er nicht – in den warmen Monaten – auf seinen Wanderungen in der Natur unterwegs war, verkroch er sich hauptsächlich in seinen Räumen. Auf Wunsch seiner Eltern arbeitete er im Familienunternehmen mit, allerdings nicht mit derselben Disziplin wie sein Vater, der täglich um neun Uhr morgens in das Werk fuhr und meist erst spät am Abend zurückkehrte. Rosa spürte, dass es da etwas gab, das die Familie belastete, und dass dies mit dem jungen Freiherrn zu tun haben musste. Keiner der Dienstboten schien gern über ihn zu reden, wohingegen über seine beiden Schwestern viel getratscht wurde, über Launen, Kleidergeschmack, Theaterbesuche, Verehrer. Wenn sie selbst die Rede auf den jungen Mann brachte, zuckten sie mit den Achseln und wechselten das Thema.

Zu seinem Vater schien Theodor Johann ein angespanntes Verhältnis zu haben. Karl von Reischach hatte eine Manufaktur aufgebaut, der sein ganzer Ehrgeiz galt, die Verwaltung seiner Ländereien und Wälder überließ er anderen. Noch verschlangen sie mehr Geld, als sie einbrachten, doch der Freiherr war unermüdlich. Sein Steckenpferd war die Medizin, mit Akribie verfolgte er die Neuerungen, die sich auf diesem Gebiet taten, zu diesem Zweck hatte er verschiedene Fachzeitschriften abonniert. In der Manufaktur wurden höhenverstellbare Operationstische, Krankenbetten, gynäkologische Stühle, Medikamentenschränke für Arztpraxen, Kranken- und Kurhäuser hergestellt, spezialisiert hatte er sich dabei auf gutsituierte Patienten. Die Luxusvarianten seiner Betten und Liegen hatten einen ausgezeichneten Ruf, sie waren bereits bis nach England und in das russische Zarenreich exportiert worden. Das Neuartige, das Reischachs Unternehmen auszeichnete, waren die Kataloge, die er hatte anfertigen lassen, die Produkte waren darin nicht nur ausführlich beschrieben, sondern mit einer präzisen Illustration dargestellt. Er war ein pedantischer Mann, der zu cholerischen Ausbrüchen neigte, wenn etwas nicht lief, wie er sich das vorgestellt hatte, und ein strenger, jedoch gerechter Arbeitgeber. Für seine Angestellten, die ihrer Arbeit in der Manufaktur nicht nachkommen konnten, da sie krank, verletzt oder zu alt waren, sorgte er. In seiner Freizeit ging er – wenn er nicht gerade seine Fachzeitschriften las oder Krankenhäuser besuchte, um den Ärzten bei der Arbeit zuzuschauen – seiner Leidenschaft, der Jagd, nach.

Dem jungen Theodor Johann fehlte das Interesse für all das, was sein Vater liebte, weder mochte er die Jagd, noch interessierten ihn die Medizin oder die Belange der Manufaktur – für ihn war es eine simple Tischlerei, die Betten und Schränke herstellte –, und am meisten verabscheute er die grauenhaften Operationen, bei denen sein Vater so gerne zusah.

Seiner Mutter Wilhelmina, warmherzig und gebildet, stand er näher, wie sie las er gerne. Auf seinen Wanderungen versuchte er sein Glück mit dem Kohlestift, doch hatte er kein Talent, sein Vater schüttelte den Kopf, wenn er eine Zeichnung zu Gesicht bekam, seine Schwestern lachten ihn manchmal aus: »Du Möchtegernkünstler!«

Nur in einem waren sich der alte und der junge Freiherr einig, beide konnten sie die zahlreichen Abendgesellschaften, welche die Freifrau veranstaltete, um der Langeweile zu entfliehen, nicht leiden. Seitdem Sohn und Töchter dem Kindesalter entwachsen waren, besuchte sie einmal wöchentlich die Arbeitersiedlung, in welcher die Arbeiter der Manufaktur mit ihren Familien wohnten, um nach dem Rechten zu sehen. Ansonsten verlor sie sich in komplizierten Stickereien, französischen Romanen, Migräneanfällen, Kartenspielen und hielt Ausschau nach geeigneten Ehepartnern für ihre Kinder.

Nach einer Weile im Hause der Reischachs stellte Rosa fest – sie besaß eine hervorragende Beobachtungsgabe –, dass es zweierlei Dienstboten gab. In einem ihrer ersten Briefe an Anton bezeichnete sie sie als die *Toten* und die *Lebenden*. Diejenigen, die wie Schatten im Palais herumhuschten, der Herrschaft mit völliger Hingabe dienten, nie ein schlechtes Wort über sie verloren, diejenigen, deren Wunsch es war, ihr ganzes Leben lang derselben Herrschaft zu dienen, und die nicht einmal im Entferntesten an eine eigene Familie dachten, das waren die Toten. *Ich vermute, selbst wenn sie auf die Straße gejagt werden und im Armenhaus enden, quält sie noch der Gedanke, ob das Frühstücksei in dem Zustand serviert wird, in dem die Herrschaft es liebt.*

Sie selbst zählte sich zu den Lebenden. Diese stellten einige Jahre ihres Lebens in den Dienst der Herrschaft, um Geld zu sparen für eine Zukunft, konnten über bestimmte Allüren der Herrschaft lachen oder sich auch ärgern. Rosa erkannte außerdem, dass die Herrschaft ein Gespür dafür haben musste, welcher *Art* der Dienstbote war, und dies beim Aufsteigen in der Hierarchie berücksichtigte. Es ging dabei weniger um Klugheit oder Beflissenheit, sondern um absolute Loyalität.

Von den Annäherungsversuchen des jungen Freiherrn, die mit jedem Tag dreister wurden, schrieb Rosa ihrem Bruder nicht, sie wusste, Anton hätte sie auf keinen Fall gutgeheißen. Bereits in den ersten Tagen war ihr aufgefallen, dass Theodor Johann es jedes Mal, wenn er seine Wohnung verließ, so einrichtete, dass er auf sie traf. Er begann ihr Komplimente zu machen, fragte sie über ihre Herkunft aus und lieh ihr ein Buch, nachdem sie errötend gestanden hatte, dass sie gerne las. Rosa war verwirrt und wusste nicht, was sie von seinem Interesse halten sollte, wenn sie mit anderen Frauen im Personal darüber reden wollte, hüllten sich alle in Schweigen, selbst Agnezka, die in ihrem breiten böhmischen Dialekt zu allem bereitwillig Auskunft gab. Sie ertappte sich dabei, dass sie oft an den jungen Mann dachte, und merkte, dass ihr Herz wie wild klopfte, wenn er sich ihr näherte.

Als Rosa auf Knien das Parkett in seiner Wohnung polierte – sie war seit drei Wochen bei den Reischachs –, bemerkte sie erst nach geraumer Weile, dass Theodor Johann in einer dunklen

Ecke saß und sie beobachtete. Erschrocken fuhr sie in die Höhe, woraufhin er aufstand und zu ihr kam, er bückte sich und streichelte ihr Gesicht.

6

Am 14. Mai 1830, gegen zwei Uhr früh, brachte Rosa auf einem kleinen Bauernhof am Stadtrand von Wien einen Buben zur Welt.

Am Abend zuvor hatten die Wehen eingesetzt, gleichzeitig mit einem heftigen Gewitter, dennoch tauchte kurze Zeit darauf eine Hebamme in ihrer Kammer auf, in der sie angstvoll auf dem Bett lag, zitternd vor dem, was sie erwartete. Bei ihrem Eintreten wunderte sich Rosa darüber, warum sie nicht nässer geworden war.

Die Hebamme war eine stämmige Frau um die sechzig, sie roch nach Schweiß, strahlte jedoch Ruhe und Zuversicht aus, die ganze Zeit über redete sie der Wöchnerin gut zu, manchmal nahm sie sogar ihre Hand und streichelte sie. Rosa durfte sie mit ihrem Vornamen anreden: Frau Therese. Heilfroh war sie über ihre Anwesenheit, sie hatte befürchtet, die Niederkunft allein in der kleinen Kammer durchstehen zu müssen, in welchem Ausmaß ihre Gastgeberin, die Bäuerin, zu helfen gedachte, wusste sie nicht, denn diese war seit ihrer Ankunft zehn Tage zuvor unnahbar und unfreundlich gewesen. Sie war eine hagere Person, mit gekrümmter Haltung und langen hängenden Armen, die Stirn faltendurchzogen, obwohl sie keine vierzig war.

»Geh in deiner Kammer auf und ab«, hatte sie nach dem Einsetzen der Wehen zu Rosa gesagt, »das beschleunigt die Sache. Und wenn du nicht mehr kannst, leg dich ins Bett.«

Seit dem frühen Tod ihres Mannes nahm die Bäuerin, um sich

und ihre drei Kinder über Wasser zu halten, hochschwangere Dienstbotinnen auf und erhielt dafür Geld von deren Herrschaften. Die Frauen konnten in ihrem Haus entbinden – mit oder ohne Hebamme, je nachdem, ob die Herrschaft zusätzlich dafür bezahlen wollte – und gingen am Tag darauf zurück an ihre Arbeit. Das Kind blieb in der Obhut der Witwe, die eine Amme und später einen geeigneten Platz suchte. Von der Höhe der Summe, die der leibliche Vater für das Großziehen seines Sprösslings gewillt war zu zahlen, hing es ab, wo das Kind letztendlich landete: in einer gutsituierten, liebevollen Familie oder in einer ärmlichen, die auf das Geld angewiesen war, in der es jedoch rau und grob zuging – dazwischen gab es unzählige Abstufungen –, in einem nonnengeführten Waisenheim oder gar im Findelhaus.

Rosa lag halb aufgerichtet im schmalen Bett in der engen Kammer und presste aus Leibeskräften, wenn Frau Therese es ihr befahl, dabei versuchte sie so leise wie möglich zu sein, sie wollte die Nachtruhe der anderen Hofbewohner nicht stören. Die Person, die ihr am meisten in den Sinn kam in diesen Stunden, war nicht der Vater des Kindes, sondern ihr eigener, sie stellte sich vor, wie er seine Haare raufte, fluchte und schimpfte. Alles verlief ohne Schwierigkeiten, zum Schluss sagte die Hebamme: »Ich würd mir wünschen, dass es bei allen Frauen so leicht geht wie bei dir.«

Dabei hielt sie das nackte krähende Kind in die Höhe, und Rosa spürte große Erleichterung. Sie richtete ein kurzes Dankesgebet himmelwärts, ein Sohn stellte doch einen größeren Trumpf als eine Tochter dar, sie war überzeugt, ihre Position war durch ihn gestärkter. Einen Tag darauf tauchte ein Geistlicher in ihrer Kammer auf und sagte ohne Umschweife: »Ich bin hier, um deinen Sohn zu taufen.«

Der Kleine erhielt den Namen Theodor, offenbar hatte der Mann diesbezüglich Anweisungen erhalten, Rosa wurde nicht lange gefragt, ob sie etwas dagegen hätte. Die Taufe fand in der

Küche statt, als Pate stellte sich aus freien Stücken der jüngste der zwei Stallknechte zur Verfügung. In der ersten Zeit kam die Hebamme jeden zweiten Tag vorbei, um nachzusehen, ob Rosas Brustwarzen gesund waren und sich nicht entzündeten, ob das Kind genügend trank. Als der Bub sechs Wochen alt war, besuchte sein Vater sie, er stand neben dem Bett – Rosa war dabei, dem Kleinen die Brust zu geben – und schaute wortlos auf Mutter und Kind hinab. Sie griff nach seiner Hand, er entzog sie ihr und verließ die Kammer, ein zweites Mal kam er nicht.

Ihr war im Vorhinein zugesichert worden, ein halbes Jahr lang bei ihrem Kind bleiben zu dürfen. In diesem Punkt hatte sich der junge Reischach seinen Eltern gegenüber durchgesetzt, was beinahe an ein Wunder grenzte, denn er war zumeist Wachs in ihren Händen, besonders in denen der Freifrau. Diese wusste, wie sie ihn zu nehmen hatte, sie hörte nicht auf, begütigend und verständnisvoll auf ihn einzureden, bis er wie ein Lamm zu allem nickte, wohingegen er auf die missbilligenden Blicke und Wutausbrüche seines Vaters oftmals trotzig reagierte, indem er aufstand und den Raum verließ. Sie wusste, dass der alte Reischach seinen Sohn angebrüllt hatte: »Es tut einer jungen Mutter nicht gut, wenn sie eine zu starke Bindung zu ihrem Kind aufbaut, das sie ohnehin auf dem Hof zurücklassen muss. Verschwendest du überhaupt einen Gedanken an das arme Ding?«

Dasselbe sprach die Bäuerin aus, nachdem sie die Nachricht der Freifrau gelesen hatte, entsetzt schüttelte sie den Kopf.

»Sowas hab ich noch nie erlebt«, murmelte sie und sagte zu ihr: »Wenn du sofort nach der Geburt gehst, wird es leichter für dich sein. Am besten ist, du schaust das Kind gar nicht an.«

Im Laufe des Sommers taute die Frau auf, sie wurde freundlicher und zugänglicher, an den Abenden suchte sie das Gespräch mit Rosa, sie erzählte von ihrem Mann, den sie sehr geschätzt hatte, ihren Sorgen, den vielen Frauen, die bereits in ihrem Haus entbunden hatten. Mehrmals schloss sie seufzend mit den Worten: »Weißt du überhaupt, wie großzügig deine Herrschaft ist?«

Rosa wusste es, sie hatte genug gehört, kannte haarsträubende Geschichten von Dienstbotinnen aus anderen Häusern, die man auf die Straße gejagt hatte, weil sie in anderen Umständen waren, die im Armenhaus gebären mussten, von Säuglingen und kleinen Kindern, die im Findelhaus starben.

Es war ein heißer Sommer, Rosa saß gern im Freien, las – Theodor Johann hatte ihr einige Bücher mitgegeben – oder schaute gedankenverloren in die Weite. Weil sie sich dort unbeobachtet fühlte und es schattig war, saß sie am liebsten auf der Bank an der hinteren Stallmauer, manchmal setzte sich der junge Stallknecht zu ihr. Von ihm erfuhr sie, dass er es gewesen war, der im strömenden Regen die Hebamme abgeholt hatte. Er erzählte ihr von seinen Plänen, er wollte nach Amerika auswandern, seine eigene Farm bewirtschaften, eisern sparte er für die Schiffspassage.

Sechs Monate nach der Niederkunft kehrte Rosa in das Palais der Reischachs zurück, die schriftliche Aufforderung dazu hatte ihr der Kutscher eine Woche zuvor mit spitzen Fingern und ohne ein Wort überreicht. Von ihrer Gastgeberin erfuhr sie, dass die Freifrau angefragt habe, ob das Kind vorläufig bei ihr bleiben könne, und sie zugesagt habe, Rosas Hand tätschelnd sagte sie: »Ich passe gut auf ihn auf.«

Da sie sich verlief, brauchte sie drei anstatt zwei Stunden, erst gegen Mittag kam sie völlig durchfroren an, das Personal verhielt sich ihr gegenüber abweisend, lediglich Agnezka stellte ihr eine warme Suppe hin und reichte ihr ein Taschentuch, als sie zu weinen begann.

Rosa nahm ihre Arbeit wieder auf, schrubbte und putzte wie vor ihrer Niederkunft, nur dass sie für den zweiten Stock zuständig war und nicht für den ersten, in dem Theodor Johanns

Wohnung lag – dieser ging ihr den ganzen Winter lang aus dem Weg –, und dass sie sich in den Nächten in den Schlaf weinte. Ihren Sohn besuchte sie an den Sonntagen, sie hatte ganztags frei und nicht wie die anderen Angestellten nur wenige Stunden am Nachmittag, das hatte der junge Freiherr gegenüber seiner Mutter durchsetzen können. Die Dienstboten waren neidisch und mieden Rosa.

Am ersten Geburtstag saß Rosa mit ihrem Sohn in der Wiese hinter dem Hof auf einer Decke, der Kleine spielte mit Holzklötzen, als überraschend der junge Reischach um die Hausecke gebogen kam, sich auf die Bank an der Mauer setzte und die beiden zu zeichnen begann. Sie konnte keinen klaren Gedanken fassen, fühlte sich wie in den Wochen nach der ersten Berührung, der junge schüchterne Mann war ihr permanent nachgestiegen, um ihr Komplimente zu machen, bis er sich eines Tages – sie war beim Schrubben des Fußbodens – zu ihr beugte, sie küsste und damit in höchsten innerlichen Aufruhr versetzte. Daraufhin nahm er sie beinahe täglich an der Hand, ganz gleich welche Tätigkeit sie ausführte, um sie in seine Wohnung zu ziehen, wo er sie zuerst langsam auszog, um sie andächtig zu betrachten, bevor er sie aufforderte, sich aufs Bett zu legen.

Auf der Heimfahrt saß sie ihm in der Kutsche gegenüber, sie wusste nicht, wie sie sich verhalten sollte, und schaute an ihm vorbei aus dem Fenster, während ihr Herz bis in den Hals klopfte. Er entschuldigte sich für sein abweisendes Verhalten in den letzten Monaten, er habe ihr Unverzeihliches angetan, sagte er. In ihrer Brust bahnte sich ein Schluchzen seinen Weg nach oben, sie konnte es nicht unterdrücken, sosehr sie auch dagegen ankämpfte, bis es aus ihr herausbrach, mächtig und gewaltig, und er sie in seine Arme nahm.

Wieder begann sie sich Hoffnungen zu machen. Sie war nicht naiv, sie wusste, dass Theodor Johann sie nie ehelichen würde, nur im ersten Jahr war sie so vermessen gewesen, in ihrer immensen Verliebtheit davon zu träumen. Aber sie hatte von Liebschaften gehört, die von Bestand waren, oft ein Leben lang hielten, die Geliebte bekam eine angemessene Wohnung finanziert und erhielt obendrein eine monatliche Apanage, die höher war als das jährliche Gehalt eines Dienstmädchens. Theodor Johann machte diesbezüglich immer wieder Andeutungen, er hätte gerne eine zweite Wohnung außerhalb des Palais seiner Eltern gehabt, bewohnt von ihr, dem geliebten Menschen, bei dem er jederzeit Zuflucht finden konnte, selbst wenn er später gezwungen sein sollte, doch zu heiraten. Ihr ganzes Denken und Sehnen war auf diese Wohnung gerichtet – sie stellte sich die einzelnen Räume bereits im Geiste vor –, in der sie ihren Sohn selbst erziehen konnte, in der sie frei und unabhängig sein würde, niemandem Rechenschaft schuldig und obendrein eine wichtige Rolle im Leben des Mannes spielend, ohne den sie nicht sein wollte. Sie war überzeugt, der junge Freiherr würde letztendlich den Mut dafür aufbringen, wenn sie ihm nur unermüdlich ihre Liebe bewies und all das tat, was er von ihr verlangte.

Theodor Johann war krank, er litt an der sogenannten Fallsucht, starke Krampfanfälle suchten ihn in unregelmäßigen Abständen heim, nach einem Anfall, äußerst erschöpft, machte er Versprechungen, später wurde sie vertröstet. Sie nahm an, dass er Angst hatte vor der finanziellen Unsicherheit, denn sein Vater ließ dem kranken Sohn nur eine kleine monatliche Apanage zukommen, welche für sie ein Vermögen darstellte, für ihn jedoch beschämend war. Über diese Mutmaßung schüttelte Agnezka den Kopf.

»Am Geld liegt es nicht«, sagte sie. »Du bist schon drei Jahre in Wien, aber viel hast du noch nicht verstanden. Ein Freiherr muss einem Dienstmädchen keine Wohnung zahlen, um seine Bedürfnisse zu befriedigen, einer Bürgerlichen ja, aber nicht unsereins. Es ist besser, du verabschiedest dich von deinen Träumen, bevor du ganz vor die Hunde gehst. Du bist noch jung, such dir einen Ehemann und kündig die Stelle.«

Allmählich kühlte die Beziehung des jungen Freiherrn zu ihr ab, und sie litt darunter. Je älter er wurde, umso fordernder und forscher wurde sein Verhalten, der schüchterne stille Mann wurde zunehmend launisch, unberechenbar, mitunter auch aggressiv. Er begann einem anderen – neuen – Dienstmädchen nachzustellen, später einer stummen Küchenhilfe, nicht einmal sechzehnjährig, was er außerhalb des Palais trieb, wusste Rosa nicht. Aber da immer wieder sie es war, die Theodor Johann – nach Unterbrechungen – an der Hand packte und mit sich zog, gab sie die Hoffnung auf ein besseres Leben in einer eigenen Wohnung nicht auf. Und weil die Reischachs Theos Unterhalt bezahlten, hätte sie nicht gewagt zu kündigen, so oder so war sie durch ihren Sohn an die Familie gebunden.

Als ihr Sohn acht war, heiratete Theodor Johann eine Gräfin, die seine Mutter für ihn ausgesucht hatte, lange hatte er sich dagegen gewehrt. Man erwartete vom einzigen Sohn, der aufgrund seiner schweren Erkrankung eine Enttäuschung für die Familie darstellte, zumindest eheliche – männliche – Nachkommen, damit die Linie nicht ausstarb. Mit dem Dienstmädchen Rosa hatte der junge Freiherr bewiesen, dass er in der Lage war, gesunde Kinder zu zeugen.

Sie erfuhr, dass sie einzig und allein zu diesem Zweck eingestellt worden war, Theodor Johann selbst war es, der nach ein paar Gläsern Wein launig alles ausplauderte, wenige Tage vor seiner Trauung: Rosa sollte dem jungen Mann den Gang in die Bordelle ersparen – die Gefahr, sich eine Geschlechtskrankheit zu holen oder auch erpresst zu werden, war sehr groß – und ein Kind von ihm bekommen. Rosa war von einer Stellenvermittlerin gezielt für ihn ausgesucht worden, man hatte ihr im Vorhinein Anweisungen gegeben, wie das Mädchen auszusehen hatte. Weil man nicht unmenschlich sein wollte und weil der junge

Mann darauf bestand – er war tatsächlich eine Zeitlang sehr in sie vernarrt gewesen –, jagte man sie nach der Geburt ihres Kindes nicht auf die Straße.

»Und jetzt liegt es an meinem Vater, warum du immer noch hier bist«, warf er ihr an den Kopf, »ich bin deiner mehr als überdrüssig. Und meiner Mutter hast du es zu verdanken, dass es deinem Kind gut geht. Sie bezahlt dafür dieser grantigen Bohnenstange von Bäuerin ein fürstliches Gehalt.«

Rosa lernte einen Lehrer kennen, er unterrichtete Musik in einem Gymnasium, hatte eine gute Singstimme und interessierte sich in seiner Freizeit für Weinanbau. Monatelang traf sie ihn heimlich, schlich nach Dienstschluss aus dem Haus, um ihn für eine Stunde zu sehen, eilte an den Sonntagabenden – nachdem sie Theo verlassen hatte – zum vereinbarten Treffpunkt. Schließlich erzählte sie ihm von ihrem Sohn, er wollte sie nicht mehr sehen und löste die Verlobung. Rosa, die den Mann sehr gern hatte, sich sehnlichst weitere Kinder, ein eigenes Heim wünschte, brach zusammen und brauchte lange, um sich zu erholen.

Der zwölfjährige Theo übersiedelte in ein Knabeninternat, aufgrund der guten Noten hatten seine Großeltern entschieden, ihn ein Gymnasium besuchen zu lassen. Rosa war glücklich darüber, sie wünschte sich nichts mehr, als dass ihren Sohn eine bessere Zukunft erwartete, sie träumte davon, dass Theo ein Medizinstudium absolvierte. Eines Tages würde er seine eigene Ordination haben, angesehen sein, und sie, seine alte Mutter, würde in seinem Haus leben und mithelfen, die Enkelkinder großzuziehen. Er war ein aufgeweckter Junge, der ihr manchmal die Besuchsstunden schwer machte mit seinen bohrenden neugierigen Fragen, vorlaut und doch charmant, groß für sein Alter, ihr sehr ähnlich.

Auch sie wurde von der Herrschaft gut behandelt, sie stieg zur rechten Hand der Hauswirtschafterin auf, und als diese zu alt war, um ihren Posten verantwortungsvoll auszuüben, bekleidete sie das Amt selbst, das gesamte weibliche Dienstpersonal unterstand ihr. Mittlerweile hatte sie die Mitte dreißig überschritten, sie gab es auf, sich ein eigenes Leben aufbauen zu wollen, resignierte und widmete ihr ganzes Denken, Fühlen und Sein dem Wohlbefinden der Herrschaft. Sie arbeitete nicht nur für die Familie, es *war* ihre Familie. Ihre Loyalität kannte selbst dann keine Grenzen, wenn Theodor Johann, der seine Wohnung im Palais der Eltern behalten hatte und immer wieder für eine Nacht oder mehrere zurückkehrte – seine Ehefrau warf ihn mehrmals hinaus –, sie packte und in seine Wohnung zerrte, wo er abscheuliche Dinge mit ihr anstellte. Sie stand vom Bett auf, zog ihre Dienstbotentracht an, straffte ihren Rücken, fragte den Freiherrn, ob er vor seiner Nachtruhe noch etwas benötigte, und verließ das Schlafzimmer. Wenn am nächsten Tag in ihrem Gesicht blaue Flecken sichtbar waren, erklärte sie diese mit einem kleinen Unfall. Einmal rastete der alte Reischach beim Frühstück aus: »Krankheit hin oder her, mein Sohn ist eine Kanaille.«

In der Schule wurde ihr Sohn mit revolutionärem Gedankengut konfrontiert, welches ihm ein Lehrer und Mitschüler – vorwiegend aus bürgerlichen und großbäuerlichen Familien – näherbrachten. Seine innige Beziehung zu seiner Mutter veränderte sich, er begann sie in einem anderen Licht zu sehen und ihr Verhalten zu verurteilen. Er verlangte von seiner Mutter, dass sie radikal mit ihrer Herrschaft brach, aus dem Palais auszog und sich eine neue Arbeit suchte, eine, die nicht von Abhängigkeit durch die ausbeuterische Schicht geprägt war. Rosa weigerte sich, seinen Vorschlägen nachzukommen, sie wollte nicht in einem Waisenhaus, Krankenhaus oder Armenhaus arbeiten, mit dem geringen Lohn hätte sie sich kaum die Miete für eine zugige Dachkammer leisten können. Mit harten Worten wütete er gegen sie, er warf ihr äußerst verletzende Dinge an den Kopf, er warf ihr Bequemlichkeit vor und konnte nicht erkennen, dass es ihr vor allem um seine Ausbildung ging, welche die alten Reischachs bezahlten.

Im Dezember 1847 starb Theodor Johann, er war einundvierzig Jahre alt, es war ihm schon länger schlecht gegangen, er hatte zwei Schlaganfälle hintereinander erlitten. Rosa trauerte – trotz aller Widrigkeiten war er der einzige Mann gewesen, den sie je geliebt hatte –, ihre Trauer widerte Theo an, seiner Meinung nach konnte Rosa sich nicht eingestehen, dass der Mann und seine Familie sie lediglich ausgenutzt hatten. Rosa beteuerte hingegen, dass die Reischachs sie wertschätzten und das stets gezeigt hatten, indem sie ihr Privilegien gewährten, von denen andere Dienstboten nur träumen konnten, sie bewohnte eine eigene kleine Wohnung im Palais und hatte eineinhalb Tage in der Woche frei.

Ab März 1848 war Theo nicht nur ein glühender Anhänger der Revolution, der die privilegierte aristokratische Schicht aus tiefstem Herzen hasste, er war unter den ersten Schülern, die mit den Revolutionären durch die Straßen marschierten, Häuser besetzten, bewaffnet auf Barrikaden standen. Rosa war entsetzt, ihr Traum, ihn eines Tages als Arzt zu sehen, war jahrelang das Einzige gewesen, was sie am Leben gehalten hatte, sie stand Todesängste um ihn aus.

Nichts wie weg wollte sie aus der Stadt, die seit Monaten ein Pulverfass war, ihre Herrschaft hielt sich bereits seit längerem im Salzkammergut auf, einzig der alte Reischach war geblieben. Als sie ihm ihren Entschluss, ins Mühlviertel zurückzugehen, mitteilte, drückte er ihr eine Schatulle mit mehreren tausend Gulden in die Hand, ob aus schlechtem Gewissen oder aus Angst, von den Revolutionären massakriert zu werden, wusste sie nicht. Sie suchte Theo auf – das erste Treffen nach Monaten – und bat ihn, mit ihr zu kommen, ein neues Leben zu beginnen, zu lernen, was es hieß, harte Arbeit zu verrichten, mit einer Familie zusammenzuleben und Verantwortung für diese zu übernehmen.

Er lachte sie nur aus, und sie warf ihm an den Kopf, ein verwöhnter Bengel zu sein, der von ihr und den Reischachs nur profitiert habe, er habe nie Mühsal und Entbehrung erfahren. Es kam zu einem heftigen Streit.

»Ich will dich nie wiedersehen!«, schrie er sie an. »Ich bleibe hier und kämpfe bis zum bitteren Ende, und falls die Revolution scheitern sollte, werde ich nach Amerika auswandern!«

Wenige Tage darauf, es war Ende Oktober, nahmen die kaisertreuen Truppen die Stadt unter Beschuss und eroberten sie zurück, mehr als zweitausend Leute ließen ihr Leben, hunderte wurden inhaftiert und harrten ihrer standrechtlichen Erschießung, so auch der achtzehnjährige Gymnasialschüler Theodor Brugger. Rosa erhielt einen kurzen Abschiedsbrief ihres Sohnes, es war ihm gelungen, diesen aus dem Kerker zu schmuggeln. Es wurde ihr nicht erlaubt, die Leiche ihres Sohnes zu sehen und ihn bestatten zu lassen, die Gefängnisleitung verjagte alle Angehörigen, als wären sie räudige Hunde.

Wenn sie im Laufe ihres Alterns an Theo dachte, an die zwei Jahrzehnte in Wien, an den jungen Freiherrn – den einzigen Geliebten in ihrem Leben –, an den Lehrer und seine verschwitzten Hände, mit denen er im Gastgarten die ihren umklammerte, passierte es ihr immer häufiger, dass sich vor allem ein Sommer aus dem Wust der Erinnerungen herausschälte.

Sie saß auf der Bank an der Stallmauer des kleinen Hofes, der Bub schlief in einem Wäschekorb, der vor ihr in der Wiese stand, sodass sie ihn jederzeit im Blick hatte. Der junge Stallknecht, der sich ohne zu zögern als Taufpate zur Verfügung gestellt hatte, schaute manchmal bei ihr vorbei, anfangs hockte er sich neben den Korb, betrachtete das schlafende Kind und schaute zu ihr hoch, später begann er sich neben sie auf die Bank zu setzen. Er war es gewesen, der bei strömendem Regen die Hebamme mit überdachtem Fuhrwerk abgeholt hatte. Stolz zeigte er ihr in der

Scheune das Gestell mit der Plane, das bei Schlechtwetter auf das Fuhrwerk gestellt und festgezurrt wurde, er hatte es eigenhändig gebaut.

»In Amerika sind viele solcher Fahrzeuge unterwegs«, sagte er, »ich habe davon in einem Buch gelesen und auch eine Zeichnung gesehen.«

Es war offensichtlich, dass er sie anhimmelte. Er hieß Georg, war ein halbes Jahr älter als sie und stammte aus einer kinderreichen Kleinhäuslerfamilie in der Nähe von Wien. Seit seinem vierzehnten Lebensjahr arbeitete er als Stallknecht auf dem Hof, der verstorbene Hausherr war ein entfernter Verwandter von ihm gewesen. Sein Wunsch war, nach Amerika, Missouri, auszuwandern, er erzählte Rosa von seinen Plänen, entweder wollte er seine eigene Farm bewirtschaften oder wendige Planwagen herstellen.

»Oder beides«, sagte er achselzuckend, »das entscheide ich dann drüben. Auf alle Fälle habe ich viel vor.«

Er war bereits dabei, die englische Sprache zu lernen, hatte ein altes zerschlissenes Buch von einem Lehrer geschenkt bekommen, und weil sie neugierig war, nannte er einige Wörter.

»In Amerika wärst du *Rose*«, er sprach es langsam aus, es klang zart, »und das bedeutet nicht wie bei uns die Farbe, sondern die Blume.«

Im Oktober fragte er sie zum ersten Mal, ob sie mit ihm kommen wolle, er werde ihrem Kind ein guter Vater sein, fügte er hinzu.

»Ist das ein Heiratsantrag?«, fragte sie lachend.

Er nickte feierlich. »Du hast mir vom ersten Tag an gefallen. Lass uns heiraten und gemeinsam auswandern, Rosa. Ich weiß, dass die erste Zeit nicht leicht sein wird, aber ich werde hart arbeiten und etwas für uns aufbauen, für deinen Sohn, der dann unserer ist, und für unsere weiteren Kinder. Und ich werde dich immer gut behandeln, das verspreche ich dir.«

Er musste die Worte tagelang vorbereitet haben. Beim dritten Mal erteilte sie ihm hochmütig eine Abfuhr.

»Ich erwarte mir etwas anderes vom Leben, als in der Fremde die Frau eines kleinen Bauern zu sein«, warf sie dem jungen Mann an den Kopf, er schaute sie überrascht an.

Nachdem er sich gefasst hatte, sagte er kopfschüttelnd, es klang weder beleidigt noch verächtlich: »Du glaubst, du bist was Besseres, weil du dir von so einem Gockel ein Kind hast machen lassen.«

Kurz bevor sie den Hof verließ, machte er sich auf nach Triest, beim Abschied drückte er ihr fest die Hand und wünschte ihr alles Gute.

Jahre später – Theodor Johann war bereits verheiratet und hatte nie die ersehnte Wohnung für sie und den gemeinsamen Sohn gemietet, ihr Sohn verhielt sich ihr gegenüber zunehmend verächtlich – erzählte ihr die Bäuerin von einem Brief, den Georgs Verwandte erhalten hatten. Er besaß eine kleine Farm am Rande der Stadt St. Louis, in der er Pferde züchtete, und stellte in einem florierenden Geschäft Planwägen her. Seine Frau stammte aus Ungarn, die beiden hatten drei Söhne und eine Tochter, vor kurzem erst hatten sie den Bau eines neuen größeren Hauses beendet, das alte war zu klein geworden.

»Er befindet sich wohl, so wie auch seine liebe und fleißige Frau und seine Kinder, die zum Glück alle gesund sind. Das Leben hat es gut mit ihm gemeint, und er ist Gott dankbar dafür. So hat er geschrieben«, schloss die Bäuerin.

Rosa sah den jungen Mann vor sich, wie er vor ihr im Schneidersitz in der Wiese hockte, anhimmelnd zu ihr hochblickte, neben ihr auf der Bank saß, stets genügend Abstand wahrend, um sie nicht zu beunruhigen. Wie er ihre Hand nahm und unbeholfen sagte: »Ich werde immer darauf achten, dass du trocken ankommst, wenn es stürmt.«

7

Anton war Mitte dreißig, als er seine Frau Alberta auf einem Kirchtagsfest im Nachbardorf kennenlernte, sie war unscheinbar und bereits über dreißig, eine billige Arbeitskraft auf dem Hof ihres Bruders, die für Kost und Logis schuftete. Der Müller besuchte sie jeden Sonntag, was dem Bauern gar nicht behagte, und fragte sie bereits nach zwei Monaten, ob sie ihn nicht heiraten wolle.

Die Hochzeit wurde im engsten Familienkreis gefeiert, und es wollte keine rechte Stimmung aufkommen, gerade so, als ob sich die Verwandten des ältlichen Brautpaares schämten. Doch allen getuschelten Schmähungen zum Trotz wurde das Paar nicht nur glücklich, sondern aufgrund ihrer beider unermüdlicher Arbeit auch wirtschaftlich erfolgreich. Von Antons Erspartem und der kleinen Mitgift, welche die Frau nach langem Feilschen von ihrem Bruder bekommen hatte – der Pfarrer musste einschreiten –, wurden Wehrbach und Mühlrad saniert und ein zweiter Mahlstein angeschafft.

Drei Mädchen kamen hintereinander zur Welt, wurden ohne Komplikationen geboren, die Mutter stets wohlauf und schnell wieder bei der Arbeit, die kräftigen Säuglinge überlebten alle und entwickelten sich prächtig: Es grenzte fast an ein Wunder. Obwohl er es nicht zugegeben hätte, schmerzte ihn das blöde Gerede im Wirtshaus nach der Geburt der dritten Tochter, ob er denn nicht schon genug Weiber zu Hause habe. Tapfer lachte er mit den Männern mit. Er liebte seine kleinen Mädchen, seine stille Frau, sie war keine Schönheit, aber ihm von Herzen zugetan, von früh bis spät war sie auf den Beinen, scheute auch vor Männerarbeit nicht zurück, nie murrte sie, sie wärmte ihn gerne in den Nächten, obendrein waren ihre Kochkünste nicht zu verachten. Seitdem sie an seiner Seite war, empfand er wieder Lebensfreude, und die Tage erschienen ihm nicht mehr sinnlos.

Das Einzige, was fehlte, war ein männlicher Nachkomme, und was das betraf, lief ihm die Zeit davon, er war bereits über vierzig, die Frau knapp davor.

Dann endlich, die Frau erwartete wieder ein Kind, und der heißersehnte Sohn wurde Ende August 1848 geboren. Der Vater musste notgedrungen die Arbeit in der Mühle unterbrechen und als Geburtshelfer fungieren, da die Hebamme, der er schon Stunden zuvor Bescheid gesagt hatte, nicht auftauchte. Sie war gerade bei einer Frau, die vor wenigen Tagen entbunden hatte und an hohem Fieber litt. Der winzige Kopf wurde sichtbar, trat zur Gänze hervor, ihm wurde angst und bang, er betrachtete seine großen, mehlbestaubten Hände und wusste nicht, was er tun sollte, er verfluchte innerlich die Hebamme. Vorsichtig fasste er nach dem Köpfchen, die Frau presste laut stöhnend ein letztes Mal, die Schultern kamen hervor, und schließlich hielt er den blutigen Säugling in seinen Händen. Das Erste, was er entdeckte, war das Geschlecht, und eine Welle der Freude und des Glücks durchströmte ihn. Dann fiel ihm auf, dass das Neugeborene nicht schrie, und er bemerkte die um den Hals gewickelte Nabelschnur.

»Jetzt bekomm ich endlich einen Buben, und er stirbt mir weg, weil das vermaledeite Weib nicht auftaucht!«

Im selben Augenblick stürmte die Hebamme zur Tür herein, mit geübtem Griff befreite sie das Kind von der Nabelschnur, es gab quiekende Laute von sich, welche in ein dünnes Brüllen übergingen. Erleichtert lachte der Vater auf, um gleich wieder verdutzt dreinzuschauen, die Hebamme hatte ihm eine Ohrfeige verpasst.

»Mich nennt keiner ein vermaledeites Weib«, sagte sie, »merk dir das, Müller!«

Im Dorf erzählte man sich diese Geschichte unter großem Gelächter, und Anton befand sich in einem regelrechten Freudentaumel. Zwei Tage darauf begann Alberta stark zu fiebern, sie redete im Wahn und erkannte ihren Mann und ihre Kinder nicht mehr. An Fieber starben im Dorf immer wieder Wöchnerinnen, warum es bei manchen Frauen auftrat, bei anderen wiederum nicht, konnte aber niemand sagen, geschweige denn, dass sie jemand retten hätte können. Ihr Sterben mitansehen zu müssen, war furchtbar für Anton. Die drei kleinen Mädchen waren vom Bett der Kranken nicht wegzubekommen, sie flehten die Mutter an, doch endlich wieder aufzustehen. Der Säugling brüllte vor Hunger, die Hebamme brachte ihn zu einer jungen Bäuerin, die vor kurzem entbunden hatte, und bat sie, dem Kind die Brust zu geben, damit es überlebte. Die junge Frau, Mutter einer drei Monate alten Tochter, reagierte empört: Was hatte sie mit dem Balg des Müllers zu schaffen? Doch da die Hebamme nicht aufhörte, an ihre christliche Nächstenliebe zu appellieren, erklärte sich die junge Frau schlussendlich bereit, den Buben bei sich zu behalten. Das Versprechen des Müllers, das Getreide der zwei Felder unentgeltlich zu mahlen und eine halbe Sau draufzugeben, gab dabei den Ausschlag.

Der Arzt verschrieb der Hofmüllerin einen fiebersenkenden Kräutertee und eine Salbe, eine Woche nach der Entbindung lag sie tot im Bett. Der verzweifelte Witwer musste trotzdem das hohe Honorar bezahlen, nicht ein Kreuzer wurde ihm erlassen, seine Abneigung gegenüber Ärzten – und allen studierten Männern – wurde daraufhin noch größer. Einmal spuckte er nach dem sonntäglichen Kirchgang dem Arzt und seiner Frau vor die Füße, der Pfarrer rügte ihn und drängte ihn zu einer Entschuldigung, die er verweigerte.

Da er so schnell keine Magd fand – er hatte den Ruf, ein Geizkragen zu sein –, sah er sich gezwungen, Verwandte zu bitten, sich der beiden jüngeren Mädchen anzunehmen. Die ältere Tochter wollte er bei sich im Haus behalten, sie sollte sich, so gut es eben ging, um den Haushalt kümmern. Die Gastwirtin der Linde erklärte sich bereit, die Fünfjährige bei sich aufzunehmen, jedoch nicht die Dreijährige, das wäre bei der vielen Arbeit einfach nicht möglich, beteuerte sie. Sie gab ihm den Rat, Rosa einen Brief zu schreiben, ihr seine Misere zu schildern und sie zu fragen, ob sie bereit wäre, eine Zeitlang auszuhelfen, bis die Kinder etwas größer waren und eine tüchtige Magd oder eine neue Frau gefunden war. Er schaute sie ungläubig an, auf den Gedanken, seiner Schwester zu schreiben, wäre er nie im Leben gekommen, sie war nur noch ein Schatten in seiner Erinnerung. Sie war vor zwei Jahrzehnten fortgegangen, anfangs hatte sie noch viele Briefe geschrieben, bis sie auch damit aufgehört hatte, nur einen schrieb sie noch zwischen Heiligabend und Neujahr.

»Den Teufel werd ich tun«, knurrte Anton. »Sie ist nach dem Tod der Eltern nicht gekommen. Warum sollte sie jetzt aufkreuzen, wo sie meine Frau nicht einmal gekannt hat.«

Beim Begräbnis musste Anton wohl oder übel seinen Schwager, mit dem es vor vielen Jahren Streit wegen der Aussteuer gegeben hatte, bitten, das jüngste Mädchen aufzunehmen. Es brach ihm das Herz, als er sie an der Hand der Schwägerin weggehen sah, mehrmals drehte sie sich weinend nach ihm um. Zwei Wochen nach dem Tod der Frau fand er sich mit einer erstarrten Sechsjährigen in einem verdreckten Haus wieder und haderte mit Gott.

»Mein ganzes Leben lang hast du mich nicht beachtet, und als es mir endlich gut ging, musstest du mir mein Glück zerstören! Warum? Hast du geglaubt, ich werde übermütig?«, schimpfte er vor sich hin.

Als Emma sich in die Hand schnitt, die Wunde sich entzündete und der Doktor das eitrige Fleisch wegschneiden musste, während er das brüllende, um sich schlagende Mädchen festhielt – und der Doktor beim Abschied obendrein ankündigte, falls der Wundbrand nicht zurückgehe, müsse er amputieren –, entschloss er sich, den Brief zu schreiben. Wenn er auch seine Schwester nicht zur Heimkehr bewegen konnte, so sollte sie doch wissen, wie es um ihn und die Kinder stand. Und er würde sich später nicht vorwerfen können, er hätte nicht alles versucht. Nachdem das wimmernde Kind erschöpft auf der Ofenbank eingeschlafen war, setzte er sich an den Küchentisch und begann Rosa einen Brief zu schreiben, in dem er ihr sein Leid klagte.

Es war das zweite Mal, dass er ihr schrieb, seitdem sie vor zwanzig Jahren das Elternhaus verlassen hatte. Im ersten Brief hatte er ihr erzählt, dass die Eltern gestorben waren, beide innerhalb eines Winters, es war bereits eine Ewigkeit her. Damals hatte er noch gehofft, er könne sie mit seiner Nachricht zur Heimkehr bewegen. Sie hatte ihm umgehend mit den Zeilen geantwortet, er möge doch das Grab der Eltern mit Blumen schön richten und eine Messe für sie lesen lassen, dem Schreiben war ein Gulden beigelegt, mit den Worten *Such dir eine liebe Frau! Deine stets an dich denkende Schwester* hatte er geendet. Als wäre das so einfach!, dachte er wütend und weiter: Wenn du stets an mich denkst, komm doch her und unterstütz mich, bis ich eine liebe Frau gefunden hab! Er zerknüllte den Brief und schmiss ihn auf den Boden. Später strich er ihn wieder glatt und legte ihn zu den anderen in die Schublade, er hob alle Briefe Rosas auf. Sie berichtete von ihrem Alltag, von den Eigenheiten ihrer Herrschaft, von Ausflügen in Lokale, die man als Heurige bezeichnete, von einem Tanzbären in einem kleinen Zirkus, von einem Theaterstück, bei dem sie und eine Freundin Stehplätze ergattert hatten. Manchmal verärgerten ihn diese Zeilen, besonders die, welche sie über den freien Sonntag schrieb – er war ihr nach einigen Dienstjahren genehmigt worden –, sie klangen stets, als wäre das Leben ein einziges Honiglecken. Sie war seine Schwester, obendrein unverheiratet, es war ihre von Gott gegebene Pflicht, ihm beizustehen! Zum Abschluss fragte sie ihn jedes Mal nach seinem Befinden und forderte ihn auf, sie in Wien zu besuchen: *Wenn ich rechtzeitig weiß, wann Du kommst, kann ich mir ein paar*

Tage freinehmen und Dir die Stadt zeigen. Ich bin mir sicher, sie wird Dir gefallen.

Dreimal begann er seinen Brief von neuem. Wenn er an seine Kinder dachte, kamen ihm die Tränen, die auf das Papier tropften und einzelne Buchstaben oder ganze Wörter verwischten. Ihm fiel ein, dass Rosa nicht einmal wusste, dass er Kinder hatte, dass er geheiratet hatte, er hatte ihr ja nie geantwortet. Er begann also mit den Sätzen: *Am letzten Dienstag wurde meine geliebte Alberta begraben. Ich habe sie vor sieben Jahren vor den Traualtar geführt. Die letzten Jahre waren die glücklichsten meines Lebens.* Er berichtete ihr von der kleinen Katharine, die ihr, Rosa, sehr ähnlich sah, dass er hoffte, dass der Sohn, der bei einer Bäuerin in Pflege war, überlebte und dass die Verwandten seiner verstorbenen Frau die jüngste der Töchter, Josephine, nicht allzu grob behandelten, dass sich Emma, die Älteste, ein sehr vernünftiges, tüchtiges Mädchen, die Hand schwer verletzt hatte und nicht sicher war, ob sie nicht amputiert werden musste. Diese eine Übertreibung erlaubte er sich, ob Daumen oder Hand kommt auf dasselbe hinaus, dachte er, ohne Daumen ist eine Hand praktisch nutzlos. Zum Schluss überlegte er, ob er tatsächlich die Bitte hinzufügen sollte, sie möge doch nach Hause kommen und seinen Kindern vorübergehend eine Mutter sein, oder ob es ausreichend war, von seinem Leid zu erzählen. Da es ihm zuwider war zu betteln, unterließ er es. Er schloss mit dem Satz: *Wenn ich an meine mutterlosen Kinder denke, sind meine Trauer und meine Verzweiflung so groß, dass ich sie nicht beschreiben kann.*

Ich weiß, dass sie nicht zurückkommen wird, dachte er, als er das Kuvert zuklebte, vermutlich ist sie eine richtige Stadtdame geworden, wir sind uns fremd und haben uns nichts zu sagen.

8

Einige Monate, bevor Anton seinen Krieg mit Gott führte, hatte in Wien eine Revolution begonnen, von der man im Mühlviertel nicht viel mitbekam. Beim sonntäglichen Frühschoppen hörte Anton den Männern zu, sie redeten vorwiegend über die Forderung der Bauern: die entschädigungslose Streichung ihrer Feudallasten. Erhitzt diskutierten sie über den Antrag auf Abschaffung des bäuerlichen Untertänigkeitsverhältnisses, den ein junger schlesischer Medizinstudent namens Hans Kudlich im Reichstag – der ersten Volksvertretung in der Geschichte der österreichischen Monarchie – eingebracht hatte. Anton las in der Zeitung einen Auszug aus seiner flammenden Rede, die der Mann unter tosendem Applaus gehalten hatte: *Es ist eine Ironie, wenn man hört, dass ein souveränes österreichisches Volk sich selbst eine auf demokratischen Grundlagen zu erbauende Verfassung geben will, doch in allen Provinzen herrscht ein Zustand, der im Wesentlichen von der alten Leibeigenschaft nicht sehr verschieden ist, so ist es im Widerspruche, wenn wir Untertanen neben Staatsbürgern sitzen haben!*

Aus der Zeitung wusste er, dass der verhasste Staatskanzler Klemens Fürst Metternich zurückgetreten und nach London geflohen war und Kaiser Ferdinand I. einige Zugeständnisse gemacht hatte, die den Revolutionären nicht weit genug gingen. Was die einzelnen Forderungen betraf, kannte Anton sich bald nicht mehr aus, sie waren verwirrend für ihn und wurden es immer mehr, je öfter er die Zeitung aufschlug. Die Arbeiter forderten eine Verbesserung ihrer Situation, die Frauen weniger Unterdrückung und mehr Rechte. Das Bürgertum kämpfte für die Abschaffung der Zensur, für Versammlungs- und Meinungsfreiheit, für Lehr- und Lernfreiheit, vor allem aber für eine gewählte Volksvertretung im Parlament. Das kann nicht gutgehen, dachte er. Ende Oktober war es in aller Munde: Wien war von den kaiserlichen Truppen wieder eingenommen worden, Tausende waren gefallen.

Neun Wochen nachdem Anton seinen Brief abgeschickt hatte, stand Rosa mit einem Koffer und zwei Truhen vor dem Haus, ein Bauer aus dem Ort hatte sie auf seinem Fuhrwerk von der Donau-Schiffsanlegestelle in Obermühl nach Putzleinsdorf mitgenommen. Sie streckte ihm freundlich lächelnd die Hand entgegen, und er brauchte eine Weile, bis er seine Fassung wiedererlangte. Dass am 2. Dezember Kaiser Ferdinand I. abgedankt und sein Neffe Franz Joseph den Thron bestiegen hatte, las ihm bereits seine Schwester aus der Zeitung vor, und auch, dass der junge Kaiser noch vor der Beschlussfassung der neuen Verfassung den Reichstag aufgelöst hatte, der ihm ein Dorn im Auge gewesen war.

Er fragte sie, was sie von dem Ganzen halte, und sie sagte: »Wir können hoffen, dass der junge Kaiser es besser macht als der alte.«

Sie abonnierte eine Zeitung, und interessiert verfolgten beide die politischen Vorgänge. Das Einzige, das Kaiser Franz Joseph in den folgenden zwei Jahren konsequent vorantrieb, war die Umsetzung des Gesetzes, das auf Antrag des jungen Bauernsohnes Hans Kudlich vom Reichstag beschlossen worden war. Die Grundherrschaft wurde aufgehoben, allerdings nur gegen entsprechende Ablösezahlungen: Ein Drittel des Kapitalwerts hatten die Bauern ihrem ehemaligen Grundherrn zu erstatten, um als Besitzer eingetragen zu werden, ein Drittel löste der Staat den Grundherren ab, auf ein Drittel mussten sie verzichten. Die Bauern waren von Untertänigkeit, Robot und Zehent befreit, sie waren keine Untertanen mehr, sie waren Staatsbürger.

Im Herbst 1849, ein Jahr nach der Rückkehr seiner Schwester, wurde Anton der rechtmäßige Besitzer der Hofmühle mit all ihren Gebäuden und umliegenden Wiesen. Sein Grundherr, Graf von Salburg-Falkenstein, gewährte ihm – wie allen anderen ehemaligen Untertanen auch – eine Ratenzahlung auf einen längeren Zeitraum, Rosa riet ihm zu drei Jahren, nach langem umsichtigen Rechnen entschied er sich für fünf.

9

In Rosa machte sich Entsetzen breit, als sie durch die Wohnräume der Hofmühle ging. In der Mühle war alles – Wehrbach, Wasserrad, Gosse, Mahlsteine, Mehlbeutel, Sieb, Mehlbehälter – in hervorragendem Zustand. Jedoch im Haus war in der langen Zeit, in der sie weg gewesen war, nichts verändert oder renoviert worden. Die Räume dunkel und eng, die Möbel noch dieselben wie damals, alles war veraltet, abgenutzt und starrte vor Schmutz und Staub. Alles wirkte karg und kahl in der Küche und in den drei winzigen Schlafkammern – mehr Räume gab es nicht –, an keinem Fenster hingen Vorhänge, nirgendwo war ein Bild zu sehen, ein Teppich, eine Vase oder eine Spitzenklöppelei.

Ihre verstorbene Schwägerin war entweder eine genügsame Person gewesen oder hatte sich gegenüber ihrem Mann nicht durchsetzen können, sie vermutete eher Letzteres. Auch der Vater war knausrig gewesen, nur in Mühle und Schweinestall war hin und wieder investiert worden. Ihr Mut sank, und sie wusste nicht, wie sie in dem Dreck auch nur eine Nacht überstehen sollte.

Sie trat vor die Tür und schaute in die Abendsonne. Den Winter über musste sie wohl oder übel in den sauren Apfel beißen, doch im nächsten Jahr würde sie nicht ruhen, bevor das Haus nicht vergrößert und von Grund auf neu ausgestattet war. Ihre älteste Nichte saß auf der Bank vor dem Haus und schaute vor sich hin, die verbundene Hand auf den Rücken gedreht, als wollte sie sie nicht sehen, das arme Kind, die Ereignisse der letzten zwei Monate standen ihm buchstäblich ins Gesicht geschrieben.

Sie wechselte den Verband, wusch die Wunde sorgfältig mit Kamillentee aus. Aus ihrer Truhe holte sie drei große Stoffpuppen mit gelben Wollhaaren, gekleidet in je ein rotes, blaues und gelbes Samtkleid und Schühchen aus weichem Leder. Das Mädchen riss ihre Augen auf.

»Such dir eine aus.«

Emma zögerte und schüttelte den Kopf. »Ich warte auf Kathi und Fini«, sagte sie, »sie sollen zuerst aussuchen.«

»Du bist ein gutes Kind«, sagte Rosa gerührt.

Gegen Abend kam ihr Bruder mit den beiden anderen Mädchen zurück, die Jüngste schnappte sich die Puppe mit dem gelben Kleid, Katharine entschied sich für die blaugewandete, und Emma griff behutsam nach der Puppe im roten Samtkleid und drückte sie an ihre Brust, es war die, die sie hatte haben wollen.

Beim Abendessen konnte Anton sich nicht sattsehen an seinen drei Töchtern, die, mit ihren Puppen auf dem Schoß, glücklich nebeneinandersaßen. Der fünfjährigen Katharine war es bei ihrer Großtante im Gasthof nicht schlecht ergangen, doch die dreijährige Josephine hatte er übersät mit blaugrünen Flecken, abgemagert und völlig verängstigt in einer Kammer gefunden. Die Familie fand er auf dem Feld beim Mähen vor, das Kind an sich gedrückt, ging er mit großen Schritten auf die Bäuerin zu. Drei Gulden hatte ihm seine Schwester in die Hand gedrückt, bevor er auf das Fuhrwerk aufgestiegen war.

»Auch wenn deine Tochter nicht gut behandelt wurde, gib ihnen das Geld, schau ihnen dabei in die Augen und bedank dich für ihre Großherzigkeit«, sagte sie. Er schaute ungläubig das Geld an. »Wir bleiben nichts schuldig, Anton. Und es wird die Leute beschämen.«

Mit finsterem Gesicht blieb er unmittelbar vor der Frau stehen – sie wich erschrocken einen Schritt zurück –, drückte ihr die Geldstücke in die Hand, welche sie verwundert betrachtete, und sagte laut: »Ich bedank mich recht herzlich für euer großes Herz.« Das Wort, das ihm seine Schwester genannt hatte, wollte ihm nicht mehr einfallen. Der Bauer trat hinzu, und Anton konnte es nicht lassen, er spuckte beiden vor die Füße, murmelte »Elendes grobes Pack!« und ging.

Die Mädchen blickten immer wieder schüchtern zu ihrer Tante, nur die fünfjährige Katharine, sie war die Vorlautere der drei, stellte hin und wieder eine Frage.

»Ist das wirklich unsere Tante?«, fragte sie ihren Vater.

Anton bejahte.

»Bleibst du jetzt bei uns?«, fragte sie Rosa.

»Ich bleibe bei euch.«

»Wie lange?«

»So lange, bis euer Vater eine neue Mutter für euch gefunden hat«, sagte Rosa.

Sie fragte ihren Bruder, auf welchem Bauernhof sein kleiner Sohn untergebracht war und ob er wisse, wie es ihm gehe.

»Ich habe jeden Sonntag nach der Messe den Bauern nach ihm gefragt. Er sagt immer dasselbe. Es ist ein schwächliches Kind, aber zäh«, sagte Anton.

»Du hast ihn kein einziges Mal besucht?«

Anton schüttelte den Kopf.

»Ist er schon getauft?«, fragte Rosa.

Anton nahm an, dass entweder die Hebamme oder die Bäuerin das erledigt hatten, war sich aber nicht sicher.

Am Tag darauf besuchte Rosa ihren Neffen und war entsetzt über dessen Zustand und über den Dreck in der Wiege.

»Ich zahle dir diese Summe monatlich, wenn du das Kind wie dein eigenes behandelst. Achte auf Sauberkeit. Wenn es überlebt und obendrein gut gedeiht, bekommst du zusätzlich als Belohnung zehn Gulden an dem Tag, an dem ich ihn abhole«, sagte sie zu der Bäuerin und legte zwei Gulden auf den Tisch.

Nachdem die Frau den Säugling gestillt hatte – Rosa saß ihr gegenüber und beobachtete sie unverwandt, was die junge Frau noch mehr verunsicherte –, nahm sie ihn ihr ab, zog ihm frische Kleidung an und machte sich auf den Weg zur Kirche, um ihn taufen zu lassen.

»Ich erbitte die heilige Taufe für meinen Neffen Albert Theodor, ich werde seine Patin sein«, sagte sie zum Pfarrer, der sie neugierig betrachtete.

Er begann sie über ihre Person und das Kind auszufragen: »Ich habe dich in meiner Gemeinde noch nie gesehen.«

Sie gab ihm kurz angebundene Antworten. Der alte Mesner wurde zum Taufbecken gewunken und fungierte als Taufzeuge, nach wenigen Minuten war das schreiende Kind getauft, Rosa verließ mit ihm die Kirche und brachte den Buben zur jungen Bäuerin zurück.

Zu Mittag sagte Rosa zu ihrem Bruder: »Ich habe heute früh deinen Sohn taufen lassen.«

»Das ist gut. Ich danke dir«, erwiderte Anton und nickte müde.

Als er sich nach dem Essen erhob, fragte sie: »Willst du denn nicht wissen, wie er heißt?«

Anton schaute seine Schwester erstaunt an: »Ich nehme an, wie sein Vater.«

»Er heißt Albert Theodor. Im Andenken an seine Mutter.«

Er starrte sie ungläubig an. Für ihn war es stets selbstverständlich gewesen, dass – falls er jemals einen Sohn haben sollte – dieser seinen Namen tragen würde.

»Und warum der Name Theodor?«, brachte er endlich heraus, er betonte den Namen abfällig.

»Weil er schön ist.«

Er schüttelte unwirsch den Kopf und verließ die Küche, im Flur hörte ihn Rosa verächtlich sagen: »Albert Theodor!«

Im Februar, der kleine Albert war sechs Monate alt, holte ihn Rosa in die Hofmühle. Mit ihren Nichten hatte sie ihn beinahe täglich besucht, um der Amme auf die Finger zu schauen und Zeit mit ihm zu verbringen. Das Wohngebäude der Hofmühle wurde vergrößert und mit neuen Möbeln ausgestattet. Rosa hatte auf eine geräumige Stube neben der Küche bestanden, auf eine kleine Waschküche, die zugleich Badestube war, auf eine Speisekammer, auf große helle Schlafkammern im Stockwerk darüber. Rosa war diejenige, die mit dem Tischler und den Zimmerleuten besprach, was zu tun war, sie beaufsichtigte, zur Eile antrieb, verhandelte und die Rechnungen bezahlte.

Anton ließ seiner Schwester freie Hand, nur sein altes Bett wollte er behalten und nicht zu Brennholz hacken, außerdem wollte er in seiner Kammer keinen *Krimskrams* haben. Rosa liebte Spitzenklöppeleien und hatte eine Menge davon aus Wien mitgebracht. Antons Töchter trieben gerne ihren Spaß mit ihm, indem sie abends in seinem Zimmer überall Spitzendeckchen platzierten, kichernd nahmen sie sie beim Frühstück wieder in Empfang. Er legte jeder eines auf das Haupt, verbeugte sich vor ihnen und nannte sie *meine hochverehrten Hofdamen*.

Rosa drängte Anton, auf eine Kunstmühle umzusteigen und außerdem mit einem zweiten Mühlrad eine Gattersäge zu betreiben, sie streckte ihm das Geld vor. Er kaufte zwei Walzenstühle und war somit in der Lage, wesentlich feineres Mehl als mit den Mühlsteinen zu mahlen. Seine Mühle zählte in der Umgebung mittlerweile zu den größten, und mit dem neuen Haus hatte er sich nicht nur abgefunden, er hatte seine Freude daran, er konnte nicht mehr wie ein Tagelöhner hausen, das war eine Sache des Prestiges. Die Rückzahlung des Geldes forderte Rosa kein einziges Mal ein, als er davon sprach, winkte sie ab. Er wunderte sich, aber wenn er sie danach fragte, warum sie so viel Geld besitze, sagte sie: »Meine Herrschaft war sehr großzügig mit mir.« Einmal konnte er seine Neugier nicht besiegen und durchwühlte ihre Kammer, konnte aber nichts finden. Es ärgerte ihn manchmal maßlos, nicht zu wissen, was es mit ihrem Geldfluss auf sich hatte. Die Leute wussten, wem er seinen wirtschaftlichen Aufschwung zu verdanken hatte, es gab Gerede, und es hielt lange an.

Den Lehrer stellte Rosa nach dem Gottesdienst zur Rede, er hatte Emma Stockhiebe auf die Hände verabreicht, nachdem sie an der Tafel bei einer Rechnung versagt hatte, ihre Wunde war erneut aufgeplatzt. Als der Nachbar seine kranke Frau zwang, auf dem Feld zu bleiben, um gemeinsam mit ihm das Heu einzubringen, schickte sie die Frau kurzerhand ins Bett und nahm selbst den Rechen in die Hand. Einer alten Magd, die vom Großbauern Johann Eder vom Hof gejagt worden war, gewährte sie ein paar Tage Unterschlupf, sie half ihr, einen Brief an eine Schwester zu schreiben, welche auf der anderen Seite der Donau mit einem Metzger verheiratet war, der Neffe holte sie umgehend ab.

Ohne zu zögern, wusste Rosa, was zu sagen oder zu tun war, und nie tat sie es auf eine herabwürdigende Art und Weise. Sie blieb freundlich, aber unnachgiebig, auch Anton gegenüber, er wurde weder um seine Meinung gefragt noch um Erlaubnis. Obwohl Rosa ihn im Beisein anderer nicht bloßstellte, waren ihm manche Situationen unangenehm, weil sie ihn beschämten. Sie riefen in ihm das Gefühl hervor, er, der Hofmüller, war ihr, der ehemaligen Dienstbotin, nicht einmal annähernd gewachsen. Er hatte Angst, die Leute dachten ebenso. Auf die Suche nach einer Frau begab er sich nicht mehr, obwohl er sich in den Nächten einsam fühlte. Manchmal, wenn er wach lag, überkamen ihn eigenartige Gedanken, er wünschte sich, Rosa wäre seine Frau und läge neben ihm. Er schämte sich, verscheuchte die Gedanken, sie kamen wieder, mitunter mit einer Vehemenz, die ihn rasend machte. Sie ist meine Frau und völlig abhängig von mir, malte er sich aus, sie unterwirft sich mir, mit Haut und Haar, und ihr ganzes Sein und Tun drehen sich einzig um mich. Wenn er wieder in ihrer Nähe war und sie zusammen mit seinen Kindern sah, die sie über alles liebten, sank seine hilflose Sehnsucht, seine Verwirrung, seine Wut in sich zusammen.

10

Katharine war die Erste, die aus dem Elternhaus auszog, mit einundzwanzig heiratete sie im Nachbarort den Sohn eines Schmieds, der in wenigen Jahren den wohlhabenden Betrieb des Vaters übernehmen sollte, Alfred war ein gutmütiger Mann und seine Eltern fürsorgliche Leute. Die Freude bei Anton und Rosa war groß, wohingegen bei Emmas Hochzeit, ein Jahr darauf, die Sorgen überwogen. Sie gab einem Bauern das Jawort, der um etliches älter als sie und Witwer war, er hatte bereits zwei kleine Kinder, bei der Geburt des zweiten war die Frau gestorben. Auf dem Hof lebten außer der Mutter noch zwei jüngere Geschwister, eines davon schwachsinnig, der Vater war bereits vor Jahren verstorben.

Rosa, die von Anfang an den Verdacht nicht loswurde, dass ihre aufopferungsbereite Nichte mehr aus Mitleid denn aus Liebe handelte, hatte Emma einige Male ins Gewissen geredet.

»Man heiratet nicht aus Mitgefühl, Emma«, sagte sie zu ihr, als der hartnäckige Werber das fünfte Mal hintereinander an einem Sonntag mit seinem Fuhrwerk vor der Hofmühle anhielt – er wohnte zwei Stunden Fußweg entfernt –, um sie zu einem Spaziergang abzuholen. »Wenn du keine Liebe für den Mann empfindest, musst du dem Ganzen ein Ende bereiten und besser heute als morgen. Du darfst in ihm keine falschen Hoffnungen wecken.«

»Ich weiß nicht, was ich für ihn empfinde, aber er ist so rührend um mich bemüht, dass ich mich geschmeichelt fühle«, erwiderte Emma.

»Es ist natürlich, dass er sich um dich bemüht. Er möchte schnell wieder heiraten, er braucht eine Mutter für die Kleinen, und obendrein hat ein Mann seine Bedürfnisse. Du bist jung und hübsch, wie könnte er sich da nicht um dich bemühen? Es ist für ihn von Vorteil, wenn du seine Frau wirst, nicht umgekehrt. Ob er der Richtige für dich ist, das kannst nur du entscheiden. Als Ehefrau hast du dich deinem Mann das ganze Leben lang unterzuordnen, dein Vater gibt dir immerhin die Freiheit, selbst zu entscheiden, wem du dich unterordnest. Triff die richtige Entscheidung.«

Emma entschied sich für Veit, und die Trauung fand im Heimatort des Bräutigams statt. Als Rosa und Anton am Tag darauf abreisten, stand die frischgebackene Ehefrau vor dem Haus und winkte ihnen nach, das jüngste Kind ihres Mannes am Arm, das andere an ihrem Rockzipfel hängend und plärrend, die alte verbitterte Mutter, die während des Hochzeitsfestes kein einziges freundliches Wort gesagt hatte, in der Haustür keifend, der schwachsinnige Junge um sie herumhüpfend. Es war Anton, der während des Heimwegs einen schweren Seufzer nach dem anderen machte.

Noch größere Sorgen machten sich Rosa und Anton um die Jüngste. Josephine hatte ihren Willen durchgesetzt und heiratete einen besitzlosen Mann, der nicht einmal eine Bleibe hatte, sie hatte sich Hals über Kopf in ihn verliebt, als er für einige Wochen in der Hofmühle arbeitete. Der lebenslustige Vinzenz stammte von einer kleinen Mühle in der Nähe von Linz, die sein ältester Bruder geerbt hatte. Nachdem er jahrelang unentgeltlich bei ihm mitgearbeitet hatte, wusste er sich keine andere Möglichkeit, als auf Wanderschaft zu gehen. Der Zufall führte ihn in die Hofmühle und schließlich in Josephines Arme. Anton setzte sich dafür ein, dass Vinzenz, den er von den drei Schwiegersöhnen am liebsten hatte, als Pächter in einer Mühle in einem Nachbarort akzeptiert wurde.

Obwohl er kein Interesse daran hatte, erlernte Albert nach der achtjährigen Schulzeit bei seinem Vater das Müllerhandwerk, er hatte keine Wahl. Er hätte gerne das Gymnasium in Linz besucht, studiert, er interessierte sich für Ingenieurwissenschaften, auch für Medizin, doch sein Vater erlaubte es ihm nicht, der einzige Sohn hatte den väterlichen Betrieb zu übernehmen. Rosa hielt ihren Neffen an, viel zu lesen, was nicht nötig war, Albert las aus freien Stücken. Manchmal kam es deshalb zu Streitigkeiten zwischen den Geschwistern, Anton erinnerte sich daran, wie das viele Lesen bei seiner Schwester zu Unzufriedenheit geführt hatte.

Albert empfand weder Vorfreude noch Ehrgeiz bei dem Gedanken, die Hofmühle zu übernehmen, schon mit zwanzig verspürte er ein Gefühl des Überdrusses, als wäre er ein alter Mann und hätte diese Tätigkeit jahrzehntelang ausgeführt. Wenn er beim sonntäglichen Kirchgang ältere Männer, niedergedrückt von Arbeit und Verpflichtung, betrachtete, beschlich ihn Angst vor dem Leben, angesichts der Frauen, die noch älter und verbrauchter wirkten als ihre Männer, überkam ihn Verzweiflung. Von Rosas Erzählungen aus ihrem Leben in Wien wusste er, dass es Leute gab, denen Tür und Tor zur Welt offenstanden, weil sie die Mittel dazu besaßen. Er wäre liebend gerne einige Jahre gereist, bevor er der neue Hofmüller wurde.

Albert hatte Glück, die Einführung der allgemeinen Wehrpflicht im Jahr 1868 kam seinen Wünschen entgegen, alle Männer, gleich welchen Beruf sie ausübten, hatten einen dreijährigen Militärdienst zu leisten. Mit zweiundzwanzig erhielt Albert seine Einberufung. Er entschied sich für die k. u. k. Kriegsmarine und verkündete im Vorhinein, er habe vor, länger als drei Jahre zu dienen, er wolle etwas von der Welt sehen. Anton, der zwar ein treuer Anhänger des Kaisers war und es nicht wagte, die Wehrpflicht laut zu kritisieren, wünschte sich, dass sein einziger Sohn in der Hofmühle blieb, sich eine tüchtige Frau suchte und Kinder in die Welt setzte. Er zählte dreiundsechzig Jahre und sah sich außerstande, die Mühle alleine zu betreiben. Wenn er jünger gewesen wäre – er spürte täglich schmerzhaft seine Knochen – oder mehr als einen Sohn gehabt hätte, wäre die Sache nicht so tragisch gewesen.

»Du kommst nach drei Jahren heim und heiratest!«, sagte Anton zu seinem Sohn.

Albert lachte auf und schüttelte den Kopf, mit dem Heiraten hatte er es nicht eilig.

»Ich werde es dir gleichtun und spät vor den Traualtar treten«, neckte er seinen Vater.

Vier Kinder habe ich, dachte Anton wehmütig, und nun soll ich alleine mit meiner Schwester im großen Haus das Alter verbringen, ohne eines der Kinder an meiner Seite, ohne Enkelkinder aufwachsen zu sehen. Man begab sich auf die Suche nach einem Gesellen, der in den Jahren von Alberts Abwesenheit dessen Platz einnehmen sollte. Es war ein schwieriges Unterfangen, denn Anton war mit keinem zufrieden, bis sich plötzlich eine andere Lösung ergab: Josephine und Vinzenz äußerten den Wunsch, die Hofmühle führen zu dürfen. Was Anton nicht wusste, war, dass Rosa ihnen den Vorschlag unterbreitet hatte, sie hatte gewusst, dass Josephine in den letzten Jahren in der abgelegenen kleinen Mühle nicht glücklich gewesen war. Der alte kinderlose Besitzer, der im Pachtvertrag Wohn- und Pflegerecht auf Lebenszeit festgeschrieben hatte, war ein Tyrann, der ihr das Leben täglich zur Qual machte.

Die Eheleute zogen in der Hofmühle ein, Anton war froh über diese Fügung, Josephine war immer sein Liebling gewesen. Für Albert wurde ein Abschiedsfest gefeiert, gemeinsam brachte man ihn nach Obermühl, wo er das Schiff nach Wien bestieg.

Er blieb zwölf Jahre lang fort. Nur zweimal kam er für wenige Tage auf Heimaturlaub nach Hause. Seinen Vater sah er nicht mehr, dieser starb im dritten Winter, nachdem sein Sohn fortgegangen war, an einer schweren Grippe.

Albert
und
Anna

1

Albert Theodor Brugger war auf Brautsuche, und die ganze Sache war für ihn eine sehr delikate, denn er hatte hohe Ansprüche an seine zukünftige Frau.

Sie sollte auf alle Fälle jünger als er sein, er wollte mit fünfzig keine Frau an seiner Seite haben, die aussah, als wäre sie seine Mutter, und es war allgemein bekannt, dass Frauen schneller alterten als Männer. Die meisten Männer in seiner Situation hätten – was ein etwas höheres Alter der Braut betraf – eher die Sorge angeführt, ob sie in der Lage sein würde, gesunden Erben das Leben zu schenken. Albert beschäftigte diese Frage weniger. Natürlich wünschte er sich einen gesunden Sohn, oder auch zwei, doch wenn er zu entscheiden hätte zwischen acht Kindern von einer verhärmten, abgezehrten Mutter und nur einer Tochter von einer fröhlichen, hübschen Frau, die ihm liebevoll zugetan war, würde er sich ohne zu zögern für Zweiteres entscheiden. Das war egoistisch, aber die Wahrheit, er konnte sich diesbezüglich keiner Selbsttäuschung hingeben. Es ging ihm rein um sein Wohlbefinden, um sein persönliches Glück. Zwei seiner Schwestern hatten genug Kinder zur Welt gebracht – er hatte immer noch Schwierigkeiten, sich die Namen der Nichten und Neffen zu merken, geschweige denn wusste er ihr Alter –, im schlimmsten Fall ginge der Besitz an einen Neffen über. Dass der Familienname des Hausbesitzers, der seit vielen Generationen derselbe gewesen war, dann ein anderer sein würde, war ihm gleichgültig. Diesen Teil der Überlegungen, seine zukünftige Braut betreffend, durfte Albert nicht mit seiner Tante Rosa teilen, er hätte für sie eine Ungeheuerlichkeit dargestellt. Sie hatte seit ihrem neununddreißigsten Lebensjahr nichts anderes getan, als ihrem verwitweten Bruder zu helfen, den Betrieb nicht nur zu erhalten, sondern sogar zu vergrößern und die Kinder großzuziehen. Dabei hatte ihr größtes Augenmerk ihm gegolten, dem einzigen Sohn nach drei Mädchen, er sollte eines Tages Haus und Betrieb übernehmen, damit die männliche Linie nicht ausstarb.

Doch zu jung durfte die zukünftige Ehefrau auch nicht sein. Albert widerstrebte die Vorstellung, sich mit einem unreifen Mädchen abgeben zu müssen, das bei jeder Gelegenheit rot anlief und dabei womöglich noch kicherte. Er wünschte sich eine starke und selbstbewusste Frau, die sich ihm gleichzeitig unterordnete, ihn vergötterte, die liebevoll und sanft war, und auf keinen Fall zänkisch und rechthaberisch. Die Liste der Eigenschaften, die seine zukünftige Ehefrau haben *sollte*, war damit aber noch nicht zu Ende: Sie sollte hübsch und schlank sein, und das auch länger bleiben – nicht bereits mit vierzig aussehen wie ein verrunzeltes Weib oder ein Germknödel –, obendrein sollte sie es verstehen, sich adrett herzurichten. Sie sollte in der Lage sein, flüssig zu lesen, und eine rasche Auffassungsgabe haben. Dummheit konnte er nicht ausstehen, ebenso ein zu frömmlerisches Getue. Sie sollte ein fröhliches Wesen haben, denn Fröhlichkeit schien ihm unverzichtbar in einem Leben, das ohnehin hart und arbeitsam sein würde. Sie war das beste Gegengift, wenn die Kälte – wie eine Spinne – ihr Netz in alle Winkel des Herzens wob.

Obendrein, und auch das war von großer Wichtigkeit für ihn, sollte sie Gefallen finden an den körperlichen Freuden. Albert wollte sein Bett nicht mit einer Frau teilen, die er jedes Mal beinahe zwingen musste, ihn an sich heranzulassen; er hatte von manchen Kameraden gehört, dass Prüderie ein gar nicht so seltenes Phänomen unter Ehefrauen war. Viele Romane beschrieben klopfende Herzen beim Anblick eines seidenweichen Unterrocksaumes, verliebte Betrachtungen des zarten Flaums an der Wange der Angebeteten, verstohlenes Riechen an Kämmen und Busentüchern, zarte Küsschen den nackten Unterarm entlang bis zur Ellbogenbeuge. Über diese Romantisiererei einer Liebe ließ sich gut lesen, doch im wirklichen Leben hatte er nicht vor, sich damit zu begnügen.

Eines wusste er mit Sicherheit: Er hatte nichts dagegen, wenn seine Angetraute aus einer armen Familie stammte und ohne Anhang war, sodass sie nicht eine ganze Menge Verwandter und deren Einfluss in sein Haus mitbrachte. Es konnte nur ein großer Vorteil für das Eheleben sein, wenn eine Frau alles ihrem Gatten zu verdanken hatte und ausschließlich unter dessen Einfluss stand.

Himmelherrgott, warum musste er stets grübeln und abwägen, warum konnte er sich nicht einfach heftig verlieben? Es gab einige junge Frauen im Dorf und in den Nachbardörfern, die nicht abgeneigt waren, ihn zu heiraten, er war keine schlechte Partie.

»Gut Ding braucht eben Weile!«, hatte sein Freund Adam Hanáček zu seinem Dilemma gesagt. Aber an diese Devise wollte Albert sich nicht halten, ihm graute bei der Vorstellung, längere Zeit alleine in seinem Elternhaus leben zu müssen.

Er saß in der Stube über die Autobiografie des Naturwissenschaftlers Emil Adolf Roßmäßler gebeugt – er hatte sie in Wien einen Tag vor seiner Heimreise zusammen mit vier anderen Büchern gekauft –, konnte sich jedoch nicht auf das Lesen konzentrieren. Seit Wochen kreisten seine Gedanken nur um die eine Frage: »Welche ist die Richtige?« Und sie begann ihn allmählich zu zermürben. Am liebsten hätte er die Heiraterei bereits hinter sich gebracht. Er stellte sich vor, dass es nicht seine alte Tante war, die mit einer Stickarbeit auf der Ofenbank saß, sondern seine schöne Frau, die ihn bat, er möge ihr doch etwas aus dem Buch vorlesen. Doch bis es so weit war, würde vermutlich noch viel Wasser den Bach vor der Hofmühle hinunterfließen.

Offenbar hatte er zu laut geseufzt, denn seine Tante sah von ihrer Arbeit auf und zu ihm herüber. Sie wusste, welche Gedanken ihn plagten.

»Ach Albert«, sagte sie. »Verlass dich auf mein Urteil.«

Er lachte auf: »Ich muss mit ihr leben.«

Von Anfang an hatte Rosa die Tochter eines Gastwirts im Nachbarort – Amalia – als die beste Partie weit und breit angepriesen. Rosa schätzte die Familie sehr, die Eltern genossen hohes Ansehen, und sie engagierten sich wohltätig, für Schulkinder aus armen Familien gaben sie Mittagessen aus. Die junge Frau war temperamentvoll, tüchtig und konnte gut kochen, und Rosa gefiel besonders die Vorstellung von der Mitgift. Sie wusste, dass das Vermögen, das die Frau mitbrachte, von großer Bedeutung in einer Ehe war, da es die Frau dem Mann nicht von vorneherein unterlegen machte, und sie wünschte sich für ihren Neffen eine ebenbürtige Gattin. Albert kannte Amalia flüchtig von früher, sie war eine Cousine des Schmiedes, mit dem seine Schwester Katharine verheiratet war, sie waren ab und zu in dem Gasthof beieinandergesessen, Amalia war damals noch ein Kind gewesen.

»Ich soll also morgen dem Fräulein Brandstetter einen Heiratsantrag machen?«, fragte er.

»Das wäre nun doch etwas voreilig. Einem Heiratsantrag gehen gemeinsame Gespräche, Spaziergänge und dergleichen voraus.«

»Das wusste ich gar nicht. Tante, wenn ich dich nicht hätte!«

Sie schaute ihn erstaunt an, er zwinkerte ihr zu, und sie musste lachen. Er nahm sie also wieder einmal auf den Arm.

Albert war von der Idee, die Tochter des Gastwirtes zu heiraten, nicht angetan. Laut seiner Tante – und auch Katharine hatte darauf hingewiesen – konnte sie wie ihre Mutter ausgezeichnet kochen und war gesellig, aber Albert gefiel die junge Frau nicht. Ihre Gestalt war ihm zu hager, ihr Haar zu dünn, ebenso ihre Lippen, die bei jedem schallenden Gelächter – das durchaus mitreißend war, das konnte er nicht leugnen – nicht nur die Zähne entblößten, sondern auch das Zahnfleisch. Bei einem gemeinsamen Tanz hatte er festgestellt, dass sie, obwohl sicherlich frisch gebadet, immer noch leicht nach altem Bratfett roch, so als hätte sich der Geruch des Gasthofes bereits auf ihrer Haut festgesetzt. Dass es an diesen Äußerlichkeiten lag, wollte er jedoch seiner Tante nicht beichten, er hätte nur einen scheelen Blick geerntet und zu hören bekommen: »Schönheit wird vergehen, Charakter bleibt bestehen!«

Schon bei der ersten Begegnung mit den Leuten in seiner Heimat hatte er Gefallen an einer anderen jungen Frau gefunden. Die Marktgemeinde hatte anlässlich seiner Heimkehr aus dem Dienst in der k. u. k. Kriegsmarine ihm zu Ehren ein Begrüßungsfest veranstaltet, das am Sonntag nach dem Gottesdienst auf dem Marktplatz stattgefunden hatte. Reden wurden geschwungen, zuerst vom Pfarrer, dann vom Bürgermeister, in denen er als »Vaterlandsverteidiger«, als »Weltumsegler« und schließlich als »Weltbürger« dargestellt wurde.

»Wir dürfen uns glücklich schätzen, diesen Weltbürger einen Sohn unserer kleinen Gemeinde zu nennen!«, schloss der Bürgermeister. Er kam Albert mit hochrotem, strahlendem Gesicht und ausgestreckten Armen entgegen, die Leute applaudierten, und die beiden Männer umarmten sich. Albert unterließ es, dem Redner zu erläutern, dass ein Weltbürger – oder sogenannter Kosmopolit – nicht unbedingt ein vielgereister Mann war, sondern die philosophische Auffassung vertrat, der Mensch wäre auf der ganzen Welt zu Hause, Staatsgebilde hätten keine Notwendigkeit. Was das betraf, war er nämlich absolut kein Weltbürger: Er war stolz, Bürger des Habsburgerreiches zu sein.

Albert, der die Reden als übertrieben und ein bisschen lächerlich empfunden hatte, war dann vom Fest gerührt. Die Leute hatten sich für ihn herausgeputzt und drückten ihre Freude über seine Heimkehr aus.

»Schön, dass du wieder da bist!«, sagten sie, schüttelten seine Hand, einige Ältere klopften ihm auf die Schulter. Die Gastwirte im Ort hatten Bänke und Tische auf dem Marktplatz aufgestellt, servierten Schweinsbraten mit Semmelknödeln und jede Menge Maßkrüge Bier. Die Musikkapelle spielte, die jungen Leute drängten auf die Tanzfläche oder standen in Grüppchen beisammen, um sich zu unterhalten, die Alten beobachteten das Treiben und streckten ihr Gesicht der milden Spätsommersonne entgegen. Albert tanzte mit seiner Tante, seinen Schwestern und einigen Frauen, die den Mut aufbrachten, ihn zum Tanz zu holen, die erste davon war Amalia. Während er sie herumwirbelte, fragte er sich, ob seine zukünftige Frau unter ihnen war, keine weckte sein Interesse. Als er eine Pause einlegte, fiel ihm eine junge Frau auf, die etwas abseits saß. Seine Tante verfolgte seinen Blick und sagte: »Nicht sie, Albert. Sie ist die Tochter vom Eder. Die einzige.«

Albert erinnerte sich allzu gut an Johann Eder, der nach dem Unfalltod des Nachbarn der Hofmühle unbedingt dessen Hof samt Feld hatte kaufen wollen, was Alberts Vater Anton gerade noch verhindert hatte. Wenige Wochen darauf hatte Eder aus reiner Gehässigkeit eine Ladung Steine, welche seine Kinder aus seinen Wiesen und Äckern auf das Fuhrwerk geklaubt hatten, mitten auf Antons neu erworbenes Feld gekippt. Albert und seine Schwestern waren tagelang damit beschäftigt gewesen, die Steine wieder zu entfernen. Eder war ein grober Mann, der seine Familie und seine Dienstboten tyrannisierte und Spaß daran fand, niemand war ihm gewachsen, viele im Ort hatten regelrecht Angst vor ihm. Wenn Rosa versuchte, nach dem Gottesdienst mit der Frau zu reden, die verschreckt, stumm und mit gebeugtem Kopf hinter ihrem Mann herging, wusste der Bauer das zu verhindern, sie durfte mit niemandem sprechen, er isolierte sie völlig. Rosa regte stets furchtbar auf, was da vor aller Augen vor sich ging, und sie bat den Pfarrer, einzuschreiten, doch der Bauer jagte diesen kurzerhand vom Hof. Mit der Zeit resignierten alle im Ort, die etwas zu sagen hatten, selbst der Bürgermeister.

»Er hat vor Jahren einer Magd ein Kind gemacht. Sie war ein junges hübsches Ding, er hat die Finger nicht von ihr lassen können«, sagte Rosa. »Sie wollte ihm davonlaufen, er hat sie eingesperrt. Ihren Sohn, er dürfte jetzt ungefähr zehn sein, hält er wie Vieh.«

»Wie heißt sie?«, fragte Albert, er konnte nicht aufhören, zur jungen Frau hinüberzuschauen.

Seine Tante zuckte mit den Schultern: »Ich glaube, Franziska.«

»Wie alt ist sie?«

»Etwas über zwanzig.«

»Sie ist eine Schönheit«, sagte er.

»Das ist sie. Aber um Himmels willen, lass die Finger von ihr«, sagte Rosa.

»Was kann die Tochter für den Vater?«

»Nichts, Albert. Aber möchtest du den Eder zum Schwiegervater haben?«

Er stand auf. Seine Tante seufzte kopfschüttelnd, er beugte sich zu ihr und flüsterte: »Es ist nur ein Tanz, Tante.«

Er tanzte lange mit Franziska, und das sorgte für Getuschel. Sie roch nach Lavendel, hatte feine, helle Sommersprossen und lag leicht in seinem Arm. Wenn sie miteinander sprachen, sah sie ihm lächelnd ins Gesicht, manchmal schlug sie ihre Augen nieder. Bevor er sie an ihren Platz zurückbrachte, fragte er sie, ob sie bereit wäre, mit ihm am darauffolgenden Sonntagnachmittag einen Spaziergang zu machen, und sie willigte schüchtern ein.

2

Im Mai 1882, neun Monate nach seinem Tanz mit Eders einziger Tochter, heiratete Albert in der Pfarrkirche seines Heimatortes die junge Wienerin Anna Svoboda.

Im Dorf sorgte die eilige Hochzeit des jungen Brugger mit der Städterin für Gesprächsstoff, viele vermuteten, dass eine Schwangerschaft dahintersteckte. Albert war im Winter mehrmals in Wien gewesen und jedes Mal verändert zurückgekommen. Die Gerüchte zerstreuten sich erst, als über den Sommer kein wachsender Bauch sichtbar wurde.

Anna war zwanzig und die zweitälteste Tochter des Tischlermeisters Wilhelm Svoboda, der eine Werkstatt mit über dreißig Angestellten in der Nähe des Lainzer Tiergartens besaß. Seine Kunden waren wohlhabende Leute, für sie fertigte er Wohnmöbel aller Art. Einen Namen hatte er sich mit hochwertigen Sekretären, Schränken und Vitrinen aus Tropenholz gemacht.

Albert hatte Anna bei einem Essen im Kreis der Familie kennengelernt, zu dem ihn Svoboda nach ihrer geschäftlichen Besprechung eingeladen hatte. Anna verhielt sich bei diesem ersten Treffen ihm gegenüber derart bezaubernd und charmant, dass ihm Hören und Sehen verging. Sie war groß und schmal, hielt ihren Rücken auffallend gerade, hatte dunkles dichtes Haar, braune Augen und ein verschmitztes Lächeln. Er blieb acht Tage lang in Wien – er hatte einiges für sein neues Geschäft zu regeln – und sah sie beinahe täglich, nicht weil er sich aufgedrängt hätte, sondern weil die Familie ihn stets für den nächsten Tag einlud. Sie besuchten gemeinsam ein Theaterstück, ein anderes Mal saßen sie bei einem Heurigen, dann wieder spazierten sie durch den Park im Lainzer Tiergarten, immer war jemand aus der Familie dabei. Es war offensichtlich, dass sein Interesse für die junge Frau von den Eltern und von ihr selbst nicht ungern gesehen wurde. Wie kann es sein, dachte Albert, dass eine solch hübsche und kluge Frau noch nicht vergeben ist und sich für jemanden wie mich interessiert? Sie weiß, dass ich in einem Dorf in der tiefsten Provinz zu Hause bin. Obwohl sie betonte, dass sie eine Naturliebhaberin war, bezweifelte er, dass der jungen Frau bewusst war, was es bedeutete, das ganze Jahr inmitten der Natur zu leben; ob sie von schneereichen Wintern wusste, in denen es Tage dauerte, um den Weg zumindest ins Dorf freizuschaufeln, in denen man – die Tage kurz, die Nächte lang, kalt und stockdunkel – im Haus festsaß und keine Droschke vorbeikam, die einen vor dem Theater absetzte.

»Schreiben Sie mir bitte«, sagte sie am Abend, bevor er abreiste, zu ihm. »Erzählen Sie frisch von der Leber weg von Ihren Schwestern und von Ihrer Heimat. Bleiben Sie bei der Wahrheit, tragen Sie nicht dick auf.«

In der Hofmühle angekommen, begann Albert zu überlegen, was er wie formulieren könnte, um Anna zu beeindrucken. Eine Woche darauf setzte er sich am Abend in sein Zimmer – in der Stube gab es zu viele Beobachter –, bis spät in der Nacht saß er an seinem Tisch.

Liebste Anna, schrieb Albert im ersten Überschwang und war sich plötzlich nicht mehr sicher, ob diese Anrede angemessen war bei einer Frau, die man erst vor kurzem kennengelernt hatte, weshalb er beim zweiten Versuch mit *Sehr geehrtes Fräulein Svoboda* begann, was ihm wiederum eigenartig erschien, da er sie in Wien mit ihrem Vornamen angesprochen hatte. Beim dritten Versuch wurde *Liebe Anna* daraus, beim vierten Versuch dann wieder *Sehr geehrte Anna!*

Er schrieb über seine Schwester Josephine, die drei Jahre älter war als er und ihm am nächsten stand, über seinen Schwager Vinzenz, der die Mühle und Säge während seiner Abwesenheit gewissenhaft betrieben hatte und es immer noch tat. *Den beiden ist es verwehrt geblieben, Kinder zu bekommen, ich weiß von meiner Tante, dass meine Schwester sehr darunter leidet. Ich wünsche ihr,* dass sie eines Tages damit ihren Frieden schließen kann. Gerne würde ich mit ihr darüber reden, habe aber bisher nicht die richtigen Worte gefunden. Er erzählte von seiner Tante Rosa, die ihn großgezogen hatte und die seinem Plan, ein Handelsgeschäft zu eröffnen, skeptisch gegenüberstand. Schuster, bleib bei deinem Leisten, hat sie zu mir gesagt, du bist ein Müller. Er schrieb über seine sechs Jahre ältere Schwester Emma, die sich als Einzige an die Mutter erinnern konnte. Bei ihrer Hochzeit mit einem Bauern haben sich mein Vater und meine Tante große Sorgen gemacht. Da er nicht von hier ist, auch nicht aus einem Nachbarort, haben sie wenig über ihn gewusst. Nach der Hochzeit hat sich allmählich herausgestellt, dass er sich bescheidener dargestellt hat. Er besitzt an die dreißig Hektar Grund, betreibt eine Milchwirtschaft und züchtet obendrein Schafe. Die beiden haben drei gesunde Kinder, zwei Söhne und eine Tochter. Emma hat mich am meisten überrascht, als ich sie nach meiner Rückkehr wiedergesehen habe, von allen drei Schwestern wirkt sie am glücklichsten. Er berichtete über die fünf Jahre ältere Katharine, die als Kind die Hübscheste von allen gewesen war und sehr jung ins Nachbardorf geheiratet hatte. Ihr Mann besitzt eine Schmiedewerkstätte. Die beiden haben elf Kinder, die Namen meiner Neffen und Nichten bringe ich jedes Mal durcheinander. Einige haben sie bei der Geburt oder in den ersten Jahren verloren, auch das weiß ich nur von meiner Tante. Sie hat einmal unverblümt gesagt, dass Fini es mit ihrer Kinderlosigkeit besser getroffen hat als Kathi.

Zum Schluss schrieb er über seine Heimat. Die Mühlviertler haben lange ihre Heimat als die vergessene Provinz der Monarchie bezeichnet, und ganz Unrecht haben sie nicht gehabt. Kaum jemand hat sich für ihre Belange, geschweige denn ihr hartes Leben interessiert. Zeitungen aus der Hauptstadt zum Beispiel sind in Böhmen oder im Salzkammergut schneller angekommen als in den Marktgemeinden des Mühlviertels. Doktoren haben davor zurückgescheut, eine Praxis in dieser rauen Gegend zu eröffnen, die Lehrer in den Volksschulen sind auf sich alleine gestellt gewesen, höhere Schulen hat es keine gegeben. Wenn sie etwas benötigt oder auf eine Sanierung der Schule bestanden haben, haben sie sich die Zähne an den Obrigkeiten ausgebissen. Die Mühlviertler haben gehorsam Pachtzins und Abgaben bezahlt, sie sind keine Rebellen. Sie sind arbeitsame Menschen, die Bauern wie die Handwerker, und die Leinenweber, Bierbrauer, Holzhändler und Müller genießen einen guten Ruf bis über die Grenzen des Mühlviertels hinaus, ihre Erzeugnisse sind bekannt und gefragt. Alles Nutzbare hat bis zum Jahr der Revolution der Kirche oder dem Adel gehört. Im Falle von Putzleinsdorf waren dies das Bistum in Passau und die Grafen von Salburg-Falkenstein, die im hoch über dem Donautal thronenden Schloss Altenhof lebten.

Auch die Hofmühle ist im Besitz der Salburg-Falkensteiner gewesen. Es gibt eine Geschichte darüber, wie die Brugger Pächter der Mühle geworden sind. Ein Grafensohn hat Mitte des 17. Jahrhunderts eine junge Magd geschwängert. Da ihm ihr Wohl am Herzen gelegen ist, hat er eine Ehe mit einem jungen Müllersburschen arrangiert, dieser war ihm durch seine Tüchtigkeit in der schlosseigenen Mühle aufgefallen. Dem frischgebackenen Ehemann, Brugger, hat er auf Lebenszeit die Pacht der Hofmühle, gelegen in der Marktgemeinde Putzleinsdorf, übertragen. Ich würde jetzt gerne dick auftragen und schreiben: Ich habe also, liebe Anna, blaues Blut in mir.

Bei der Geburt, die drei Tage gedauert hat, sind die Frau und der Säugling gestorben. Man hat sich erzählt, dass der Grafensohn bei der Nachricht seine Tränen nicht zurückhalten konnte. Er ist einige Jahre später in der Schlacht bei Mogersdorf gegen die Türken gefallen. Der junge Brugger hat eine Bauerntochter aus dem Dorf geheiratet, den ersten Sohn haben sie auf den Namen des jungen Grafen getauft: Heinrich. Ich weiß von meiner Tante, dass die Großeltern und Urgroßeltern diese Geschichte immer mit Stolz erzählt haben. Die Liebe zwischen dem Grafen und der Magd hat der Familie die Mühle und somit eine Existenz beschert.

Manches hat sich im Laufe der Zeit verbessert, aber für viele ist das Leben hier immer noch karg. Die Sommer sind kurz, die Schneebedeckung hält bis spät in den Frühling hinein an. Der sogenannte böhmische Wind, ein schneidend kalter Nordwind, plagt die Menschen oft von Jänner bis März, und vorher kann es sein, dass der Nebel alles in sein trostloses Grau hüllt. Wir haben kein mildes Klima und kaum nennenswerte Seen oder Berge, weshalb es keine Sommerfrischler gibt, die Mühlviertler bleiben vorwiegend unter sich.

Aber dennoch ist es nicht zu dick aufgetragen, wenn ich behaupte, das Mühlviertel ist schön. Viele glauben es erst, wenn sie es selbst gesehen haben. Aber diese Schönheit ist keine, welche dem Betrachter sofort ins Auge springt, manche sehen sie erst bei einem zweiten, einem dritten Besuch, einige erkennen sie nie. Auch ich habe sie als junger Mensch nicht erkannt und wollte unbedingt fort von zu Hause. Heute staune ich jeden Tag darüber. Wie kann ich die Landschaft beschreiben? Die meisten tun es mit den Worten »sanft hügelig«. Diese sanften Hügel bestehen aus grünen Wiesen, aus Mischwäldern, die im Herbst bunt leuchten, so wie es jetzt der Fall ist, aus dunklen Nadelwäldern, die im Wind mächtig rauschen, aus Bächen, kleinen Flüssen, Fluren, Auen.

Der Herbst ist meine Lieblingszeit. Ich liebe das warme milde Herbstlicht, das alles golden färbt. Letzte Nacht hat es kurz geregnet, ich mag den Duft der regennassen Erde, wenn ich am Morgen das Haus verlasse, den Nebel, der vom Boden aufsteigt.

Ich hoffe sehr, liebe Anna, ich kann Ihnen eines Tages meine Heimat zeigen, und verbleibe mit lieben Grüßen,

Ihr Albert Brugger

Um nicht auf die Idee zu kommen, ihn abzuändern oder gar neu zu schreiben, brachte er am nächsten Morgen den Brief in die Linde – der Gasthof fungierte als Poststelle –, bei manchen Dingen war er sich nicht sicher, ob sie nicht doch unpassend waren, sie einer Dame aus der Stadt, die man kaum kannte, zu berichten. Nachdem er ihn abgeschickt hatte, wurden seine Bedenken größer, und er verfluchte sich selbst. Vermutlich hielt sie ihn nun für geschwätzig, da er so offen über seine Familie berichtet hatte. Und sicherlich war es nicht ratsam, einer jungen Frau, der das Eheleben noch bevorstand, über zu viele Kinder, bei der Geburt verlorene Kinder und Kinderlosigkeit zu schreiben. Was bin ich für ein Idiot!, dachte er. Umgehend schrieb sie ihm zurück, dass sie aufgrund seiner ehrlichen und liebevollen Beschreibungen seine Schwestern und seine Heimat liebend gern kennenlernen würde.

In den darauffolgenden Monaten reiste Albert sechsmal nach Wien und traf bei diesen Besuchen Anna täglich, im März hielt er bei ihrem Vater um ihre Hand an. Vorher sprach er mit ihr darüber, und sie fiel ihm um den Hals. Die Osterfeiertage verbrachten die Svobodas im Mühlviertel, um Alberts Familie kennenzulernen und das Aufgebot zu bestellen, nicht nur die Eltern und die Brüder waren mitgekommen, sondern auch die ältere Schwester mit ihrem Gatten und der kleinen Tochter. Das junge Ehepaar verhielt sich Albert und seiner Familie gegenüber herablassend, was den Eltern offensichtlich unangenehm war, sie versuchten es durch besondere Freundlichkeit auszugleichen. Alberts Familie legte sich ins Zeug, um den Wienern schöne Tage im Mühlviertel zu bereiten, geflissentlich sahen sie über das Benehmen der beiden hinweg.

»Ich freue mich für dich. Ich bin überzeugt, wir werden gute Freundinnen«, sagte seine Schwester Josephine zu ihm, nachdem die Svobodas wieder abgereist waren. Anna hatte ihr und Vinzenz ein Geschenk mitgebracht, sie hatte sich lange mit ihr unterhalten und sich als aufmerksame Gesprächspartnerin erwiesen, beim Abschied hatte sie sie herzlich umarmt.

»Wo ist der Haken?«, fragte Rosa und betrachtete ihren Neffen prüfend, er lachte: »Sei nicht so misstrauisch, Tante, es gibt keinen.«

Mit der Ehe erhielt Alberts Leben einen neuen Sinn, er spürte eine Zufriedenheit, die er vorher nicht gekannt hatte. All sein Hadern mit der Stumpfsinnigkeit eines sesshaften, beständigen Lebens war wie weggewischt. Wenn er früh erwachte und die Schlafende betrachtete, dachte er manchmal: Gehört sie wirklich zu mir?

Noch vor der Hochzeit war mit einem Anbau des Hauses begonnen worden, der alte Teil sollte Josephine und Vinzenz vorbehalten bleiben. Albert hatte genaue Vorstellungen, den neuen Trakt hatte er gemeinsam mit dem Zimmermeister geplant, viele helle geräumige Zimmer, darunter ein eigenes Nähzimmer für seine Frau, eine Veranda vor dem Haus, so wie er sie an den Südstaatenvillen gesehen hatte.

Rosa erlebte die Fertigstellung nicht mehr, sie starb im Jänner 1883. Sie hatte sich seit Tagen schwach und kränklich gefühlt und war eines Morgens im Bett geblieben. Als Josephine nach ihr sah, bat Rosa sie, ihre Geschwister zu holen, wenige Stunden darauf tat sie im Beisein ihrer drei Nichten und ihres Neffen den letzten Atemzug. Sie wurde im Familiengrab neben ihren Eltern, dem Bruder und ihrer Schwägerin Alberta bestattet, besonders Josephine trauerte lange, Rosa und sie waren sich sehr nahegestanden. Beim Leichenschmaus – das halbe Dorf war eingeladen, Albert wollte sich beim Begräbnis seiner geliebten Tante nicht lumpen lassen – schwelgten die Geschwister in Erinnerungen. Sie erzählten, dass ihnen vor vielen Jahren die Tante aus der Stadt wie ein Engel vorgekommen war, der zum richtigen Zeitpunkt auf die Erde herabgestiegen war.

»Ich bin in den ersten Wochen manchmal in der Nacht aufgestanden, um nachzuschauen, ob sie noch in ihrem Bett liegt«, sagte Katharine. »Ich hatte solche Angst, dass ich aufwache, und sie ist nicht mehr da.«

Anna unterstützte Josephine im Haushalt und im Garten und nähte Kleidungsstücke für sich, für Katharines Töchter, die zu ihr kamen, um sich von ihr in Sachen Mode beraten zu lassen. Sie war fleißig und versorgte ihren Ehemann vortrefflich, war umsichtig, was Ausgaben betraf, nie begehrte sie auf, obendrein kleidete sie sich gut, es gab also nichts, worüber er sich hätte beschweren können. Albert staunte darüber, wie schnell sie sich einlebte, nie kam ein jammerndes Wort über ihre Lippen, dass sie ihr Leben in der Großstadt vermisste, oder ihre Familie, ihre Freundinnen, dass sie einsam war. Es muss doch in ihrem Inneren schrecklich aussehen, dachte er und wünschte sich, seine Frau würde sich öffnen und mit ihm darüber sprechen, doch sie war merkwürdig ruhig.

Das Temperament, das sie bei seinen Besuchen in Wien an den Tag gelegt hatte, war verschwunden, es war, als wäre er mit einer anderen Person verheiratet. Wo war die Frau, die ihn derart bezaubert hatte mit ihrem Witz, ihren Betrachtungen über Gott und die Welt? Er stellte fest, dass er wenig von ihr wusste, sie erschien ihm fremd. Sie las Liebesromane, die er als geistlos betrachtete, verlor sich in Träumereien. Wenn er sie fragte, woran sie dachte, schüttelte sie nur den Kopf, sie vertrat keine Meinung über Politik oder anderes. Wie ein Schatten huschte sie im Haus herum, in allem kam sie still ihren Pflichten nach, er wünschte sich, dass sie ausgelassen war, mit ihm lachte oder auch mit ihm stritt. Sie verhielt sich genauso gleichmütig ihm gegenüber wie gegenüber Josephine, Vinzenz und Rosa, sah ihn mit demselben abwesenden Blick an. Manchmal, wenn er abends heimkam, hatte er das Gefühl, sie hatte geweint, doch wenn er sie danach fragte, wich sie ihm aus. Das liegt sicherlich am Heimweh, dachte er, und ihr Stolz hindert sie, darüber zu sprechen. Er wunderte sich, dass keine Freundinnen oder Cousinen kamen, um ein paar Tage oder Wochen bei ihr zu verbringen, sie hatten im Mai geheiratet, den ganzen langen Sommer über kam niemand aus der Stadt, um sie zu besuchen, auch ihre Familie nicht. Anna erhielt kaum Briefe, nur ihre Mutter schrieb hin und wieder. Wenn er geschäftlich in Wien zu tun hatte, wollte sie ihn nicht begleiten, sie lehnte mit den Worten, sie müsse sich ja ohnehin an das Landleben gewöhnen, ab, wenn er in Linz zu tun hatte, ließ sie sich überreden. Seine Fragen, wie es ihr gehe, ob sie ihr Leben in Wien vermisse, beantwortete sie mit einer Passivität, die ihn verunsicherte: »Danke, mein Lieber, mir fehlt nichts.«

Wenn sie in Linz eine Theatervorstellung oder ein Konzert besuchten, taute Anna etwas auf, ebenso wenn er sich ins Zeug legte, indem er von seiner Zeit in der Marine erzählte und dabei Wahres mit Ausgedachtem ergänzte. Er ermunterte sie, die abonnierten Zeitungen zu lesen, und forderte sie auf, über das Gelesene mit ihm zu diskutieren, er wollte, dass sie sich zu bestimmten Dingen eine eigene Meinung bildete. Zu ihrem einundzwanzigsten Geburtstag – ein halbes Jahr nach der Hochzeit – schenkte Albert ihr eine Nähmaschine, sie stieß einen spitzen Freudenschrei aus und umarmte ihn, für ein paar Tage kehrte ihre Lebhaftigkeit zurück.

Im Herbst stellte sich heraus, dass Anna in anderen Umständen war, sie wünschte sich eine Tochter, Alberts sehnlichster Wunsch war, dass beide, Mutter und Kind, die Niederkunft heil überlebten. Als der Arzt mitteilte, dass es mit hoher Wahrscheinlichkeit Zwillinge waren, wurde er panisch vor Angst. Zum selben Zeitpunkt erfuhr er den Grund für Annas monatelange Schwermut, er hatte bei Gott nichts mit Heimweh zu tun.

3

Albert war überzeugt, dass er die Liebe der jungen Wienerin vor allem deshalb gewonnen hatte, weil er in ihren Augen etwas Besonderes darstellte. Er hatte die Welt gesehen, und das hatte ihr Interesse an ihm geweckt, ansonsten wäre er nur ein weiterer langweiliger Geschäftspartner ihres Vater gewesen. Bei diesem ersten gemeinsamen Abendessen, zu dem ihr Vater ihn eingeladen hatte, erwähnte er es zu Beginn wie nebenbei, sie hob den Kopf und musterte ihn.

»Erzählen Sie uns doch von Ihren Erlebnissen«, forderte sie ihn auf.

Ihre Bitte war nichts Neues für ihn. In den ersten Wochen nach seiner Rückkehr waren oft Leute vorbeigekommen, die von ihm hören wollten, was er gesehen und erlebt hatte. Wenn Katharines Kinder zu Besuch kamen, bestürmten sie ihn, von seinen Abenteuern zu berichten. Sie erwarteten, von heftigen Meeresstürmen zu hören, die Albert mit Müh und Not überlebt hatte, von wilden Tieren und Eingeborenen in fremden Ländern, denen er schutzlos ausgeliefert gewesen war und vor denen er sich in letzter Sekunde hatte retten können oder gerettet worden war, aber damit konnte er nicht dienen. Für seine Nichten und Neffen schmückte er Selbsterlebtes fantasievoll aus und fügte Gelesenes oder Gehörtes hinzu, um die Geschichten spannender zu machen. Obwohl ihm die Zeit bei der k. u. k. Marine in jeder Hinsicht aufregend erschienen war – besonders die Landgänge in den fremden Hafenstädten und in deren Umland –, hatte er kaum Abenteuer erlebt, zumindest keines, welches in den Augen der Kinder eines gewesen wäre oder für ihre Ohren bestimmt war.

Alberts Dienstjahre fielen in eine friedliche Zeit. Die Fregatten, auf denen er diente, unternahmen sogenannte Missionsfahrten, um handelspolitische Interessen zu vertreten, wissenschaftliche Expeditionen zu unterstützen, Berichterstattung aus der fernen Welt zu leisten, kurz: um zu repräsentieren und Flagge zu zeigen. Er erlebte keine Seegefechte mit und war nicht unglücklich, dass er nur davon hörte. Langgediente Matrosen erzählten Heldengeschichten von den Seeschlachten bei Helgoland und bei Lissa, 1864 und 1866, welche Admiral Wilhelm von Tegetthoff ruhmreich geschlagen hatte. Der große Tegetthoff war es auch gewesen, der vom Kaiser höchstpersönlich mit der traurigen und vertrauensvollen Aufgabe betraut worden war, die Leiche seines Bruders Maximilian aus Mexiko heimzuholen. Immer wieder fiel sein Name, und er wurde mit Ehrfurcht ausgesprochen.

In der ersten Zeit erschien Albert alles überwältigend. Er sah zum ersten Mal in seinem Leben die Reichsstadt Wien, lernte unzählige Männer aus allen Ecken der Monarchie kennen und – bei den Ausgängen – einige Damen in einschlägigen Etablissements. Im Unterricht ging es vor allem um die glorreiche Geschichte der Monarchie, wenige Wochen darauf bestieg er das Schulschiff in Fiume, zum ersten Mal sah er das Meer. Er bekam Drill zu spüren, lernte schwimmen, studierte die einzelnen Waffen der Schiffsartillerie und hörte vom Unterschied zwischen Schlachtschiffen, Torpedobooten, Raddampfern, Kreuzern und Korvetten.

Nach der Ausbildung versah Albert als Matrose erster Klasse und als Marsgast seinen Dienst hauptsächlich auf den Fregatten Laudon und Radetzky, Letztere diente unter anderem als Ausbildungsschiff für angehende Marineoffiziere. Wenn das Schiff wochenlang in einem Hafen lag, wurde das Matrosencorps vielfach mit sinnlosen Tätigkeiten beschäftigt. Die Mannschaft schrubbte alles von oben nach unten, nur um wieder von vorne zu beginnen, sie nahm auseinander, nummerierte, registrierte, setzte wieder zusammen – die Bürokratie machte auch vor den Schiffen nicht Halt –, und um die Leute bei Laune zu halten, spielte das kleine Orchester auf Teufel komm raus. Nach getaner Arbeit spielte man Karten und erwartete sehnsüchtig die Landgänge.

Zwei Ereignisse blieben Albert besonders in Erinnerung, sie hätten unterschiedlicher nicht sein können: Einmal schüttelte der Kaiser seine Hand und wechselte ein paar Worte mit ihm, ein anderes Mal wurde er gemeinsam mit vier anderen aus dem Matrosencorps ausgewählt, um im Hinterland Britisch-Indiens einen Elefanten abzuholen. Als er an jenem Abend in Wien bei den Svobodas zu Gast war und Anna ihn aufforderte, von seinen Erlebnissen zu erzählen, entschied er spontan, die Geschichte von der jungen Elefantenkuh Sisi zum Besten zu geben – und sie leicht zu verändern.

Im Herbst 1877 ging eine Delegation erfahrener Tierexperten unter der Leitung eines Grafen Otto Tschernembl an Bord der Laudon. Der Graf, behäbig, mit einem roten aufgedunsenen Gesicht und einem gewaltigen gezwirbelten Schnurrbart, betonte in jedem Gespräch, ein Experte für Großtiere zu sein. Es sprach sich schnell herum, dass er aufgrund der Tatsache, dass er als junger Mann einige Jahre in Indien gelebt hatte, ausgewählt worden war, er hatte Handel mit Tigerfellen und Stoßzähnen getrieben. Von der Besatzung bekam er den Spitznamen Graf Großmaul verpasst.

Über den Suezkanal gelangte die Laudon nach Indien, wo im Nordosten Britisch-Indiens, in der Provinz Bengalen, ein junges Elefantenweibchen verladen werden sollte. Es war für die Menagerie im Schönbrunner Park bestimmt und sollte ein Geschenk für die Kaiserin sein, deren vierzigster Geburtstag im Dezember gefeiert wurde. Nachdem man eine Woche in der Hafenstadt Haldiya gewartet hatte, die junge Elefantenkuh jedoch nicht wie vereinbart eintraf, wurde mit der zuständigen Stelle der britischen Verwaltungsbehörde in Kalkutta telegrafiert, die wiederum versuchte, mit dem Maharadscha in Koch Bihar Kontakt aufzunehmen. Alles lief äußerst gemächlich ab, niemand schien sich für die Angelegenheit zu interessieren, das brachte Graf Tschernembl in Rage. Schließlich erfuhr er, dass es zu einem Missverständnis gekommen war, man war erst in einem Monat erwartet worden. Nach längeren Verhandlungen wurde beschlossen, das Tier auf halbem Weg abzuholen. Drei britische Soldaten unter einem Offizier namens Grant, welcher der deutschen Sprache mächtig war – mehr schlecht als recht –, und vier Männer aus dem Matrosencorps, darunter der Koch, sollten den Grafen und seine Mitarbeiter begleiten. Albert war unter ihnen, da er Englisch verstand und auch ein bisschen sprechen konnte, er hatte es sich mithilfe eines Lehrbuches beigebracht.

Eilig wurden Zelte und Proviant zusammengestellt, und die bunt gemischte Truppe brach ins Hinterland auf. Von Anfang an war offensichtlich, dass der Graf und der wortkarge Offizier, der seit siebzehn Jahren in Indien diente, sich nicht ausstehen konnten. Der Graf, missmutig, dass er sich durch Hitze und Regengüsse quälen musste, weil die Briten ihren Teil der Abmachung nicht termingerecht erfüllt hatten, pflegte eine sehr dozierende Art zu sprechen, welche den Offizier reizte. Die Situation begann Albert zu amüsieren, er war überglücklich, von einem Land mehr zu sehen als nur die Hafenstadt. Sie kamen an unzähligen Reis-, Baumwoll- und Opiumfeldern vorbei, an Kokospalmen und Mangrovenwäldern, er staunte über die Fruchtbarkeit des Landes.

»Opium wurde früher hauptsächlich nach China exportiert. Seit einigen Jahren ist es auch in Europa und Nordamerika sehr begehrt, die Ärzte wollen nicht mehr auf das betäubende Schmerzmittel Morphin verzichten«, erklärte der Graf und fügte hinzu: »Auch die Betreiber der Bordelle und sogenannten Rauchsalons, besser bekannt als Opiumhöhlen, wollen nicht mehr darauf verzichten. Aus reiner Geldgier.« Der Offizier rollte mit den Augen.

Die Dörfer zwischen den Feldern wirkten ärmlich, die winzigen Hütten waren oft nicht mehr als Bretterverschläge, Albert hatte noch nie so viel Elend und Hoffnungslosigkeit gesehen. Die Männer trugen vorwiegend helle Kleidung, hatten ein Tuch um den Kopf geschlungen, die Frauen waren in bunte Saris gehüllt, wohingegen die Kinder halbnackt herumliefen, nur die Abgestumpftheit in den Gesichtern war bei allen gleich. Albert empfand die dunkelhäutigen, schmalen Frauen als schön.

Sie waren fünf Tage lang auf der lehmigen Straße unterwegs, mehrere Stunden am Tag schüttete es. Die Übergabe des jungen Elefanten erfolgte vor der Stadt Jamshedpur, das arme gequälte Tier, mit Ketten um die Vorderbeine und um den Hals, an denen es geführt wurde, war erst kürzlich von der Mutter getrennt worden, es war störrisch und panisch. Zwei *elephant boys* verblieben bei dem Tier, man hatte sie verpflichtet, es bis zum Schiff zu begleiten, die anderen Männer machten sich sofort wieder aus dem Staub. Der Tierexperte bestand darauf, zurück zur Hafenstadt Haldiya abgelegene Wege zu nehmen, um den Elefanten zu schonen, belebte Straßen schienen ihm nicht geeignet, der britische Offizier war davon zwar nicht angetan, fügte sich aber dem Wunsch des Grafen.

Am zweiten Tag – nachdem sie einen kleinen Wald durchquert hatten – standen sie plötzlich vor einem Ort, der wie ausgestorben wirkte.

»Hier hat sicherlich eine Seuche gewütet«, erklärte Tschernembl, Offizier Grant wirkte beunruhigt, er hielt Ausschau nach allen Seiten.

Sie machten einen weiten Bogen um die Hütten, um plötzlich auf einem großen Feld zu stehen, wo offensichtlich ein Fest im Gange war, hunderte von Menschen wiegten sich zu leisen Gesängen. Der Offizier schaute durch sein Fernglas, sein Gesichtsausdruck veränderte sich, er schüttelte kaum merklich den Kopf und presste die Lippen zusammen. Albert blickte über das Feld und entdeckte einen großen Stoß aus Holz, auf dem ein aufgebahrter Leichnam lag. Einige in der Menge waren auf den Elefanten und seine Begleittruppe aufmerksam geworden, woraufhin Unruhe entstand und sich kräftige junge Männer Schulter an Schulter mit Blickrichtung zu den britischen Soldaten postierten, manche hielten eine Machete in der Hand.

Die britischen Soldaten unterhielten sich erregt, der Offizier blieb still, sein Gesicht wirkte hart, schließlich gab er den Befehl, umzudrehen und in den Wald zurückzukehren. Seinen Männern deutete er mit dem Kopf, den *elephant boys* den Befehl weiterzuleiten, sie gehorchten ihm augenblicklich. Im selben Augenblick löste sich auf dem Feld eine junge Frau, fast noch ein Mädchen, aus der Menge und ging langsamen Schrittes auf den Holzstoß zu.

»Das ist eine Witwenverbrennung!«, sagte der Graf fassungslos und forderte Grant auf einzugreifen, lähmendes Entsetzen machte sich in der kleinen Truppe breit.

»Dieses grausame Ritual ist schon vor längerer Zeit verboten worden«, sagte Tschernembl weiter, »und zwar von euch Briten.«

Der Offizier erwiderte darauf nichts, er wiederholte seinen Befehl, auf der Stelle umzudrehen. Die beiden begannen heftig zu streiten, wobei der Offizier betonte, in der Sache nichts ausrichten zu können, sie wären zu wenige Männer, und bis die verständigte Verstärkung angerückt käme, wäre es ohnehin zu spät, und die einzige Mission, auf die er sich zu konzentrieren hätte, wäre diejenige, die Elefantenkuh – und die Männer der k. u. k. Monarchie – heil nach Haldiya zu bringen, nur hierfür hätte er die Weisung von seinem Vorgesetzten erhalten.

»Aber ihr habt Schusswaffen und diese Leute keine«, beharrte der Graf.

»Sollen wir alle abknallen, um eine einzige Frau zu retten, die aus freien Stücken ihrem Mann in den Tod folgen will? Sie wird als Heilige verehrt werden, das ist ihr lieber, als verstoßen zu sein und ein Leben in Armut zu führen«, sagte Grant. »Insgesamt sind wir zwölf Männer. Und wie viele hundert Männer stehen dort? Männer, die zu gerne uns Weißen eins auswischen möchten. Das Gemetzel wollt Ihr nicht erleben, glaubt mir das. Auch Ihr werdet Verluste zu beklagen haben. Wollt Ihr heute sterben?«

Der Offizier, völlig entnervt, ließ ihn stehen.

»Aus freien Stücken? Sie wird unter Druck gesetzt!«, schrie der Graf ihm nach. »Wenn Ihr die Frau schon nicht retten wollt, müsst Ihr doch die Einhaltung Eurer Gesetze einfordern!«

Grant drehte sich um: »Als hätten wir das nicht oft genug getan. Wir haben die Frauen gerettet, in Häusern untergebracht, wollten ihnen eine Existenz ermöglichen.«

»Welche Existenz?«, fragte der Graf höhnisch. »Als Bedienstete in britischen Offiziershaushalten?«

»Sie waren alle sehr unglücklich«, ignorierte der Offizier den Einwurf, »und haben jede Gelegenheit genutzt, um wegzulaufen, zurück in ihr Dorf, wo sie sich umgebracht haben.«

»Weil diese abscheuliche Praxis die Wirkung von tief verwurzelten Vorurteilen ist«, sagte der Graf. »Jedes Mädchen hört von Kindesbeinen an, wie tugendhaft und lobenswert es ist, wenn eine Frau ihre Asche mit der ihres Mannes vermischt. Das hat jahrhundertelang dazu gedient, die Frauen in Unterwerfung zu halten und sie davon abzuhalten, ihren Männern Gift zu verabreichen.«

»Ich weiß das!«, schrie der Offizier. »Ich weiß das! Ich lebe schon fast zwei Jahrzehnte lang in diesem verfluchten Land und weiß das nur zu gut!« Er atmete tief durch und zwang sich zur Ruhe: »Ich verspreche, die Sache wird verfolgt, und die Verantwortlichen wird man zur Rechenschaft ziehen, aber die Frau können wir nicht retten. Wenn wir das versuchen, werden wir alle unser Leben lassen. Die Leute haben gesehen, dass wir nicht viele sind.«

Es dauerte eine Zeitlang, bis der Elefant die Kehrtwendung geschafft hatte, in der Zwischenzeit drehte sich Albert, dem die Knie zitterten und das Herz bis zum Hals klopfte, immer wieder um und beobachtete die Geschehnisse auf dem Feld. Die junge Frau stand zunächst aufrecht auf dem Holzstoß – ihr Blick war in die Ferne gerichtet, sie wirkte wie in Trance –, um sich schließlich im Schneidersitz niederzulassen, den Kopf der Leiche bettete sie in ihren Schoß.

Mittlerweile war die Truppe am Waldrand angekommen, alle befanden sich in Aufruhr. Die Briten fügten sich dem Befehl des Offiziers, der zur Eile antrieb und immer wieder außer sich sagte: »Go! Go! And don't look back!«

Die anderen bestanden immer noch darauf, geschlossen zurückzugehen und die Frau zu retten. Der Graf spuckte vor dem Offizier aus und nannte ihn einen Feigling, woraufhin Grant endgültig die Nerven verlor und mit seinem Gewehr auf ihn zielte.

»Ihr nennt mich keinen Feigling, verehrter naiver Graf, Ihr habt keine Ahnung, was ich schon alles getan habe in diesem verfluchten Land, um irgendwelche Gesetze einzufordern, welche diese Barbaren nicht einmal annähernd verstehen oder gutheißen, geschweige denn wollen!«

Er deutete mit dem Gewehr in den Wald hinein. »Wird's bald, wir machen uns jetzt alle auf den Weg, um Euren verdammten Elefanten endlich auf Euer verdammtes Schiff zu bringen!«

Albert drehte sich um und sah, dass ein junger Mann eine Fackel in die Höhe hielt und den Holzstoß damit anzündete, wie alle anderen hastete und stolperte er verstört durch die Bäume weiter. Als der erste gellende Schrei zu hören war, lief er zum Offizier, deutete mit dem Kopf auf sein Gewehr und sagte: »Shoot her.«

Grant sah ihn überrascht an. Er rief einem Soldaten zu, so schnell wie möglich mit der Truppe weiterzulaufen, den Elefanten anzutreiben, und kehrte um, kurz darauf war ein Schuss zu hören, die Schreie verstummten, die Menge jaulte empört auf.

»Faster, faster!«, schrie einer der jungen britischen Soldaten panisch und drosch mit seinem Gewehrkolben auf das Hinterteil der jungen Elefantenkuh.

Ein zweiter Schuss war zu hören, er klang näher als der erste, Sisi bäumte sich auf und stürmte los, ein *elephant boy*, der die Kette um seinen Bauch geschlungen hatte, wurde mitgeschleift und gegen einen Baum geschleudert. Kurze Zeit darauf tauchte der Offizier schweißgebadet zwischen den Bäumen auf. Als der Graf später die zynische Bemerkung machte, »Welch eine Heldentat, der Frau einen Gnadenschuss zu verpassen«, schlug Grant ihm mit dem Gewehrkolben in den Bauch, der Graf ging stöhnend in die Knie.

Den Rest des Weges legte die Truppe schweigend zurück, gesprochen wurde nur das Nötigste, die Nerven aller waren zum Zerreißen gespannt. Der verletzte Junge wurde getragen, Albert meldete sich freiwillig und nahm seinen Platz an der Kette ein.

Der Offizier wurde von seinem Vorgesetzten gelobt, seine Entscheidung war die einzig richtige gewesen, die Sicherheit der österreichischen Delegation hatte Vorrang gehabt. Doch der Schlag, den er einem österreichischen Delegierten versetzt hatte, brachte ihm einen schweren Verweis ein, und er sollte eine Zeitlang in ein abgelegenes Provinznest versetzt werden. Der Schiffskommandant, Ritter Adolf von Daufalik, wurde eingeweiht und versuchte dies zu verhindern, er bemühte sich um Vermittlung zwischen Grant und Tschernembl. Doch seinem Wunsch nach einer gegenseitigen Entschuldigung wurde nicht entsprochen, beide weigerten sich. Bevor sie das Schiff bestiegen, erteilte Daufalik den Tierexperten wie auch Albert und seinen Kameraden den Befehl, das Erlebte unter allen Umständen so schnell wie möglich zu vergessen. Das Geburtstagsgeschenk der Kaiserin sollte nicht mit einem derart furchtbaren Ereignis in Verbindung gebracht werden. Albert brauchte lange, um das Bild der jungen Inderin, die mit geradem Rücken und furchtlosem Blick auf dem Holzstoß saß und den Kopf des toten Mannes in ihrem Schoß hielt, zu vergessen.

Es war ein stundenlanges Spektakel, bis Sisi sich endlich hinter Schloss und Riegel in ihrem Eisenkäfig auf Deck befand, welcher der Mannschaft monströs erschien, für die Elefantenkuh jedoch winzig war, sie konnte sich nicht um die eigene Achse drehen. Sie hatte sich derart heftig gewehrt, an Bord gebracht und eingesperrt zu werden, dass ihr Ohr eingerissen war und ihre runzlige Haut an manchen Stellen Wunden aufwies.

Am vorletzten Abend, bevor sie ausliefen, bekam ein Großteil des Matrosencorps die Erlaubnis, an Land zu gehen. Die meisten interessierten sich nicht für die Stadt, sie suchten umgehend Bordelle auf. Albert betrat einen Opiumsalon und entdeckte Offizier Grant, er legte sich auf den Diwan ihm gegenüber und versuchte zum ersten Mal sein Glück mit einer Opiumpfeife. Grant wurde auf ihn aufmerksam, sie begannen zu reden, und im Laufe des Abends erzählte er ihm seine Lebensgeschichte. Grant war als junger Mann, gemeinsam mit seiner Frau, nach Ostindien gekommen, sein Aufgabengebiet, um das er sich auf Drängen seiner Charlotte bemüht hatte, war das Unterbinden der illegalen Witwenverbrennungen in Rajasthan gewesen. Er war ein Hitzkopf und sah die einzige Möglichkeit der Abschreckung in maßloser Gewaltausübung, weder suchte er das Gespräch mit den Dorfältesten, noch versuchte er eine heimliche Entführung der Witwe, um sie in Sicherheit zu bringen und von der Sinnlosigkeit der Tat zu überzeugen. Er machte kurzen Prozess. Nachdem er durch Spione herausgefunden hatte, wo eine Sati stattfinden sollte, überrumpelte er das versammelte Dorf mit seiner kleinen Kompanie und setzte es unter Beschuss. Dabei wurden ohne Unterschied Frauen, Kinder, Männer niedergeschossen, einmal starben an die hundert Leute, die befreite Sati ging dennoch nie freiwillig mit. Nachdem Grant ein paar Mal derart gewütet hatte, zahlten es ihm die Einwohner heim. Eines Tages, während er seinen Dienst versah, wurde seine schwangere Frau Charlotte entführt und auf einem abgelegenen Feld auf einen Scheiterhaufen gebunden und verbrannt.

Sooft er Zeit hatte, setzte Albert sich neben den Käfig, auf merkwürdige Weise fühlte er sich zu dem jungen Elefanten hingezogen. Seine Kameraden machten sich über ihn lustig. Wenn er alleine war, redete er mit dem Tier, und nach einer Weile hatte er das Gefühl, es reagierte darauf. In Ismail wurde es auf ein anderes Schiff verladen, das den Weg über die Donau nach Wien nahm, Albert wäre am liebsten mitgereist. Bevor er seinen Dienst quittierte und in sein Heimatdorf zurückging, besuchte er in Wien die Menagerie und schaute Sisi – sie hatte den Namen behalten – zu, wie sie im kleinen Elefantenhaus in Schönbrunn einen Schritt vor- und wieder einen Schritt zurücktrat, stundenlang.

Im Esszimmer der Familie Svoboda hingen alle gebannt an seinen Lippen, er hatte beim Reden das Erschaudern der Zuhörer regelrecht am eigenen Leib gespürt. Er legte eine kleine Pause ein und erzählte die Geschichte vom Kaiserbesuch, um die Stimmung wieder aufzulockern.

Im April 1878, kurz bevor sie zu den griechischen Inseln ausliefen, stattete der Kaiser in Triest der Fregatte einen Besuch ab. Was ohnehin schon glänzte, wurde auf Hochglanz poliert. Franz Joseph I. schüttelte auch ihm, Albert, höchstpersönlich die Hand, fragte ihn, woher er kam und was er von Beruf war, und verlor dann einige wenige Worte über das Mühlviertel und den Beruf des Müllers, wobei er sich – was Getreidesorten betraf – erstaunlich gut auskannte. Der Kaiser erschien ihm ernst und bedrückt, so als wäre die Last auf seinen Schultern zu groß. Als sich Franz Joseph I. anschickte, die Fregatte zu verlassen, kam eine Sturmböe auf, er verlor das Gleichgewicht und stürzte in die Fluten. Albert und sein Freund Adam Hanáček – wie er Matrose erster Klasse – sprangen ihm unverzüglich hinterher und retteten dem Kaiser so das Leben.

Die Svobodas schauten ihn irritiert an, Anna runzelte fragend die Stirn.

»Ich gebe zu, der Schluss war erfunden«, schloss Albert schmunzelnd. »Der Kaiser ist natürlich nicht ins Meer gestürzt. Aber so, wie die Geschichte sich zugetragen hat, war sie zu langweilig für meine Nichten und Neffen. Ich musste meine Fantasie etwas spielen lassen.«

Alle lachten.

»Ich muss zugeben, dem Kaiser gegenüberzustehen und mit ihm zu reden war ein sehr erhebender Moment für mich«, sagte Albert, und die alten Svobodas nickten bestätigend.

Beim Verabschieden holte die junge Frau von ihrem Vater die Erlaubnis ein, am nächsten Tag mit ihm spazieren zu gehen und am Stephansplatz Punsch zu trinken, ihr Händedruck war fest und warm. Was für ein Glück ich habe, dass ich gut im Fabulieren bin, dachte Albert, als er das Haus verließ, pfeifend ging er in der Dunkelheit bis zu dem Gasthof, in dem er sich einquartiert hatte.

Auch die Geschichte von der Witwenverbrennung verdankte er seiner Fantasie, er hatte sie nicht tatsächlich erlebt. Die Wahrheit war, dass er auf dem Marsch durch das Hinterland Britisch-Indiens, um die junge Elefantenkuh abzuholen, mit dabei sein hatte dürfen und trotz Mühsal aufgrund der schwülen Hitze und heftiger Regengüsse fasziniert von dem exotischen Land gewesen war. Außerdem hatte das große Tier ihn beeindruckt, und er war ihm nicht von der Seite gewichen. Die sechstägige Expedition war das Aufregendste gewesen, was er während seines Dienstes in der k. u. k. Marine erlebt hatte. Auf dem Rückweg nach Haldiya war die Truppe abseits eines Dorfes an einem abgebrannten Holzstoß vorbeigekommen, woraufhin der wichtigtuerische Graf Tschernembl mit dem britischen Offizier die Diskussion angefangen hatte, warum die Kolonialmacht unfähig war, den furchtbaren Witwenverbrennungen ein Ende zu bereiten. Grant war umgehend explodiert und hatte ihn vor allen heruntergemacht, das war alles gewesen.

Zwei Tage vor der Hochzeit ertrug Albert sein schlechtes Gewissen nicht mehr.

»Ich muss dir etwas beichten«, sagte er zu seiner Braut, sie sah ihn erstaunt, beinahe erschrocken an.

Er gestand, dass er die Geschichte von der Witwenverbrennung ausgeschmückt hatte, um sie zu beeindrucken. »Der Alkohol, dein Anblick und das unbezwingliche Gefühl, dich beeindrucken zu müssen, weil ich dich ansonsten vermutlich nie mehr sehen würde, da ist es mit mir durchgegangen«, sagte er. »Verzeihst du mir?«

Sie sah ihn erstaunt an, begann zu lachen und konnte gar nicht mehr aufhören damit.

»Ich bin froh, dass die hochschwangere Charlotte Grant nicht auf dem Scheiterhaufen verbrannt ist«, sagte sie und wischte sich die Tränen aus den Augen.

4

Ein Mann steht mit durchgestrecktem Rücken und herausforderndem Blick in einem Zimmer und hält einer jungen, nackten Frau ein Kleidungsstück nach dem anderen hin. Er beginnt mit den Strümpfen, sie zieht sie an, wobei sie sich auf einen Fauteuil setzt, reicht ihr anschließend den Rock, sie erhebt sich und steigt hinein, er wirft ihr die Schuhe vor die Füße. Zum Schluss – er

wartet mehrere Sekunden, in denen er ihre wohlgeformten festen Brüste betrachtet – händigt er ihr die Bluse aus, die sie mit zitternden Fingern zuknöpft. Etwas abseits steht eine zweite Frau,
nicht so jung wie die andere, ungefähr Mitte dreißig, ihre Mund-
partie und ihr Kinn glänzen merkwürdig nass, als hätte sie unbe-
absichtigt gespeichelt, sie trägt einen lose zugebundenen Morgenmantel und beobachtet aufmerksam den Gesichtsausdruck
des Mannes. Sie greift nach einer zierlichen Pfeife aus dunklem
Holz, diese liegt in einem geöffneten Kästchen auf einer Kommode neben ihr, und beginnt sie mit Tabak zu stopfen. Der Mann
packt die junge Frau am Oberarm und wendet sich der anderen
zu, will etwas sagen, unterlässt es dann, stattdessen spuckt er mit
einem angewiderten Gesichtsausdruck vor ihr auf den Boden.
Sie steckt sich die Pfeife aufreizend langsam zwischen die Lippen, der Mann führt die junge Frau aus dem Zimmer, die einen
letzten Blick zurückwirft.

Diese Bilder sollte Anna Svoboda ihr Leben lang nicht vergessen. Sie war erst neunzehn, als sie mit einer Frau auf einem Diwan erwischt wurde. Die *Angelegenheit* ließ keinen Spielraum für
Interpretationen. Sie hätte weder schlagfertig behaupten können, sie wäre mit der Freundin gemütlich nebeneinandergele-
gen, um zu lesen, noch, sie hätte sich wegen Unwohlseins hin-
gelegt und die Freundin sich ausgerechnet in dem Augenblick
besorgt über sie gebeugt, als der Mann hereinplatzte. Nein, das
alles war nicht möglich, denn die Situation war zweifelsfrei eine
kompromittierende: Beide Frauen waren völlig nackt, und der
Kopf der Älteren war zwischen den aufgestellten und gespreizten Beinen der Jüngeren verschwunden.

Der Mann war Annas Schwager Ferdinand, wie eine Salzsäule
stand er in der Tür, die Augen sperrangelweit offen. Er hatte seine Schwägerin in dem Modesalon gesucht, in dem sie seit kurzem einige Stunden in der Woche aushalf – sie war eine ausge-

zeichnete Schneiderin – und zu dem sie nach dem Mittagessen aufgebrochen war. In der Familie war ein zweifacher Notfall eingetreten, weshalb Anna dringend zu Hause benötigt wurde. Bei ihrer Schwester war bereits am Morgen Wasser abgegangen, und die Wehen hatten zur selben Stunde eingesetzt, in der man ihren verletzten Vater nach Hause gebracht hatte, ihm waren in der Tischlerwerkstatt zwei Finger abgetrennt worden. Annas Mutter hatte einen Nervenzusammenbruch erlitten, als sie ihren stark blutenden Mann erblickt hatte, und lag nun im abgedunkelten Schlafzimmer, anstatt der Tochter in der schweren Stunde beizustehen.

Im Modesalon erfuhr Ferdinand, dass seine Schwägerin an dem Tag nicht erwartet worden und auch nicht eingetroffen war. Die Auskunft erregte seine Neugier, er stellte einige Fragen, deren Antworten ihn – neben einer aufkeimenden Ahnung – auf die Spur der Kinsky brachten. Sie war eine der wichtigsten Kundinnen des Salons, Anna hatte ein paar Mal von ihr gesprochen, und die schwärmerische Art, in der sie es getan hatte, hatte ihn aufhorchen lassen. Indem er sich augenrollend auf die Stirn griff und so tat, als wäre ihm ein Irrtum unterlaufen – er hatte schlicht vergessen, sagte er, dass Anna an dem Tag einer Einladung der Carolina Kinsky gefolgt war –, erhielt er ohne Schwierigkeiten deren Adresse.

Das Dienstmädchen versuchte ihn abzuwimmeln und behauptete, es wäre kein Fräulein Svoboda zu Besuch – vermutlich hatte ihre Herrin ihr das aufgetragen –, doch Ferdinand hatte bereits Annas Hut und Regenmantel in der Garderobe gesehen. Er schob das Mädchen – ein junges Ding von nicht einmal zwanzig Jahren – zur Seite, eilte durch die Vorhalle und riss eine Tür nach der anderen auf, bis er die richtige erwischte. Nachdem er seine Fassung einigermaßen wiedererlangt hatte, schlug er die Tür hinter sich zu, um der Neugierigen, die ihm gefolgt war, den weiteren Blick auf das Geschehen zu verwehren, sie hatte ohnehin bereits zu viel gesehen. Carolina Kinsky – sie war aufgesprungen und in einen Morgenmantel geschlüpft – sagte, wobei sie sich nicht einmal die Mühe machte, ihr nasses Kinn abzuwischen: »Verlassen Sie auf der Stelle mein Haus, Sie kleiner Wicht, oder ich verklage Sie wegen Hausfriedensbruch.«

Die Frau war ihm zu dreist, Ferdinand – der tatsächlich klein gewachsen war – rastete aus, er griff nach der Weinkaraffe, welche auf einem kleinen Beistelltisch stand, und warf sie nach der Kinsky. Sie verfehlte ihr Ziel, prallte an der Wand auf ein Ölgemälde, dieses platzte an einer Stelle auf und zerriss, die Karaffe fiel zu Boden und zerbrach.

»Das war kostspielig«, sagte die Kinsky mit Blick auf das Bild. »Ich werde Ihnen die Rechnung zukommen lassen.«

Die Impertinenz dieser Frau brachte den Mann völlig aus der Fassung, er stürzte auf den Diwan zu und schlug Anna, welche sich aufgerichtet hatte und mit den Händen ihre Brüste umklammerte, mehrmals heftig ins Gesicht, schwer atmend hielt er inne.

»Steh auf und zieh dich an!«, bellte er.

Er blickte sich im Zimmer um und entdeckte Annas Kleidung, sie hing über einem Stuhl, er hob die Strümpfe hoch und streckte sie Anna entgegen. Ihr blieb nichts anderes übrig, als vom Diwan zu steigen und zu ihm zu gehen; während sie sich anzog, ließ er sie keine Sekunde aus den Augen und betrachtete ungeniert ihren nackten Körper. Anna – hochrot im Gesicht – wünschte sich nur eines, nämlich dass der Erdboden sich auftat und sie auf der Stelle verschlang. Als sie mit ihrem Schwager den Raum verließ, drehte sie sich in der Tür kurz zu ihrer Freundin um, die scheinbar ungerührt ihre Pfeife rauchte.

Auf dem Weg zu ihrem Elternhaus hatte Anna das Gefühl, als befände sie sich auf dem Weg zum Schafott. Sie ließ sich dazu herab Ferdinand, den sie nie hatte ausstehen können, flehentlich zu bitten, Stillschweigen zu bewahren, es stünde in seiner Macht, eine ganze Familie unglücklich zu machen oder Güte walten zu lassen, und sie begann stammelnd Rechtfertigungen vorzubringen. Es sei eine Menge Wein im Spiel gewesen, sie habe sich von der erfahrenen Frau verführen lassen, es sei das erste Mal gewesen, er wisse gar nicht, wie froh sie im Grunde über sein abruptes Auftauchen sei, wobei drei dieser vier Behauptungen gelogen waren. Sogar in die Knie sank sie vor ihm, sie ergriff seine Hände, blickte mit tränenüberströmtem Gesicht zu ihm hoch. Später, wenn sie an diese Minuten dachte, schämte sie sich jedes Mal und wünschte, sie hätte ihren Schwager eiskalt angespuckt.

Ferdinand Brandner, seit kurzem Protokollführer im Unterrichtsministerium, rang mit sich und wog fieberhaft alle Für und Wider einer Nichtenthüllung des Gesehenen ab. Ihm war bewusst, die Schande der Familie würde auf ihn abfärben und wäre seiner Karriere ganz und gar nicht zuträglich. Sein Schweigen hätte ihm außerdem bestimmte Macht über Anna verliehen, und er begann sich auszumalen, was er sich dem Mädchen gegenüber alles hätte erlauben dürfen, für wenige Minuten kostete er seine Fantasien aus. Ferdinands Dilemma war das Dienstmädchen, das hinter ihm in der Tür gestanden war, ihr hatte sich derselbe Anblick wie ihm geboten, und sie wusste, in welchem Verhältnis er zu Anna stand. Er hatte an der Haustür seinen Namen genannt und gesagt, er wäre auf der Suche nach seiner Schwägerin Anna Svoboda. Hauspersonal war das tratschsüchtigste Volk auf Erden, auf Diskretion zu hoffen war, als hoffte man auf Hühner im Garten, welche goldene Eier legten. Die junge Frau würde es anderen Hausangestellten erzählen, diese wiederum befreundeten Dienstboten in anderen Häusern, bis es zu den Herrschaften vordrang und schließlich die Runde in ganz Wien machte. Am Ende stünde er als derjenige da, der die *widerwärtige Angelegenheit* hatte vertuschen wollen, er hatte keine Wahl, er musste der Wahrheit verpflichtet bleiben, seine Finger krallten sich fest in

Annas Oberarme, als er sie packte und auf den Sitz hochzerrte, sie stöhnte auf vor Schmerzen.

»Richte dir die Haare und hör auf zu flennen«, fuhr er sie an, »wenn es deinen Eltern besser geht, erfahren sie von mir die Wahrheit. Ich bestehe darauf, dass dein Vater Anzeige gegen diese Frau erstattet.«

Mit fahrigen Händen wischte sich Anna die Wangen ab und schlang ihre Haare zu einem Knoten. In der Küche saß ihr Vater – grau im Gesicht – auf einem Stuhl, während der Doktor die genähte Hand verband, der Boden sah aus, als hätte ein Gemetzel stattgefunden. Hätte sich Svoboda nicht in dieser Situation befunden, hätte er augenblicklich am Gesichtsausdruck seiner Tochter gemerkt, dass etwas nicht stimmte, sie war sein Liebling, er kannte sie gut. In der Nacht gebar Annas Schwester ein gesundes Mädchen, und am Abend des darauffolgenden Tages erzählte Ferdinand – der sich mittlerweile nicht mehr sicher war, was er tun sollte – seiner Frau von dem, was er im Wohnzimmer der Kinsky gesehen hatte, wobei er bestimmte Details ausließ. Sie, die ihr Leben lang die Eifersucht auf die jüngere Schwester geplagt hatte, drängte ihn, es rasch den Eltern zu sagen.

Danach nahm Annas Leben eine komplette Wendung, es sollte völlig anders verlaufen, als von ihr – und auch ihren Eltern – gedacht und erträumt. Im Laufe der darauffolgenden Wochen, Monate und Jahre fragte sie sich oft, wie hoch die Wahrscheinlichkeit gewesen war, dass ausgerechnet in der Stunde, in der sie sich zum ersten Mal der bewunderten Frau derart freizügig hingab – es hatte in den vorangegangenen Wochen nur Küsse und scheue Berührungen gegeben –, ihre Schwester niederkam und ihr Vater mit der Hand abrutschte und in die Säge geriet. Oder eigentlich: wie erschreckend gering. Fehlte ein einziger Faden im Gewebe, aus dem ein menschliches Schicksal bestand, löste sich alles auf.

5

Wilhelm Svoboda war nicht nur ein begnadeter Tischler, sondern auch ein findiger Unternehmer. Er wollte mehr als Betten und Tische aus Eiche und Buche tischlern und erkannte die Möglichkeiten der Tropenhölzer für sein Geschäft. Er reiste nach Südostasien, um einen Holzhändler ausfindig zu machen, der Teak, Bangkirai, Mahagoni nach Wien lieferte, Anna – sie hatte eine Klosterschule besucht und sprach fließend Französisch – durfte ihn begleiten.

In der Hafenstadt Tourane des französischen Protektorats Annam gingen sie an Land, in Saigon lernten sie die beiden Charles Morel – senior und junior – kennen. Der alte Morel war seit Jahren im Handel tätig, er war einer der Ersten gewesen, der Kautschuk und Reis nach Europa exportierte, seit kurzem verschiffte er zudem verschiedene Tropenhölzer. Der junge Charles arbeitete als Assistent seines Vaters und war im Begriff, in dessen Fußstapfen zu treten, Anna musste sich eingestehen, dass der junge Mann etwas in ihr in Gang brachte, das sie nicht einordnen konnte. Er und seine vierzehnjährige Schwester Eugenie nahmen sich Zeit, sie bereisten mit ihr und ihrem Vater die Provinzen Indochinas, Anna war fasziniert von der exotischen Welt. Die letzten Tage verbrachten sie gemeinsam im Strandhaus der Familie in Ho Tram.

Unverhohlen machte ihr Charles den Hof, er verhielt sich dreist, ungeniert, beinahe lüstern, die in Wien herrschenden Konventionen hatten keine Gültigkeit in der schwülen rauen Welt der französischen Kolonie, in der das Leben für die Europäer nichts kostete, weil das der Einheimischen nichts wert war.

»Bleiben Sie bei mir«, raunte er ihr eines Abends ins Ohr, sie saßen nebeneinander auf einer Decke am Strand und teilten sich eine Flasche Wein. »Ich werde Sie auf Händen tragen, und das Leben hier ist kein schlechtes. Im Gegenteil, hier gibt es Freiheiten für Sie, an die Sie in Ihrer Heimat als Frau nicht einmal denken dürfen. Europa ist ein Korsett.«

Wäre sie einige Jahre älter gewesen, hätte sie ernsthaft darüber nachgedacht, sie war von Natur aus neugierig und abenteuerlustig. Doch sie war eine naive Siebzehnjährige, gerade der Klosterschule entwachsen, noch schwärmerisch veranlagt, die draufgängerischen Avancen des fünfundzwanzigjährigen Mannes schmeichelten ihr zwar, erschreckten sie aber auch. Gemeinsam mit ihrem Vater reiste sie ab, monatelang bekam sie den jungen Charles nicht aus dem Kopf.

In den darauffolgenden Jahren war Svobodas Erfolg nicht mehr aufzuhalten. Er stellte Gartenmöbel aus Teak her, Bambusregale, kunstvolle Sekretäre und Tische aus Mahagoni, die Leute rissen ihm die Möbel förmlich aus der Hand, er musste weitere Leute anstellen. Der Hof wurde auf ihn aufmerksam, die Kaiserin schickte ihre Kammerzofe, um einiges in Auftrag zu geben, beim Obersthofmeister wurde der Antrag auf den Titel k. u. k. Hof-Tischlermeister eingebracht.

Else Svoboda war – wie ihre Mutter – gelernte Schneiderin, konnte aber nach der Geburt des ersten Kindes ihren Beruf nicht mehr ausüben, der Haushalt war groß, auch einige Angestellte nahmen das Mittagessen mit der Familie ein. Nach den Töchtern Auguste und Anna wurden die zwei Söhne Wilhelm und Julius geboren, Else hatte mit den vier Kindern alle Hände voll zu tun. Ihre Mutter, die bei ihr im Haus lebte, half so gut sie konnte, außerdem übernahm sie weiterhin Heimarbeiten für einen Damenmodesalon im ersten Bezirk Wiens, um der Familie finanziell nicht zur Last zu fallen.

Von klein auf erlebte Anna die Näharbeiten ihrer Großmutter mit, sooft es ging, begleitete sie sie, um zugeschnittene Stoffteile abzuholen oder fertige Kleider zurückzubringen. Sie liebte es, wenn sie aus den hinteren Nähräumen einen Blick in den noblen

Geschäftsraum werfen konnte, in dem sich unzählige Stoffballen in wandhohen Regalen stapelten. Bereits im Alter von zwölf, dreizehn Jahren begann sie sich für die Schneiderei, für Mode und Stoffe zu interessieren, im Salon merkte man schnell, dass das heranwachsende Mädchen ein Händchen für Schnitte und Stoffauswahl hatte, und man bot ihr an, sie einzustellen und auszubilden. Mit siebzehn beendete Anna die Klosterschule und begann ihre Ausbildung zur Schneiderin. Ihr Vater, dem lieber gewesen wäre, sie hätte die Buchhaltung der Tischlerei übernommen, handelte verschiedene Privilegien aus. Er wollte nicht, dass seine Tochter sechzig Stunden in der Woche über einen Tisch gebeugt verbrachte und davon krumm wurde, dass sie jahrelang ausgenutzt wurde mit sinnlosen Arbeiten, bei denen sie nichts lernte. Dass sie eine Ausbildung bekam, an der sie ihre Freude hatte, befürwortete er, doch sollte sie auch ihre Jugend genießen können, als Ehefrau und Mutter würde sie später ihren Beruf ohnehin kaum ausüben können. Anna hatte anderes im Sinn, hütete sich jedoch, ihre Träume den Eltern auf die Nase zu binden, sie wären auf Unverständnis gestoßen. Eines Tages wollte sie ihren eigenen kleinen Salon eröffnen. Wilhelm Svoboda feilschte hart, schließlich einigte man sich auf acht Stunden an vier Tagen der Woche. Der Arbeitgeber setzte Anna oft im Verkaufsraum ein, sie hatte hervorragende Umgangsformen, ein einnehmendes Wesen und kam bei den Kundinnen gut an.

6

Die Kinsky, für die ihre Großmutter bereits einige Kleider genäht hatte, lernte Anna persönlich kennen, als diese im Oktober 1880 in den Salon kam, um zwei Ballkleider in Auftrag zu geben. Vorher hatte Anna bereits einiges über die Gräfin gehört, in den Nähräumen wurde – wenn die Schneidermeister nicht anwesend waren – genug getratscht, um sich die langen Stunden ein wenig zu verkürzen. Carolina Kinsky, die ursprünglich einer verarmten mährischen Adelsfamilie entstammte, hatte das Glück gehabt, als Siebzehnjährige einem äußerst wohlhabenden – und alten – Grafen aufzufallen. Der verwitwete Achtundsechzigjährige heiratete nach nur wenigen Wochen das blutjunge Ding und nahm sie mit nach Wien, wo er ein kleines Palais besaß. Er wollte seinen Lebensabend in der Hauptstadt verbringen, mit seinen Kindern war er heillos zerstritten. Der knorrige Graf, dem Alkohol und Zynismus nicht abgeneigt, und die junge vollbusige Frau, deren mährischer Akzent zum Schreien komisch war, gaben ein kurioses Paar ab. Wetten wurden abgeschlossen, wie lange die Ehe halten, wann einer des anderen überdrüssig werden würde. Die Jahre vergingen, der Skandal blieb aus. Die Leute warteten vergeblich auf den Rauswurf der Gräfin aufgrund einer aufgeflogenen Liebesromanze mit einem jungen Draufgänger oder auf den plötzlichen Tod des Alten, der als Giftmord enttarnt wurde. Die Kinsky sagte nie etwas Abfälliges über ihren Mann, nicht einmal zu ihrer Kammerzofe, brachte ihn nicht in kompromittierende Situationen, indem sie sich mit anderen – jüngeren – Männern sehen ließ oder flirtete, ebenso behandelte er sie kein einziges Mal in der Öffentlichkeit mit Geringschätzung. Sie war rührend um ihn besorgt, die letzten Monate seines Lebens pflegte sie ihn aufopfernd, manche konnten nicht umhin, sie für ihre Disziplin zu bewundern. Als er starb, war sie sechsundzwanzig, die jährliche Apanage, welche ihr von der Familie als Erbe zugestanden werden musste, war nicht klein. Nach der Trauerzeit war sie eine wohlhabende Frau mit einem kleinen Palais in einer der schönsten Straßen Wiens und hatte wesentlich mehr Freiheiten, als sie im mährischen Hinterland je gehabt hätte. Da sie für das Theater und die Oper schwärmte, begann sie sich in Schauspielerkreisen zu bewegen, eine Zeitlang unterhielt sie eine Beziehung mit einem namhaften Regisseur, sie unterstützte junge talentierte Schauspieler finanziell und als Fürsprecherin. Sie gedachte nicht, sich wiederzuverheiraten und Kinder in die Welt zu setzen, so wie es von einer Frau in ihrem Alter erwartet wurde, sie lebte ein ausschweifendes Leben ohne jede Verpflichtung und Verantwortung. Den Winter verbrachte sie in Sizilien oder auf Madeira, sie kleidete sich mondän und exzentrisch, behängte sich mit einer Menge orientalischem Schmuck, Seidentüchern, Gürteln und feierte zahlreiche Feste, die von vielen als schamlos bezeichnet wurden. Kurzum, sie tat, was sie wollte, und scherte sich nicht um Konventionen, die – jungen – Frauen beneideten sie.

Als Anna sie kennenlernte, war die Kinsky einunddreißig Jahre alt. Sie wünschte sich, deren Interesse zu erregen, und machte einige gewagte Vorschläge, die Farben und Schnitte der in Auftrag gegebenen Ballkleider betreffend, denn sie wusste um den ausgefallenen Geschmack der Gräfin. Was Anna nicht wusste, war, dass keine Notwendigkeit bestanden hätte, sich zu bemühen, denn vom ersten Augenblick an war Carolina Kinsky die Achtzehnjährige aufgefallen.

»Von all den herumschwirrenden Personen im Verkaufssalon bist du, meine Liebe, mit deiner Schönheit und Anmut herausgestochen«, sagte sie Wochen später zu ihr.

Die Kinsky hatte sie zu sich eingeladen, um eine Änderung an einem Kleid in ihrem Haus durchzuführen, anschließend tranken sie Kaffee, dabei fragte die Gräfin nach ihren Träumen. Anna antwortete, dass sie später ihren eigenen Modesalon eröffnen wollte, Carolina Kinsky sicherte ihre Unterstützung zu. Anna schwebte im siebten Himmel.

Immer wieder lud die Gräfin sie ein, sie besserte Kleidungsstücke aus, nahm Änderungen vor, danach saß man bei einem Glas Wein oder mehreren zusammen. Die Kinsky gab ihr das Gefühl, etwas Besonderes zu sein. Ihrem Vater behagte es ganz und gar nicht, dass seine Tochter viel Zeit mit einer Gräfin verbrachte, deren Ruf ein zweifelhafter war, ihrer Mutter schmeichelte es.

Im Frühling begann die Kinsky von der Liebe zwischen Frauen zu sprechen, sie wäre die einzig wahre und erfüllende, ohne Unterdrückung und Gewalt möglich, auf gegenseitigem Respekt begründet. Sie träume von einer solchen lebenslangen Beziehung mit einer Frau, welche natürlich geheim gehalten werden müsse. Beim Verabschieden küsste sie Anna auf beide Wangen, streichelte ihre Hand.

Am Anfang erschrak Anna über die Worte der Gräfin, bis sie ihr allmählich – die Wochen vergingen, es waren aufregende – nicht mehr abwegig erschienen. Mit honigsüßen Worten, denen sie sich nicht entziehen konnte, baute die Kinsky Luftschlösser, sprach von gemeinsamen Reisen in südliche Länder, vom Auswandern nach Amerika, wo es gleichgültig war, *wer* man war, *wie* man lebte, wo eine Frau – zum Beispiel mit einem Modesalon – genauso erfolgreich sein konnte wie ein Mann.

7

So kam eins zum anderen, und obendrein floss viel Wein.

Im Juni 1881 erwischte der Mann ihrer Schwester, Ferdinand, die beiden nackt auf dem Diwan im Palais der Kinsky. Fieberhaft überlegte Wilhelm Svoboda, wie er vorgehen sollte, um die Angelegenheit für seine Familie so glimpflich wie möglich beizulegen. Er hatte erst vor kurzem den Titel k. u. k. Hof-Tischlermeister verliehen bekommen und zitterte vor den Folgen des Skandals, seinen hitzköpfigen Schwiegersohn Ferdinand bat er, Stillschweigen zu bewahren. Er hoffte, dass alles nicht so schlimm gewesen war, dass Ferdinand übertrieben hatte, immerhin war zur gleichen Zeit sein erstes Kind geboren worden, da konnten die Nerven schon verrücktspielen. Vermutlich hatten die beiden nebeneinander auf dem Sofa gesessen, einander vorgelesen, sich an den Händen gehalten, ihre Gesichter gestreichelt, Freundschaften zwischen Frauen waren anders als die zwischen Männern.

Aber Anna bestätigte, was Ferdinand erzählt hatte, und weigerte sich, die Gräfin zu denunzieren, sie habe sie mit Alkohol verführt. Weinend gestand sie, dass sie die Gräfin liebe und ihr diese ein gemeinsames Leben versprochen hatte. Svoboda bekam vor Zorn einen hochroten Kopf, verpasste Anna mehrere Ohrfeigen – sie begann aus Nase und Ohr zu bluten –, schloss sie in ihrem Zimmer ein und fuhr zum Palais der Gräfin, um sie zur Rede zu stellen. Er wusste, dass Anna nicht zu diesen verabscheuungswürdigen – wie nannte man sie überhaupt? – Frauen gehörte, nur zu gut hatte er in Erinnerung, wie sie mit Charles Morel junior auf dem Gartenfest in Ho Tram getanzt hatte, immer wieder, mit geröteten Wangen, zittrigen Händen, ihn mit den Augen verschlingend. Was für ein schönes Paar die beiden gewesen waren! Er hätte Anna bei ihm lassen sollen, dann wäre die Sache nie passiert, nein, natürlich hätte er Anna nicht alleine in Saigon lassen können, sie war ein halbes Kind gewesen, im Grunde war sie es immer noch.

Svoboda gab der Kinsky – alles an ihr widerte ihn an – zu verstehen, dass er von einer Anzeige absehe, wenn sie ihm zusicherte, einerseits ihr Dienstmädchen im Zaum zu halten, damit dieses nichts ausplauderte, andererseits nie wieder mit Anna Kontakt aufzunehmen. Sie behandelte ihn derart hochmütig und herablassend, als wäre er der Bittsteller und nicht sie diejenige, die sich eines Verbrechens schuldig gemacht hatte, auf das fünf Jahre Kerkerhaft standen. Wutschäumend stand er auf der Straße und entschloss sich, beim Obersten Gerichtshof einen ihm bekannten Richter aufzusuchen. Der alte Mann, im Leben wie im Gericht sehr erfahren, gab Svoboda milde zu verstehen, von einer Klage abzusehen.

»Ich kann Ihnen nur den einen Rat geben, mein guter Mann: Lassen Sie Gras über die Sache wachsen. Ich kann Ihren Zorn über die Gräfin nachvollziehen und auch verstehen, wenn es Sie nach Genugtuung verlangt, doch glauben Sie mir, ein derartiges Verfahren könnte sehr hässlich werden. Der Name Ihrer Familie würde in aller Munde sein, letztendlich würde es Ihnen und Ihrem Betrieb nur schaden«, sagte er, während sein Gesicht im Pfeifennebel verschwand. »Niemand hat Kenntnis davon, auch wenn Sie das Gefühl haben, die ganze Welt weiß es bereits. Das Tuscheln einiger Dienstboten ist nicht sakrosankt, jedem intelligenten Menschen ist bewusst, wie tratschsüchtig das Gesinde ist. Leben Sie weiter wie bisher. Falls es Gerede gibt, tun Sie es als dummes Geschwätz ab. Dementieren Sie entrüstet, falls Sie jemand darauf anspricht, und schauen Sie, dass Ihre Tochter über den Sommer die Stadt verlässt. Vielleicht können Sie sie schnell verheiraten, am besten nicht in Wien, für den Ruf Ihrer Familie wäre es das Beste, wenn sie von der Bildfläche verschwindet.«

Anna blieb den Sommer über eingesperrt in ihrem Zimmer, den Bekannten wurde erzählt, sie wäre bei einer alten Tante in der Wachau. Svoboda kannte niemanden auf dem Land, dem er in dieser delikaten Angelegenheit vertraut hätte. Er wollte sichergehen, dass keinerlei Briefkontakt mit der Gräfin entstand, keine heimlichen Treffen stattfanden, und kontrollieren konnte er das nur, wenn Anna sich unter seinem Dach befand.

Die aufgeflogene Affäre sprach sich in Dienstbotenkreisen rasch herum, bis sie einem Journalisten zu Ohren kam. Drei Wochen, nachdem Anna von ihrem Vater zur Rede gestellt worden war, erschien in der *Neuen Freien Presse* eine kleine Karikatur, welche zwei nackte Frauen zeigte, der Kopf der etwas Älteren – sie trug ein orientalisches Diadem und war eindeutig als die Gräfin Kinsky zu erkennen – lugte zwischen den aufgestellten Beinen einer Jüngeren mit langen dunklen Locken hervor, in der Sprechblase standen die Worte: *Hmm, die Bürgertöchter schmecken viel frischer als der fade Adel!* Dem Journalisten musste man zugutehalten, dass er die Identität der k. u. k. Hof-Tischlermeistertochter nicht preisgab, was er mit irgendeinem eindeutigen Indiz durchaus hätte machen können. Dennoch: Als Wilhelm Svoboda das Bild erblickte, hatte er das Gefühl, sein Herz setzte aus. Nachdem er sich einigermaßen gefasst hatte, ging er schweren Schrittes in den ersten Stock, betrat Annas Zimmer und schlug ihr die gefaltete Zeitung immer wieder um die Ohren, bis sie schluchzend auf dem Boden hockte und ihr Gesicht mit den Armen schützte.

»Ich stecke dich in ein Kloster«, schrie er.

Else Svoboda erlitt den zweiten Nervenzusammenbruch, Ferdinand Brandner raste vor Zorn. Der junge Mann hatte das Gefühl, jedermann im Unterrichtsministerium wusste Bescheid, dass es sich bei der gemeinen Darstellung um seine Schwägerin handelte, jedes freundliche Lächeln interpretierte er als hämisches Grinsen. Er bestürmte seinen Schwiegervater, endlich eine

Klage gegen die Kinsky bei Gericht einzubringen. Er selbst sprach am Gerichtshof vor und geriet an einen Richter, der darauf erpicht war, der verhassten Gräfin eins auszuwischen. Am Tag darauf zog Svoboda die Klage wieder zurück und verbot dem jungen Mann, sich zukünftig in die Sache einzumischen. Die Situation im Haus des Tischlermeisters war am Überkochen, und ganz Wien rätselte hinter vorgehaltener Hand, wer das junge Mädchen in der Karikatur sein könnte.

In ihrer großen Verzweiflung sprang Anna aus dem Fenster, sie wollte zur Kinsky gelangen und mit ihr noch in derselben Nacht aus Wien fliehen, dabei verstauchte sie sich den Fußknöchel, sodass sie keine hundert Meter weit kam. Daraufhin nagelte ihr Vater Bretter vor das Fenster. Täglich, beinahe stündlich fragte sie sich, warum Carolina – oder einer ihrer Diener – nicht schon längst des Nachts vor ihrem Fenster gestanden war, um ihr einen Brief zuzuwerfen oder ihr gar zur Flucht zu verhelfen.

In derselben Nacht, in der Anna aus dem Fenster sprang, ergriff die Kinsky tatsächlich die Flucht, lediglich in Begleitung eines Dieners und eines Mädchens, und zwar des besagten, welches an dem folgenschweren Nachmittag im Juni hinter Ferdinand Brandner in der Tür zum Salon große Augen gemacht hatte. Die *Angelegenheit* war ihr durch die Karikatur doch zu prekär geworden, um sie in Wien auszusitzen, zu viele Feinde und Neider hatte sie, das degoutante Bild veranschaulichte deutlich, wem die Sympathie der Presse galt. Überstürzt trat sie eine monatelange Reise in den Orient an, die sie schon immer hatte machen wollen und auf die sie Anna hatte mitnehmen wollen, zumindest hatte sie davon gesprochen. Die seit dem Vorfall zurückgezogen lebende Familie erfuhr davon erst Wochen später, als Anna es von ihrer Mutter hörte, konnte sie es kaum glauben. Jedes Mal, wenn ein Bekannter der Familie fragte, was es mit dem Gerücht über die Kinsky auf sich habe, stellte sich Wilhelm Svoboda dumm und fragte: »Von welchem Gerücht ist die Rede?« Die meisten grinsten süffisant, einige wenige hatten die Dreistigkeit, eins draufzulegen: »Wenn an dem Gerede nichts dran wäre, warum arbeitet die Tochter nicht mehr im Salon Grünbaum?«

Im Laufe des Sommers kamen drei Redakteure, sie drängten den Tischlermeister, Genaueres zu erzählen, sie wollten eine große Geschichte in ihrem Blatt daraus machen, doch Svoboda ließ sie alle eiskalt abblitzen. Einer – er war von der frisch gegründeten *Wiener Allgemeinen Zeitung* – war besonders hartnäckig.

»Wie kann es in deinem Sinn sein, dieses dreckige Adelsgesindel zu schützen?«, fragte er.

»Sie reden mich mit Sie an.«

»Ihre Tochter wurde eindeutig benutzt, Svoboda, von einer verkommenen Person mit einem dekadenten Lebensstil, einer Person, die nie auch nur den Finger krümmen musste, um ihren Lebensunterhalt selbst zu verdienen, wie Sie es tun, sie lebt von Vermögen, das durch Ausbeutung angehäuft wurde. Sie arbeiten hart, um für sich und Ihre Familie zu sorgen, Sie zahlen Ihre Steuern. Sie und Ihre Tochter haben ein Recht auf Gerechtigkeit. Warum lassen Sie diese Person ungeschoren davonkommen, die mutwillig und ohne mit der Wimper zu zucken die Zukunft Ihrer Tochter ruiniert hat?«

»Ich weiß nicht, wovon Sie reden«, sagte er, »und falls ich doch ein Fünkchen Ahnung hätte«, er hob seinen Kopf und schaute dem Mann fest in die Augen, »würde ich nicht zulassen, dass meine Tochter ein Instrument Ihres Kampfes wird.«

»Sie wollen keine Kunden in bestimmten Kreisen verlieren, ist es das? Sie wissen, dass Sie sich prostituieren, Herr k. u. k. Hof-Tischlermeister.«

»Von Prostitution brauchen Sie mir nicht zu reden, Sie Schreiberling, Ihre dient der Sensationsgier. Verlassen Sie auf der Stelle mein Bureau.«

Im August schaute ein Beamter des Obersthofmeisteramtes

in der Werkstatt vorbei – ohne sich vorher anzukündigen, was höchst selten vorkam –, um einen Sekretär für die frischgebackene Ehefrau des Kronprinzen in Auftrag zu geben. Beim Abschied sagte er lauernd und wie beiläufig: »Es sind uns Dinge zu Ohren gekommen, welche die Tochter betreffen. Wir hoffen, es geht dem Fräulein gut? Falls Ihre Tochter gewillt ist, eine belastende Aussage zu machen, sind wir jederzeit bereit, Unterstützung in der leidigen Angelegenheit zu leisten.«

Svoboda witterte die Falle, unmerklich straffte er die Schultern, hob den Kopf und erwiderte hart: »Verehrter Herr, mir ist bewusst, worauf Sie anspielen. Meine Tochter ist Schneiderin und war in besagtem Haus nur wenige Male, um Kleider anzupassen, seither macht uns ein schmutziges Gerücht das Leben schwer. Ich kann nichts anderes tun, als Ihnen zu versichern, dass es eine infame Lügengeschichte ist, in die Welt gesetzt von einer armen Dienstbotin, die vermutlich von Neid zerfressen ist auf ein Mädchen, dem es in der Kindheit und Jugend besser erging, das obendrein äußerst talentiert ist und dem eine gute Zukunft beschieden ist. Und nun entschuldigen Sie mich bitte, ich habe zu tun, richten Sie dem verehrten Obersthofmeister einen herzlichen Gruß aus, auf Wiedersehen.«

Verdattert verließ der Mann die Werkstatt. Svoboda hatte weiche Knie und war schweißnass, erschöpft sank er auf eine Bank und wunderte sich über seinen Mut, einem hochgestellten Beamten des Hofes derart hochmütig geantwortet zu haben.

Die Wochen vergingen, der heiße Sommer wich einem milden Herbst, Anna wollte nur noch fort aus ihrem Elternhaus.

»Ich bin hier nur eine Last für euch. Lass mich in irgendeine andere Stadt gehen, als Näherin finde ich überall Arbeit genauso wie ein Zimmer zur Untermiete. Ich kann mich hocharbeiten, mir eine Existenz aufbauen«, bat sie ihren Vater immer wieder. »Es gibt mittlerweile viele junge Frauen, die ihr Elternhaus verlassen, um irgendwo als Lehrerin zu arbeiten, als Hutmacherin, als Schneiderin, als Köchin, als Gouvernante.«

»Frauen aus armen Familien entscheiden sich zu einem solchen Schritt, weil sie oft keine andere Möglichkeit haben«, erwiderte ihr Vater.

»Es gibt Frauen, die sich aus freien Stücken für ein unabhängiges Leben entscheiden.«

»Glaub mir, es ist ein trauriges und einsames Leben.«

Svoboda widerstrebte der Gedanke, seine schöne Tochter ohne jeden familiären Schutz – als Freiwild – in einer fremden Stadt zu wissen. Außerdem nagte das Misstrauen an ihm, er befürchtete, dass Anna umgehend mit der Kinsky Kontakt aufnehmen könnte, sie neuerlich in ihren Einfluss geraten würde, und diese Vorstellung bereitete ihm Übelkeit. Er hasste die Frau wie die Pest, er konnte sich nicht daran erinnern, jemals einen Menschen derart gehasst zu haben.

»Vater, bitte, du kannst mich nicht die nächsten Jahre einsperren«, weinte Anna, und Wilhelm Svoboda musste sich eingestehen, dass er ratlos war, er wusste tatsächlich nicht, wie es weitergehen sollte. Was man mit der Tochter tun, wie ihre Zukunft aussehen sollte, war unklar, die guten Heiratschancen waren vertan, und eine neue Anstellung in einer Wiener Schneiderei zu finden war auf lange Sicht undenkbar. Im Oktober – fünf Monate waren seit dem Vorfall vergangen – tauchte Albert Theodor Brugger in seinem Bureau auf, und er erschien Wilhelm Svoboda wie ein Rettungsanker.

8

Der Sohn eines Müllers aus einem kleinen Dorf im Mühlviertel war vor zwei Monaten aus dem k. u. k. Kriegsmarine-Dienst entlassen worden und beabsichtigte, ein Handelsgeschäft in seiner Heimat zu eröffnen. In sein Sortiment wollte er auch Möbel aufnehmen, Svobodas Werkstätte war ihm empfohlen worden. Nach den geschäftlichen Besprechungen lud Wilhelm Svoboda Brugger spontan zum Abendessen in sein Haus ein. Als er am Esstisch saß und von seiner Zeit in der k. u. k. Marine zu erzählen begann, war nach wenigen Minuten offensichtlich, dass es vor allem Anna war, die er mit seinen Geschichten beeindrucken wollte. Svoboda erkannte sofort: Albert Theodor Brugger war die Lösung für die unerträgliche Situation der Familie. Er folgte seiner Tochter in die Küche und gab ihr deutlich zu verstehen, sie habe auf Bruggers Interesse einzugehen, sie solle ihm gefälligst schöne Augen machen, denn das wäre eine Gelegenheit, die unter allen Umständen zu nutzen sei.

Zu siebt saßen sie beieinander, es war das erste Mal seit Monaten, dass Anna – umringt von Leuten – Gespräche führte, scherzte, lachte. Für kurze Zeit musste sie sich eingestehen, dass sie es sogar ein klein wenig genoss, der Müller sah nicht übel aus und erwies sich als interessanter Gesprächspartner. Neben den Eltern waren ihre Brüder anwesend, die zwei Burschen löcherten den Fremden über Schiffe und Fregatten, über Hafenstädte, bis er den Spieß umdrehte und sie nach ihrem Leben fragte, nach Schulen, Unterrichtsstoff, nach ihren Zukunftsplänen, er war ein guter Erzähler und aufmerksamer Zuhörer. Ihre Familie verhielt sich Anna gegenüber, als wäre nichts geschehen, vermutlich dem Gast zuliebe. Sie spielte mit, obwohl ihr erster Impuls war, sich – nach all den Monaten des Eingesperrtseins – kühl und kratzbürstig zu verhalten, um die Eltern bloßzustellen. Ihr Vater begann plötzlich von der Südostasienreise zu reden und betonte, er habe seine zweitälteste Tochter aufgrund ihrer perfekten Französisch-kenntnisse mitgenommen. Noch während er dies sagte, fiel ihm ein, dass im Mühlviertel vermutlich niemand etwas mit Französisch anfangen konnte, und fügte hinzu: »Nicht nur Französisch spricht sie gut, sie ist eine hervorragende Köchin und Schneiderin, sie näht alle ihre Kleider selbst.«

»Papa, hör auf, das ist mir unangenehm«, sagte Anna mit hochrotem Gesicht.

»Ja wirklich, Papa, hör schon auf«, sagte der jüngste Sohn glucksend, er war das vorlauteste der Kinder, »das ist ja kein Heiratsmarkt.«

Daraufhin liefen alle Svobodas rot an, Brugger lachte und sagte: »Auf einem Heiratsmarkt ginge es wesentlich rauer und lauter zu, das können Sie mir glauben.«

»Woher wissen Sie das? Gibt es im Mühlviertel welche?«, fragte Annas Bruder.

Brugger lachte abermals. »Ich habe in Stone Town auf Sansibar einen miterlebt.«

Der Junge forderte ihn auf, davon zu erzählen.

»Der Sultan von Sansibar, Barghasch ibn Said, hat ihn zugunsten der Arbeiter auf den Gewürznelkenplantagen veranstaltet, weil er der Meinung war, sie erbringen mehr Leistung, wenn sie eine Frau haben. Außerdem könnte man die Frauen ebenfalls zur Arbeit auf den Plantagen einsetzen, so sein Gedanke. Die Männer waren zwar keine Sklaven, aber im Grunde waren sie arme Hunde, die elend hausten und schlecht verdienten. Den Gewürznelken hat der ganze Ehrgeiz des Sultans gegolten, er hat einen westlichen Kurs eingeschlagen, weil er sein Land endlich vom Sklaven- und Elfenbeinhandel befreien wollte. Er hat die Sklavenhändler gezwungen, alle Frauen von fünfzehn bis dreißig Jahren, die sich zu dem Zeitpunkt in ihrem Besitz befunden haben, dafür zur Verfügung zu stellen. Er hat eine bewegende Rede gehalten, in der er den Markt zum Akt der Humanität erklärt und zu den Männern gesagt hat: Ihr seid die Zukunft des Landes! Zu den Frauen hat er gesagt: Ich schenke euch nach eurer Hochzeit die Freiheit. Jedem Arbeiter war es erlaubt, sich eine Braut zu kaufen, als Zahlungsmittel wurden Gewürznelken vereinbart. Die Männer hatten gerade ihre Draufgabe zum Lohn erhalten, und zwar ein Fünfzigstel dessen, was sie dem Vorarbeiter am Ende der ersten Ernte – nach der Trocknung – auf die Waage gelegt hatten. Es war die schlechte Auslese der Nelken, mit der sie machen konnten, was sie wollten, sie verkaufen oder sich damit die Pfeife stopfen. Die meisten verkauften sie natürlich auf den Märkten, um sich etwas Geld dazuzuverdienen. An dem Tag haben sie sich damit eine Braut gekauft. Eine gesunde Sechzehnjährige hat bis zu einem Kilo gekostet, eine magere Dreißigjährige mit schlechten Zähnen konnte man um zwanzig Stück haben.«

Die Svobodas hielten den Atem an.

»Zwanzig Gewürznelken für eine Frau?«, fragte Else Svoboda ungläubig.

Brugger nickte. »Es hat ein unglaubliches Geschrei und Getümmel geherrscht. Um einige Mädchen hat sogar eine Schlägerei begonnen, die Soldaten des Sultans haben mehrmals eingreifen müssen. Den Frauen wurden teilweise die Kleider vom Leib gerissen, um sie nackt sehen zu können, sie mussten ihre Zähne zeigen, ein sogenannter Arzt hat kontrolliert, ob sie jungfräulich waren, denn wenn nicht, ist der Preis gefallen. Es war schrecklich, ich möchte bei Gott nicht wissen, wie sich die armen Frauen gefühlt haben. Manchen hat man ihre Verzweiflung regelrecht angesehen, vor allem den jungen, wohingegen andere völlig teilnahmslos dagestanden sind und alles über sich ergehen lassen haben. Sie haben gewirkt, als wären sie nicht mehr unter den Lebenden. Mir wurde an dem Tag zum ersten Mal bewusst, wie glücklich ich mich schätzen kann, in der westlichen Zivilisation zu leben.«

Anna lachte trocken auf, und ihr Vater ersuchte sie, den Nachtisch zu holen. Als sie zurückkam, wünschten die Brüder eine gute Nacht und verließen das Esszimmer, Brugger bat sie, von der Südostasienreise zu erzählen, später waren ihr Vater und sie es, die ihn zur Tür brachten. Svoboda fragte ihn, wie lange er vorhabe, in Wien zu bleiben, Anna setzte alles auf eine Karte und bot ihm – vor ihrem Vater – an, ihm am nächsten Tag die Innenstadt zu zeigen, falls es seine Zeit zulasse, worüber er sich sichtlich freute.

Zum ersten Mal seit ihrer *Entgleisung* wurde ihr erlaubt, ins Freie zu gehen. Es hatte in der Nacht geschneit, zu dritt spazierten sie durch den frischgefallenen Schnee. Ihren jüngsten Bruder hatte der Vater als Aufpasser mitgeschickt, er verhielt sich zurückhaltend, ging still neben ihnen her, Anna war ihm dankbar. Es war nicht zu kalt, und die Sonne schien, noch nie hatte sie einen Spaziergang und einen Gesprächspartner derart genossen, gleichzeitig waren ihre Gedanken nur bei der Freundin. Sie überredete Brugger, eine Droschke zu nehmen, sie fuhren bis zum Stephansplatz, tranken Punsch und aßen heiße Maroni.

Er erzählte mit Begeisterung von seinem zukünftigen Geschäft, das mittlerweile konkrete Formen annahm, er hatte es bereits bei der Handelskammer in Linz angemeldet, wo man ihm überschwänglich viel Glück gewünscht hatte.

»Ich fühle mich voller Tatendrang«, sagte er, »und vieles geht mir einfach zu langsam.« Die ganze Zeit über gab sie ihm zu verstehen, dass sein Interesse an ihr durchaus auf fruchtbaren Boden fiel, erst spät kamen sie nach Hause, und ihr Vater lud Brugger zum Abendessen ein.

Bevor er ins Mühlviertel zurückreiste, bat sie ihn um einen Brief, es dauerte keine zwei Wochen, und sie hielt ihn in Händen. Nach wiederum drei Wochen stand er persönlich vor der Tür. Daraufhin kam er einmal im Monat für jeweils eine Woche nach Wien, wobei er täglich bei den Svobodas vorbeischaute, um

Anna für einen Spaziergang oder einen Gasthausbesuch abzuholen. Jedes Mal war die Mutter dabei, oder es wurde einer der Brüder mitgeschickt, die langjährige Hausangestellte, die Schwester, Brugger glaubte, die Svobodas vertraten die konservative Meinung, ein junges Paar sollte nicht alleine sein. Anna kannte den wahren Grund, sie hatten Angst, sie würde die Zeit nutzen, um am Bahnhof in irgendeinen Zug zu steigen.

Obwohl er aus der Provinz stammte, war Brugger kein Bauerntölpel, er war besonnen, gebildet und legte gute Manieren an den Tag, dennoch wirkte er nicht wie ein typischer Stadtmensch. Er strahlte etwas Besonderes aus, Anna hätte jedoch nicht benennen können, was genau es war. Nach nur einem halben Jahr fragte er sie, ob er um ihre Hand anhalten dürfe, er fühle sich einsam in seinem Heimatdorf, und seitdem er sie kenne, wünsche er sich nichts sehnlicher, als sie an seiner Seite zu haben. Als sie ihm ins Ohr flüsterte, dass es ihr dringendster Wunsch wäre, die Trauung möge so schnell wie möglich stattfinden, war er derart glücklich, dass sie erstens überwältigt war und sich zweitens schämte. Es war offensichtlich, dass er sie tatsächlich liebte.

Ein liebender Ehemann, der von der ganzen *Sache* nichts wusste, weil er in der hintersten Provinz lebte, war der einzige Ausweg aus ihrer ausweglosen Situation, und Anna erschien alles besser als der Albtraum, in dem sie sich befand. Sie wusste, der Alltag in der Einöde mit einem Mann, den sie nicht liebte, würde hart werden, doch insgeheim stellte sie sich die intensive Brieffreundschaft mit der geliebten Freundin und heimliche, aufregende Begegnungen irgendwo in der Mitte ihrer Wohnorte als ausreichend vor, um sie für alles zu entschädigen. Die Planung eines Treffens würde sie wochenlang beschäftigen, die Erinnerung daran wochenlang über Wasser halten. Niemand konnte ihnen in dieser Konstellation etwas anhaben, es bestand keine Gefahr mehr, dass die Gräfin oder sie inhaftiert wurden. Sie fühlte sich heroisch, denn sie war bereit, sich zu opfern für die Freundin, und auch für die Familie. Ihre Zukunft stellte sie sich als ein romantisch-sehnsüchtiges Märtyrerleben vor.

Während der Spaziergänge mit Brugger schaffte sie es, in einem unbeobachteten Augenblick einen Brief an Carolina Kinsky in einen Postkasten zu werfen, in dem sie ihr von Brugger – sie nannte ihn den Müller – erzählte. Die Gräfin war zwar von ihrer Reise noch nicht zurückgekehrt, doch vertraute Anna darauf, dass sie im Frühling heimkehrte, sie stellte sich ihre Freude beim Vorfinden des Briefes vor. Zu Ostern 1882 reiste sie mit ihrer Familie für einige Tage ins Mühlviertel, um Angehörige und Heimat des zukünftigen Ehemannes kennenzulernen und die Verlobung zu feiern. Sie war im selben Zimmer des Gasthofs Linde untergebracht, in dem vor vierundfünfzig Jahren die Tante ihres Verlobten, Rosa, einer Wiener Stellenvermittlerin vorgelesen, vorgesungen, Rede und Antwort gestanden war, was Anna natürlich nicht wusste. In der Nacht vor der Abreise stand sie auf und schrieb einen Brief an ihre Freundin.

9

10. April 1882

Liebste Freundin!

Es ist offiziell, ich werde den Müller heiraten. In einem Monat wird zum Traualtar geschritten.

Die Erleichterung meiner Eltern kannst Du Dir nicht vorstellen. Meinem Vater ist es einiges wert, dass ich in der tiefsten Provinz verschwinde und obendrein als verheiratete Frau. Da der Müller etwas bescheiden wohnt (zusammen mit seiner Schwester, deren Ehemann und einer alten Tante in einem Haus, das eher einem alten Gemäuer gleicht), verkündete er bei der Verlobungsfeier, dass er mir und dem zukünftigen Schwiegersohn die Hälfte des Anbaus, welcher geplant ist, finanzieren werde. Der Müller war ob dieser Ankündigung äußerst erstaunt, fast peinlich berührt kam er mir vor. Ich muss zugeben, dass auch mich die Sache rührte, sie zeigte mir, ich bin meinem Vater doch nicht ganz gleichgültig geworden. Er möchte, dass ich zumindest »komfortabel« wohne – wenn ich schon bereit bin, meine unangenehme Situation (und die der Familie) derart zu lösen. Ach, mein Vater, dieser Fuchs! Er war also in der Lage, in den letzten Jahren ein kleines Vermögen zu erwirtschaften, und wusste dies gut vor der Familie zu verheimlichen. Unsere Haushaltsführung war stets bescheiden, »Luxus verdirbt den Charakter« lautete seine Devise. Meiner Schwester und meinem Schwager fielen bei seinen Worten über die Mitgift die Augen aus dem Kopf, offensichtlich überraschte er auch sie damit. Sonderlich angetan waren sie nicht, dass die missratene Tochter eine derart hohe Zuwendung erhält, ich sah sie anschließend heftig mit meinem Vater diskutieren, er jedoch ließ sie einfach stehen. In dem Augenblick fühlte ich große Liebe zu ihm. Ebenso fühlte ich mich bestätigt meine Entscheidung betreffend, denn nichts will ich weniger, als ihm weiteren Kummer zuzufügen, ebenso wenig wie Dir, Du musst im vergangenen Jahr durch die Hölle gegangen sein.

Mein zukünftiger Mann ist voller Bewunderung für mich, es grenzt beinahe an Anhimmelung. Stolz präsentierte er mich in seinem kleinen Heimatort, als wäre ich eine kostbare Trophäe. (Wir verbringen die Osterfeiertage in seinem Dorf, um die Verlobung zu feiern und das Aufgebot zu bestellen.) Du hättest uns bei unserem ersten gemeinsamen Gottesdienst sehen sollen, Du hättest eine wahre Freude daran gehabt. Der Müller bat mich, mein grünes Satinkleid anzuziehen (das eine, das meine Taille betont) und einen passenden Hut dazu zu tragen. Arm in Arm geleitete er mich hocherhobenen Hauptes und mit einem beinahe triumphierenden Lächeln zu den Frauenbänken. Er wartete, bis ich Kniebeuge und Kreuzzeichen gemacht hatte und in die Bank gerutscht war, bevor er sich selbst setzte. Alle anderen Leute in der Kirche trugen dunkle Farben (und keine einzige Frau einen

Hut), sodass ich ziemlich herausstach, was ihm zu gefallen schien. Beim Verlassen der Kirche starrten mich alle an. Ich weiß, Dir brennt beim Lesen dieser Zeilen die Frage auf den Lippen (ich sehe Dich förmlich vor mir), ob es mir denn auch gefallen habe, solch ein Aufsehen zu erregen. Ich kann sie mit Ja beantworten, es hat mir eine kleine Freude bereitet. Wie erbärmlich eigentlich – und traurig. Und noch trauriger ist, dass diese kleinen Freuden vermutlich die einzigen sein werden in nächster Zeit, bis auch sie sich im Nichts auflösen, weil die Dorfleute sich an mich gewöhnt haben oder weil ich mich durch nichts mehr von ihnen unterscheide. Ich sehe meinen Untergang schon vor mir: In gedeckten Farben (und ohne Hut auf dem schlicht zu einem Dutt gebundenen, strähnigen Haar) und mit einem verhärmten Gesichtsausdruck husche ich geduckt in die Kirche, meine Hände gefaltet. Ich bin gespannt, wie lange es bis dahin dauern wird.

Über die Familie des Müllers kann ich noch nicht viel berichten. Sie waren allesamt sehr bemüht um mich, sie präsentierten sich wohl an diesen vier Tagen im besten Licht. Sie waren nicht die Einzigen. Meine Eltern strahlten permanent, wenn Leute anwesend waren, um die Wette und gaben sich interessiert an allem und jedem. Sogar die Katzen wurden von meiner Mutter gestreichelt – sie kann »diese Viecher« eigentlich nicht ausstehen. Einzig das Wetter machte nicht mit bei unserem verlogenen Spiel, es goss die ganze Zeit wie aus Kübeln. Wir wateten buchstäblich durch Schlamm, Pflastersteine sind eine Erfindung, die sich noch nicht bis ins Mühlviertel herumgesprochen hat, genauso wenig wie die des Wasserklosetts. Nur einen halben Tag lang klarte der Himmel auf, und die Sonne kam zum Vorschein, der Müller machte mit uns sofort eine Ausfahrt bis zum Böhmerwald. Ich muss zugeben, die Landschaft hat ihren Reiz, sie hat etwas Dunkles, Raues, Mystisches an sich.

Diesen Brief schreibe ich mitten in der Nacht im einzigen Gasthof, den es hier gibt, und ich hoffe, ich kann ihn am Morgen unbemerkt mit ein paar Kreuzern einer Angestellten zustecken und ihr auftragen, ihn dem Postboten mitzugeben. Morgen fahren wir zurück nach

Wien, wie gerne würde ich Dich treffen, Dich noch einmal für wenige Minuten ansehen, sprechen dürfen, bevor ich für immer weggehe, ich verzehre mich vor lauter Sehnsucht! Aber ich weiß gar nicht, ob Du von Deiner Reise schon zurückgekehrt bist, und ohnehin wird es nicht möglich sein, meine Eltern werden mich weiterhin keine Sekunde aus den Augen lassen. Ich will nur noch eines: diesem Gefängnis, in dem ich seit beinahe einem Jahr lebe, entfliehen. Als die Gattin des Müllers werde ich mit Sicherheit ein freieres Leben führen, als ich es jetzt tue, und darauf ist mein ganzes Warten, mein ganzes Sehnen gerichtet, ich bin überzeugt, wir können es einrichten, uns ein paar Mal im Jahr in der Mitte, der Stadt Linz, zu treffen. Schreib mir, was Du davon hältst, und ich mache mich umgehend auf die Suche nach einem geeigneten Hotel.

Du kannst Dir nicht vorstellen, wie unglaublich ich Dich vermisse, ich umarme Dich,

Deine Anna

7. Juni 1882

Liebste Freundin!

Seit drei Wochen bin ich die Ehefrau des Müllers. Mit Haut und Haar. (Kopf und Herz sind nicht recht bei der Sache, und ich bezweifle, dass dies jemals der Fall sein wird.)

Und weil ich weiß, dass es Dich brennend interessiert, wie mein Eheleben aussieht, vor allem das nächtliche, versuche ich Dir einen Eindruck davon zu geben. Vorneweg: Er ist ein reinlicher Mann, er wäscht sich jeden Abend gründlich und nimmt einmal in der Woche ein Bad. Kannst Du Dir das vorstellen?

Aber nun zum Wesentlichen. Ich kann mich nicht beschweren: Er ist ein guter Liebhaber. Obwohl ich in dieser Hinsicht keinen Vergleich habe, kann ich das mit Sicherheit behaupten, denn jedes Mal bringt er meinen Körper dazu, Lust zu empfinden, obwohl mein Kopf sich dagegen wehrt. Entweder hat er bereits Erfahrung gesammelt, oder er ist von Natur aus in der Liebe geschickt.

Er hat sich in der Hochzeitsnacht nicht über mich gewälzt, hat mir nicht ruckartig das Nachthemd hochgeschoben, um mich für wenige Minuten kaltblütig aufzuspießen und dabei zu grunzen, so wie ich mir das in meinen schlimmsten Träumen vorgestellt habe. Meine Angst, deretwegen ich bei der Hochzeitsfeier im Dorfgasthaus ein Glas Wein nach dem anderen trank, war umsonst. Die Leute hier verstehen zu feiern, es war sehr spät, als wir endlich verlegen in unserer Kammer standen. Er half mir aus meinem Kleid, küsste mich dabei immer wieder zärtlich. Neben ihm, der mir im Grunde ein Fremder war, im Bett zu liegen, fühlte sich dann furchtbar an, ich hatte das Gefühl, ich müsste ersticken! Er beugte sich zu mir und fragte mich, ob es auch in meinem Sinne wäre, wenn wir uns Zeit ließen, ich nickte, und er wünschte mir eine gute Nacht. Ich konnte meine Tränen nicht zurückhalten, ich schluchzte, was das Zeug hielt, sicherlich lag es auch an der Erschöpfung und dem Alkohol. Aber vor allem lag es daran, dass mir jämmerlich zumute war. Bereits während der Trauung war es mir miserabel gegangen. Sie waren alle so gut zu mir, er war so gut zu mir! Er brachte mir ehrliche Liebe entgegen. Und ich? Ich legte ihn herein, um meine Familie nicht länger zu kompromittieren. Er war bestürzt über mein Schluchzen und hielt mich im Arm, bis er einschlief.

Am nächsten Tag überraschte er mich mit einer Reise an den Wolfgangsee. Wir hatten auf Flitterwochen verzichten wollen, der Aufbau seines Handelsgeschäftes verschlingt alles Ersparte der Familie. Wir blieben eine Woche und unternahmen täglich eine Wanderung. Ich muss zugeben, es war keine Sekunde langweilig mit ihm. Sein Wissen über die Welt ist groß, und er ist ein enthusiastischer, charmanter Erzähler, neben ihm fühle ich mich regelrecht stumm, außerdem hat er Humor. Das Ganze macht meine Situation nicht besser. Wenn er ein Ekel wäre, fiele mir meine Märtyrerrolle leichter. In der zweiten Nacht im Gasthof »passierte« es, und ja (ich sehe Deinen neugierigen Blick): Es tat für einen kurzen Augenblick weh, und ich blutete.

Und seitdem ist er unersättlich, er nimmt jede Nacht, außer wenn

ich meine Tage habe, von mir Besitz. Er fragt nicht lange um Erlaub-
nis, vermutlich ist das so zwischen Eheleuten, die Frau hat ihre Pflich-
ten zu erfüllen. Ich weiß es nicht, und nach dem, was im letzten Som-
mer passiert ist, hätte ich nie gewagt, vor der Hochzeit mit meiner
Mutter oder Schwester über derlei Dinge zu sprechen. Ich empfinde
nie Verlangen auf ihn im Vorhinein, jedes Mal wieder wünsche ich
mir, er möge nicht auf meine Bettseite rutschen, doch mein Körper
reagiert nach wenigen Minuten auf seine Berührungen. Er ist ein ge-
duldiger, sanfter Liebhaber, es gibt keinen Zentimeter Haut an mir,
den er nicht bereits mit seinen Fingern oder seinen Lippen erkundet
hätte. Manchmal stelle ich mir vor, Du, liebste Carolina, sitzt auf ei-
nem Stuhl neben dem Bett und beobachtest uns.

Aber nun zu Dir, wie geht es Dir, ich bin so gespannt, von Dir zu
hören, zu lesen, mit Ungeduld erwarte ich Zeilen von Dir. Du kannst
unbesorgt einen Brief an meine Anschrift schicken, mein Mann ist
ohne Argwohn, ich habe ihm von Dir als einer lieben Freundin er-
zählt.

Deine nur an Dich denkende Anna

Weitere Briefe folgten. Anna erzählte von ihrer Schwangerschaft
und dass sie große Angst vor der Geburt hatte, ihre Worte wurden von Brief zu Brief schwermütiger. Sie bettelte um ein paar
Zeilen, ein Wiedersehen, sie ließ sich dazu herab zu jammern, sie
habe ihr Los nur wegen ihr, der Kinsky, auf sich genommen.

Kein einziger Brief wurde beantwortet, bis ihr schließlich kurz
vor Heiligabend 1882 – Anna war seit sieben Monaten verheiratet – der Postbote ein blassblaues Kuvert, adressiert an Frau
Anna Katharina Brugger, geborene Svoboda, überreichte.

Frau Brugger,
traurig wäre gewesen, wenn Sie sich von Ihrem Vater für Jahre ein-
sperren hätten lassen. Bewundernswert hätte ich gefunden, wenn Sie
nichts unversucht gelassen hätten, um aus Ihrem Elternhaus zu ent-

kommen, nach Paris zu gelangen und dort Arbeit in einem Modesalon zu finden. Heroisch wäre gewesen, wenn Sie ins Kloster gegangen wären. Sie aber haben sich für den erbärmlichsten aller Wege entschieden: auf dem Land als Frau eines Müllers zu versauern. Hören
Sie auf, mich mit Ihren belanglosen Zeilen zu belästigen.

Carolina Kinsky

Anna erlitt einen Nervenzusammenbruch und weinte wie ein
kleines Kind. Größer als die Enttäuschung über den Verlust der
Liebe der Gräfin – die Erinnerung an die Begegnungen mit ihr
war ohnehin bereits verblasst – war die Wut über die demütigen-
den Zeilen und die niederschmetternde Erkenntnis, allzu naiv
gewesen zu sein. Erschöpft schlief sie am Abend ein, sie träumte
von der Kobrafarm, die sie in Indochina mit Charles und Eugenie Morel besucht hatte. Als sie aufwachte, fühlte sie sich grippig,
mit schweren Kopf- und Halsschmerzen musste sie tagelang das
Bett hüten, Albert war liebevoll um sie besorgt.

10

Im April 1883 gebar Anna Zwillingssöhne.

Nach dem Mittagsschlaf war ihr Bettlaken nass, und kurze
Zeit später setzten die Wehen mit einer Vehemenz ein, die Josephine überraschte. Vinzenz holte Albert, der an der Donau
war, um eine Fracht entgegenzunehmen. Die Geburt verlief
schnell und heftig, Albert saß bei seiner Frau, hielt ihre Hand
und wischte ihr den Schweiß von der Stirn, bis die alte Hebamme
ihn aus der Kammer warf, die Anwesenheit eines Mannes bei einer Wöchnerin war ihr zuwider. Sieben Stunden, nachdem Anna
das Gefühl gehabt hatte, sich eingenässt zu haben, kam der erste
Sohn zur Welt, elf Minuten darauf folgte der zweite, er war winzig

und schwach. Während sein Bruder aus Leibeskräften schrie, schaute er mit schläfrigen Augen still vor sich hin, die Hebamme bestand darauf, ihn nottaufen zu lassen, und schickte Vinzenz nach dem Pfarrer.

Man ließ die Eheleute allein, Albert saß neben seiner Frau, die beiden Kinder lagen nebeneinander im Stubenwagen und schliefen. Er schlug den Namen Carl vor – einer der Kapitäne, unter denen er gedient hatte, hatte so geheißen, er hatte ihn sehr bewundert – und bat seine Frau, einen zweiten auszusuchen. Als ihr Mann den Namen Carl nannte, dachte Anna unwillkürlich an die Geschwister Charles und Eugenie Morel – seit ihrer Verehelichung kamen ihr die beiden immer häufiger in den Sinn – und entschied sich für Eugen. Sie waren sich einig, auf einen zweiten Vornamen zu verzichten, der Pfarrer kam noch mitten in der Nacht und nahm bei beiden die Nottaufe vor, Anna kam es wie ein Todesurteil vor. Josephine befestigte ein blaues Band um Carls Handgelenk, um die zwei auseinanderzuhalten, sie hatten nicht nur den gleichen dunklen Haarschopf, der eine sah aus wie der andere.

Alle, insbesondere die Hebamme, rieten den frischgebackenen Eltern, eine Amme hinzuzuziehen, doch Anna ertrug den Gedanken nicht, eine weitere Person samt dazugehörigem Säugling um sich zu haben. Sie hatte ohnehin oft das Gefühl in dem kleinen Haus inmitten der Leute, die ihr immer noch fremd waren, ersticken zu müssen, und Albert widerstrebte der Gedanke, seinen Sohn monatelang zu fremden Leuten zu geben. Die Hebamme schüttelte verständnislos den Kopf und empfahl, sich auf das stärkere Kind, Carl, zu konzentrieren und darauf zu achten, dass er stets als Erster trank und genügend Milch bekam.

»Der andere wird es nicht schaffen«, sagte sie.

Kaum dämmerte es, versuchte Anna trotzig, die Buben abwechselnd an die Brust zu legen, den religiösen Fatalismus, der auf dem Land herrschte, verabscheute sie, doch Eugen war tatsächlich zu schwach, um länger als wenige Sekunden zu saugen. Albert machte sich auf den Weg nach Linz, um eine junge Hebamme zu suchen, von der es hieß, sie verkaufe Glasflaschen mit einem darüber gestülpten Kautschukschlauch. Zwei Tage später kehrte er mit einer solchen Flasche nach Hause zurück – es hatte ihn einige Mühe gekostet, die Frau aufzutreiben –, von einer Bäuerin erstand er eine Ziege. Er selbst war es, der nicht aufgab, alle zwei Stunden nahm er den Kleinen in den Arm und versuchte wieder und wieder, ihm einige Tropfen einzuflößen, bis Eugen die verdünnte Milch nicht mehr verweigerte. Er stellte eine seiner Nichten, eine Tochter Katharines, ein, um Anna unter die Arme zu greifen, und trug ihr auf, was ihm die junge Frau in Linz eingeschärft hatte, nämlich Glas und Schlauch nach jedem Gebrauch in kochendem Wasser zu sterilisieren. Beide Kinder überlebten und gediehen prächtig, zwei Monate nach ihrer Geburt übersiedelten Anna und Albert in den fertiggestellten Anbau.

Als im September die Familie aus Wien zu Besuch kam – Albert hörte nicht auf, seine Schwiegerfamilie dazu zu drängen –, spürte Anna, dass ihre Eltern, aber vor allem Schwester und Schwager irritiert waren über die Verhältnisse, die sie vorfanden. Der Hausanbau mitsamt der Veranda und dem gepflasterten Vorplatz war prachtvoll geworden, die zwei Buben waren gesund, entweder schliefen sie oder krähten vergnügt vor sich hin, Alberts Unternehmen florierte, dieser war liebevoll um seine kleine Familie bemüht. Die Tatsache, dass es der jungen Ehefrau und Mutter gut ging, überraschte die Eltern und schien Augusta und Ferdinand regelrecht vor den Kopf zu stoßen. Anna spürte den prüfenden Blick ihrer Schwester auf sich, ihrer schlanken Figur, ihren selbst genähten aufwendigen Kleidern, den neidvollen Blick des Schwagers, wenn sie ihre Söhne auf dem Arm hielt. Augusta hatte Töchtern das Leben geschenkt – die zweite war tot zur Welt gekommen –, nach den Schwangerschaften war sie in die Breite gegangen. Wie seltsam die Menschen sind, dachte Anna, ein schönes Haus und die Geburt eines Sohnes reichen aus, um sie neidisch zu machen, ob ich tatsächlich glücklich bin, fragt keiner. Trotzdem musste sie sich eingestehen, dass der Neid der Schwester und deren Mann ihr größte Genugtuung bereitete, regelrecht vergnügt fühlte sie sich. Sie fand Gefallen daran und verwandte ihren ganzen Ehrgeiz darauf, das Spiel auszureizen, sie zog täglich ein anderes Kleid an, gab sich besonders zärtlich mit ihrem Mann und den Buben, scherzte mit Josephine, Vinzenz, Katharines Tochter und zeigte sich kraftvoll und lebhaft, indem sie wie eine Besessene nähte, kochte, im Garten werkte und dabei ein Lied nach dem anderen trällerte. Ihre Familie kam aus dem Staunen nicht mehr heraus. Anna musste feststellen, dass das eigene Verhalten auf ihr Innerstes Wunder wirkte, denn mit einem Mal fühlte sie sich besser. Was für ein Antrieb Hass sein kann, dachte sie.

Leider hielt ihr Ehrgeiz nicht lange an, und sie versank wieder in Lethargie und Schwermut, nachdem die Familie abgefahren war.

Sie hatte im ersten Ehejahr sehr gelitten, alles war ihr in dem kleinen Dorf furchtbar eng und schmutzig vorgekommen, alles in dem dreißig Jahre alten Haus abstoßend, sie bekam einen Ausschlag und hatte das Gefühl, sich permanent vor lauter Ekel erbrechen zu müssen. Mit Schwägerin, Schwager und der alten Tante, gekleidet in muffige Sack-und-Asche-Kleidung, konnte sie nichts anfangen. Mit jedem Tag wurde das Gefühl, keine Luft zu bekommen, stärker und der Zorn auf ihre Familie größer, die sie mit dieser Heirat so sehr unter Druck gesetzt hatte. Das Einzige, das sie genießen konnte, war der moosbewachsene Wald nicht weit von der Hofmühle entfernt, die sonnige Wiese hinter dem Haus – der letzte Sommer, eingesperrt in ihrem kleinen

Zimmer, steckte ihr noch in den Knochen –, die Ausflüge nach Linz, den Hundewelpen, den Albert ihr zur Hochzeit geschenkt hatte. Zu ihrem einundzwanzigsten Geburtstag schenkte er ihr eine Singer-Nähmaschine, Anna war überwältigt, sie wusste, wie schwierig die Maschinen aufzutreiben und wie kostspielig sie waren.

Was ihren Mann anbelangte, befand sie sich in einem Zwiespalt der Gefühle: Während sie sehnsüchtig auf einen Brief der Kinsky hoffte, merkte sie gleichzeitig, dass sie den ganzen Tag auf seine Heimkehr wartete. Sie mochte seine liebenswürdige Gabe, aus jedem das Beste und Klügste, das in ihm lag, hervorzuholen, und konnte sich nicht dagegen wehren, dass das Neidlose, Klatschlose, geistig Anregende an ihm sie immer wieder von neuem beeindruckte.

11

Als Albert nach zwölf Dienstjahren in der k. u. k. Kriegsmarine an einem regnerischen Tag Ende August 1881 heimkehrte, war seine Entscheidung, das Müllerhandwerk nicht mehr auszuüben, bereits gefallen. Gemeinsam mit zwei Freunden aus dem Matrosencorps – sie quittierten den Dienst zur selben Zeit– gründete er die Handelsfirma Brugger & Partner, welche verschiedene Güter von Wien ins Mühlviertel – und umgekehrt – bringen sollte, um sie vor Ort zu verkaufen.

Bei seinen Urlauben zu Hause war ihm bewusst geworden, dass es im Mühlviertel Bedarf an fast allem gab, an Medikamenten, Lebensmitteln, die nicht vor Ort angebaut, geerntet, hergestellt, geschlachtet wurden, an Werkzeugen jeder Art, feinen Stoffen – mit Ausnahme von Leinen, das gab es zur Genüge –, an hochwertigen Möbelstücken. Er erkannte, dass die Mehrheit der

Leute andere Vorstellungen vom Leben, andere Bedürfnisse hatte als noch die Generation zuvor, und es ging ihnen wirtschaftlich bedeutend besser als den Eltern, sie wollten mehr als nur Kargheit im Alltag, jedoch fehlte es vielfach an Möglichkeiten der Beschaffung. Den meisten war es selten möglich, in Linz oder Wien einen Markt, ein Kaufhaus, einen Händler aufzusuchen, und mitunter dauerte es Monate, bis bestellte Waren im Dorf ankamen. Albert wollte das mit einem Handelsgeschäft ändern und weihte zwei Kameraden in seine Pläne ein. Adam Hanáček stammte aus Mähren und kam wie Albert von einer Mühle, was der Grund dafür gewesen war, warum der Quartiermeister sie bei der ersten Ausfahrt in den Hängebetten nebeneinander untergebracht hatte, von da an waren sie Freunde. Hanáček war von Alberts Idee begeistert.

»Der Transport auf der Donau ist der günstigste«, sagte Albert. »Wir fangen klein an, fürs Erste kaufen wir einen alten Frachter, und dazu benötigen wir einen Kapitän.«

Oskar Hofmann, ein junger Wiener, wurde gefragt, ob er der Dritte in ihrem Bunde sein wolle, denn Hofmann beabsichtigte wie sein Vater – dieser war Kapitän eines kleinen Passagierdampfers, welcher regelmäßig zwischen Budapest und Passau verkehrte –, für die Donaudampfschifffahrt zu arbeiten. Hanáček sollte in Wien für den Einkauf zuständig sein, Hofmann für Verladung und Transport auf der Donau und er, Albert, für Verkauf und Lieferung im Mühlviertel, nach und nach würde man je nach Bedarf Leute einstellen. Hofmann erbat sich ein paar Tage Bedenkzeit und sagte dann zu, am Abend begossen sie ihr Triumvirat mit Wein.

Albert unterrichtete seine Familie am Tag der Heimkehr über seine Pläne und stellte sie vor vollendete Tatsachen. Vinzenz' und Josephines Bedenken konnte er schneller zerstreuen als die seiner Tante Rosa, er schlug ihnen vor, gegen Gewinnbeteiligung die Mühle weiterzubetreiben, er selbst wolle sich nur noch um sein neues Handelsgeschäft kümmern. Rosa stand seinen Plänen skeptisch gegenüber und redete ihm lange ins Gewissen.

»Seit Jahrhunderten betreibt die Familie die Hofmühle«, sagte sie. »Dein Vater hat geschuftet, um sie der Herrschaft abkaufen zu können und sie obendrein rentabler zu machen. Auch dein Schwager und deine Schwester haben hart gearbeitet, um den Besitz für dich zu vergrößern. Und du willst das leichtfertig aufs Spiel setzen? Du hast die Hofmühle geerbt, weil du der Sohn bist, nur deshalb, eigentlich stünde sie Josephine zu, sie fühlt sich ihr nämlich verbunden. Für dich ist sie nur ein Spielball, um deine hochfliegenden Träume zu verwirklichen. Sei zufrieden mit dem, was du hast! Unzufriedenheit ist der Beginn jeden Unglücks.« Mit den Worten »Mehl wird immer gebraucht!« schloss sie.

Albert konnte sich nicht erinnern, seine Tante jemals ängstlich oder nicht aufgeschlossen für Neues erlebt zu haben. In den Jahren seiner Abwesenheit war sie alt geworden, sie war bereits über siebzig. Er beruhigte die alte Frau, so gut er konnte, und versuchte ihr zu erklären, dass es aufgrund der Revolution der Dampfkraft – sei es auf dem Wasser oder auf dem Land – bessere Transportmöglichkeiten gab und ein anderes Zeitalter angebrochen war, das er mit unternehmerischem Geist nutzen wollte.

»Ich verspreche dir, dass die Sache ein Erfolg wird«, sagte er.

Bei einem Notar in Wien wurde die Firma offiziell gegründet, bei der Österreichischen Sparcasse ein Hypothekarkredit aufgenommen, um Mittel für den Start zu haben. Da Hanáček und Hofmann nichts besaßen, wurde Alberts Besitz als Pfand eingetragen – was er seiner Familie verschwieg –, die Firma gehörte zur Hälfte ihm, während Hanáček und Hofmann je ein Viertel besaßen. In der Linzer Schiffswerft wurde ein altes eisernes Frachtboot gekauft, mit fünfundzwanzig Metern Länge hatte es einen Tiefgang von zwei Metern, Albert bestand darauf, es auf den Namen Rosa zu taufen.

Im Dezember 1881, zwei Wochen vor Heiligabend, fuhr die Rosa zum ersten Mal von Wien nach Obermühl, sie hatte neben Kaffee, Tee, Zucker, Gries, Reis, Wein unzählige andere Produkte an Bord, Zeitschriften, Modejournale, Bücher, Leder, Stoffe, Wolle, fertige Tisch- und Bettwäsche, fertige Handschuhe, Damenschuhe, Krawatten, Blecheimer, Wischmops, Teppiche, Gartenscheren, Puppen, Geschirr, Kleinmöbel, Albert setzte auf Vielfalt. Tagelang hatte er in sämtlichen Gemeinden Flugblätter verteilen lassen, um die Eröffnung des Kaufhauses Brugger & Partner publik zu machen. Für ihn war es der Probelauf, er hatte vorübergehend, bis das Kaufhaus fertiggestellt war, ein großes Zelt aufstellen lassen, das er einem Zirkusdirektor abgeschwatzt hatte – allein das sorgte für Gesprächsstoff im gesamten Bezirk –, vieles lief provisorisch und teilweise sogar dilettantisch ab, und doch wurde dieser erste Verkaufstag für ihn ein überwältigendes Erlebnis, an das er in den folgenden Jahren immer wieder denken sollte.

Der Tag wurde zu einem gesellschaftlichen Ereignis. Als Verkäufer fungierten er selbst, seine Schwestern Josephine und Katharine, seine Neffen und Nichten, Hanáček hatte es sich nicht nehmen lassen, aus Wien zu kommen, auch Hofmann half aus. Die Leute kamen in Scharen aus dem Dorf, aus den Nachbardörfern, von weit her, manche sogar zu Fuß, weil sie neugierig waren auf das, was der heimgekehrte k. u. k. Marinemarsgast mit seinen Wiener Freunden auf die Beine gestellt hatte, und sie rissen ihnen die Sachen förmlich aus der Hand, am Ende des Tages war das Zelt leergefegt.

Die drei Geschäftspartner wollten die Ware direkt an die Menschen verkaufen – nicht an weitere Händler –, und dieser erste Verkaufstag zeigte ihnen, dass die Rechnung aufgegangen war. Ebenso kaufte Hanáček die Ware – falls möglich – beim Hersteller, Zwischenhändler sollten, so gut es ging, vermieden werden, um den Preis so niedrig wie möglich halten zu können. Gastwirten, Besitzern von Gemischtwarenläden, die bei ihm größere Mengen einzukaufen und zu bestellen begannen, gewährte Albert einen Rabatt, ebenso konnte jeder eine Bestellung aufgeben, die bei der nächsten Lieferung berücksichtigt wurde. Geöffnet war samstags, und allmählich bürgerte sich ein, dass an einem Stand Getränke und eine Suppe ausgegeben wurden, das Ganze wurde zu einem gesellschaftlichen Ereignis. Die Leute rannten ihnen jeden Samstag die Bude ein, um zu stöbern, zu kaufen, mit anderen ins Gespräch zu kommen.

Die drei Unternehmer waren nach wenigen Monaten in der Lage, einen zweiten Frachter zu kaufen, er erhielt den Namen Anna, da Albert im selben Monat heiratete. Das Zelt wurde abgebaut, das Kaufhaus war fertiggestellt, es stand auf dem Grundstück, welches vor vielen Jahren Alberts Vater der jungen Witwe abgekauft hatte, die ihren Ehemann bei Waldarbeiten verloren und mit deren Schwester Albert seine ersten Erfahrungen mit der Liebe gemacht hatte. Vom Kaufhaus, über dessen Haupteingang das riesige Schild Brugger & Partner hing, blickte man hinunter auf die Hofmühle in der Talsenke. Ständig wurde das Angebot verbessert, und Albert begann Lieferdienste im gesamten Oberen Mühlviertel anzubieten, um Gastwirte und Krämer, die keine Möglichkeit hatten, das Bestellte selbst abzuholen, beliefern zu können. Er stellte Männer ein, die mit Fuhrwerken – im Winter mit Pferdeschlitten – unterwegs waren, um die Waren zu transportieren. Damit verärgerte er die größeren Bauern im Dorf, denen die Knechte davonliefen, da Brugger einen höheren Lohn bezahlte.

Kurz nach der Geburt der Söhne kamen Emma und ihr Mann Veit zu Besuch in die Hofmühle, sie beglückwünschten die Eltern und brachten Geschenke. Sie nahmen Albert zur Seite und überreichten verlegen eine Schatulle. Ein schmaler kleiner Schlauch aus durchscheinendem Material lag darin, Albert wusste sofort, wozu er diente, er hatte ein derartiges Ding zum ersten Mal in einem Bordell in Triest gesehen, später auch in anderen, er war völlig überrascht und brauchte eine Weile, bis er sich gefasst hatte.

»Das könnte euch beiden vielleicht von Nutzen sein«, sagte Veit und räusperte sich.

»Woher habt ihr das?«, fragte Albert.

Veit erklärte ihm, dass er den »Ludwig« – so bezeichnete er den kleinen Schlauch – selbst aus einem Schafsdarm hergestellt hatte, und setzte ihm genauestens den Vorgang auseinander. Der Darm wurde in eine Seifenlauge gelegt, die alle zwölf Stunden gewechselt werden musste, anschließend schabte man die Schleimhäute ab, legte die robuste Haut wieder in eine Lauge, setzte sie den Schwaden von brennendem Schwefel aus und reinigte sie mit Wasser und Seife. Nachdem Veit ihn auf ungefähr zwanzig Zentimeter gekürzt hatte, nähte Emma ein Band an die Kante. Vor dem Verwenden weichte man den Schlauch in Wasser ein, um ihn geschmeidig zu machen, nach jedem Verwenden stülpte man ihn um, wusch ihn gründlich mit Wasser und Seife aus, ließ ihn trocknen, nach einer Benützung von ungefähr acht- bis zwölfmal war er unbrauchbar.

Während er erklärte, war Veit rot geworden, Albert musste schmunzeln. Das ist also ihr Geheimnis, dachte er, darum haben sie nur drei Kinder in die Welt gesetzt – mit Veits zwei Kindern aus erster Ehe hatten sie fünf –, wohingegen die meisten Familien mindestens dreimal so viele hatten, ohne diejenigen dazuzuzählen, die früh verstorben sind. Als hätte Emma seine Gedanken erraten, erzählte sie, dass sie Katharine dasselbe Geschenk gemacht hatte vor vielen Jahren, auch mit dem Angebot des Nachschubs, es jedoch offensichtlich nicht zur Anwendung kam, aus welchen Gründen auch immer, sie nahm an, dass ihr Mann sich weigerte, es zu benutzen. Veit und sie hatten die Erfahrung gemacht, dass die meisten Leute, vorwiegend Männer, ihrem »Ludwig« gegenüber äußerst skeptisch eingestellt waren, wenn sie ihn bei Gelegenheit kinderreichen Eltern im Dorf angeboten hatten. So manch einer schaute sie entrüstet an und ließ sie stehen. Der Pfarrer bekam Wind davon und bezichtigte Veit daraufhin der Gottlosigkeit: »Was du tust, ist eine Sünde! Allein Gott entscheidet über Leben und Tod, ob das der geborenen Kinder oder der gebärenden Frauen.« Sie hatten es schon vor langer Zeit aufgegeben, jemandem damit helfen zu wollen.

Albert hob den Schlauch vorsichtig heraus und betrachtete ihn eingehend.

»Weißt du, dass das eine geniale Geschäftsidee ist?«, fragte er seinen Schwager.

»Sie stammt nicht von mir«, sagte Veit. »Einer meiner Cousins lebt in Prag, er ist Apotheker. Er hat den Schlauch irgendwo gesehen und sich nach der Herstellung erkundigt, mir hat er in einem Brief davon erzählt. Ich habe gedacht, ich probiere es einfach aus. Das ist schon Jahre her.«

»Warum Ludwig?«

Veit lachte. »Der erste Hammel, den ich zu diesem Zweck geschlachtet habe, hat Ludwig geheißen.«

In den folgenden Wochen nahm Albert zwei Schafbauern unter Vertrag, abwechselnd lieferten sie frisch geschlachtete Tiere, zwei von Katharines Söhnen wurden mit der Herstellung betraut und von Veit ausgiebig eingeschult. Das Kaufhaus Brugger & Partner erweiterte das Angebot um Schaffleisch und Felle, außerdem gab es ein Produkt zu kaufen, welches offiziell nicht in der Warenliste aufschien, sich dennoch schnell herumsprach, die Schatullen mit der Aufschrift Ludwig erhielten nur diejenigen, die danach fragten. Sie wurden in einem abgesperrten Schrank in Alberts Bureau aufbewahrt. Er fand den Gedanken amüsant, dass er auf demselben Fleck Erde, auf dem er seine ersten Erfahrungen mit der Liebe gemacht hatte, nun Derartiges verkaufte. Da das Produkt nicht billig war, gewährte er – falls gewünscht – Ratenzahlung.

Viele Schläuche lieferte er nach Wien, wo Hanáček sie an Bordelle verkaufte. Der Handel mit »Ludwig« lief so gut, dass er sich auf die Suche nach weiteren Schafbauern machen musste. Er war ein gemachter Mann.

12

Einige Monate nach der Hochzeit, bei einer seiner Geschäftsreisen nach Wien, erfuhr Albert von Adam Hanáček von einem abscheulichen Gerücht, welches Anna betraf.

»Ich bin mir sicher, du wirst es früher oder später von jemandem hören, weshalb ich mich entschlossen habe, es dir zu sagen. Glaub mir, ich habe mir die Entscheidung nicht leicht gemacht, aber ich weiß, es ist besser, wenn du es von mir erfährst«, begann er zögerlich, Albert schaute seinen Freund irritiert an. »Ich bin mir sicher, es ist nur ein Gerücht. Versprich mir, dass du nichts Unüberlegtes tun wirst.«

Er habe gehört, dass Anna ein Jahr, bevor sie ihn geheiratet hatte, mit einer Frau erwischt worden war, sagte Hanáček, der seine Worte sorgfältig wählte, die beiden hätten sich angeblich, so wie Gott sie geschaffen hatte, geliebt. Er erzählte das, was er wusste, von der Kinsky und ihrem Ruf, von der Karikatur, dass man vorwiegend der Meinung gewesen war, die Neunzehnjährige sei unter dem Einfluss der älteren Frau – und Alkohol – gestanden. Adam berichtete weiter, dass Svoboda alles vertuschen hatte wollen, aus diesem Grund hatte er – so wird vermutet – seine Tochter monatelang eingesperrt, denn sie war von einem Tag auf den anderen verschwunden gewesen, so manchen hatte seine Feigheit, nicht vor Gericht zu gehen, geärgert.

Die Worte trafen Albert mit einer Wucht, auf die er nicht vorbereitet war. Sie saßen in der Lagerhalle von Brugger & Partner auf dem Hafengelände, Albert drosch mit seiner Handfläche wütend auf gestapelte Kisten, Adam legte beschwichtigend seine Hand auf die Schulter des Freundes.

»Wann hast du davon erfahren? Vor unserer Trauung?«, fragte er ihn voller Zorn, er wusste, dass Adam Anna geradezu verehrte.

»Sag mir, wie du das gemacht hast, dass sich diese bezaubernde junge Frau in dich verliebt hat?«, hatte er ihn gefragt.

»Ich weiß es seit ein paar Wochen. Ich habe lange nicht gewusst, was ich machen soll.«

Adam lud ihn zu sich nach Hause ein, doch Albert hatte das Bedürfnis, allein zu sein, ungern ließ er ihn ziehen.

»Tu nichts Unüberlegtes«, sagte er eindringlich beim Verabschieden. »Nichts, was du später bereuen würdest.«

Die halbe Nacht saß Albert in einem Gasthaus und betrank sich, noch nie in seinem Leben war er derart wütend, verletzt, enttäuscht und verzweifelt gewesen. Er wusste, dass etwas Wahres an dem Gerücht war, wie Schuppen fiel es ihm von den Augen, Annas aufgesetzte Fröhlichkeit ihm gegenüber auf ihren Spaziergängen – stets auf abgelegenen Pfaden! –, ihr verzweifelter Gesichtsausdruck in unbeobachteten Momenten, die übertriebene Gastfreundschaft und Herzlichkeit der Svobodas. Ihre Eltern hatten ihn aus berechnenden Gründen immer wieder eingeladen, sie hatte ihn nicht aus Liebe geheiratet, er fühlte sich betrogen und verraten. Unzählige Gedanken hatte er sich bezüglich der Wahl einer Ehefrau gemacht – *heikel* hatte ihn seine Tante genannt –, hohe Ansprüche hatte er gestellt, und im Grunde war er auf die erstbeste Frau, die ihm schöne Augen gemacht hatte, hereingefallen, weil sie jung und schön war – und obendrein eine Städterin. Das war der Ausschlag gewesen, er brauchte sich nichts vorzumachen, das Herz einer Städterin zu erobern war besser, als eine vom Dorf abzubekommen, die nicht viele Möglichkeiten hatte, das war seine Ansicht gewesen. Wie geschmeichelt er sich gefühlt hatte, dass eine so junge Städterin sich für ihn, einen einfachen Mann aus der Provinz, bereits über dreißig, interessierte!

Am nächsten Tag nahm er einige Verabredungen wahr, da in seinem Kopf ein heftiges Durcheinander herrschte, war er dabei unkonzentriert und fahrig. Die ganze Zeit stellte er sich die Frage: Was zum Teufel sollte er tun? Am liebsten wäre er zu Wilhelm Svoboda gefahren, hätte ihn am Kragen gepackt, zur Rede gestellt, aber die Scham hielt ihn davon ab, er hätte damit seine eigene Naivität eingestanden. Außerdem würde er in seiner Verfassung mit Sicherheit schreien, wüten, toben, und schreiende Menschen waren ihm zuwider.

Wie sollte er sich in Zukunft Anna gegenüber verhalten? Er konnte sich ein weiteres Zusammenleben mit ihr nicht vorstellen, er wagte sich nicht vorzustellen, was für eine hässliche Scheidung es wäre, der Auslöser dafür würde in seinem Dorf und darüber hinaus kursieren, ebenso bei Annas Verwandten, Bekannten und schließlich in ganz Wien. Sein Kind spräche man sicherlich ihm zu, Josephine würde als Ersatzmutter ihr Bestes geben, und Anna wäre für den Rest ihres Lebens eine gesellschaftlich geächtete Frau. Bei dem Gedanken an sein ungeborenes Kind musste er die Tränen zurückhalten.

Albert blieb länger in Wien als beabsichtigt, es war ihm nicht möglich, Anna so schnell zu begegnen. Im Elefantenhaus des Schönbrunner Tiergartens sah er Sisi zu, wie sie mit langsamen und immer gleichen Bewegungen ihres Rüssels Heu in sich hineinstopfte, und dachte an den ersten Abend im Hause Svoboda, an dem er sich ins Zeug gelegt hatte, um Anna zu beeindrucken. Berauscht vom Wein und mit Liebenswürdigkeiten aller Anwesenden überschüttet, hatte ihn das Gefühl überkommen, alles erreichen zu können, was er sich vornahm, einschließlich die Liebe dieser schönen Frau zu gewinnen. Um Sisis linkes Vorderbein war eine breite eiserne Fessel geschmiedet, die Haut war blutig und aufgeschürft, sie schien Schmerzen zu haben. Wie mochte es Anna an jenem Abend gegangen sein? Sie war blass gewesen, das wusste er noch, aber abgesehen von ihrer Blässe war ihm nichts Absonderliches aufgefallen, auch nicht bei den kommenden Treffen, seine Verliebtheit hatte ihn offensichtlich blind gemacht.

Allmählich wurde er ruhiger, seine Wut verrauchte, er kam zu dem Entschluss, dass eine Scheidung für ihn nicht in Frage kam. Schon bei dem Gedanken an die schwerwiegenden Konsequenzen für alle Beteiligten, besonders aber für sein Kind, wurde ihm übel. Sie ist deine Frau, sagte er zu sich, wir sind vor Gott getraut, du bist für sie verantwortlich, ganz gleich, was geschehen ist, bevor du sie kennengelernt hast.

Hanáček beglückwünschte ihn zu seiner Entscheidung.

»Ich werde sie zur Rede stellen, ich will eine Erklärung von ihr«, sagte er.

Auf der Schifffahrt zurück in sein Heimatdorf verwarf er auch das, er beschloss, sich wie früher zu verhalten, als hätte er von der ganzen Angelegenheit nichts erfahren. Eine Person, die zur Rede gestellt wird, muss sich rechtfertigen und befindet sich dadurch von vornherein in einer unterlegenen Position, dachte er, ich werde ein guter Ehemann sein, mehr kann ich nicht tun. Ob sie mich lieben lernt, werde ich spüren, handeln kann ich immer noch, ich brauche nichts zu überstürzen, und vielleicht wird sie irgendwann, wenn sie dazu bereit ist, mir aus freien Stücken alles erzählen. Seine Frau sollte ihm auf Augenhöhe begegnen, er wollte Ebenbürtigkeit.

Nach seiner Heimkehr, sie saßen beim Abendessen, teilte ihm Anna mit, dass der Arzt beim Abhorchen ihres Bauches zwei Herzschläge vernommen hatte. Als sie in den Wehen lag – sie hatte panische Angst vor der Geburt –, bat sie verzweifelt um Verzeihung für das, was sie ihm angetan habe, bevor er von der Hebamme aus dem Zimmer geworfen wurde. Ein paar Tage später, er saß neben ihrem Bett, hatte Eugen auf dem einen Arm und in der anderen die Glasflasche mit der Ziegenmilch, erzählte sie ihm mit wenigen Worten, was geschehen war, und er bohrte nicht nach Einzelheiten.

Emil
und
Hedwig

1

Im Juni 1890 erreichte ein an Rosa Brugger adressierter Brief die Hofmühle, aus dem Inhalt des Briefes erfuhren Josephine und Albert, dass sie einen Cousin ersten Grades hatten. Theo war nicht nur mittellos, sondern auch schwerkrank und bat um Hilfe für sich und seine Tochter Hedwig, der Vermieter hatte sie aus der Wohnung geworfen, sie standen beide auf der Straße und wussten nicht, wohin.

Der Brief schilderte eindringlich die Notsituation der beiden und endete mit den Zeilen:

Liebste Mutter, ich bin völlig verzweifelt und bitte Dich, uns zu helfen. Wenn Du es nicht für mich tust, tu es für Deine Enkeltochter Hedwig. Sie ist ein gutes Kind, und ich bin überzeugt, Du wirst sie lieben. Ich weiß, ich habe schlecht an Dir gehandelt, da ich Dir all die Jahre nicht geschrieben und Dich im Glauben gelassen habe, dass ich nicht mehr unter den Lebenden weile. Ich bitte Dich aus tiefstem Herzen, verzeih mir!

Dein Sohn Theo

Da keine Absenderadresse angegeben war, waren die Geschwister ratlos, Josephine äußerte die Befürchtung, dass es sich um Betrüger handeln könnte.

»Das Kaufhaus Brugger ist im Bezirk ja nicht unbekannt.«

Albert zuckte mit den Schultern, falls dies tatsächlich der Fall war, würde er den Leuten ein paar Gulden in die Hand drücken, damit sie die nächsten Tage über die Runden kamen, und sie wegschicken.

Zwei Tage später standen Theo und Hedwig Brugger mit ihren wenigen Habseligkeiten – die in einer kleinen Reisetasche Platz hatten – vor der Hofmühle, der Mann nahm seinen Hut ab, grüßte freundlich und fragte nach Frau Rosa Brugger. Trotz ihrer Abgerissenheit war auf den ersten Blick ersichtlich, dass sie keine Betrüger waren, die Ähnlichkeit des Mannes – er musste über sechzig sein – mit Albert war frappierend. Die beiden waren ärmlich gekleidet, sein Anzug wies Flecken und dünne Stellen auf, das Mädchen trug eine einfache weiße Bluse, darüber ein rotes Samtjäckchen, das an den Ellbogen abgewetzt war, einen ausgeblichenen Rock und kaputte Schuhe. Er war bleich und schwitzte heftig, sein strähniges, ergrautes Haar fiel ihm in das eingefallene Gesicht voller Bartstoppeln. Ihr dunkles, fast schwarzes Haar war mit einem Band lose zurückgebunden und fiel unfrisiert und gelockt über den Rücken, mit offenem unbefangenen Blick schaute sie um sich. Sie war groß für eine Frau, der Mann so schmal, dass er neben ihr schmächtig wirkte.

Sie waren mit dem Zug aus Wien gekommen, hatten die drei Stunden vom Bahnhof bis nach Putzleinsdorf zu Fuß gehen wollen, ein Bauer hatte sich ihrer erbarmt und sie auf seinem Fuhrwerk mitgenommen, da er gesehen hatte, dass der Mann sich kaum auf den Beinen halten konnte.

»Wir haben nicht gewusst, dass wir einen Cousin haben«, sagte Albert, »Rosa hat kein einziges Mal erwähnt, dass sie einen Sohn hat.« Sie saßen in Josephines Küche.

»Sie ist vor sechs Jahren gestorben«, sagte Josephine. »Einen Tag lang hat sie sich schwach gefühlt, in der Nacht ist sie dann eingeschlafen.«

Der Mann stand auf. »Ich möchte zu ihrem Grab.«

»Du musst dich zuerst ausruhen, Papa«, sagte das Mädchen.

Sie brachten Theo im alten Teil des Hauses – in Rosas ehemaligem Zimmer – unter, Hedwig im Zimmer neben ihm. Der Mann schlief mehrere Stunden, am Abend ging Albert mit ihm und dem Mädchen zum Friedhof, als Theo vor dem Grab stand, weinte er heftig, das Mädchen hielt ihn fest. Ich habe einen Cousin, dachte Albert, Herrgott, warum hast du das nie erzählt, Rosa?

Der Mann schlief zwei Tage lang, Hedwig brachte ihm kräftigende Suppen, die Josephine zubereitete, ansonsten arbeitete sie im Haushalt mit und kümmerte sich um die Kinder, sie hatte angeboten zu helfen, wo immer man sie benötigte.

»Ich möchte mich nützlich machen«, sagte sie.

Die Siebzehnjährige brachte frischen Wind ins Haus, von Anfang an tat sie allen gut, besonders Anna. Albert hatte sich ein drittes Kind gewünscht, und sie war einverstanden gewesen, wieder hatte sie auf eine Tochter gehofft. Im März wurde Gustav geboren, seine Geburt war eine sehr schwere gewesen, Anna erholte sich nicht so schnell wie nach der ersten, sie fühlte sich immer noch müde und erschöpft. Sie lag lethargisch im Bett, einen Grund für ihre Traurigkeit konnte sie nicht nennen, der neue Arzt benannte ihr Leiden mit dem modernen Wort Depression. Seitdem Katharines Nichte geheiratet hatte und fortgezogen war, lebten Anna und Albert allein, untertags half eine Frau aus dem Dorf, die Albert unterstützen wollte, da die Witwe kaum ihre Kinder ernähren konnte. Anna konnte mit der wortkargen, verbitterten Frau nichts anfangen.

Hedwig nahm ihr den drei Monate alten Gustav die meiste Zeit ab, spielte mit den Zwillingen, leistete ihr Gesellschaft und bewunderte im Nähzimmer die selbst entworfenen Schnitte.

»Ich würde gerne nähen können«, sagte sie sehnsüchtig. »Meine Mutter war Schneiderin am Theater. Sie hat so wunderbare Kostüme für die Schauspieler genäht!«

»Wenn du willst, bringe ich es dir bei«, sagte Anna.

Hedwigs Mutter war an einer Lungenentzündung gestorben, als sie elf Jahre alt gewesen war, seither war sie mit ihrem Vater allein. Bei Theo war Krebs diagnostiziert worden, er hatte sein Leben lang viel geraucht, seit längerem hustete er Blut. Albert telegrafierte nach Wien und bat Adam, Morphium aufzutreiben und mit der nächsten Lieferung zu schicken. Als es Theo besserging, saß man in der Stube beisammen, auch Anna kam mit den Kindern hinzu, behutsam fragten Josephine und Albert ihren Cousin, ob er von sich erzählen wolle.

Theodor Brugger war im Mai 1830 am Stadtrand von Wien auf einem kleinen Bauernhof geboren worden, wo er auch seine Kindheit verbrachte. Es fehlte ihm an nichts, außer an Liebe, die erfuhr er nur an den Tagen, an denen ihn seine Mutter Rosa besuchte. Er hatte ein Bett, genug zu essen, genug zum Anziehen, er ging zur Schule und wurde dazu angehalten, seine Hausaufgaben zu machen. Das war der Herrschaft, welche Kost und Logis für ihn bezahlte, besonders wichtig: dass der Bub lernte. Er war nicht das einzige ledige Kind einer reichen Herrschaft, das bei der Bäuerin aufwuchs, sie war Witwe und besserte damit ihren Verdienst auf, manchmal entbanden auch Frauen im Haus, die schnell wieder verschwanden, die Kinder wurden von Ammen abgeholt. Insgesamt waren sie zu viert, Theodor teilte sich eine kleine Kammer mit dem um ein Jahr jüngeren Klemens, außerdem lebten noch zwei Mädchen auf dem Hof. Die Bäuerin tat das Nötigste, sie hielt die Kinder sauber – Hygiene war das oberste Gebot der Herrschaften – und stellte ihnen Essen auf den Tisch, holte den Arzt, wenn eines schwerkrank war, achtete auf den täglichen Schulbesuch, betete mit ihnen.

»Ihr wisst gar nicht, wie großzügig eure Väter sind und wie gut ihr es hier bei mir habt«, sagte sie immer wieder. »In den Findelhäusern geht es anders zu. Die meisten überleben das erste Jahr nicht.«

Im Gegensatz zu den anderen bekam Theo von seiner Mutter regelmäßig Besuch und kannte auch seinen Vater. Sein Freund Klemens wusste nur, dass seine Mutter – eine junge Wäscherin im Haushalt irgendeines Grafen – bei seiner Geburt gestorben war. Was das betraf, hatte Theo wesentlich mehr Glück gehabt, und die Bäuerin wurde nicht müde, das zu betonen: »Dir geht es von allen am besten, weißt du das?«

Stets brachte ihm seine Mutter etwas mit, entweder waren es Dinge, die er dringend benötigte wie Schuhe oder eine neue Hose, oder er bekam Spielsachen, die er sich gewünscht hatte; als er älter wurde, wünschte er sich hauptsächlich gemeinsame Ausflüge. Sein Vater, Freiherr Theodor Johann von Reischach, besuchte ihn bis zu seiner Hochzeit mit einer Gräfin an den Geburtstagen und zu Weihnachten. Bis er sieben war, kam auch dessen Mutter einmal im Jahr, um ihn zu begutachten, wobei er nicht wusste, dass sie seine Großmutter war. Er stand nackt in der Küche und lauschte den Fragen, welche die feine Dame der eingeschüchterten Pflegemutter stellte und die er zum Großteil nicht verstand: »Entwickelt er sich normal? Ist er oft krank? Zeigt er Auffälligkeiten irgendwelcher Art?«

Zu Theos frühesten – und schönsten – Kindheitserinnerungen zählten zwei Wochen, die sein Vater mit ihm und seiner Mutter in den Bergen verbracht hatte. Sie schliefen in einfachen Gasthäusern in kleinen Dörfern, sie wanderten, picknickten in Wiesen, lagen an Seen, aßen am Abend auf der Terrasse. Er erlebte Theodor Johann als liebevoll und menschenscheu.

Mit zwölf brachte ihn seine Mutter in ein Internat, er durfte das angrenzende Gymnasium besuchen. Beim Abschied schärfte sie ihm ein, sich gut zu betragen und brav zu lernen, um die Herrschaft nicht zu enttäuschen, er habe den Reischachs alles zu verdanken. In der Oberstufe brachten ihm ein Philosophielehrer und drei seiner Mitschüler – Söhne von wohlhabenden Handwerkern und Bauern – revolutionäres Gedankengut nahe. Ihm war, als würden ihm die Augen geöffnet, er hatte das Gefühl, endlich die Welt zu begreifen und all die in ihr herrschenden Ungerechtigkeiten zu verstehen. Wenn er seine Mutter an den Sonntagen traf, stritt er mit ihr über die unkritische Loyalität der

Herrschaft gegenüber. Alleine das Wissen um die Tatsache, dass sie als junge Frau gezielt ausgesucht worden war, um feststellen zu können, dass der kranke Sohn fähig war, gesunde Kinder zu zeugen, verschlug ihm in manchen Momenten immer noch den Atem; kurz nach Theodor Johanns Hochzeit hatte Rosa seiner Pflegemutter weinend ihr Leid geklagt, er hatte ihr Gespräch belauscht. Er war ein Hitzkopf, trotzig und laut, Rosa sollte verstehen, dass es höchste Zeit war, ein neues Zeitalter anbrechen zu lassen, und dass dafür jeder sein Möglichstes tun musste, auch sie, und dass sie, wenn sie schon nicht bereit war, die Reischachs zu verlassen, wenigstens versuchen solle, sie zu bestehlen, um mit dem Diebesgut arme Leute zu unterstützen. Rosa war entsetzt und weigerte sich.

Im März 1848, als die Revolution in den Straßen Wiens anfing zu toben, schloss sich Theo der sogenannten Akademischen Legion, einem studentischen Freiwilligencorps, an. In einem Brief an Rosa teilte er ihr seine Entscheidung mit und forderte sie auf, mit auf die Straße zu gehen, zu protestieren, die Leute auf den errichteten Barrikaden mit Proviant zu versorgen, wie es andere Frauen taten. Rosa, die sich im Grunde mit ihrer Herrschaft und deren Ängsten identifizierte, schrieb ihm, sie verabscheue Gewalt, woraufhin er ihr antwortete, dass er sie verachte. Erst später wurde ihm bewusst, wie schwer für Rosa diese Wochen gewesen sein mussten, sie zitterte nicht nur, dass die Reischachs von seinen revolutionären Tätigkeiten erfuhren, sie stand vor allem Angst um ihn aus.

Rosa erhielt einen Brief ihres Bruders Anton – er beklagte darin den Tod seiner Frau – und erkannte ihre Chance für sich und ihren Sohn, er lachte sie nur aus, nie werde er mit ihr in ihre Heimat gehen, um sich dort zu verkriechen.

»Falls die Revolution scheitert, wandere ich nach Amerika aus«, sagte er.

Wenige Tage darauf nahmen die kaisertreuen Truppen Wien

wieder ein, tausende Revolutionäre wurden erschossen, hunderte in den Kerker geworfen, sie sollten standrechtlich gehängt werden. Er schrieb seiner Mutter und bat sie um Hilfe, der alte Reischach könne doch sicher etwas ausrichten. Die Aufständischen waren bereits gehängt worden, sagte ein Wärter im Gefängnis zu Rosa, sie wurde fortgejagt. Im Glauben, ihr Sohn wäre tot, kehrte sie zu ihrem Bruder zurück, Theo wagte sich nicht vorzustellen, in welchem Zustand seine Mutter zu jener Zeit gewesen war.

Beim Abschied vom alten Reischach brach sie weinend zusammen und erzählte die Wahrheit über ihren Sohn, seine Beteiligung an der Revolution, von der Hinrichtung und dass seine Leiche irgendwo verscharrt worden war. Der alte Mann versprach ihr, sich um ein ordentliches Begräbnis zu kümmern, und brachte sie persönlich zur Schiffsanlegestelle an der Donau. Das erfuhr Theo von seinem Großvater, der noch am selben Tag im Gefängnis auftauchte und nach der Leiche seines Enkels fragte.

Sein Erscheinen erfolgte gerade noch rechtzeitig, am Tag darauf, im Morgengrauen, wären die letzten Inhaftierten, darunter Theo, gehängt worden. Reischach nahm seinen kranken Enkel – die Haftbedingungen hatten ihm sehr zugesetzt – mit nach Hause.

Seiner Bitte, unverzüglich der Mutter zu schreiben, dass er am Leben sei, kam er nicht nach, er log ihn diesbezüglich an. Sein Großvater machte ihm das Angebot, in seiner Fabrik anzufangen, als einfacher Arbeiter, mit der Möglichkeit, sich nach oben zu arbeiten. Theo lehnte ab, er wollte mit den Reischachs nichts zu tun haben und ging seiner Wege.

Im Laufe des Sommers saß man oft beieinander und lauschte Theos Erzählungen. Obwohl er mitunter verbittert und zynisch klang, hatte er Humor, er verfügte über ein breitgefächertes Wissen und hatte viel erlebt, er war Totengräber gewesen, Hilfspfleger im Krankenhaus, Kutscher, Gärtner, Fabrikarbeiter, Bäckergehilfe, Hausmeister in einem Bordell und in einem Theater, nur nach Amerika hatte er es nie geschafft. Im bekannten Theater in der Josefstadt lernte er Hedwigs Mutter, eine Kostümschneiderin, kennen, sie wohnten – direkt beim Theater – in einer kleinen Hausmeisterwohnung. Theo kannte die Welt der Reichen und Armen und gab zahlreiche Anekdoten zum Besten, die seine Zuhörer belustigten, Albert bedauerte, dass er seinen Cousin nicht eher kennengelernt hatte.

Zuletzt konnte er das Bett nicht mehr verlassen, und das Sprechen fiel ihm schwer, sein ganzer Körper wirkte, als würde er schrumpfen, schmal und blass lag sein Gesicht auf dem Kissenbezug, der noch von seiner Mutter bestickt worden war. Der Arzt zeigte Hedwig, wie sie ihrem Vater Morphium spritzen konnte. Sie verließ seine Kammer kaum noch und blieb mit einer Stickarbeit oder einem Buch neben seinem Bett sitzen, manchmal lösten sie Albert oder Josephine ab, damit sie einen Spaziergang an der frischen Luft machen konnte. Dabei begleiteten sie die Zwillinge, die nach ihrer Hand griffen und in einem fort mit ihr plauderten. Wenn es warm und sonnig war, trugen Albert und Vinzenz den Kranken auf einer Liege ins Freie, er sah Josephine und Anna bei der Gartenarbeit zu, Hedwig saß mit den Zwillingen neben ihm auf einer Decke und las ihnen aus einem Märchenbuch vor.

Zwei Monate nach seiner Ankunft starb Theo. Albert entdeckte Hedwig am frühen Morgen eingewickelt in eine Decke auf der Bank vor dem Haus.

»Mein Vater ist gegen drei Uhr eingeschlafen«, sagte sie, sie wirkte gefasst.

Albert fand Theo mit geschlossenen Augen und gefalteten Händen, er trug den Anzug, den er bei seiner Ankunft getragen hatte, seine Schuhe, auf der Kommode lag ein Kamm, stand eine Schüssel mit trübem Wasser, darin ein Waschlappen, er war ge rührt, Hedwig hatte ihren toten Vater alleine gewaschen und angezogen. In den Händen des Toten steckten zwei Fotos, Albert zog sie hervor und betrachtete sie: Eines zeigte ihn als ungefähr fünfjährigen Buben mit Rosa und einem Mann, der sein Vater Theodor Johann sein musste, das andere zeigte ihn als Erwachsenen mit einer Frau und einem kleinen Mädchen, das keck in die Kamera blickte.

Er wurde – wie es sein Wunsch gewesen war – im Familiengrab neben seiner Mutter beigesetzt.

»Du kannst so lange bei uns bleiben, wie du möchtest. Ich hoffe, wir können dir eine Familie sein«, sagte Albert zu Hedwig.

Er bot ihr an, die Vormundschaft für sie zu beantragen, und sie bot im Gegenzug an, mit den Kindern und im Haushalt zu helfen, nach Wien wollte sie nicht zurück. Auch Josephine und Anna freuten sich darüber, sie hatten das Mädchen sehr ins Herz geschlossen, Anna war aber auch ein bisschen verwundert.

»Was will so eine hübsche aufgeweckte junge Frau denn hier in diesem Nest? Du hast doch sicherlich Bekannte und Verwandte in Wien?«, fragte sie.

Hedwig schüttelte den Kopf. Sie packte ihre wenigen Sachen in ihren Koffer und bezog im neuen Trakt das Zimmer neben dem der Zwillinge.

2

Hedwig merkte, dass sie sich verlaufen hatte.

Sie war in einen Wald geraten, der kein Ende zu nehmen schien, und musste sich eingestehen, dass sie keine Ahnung hatte, wo sie war oder wie sie zur Hofmühle zurückkommen sollte. Es war das zweite Mal, dass sie auf ihren ausgedehnten Spaziergängen, die sie an den Nachmittagen bei schönem Wetter gerne machte, die Orientierung verlor. Sie fröstelte leicht, obwohl ein warmer Tag im Mai, war es kühl inmitten der hohen, dicht stehenden Nadelbäume, sie ging schneller, um sich aufzuwärmen. Nach einer Weile gesellten sich Laubbäume zu den Nadelbäumen, sie entdeckte Stauden und Sträucher und kroch durch sie hindurch. Vor ihr lag eine langgezogene Wiese, auf der Kühe und Kälber weideten, Hedwig freute sich über die Wärme und hielt ihr Gesicht in die Sonne. Ein Schäferhund kam bellend auf sie zugelaufen und umkreiste sie schwanzwedelnd, jemand erhob sich in einigen Metern Entfernung aus dem Gras und rief: »Polli!«

Es war ein Mann, Hedwig konnte nicht erkennen, ob er jung oder alt war, da er gegen die Sonne stand und sie nur seine Silhouette sehen konnte. Der Hund lief zu ihm zurück, er streichelte ihn, sie hob die Hand, um ihn zu grüßen, zögernd hob auch er die Hand, ließ sie aber sofort wieder sinken. Sie ging auf ihn zu und sah schließlich, dass er jung sein musste, höchstens drei Jahre älter als sie. Er sah verwahrlost aus, sein dunkelblondes Haar war lang und verklebt, seine Kleidung glich eher Lumpen, zu seinen Füßen lag ein schmutziger Rucksack, aus dem eine leere Glasflasche ragte. Sie grüßte ihn und fragte, wo sich ungefähr die Hofmühle befand, er ließ vom Hund ab und deutete in eine Richtung, ohne ihr dabei ins Gesicht zu sehen. Er hatte ein schmales Gesicht, honigfarbene Augen, sie hätte sich gerne mit ihm unterhalten.

»Bist du von hier?«, fragte sie.

Er nickte. Der Hund lief zu einer Kuh, die sich zu weit entfernt hatte, und trieb sie bellend zurück, ohne Hund an seiner Seite wusste der junge Mann nicht, wohin mit seinen Händen, seine nackten Arme waren braun und muskulös.

»Von wo genau?«, fragte sie weiter, wenn er ihr einen Hofnamen nannte, konnte sie Josephine danach fragen, doch er antwortete wieder nicht, sondern deutete nur in eine Richtung.

»Sie heißt also Polli?«, fragte sie, mit Blick auf den Hund, der zu ihnen zurückkam.

Er räusperte sich. »Sie heißt Napoleon. Aber ich habe es abgekürzt.«

Hedwig lachte auf.

»Hast du ihr den Namen gegeben?«

Er schüttelte den Kopf, trat dabei einen Schritt zurück und schaute zu den Kühen hinüber.

»Der Bauer«, antwortete er.

»Warum ausgerechnet Napoleon?«

»Weil der unbeliebt war«, sagte er schulterzuckend.

»Wie ist dein Name?«, fragte sie ihn.

»Emil.«

Nach ihrem fragte er nicht. Sie wagte noch einen Vorstoß: »Bist du jeden Tag hier?«

»Bis die Kühe alles abgefressen und niedergetrampelt haben, ja«, antwortete er, »dann müssen wir auf die andere Wiese rüber.«

Er betrachtete sie verstohlen, sie bemerkte es und lächelte ihn freundlich an.

»Auf Wiedersehen, Emil.«

»Wie heißt du?«, fragte er hastig.

»Hedwig Brugger.«

»Brugger? Bist du eine von der Hofmühle?«

»Ich wohne seit letztem Sommer dort. Eigentlich komme ich aus Wien. Es sind entfernte Verwandte von mir.«

»Wie sind sie?«

»Wer?«

»Die Brugger.«

»Es sind liebe Menschen. Sie sind freundlich zu mir. Sie haben meinen Vater und mich aufgenommen, obwohl sie uns nicht gekannt haben«, antwortete sie.

»Hm«, machte er.

»Kennst du sie?«

Er schüttelte den Kopf.

»Wien«, sagte er und zog das Wort in die Länge. »Da muss es schön sein.«

»Hier ist es viel schöner«, sagte sie.

Er schaute sie ungläubig an.

»Hast du einmal den Kaiser gesehen?«

Sie nickte: »Und die Kaiserin. Ab und zu im Theater.«

»Aber nur von der Ferne?«

»Ganz nah, durch das Opernglas«, lachte sie.

Als sie ging, bat er sie – wobei er rot anlief – wiederzukommen, sie versprach es ihm, winkte ihm zu und ging in die Richtung, die er ihr gezeigt hatte. Als sie sich umdrehte, sah sie, dass er am selben Fleck stand und ihr nachschaute. Auf dem Heimweg fiel ihr ein, dass es ihn weder interessiert hatte, warum sie in der Hofmühle lebte, noch wie lange sie vorhatte zu bleiben, nur nach den Brugger hatte er gefragt: Wie sind sie? Eigenartig, dachte sie, kannten sich in einem kleinen Dorf nicht alle?

Vom ersten Augenblick an hatte Hedwig die Familie ins Herz geschlossen, besonders Albert und seine Schwester, aber auch Anna, die immer etwas traurig wirkte, und den wortkargen Vinzenz, obwohl sie bei den beiden ein bisschen länger gebraucht hatte, um mit ihnen warm zu werden. Ihrem Vater und ihr war ausschließlich Gastfreundschaft und Herzlichkeit entgegengebracht worden. Die Brugger waren gänzlich ohne Argwohn, sie gingen vom Guten im Menschen aus und behandelten jeden mit freundlichem Respekt, ihrem Vater war diese Eigenschaft naiv erschienen, ihr hatte sie gefallen.

Ihrem Vater nahm Alberts Gutgläubigkeit den Wind aus den Segeln, er bewies zumindest den Anstand, auf die Umsetzung seines Plans zu verzichten, und brachte das Ende, ohne groß zu jammern, hinter sich. Man konnte es auch anders formulieren:

Ihr Vater merkte, dass seine Idee nicht mehr umsetzbar war, da der Körper rasanter verfiel, als er es in den letzten Monaten hatte wahrhaben wollen, und es blieb ihm nichts anderes übrig, als sich würdevoll zum Sterben hinzulegen. So genau wusste Hedwig das nicht. Ihr Vater hatte ihr nicht erklärt, warum er seine so teuer erstandenen Zigarren und den Cognac nicht auspackte und als Geschenk überreichte, wie er es vorgehabt hatte. Sie war es, die schließlich nach dem Tod ihres Vaters beides ihrem Onkel schenkte.

Nachdem Theo – von einem Hafenarbeiter – vom gutgehenden Handelsgeschäft seines Cousins erfahren hatte, schmiedete er einen Plan. Hedwig hasste seine Pläne.

Dieser neue Plan sah vor, einen Brief an seine Mutter zu schreiben und kurz darauf in der Hofmühle aufzukreuzen, um sich zu erholen, die Verwandten kennenzulernen, Frieden mit der Mutter zu schließen, einige Wochen lang nicht für Wohnen und Essen aufkommen zu müssen. Doch es wäre nicht ihr Vater gewesen, wenn er es dabei belassen hätte. Theo packte eine teure Zigarrenschachtel und eine Flasche Cognac ein, die ihn das letzte Geld gekostet hatten. Er wollte seinem Cousin während seines Besuches immer wieder von diesen Zigarren und dem Cognac – das Edelste vom Edlen – vorschwärmen, die er von Händlern direkt aus Kuba und Frankreich gekauft hatte, die er persönlich kannte, und ihm anbieten, das Geschäft für ihn einzufädeln, falls er Interesse hatte, beides in seinem Warenhaus zu vertreiben. Theo wollte ihm dafür einen nicht zu kleinen Vorschuss abknöpfen, zurück nach Wien fahren und sich nie wieder blicken lassen.

Zum Glück war nichts daraus geworden. Ihr Vater hatte schöne Wochen im Kreise seiner Familie verbracht und Hedwig hoffte, dass ihre Herzlichkeit ihn beschämt hatte. Aufgrund von Alberts Großzügigkeit hatte er keine Schmerzen erleiden müssen, Hedwig wagte sich nicht vorzustellen, wie sein Sterben in Wien ausgesehen hätte, in dem zugigen Loch, in dem sie zum Schluss gehaust hatten, und ohne Geld für Morphium.

Vorher hatte er seiner Familie noch mit zahlreichen Anekdoten beweisen wollen, was für ein witziger, umtriebiger Tausendsassa er gewesen war. Hedwig war übel geworden bei all seinen Erzählungen, hatte jedoch nie gewagt, die Stube zu verlassen. Zu groß war ihre Angst gewesen, es könnte merkwürdig wirken, wenn die Tochter den Erinnerungen ihres Vaters nicht mit verklärtem Gesicht lauschte. Seine Mutter und deren Familie waren ihrem Vater sein ganzes Leben lang keinen Pfifferling wert gewesen, nie hatte er sich die Mühe gemacht zu schreiben, sie zu besuchen, er hatte die arme Frau den Rest ihres Lebens im Glauben gelassen, er wäre damals mit achtzehn standrechtlich hingerichtet worden. Hedwig wunderte sich, dass er diesbezüglich von seinen Verwandten nicht zur Rede gestellt wurde, bis sie erkannte, dass diese es aus Rücksicht unterließen, sie mussten annehmen, dass der sterbende Mann sich ohnehin genug Vorwürfe machte. Sie aber kannte ihren Vater gut genug, um zu wissen, dass dies nicht der Fall war. So viel Groll empfand sie ihm gegenüber und musste es vor den Brugger verbergen, um niemanden vor den Kopf zu stoßen. Einmal, sie waren allein in seiner Kammer, fragte sie ihn mit vor Zorn bebenden Lippen: »Warum hast du mir das vorenthalten?«

»Was meinst du, Kind?«, fragte er mit scheinheiligem Blick, sie konnte sich nicht zurückhalten und packte ihn am Hemd.

»Du weißt, was ich meine!«, schrie sie, und er legte ihr erschrocken die Hand auf den Mund.

»Nicht so laut«, sagte er.

Sie ließ von ihm ab, setzte sich neben ihn aufs Bett und begann zu weinen.

»Warum sind wir nach dem Tod meiner Mutter nicht hierhergekommen? Warum durfte ich nicht hier aufwachsen? Mit einer Großmutter, mit lieben Menschen? In einem richtigen Haus! Inmitten dieser schönen Landschaft! Überhaupt, warum hast du deine Mutter all die Jahre glauben lassen, ihr einziger Sohn wäre tot?«, schluchzte sie.

»Ach Liebes, werd nicht sentimental, so schön ist es hier auch wieder nicht.«

»Ich finde es wunderschön!«

»Mir wäre schnell langweilig geworden.«

»Du hättest ja wieder gehen können!«, fauchte sie.

»Ohne dich?«, fragte er fassungslos. »Das hätte ich nie gemacht.«

»Ja«, höhnte sie. »Weil du mich für all deine üblen Machenschaften und Betrügereien gebraucht hast. Du hast mich benutzt!« Sie stand auf und stampfte aus der Kammer.

Das Schlimmste, das ihr Vater von ihr verlangt hatte, war gewesen, als er sie mit elf Jahren, nach dem Tod der Mutter, bei den Reischachs abgeliefert hatte, mit dem Auftrag, diese zu bestehlen und ihm das Diebesgut durch ein Fenster in der Speisekammer ins Freie zu reichen. Er köderte sie mit der Behauptung, ihr kleines Hündchen wäre krank und müsste sterben, wenn es keine Medikamente bekäme, und diese wären sehr teuer. Wie er es immer wieder geschafft hatte, sie mit derartigen Behauptungen für seine Dienste einzuspannen, war ihr später ein Rätsel, oft hatte er sie zusätzlich mit dem Waisenhaus unter Druck gesetzt, dort würde sie nämlich landen, wenn sie ihn nicht dabei unterstütze, Geld zu beschaffen. Mit einem Brief in ihren Händen, in dem er erklärte, wer sie war und dass er eine Zeitlang nicht für sie sorgen könne – er appellierte an das wohltätige Herz der Familie –, ließ er sie vor der Eingangstüre stehen. Sie wusste, wer die Leute waren, oft genug hatte ihr Vater über seine Großeltern, seinen Vater und dessen Schwestern geschimpft. Sie hatte eine Heidenangst vor dem, was sie erwartete, immerhin konnte es sein, dass ihr Böses angetan wurde, wenn das – laut ihrem Vater – derart böse Menschen waren. Am ganzen Körper zitternd nässte sie sich ein, so fand der Hausdiener sie. Mittlerweile lebte der Sohn Theodor Johanns mit seiner Familie in dem Palais, er und seine Frau erbarmten sich Hedwigs und nahmen sie auf, drei Wochen später wurde sie von der Köchin dabei erwischt, wie sie eine Tasche voll Silberbesteck aus dem Fenster warf. Die Herrschaft stellte sie zur Rede, sie brach weinend zusammen und log, dass ein fremder Mann sie zu den Diebstählen gezwungen hatte. Als ihr Vater sie abholen kam, baten die Eheleute – die das Ganze natürlich durchschaut hatten – darum, das Kind bei ihnen zu lassen, sie würden dafür sorgen, dass es eine ordentliche Ausbildung bekam. Theo schimpfte, sie würden ihm seine Tochter wegnehmen wollen – das Einzige, das er noch habe –, und zog mit ihr ab, das Hündchen war in der Zwischenzeit verstorben.

Jeden Tag zitterte Hedwig bei dem Gedanken, ihr Vater könnte sich erholen und wieder aufbrechen wollen, nie und nimmer wäre er ohne sie weitergezogen und hätte ihr erlaubt zu bleiben, und da sie noch nicht volljährig war, wäre sie machtlos gewesen. Sie hätte Albert Brugger die Wahrheit über ihren Vater erzählen und ihn bitten können, die Vormundschaft für sie zu übernehmen, doch schreckte sie davor zurück. Nie durfte jemand von ihrer Vergangenheit erfahren, sie schämte sich ihrer unglaublich, und sie schämte sich ihres Vaters. Es war ihr nicht gleichgültig, was die Brugger von ihr dachten, sie wollte von ihnen geliebt werden. Sie mochte es, von Josephine in den Arm genommen zu werden, sie mochte es, dass Albert ihr gerne zuhörte, ihre Ansichten zum Warenangebot im Kaufhaus ernst nahm, dass Anna ihr zeigte, wie man ein Kleid entwarf, wenn sie diese über die Nähmaschine gebeugt betrachtete, erinnerte sie sich an ihre verstorbene Mutter. Hedwig hatte das Gefühl, dass ein neues Leben für sie begann und dass sie auf keinen Fall ihre Vergangenheit mit auf die Reise nehmen dürfe, da sie ansonsten von dieser eingeholt werden würde. Deshalb beschloss sie – weil sie nicht lügen wollte –, über die letzten sechs Jahre ihres Lebens nicht zu reden und nur das Nötigste preiszugeben, wenn sie etwas gefragt wurde.

Kurz vor seinem Tod brachte ihr Vater eine vage Erklärung vor: »Weißt du, Hedwig, meine Mutter war ohne mich besser dran. Wenn sie erfahren hätte, dass ich noch am Leben bin, hätte sie ihre Nichten und ihren Neffen im Stich gelassen und wäre zu mir nach Wien gekommen.«

»Das weißt du doch gar nicht. Ihr hättet euch immerhin schreiben und gegenseitig besuchen können.«

»Das wäre ihr zu wenig gewesen. Ich war ihr Ein und Alles. Ihr großer Wunsch war, dass ich Arzt werde, mit einer eigenen Ordination, und dass sie bei mir mitarbeitet, bei mir lebt, meiner Frau im Haushalt hilft, meine Kinder aufwachsen sieht. Ich habe manchmal daran gedacht, ihr zu schreiben. Ich glaube, ich habe es deshalb nie gemacht, weil ich ihr ersparen wollte zu sehen, was für ein Tunichtgut aus mir geworden ist.«

Es war das erste Mal, dass ihr Vater vor ihr sein Scheitern eingestand. Sie versöhnten sich, vier Tage darauf starb er.

Beim Abendessen dachte Hedwig die ganze Zeit an den jungen Mann mit dem braungebrannten Gesicht, sie überlegte, ob sie der Familie von ihm erzählen sollte, unterließ es dann aber. Sie hätte zwar vermutlich einige Auskünfte über ihn und seine Familie erhalten, ob er der Sohn eines großen oder kleinen Bauern oder nur ein Knecht war, aber im Grunde war es ihr völlig gleichgültig, wer oder was er war. Sie befürchtete, dass ihr Onkel ihr verbieten könnte, weiterhin durch die Gegend zu streifen, aus Sorge, ihr würde etwas zustoßen, oder weil es als Frau unschicklich war, länger als ein paar Minuten alleine mit einem Mann zu sein. Zumindest war das in Wien so, außer bei den armen Leuten, die pfiffen auf die guten Sitten, und wie das auf dem Land war mit den guten Sitten, darüber war sich Hedwig noch nicht im Klaren.

3

Am übernächsten Tag machte sie sich wieder auf den Weg zur Weide, und da sie Anna nicht mit den drei Kindern alleine lassen wollte – sie hätte ein schlechtes Gewissen gehabt –, nahm sie den kleinen Gustav mit. Wie sie es in einem Buch von Albert über die Völker Südamerikas gesehen hatte, band sie ein Tuch gekreuzt um ihren Oberkörper, verknotete es am Rücken und setzte den Kleinen hinein, er krähte die ganze Zeit vor Vergnügen, bevor er einschlief. In eine große Tasche packte sie eine Decke, zwei Stück vom Kirschstrudel, den sie am Vormittag gebacken hatte, eine Wasserflasche für sich und eine Milchflasche für Gustav.

Verschwitzt kam sie bei der Wiese an, Polli umrundete sie schwanzwedelnd, es war offensichtlich, dass sich der junge Mann freute, sie zu sehen, obwohl er kein Wort darüber verlor, sondern lediglich über das ganze Gesicht strahlte. Er war sauberer als zwei Tage vorher, seine Haare waren gewaschen, die Kleidung war zwar dieselbe, aber nicht mehr ganz so schmutzig, sogar der Rucksack war nicht mehr derart schmierig und verdreckt. Dass sie ein Kind dabeihatte, schien ihn nicht zu stören, er fragte nicht einmal, ob es ihres war, doch sie fühlte sich bemüßigt, ihn aufzuklären, dass der vierzehn Monate alte Gustav das jüngste Kind ihres Onkels Albert Brugger war. Sie breitete die Decke im Schatten aus, es war ein heißer Tag.

Obwohl sie ihn mehrmals aufforderte, sich auf die Decke zu setzen, tat er es nicht, mit einem großen Abstand zu ihr setzte er sich ins Gras, das schlafende Kind lag zwischen ihnen, ab und zu stand Emil auf, um nach den Kühen zu sehen. Hedwig reichte ihm ein Stück Kirschstrudel, er bedankte sich lächelnd, sie stellte fest, dass er Grübchen hatte. Während er langsam und mit kleinen Bissen aß – sie merkte, dass er hungrig war und sich zurückhalten musste, um den Strudel nicht gierig hinunterzuschlin-

gen –, fragte er sie, wann und warum sie von Wien nach Putzleinsdorf gekommen war.

Mit wenigen Worten erzählte sie ihm von sich, dass sie ihre
Mutter mit elf Jahren verloren hatte, dass diese Kostümschneiderin gewesen war, weshalb sie ihre Kindheit in einem Theater
verbracht hatte, dass sie mit ihrem Vater ein sehr unstetes Leben
geführt hatte. Sie erzählte nicht, dass man ihren Vater in manchen Phasen seines Lebens als einen Kleinkriminellen hätte bezeichnen können, dafür aber ließ sie in ihrem Bericht bewusst
durchblicken, dass sie in äußerst ärmlichen Verhältnissen aufgewachsen war, da sie hoffte, es würde ihm Mut machen, von sich
zu erzählen. Als sie ihn jedoch nach seinen Eltern, nach seinem
Leben fragte, wich er aus, sie fand nur heraus, dass er sein ganzes
Leben lang auf ein und demselben Hof verbracht hatte, wo er für
das Vieh zuständig war, nicht einmal ein Nachbardorf hatte er jemals gesehen.

Er begann sie über das Leben in der Stadt auszufragen, alles
Mögliche wollte er wissen, wie Droschken aussahen, wie viel
Kutscher verdienten, wie groß eine Theaterbühne war, wie viel
eine Maß Bier kostete, ob es bereits viele elektrische Straßen-
lampen gab und so weiter. Der Bub wachte auf, er sah Emil mit
großen Augen an, Hedwig gab ihm seine Flasche und fütterte
ihn mit Kirschstrudel. Den Rest gab sie Emil, der ihn zuerst ablehnte, ihn auf ihr Drängen hin aber dann doch sorgfältig eingewickelt in seinen Rucksack steckte.

Als sie aufbrach, merkte sie, dass ihm etwas auf der Zunge lag.

»Ist dein Onkel wirklich gut zu dir?«, fragte er schließlich.

»Ja, das ist er«, sagte sie erstaunt. »Warum fragst du das?«

»Weil der Bauer immer über ihn schimpft. Er sagt, Albert
Brugger treibt gern ein falsches Spiel. Er ist der schlechteste
Mensch, den er kennt.«

»Ich lebe schon ein Jahr bei ihm und seiner Familie, und ich
kann dir sagen, er ist es mit Sicherheit nicht.« Und sie fügte hin-

zu: »Wie kommt es eigentlich, dass ich dich noch nie in der Kirche gesehen habe?«

Er zuckte verlegen mit den Schultern: »Wahrscheinlich bin ich dir nicht aufgefallen.«

Als sie aufbrach, fragte er wie beim letzten Mal hastig: »Kommst du wieder?«

Sie nickte.

Beim Abendessen betrachtete sie ihren Onkel und fragte sich, wie jemand ihn als einen schlechten Menschen bezeichnen konnte. Sie wusste, er sorgte sich um seine Familie, seine Angestellten, bezahlte ihnen mehr, als üblich war, außerdem engagierte sich Albert – gemeinsam mit dem Pfarrer und anderen Leuten – für Gemeinnütziges, er war verantwortlich für den Bau eines neuen Armenhauses gewesen. All das wusste sie, doch sie konnte sich nicht zurückhalten: »Du hast bestimmt viele Feinde im Ort?«

Er blickte sie überrascht an. »Feinde? Wie meinst du das?«

»Ich weiß nicht«, sie wurde verlegen. »Vielleicht weil du es weit gebracht hast und mit deiner Familie wesentlich besser lebst als so manch anderer hier.«

Albert reagierte mit einem unwirschen Gesichtsausdruck, offensichtlich hatte sie einen wunden Punkt bei ihm getroffen, sie wünschte, sie hätte das Thema nicht angesprochen.

Albert saß in seinem Arbeitszimmer, um die Bücher zu kontrollieren, er konnte sich nicht konzentrieren und merkte, dass ihn Hedwigs Bemerkung getroffen hatte. Er hatte eine Geschäftsidee gehabt, eine Hypothek auf die alte Mühle aufgenommen und war das Wagnis eingegangen, er hatte gearbeitet dafür, die Schulden bei der Bank zurückgezahlt, nichts war ihm in den Schoß gefallen. Sein Dilemma war immer gewesen, seinen Erfolg und sein – finanziell – sorgenloses Leben nicht uneingeschränkt genießen zu können. Er hatte ein schlechtes Gewissen gegenüber anderen in seiner Heimat, denen es schlechter ging, und das waren viele, weil – Herrgott! – der Fortschritt in diesem Teil des Reiches nicht und nicht Einzug halten, das Elend kein Ende nehmen wollte. Immer noch litten und starben die Leute aufgrund von Lappalien, da es zu wenige gute Ärzte gab, die ihr Handwerk auch tatsächlich verstanden und die über modern ausgestattete Praxen und Ausrüstung verfügten. Immer noch gab es bei weitem zu wenig ausgebildete Hebammen, die ihre Arbeit gut machten und obendrein die Frauen über die Notwendigkeit des regelmäßigen Stillens aufklärten, es gab Bäuerinnen, welche auf dem Feld Heuarbeit verrichteten – oftmals weil der Mann sie dazu zwang – und ihren Säugling zu Hause verdursten ließen. Immer noch waren die Transportmöglichkeiten dürftig, die Züge von Linz nach Neufelden fuhren selten, und die Fahrkarten waren teuer, dasselbe galt für den Personentransport auf der Donau. Die kurvigen, schmalen Wege, auf denen die Fuhrwerke fuhren, waren eine Zumutung, niemand fühlte sich zuständig, sie zu trassieren und zu beschottern, wie es zum Beispiel im Nachbarland Bayern schon lange die Norm war, bei Regen konnten sie zu gefährlichen Schlammrutschen werden. In den meisten Ortschaften gab es kein ordentlich geführtes Armenhaus, es war eine Tragödie zu sehen, wie die alten Knechte und Mägde, die ihr Leben lang geschunden worden waren, in ihren letzten Tagen von Hof zu Hof ziehen mussten, die Bauern waren verpflichtet, sie jeweils eine Woche lang zu verpflegen. Die Dorfschulen ließen zu wünschen übrig, die Klassen waren zu groß, der Lehrer oft ein Despot, der seinen Frust an den Kindern aus armen Familien ausließ. Es fehlte an so vielem, nur nicht an Beschränktheit und Borniertheit, der Wille, etwas zu verbessern, war nicht besonders groß.

Hedwig schaffte es, zwei- bis dreimal in der Woche zur Weide zu gehen, am liebsten hätte sie Emil täglich gesehen. Die Zwillinge wollten sie auf ihren Spaziergängen begleiten, doch Hedwig hatte Angst, sie würden ausplaudern, dass sie sich mit einem jungen Mann traf. Sie hatte Mühe, sie davon zu überzeugen, dass ein Marschieren durch den Wald langweilig sei, und versprach alle möglichen Aktivitäten für den Abend, sie würde nicht nur mit ihnen Verstecken spielen oder Fangen, sondern ihnen von einem Theaterstück erzählen und ein paar Szenen daraus vorspielen. Zu Anna sagte sie, dass sie das Gefühl habe, bei der Hitze tue Gustav die frische Waldluft gut. Sie stand sehr früh auf, um Josephine im Garten zu helfen, es gab viel zu tun, die Kirschen mussten gepflückt, die Erbsen, Himbeeren, Stachelbeeren geerntet und verarbeitet werden. Josephine hatte mehr Arbeit als sonst, da sich Vinzenz seit Tagen matt und kränklich fühlte und sie ihm abwechselnd in der Mühle oder bei der Säge helfen musste. Alberts Vorschlag, jemanden einzustellen, lehnte Vinzenz rigoros ab, er mochte es nicht, ständig jemanden um sich zu haben, obendrein war er knausrig.

Wenn Hedwig nach dem Mittagessen wegeilte, verspürte sie ein schlechtes Gewissen, doch sagte sie sich, dass sie immerhin den Kleinen mitnahm und er es war, der am meisten Zeit in Anspruch nahm, die Zwillinge benötigten keine Aufsicht mehr. Wenn sie aus dem Wald trat, Polli schwanzwedelnd auf sie zukam und Emil ihr entgegenging, klopfte ihr Herz heftig, und sie vergaß das schlechte Gewissen. Wenn sie nach Hause lief, holte es sie wieder ein. An den Sonntagen hielt sie in der Kirche Ausschau nach Emil, konnte ihn aber nicht entdecken, er brachte jedes Mal verlegen eine andere Ausrede vor, bis er mit der Wahrheit herausplatzte: »Der Bauer lässt mich nicht gehen.«

Je öfter sie ihn sah, umso mehr erfuhr sie von ihm. Sein Familienname lautete Wagner, seine Mutter war seit Jahren tot, sie war Magd auf dem Bauernhof gewesen, auf dem er lebte und arbeitete. In zwei Monaten, Ende September, würde er einundzwanzig Jahre alt werden, seit Jahren wartete er darauf. Sein Wunsch war es, den Bauernhof noch am selben Tag zu verlassen und bei einem Handwerker um Arbeit zu bitten, er wusste jedoch nicht, wie er es bewerkstelligen sollte, er verfügte weder über einen Anzug und brauchbare Schuhe noch über Geld und Papiere. Er hatte Angst, dass man ihn auf der Stelle verjagen würde.

»Der Bauer sagt immer, ohne einen ordentlichen Anzug und ohne Papiere halten dich alle für einen Verbrecher«, sagte er.

Am liebsten wäre Emil weit weg gegangen und hätte irgendein Handwerk gelernt, Zimmermeister oder Schreiner hätte ihm gefallen, auf alle Fälle etwas, das nicht mit Vieh zu tun hatte. Seitdem er ein kleines Kind war, hatte er ausgemistet, gemolken, gefüttert, gebürstet, je älter er geworden war, umso größer war der Aufgabenbereich gewesen, den man ihm zugeteilt hatte, mittlerweile war er mit einem Knecht, Franz, für Vieh und Stall zuständig, nur beim Melken halfen auch andere. Er rackerte bis spät in die Nacht hinein und begann zwischen vier und fünf Uhr morgens von vorne. Dass er in diesem Sommer die Kühe nach dem Melken auf die Weide trieb und hütete, verdankte er der Tatsache, dass der Hüterbub ausgefallen war. Er hatte den Auftrag, täglich fünf Kühe gründlich zu bürsten und zu striegeln – welche, das wurde morgens vom Bauer bestimmt und abends mit einem weißen Handschuh kontrolliert –, und bekam zu wenig Essen mit, doch auf der Weide hatte er wenigstens seine Ruhe. Wenn Franz wegen der Heuarbeit keine Zeit hatte, musste er nach dem stundenlangen Melken noch den Stall ausmisten.

Dass der Bauer sein Vater war, erfuhr Hedwig erst nach einigen Wochen. Emil sprach mit so viel Hass über ihn, dass sie zutiefst erschrak. So weit er zurückdenken konnte, war seine Mutter immer wieder des Nachts von ihm aufgesucht worden, vor allem wenn er getrunken hatte. Sie wollte mit ihrem Sohn weggehen, doch wusste der Bauer dies stets zu verhindern, alle Familienmitglieder und Dienstboten waren, was die beiden betraf, darauf angesetzt, Wächter zu spielen, und sie machten ihre Sache gut, denn nichts fürchteten sie mehr als den Zorn des Bauern. In den letzten Jahren ihres Lebens fand sie sich mit ihrem Schicksal ab, sie war ein Schatten ihrer selbst, teilnahmslos, stumm, ihr Wille gebrochen.

Zweimal kam jemand an der Weide vorbei, sie hatten Glück und bemerkten es rechtzeitig, Emil entfernte sich rasch von der Decke, auf welcher Hedwig mit Gustav saß, und diese tat so, als würde sie mit ihrem Kind am Waldrand ein Picknick veranstalten, ohne Kühe oder Kuhhirten wahrzunehmen. Wenn sie aufgewühlt, aber glückselig von ihrem Spaziergang in die Hofmühle zurückkehrte, wurde sie nicht müde zu betonen, wie herrlich sie diese Streifzüge durch die Natur fand, und ignorierte Annas und Josephines argwöhnische Blicke. Sie wurden übermütiger. Da sie unbedingt den Hof sehen wollte, auf dem Emil lebte, blieb sie, bis er das Vieh von der Weide trieb, und folgte ihm mit einigem Abstand. Zur selben Zeit, als die Kühe in den Stall trotteten, spazierte sie, mit Gustav an der Hand, an den Gebäuden vorbei und betrachtete alles aus den Augenwinkeln.

In der Hofmühle saß man abends, wenn es warm war, gern auf der Veranda beisammen, Hedwig erwähnte einmal beiläufig, dass sie bei ihrem Spaziergang am Ederhof vorbeigekommen sei. Sie gab sich beeindruckt, sie habe noch nie einen derart großen Bauernhof gesehen, sie merkte, dass Albert aufhorchte.

»Wie viel Stück Vieh werden die Bauersleute wohl haben? Und wie viele Dienstboten benötigt man auf so einem großen Hof?«, überlegte Hedwig laut.

»Seit wann interessierst du dich für landwirtschaftliche Belange?«, fragte Anna belustigt.

»Woher kennst du den Namen des Hofes?«, fragte Albert. »Hast du mit jemandem gesprochen?«

»Er stand auf dem Brunnen. Gustav und ich hatten Durst«, antwortete Hedwig, die Antwort hatte sie sich zurechtgelegt.

»Ich kann dir nicht sagen, wie viele Dienstboten und wie viel

Vieh der Eder hat. Aber auf alle Fälle behandelt er die einen schlechter wie das andere«, warf Josephine ein. »Er ist ein furchtbarer Mensch und ein Leuteschinder.«

»Inwiefern?«, fragte Hedwig.

»Er ist es nicht wert, dass man über ihn spricht«, sagte Albert knapp und schlug ein Kartenspiel vor.

Während des Spiels war er unkonzentriert, Erinnerungen an Franziska Eder stiegen in ihm hoch, er sah sie vor sich mit ihrem weizenblonden Haar, ihren feinen Sommersprossen, ihrem scheuen Lächeln. Auf dem Fest, welches die Gemeinde nach seiner Heimkehr für ihn veranstaltet hatte, hatte er alle anderen jungen Frauen vor den Kopf gestoßen, da er die meiste Zeit nur mit ihr getanzt hatte.

Sie roch nach Lavendel, ihre Hände waren weich. Als er sie zu ihrem Tisch zurückbrachte, an dem ihre Eltern und Brüder saßen, stand Johann Eder auf, streckte ihm die Hand entgegen und verwickelte ihn in ein belangloses Gespräch. Dabei gab er sich anbiedernd, Albert verwunderte es, denn ihre Familien waren seit längerem zerstritten, offensichtlich war dem Bauern sein Interesse an der Tochter trotzdem recht. Da er wusste, wie sehr seine Familie, seine Dienstboten unter ihm litten, stieß Albert das Verhalten Eders ab, und er verabschiedete sich schnell.

Albert konnte nicht leugnen, dass er manchmal an Franziska Eder dachte, vor allem ein Bild verfolgte ihn immer wieder: Sie saß in einer Kirchenbank, die langen dunkelblonden Wimpern auf die Wangen gesenkt, in ihren gefalteten Händen hielt sie einen Rosenkranz, sie führte ihn an ihre Lippen und küsste ihn, dabei hob sie den Blick. Sie schaute ihn mit ihren großen bernsteinfarbenen Augen an und flüsterte: »Das Jesuskindlein sieht dich überall.«

4

Die wochenlange Hitze ging zu Ende, es regnete, und obwohl Hedwig wusste, Emil würde trotzdem mit den Kühen auf der Weide sein, da die Tiere lieber im Regen stünden als im Stall und sie sauber wurden, ohne dass er sie bürsten musste, konnte Hedwig es vor Anna nicht rechtfertigen, stundenlang mit Gustav im Freien herumzulaufen. Als die Sonne wieder schien, bestand Anna darauf, sie auf ihrem Spaziergang zu begleiten.

»Ich würde zu gern diese Bachwiese sehen, von der du so schwärmst, nimm mich und die Zwillinge doch mit«, bat sie, und Hedwig hatte nicht den Mut, sie abzuweisen. Ihre übermäßige Vorfreude, Emil endlich wiederzusehen, sank in sich zusammen und blieb wie ein Klumpen in ihrem Magen liegen.

Sie verbrachten den Nachmittag auf einer kleinen Waldlichtung neben einem Bachlauf, welche Hedwig auf früheren Spaziergängen aufgefallen war, Anna öffnete ihr Haar, benetzte es mit Wasser, zog ihre Bluse und ihren Rock aus, saß im Unterkleid in der Sonne und riet Hedwig, es ihr gleichzutun. Sie erzählte von ihrer Jugend in Wien und dass sie das Leben in der Stadt sehr vermisse, je besser sie die Leute auf dem Land, ihre Lebensweise, Gepflogenheiten, ihre Denkart kennengelernt hatte, umso weniger hatte sie das Landleben leiden können, es war, besonders im Winter, beinahe unerträglich für sie. Die Kinder bauten mit Tannenzapfen Burgen und Häuser, wateten im Wasser herum, sammelten Steine, und Hedwig saß die ganze Zeit wie auf Nadeln. Gustav wachte von seinem Nachmittagsschläfchen auf und krähte: »Emil! Emil!« Ihr wurde heiß und kalt gleichzeitig.

Es fiel ihr zunehmend schwerer wegzueilen, ohne Anna und die Zwillinge aufzufordern, mitzukommen, sie kam sich herzlos vor. Als sie es schaffte, mit Gustav alleine aufzubrechen, da Anna Migräne hatte, waren keine Kühe, kein Kuhhirte auf der Weide zu sehen. Emil hatte ihr beschrieben, wo die andere Wiese lag, und sie machte sich auf den Weg, sie irrte herum, fand sie aber nicht, schließlich musste sie mit dem quengeligen Gustav umdrehen, sie fühlte sich derart enttäuscht, dass sie Tränen unterdrücken musste.

Zwei Tage darauf fand sie die Weide, die Emil ihr beschrieben hatte, auf Anhieb. Als sie die Kühe erblickte und Polli ihr schwanzwedelnd entgegenlief, hüpfte ihr Herz. Zum ersten Mal legte sich Emil neben sie auf die Decke, bisher war er mit großem Abstand im Gras gesessen oder hatte seine Arbeit fortgesetzt, wobei Hedwig die Decke neben der Kuh, die er gerade bürstete, ausgebreitet hatte, damit sie sich weiter unterhalten konnten oder sie ihn zumindest betrachten. Seitlich zueinander gewandt lagen sie da, der kleine Gustav machte sich einen Spaß daraus, über ihre Hüften zu klettern, von der einen Seite zur anderen. Das Bedürfnis, ihn zu berühren, war so heftig, dass Hedwig erschauerte, ein Zittern lief durch ihren Körper.

»Würdest du gern den Müllerberuf erlernen?«, fragte sie.

Er blickte sie überrascht an.

»Albert Brugger will jemanden für die Mühle einstellen«, erklärte sie. »Dem Mann seiner Schwester, er heißt Vinzenz, geht es seit einiger Zeit nicht besonders gut, er fühlt sich oft schwach. Der Arzt meint, er hätte einen leichten Schlaganfall gehabt. Er schafft die Arbeit nicht mehr alleine, er muss jemanden anlernen, bis einer von den Buben alt genug ist, um sie zu übernehmen. Falls denn einer will.«

Nach einer Weile fügte sie hinzu: »Das wäre die Lösung deines Problems.«

Und meines, dachte sie, sprach es aber nicht aus.

Emil drehte sich auf den Rücken und schaute in den wolkenlosen Himmel. Er brauchte eine Weile, um seine Gedanken zu ordnen. In seinem ganzen bisherigen Leben hatte er – abgesehen natürlich von dem des Bauern, Priesters und Totengräbers – Erfahrung mit fünf Berufen gemacht. Als der Stall neu gebaut worden war, war wochenlang der Zimmermeister mit seinen Gesellen am Ederhof gewesen, und er, Emil, hatte ab und zu, wenn er im Stall entbehrlich gewesen war, mithelfen müssen. Einmal lieferte der Schreiner aus dem Ort neue Möbelstücke auf den Hof, welche der Bauer in Auftrag gegeben hatte, da es einen Herdbrand in der Küche gegeben hatte und der Ruß sich in die Möbel gefressen hatte. Er brachte einen großen Esstisch für die Familie und einen etwas kleineren für die Dienstboten, obwohl sie mehr Leute waren, doch wenn diese sehr eng saßen, wärmten sie einander, so der Bauer, dann brauchten sie nicht so viel zu essen. Emil dachte damals, dass es schön sein musste, aus einem Baumstamm Tische, Bänke und Stühle entstehen zu lassen. Das Vieh war immer das Vieh. Zum Schmied durfte er ab und zu mitfahren, wenn die Pferde zu beschlagen waren oder kaputte Sensen und anderes Werkzeug zu reparieren waren. Er kannte den Lehrberuf, weil er in den Wintermonaten zur Schule hatte gehen dürfen, und der Doktor war im vorletzten Winter für ihn geholt worden, als er beinahe an einer Lungenentzündung gestorben wäre. Franz, der älteste Knecht, hatte den Bauern überredet, der sich zunächst weigerte.

»Sein Tod kommt teurer als das Honorar vom Doktor«, sagte Franz zum Bauer. »Weil du dann einen Knecht einstellen musst, dem du einen Lohn zahlen musst.« Er war der Einzige, der sich Derartiges zu sagen getraute.

Mehr Berufe kannte er nicht. Und von allen diesen – Lehrer oder Mediziner konnte er ohnehin nicht werden – war ihm der des Schreiners am erstrebenswertesten erschienen. Müller, dachte er, sie mahlen Getreide, ohne sie gäbe es kein Brot, keinen Kuchen, sie sind über und über weiß bestaubt mit Mehl, Mehl stinkt nicht, es ist nicht dreckig. Warum nicht Müller? Aber ob er in der Hofmühle leben wollte, war eine andere Sache, der Brugger war kein guter Mensch, das sagte zumindest der Bauer, aber der sagte das nahezu über jeden, vielleicht stimmte es gar nicht. Er hatte von Franz gehört, dass Brugger seine Angestellten sehr gut behandelte, und – falls überhaupt stimmte, was der Eder sagte – er hatte lieber einen moralisch verkommenen Arbeitgeber, der seine Angestellten gut behandelte, als einen tyrannischen, der seine Leute schlecht behandelte und ihn noch schlechter. Er fragte sich, ob Hedwig wusste, was vor acht Jahren zwischen dem Brugger und der Tochter vom Eder vorgefallen war.

»Hast du ihm von mir erzählt?« Emil drehte sich wieder zur Seite.

»Nein, nein«, sagte sie. »Niemand weiß von dir. Ich wollte zuerst mit dir reden. Wenn du einverstanden bist, spreche ich heute Abend mit meinem Onkel.«

»Warum bist du dir so sicher, dass er mich einstellen wird?«

»Ich weiß nicht, warum, aber ich bin überzeugt, er tut es, wenn ich ihn darum bitte.«

Dass jemand etwas tun würde, nur weil ein anderer ihn darum bat, erschien Emil ein unvorstellbarer Gedanke. Er fragte sich weiter, ob es nicht besser war, wenn er ihr von der Sache zwischen dem Brugger und Franziska Eder erzählte, damit sie nicht zu enttäuscht war, wenn ihr Onkel ihr am Abend eine Absage erteilte, denn dessen war sich Emil gewiss. Vermutlich hatte sie von der Sache noch nie gehört, ansonsten hätte sie sie ihm gegenüber erwähnt oder ihn darüber ausgefragt. Damals hatte sogar Franz gesagt: »Das ist schändlich vom jungen Hofmüller.« Jeder auf dem Hof musste Eders unerträgliche Wut aushalten, im Grunde badeten die Dienstboten auf dem Ederhof Albert Bruggers Vergehen aus. Dieser bandelte mit der einzigen Tochter des Bauern an und nahm sie dann doch nicht zur Frau, der Eder tobte wie ein Wahnsinniger. Von der ganzen Familie mochte Emil Franziska am liebsten, sie war die Einzige, die nicht grob mit ihm war und beim Vater ein gutes Wort für ihn einlegte, sie war sein Liebling, von ihr ließ er sich in seinem Jähzorn bremsen. Kurz darauf ging sie fort, und sein Leben wurde gänzlich zur Hölle.

Emil schaute in Hedwigs dunkle Augen, sie schienen vor Eifer zu glühen, ihr Gesicht war erhitzt. Gustav saß nun zwischen ihnen, er hatte jeweils eine Hand auf Emils und Hedwigs Wange gelegt. Er entschied, nichts zu sagen, er wollte sich nicht in Dinge einmischen, die ihn nichts angingen, es war die Sache ihres Onkels, ob er ihr davon erzählen wollte. Mit einem Mal fühlte er sich unendlich traurig. Vermutlich sah er sie heute zum letzten Mal, Albert Brugger würde ihr mit Sicherheit verbieten, ihn weiterhin zu sehen, und sie würde ihn, kaum dass die Schwüle des Sommers zu Ende war, vergessen.

»Was sagst du dazu?«, fragte sie.

Er nickte. »Gut, rede mit deinem Onkel.«

Er sah, dass sie sich freute, und richtete sich auf. »Aber er wird nein sagen.«

»Warum sollte er nein sagen? Er braucht tatsächlich jemanden.«

»Er kann wahrscheinlich jeden Mann im Bezirk haben. Da wird er sich nicht ausgerechnet den unehelichen Balg vom Eder aufhalsen, der keinen Sonntagsanzug und keine Papiere hat«, sagte er trocken.

Am Abend suchte Hedwig ihren Onkel in seinem Arbeitszimmer auf.

»Ich kenne jemanden, der gerne in der Hofmühle arbeiten würde«, sagte sie. »Einen jungen Mann. Er ist auf der Suche nach einer Stelle und tüchtig.«

»Wo hast du den jungen Mann kennengelernt?«, fragte Albert und betrachtete sie aufmerksam.

»Bei einem Spaziergang«, sagte sie, sie hatte sich vorgenommen, bei der Wahrheit zu bleiben.

»Bei einem Spaziergang. Daher weht also der Wind.«

Hedwig spürte, dass das Gespräch eine Richtung nahm, die ihr nicht behagte, und schwieg.

»Erzähl mir von ihm«, forderte er sie auf, sie war ihm dankbar für seinen aufmunternden Blick und begann zu reden. Sie schilderte, wie sie sich bei einer ihrer Wanderungen verlaufen hatte und zufällig auf eine große Kuhweide geraten war, die auf drei Seiten von einem Wald umschlossen war und die die Bachwiese genannt wurde, was sie aber erst später erfahren hatte, und zwar vom jungen Mann, der die Kühe hütete.

»Er heißt Emil Wagner und ist der uneheliche Sohn vom ...«

»Eder«, ergänzte Albert.

Hedwig berichtete weiter, dass Emil von seinem Vater furchtbar behandelt wurde, als Kind war er regelmäßig von ihm und den Halbbrüdern verprügelt worden, er teilte sich nicht einmal eine Kammer mit einem anderen Knecht, sondern schlief seit Jahren in einem Verschlag im Stall, in dem es im Winter so kalt war, dass er sich manchmal zwischen zwei Kühe legte, um nicht zu erfrieren. Er hatte keinen einzigen Tag im Jahr frei, er trug die abgelegten Lumpen seiner Halbbrüder, er schuftete von den frühen Morgenstunden bis spät in die Nacht hinein, noch nie hatte er einen Kreuzer für seine Arbeit erhalten, Beschimpfungen und Fußtritte standen an der Tagesordnung, zu essen bekam er nur das Nötigste. Während Hedwig sprach, erregte sie sich zunehmend.

»Hedwig«, sagte Albert besänftigend, »das ist allen mehr oder weniger bekannt.«

»Warum hat dann nie jemand etwas dagegen unternommen?«, fragte sie empört.

»Das haben einige versucht, auch der Pfarrer immer wieder. Der Eder hat ihn mit der Heugabel bedroht und vom Hof gejagt.«

»Dann hätten die Leute nicht aufgeben dürfen! Sie hätten ihn, schon als er noch ein Kind war, von dort wegholen müssen!«, sagte sie laut, ihre Wangen glühten. »Gibt es denn kein Recht hier, kein Gesetz, das es Menschen verbietet, andere derart menschenunwürdig zu behandeln?«

»Du kannst nicht von einem Bauern auf alle schließen«, sagte er. »Aber ja, du hast Recht, es liegt vieles im Argen. Es liegt an uns Privilegierten, alles zu geben, um bestimmte Zustände zu verändern.«

»Wir könnten mit Emil Wagner beginnen«, sagte sie. »In zwei Wochen möchte er den Ederhof verlassen und irgendwo ein Handwerk erlernen. Seit Jahren hat er auf diesen Tag gewartet. Er weiß nicht, wohin er gehen könnte, da er nichts besitzt außer den Lumpen, die er am Leib trägt.«

Ihr war bewusst, dass der letzte Satz pathetisch klang. Was soll's, dachte sie, er ist die Wahrheit.

»Onkel Albert, ich bitte dich darum«, flehte sie eindringlich.

»Wir schlafen eine Nacht darüber«, sagte er beschwichtigend.

Er musste lächeln, weil sie sich derart ereifert hatte. Er selbst ärgerte sich oft über manchen Bauern, vieles scheiterte aufgrund ihrer Sturheit, ihrem Festhalten an alten Strukturen, ihrem Unverständnis für fremde Not, wie es zum Beispiel beim Armenhaus der Fall gewesen war, obwohl die meisten alten Dienstboten, die dort ihre letzten Tage verbringen mussten, jahrzehntelang auf einem Bauernhof gedient hatten. Ihre Hartherzigkeit war ihm zuwider, doch wusste er, dass sie ihrem harten Leben geschuldet war, den städtischen Hochmut, den seine Frau den Bauern gegenüber an den Tag legte, konnte er nicht leiden.

Er ging ins Nähzimmer, Anna saß an der Nähmaschine, er setzte sich in den Armsessel und erzählte ihr von Hedwig und ihrer Bitte, sie war schockiert.

»Meinst du, sie haben miteinander …?«, fragte sie. »Mein Gott, sie ist erst achtzehn.«

Er schüttelte ratlos den Kopf. »Ich weiß es nicht.«

»Du überlegst doch nicht ernsthaft, den jungen Mann einzustellen?«, fragte sie. »Das würde bedeuten, du belohnst ihr liederliches Verhalten. Sie hat uns den ganzen Sommer lang etwas vorgemacht.«

»Weil du es ihr sonst verboten hättest?«, lachte er.

»Du nicht?«

»Ich vermutlich auch.«

»Ich bitte dich, Albert, tu es nicht. Wer weiß, was wir uns mit dem Burschen aufhalsen würden.«

Albert trat ins Freie, sah in der alten Stube noch Licht und ging hinein, Vinzenz schlief bereits, seine Schwester saß bei Stopfarbeiten.

Sie stellte dieselbe Frage wie Anna: »Du denkst doch nicht ernsthaft daran, den Burschen einzustellen? Glaub mir, das gibt eine Menge Probleme. Der Eder wird sich nämlich freuen, wenn seine Arbeitskraft, die ihn nichts kostet, ausgerechnet in der Hofmühle landet.«

»Und wenn wir es tun?«, fragte er. »Wir brauchen dringend jemanden. Außerdem wäre es ein karitativer Akt.«

»Und der Eder?«

»Vielleicht ist er froh, wenn der Junge weg ist.«

»Das glaubst du doch selbst nicht«, sagte sie kopfschüttelnd.

5

Albert war dem unehelichen Buben vom Eder nur ein einziges Mal begegnet, ein verschüchterter, schmächtiger, verdreckter Bengel mit riesigen Augen in einem schmalen Gesicht war er gewesen, zehn oder elf Jahre alt.

Er lugte neugierig aus der Stalltür, als Franziska Eder mit Albert eine Runde auf dem weitläufigen Hofgelände drehte. Auf

Vorschlag ihres Vaters zeigte sie ihm alles, das Wohngebäude, die Scheune, den großen Stall, und da der Hof auf einer Anhöhe stand, zeigte sie hinunter auf die Weiden, Felder, Äcker und Wälder. Sie betraten den Stall, in dem an die sechzig Stück Vieh standen, er war vorbildlich sauber, Albert staunte. Im hinteren Teil, bei den Kälbern, war der Bub dabei, auszumisten, was Franziska offensichtlich peinlich war – es war Sonntag –, sie kehrte auf der Stelle um. Albert hätte sie am liebsten auf den Buben angesprochen, doch befürchtete er, dass es ihr unangenehm war, und sie konnte ja nichts für den Vater.

Sie machten einen kleinen Spaziergang hinunter zum Wald, saßen eine Weile auf einer Bank und unterhielten sich über die angenehmste Jahreszeit. Albert bevorzugte den Herbst, wenn die Hitze des Sommers nachließ, die Bäume rotgolden leuchteten, sie mochte besonders den Frühling, wenn der lange kalte Winter endlich vorbei war und alles zu blühen begann, auch liebte sie die Osterfeierlichkeiten über alles. Sie war still und scheu, Albert musste ihr jedes Wort aus der Nase ziehen.

Später tranken sie in der kleinen Stube Kaffee und aßen einen Zwetschkenkuchen, den Franziska selbst gemacht hatte, man hatte sie alleine gelassen, die Tür zur angrenzenden Küche stand einen Spalt offen. Ein Gespräch wollte nicht so recht in Gang kommen, Franziska bat ihn, von seinen Erlebnissen bei der k. u. k. Kriegsmarine zu erzählen, doch Albert hatte keine Lust dazu. Es kam ihm so vor, als hätte er seit seiner Rückkehr nichts anderes getan, als von sich zu erzählen.

»Erzähl von dir«, bat er sie freundlich. »Was machst du gerne?«

Sie knetete ihre Hände. Nach einer Weile holte sie aus ihrer Kammer Kreuzsticharbeiten, mit denen sie seit Jahren beschäftigt war, stolz breitete sie sie über den Tisch, die Stoffe waren jeweils an die zwei Meter breit und hoch.

»Das werden Wandteppiche«, sagte sie.

Auf dem einen – er war beinahe fertig – war lebensgroß die Jungfrau Maria mit dem nackten Kind in ihrem Schoß zu sehen, sie war in einen dunkelblauen Umhang gehüllt und saß in einer dunkelgrünen Umgebung, ob es eine Wiese oder Moos war, war nicht zu erkennen, der Himmel darüber war hellblau. Maria schaute auf ihr Kind hinab – Albert fand, dass ihre Augen leicht dümmlich dreinblickten, aber vermutlich sollten es fromme Augen sein –, das Kind selbst schaute mit großen, strengen Augen den Betrachter an, seine Hautfarbe war einfärbig rosa. Albert musste unwillkürlich an die Ferkel denken, welche ihm Josephine erst am Tag zuvor gezeigt hatte, eine ihrer Sauen hatte geworfen. Albert trat einen Schritt zurück und blickte aus der Entfernung auf das Bild, mit seinen aufdringlichen Farben wirkte es auf ihn, als hätte ein Kind es gemalt. Auf dem zweiten Bild hielt die Gottesmutter im dunkelblauen Umhang anstatt des kleinen Kindes ihren gekreuzigten Sohn in den Armen, dessen nackter Körper nicht rosa, sondern durchgehend hellgrau war, der Himmel war nicht blau, sondern rot. Der Leichnam hatte die Augen geschlossen, lag jedoch mit ausgestreckten Armen – sie zeigten groß die Wundmale – auf dem Schoß seiner Mutter, es sah aus, als würde er den Betrachter des Bildes an sich reißen wollen.

Franziska zeigte ihm ein paar Stiche auf dem Leichnam vor, stumm sah er ihr zu. Mit dem Zeigefinger strich sie über das graue Gesicht und sagte leise: »Hat er nicht unglaublich gelitten für uns?«

Er wusste nicht, was er sagen sollte, durch das Fenster sah er den Buben, der mit einer übervollen Fuhre Kuhmist aus dem Stall kam und sich abmühte, damit vorwärtszukommen. Nach einer Weile faltete sie die beiden Stoffe sorgfältig und legte sie zur Seite.

»Warum diese Motive?«, fragte er sie.

»Weil sie die schönsten sind«, antwortete sie.

Sie berichtete von der Predigt, welche der Pfarrer bei ihrer

Erstkommunion gehalten hatte und die ihr bis heute in lebhafter Erinnerung stand, er hatte vom Jesuskindlein gesprochen, das mit der Kommunion zu ihnen kommen würde. Das Jesuskindlein würde in ihrem Herzen wohnen und dafür sorgen, dass es rein bliebe.

Nein, dachte Albert, nein.

»Du bist religiös?«, fragte er.

Sie schaute ihn mit großen Augen an. »Wer ist das nicht?«

Er brachte es nicht übers Herz, zu sagen, dass er nicht übermäßig viel von der Kirche und ihren Lehren hielt, und noch weniger von Leuten, deren frömmlerisches Getue sie vom eigenständigen Denken abhielt, und dass ihm auch ihre Kreuzsticharbeiten nicht gefielen. Er ging weder zur Beichte, noch legte er Wert auf Tischgebete oder gar abendliche Rosenkranzgebete, nur die Messe besuchte er ab und zu, es wäre in dem kleinen Dorf undenkbar gewesen, sie nie zu besuchen, und es lag ihm fern, die Leute vor den Kopf zu stoßen. Außerdem war der neue Pfarrer in Putzleinsdorf ein Mann, auf den er neugierig war, er hatte seit seiner Heimkehr nur Gutes von ihm gehört. Norbert Hanrieder setzte sich für die einfachen Menschen ein, für eine Verbesserung der wirtschaftlichen Situation im Oberen Mühlviertel, er kämpfte seit Jahren für ein besseres Straßennetz, für eine Bahnverbindung.

»Seitdem ich vierzehn bin, wäre ich gern Jesus' Frau«, sagte sie leise. »Ich habe mich so danach gesehnt. Doch mein Vater erlaubt nicht, dass ich Ordensschwester werde. Zu viel Beterei ist ihm zuwider.« Sie lachte auf und schwieg eine Weile. »Er will nicht, dass seine einzige Tochter hinter dicken Mauern verschwindet. Ich soll heiraten und Kinder bekommen. Er sagt, das ist die Aufgabe der Frau. Er sagt, ein gottesfürchtiges Leben kann man auch als Ehefrau und Mutter führen.«

Ihre Augen waren bernsteinfarben, beinahe gelb, in manchen Momenten umschloss ein leuchtend grüner Kreis die Pupille, dann wieder konnte man sternförmige Linien in einem warmen Braunton erkennen. Ihre Wimpern waren auffallend lang und dicht, ihre Nase war klein und wohlgeformt, einige Sommersprossen zierten sie, die vollen Lippen schimmerten, als hätte sie sie mit Vaseline eingecremt, sie sahen zum Anbeißen aus. Am liebsten hätte er sich vorgebeugt und diese Lippen geküsst, sie mit seinem Mund fest umschlossen, daran gesaugt, heftig und immer heftiger, bis er ihr Herz erreicht hätte und daraus ihren kindlichen Glauben herausgesaugt hätte, den er dann einfach irgendwohin gespuckt hätte, vielleicht auf Eders Misthaufen.

Er riss sich von ihrem Anblick los und dachte: Ich muss gehen. Das Verabschieden gestaltete sich schwierig, Eder gab sich leutselig und wollte ihn nicht gehen lassen, er lud ihn auf eine Jause ein und schlug vor, anschließend mit seinen zwei ältesten Söhnen eine Runde Tarock zu spielen, während die Frauen frische Zwetschkenknödel zubereiteten. Die Zwetschkenernte sei in diesem Jahr unglaublich gut ausgefallen, sagte er, und mit Blick auf seine Tochter betonte er, was für eine gute Köchin sie sei. Von ihm ging eine autoritäre und manipulative Kraft aus, der sich Albert nicht entziehen konnte, es erschien ihm unmöglich zu gehen, er kam nicht einmal annähernd bis zur Tür. Er wurde in der Küche zum Tisch bugsiert, welchen die Dienstboten gerade verließen, um in den Stall zu gehen. Franziska legte eine schöne Tischdecke auf und holte eine bereits fertig angerichtete und kunstvoll garnierte Platte mit Speck, Schinken und Käse und eine Rotweinflasche aus der Speisekammer. Sie setzte sich ihm gegenüber und sah ihm beim Essen zu.

Nach kurzer Zeit kamen die Eltern aus dem Stall zurück, wo sie offensichtlich nur nach dem Rechten geschaut hatten, und setzten sich zu ihnen, Eder gab sich weltmännisch und redete von Passau und Nürnberg, Städte, die er als junger Mann einmal gesehen hatte. Später betraten Franziskas Brüder Ignaz und Friedrich die Küche, und man wechselte wieder hinüber in die kleine Stube. Albert tarockierte brav mit den drei Männern, während Franziska mit ihrer Stickarbeit am Nebentisch saß und die Mutter in der Küche hantierte. Draußen wurde es dunkel. Albert verzehrte gehorsam fünf Zwetschkenknödel, dieses Mal war die ganze Familie um den Tisch versammelt, Franziska saß neben ihm, die Dienstboten blieben der Küche fern, Albert hörte ab und zu Schritte im Haus.

Alles schien im Vorhinein besprochen und vorbereitet worden zu sein, sein Besuch auf dem Ederhof lief ab, als wäre jede Minute durchgeplant, als folgte er einer Choreografie. Das alles war ihm unangenehm, er hatte nur einen kleinen Spaziergang mit Franziska machen wollen. Zu guter Letzt fuhr ihn Eder auch noch zur Hofmühle, da das Wetter mild war und er die herbstliche Landschaft genießen wollte, war er zu Fuß gekommen. Obwohl er das Angebot ablehnte, blieb ihm nichts anderes übrig, als aufzusteigen, da Fuhrwerk samt angeschirrtem Pferd bereits vor dem Haus standen.

In den darauffolgenden Tagen dachte er viel an Franziska Eder. Sie übte eine starke Anziehungskraft auf ihn aus, keine andere junge Frau im Dorf gefiel ihm so gut wie sie, er musste sich eingestehen, dass er sie begehrte. War es genug, wenn das Gesicht schön, der Körper begehrenswert war?, dachte er und schämte sich. Er musste vernünftig sein, er durfte ihr keine falschen Hoffnungen machen und befürchtete, dass er das mit seinem Besuch ohnehin bereits getan hatte. Seiner Tante erzählte er die Wahrheit, auch auf die Gefahr hin, den Satz »Ich habs dir ja gesagt, lass die Finger von der Edertochter« zu hören.

»Den übertriebenen Glauben hat ihr ihre Mutter vermittelt«, sagte sie seufzend. »Die Ärmste hat sich regelrecht in ihn geflüchtet, um ihr Leben ertragen zu können.«

Drei Tage darauf brachte Eder persönlich ein paar Getreidesäcke in die Hofmühle, er überreichte Albert einen Korb voll Obst und Backwerk, den Franziska für ihn zusammengestellt hatte. Da Albert nicht recht wusste, wie er sich verhalten sollte, falls er auf die Eder traf, ging er am Sonntag nicht zur Messe, Josephine richtete ihm herzliche Grüße von Franziska und ihrer Familie aus. Wieder eine Woche darauf ging er zur Messe, er konnte ein Aufeinandertreffen in der Zukunft nicht ständig vermeiden. Er beschloss, anschließend unverzüglich nach Hause zu gehen und nicht wie sonst eine Weile auf dem Kirchenvorplatz stehenzubleiben, um sich mit Leuten zu unterhalten oder gar mit in den Gasthof zu gehen, um Karten zu spielen, denn dort träfe er mit Sicherheit auf Eder und seine Söhne, und das wollte er unter allen Umständen vermeiden. Er würde die Familie – sollte er sie in der Menge überhaupt zu sehen bekommen – lediglich knapp und förmlich grüßen, sie würden daraufhin verstehen, dass kein Interesse an weiteren Treffen bestand.

Als er tatsächlich beim Seiteneingang auf Franziska und ihre Mutter traf, zog er seinen Hut und eilte weiter, doch dann blieb er stehen, weil ihn Franziskas fragender, verletzter Blick bis ins Mark getroffen hatte. Ich werde ihr die Wahrheit sagen, dachte er und kehrte um. Er trat zu ihr, mittlerweile war die Mehrheit der Leute aus der Kirche gekommen, sie wurden beobachtet, was Franziskas Vater freute, der sich zu ihnen gesellte und ihm unangenehm war. Es dauerte eine Weile, bis sie sich von allen losreißen konnten und er sich mit der jungen Frau auf den Weg machte, er hatte gebeten, sie zum Hof begleiten zu dürfen. Er fühlte sich so unwohl wie schon lange nicht mehr, sein Weggehen mit der jungen Frau hatte bei den Leuten Aufsehen erregt und würde für Gesprächsstoff sorgen. Franziska sah entzückend aus, offensichtlich hatte sie sich für ihn herausgeputzt. Sie sprach über irgendeinen Zeitungsartikel – es ging um die Zurschaustellung einer indianischen Familie auf einem Markt, was der Redakteur als ethisch inkorrekt ansah –, Albert nahm an, dass sie ihn damit beeindrucken wollte, sie musste wohl gespürt haben, dass sie ihm bei seinem Besuch auf dem Ederhof zu still gewesen war.

Behutsam brachte er ihr bei, dass sie einander nicht mehr sehen würden, er merkte an ihrem Gesichtsausdruck, dass sie nach Fassung rang. Sie fragte ihn nach dem Grund, und er antwortete: »Ich bin bei weitem nicht so religiös, wie du es bist.«

Sie blieb stehen, schaute ihn mit ihren großen Augen an und fragte: »*Das* ist der Grund?«, und er nickte hilflos.

»Es ist mir gleich, wenn dein Glaube nicht so stark ist wie meiner«, sagte sie.

»Es wäre vermutlich für uns beide eine Qual«, sagte er, sie schüttelte den Kopf, woraufhin er hinzufügte: »Ich kann frömmlerisches Getue nicht ausstehen.«

Ihr Gesicht verhärtete sich.

»Es tut mir leid, Franziska. Du findest einen besseren als mich«, sagte er. Vor ihnen lag der Hang, der zum Ederhof hinaufführte, er blieb stehen, reichte ihr die Hand und verließ sie.

Einige Tage darauf fuhr er auf der Donau nach Wien. Unter den Passagieren befand sich eine Frau, die sich mit einem Kapuzenmantel verhüllte und abseits hielt, für einen Augenblick glaubte Albert, es wäre Franziska. Ich sehe schon Gespenster, dachte er.

In Wien traf er sich mit ein paar potentiellen Geschäftspartnern, unter anderem mit Wilhelm Svoboda, dem Tischlermeister, der sich mit Möbeln aus Tropenholz einen Namen gemacht hatte, Albert wollte seine Vitrinen, Sekretäre und Kommoden in seinem Handelsgeschäft anbieten. Svoboda und er verstanden sich auf Anhieb, Albert wurde zum Abendessen im Kreis der Familie eingeladen und lernte Anna kennen. Während er sich mit der jungen Frau unterhielt, wurde ihm wieder schmerzlich bewusst, wie groß der Unterschied zwischen den Menschen in der Stadt und auf dem Land war. Anna war das Gegenteil von Franziska, sie war selbstbewusst, aufgeschlossen, belesen. Acht Tage lang blieb er in Wien und sah Anna täglich, wenn er ihren Erzählungen über die Südostasienreise, die sie mit ihrem Vater gemacht hatte, lauschte, wusste er, dass es die richtige Entscheidung gewesen war, Franziska keine Hoffnungen zu machen. Er wollte eine Frau wie Anna, er wollte Anna.

Nach Putzleinsdorf zurückgekehrt, erfuhr er von Rosa und Josephine die schreckliche Nachricht: Franziskas Mutter hatte sich erhängt, einer ihrer Söhne hatte sie im Morgengrauen in der Scheune gefunden. Sie wurde tagelang von ihrem Mann auf das Bösartigste drangsaliert, er machte sie dafür verantwortlich, dass sich die Tochter heimlich auf den Weg nach Linz zu ihrem ältesten Bruder Johannes gemacht hatte, sie wollte im Orden der Karmelitinnen um Aufnahme bitten. Ausgerechnet zu den Karmelitinnen, dachte Albert.

»Wann ist sie gegangen?«, fragte er.

Es stellte sich heraus, dass sie am selben Tag, an dem Albert nach Wien gefahren war, nach Linz gefahren sein musste, sie war am selben Schiff wie er gewesen, er hatte sich also doch nicht getäuscht.

Albert fuhr am frühen Morgen wieder nach Linz, es dauerte eine Weile, bis er herausfand, wo der Uhrmacher und Juwelier Johannes Eder mit seiner Familie wohnte. Eine große blonde Frau öffnete ihm die Tür, sie hatte ein kleines Kind auf dem Arm, er schob sie zur Seite, lief durch das Haus und fand Franziska schließlich in einem Zimmer, wo sie am Tisch saß und etwas schrieb. Er sperrte die Tür von innen ab, sie sprang auf und forderte ihn auf zu gehen.

»Ich weiß, dass es deine Berufung ist, in einen Orden einzutreten«, sagte er. »Aber ich bitte dich, ich bitte dich inständig, tritt in einen Orden ein, der sich nicht so sehr vor der Welt verkriecht, sondern der danach trachtet, sie besser zu machen.

Warum die Karmelitinnen? Es gibt andere Gemeinschaften, die Elisabethinen oder die Barmherzigen Schwestern, sie führen Krankenhäuser, oder die Kreuzschwestern, sie helfen Armen, Kranken, unterhalten Schulen, Dienstbotenasyle, und die Ursulinen haben sich der Bildung für Mädchen verschrieben. Du kannst dort Sinnvolles tun und gleichzeitig Gott dienen, wie es immer dein Wunsch war. Ich bin mir sicher, es würde dich mehr erfüllen, als nur zu beten.«

Er musste sich zurückhalten, um nicht zu sagen: »Unter den Betschwestern kannst du nur unglücklich werden.«

»Deshalb bist du gekommen? Um mir das zu sagen?«, fragte sie, ihre Augen mit Tränen gefüllt. »Was kümmert es dich, wie es mir gehen wird?«

»Wir sind nicht füreinander bestimmt. Aber du liegst mir am Herzen.«

»Ich habe gedacht, dass wir füreinander bestimmt sind«, sagte sie und setzte sich wieder. »Erinnerst du dich an den Samstag vor Mariä Himmelfahrt? Du bist kurz zuvor von deinem Dienst heimgekehrt. Ich habe geholfen, die Kirche zu schmücken, und bin dann noch geblieben. Ich habe wieder zu Jesus gebetet, dass er mir endlich durch ein Zeichen zu verstehen gibt, was ich tun soll! Seit Jahren habe ich nicht gewusst, was ich tun soll. Ich wollte Nonne werden, aber mein Vater hat sich gewünscht, dass ich heirate und Kinder bekomme, er ist überzeugt davon, dass es das Richtige für mich ist. Ich wollte das vierte Gebot nicht missachten. Ich war schon so lange so verzweifelt! Weil ich selbst nicht gewusst habe, worin meine Bestimmung liegt.«

Franziska schilderte, wie sie in der Kirchbank kniete, die gefalteten Hände ins Gesicht gepresst, und inbrünstig zu Jesus um ein Zeichen betete. Immer wieder flüsterte sie den einen Satz: Bitte schick mir ein Zeichen, liebes Jesuskindlein, ist es meine Bestimmung, Nonne zu sein, oder eine Ehefrau und Mutter? Die Tür zur Sakristei öffnete sich, und Albert trat heraus, Franziska wusste, wer er war, wochenlang war in der Gemeinde von der Heimkehr des Weltumseglers geredet worden, und sie wusste auch, dass bald ein Begrüßungsfest auf dem Marktplatz für ihn stattfinden sollte. Im Augenblick seines Eintretens fiel auf dem Seitenaltar eine Kerze um und riss dabei eine schmale Blumenvase mit sich, in welcher drei lange Rosen steckten, Franziska hatte sie aus dem Garten mitgebracht. Für sie war es das Zeichen, auf das sie gewartet hatte: Sie sollte sich einen Ehemann nehmen. Sie hielt den Atem an und dachte weiter: Und wenn er mir beim Vorbeigehen in die Augen schaut und mich anlächelt, bedeutet das, dass er es sein wird. Er tat es.

Am Abend erzählte sie ihrer Mutter von dem Zeichen und dass der junge Hofmüller ihr durchaus gefalle, diese war außer sich vor Freude. Sie lebte stets in großer Angst vor dem Zorn ihres Mannes, falls Franziska ihren Willen mit dem Klostereintritt durchsetzen würde, in seinen Augen war sie die Schuldige am übertriebenen Glaubenseifer der Tochter. Eine Woche darauf tanzten Franziska und er auf seinem Willkommensfest, ihren Vater freute es, und er bemühte sich, freundlich mit Albert Brugger zu sein, er hätte alles getan, um zu verhindern, dass die einzige Tochter ins Kloster ging.

»Ich weiß jetzt, dass ich mich in etwas verrannt habe. Es war immer meine Bestimmung, Nonne zu werden, und ich wollte es einfach nicht wahrhaben, meinen Eltern zuliebe. Ich darf auf den Wunsch meines Vaters und die Angst meiner Mutter keine Rücksicht mehr nehmen.« Sie stand auf und fügte hinzu: »Es ist besser, du gehst jetzt, Albert.«

Da sie so ruhig über ihre Eltern sprach, stieg in Albert die Befürchtung auf, Franziska wisse noch nichts vom Tod ihrer Mutter. Fieberhaft überlegte er, ob er ihr die Wahrheit sagen oder dies ihrem Bruder überlassen sollte, der mit Sicherheit früher oder später die Nachricht erhalten würde. Ich mische mich ohnehin schon zu sehr ein, dachte er, ich sollte einfach gehen, im

Grunde geht sie mich nichts an. Doch er konnte nicht und sagte ihr schonend die Wahrheit, zunächst glaubte sie es nicht, dann brach sie weinend zusammen. Mittlerweile wurde an die Tür gehämmert, und eine Männerstimme forderte laut, er solle umgehend die Tür aufmachen, Albert hielt die schluchzende Franziska fest.

Nachdem er von Johannes Eder auf die Straße geworfen worden war, fühlte er eine heillose Verwirrung in sich, unzählige Gedanken überschlugen sich in seinem Kopf: Ein Mensch fühlt sich zu etwas berufen und sehnt sich mit aller Kraft danach, diese Berufung ausüben zu können, weiß aber gleichzeitig, dass dies Leid über Menschen bringen wird. Ist es moralisch richtig, der eigenen Sehnsucht zu folgen, oder ist es egoistisch? Ist es in dem Fall nicht geboten, ein Opfer zu bringen? Wäre in Franziskas Fall ein Verzicht auf einen Klostereintritt nicht sogar gottgefälliger? Eders Gewalttätigkeit war bekannt, und bekannt war auch, dass seine Tochter die Einzige war, auf die er manchmal hörte, sie machte das Leben der Familie, der Dienstboten ein bisschen erträglicher. Wie konnte sie sich hinter Klostermauern zurückziehen? War es nicht ihre Pflicht zu bleiben? Sie war ein verwöhntes Mädchen, mehr nicht. Du darfst nicht urteilen, dachte er, es steht dir nicht zu.

Durch sein schwungvolles Schließen der Sakristeitür war eine Kerze zum Umkippen gebracht worden, und eine junge Frau hatte es als göttliches Zeichen gedeutet. Weil das Jesuskindlein es so wollte, wollte sie, die schöne Tochter des reichsten Bauern im Ort, nur ihn und beschloss trotzig: Wenn ich ihn nicht haben kann, geh ich auf der Stelle ins Kloster! Was hatte sie zu ihm gesagt? »Was kümmert es dich, was mit mir wird?« Der Satz hatte ihre tiefe Verletzung offenbart, mit ihren großen bernsteinfarbenen Augen voll schimmernder Tränen und ihren vor Enttäuschung bebenden Lippen hatte sie ihn hervorgestoßen. Oh, diese göttlichen Lippen! Sie werden ihr ganzes Leben lang nur

Heiligenbilder, Bibeln und Kreuze küssen, was für eine Verschwendung! Hatte er Schuld auf sich geladen? Herrgott, was war denn gewesen zwischen ihnen? Ein paar Tänze, ein Spaziergang, mit keinem Wort, mit keiner Geste hatte er ihr etwas versprochen. Er fühlte sich dennoch schuldig, weil er vom ersten Augenblick an gespürt hatte, dass sie ihr Herz an ihn verloren hatte, schon bei diesem ersten Tanz auf dem Fest ihm zu Ehren. Und er wusste, dass sie sofort mit ihm das Haus ihres Bruders verlassen hätte, wenn seine Worte andere gewesen wären: Komm mit und leb mit mir.

Am nächsten Tag schrieb er Franziska einen Brief, in dem er sie noch einmal bat, ihre überstürzte Entscheidung zu überdenken. *Es ist eine traurige Tatsache unserer Zeit, dass Frauen sinnvolle Berufe wie Krankenschwester, Lehrerin, Pflegerin der Ärmsten, der Alten, der Sterbenden, der Waisen, nur ausüben dürfen, wenn sie Ordensschwestern sind*, schrieb er unter anderem. *Ich bitte Dich, Franziska, wähle einen Orden, der es Dir ermöglicht, einen Beruf zu erlernen und damit Nützliches zu tun. Als Lehrerin bist Du in der Lage, Mädchen so vieles auf ihren Lebensweg mitzugeben. Und Du selbst wirst nicht einsam sein, da Du mit jungem Leben umgeben bist! Als Krankenschwester kannst Du Leiden erträglicher machen, in einem Waisenhaus eine Mutter sein für elternlose Kinder. So mancher sieht im Beten für die Menschheit einen unschätzbaren Wert. Das mag so sein. Aber um wie viel unschätzbarer ist es dann, wenn man beten und Gutes tun kann!* Er schloss mit den Worten: *Wenn ich Dich verletzt haben sollte, bitte ich Dich von ganzem Herzen um Verzeihung.*

Acht Monate später, im Mai 1882, heiratete er die Wienerin Anna Svoboda.

Franziska schrieb ihm nie zurück. Eder und seine Söhne begegneten ihm von da an mit Feindseligkeit.

6

Albert führte noch vor dem Frühstück ein Gespräch mit Hedwig, in dem sie ihn stürmisch bat, Emil Wagner eine Chance zu geben. In ihrem Überschwang ging sie vor ihm in die Hocke und griff nach seinen Händen. Die Geste amüsierte und rührte ihn gleichzeitig, er spürte seinen Widerstand schwinden.

»Warum setzt du dich ein für den jungen Mann?«, fragte er sie. »Liebst du ihn?«

Sie errötete und sagte: »Ich weiß es nicht.«

»Hedwig, sag mir die Wahrheit. Seid ihr – beieinandergelegen?«

Sie ließ seine Hände los und stand abrupt auf. »Nein!«, sagte sie heftig und wurde puterrot. »Nein! Gustav war bei mir!« Sie besann sich und fügte hinzu: »Auch wenn Gustav nicht bei mir gewesen wäre, hätte ich es nicht getan. Ich bin nicht so ein Mädchen.«

Albert glaubte ihr. »Bevor ich ihn einstelle, muss ich ihn kennenlernen«, sagte er.

Hedwig machte einen Freudensprung und umarmte ihn. »Ich danke dir, Onkel Albert«, flüsterte sie.

Sie machten sich nach dem Mittagessen auf den Weg, und weil sie nicht aufhörten zu betteln, nahm Albert seine drei Söhne mit. Als sich Hedwig und der junge Mann gegenüberstanden, war für Albert auf den ersten Blick ersichtlich, dass die beiden ineinander verliebt waren. Er erkannte eine gewisse Ähnlichkeit mit Franziska, der junge Mann hatte die gleichen Augen wie sie, ebenso die langen Wimpern, das ovale Gesicht – von der Sonne verbrannt –, die schmalen Wangen mit den Grübchen, nur seine Haare waren nicht weizenblond, wie ihre es gewesen waren, sondern etwas dunkler. In einem warmen Bronzeton fielen sie ihm lang und gelockt ins Gesicht, sie hatten vermutlich monatelang keine Schere mehr gesehen. Er war barfuß, seine sehnigen Füße

waren schmutzig, er trug ein Hemd, dessen Ärmel herausge-
rissen waren, und eine Hose, die ihm zu groß und mit einem
Strick um die Taille festgebunden war. Der Junge war verlegen,
er brachte kaum ein Wort heraus und hatte Mühe, Albert in die
Augen zu schauen, meistens gab er nur einsilbige Antworten.
Dieser versuchte ihm seine Schüchternheit zu nehmen, indem er
unverfänglich mit ihm über den Hund plauderte, das Vieh, Getreide, den Beruf des Müllers.

»Würdest du ihn gern erlernen?«, fragte er ihn.

Emil antwortete, dass er gern einen Beruf erlernen würde und
er sich den eines Müllers gut vorstellen könne.

»Ich bin fleißig«, sagte er. Später fügte er hinzu: »Ich werd
Sie nicht enttäuschen.« Und noch später: »Sie müssen mir auch
nicht viel zahlen.«

»Weiß der Eder, dass du gehen willst?«, fragte Albert.

Emil schüttelte den Kopf.

»Wann wirst du es ihm sagen?«

»Am 27. werd ich einundzwanzig. Dann geh ich«, sagte er.

»Warum ausgerechnet an dem Tag?«

»Der Lehrer hat mir geraten, ich soll bis zu meinem einundzwanzigsten Geburtstag warten und dann gehen. Der Bauer hat
nicht die Vormundschaft für mich, er kann mir also nichts anhaben.« Das war der längste zusammenhängende Satz, den Emil
im Gespräch hervorbrachte.

»Warum sagst du es ihm nicht schon jetzt? Er muss sich vielleicht um einen neuen Knecht umschauen.«

Emil senkte den Blick und sagte eine Weile nichts, bevor er
den Kopf schüttelte und hervorstieß: »Es geht nicht.«

»Das ist feige«, sagte Albert.

»Feige?« Emil schenkte ihm einen finsteren Blick, bevor er
wieder zu Boden schaute. »Was wissen Sie schon.«

»Du bist wesentlich stärker als er.«

»Als ob der allein wär.«

»Deine Halbbrüder?«

Der Junge nickte.

Auf dem Weg zurück zur Hofmühle war Albert schweigsam, er wusste nicht, was er von der Sache halten sollte. Was findet Hedwig an dem armen Tropf?, fragte er sich, er ist ein Bauerntölpel, der nichts hat, nichts weiß, nichts kann, der vermutlich innerlich verroht ist, da er nie Liebe erfahren hat, der keine Familie hat, die ihm in Notzeiten Rückhalt bieten kann. Sie war jung und wusste nicht, wie hart das Leben sein konnte.

Er betrachtete seine Nichte, mit Gustav auf ihrer Hüfte sitzend ging sie vor ihm her auf dem schmalen Waldpfad, der Kleine hielt ihren Hals umschlungen und hatte den Kopf auf ihre Schulter gelegt, Eugen, der hinter ihr hertrottete, schnitt Grimassen für den kleinen Bruder, welche dieser nachzuahmen versuchte. Schlechtes Gewissen keimte in Albert auf. Ich hätte mich mehr darum kümmern müssen, dass sie mit jungen Leuten in Kontakt kommt, dachte er, sie hat jeden Tag mit uns und den Kindern verbracht. War sie einsam gewesen? Sie hatte nie den Eindruck gemacht, im Gegenteil, sie hatte zufrieden, sogar glücklich gewirkt, ihre Begeisterung für das Baby, Annas Schneiderkünste, Josephines Garten, Alberts Handelshaus, die Natur war ansteckend gewesen. Ihre Ankunft in der Hofmühle war für alle ein Glücksfall gewesen, besonders für Anna, die sich nach Gustavs Geburt von ihrer Erschöpfung und Traurigkeit lange nicht erholt hatte. Gustav war bei Hedwigs Ankunft drei Monate alt, und jeden seiner Entwicklungsschritte kommentierte sie liebevoll und bewundernd, als wäre er ein kleiner Prinz: »Der kleine Mann kann sitzen, und seht, was für eine gerade Rückenhaltung er dabei an den Tag legt!«; »Stellt euch vor, er ist vorwärts gerobbt, durch das ganze Wohnzimmer!«; »Ich habe heute tausende Küsschen bekommen von diesem süßen Herzensbrecher«; »Da schimmern ja deine zwei ersten Zähnchen durch, kleiner Mann, dein Lächeln ist dadurch noch viel bezaubernder!«

Sie arbeitete gerne mit Josephine im Garten, nannte ihre Tante scherzhaft »Kräuterhexe«, stundenlang sah sie Anna beim Schnittezeichnen und Nähen zu, am Ende des Winters war sie in der Lage, einen Faltenrock und eine Bluse für sich zu nähen, für die Zwillinge und Gustav einige Spielhosen. Sie ging mit Albert durch das Handelshaus und hörte seinen Ausführungen über Bestellungen, kommende Lieferungen, Preisüberlegungen zu, ihre Antworten bewiesen Klugheit, nie hatte sich Anna für das Geschäft derart interessiert, wie Hedwig es tat.

Durch die Natur zu streifen begann sie nach dem Tod ihres Vaters. Zwei- bis dreimal in der Woche zog sie am Nachmittag los und kam – außer in den Wintermonaten – erst nach Stunden zurück, nur strömender Regen hielt sie von ihrem Spaziergang ab. Am liebsten war sie dabei alleine, als Anna Gustav nicht mehr stillte, nahm sie ihn meistens mit, um ihre Pflichten nicht zu versäumen. Beim Abendessen schilderte sie, was sie auf ihrem Streifzug gesehen hatte, welchen Wald, Acker, Hof, welche Wiese, Hütte, und Josephine oder Albert erzählten daraufhin, wer die Besitzer waren und was es mit den Leuten auf sich hatte, dabei wusste seine Schwester zumeist mehr als er. Es wurde über Dorfbewohner geredet, von denen Albert lange nichts gehört hatte und Anna noch nie, alte Geschichten wurden hervorgekramt, in Erinnerungen geschwelgt, es war spannend für alle. Hedwig ging bei ihren Wanderungen systematisch vor, sie erkundete zunächst die Gegend, welche östlich von der Hofmühle lag, es folgten Süden, Westen und zum Schluss der Norden. Der Ederhof lag nördlich von der Hofmühle, eine Stunde Fußweg entfernt, von diesen Streifzügen hatte sie kaum mehr berichtet. Der Grund war nun bekannt, hatte Albert die ganze Nacht nicht schlafen lassen und ließ auch jetzt seine Gedanken nicht zur Ruhe kommen. Wie sollte er entscheiden? In seinen Augen waren die beiden noch halbe Kinder, und für eines der Kinder war er verantwortlich. Hedwig sah seine Zusage bereits als gegeben an, da er sich aus Neugierde hatte hinreißen lassen, Emil kennenzulernen, doch konnte er immer noch ein Machtwort sprechen und zu ihr sagen: Glaub mir, es ist besser, wenn du ihn vergisst. Sie würde ihn eine Zeitlang hassen, aber zumindest hatte er ihr Unglück verhindert. Aber was sollte aus dem jungen Mann werden?

Am Morgen darauf stand er mit dem Bewusstsein auf, Emil Wagner eine Chance geben zu müssen. Er sprach mit dem Pfarrer darüber, sie waren in den letzten Jahren nicht nur Mitstreiter, sondern auch Freunde geworden, den Neubau des Armenhauses hatte Albert gegen den Willen der meisten Bauern nur deshalb durchsetzen können, weil der Pfarrer ihn unterstützt hatte.

»Das freut mich ehrlich«, sagte er, »meinen Segen und meine Unterstützung hast du.«

Er las im Taufbuch nach: »Emil, unehelicher Sohn der Magd Ida Wagner, aus dem Passauer Landkreis stammend. Vater: unbekannt. Geboren am 27.9.1870, getauft am 3.10.1870.« Im Nachbarort Lembach führte er auf dem Bezirksgericht eine Unterredung mit dem Bezirksrichter, anschließend suchte er den Gendarmerieposten auf. Mit Hedwig besprach er die letzten Dinge und trug ihr auf, sie Emil einzuschärfen, außerdem gab er ihr Hemd, Hose, Weste, die ihm zu eng geworden waren, und Schuhe, sie faltete die Kleidungsstücke ordentlich und steckte alles in einen Rucksack. Emil Wagner sollte den Ederhof in angemessenen Kleidern verlassen.

7

Emil wusste von seiner Mutter, dass er zur Zeit des zweiten Früh-
stücks das Licht der Welt erblickt hatte, und manchmal, in den
letzten Jahren, hatte er sich über diese Geburtsstunde gefreut. Er
musste nicht einmal die Stallarbeit unterbrechen und konnte
sich in Ruhe waschen, umziehen, um dann vor den Bauern hin-
zutreten und zu sagen, dass er gehen würde. Den Gedanken hegte er jahrelang, gleichzeitig wusste er, dass er ein kindischer war.
Selbst wenn er in der Nacht geboren worden wäre, hätte er bis
zum Morgen gewartet, um es dem Bauern mitzuteilen, nie hätte
er sich heimlich wie ein Verbrecher vom Hof geschlichen, auch
weil er den Gesichtsausdruck des Bauern bei seiner Ankündigung sehen wollte. Diese Genugtuung wollte er haben.

Emil war das Ergebnis der Silvesternacht, die das Jahr 1870 ein-
läutete, der Bauer Johann Eder hatte zu ausgiebig gefeiert und
die Tür zur Kammer der jungen Magd Ida aufgestoßen anstatt
die seiner eigenen Schlafkammer. Ida kam nicht aus dem Ort,
auch nicht aus einem der Nachbardörfer, wie es bei den meisten
Dienstboten der Fall war, welche zu Lichtmess einen Einjahres-
vertrag auf den Höfen abschlossen und dann nach Ende des Jahres weiterzogen oder diesen verlängerten. Sie war eine Vollwaise,
die aus der Nähe von Passau stammte, und auf den Hof gekommen, da sie eine entfernte Verwandte von Eders Frau war und
nicht wusste, wohin sie nach dem Tod ihres Vaters – ihre Mutter
war schon bei ihrer Geburt gestorben – hätte gehen können.

Bereits am Tag nach der Geburt ging Ida wieder zur Arbeit,
alle drei Stunden eilte sie in die Kammer, um ihren Sohn zu stillen. Emil hatte Glück, nach dem Sommer geboren worden zu
sein, die Hitze war vorbei, die Arbeit auf den Feldern beendet, sie
hätte vermutlich seinen Tod bedeutet. Im Herbst und Winter
war es ruhiger auf dem Hof, sie, die kleine Magd, musste vor

allem das restliche Gemüse und Obst ernten und verarbeiten, beim Mostpressen mithelfen, das Haus sauber halten, die Wäsche machen, Sachen ausbessern und flicken, im Winter Flachs spinnen. Da sich Gemüseacker und Obstgarten unmittelbar hinter dem Wohnhaus befanden, war es Ida möglich, den Kleinen, gut eingewickelt, in einem Korb mitzunehmen. Der Bauer ließ sie gewähren, offenbar war es sein Wunsch, dass das Kind überlebte, um gegen die Mutter ein Druckmittel in der Hand zu haben.

In den letzten Wochen, Tagen, die Emil auf dem Ederhof verbrachte, war er aufgeregt, versuchte jedoch angestrengt, es sich nicht anmerken zu lassen. Je näher der Tag rückte, an dem er den Ederhof verlassen wollte, umso mehr spürte er, dass sich zur Freude auf sein neues Leben Angst gesellte. Es war nicht die Furcht, dass der Bauer und seine Söhne ihn mit Gewalt daran hindern würden, fortzugehen – er würde sich wehren, so gut er konnte, und selbst wenn er blutüberströmt, mit gebrochenen Knochen davonkriechen musste, er würde sich nicht aufhalten lassen –, vielmehr hatte er Bedenken, dass er für das Leben außerhalb des Hofes nicht gewappnet war. Was erwartete ihn da draußen? Sein ganzes Leben lang war er immer nur auf dem Ederhof gewesen, hier kannte er jeden Stein. Außer der Schule, die er bis zum vierzehnten Lebensjahr in den Wintermonaten hatte besuchen dürfen, hatte er nie etwas anderes gesehen, und der letzte Schultag war schon lange her. Er sprach nie mit anderen außer den auf dem Hof Lebenden, wenn Leute kamen, schämte man sich seiner und trug ihm eine Arbeit auf, bei der er nicht zu sehen war.

In der Nacht zum 27. September konnte er vor Aufregung kaum schlafen, schweißgebadet wälzte er sich herum, alles Mögliche kam ihm in den Sinn: Was, wenn Albert Brugger ihn doch nicht bei sich aufnimmt, weil er es aus einer Laune heraus seiner

Nichte leichtfertig versprochen und dann wieder vergessen hat? Was soll er tun, wenn er vor der Hofmühle steht, die Türen verschlossen sind und nicht für ihn geöffnet werden? Oder aber sie werden geöffnet, die Brugger treten heraus, aber nur, um ihn auszulachen, denn man hatte sich mit ihm einen Spaß erlaubt. Wohin sollte er dann gehen, an wen sich wenden? Oder wenn er das Ganze nur geträumt hat, wenn das schöne Mädchen mit dem Namen Hedwig ein erträumtes Hirngespinst war? Vor dem Morgengrauen fiel er in einen kurzen unruhigen Schlaf, und als er aufwachte, fühlte er sich vollkommen ruhig. Wie gewohnt verrichtete er seine Arbeit im Stall, dabei hing er Erinnerungen nach und nahm innerlich von allem Abschied.

Seine Mutter tanzt mit ihm durch die kleine Kammer auf dem Ederhof und summt den Takt mit, er sitzt auf ihrer Hüfte, sie hält ihn fest und lächelt ihn an. Er kann an ihren Augen sehen, dass sie sehr müde ist, sie ist den ganzen Tag in der prallen Sonne auf dem Feld gestanden. Der Regen prasselt an die dunkle Fensterscheibe, wenn sie an ihr vorbeitanzen, können sie sich verschwommen darin sehen. Sie winken ihrem Spiegelbild zu. Emil wacht des Nachts auf, weil das Bett knarrt und quietscht, er blinzelt und sieht, dass der Bauer auf der Mutter liegt, er bewegt sich auf und ab und grunzt dabei. Emil steigt leise aus dem Bett und schiebt sich darunter, dort liegen eine Strohmatratze und eine Decke, die Mutter hat sie für ihn bereitgelegt. Über ihm schiebt sich das Bett quietschend vor und zurück, er hält sich die Ohren zu und versucht weiterzuschlafen. Die Mutter hat wieder einen sehr dicken Bauch, er muss bei Franz, dem großen Stallknecht, in der Kammer schlafen. Er steht vor dem offenen Armengrab, der Totengräber schaufelt Erde hinab. *Hast du denn keine Tränen für deine Mutter?* Er ist unglaublich müde, es ist fünf Uhr morgens, er sitzt auf dem Melkschemel, seine Finger bewegen sich mechanisch, seine Stirn sinkt auf das warme Fell der Kuh, zssss,

zssss macht die Milch, die in den Kübel spritzt. Mit dem Schulranzen auf dem Rücken kämpft er sich durch den hohen Schnee, es hat tagelang geschneit, hinter ihm gehen seine Halbbrüder. *Du machst uns die Spur!* Er trägt löchrige Schuhe, eine zu dünne Jacke, keine Mütze, keine Handschuhe. Er ist unglaublich müde und hätte sich am liebsten in den weichen Schnee gelegt und geschlafen. Von Franz weiß er, dass der Erfrierungstod keine schlechte Todesart ist, man schläft ein und wacht nicht mehr auf, genau das wünscht er sich. Die Schneebälle treffen ihn am Rücken, am Kopf, das kalte Nass rinnt ihm den Nacken hinab, unter seine Kleidung. Das Betreten des warmen Schulhauses ist eine Wohltat, aber die Wärme macht ihn unglaublich müde, er weiß aber, dass er nicht einschlafen darf, es hätte ihm die Häme der Klassenkameraden und die Bestrafung des Lehrers eingebracht. Er hat furchtbare Angst vor den Stockhieben, die er schon oft hat über sich ergehen lassen müssen. *Steh auf und streck deine Hände aus! Nach jedem Schlag wirst du sagen: Ich werde für immer dumm bleiben!* Das Stallausmisten mit den blutigen Striemen an den Handinnenflächen ist eine schreckliche Qual, das letzte Mal haben sich die Wunden entzündet. Mit Bauchschmerzen stolpert er in das Schulzimmer. Ein neuer Lehrer steht da, er ist jung, alle beäugen ihn neugierig. Emils Kopf sinkt tiefer und tiefer, seine Augen fallen ihm zu. Der Banknachbar rüttelt ihn wach und verpetzt ihn beim Lehrer, dieser lächelt ihn freundlich an. *Möchtest du alleine sitzen, hinten, gleich neben dem Ofen?* Emil starrt zum Lehrer hoch. Ist er doch im Schnee eingeschlafen und schon in den Himmel gekommen? Nach dem Abendessen, er will die Stube verlassen, packt ihn der Bauer am Arm. *Komm mit!* Der Bauer geht mit ihm in den Stall und zeigt ihm einen Verschlag. *Ab heut schläfst da!* In seinem letzten Schuljahr, im Frühling, bevor die Heuernte beginnt und er die Schule nicht mehr besuchen darf, nimmt der Lehrer ihn zur Seite. *Wehre dich, so gut du kannst, und halte durch, Emil! Warte, bis du einundzwanzig bist, und dann verlass den Ederhof.* Er ist vierzehn Jahre alt, sieben lange Jahre liegen vor ihm. *Aber wohin kann ich dann gehen?* Der Lehrer legt seine Hand auf seine Schulter und sieht ihn fest an. *Sei zuversichtlich, Gottes Wege sind unergründlich.*

In seinem Verschlag schlüpfte Emil in Hose, Hemd und Weste, welche ihm Hedwig gegeben hatte. Er hatte ihren Rucksack im Wald auf einem Baum versteckt, ihn an einen Ast gehängt, beim Zurücktreiben des Viehs in den Stall hätte er damit Aufsehen erregt. In der Nacht hatte er ihn geholt und ihn unter seiner Decke versteckt. Die Kleidungsstücke passten wie angegossen, nur die Weste war ein bisschen weit, er zog die Schuhe an, sie waren eine Spur zu groß. Er blickte an sich hinunter und hatte das Gefühl, dass der Körper in der fremden Kleidung nicht zu ihm gehörte. Er ging durch den Stall und trat ins Freie, die ersten Schritte mit den Schuhen fühlten sich eigenartig an, Franz, der sich am Brunnen wusch, hielt inne und schaute ihn an, er betrat die Küche, das Herz klopfte ihm bis zum Hals hinauf. Im Geiste wiederholte er die Anweisungen, welche ihm der Brugger über Hedwig hatte ausrichten lassen: Steh aufrecht da, sieh ihm fest in die Augen, sag deinen Satz und geh, lass dich auf keine Diskussion ein und bewahre vor allem Ruhe.

Der Bauer und seine Söhne saßen am Tisch und löffelten, tief über die Teller gebeugt, ihre Brennsuppe. Eine der drei Mägde hantierte am Herd – sie hieß Veronika und machte seit längerem seinem Bruder Friedrich schöne Augen –, die anderen zwei saßen am Dienstbotentisch. Er schloss die Tür hinter sich, sie wurde wieder geöffnet, Franz trat ein und setzte sich ebenfalls an den Dienstbotentisch, Emil meinte, an ihm ein kaum merkliches, aufmunterndes Nicken zu erkennen. Er machte ein paar Schritte, stand mitten im Raum, Ignaz schaute hoch, ihm blieb buchstäblich der Mund offen stehen, er ließ den Löffel sinken, schließlich hörten alle auf zu essen und starrten ihn an.

»Ich hab heut Geburtstag«, sagte Emil. »Ich bin einundzwanzig.«

»Und das heißt?«, sagte der Bauer und ließ ebenfalls den Löffel sinken.

»Ich geh jetzt und möcht mich verabschieden.«

Er nickte den Männern zu und versuchte sich ihren Gesichtsausdruck – sie glotzten ihn verblüfft und ungläubig an – einzuprägen, damit er sich für den Rest des Lebens daran erinnern konnte. Auch den drei Mägden nickte er zu, er hatte mit ihnen in dem halben Jahr, seitdem sie am Hof arbeiteten, kaum ein Wort gewechselt, sie hatten ihn von Anfang an ignoriert. Franz war der Einzige, dem er die Hand reichte, dieser grinste ihn an. Als er die Tür öffnete, donnerte die Stimme des Bauern hinter ihm: »Und wohin geht der feine Herr?«

Emil gab keine Antwort, verließ das Haus und überquerte den Platz vor dem Hof, der Weg zum Dorf hinunter lag vor ihm, Brugger hatte ihm über Hedwig eingeschärft, keine Abkürzung über Wiesen und Wälder zu nehmen.

»Er ist dort sicherer«, hatte Brugger zu Hedwig gesagt. »Wir wissen ja nicht, was dem Eder einfällt.«

Emil hatte sich der Sinn nicht ganz erschlossen, er kannte den Wald wie seine Westentasche, falls der Jüngere, Ignaz, ihm nachlaufen würde, wäre er ihm im Wald sicherlich schneller entkommen, doch Hedwig hatte eisern darauf bestanden: »Du hältst dich an das, was mein Onkel sagt, hörst du?« Bevor sie gegangen war, hatte sie ihm einen raschen Kuss auf die Wange gedrückt, und beide waren sie rot geworden.

Hinter ihm öffnete sich die Tür, Ignaz und Friedrich eilten ihm nach, während der Bauer in der Tür stehen blieb, Emil spürte seinen Rücken schweißnass werden.

»Du gehst nirgendwohin«, sagte Ignaz, »und schon gar nicht, bevor du dem Vater eine Antwort gegeben hast.«

Die beiden packten ihn und zerrten ihn zum Brunnen, da er

sich wehrte, kam es zu einer Schlägerei, bei der ihm Ignaz die Faust ins Gesicht schlug. Kurz wurde ihm schwarz vor Augen. Sie hielten seinen Kopf unter Wasser und drehten dabei seinen rechten Arm mit einem heftigen Ruck auf den oberen Rücken, ein wilder Schmerz durchfuhr seine Schulter. Abrupt wurde er losgelassen, sein Kopf schnellte aus dem Wasser, er rang nach Luft, gleichzeitig verlor er das Gleichgewicht und fand sich sitzend neben dem Brunnen wieder. Seine Brüder standen neben ihm und blickten auf etwas, das sich auf dem Weg ereignete, drei Gendarmen – sie waren gemächlich um die Biegung, die um das Haus führte, gekommen – grüßten freundlich, indem sie an ihre Spitzkappen tippten.

»Alles in Ordnung?«, rief einer von ihnen herüber.

Emil stand langsam auf, seine Nase, sein rechter Arm schmerzten, und setzte seinen Weg fort, er zwang sich, nicht zurückzuschauen. Ohne ein Wort mit ihm zu reden, folgten die Gendarmen mit einigem Abstand. Was für ein glücklicher Zufall, dass sie ausgerechnet hier und heute und zu dieser Uhrzeit unterwegs sind, dachte er, doch dann fiel ihm ein, dass vermutlich Albert Brugger dem Zufall auf die Sprünge geholfen hatte. Polli lief hinter ihm her, er hatte sich im Vorfeld viele Sorgen um die Hündin gemacht, denn sie hingen aneinander. Am liebsten hätte er sie mitgenommen, was er aber nicht tun konnte, da sie nicht ihm, sondern zum Hof gehörte, und er wollte nicht als Dieb dastehen. Er scheuchte sie zurück, sie drehte kläglich winselnd um. Er ging den Weg entlang bis ins Dorf und weiter bis zur Hofmühle, kurz vor seinem Ziel kehrten die Gendarmen um, und er spürte vor Aufregung sein Herz klopfen, bald schon würde er Hedwig und den Brugger gegenüberstehen.

Sie ging ihm entgegen, die letzten Schritte lief sie, sie umarmte ihn, er wusste nicht, was er mit seinen Händen machen sollte, bis er langsam seine Arme auf ihren Rücken legte, wobei der rechte höllisch schmerzte.

8

Seit den frühen Morgenstunden saß Hedwig mit Gustav auf der Veranda und wartete, ihre Anspannung übertrug sich auf die anderen, alle schlichen im Haus herum und warfen immer wieder einen Blick aus dem Fenster. Als Emil endlich zwischen den Bäumen der Allee auftauchte, sprang Hedwig mit einem leisen Aufschrei vom Stuhl, und selbst Albert stieß einen Seufzer der Erleichterung aus.

Der Junge sah furchtbar aus, Nase und Kinn waren blutverschmiert, die Haare feucht verklebt, es war offensichtlich, dass er starke Schmerzen hatte und dies zu verbergen suchte, Albert schickte nach dem Arzt. In den ersten Stunden war er derart verlegen, dass er kaum ein Wort herausbrachte, er strahlte Verlorenheit und Hilflosigkeit aus. Obwohl er Alberts Sachen trug, die unglaublich zerknittert waren, war der Junge ungepflegt und heruntergekommen, Anna hatte noch nie derart schmutzige Fingernägel gesehen, obendrein stank er nach Stall, sie war entsetzt. Hedwig zeigte ihm seine Kammer, sie befand sich im ersten Stock des alten Hauses – dieser war seit Rosas Tod verwaist –, zumindest das hatte Anna durchsetzen können. Sie war, wie Vinzenz, gegen die Aufnahme des jungen Mannes gewesen, hatte deshalb mehrmals mit ihrem Mann gestritten.

»Ich finde das äußerst unüberlegt«, sagte sie zu Albert. »Du hast den Jungen nur einmal gesehen. Wer weiß, wen du da ins Haus holst. Er könnte gewalttätig sein. Und außerdem ist es unsittlich, wenn die zwei unter einem Dach wohnen und sich täglich sehen.«

»Gut, dann wird er eben im alten Haus untergebracht, dann wohnen sie nicht unter einem Dach«, lachte Albert, und Anna verdrehte die Augen.

Albert wunderte sich über die Aussage seiner Frau, die Unsittlichkeit betreffend, da sie über vieles, auch was Sexualität betraf, für gewöhnlich sehr fortschrittlich dachte. Zur Schneiderin im Ort hatte sie einmal gesagt: »Du lebst ja hinter dem Mond.« Diese hatte sich etwas zu offenherzig bei ihr über das Hausmädchen beschwert, das einen Verlobten hatte und diesen hin und wieder alleine sehen wollte, was die Schneiderin verboten und die junge Frau daraufhin heimlich getan hatte. Annas Bemerkung mit dem Mond hatte im Ort die Runde gemacht. Viele junge Leute gaben sie fortan von sich, wenn die Älteren etwas verbieten wollten, was ihrer Ansicht nach zu modern und dadurch anrüchig war.

Der wahre Grund war ein anderer. Anna genoss Hedwigs Anwesenheit und Aufmerksamkeit und wollte sie nicht mit jemandem teilen, schon gar nicht mit einem Mann. Seitdem das Mädchen im Haus war, fühlte sie sich nicht mehr einsam, nicht mehr erschöpft, nicht mehr niedergeschlagen, und wenn es nach ihr gegangen wäre, hätte die Situation für immer so bleiben können. Sie liebte es, mit Hedwig die Tagesgeschäfte zu erledigen, sie machten alles gemeinsam, nur an den Nachmittagen ruhte Anna eine Weile allein in ihrem Zimmer, da sie in der Nacht schlecht schlief. Das Mädchen war wie eine jüngere Schwester für sie, die sie gerne gehabt hätte – mit ihrer älteren Schwester hatte sie sich nie verstanden, sie war schon als Kind herablassend von ihr herumkommandiert worden –, wie eine gute Freundin, aber auch wie eine Schülerin. Aufgrund ihrer Jugend kam ihr das Mädchen wie ein geöffneter Behälter vor, den sie mit Dingen füllen konnte, die sie für richtig hielt. Diese Vorstellung gefiel ihr.

»Ich schlafe hier?«, fragte Emil ungläubig und ging durch den großen Raum, der vor vielen Jahren das Zimmer von Alberts Schwestern gewesen war. Hedwig hatte stundenlang geschrubbt, Vorhänge genäht, und Albert hatte neue Möbel bereitgestellt, sie stammten aus Wilhelm Svobodas Werkstätte. Im Schrank hingen ältere Kleidungsstücke von Albert, auch ein Mantel für den Winter, Nachthemden, Schuhe, Socken.

Der Arzt kam und renkte Emils Schulter ein, zum ersten Mal in seinem Leben saß er in einer mit warmem Wasser gefüllten Wanne, Albert zeigte ihm, wie eine richtige Rasur vonstattenging, Hedwig schnitt ihm auf der Veranda die Haare, Gustav saß dabei auf seinem Schoß und wollte dann ebenfalls seine Haare geschnitten haben. Sie machten einen Rundgang auf dem Gelände, Albert zeigte ihm das Kaufhaus, die Mühle, die Säge, Vinzenz erklärte kurz, wie ein Walzenstuhl und eine Gattersäge funktionierten. Josephine führte ihre geliebte Schweinezucht vor, Emil ließ es sich nicht nehmen und half ihr trotz der Schmerzen beim Füttern. Beim Essen nahm er seinen ganzen Mut zusammen – er lief rot an und sprach stockend – und bedankte sich für die Arbeitsstelle und die schöne Kammer, Albert nickte ihm freundlich zu und erwiderte: »Die Hofmühle soll dir ein Heim sein, nicht nur eine Arbeitsstelle. Willkommen.«

An den Tagen darauf bekam Emil den Auftrag, sich auszuruhen – er protestierte, denn ihm fiel das Nichtstun schwer – und sich nicht zu weit von der Hofmühle zu entfernen, Albert befürchtete, jemand könnte ihn sehen und Eder davon berichten.

»Früher oder später wird er es ja erfahren müssen«, sagte Anna.

»Er wird uns am Sonntag in der Kirche zusammen sehen. Und diesen Auftritt wollen wir uns nicht verderben, nicht wahr?« Albert zwinkerte Hedwig zu.

Er war zu dem Schluss gekommen, dass sich vor versammelter Gemeinde die beste Möglichkeit bot, Eder vor vollendete Tatsachen zu stellen, zwar stellte dies eine Provokation für den Bauern dar, doch hatte Albert an der Vorstellung Gefallen gefunden. Am Sonntag war Emils Nervosität bereits beim Frühstück so stark, dass er die Kaffeetasse umwarf, was ihm unendlich peinlich war.

»Er erkennt dich sowieso nicht wieder«, sagte Hedwig beruhigend, Anna musste ihr Recht geben, Haarschnitt, Rasur und Kleidung hatten einen anderen Menschen aus dem jungen Mann gemacht.

An der Seite der Brugger verließ Emil die Kirche, Hedwig hatte sich bei ihm eingehängt, sie sah entzückend aus in ihrem dunkelblauen Kleid und dem dazu passenden Hut, und schenkte jedem ein strahlendes Lächeln. Eders Gesichtsausdruck zeigte so viel Erstaunen und Unglauben, dass sich Emil ein Grinsen nicht verkneifen konnte.

»Das zahl ich dir heim, Brugger«, zischte er, sein Gesicht war hasserfüllt, er spuckte Albert vor die Füße.

Emil war den ganzen Tag aufgewühlt. »Ich traue ihm alles zu«, sagte er.

»Es war ein Fehler, ihn vor allen Leuten derart bloßzustellen«, sagte Vinzenz.

Albert winkte ab. »Warum Bloßstellung? Kaum jemand hat gewusst, wer der junge Mann an unserer Seite ist. Mit Ausnahme des Pfarrers.«

»Aber bald werden es alle wissen«, meinte Josephine.

»Er wird sich schnell beruhigen. Es mag ein Fehler gewesen sein, aber ich habe ihn genossen.« Albert grinste breit, gluckste und begann allmählich zu lachen. »Sein Gesichtsausdruck war ein Bild für Götter!«

Alle lachten, bis ihnen die Tränen kamen, nur Anna verstand nicht ganz, was an dem dummen, verdutzten Gesicht eines älteren Bauern so komisch sein sollte.

Die beiden jungen Leute gingen scheu miteinander um, beinahe unbeholfen, kaum waren sie zusammen, war unübersehbar, dass sie einander mit Blicken verschlangen, regelrecht in Flammen standen, jedoch versuchten, dies vor Anwesenden zu verbergen. Angesichts dieser heillosen Verliebtheit fiel es den meisten schwer, sich ein Schmunzeln zu verkneifen, Anna bildete die Ausnahme. Hedwig half ihr weiterhin im Haushalt und mit den Kindern, saß wie bisher am Abend mit der Familie zusammen, ihre Aufmerksamkeit galt jedoch jemand anderem, Anna war verärgert und gereizt.

Aber schon nach wenigen Tagen konnte sie nicht leugnen, dass der Junge etwas Liebenswertes an sich hatte. Er war höflich, bescheiden, dankbar, legte aber keine Katzbuckelei an den Tag, was ihr zuwider gewesen wäre, selbst bei den kleinsten Dingen war sein Bemühen erkennbar, es gut zu machen. Bei der ersten Mahlzeit, am Tag seiner Ankunft, beobachtete er aus den Augenwinkeln, wie die anderen sich benahmen. Er saß mit geradem Rücken da und hantierte mit Gabel und Messer, wobei offensichtlich war, dass er es nicht gewohnt war, derart zu essen, doch stellte er sich geschickt an. Anna war überzeugt, dass er bisher tief über seinen Teller gebeugt, die Ellbogen am Tisch, mit einem Löffel oder gar den Händen das Essen in sich hineingeschaufelt hatte. Und nicht nur beim Essen verhielt es sich so. Er beobachtete die Anwesenden – jedoch nie aufdringlich – und ahmte ihr Verhalten nach, vor allem das Alberts, es dauerte nur wenige Wochen, bis er sich seines Benehmens und seines Auftretens sicher war.

Und noch etwas musste Anna ihm zugutehalten: Emil schaute mit staunenden Augen um sich, als wollte er sagen: Da bin ich, Welt, was hast du mir zu bieten? Sein Charme war ungekünstelt, seine Lebensfreude ansteckend, jede Tätigkeit, jeder noch so kleine Ausflug war für ihn ein Abenteuer und bereitete ihm Vergnügen, die Sinnlichkeit, die er dabei ausstrahlte, zog Anna in ihren Bann, ihre Gereiztheit legte sich.

In der zweiten Nacht, die Emil in der Hofmühle verbrachte, warf sie im Nähzimmer vor lauter Ärger – über ihren Mann, der ohne ihr Einverständnis den jungen Mann aufgenommen, und über

Hedwig, die nur noch Augen für den Eindringling hatte – ihre Schneiderpuppe um, sie fiel gegen die Wand und riss die Tapete auf. Anna entdeckte die ehemalige Tür, die vor Jahren mit einer Samttapete überklebt worden war. Die Tür war beim Anbau des neuen Traktes zwischen den beiden Gebäudeteilen eingebaut worden, sodass man zwischen ihnen wechseln konnte, ohne zuerst durch die jeweilige Eingangstür im Erdgeschoss das Haus verlassen und es durch die andere wieder betreten zu müssen. Anna hatte der Gedanke widerstrebt, dass Josephine einfach durch diese Tür in das Nähzimmer, ihr alleiniges Reich, spazieren konnte, womöglich ohne sich anzukündigen. Die Tür wurde also versperrt, die Klinke entfernt und eine schwere Samttapete, dunkel mit großen tiefroten Rosen, über die gesamte Wand geklebt. Siedend heiß fiel Anna ein, dass sich auf der anderen Seite Emils Zimmer befand. Wenn sie die Tür einen Spalt öffnete, konnte sie sicherlich einen Blick hineinwerfen, zum Glück quietschte sie nicht. Vor ihr lag die breite Mauerschwelle und die zweite Tür, an der ebenfalls die Klinke entfernt worden war, das dadurch entstandene Loch war groß genug, sie hatte das Bett genau im Blickfeld. Anna brauchte eine Weile, bis sich ihre Augen an die Dunkelheit gewöhnt hatten, der junge Mann schlief, er lag auf dem Bauch, die Tuchent war zur Seite gerutscht, sein Körper war muskulös und schön und erinnerte sie an den von Charles Morel junior, als er sich nackt ausgezogen hatte und ins Meer gelaufen war.

Wenn Albert abends Zeit erübrigen konnte und nicht in seinem Bureau im Kaufhaus oder in seinem Arbeitszimmer über den Büchern saß, lernte und las er mit Emil. Er hatte von seinem achten bis vierzehnten Lebensjahr ab und zu im Winter die Schule besucht, seine Bildung war mehr als dürftig, doch bereits in den ersten Wochen wurde Albert klar, dass Emil rasch begriff und wissbegierig war.

»Niemand hat sich viel mit ihm beschäftigt oder ihn gefördert, und dennoch ist er freundlich, gescheit und hat eine rasche Auffassungsgabe. Ich finde das interessant. Das würde die Theorie bestätigen, dass die Vererbungslehre nicht ganz von der Hand zu weisen ist«, sinnierte er Anna gegenüber.

Albert war ein leidenschaftlicher Zeitungsleser, er hatte verschiedene Blätter abonniert, vor einiger Zeit war er in einem solchen auf einen Artikel über die Vererbung gestoßen, die Wissenschaftler in den letzten Jahrzehnten sehr beschäftigt hatte. In dem Artikel wurden verschiedene Theorien gegenübergestellt. Der Franzose Jean-Baptiste de Lamarck hatte die Theorie aufgestellt, der Mensch speichere – durch Anpassen an eine bestimmte Umwelt – erworbene Fähigkeiten und Eigenschaften in seinem Organismus ab und vererbe sie eins zu eins an seine Nachkommen weiter. Er belegte das anhand der Giraffe, deren Hals sich auf der Suche nach Futter stetig strecken musste, wodurch er sich verlängerte, ihren immer länger werdenden Hals vererbten die Giraffen von Generation zu Generation. Der Brite Charles Darwin – er wurde vom Redakteur nicht derart geringschätzig abgehandelt wie Lamarck – sprach von *Survival of the Fittest*. Die Selektionstheorie, wie sie im Deutschen bezeichnet wurde, besagte, dass Individuen, welche den vorhandenen Umweltbedingungen besser angepasst waren als andere, einen Vorteil hatten und dadurch öfter überlebten. Aus diesem Grund konnten sie ihre Merkmale häufiger den Nachkommen vererben als weniger gut angepasste Individuen. Der Augustinermönch Gregor Mendel, er stammte aus Schlesien, glaubte mit seinen jahrelangen Kreuzungsexperimenten mit Erbsen die grundlegenden Gesetzmäßigkeiten der Vererbung entdeckt zu haben. Er fand heraus, dass bei der Vererbung nicht der Organismus an sich, sondern dominante und rezessive, also herrschende und untergeordnete Merkmale eine Rolle spielten und Aussehen sowie Eigenschaften der nächsten Generation maßgeblich prägten. Der

Redakteur machte sich regelrecht lustig über Mendels Erbsen-
zählerei.

Alberts Auffassung nach war der Mensch bei der Geburt ein
unbeschriebenes Blatt und wurde durch Einflüsse und Erfahrungen seiner Lebensumwelt geformt. Er selbst war das beste
Beispiel hierfür: Sein Vater war ein einfacher Müller gewesen,
der nie irgendetwas hinterfragt hatte. Ohne seine Tante Rosa
wäre aus ihm, Albert, der Gleiche geworden, hätte er ein ähnlich
stumpfsinniges Leben geführt. Rosa hatte zwei Jahrzehnte lang
in der Großstadt gelebt, im Haushalt eines adligen Fabrikanten,
der am technischen und wissenschaftlichen Fortschritt interessiert, antiklerikal eingestellt, aufklärerisch war. Das Leben in diesem Haus ließ sie nicht unbeeinflusst, und von ihr bekam er die
Liebe zu den Büchern vermittelt, die Offenheit der Welt und ihren Entwicklungen gegenüber.

Emil aber passte nicht so recht in dieses Denkschema, denn er
war trotz seiner schwierigen und gewalttätigen Kindheit kein
verdorbener Mensch. Sein freundliches Gemüt und seine rasche
Auffassungsgabe hatte er vermutlich von seiner Mutter Ida geerbt. Es musste so sein, anders konnte Albert es sich nicht erklären. Ida war die einzige Tochter eines Grundschullehrers gewesen, der Lehrer hatte die Klugheit seiner Tochter erkannt und sie
gefördert. Emil hatte nur ein einziges Bild von ihr, es zeigte sie
als sechzehnjähriges Mädchen, sie hatte das Bild machen lassen,
bevor sie aus ihrem Heimatort wegging, kurz nach dem Tod ihres Vaters. Als Albert das Bild der jungen Frau mit den wachen
Augen betrachtete, fragte er sich, wie ihr Leben verlaufen wäre,
wenn sie anderswo als auf dem Ederhof eine Bleibe gefunden
hätte. Die Welt kann so hässlich sein, dachte er.

Da ihn interessierte, ob das Unmögliche möglich werden
konnte – er hätte gern Emil zu seinem Experiment gemacht –,
sprach er mit ihm darüber, ob er für die Aufnahme in ein Gymnasium vorbereitet werden wolle, ob er studieren wolle. Emil lehn-

te ab, er wollte nichts anderes als ein guter Müller und Sägewerker werden, Albert war fast ein bisschen enttäuscht darüber, dass er keinen Ehrgeiz zeigte.

»Ich fühle mich zu alt, um die Schulbank zu drücken«, sagte er. »Ich will arbeiten und Geld verdienen. Wenn mich etwas interessiert, kann ich mich ja in Büchern oder Zeitschriften darüber informieren, so wie du es tust.«

Vinzenz gefiel Emils Einstellung. Seiner Meinung nach wollten ohnehin bereits zu viele junge Leute in die Stadt ziehen und studieren, sich ihren Kopf vollstopfen lassen mit neumodischen Sachen. Emil war geschickt mit den Händen und gleichzeitig mit dem Kopf dabei, besonders bei der Gattersäge, er erfasste mit einem Blick, worum es ging und worauf zu achten war, sogar er musste zugeben, dass Emil ein wahrer Glücksgriff gewesen war.

9

Eder sollte sich nicht so schnell beruhigen, wie Albert geglaubt hatte.

Es begann damit, dass eines Morgens zwei Hunde, Polli und Annas Tinka, mit einem festgezurrten Strick um den Hals vor der Hofmühle aufgefunden wurden, sie waren offensichtlich erwürgt worden.

Polli war Tage zuvor in der Hofmühle aufgetaucht und schwanzwedelnd an Emil hochgesprungen, sie hatte sein Gesicht abgeleckt und sich vor Freude über das Wiedersehen kaum beruhigen können. Alle Versuche, sie zu verscheuchen, missglückten, Emil lief durch den Wald bis in die Nähe des Ederhofes, trieb sie zurück, doch wenige Stunden später tauchte sie wieder in der Hofmühle auf, sie winselte und lief geduckt auf und ab, von Tinka umkreist und angekläfft. Die Gendarmen kamen und redeten mit Albert, Eder hatte eine Anzeige wegen des gestohlenen Hundes eingebracht. Albert klärte den Sachverhalt auf, die Gendarmen waren dennoch machtlos, sie kündigten die gerichtliche Vorladung an und nahmen den Hund mit, dabei biss er einen von ihnen, Emil musste Polli mit einem Tuch das Maul zubinden. Zwei Tage darauf lagen am Morgen beide Hunde tot vor der Hofmühle, Anna war außer sich vor Wut und Trauer. Albert sprach mit dem Kommandanten des Gendarmeriepostens, mit dem Bezirksrichter, alle beteuerten, in dem Fall nichts tun zu können, man könne Eder nicht zur Verantwortung ziehen, da nicht erwiesen sei, ob tatsächlich er die Hunde getötet hatte. In seiner Aussage hatte er behauptet, sein Hund wäre ihm wieder weggelaufen oder – wie er andeutete – gestohlen worden. Man riet zu großer Achtsamkeit. Daraufhin verließ keiner mehr alleine das Haus, die Zwillinge wurden von Hedwig, Anna oder Josephine zur Schule begleitet und auch wieder abgeholt.

Albert waren Konflikte und Streitereien ein Gräuel, er hielt sie für sinnlose Zeitverschwendung, die zudem viel Kraft kostete. Er fuhr zum Hof, um das Gespräch mit Eder zu suchen, die Söhne vertrieben ihn mit verächtlichen Worten, unverrichteter Dinge musste er umkehren. Beim sonntäglichen Frühschoppen in der Linde versuchte er es wieder, die Gaststube war zum Bersten voll, Eder tarockierte mit drei Bauern, am Nebentisch saß sein jüngerer Sohn Ignaz. Er setzte sich Eder gegenüber und sagte, wobei er mit dem Kopf auf die Tür zum großen Saal deutete: »Ich muss mit dir reden, lass uns hinübergehen.«

»Ich geh mit dir nirgendwohin«, sagte der Bauer, er kaute auf einem Zahnstocher herum und spielte den Gleichgültigen.

»Gut«, sagte Albert. »Dann hörst mich eben da an, wenn dir das lieber ist.«

Vielleicht ist es auch besser, wenn alles vor Zeugen gesagt wird, dachte er. Er erklärte, dass er keinen Krieg wolle, nur weil er einen jungen Mann angestellt habe, der auf der Suche nach

Arbeit gewesen war. Die Leute in der Gaststube – es waren vorwiegend Männer, nur an einem Tisch saßen ein paar junge Frauen unter den jungen Männern – horchten auf. Emil Wagner könne tun, was ihm beliebe, und er habe sich für die Arbeit in der Hofmühle entschieden, fuhr Albert fort.

»Nichts für ungut«, sagte er und streckte ihm die Hand hin, Eder schaute in seine Karten und ignorierte die hingestreckte Hand.

»Du hast ihn gegen mich aufgehetzt«, sagte er. »Von selbst wär dem Burschen nie eingefallen, vom Hof wegzugehen. Wie hast du es angestellt? Hm? Hast ihm auf der Weide aufgelauert? Wolltest mir eins auswischen?«

Albert ließ die Hand sinken.

»Eigentlich hätt ich dir damals eins auswischen sollen. Immer tust so fein, so nobel. Der Herr Weltumsegler ist ja was Besseres als unsereins da im Dorf. Ein Handelsgeschäft«, er betonte das Wort abfällig, »hat er eröffnen müssen, weil ihm die Mühle zu gering war. Ein neues Armenhaus hat er bauen müssen, um uns seine selbstherrliche Güte vorzuführen. Aber mit einem unschuldigen Mädel anbandeln, ihm etwas versprechen und es dann fallen lassen wie eine heiße Kartoffel, ist nicht die feine Art, das sag ich dir. Ich glaub, ich muss dich nicht dran erinnern, wie viel Leid du vor zehn Jahren über meine Familie gebracht hast, oder?«

In der Gaststube gab es zustimmendes Gemurmel. Was ihm der Eder entgegenschleuderte – es klang, als hätte er sich die Worte seit längerem zurechtgelegt –, war derart absurd, dass Albert im ersten Moment die Luft wegblieb. Hatte der Mann das womöglich damals herumerzählt? Dass er seiner Tochter die Ehe versprochen hatte, dass er indirekt die Schuld an ihrem Klostereintritt trug und somit am Tod seiner Frau?

»Und jetzt holst dir ausgerechnet als Müllersburschen meinen Buben, den ich am Hof dringend brauch, obwohl du an seiner Stell zehn, zwanzig andere haben kannst? Jetzt endlich, wo er groß genug ist, dass er zu was taugt. Das ist mehr als eine Frotzelei, das ist infam!«

Wiederum gab es Gemurmel, es war das erste Mal, dass Eder vor Leuten zugab, dass Emil Wagner sein Sohn war.

»Ich hab weder mit deiner Tochter angebandelt, noch hab ich ihr etwas versprochen«, sagte Albert bestimmt. »Wir haben auf einem Fest miteinander getanzt, wie ich mit anderen getanzt habe, und ein einziges Mal habe ich sie zu einem Spaziergang abgeholt. Dass ihre Familie daraus gleich so etwas wie eine Verlobungsfeier macht, ist nicht mein Problem.«

»Das sagst du«, sagte Eder ruhig. »Ich weiß, dass es anders war.«

Was für ein eiskalter, hartgesottener, abgefeimter Lügner er ist, dachte Albert. Er wusste, es wäre ratsam, auf der Stelle die Gaststube zu verlassen, um den Streit nicht überkochen zu lassen – er war ja gekommen, um Frieden zu schließen –, doch er schaffte es nicht, ihm ging die Galle über. Warum zum Teufel sollte man stets die Bösartigen, Niederträchtigen davonkommen lassen mit ihrer vermaledeiten Dreistigkeit und Schamlosigkeit? Er würde sicherlich keinen inneren Frieden haben, wenn er jetzt den Schwanz einzog und ging.

Da er Hedwig nicht ins Spiel bringen wollte, sagte er: »Was deinen Buben betrifft, war es nicht notwendig, ihn aufzuhetzen. Er hat sein Weggehen an genau diesem Tag seit Jahren geplant.«

»Ist er zu feig, um für sich selber zu reden?«, fragte Eder in höhnischem Ton und ließ seinen Blick in der Gaststube schweifen.

»Du hast ihn, seitdem er ein kleines Kind war, in einem Verschlag im Stall hausen lassen, er hat tagaus, tagein geschuftet für ein Stück Brot, und nicht nur das, er wurde geprügelt, getreten, gequält. Mit sechzehn war er stärker als du und hat sich das nicht mehr gefallen lassen, dann haben deine Söhne das für dich erledigt, aber nie alleine, immer waren sie zu zweit. Er hat gar keine ehrliche Chance gehabt, sich zu wehren. Wer ist da feig?«

»Bist jetzt sein Anwalt?«, zischte Eder. »Pass auf, was du sagst, sonst brauchst selber bald einen, weil ich dich nämlich wegen böswilliger Verleumdung anzeig.«

»Und was war das eigentlich mit seiner Mutter?«, sagte Albert laut. »Ein sechzehnjähriges Mädchen! Ein Kind noch!«

»Was geht dich das an? Sie war eine Waise, ich hab ihr ein Heim geboten.«

»Ach geh, Eder«, schnaubte ein Mann an einem anderen Tisch, er war ebenso Bauer, einige Jahre jünger als Eder. »Und von deinem lieben Streicheln in der Nacht ist sie dann schwanger geworden.«

Die Stimmung in der Gaststube änderte sich zugunsten Alberts, ein paar lachten, Stimmen wurden laut, Eder solle keine Märchen erzählen und nicht das Unschuldslamm spielen, jeder wüsste, was da gelaufen war. Ja, und den Mund habt ihr gehalten, ihr Feiglinge, dachte Albert bitter. Eder wurde rot vor Zorn und stand auf.

Albert erhob sich ebenfalls. »Und was das Leid betrifft, das ich angeblich über deine Familie gebracht habe: Das hast dir schön zusammengereimt, Eder. Hättest sonst nicht schlafen können? Deine Tochter ist ins Kloster gegangen, weil es ihr großer Wunsch war, niemand hat sie sitzenlassen und schon gar nicht ich, wir waren nie ein Paar. Und deine Frau hat eine Freude gehabt mit dem Kloster, sie hat sich nicht aus Gram darüber aufgehängt! Sondern weil du sie elendig schikaniert und halbtot geprügelt hast! Vom Doktor wissen wir, dass sie am ganzen Körper Blutergüsse gehabt hat. Die wird sie sich kaum selber zugefügt haben.«

Hinter ihm, am Nebentisch, erhob sich Ignaz Eder ruckartig und versetzte Albert einen Schlag in die Seite, er krümmte sich.

»Jaja, von hinten austeilen, das passt zu euch!«, rief jemand.

Zwei Männer stürzten sich auf den Schläger, Albert packte Eder, der ihm sein Bier ins Gesicht geschüttet hatte, am Kragen, und die Rauferei war im vollen Gange.

Eines Nachts im November brannten die Mühle und das Kaufhaus.

Anna, die im Nähzimmer noch wach war, sah durch das Fenster den Schein der Flammen im Nebengebäude und weckte die Männer. Während der Löscharbeiten – es war kein allzu großer Schaden passiert, nur die schwere Holztür war niedergebrannt – entdeckten sie das Feuer auf der Anhöhe. Aufgrund des Wassertanks mit Schlauch und Pumpe, den Albert vorsorglich hatte aufstellen lassen, gelang es ihnen, das Feuer nach zwei Stunden unter Kontrolle zu bringen, doch war der Schaden am Kaufhaus wesentlich größer als in der Mühle, zudem war der Wachmann – er war von hinten niedergeschlagen worden – schwer verletzt. Der Schrecken, den alle davontrugen, war groß. Abwechselnd hielten die drei Männer in der Nacht Wache, das Kaufhaus wurde nun rund um die Uhr von zwei Leuten bewacht, Albert schaffte für die Hofmühle und das Kaufhaus Wachhunde an.

Die Brandstiftung war wochenlang das Gesprächsthema im Dorf und erhitzte die Gemüter. Jeder ahnte, dass nur Eders jüngster Sohn Ignaz als Täter in Frage kam, der Rabiatere der zwei war am längsten unter der Fuchtel seines Vaters gestanden, ohne die besänftigende Fürsorge der Mutter und der Schwester. Jedoch konnte ihm die Tat niemand beweisen, Eder gab seinem Sohn ein Alibi, die Leute begannen die Familie zu schneiden.

Im Winter, nach Neujahr, kamen für einige Tage vier Männer auf den Ederhof, daraufhin veränderte sich die Situation schlagartig. Der Ältere der beiden Brüder, Friedrich, bekam den Hof überschrieben, was im Dorf für Verwunderung sorgte. Er war mit einem steifen Bein zur Welt gekommen, hatte dadurch einen hinkenden Gang, der Vater hatte ihn nie als Hoferben in Betracht gezogen, ihn jedoch auch kein Handwerk erlernen lassen. Er war aufgewachsen mit dem Wissen, zeitlebens als Knecht für seinen jüngeren Bruder arbeiten zu müssen, obwohl er der wesentlich geeignetere Bauer wäre, er war der Besonnenere der beiden und konnte mit dem Vieh besser umgehen als Ignaz. Friedrich verabscheute die Gewalttätigkeit seines Vaters – hatte jedoch nie den Mut gehabt, sich gegen ihn aufzulehnen –, und noch mehr hasste er die verrohten Zustände, die seit dem Tod seiner Mutter und dem Weggang seiner Schwester auf dem Hof eingekehrt waren.

Am Tag der Hofübernahme heiratete er eine junge Frau, die auf dem Hof als Magd arbeitete und die er von Anfang an gerngehabt hatte. Die Hochzeit war unvorbereitet, es fand lediglich eine Trauung im Kreis der Familie statt, durch den Mesner machte es schnell die Runde im Dorf. Veronika war eine Kleinhäuslertochter aus einem der Nachbardörfer und arbeitete seit zwei Jahren auf dem Ederhof, sie war sicherlich keine standesgemäße Partie für den jungen Ederbauern, auch wenn dieser ein steifes Bein hatte. Der Jüngste verließ von einem Tag auf den anderen das Dorf, ging nach Linz und begann in der Schiffswerft zu arbeiten. Das Dorf kam aus dem Staunen nicht mehr heraus. Und als wäre das alles nicht genug, hatte Johann Eder wenige Tage nach der Überschreibung des Hofes, der Hochzeit des einen Sohnes und des Weggangs des anderen Sohnes einen Schlaganfall, er erholte sich zwar, blieb jedoch halbseitig gelähmt und konnte sich nur noch mit Mühe verständigen und bewegen.

An einem Sonntag gingen Friedrich und Veronika nach dem Gottesdienst auf Emil zu, Friedrich streckte ihm die Hand entgegen und brachte eine Entschuldigung vor, wofür, sagte er nicht. Emil zögerte zunächst, denn auch Friedrich hatte sich – wenn auch aus Feigheit – an unzähligen Grobheiten ihm gegenüber beteiligt, aber dann ergriff er doch die Hand. Friedrich bat Emil um ein Gespräch unter vier Augen. Er zeigte ihm Papiere, Eder hatte – vor dem Schlaganfall – die Vaterschaft anerkannt, er wünsche sich nichts mehr als Versöhnung und vor allem keine üble Nachrede mehr. Emil betrachtete die Unterschrift, es war tatsächlich die von Eder.

»Es war nicht in Ordnung, dass du von einem Tag auf den anderen verschwindest und uns hängenlässt! Du hättest sagen können, dass du deinen Lohn ausbezahlt haben willst. Und eine eigene Kammer im Haus«, sagte Friedrich.

»Du weißt genau, was mir dann geblüht hätt«, erwiderte Emil scharf, und Friedrich wurde rot.

»Er wollt, dass du seinen Namen trägst und auch dass du das Geld für deine Arbeit der letzten Jahre bekommst«, sagte Friedrich und nannte ihm die Summe. »Er wollt es nur bis zu deiner Volljährigkeit verwahren, und volljährig bist du erst in drei Jahren.«

Emil lachte bitter auf: »Im Lügen warst du immer schlecht.«

»Ich behalt lieber meinen Namen«, sagte er weiter. »Und wenn das eine an das andere gekoppelt ist, mag ich auch das Geld nicht haben.«

»Du willst das Geld nicht?« Friedrich schien erleichtert zu sein.

»Ich wünsch dir und Veronika alles Gute«, sagte Emil und ließ ihn stehen.

Seit dem Tag herrschte Frieden, wenn auch ein eisiger, niemand wollte mit dem anderen zu tun haben, aber niemand tat dem anderen etwas zuleide. Als man den alten Eder nach Monaten wieder im Gottesdienst sah, erkannte man den Sechzigjährigen kaum wieder, das Gesicht eine verzerrte Fratze, das linke Bein nachziehend, die Schulter hängend, schlurfte er langsam in die Kirche. Diejenigen, die ihn nie hatten leiden können, dachten an eine gerechte Strafe Gottes, die Männer, die vom gleichen

Schlag waren wie er, fragten sich, ob alles mit rechten Dingen zugegangen war.

In den Wochen darauf kursierte die Geschichte im Dorf, dass Eders ältester Sohn Johannes unter den vier Männern, die Eder nach Neujahr einen Besuch abgestattet hatten, gewesen war. Seit fast zwei Jahrzehnten lebte er in Linz, er besaß ein Uhrmacher- und Juweliergeschäft und betätigte sich auch politisch.

»Das hättst erleben sollen, wie der seinem Alten die Leviten gelesen hat«, erzählte ein Knecht nach dem Kirchgang einem Knecht von einem anderen Hof. »Er hat drei Männer mitgehabt, zwei davon sollen Polizeibeamte gewesen sein, ausgeschaut haben sie wie Schläger. Die haben das Haus auf den Kopf gestellt und Möbel zertrümmert. Wenn ich es verlang, schnüffeln die weiter, hat er gesagt.«

»Aber wenn ich's dir doch sag. Ich bin in der Stube gestanden und hab's mit eigenen Ohren gehört. Der hat mit dem Schreien nicht mehr aufgehört und seinem Vater gedroht. Wenn er den Hof nicht sofort an den Friedrich überschreibt, bringt er ihn und den Ignaz vor Gericht und ins Gefängnis. Wegen verschiedener Delikte. Das war das Wort: Delikte«, erzählte eine Magd nach dem Kirchgang einer anderen. Die Geschichte verbreitete sich wie ein Lauffeuer.

10

Kurz vor Weihnachten wurden in dem kleinen oberösterreichischen Blatt *Tages-Post* und in der *Neuen Freien Presse* – sie erschien in Wien und wurde im ganzen Reich gelesen – Berichte über die katastrophalen Arbeitsbedingungen für Dienstboten auf den Bauernhöfen abgedruckt. In beiden Artikeln führten die zwei Redakteure, beide eingefleischte Sozialdemokraten, konkrete Beispiele an. So auch eines, welches sich auf einem großen Bauernhof in der Marktgemeinde P. im Oberen Mühlviertel zugetragen hatte: Anschaulich und drastisch wurde das Leben der bereits verstorbenen Magd Ida W. und ihres Sohnes Emil geschildert, der selbst in seiner neuen Arbeitsstätte Schikanen des Bauern ausgesetzt war, Hunde waren auf grausame Weise getötet, Brände gelegt worden. Betitelt waren die Artikel mit den Worten »Verhöhnung der Menschlichkeit« und »Wo ist es, das vielgepriesene neue Zeitalter?«

Nicht nur in Putzleinsdorf wusste jeder, welcher Hof gemeint war, Eder bebte vor Zorn. Selbst der Bürgermeister und der Pfarrer, die bisher im Fall Emil auf Alberts Seite gestanden waren, beschuldigten ihn der Diffamierung einer ganzen Gemeinde. Sie waren überzeugt, Albert Brugger habe den Zeitungen die Geschichte gesteckt, dieser jedoch wusste von nichts.

In Linz raste auch der stellvertretende Handelskammerpräsident Johannes Eder vor Zorn. Er ärgerte sich maßlos über die Redakteure, die mit derartig überspitzt formulierten Artikeln den Sozialdemokraten in die Hände spielten, über seinen verdammten Vater, der nicht aufhören konnte, über die Stränge zu schlagen – er war tatsächlich eine Schande für die gesamte Bauernschaft –, und über die Kollegen in der Partei, von denen einige wenige wussten, dass es sich um seine Familie handelte, und es nicht lassen konnten, dies an die große Glocke zu hängen.

Sogar zum Bürgermeister wurde er zitiert. »Finden Sie heraus, was an der Sache dran ist, und falls es keine Erfindung der gottverdammten Zeitungsfritzen ist, bringen Sie sie in Ordnung«, sagte er zu ihm.

Johannes Eder kannte den Redakteur und knöpfte ihn sich vor, dieser zeigte ihm einen seitenlangen anonymen Brief, den er erhalten hatte. In ihm wurden die Missstände auf dem Land, die Versäumnisse der Politik, der Gendarmeriebeamten aufgezeigt und vor allem das Leiden Idas und Emils geschildert. Johannes Eder fragte telegrafisch beim Gendarmerieposten in Lembach nach, was es mit der Brandstiftung auf sich hatte, und erhielt umgehend die Nachricht, dass Ignaz Eder als Verdächtiger galt, er habe betrunken vor Leuten damit geprahlt, doch sein Vater und sein Bruder hätten ihm ein Alibi gegeben.

Ohne sich anzukündigen, reiste Johannes Eder in Begleitung dreier Männer in sein Heimatdorf. Es waren Männer, die hin und wieder Tätigkeiten ausführten, mit denen die Polizei nicht offiziell betraut werden durfte, da sie sich in einer Grauzone zwischen Recht und Unrecht befanden, zumeist dienten sie der Einschüchterung unliebsamer Störenfriede der Gesellschaft, denen anders nicht beizukommen war. Aus demselben Grund nahm Johannes Eder sie mit, er befürchtete, sein Vater würde ihn lediglich auslachen, wenn er begann, Fragen zu stellen, und vor allem wenn er die Hofübergabe an Friedrich forderte und ihm mitteilte, dass er Ignaz in die Stadt mitnehmen werde.

Schon lange ist offenkundig, dass der eine Sohn, obwohl ein steifes Bein, der wesentlich geeignetere Bauer wäre als der andere, der nichts weiter ist als ein gewalttätiger Raufbold und Tunichtgut. Aber in dieser Gegend, in der offensichtlich Borniertheit, Grobheit, Rückständigkeit und Sturheit immer noch ihre Blütezeit haben, ist ein steifes Bein der Grund, einen Menschen sein Leben lang als Krüppel zu behandeln.

Diese harten Zeilen waren im Brief an die Zeitung gestanden, der Verfasser musste über gute Kenntnisse über die Verhältnisse am Ederhof verfügen. Ob Friedrich selbst den Brief geschrieben hatte? Das konnte nicht sein, die Sprache war zu gewählt, aber vielleicht hatte er jemanden damit beauftragt. Warum zum Teufel schrieb er nicht an ihn, seinen ältesten Bruder, und schilderte ihm die Sachlage?

Einen der drei Männer, er stammte von einem kleinen Bauernhof im Waldviertel, gedachte er für eine Zeitlang als Knecht und Aufpasser zurückzulassen, damit der Vater Ruhe gab, er sollte ihm hin und wieder Bericht erstatten. Die beiden anderen waren von ihm mit besserer Kleidung ausgestattet worden, damit die Behauptung, es wären k. u. k. Kriminalbeamte, ihre Glaubwürdigkeit hatte.

Während der Zugfahrt versank er in Grübeleien über seine Familie und bekam darüber Magenschmerzen. Schon als Kind war ihm sein Vater zutiefst zuwider gewesen. Er war dreizehn, als dieser das Mädchen Ida im bayrischen Wegscheid abholte, die Schwester Franziska zehn, die beiden jüngeren Brüder Friedrich und Ignaz neun und vier Jahre alt. In den ersten Wochen war der Vater freundlich mit dem Mädchen, und sie fasste Vertrauen. Ida gefiel Johannes, sie war anders als die Mägde, die er bisher gekannt hatte, eine Lehrertochter, sanft und klug, aber nicht stark und auch ein bisschen gutgläubig, was die Welt und die Menschen betraf. Er stellte sich manchmal vor, wie sich ein Kuss von ihr anfühlen würde. Zwei Monate nach ihrer Ankunft begann ihr Leidensweg, und seine Mutter war zu schwach, um ihrer Verwandten helfen zu können, die Dienstboten schauten weg. Johannes wollte ihr zur Flucht verhelfen – der Bauer passte höllisch auf sie auf –, doch sie war bereits schwanger und hätte nicht gewusst, wohin sie mit einem unehelichen Kind gehen und wie sie es großziehen sollte.

Ausnahmslos alle hatten eine Heidenangst vor seinem Vater,

er war nicht nur körperlich stark, vital und behände, sondern besaß zudem eine unglaubliche Überlegenheit, anderen seinen Willen aufzuzwingen. Johannes war bewusst, es benötigte durchaus Strenge und Autorität, um einen derart großen Bauernhof führen zu können, man konnte es sich nicht leisten, dass einem die Leute auf der Nase herumtanzten, immerhin trug man die Verantwortung. Doch sein Vater machte sich einen Spaß daraus, alle in Angst und Schrecken zu versetzen. Er genoss es, verhasst zu sein, es gab niemanden, der ihm Paroli bot, nicht seine Frau, kein Knecht, keine Magd, auch nicht die älteren, keiner war ihm gewachsen. Je älter er wurde, umso jähzorniger und brutaler war er. Einmal packte er beim Essen mit einem blitzschnellen Handgriff den Nacken der Mutter – sie hatte einen leisen Einspruch gewagt, wogegen, das wusste Johannes nicht mehr – und stieß ihr Gesicht in die heiße Suppe, es war totenstill in der Küche. Der Lehrer sprach von Freiheit, Gleichheit, Brüderlichkeit und von Grundrechten, die jeder Mensch hatte, und Johannes fragte sich, warum nie irgendwelche Ordnungshüter auf die Höfe kamen, um nachzuschauen, wie es den Frauen, Kindern, Dienstboten erging. War das Vertrauen des Kaisers in die Familienoberhäupter so groß? Schon vor Jahren war ein Gendarmerieposten im Nachbarort eingerichtet worden, was zum Teufel taten diese Männer in Uniformen? Sie betranken sich gemeinsam mit dem Vater im Wirtshaus und beschwerten sich über die Bürokratie, über jeden gemeldeten Diebstahl, jede Rauferei mussten sie Formular um Formular ausfüllen. Nach der Geburt Emils fasste Ida ein bisschen Mut und bat ihn um Hilfe, sie überlegte, ihren kleinen Sohn zurückzulassen, brachte es aber nicht übers Herz. Sie machten sich in der Nacht auf den Weg, das Baby begann zu weinen, der kleine Ignaz wachte auf und verriet sie. Sein Vater prügelte ihn halbtot, Ida musste von da an in der Kammer schlafen, die hinter der des Bauern und seiner Frau lag. Mit siebzehn ging Johannes von zu Hause fort, weil er die Situation im Elternhaus nicht länger ertrug, er hatte furchtbare Dinge mitbekommen. Ida war noch zweimal schwanger gewesen, ein Kind hatte es jedoch nie gegeben. Niemand hatte je danach gefragt, er traute seinem Vater alles zu.

Johannes wurde bei zwei Uhrmachern vorstellig, der zweite nahm ihn, er arbeitete hart, und mit der Zeit dachte er nicht mehr an Ida. Er gewann den Respekt seines Lehrherrn, lernte Freunde kennen, machte Bekanntschaft mit ehrbaren und weniger ehrbaren Frauen, er fühlte sich stark, als könnte er alles erreichen, was er sich vornahm. Er heiratete die Tochter eines Mitglieds des Linzer Gemeinderates und übernahm das Uhrmacher- und Schmuckgeschäft seines kinderlosen Arbeitgebers, durch seinen Schwiegervater betrat er das Terrain der Politik. Mittlerweile hatten er und Martha vier Kinder, er war ein wohlhabender Unternehmer und bewegte sich in einer heilen Welt. Seine Familie besuchte er kein einziges Mal, ab und zu schrieb ihm Franziska, so hatte er auch von Idas Tod bei einer Geburt erfahren. Dass die Welt außerhalb seiner oftmals keine heile war und der seiner Kindheit mitunter ähnelte, war ihm natürlich bewusst und wurde ihm durch die wohltätige Arbeit seiner Frau regelmäßig vor Augen geführt. Martha engagierte sich in einer Einrichtung für Frauen in Not: Ob Fabrikarbeiterin, Hausmädchen, Prostituierte, Tagelöhnerin, kleine Handwerkerin, das Elend war unendlich, und stets hatte es mit Armut und gewalttätigen Männern zu tun. Warum war es den Männern nicht möglich, die ihnen Anvertrauten anständig zu behandeln? Diese unhaltbaren Zustände gaben den Frauenbewegungen Aufwind, immer mehr Rechte forderten sie, und dem musste Einhalt geboten werden, es ging nicht an, dass eine Ehefrau studierte oder einer Arbeit nachging, welcher der Mann nicht zugestimmt hatte, und womöglich noch über ihr eigenes Geld verfügte. Eine gewisse Schulbildung war natürlich vonnöten – welcher Mann wollte eine völlig ungebildete Frau? –, doch ihre alleinige Bestimmung war es, Kinder zu bekommen und die Familie zu versorgen. Und der Mann musste sie beschützen.

Johannes war entsetzt, als er das Wohnhaus betrat, es war offensichtlich, dass seit Jahren eine Frau im Haus fehlte. Vier Tage später reiste er ab und war erstaunt, welch leichtes Spiel er mit seinem Vater gehabt hatte. Allein der Respekt, den seine Brüder vor ihm – dem ihrer Meinung nach mächtigen Politiker – hatten, verschaffte ihm einen Vorsprung. Seine Männer mussten nicht einmal Gewalt anwenden, Ignaz' Kopf wurde lediglich zweimal etwas länger in den Brunnen getaucht, und er gestand die Brandstiftung, schon vorher hatte Friedrich das falsche Alibi zugegeben. Johannes schrie, tobte und wütete, während die Männer das Haus auf den Kopf stellten, und fand Gefallen daran, dem Alten Angst einzujagen. Schließlich zwang er ihn, die Übernahme des Hofes zu unterschreiben, ansonsten würde er Ignaz auf der Stelle verhaften lassen und auch ihn wegen verschiedener Delikte ins Gefängnis bringen, drohte er. Johannes pokerte hoch, indem er sagte, er hätte mit eigenen Augen gesehen, was der Vater zweimal hinter dem Stall begraben hatte, nachdem Idas Bauch wieder verschwunden war, ob er seinen Männern eine Schaufel in die Hand drücken solle? Der Alte erblasste, und Johannes wusste, er hatte ins Schwarze getroffen. Ebenso zwang er ihn, die Vaterschaft von Emil anzuerkennen und ihm so bald wie möglich den Lohn für die letzten sieben Jahre auszubezahlen.

»Und du bittest ihn um Verzeihung«, sagte Johannes, als sie gemeinsam beim Essen saßen.

»Darauf kannst lange warten«, knurrte sein Vater, und als Johannes blitzschnell seinen Nacken packte und sein Gesicht in die Suppe stieß, hielten alle den Atem an.

Mit Friedrich führte er lange Gespräche und ermahnte ihn, sich nichts zuschulden kommen zu lassen, für die Dienstboten gut zu sorgen, sich vom Vater nicht ins Bockshorn jagen zu lassen. Nachdem er bemerkt hatte, dass sein Bruder und eine der Mägde ein Verhältnis hatten, und beide zugaben, sie würden gerne heiraten, ließ er sie ohne lange zu fackeln vom Pfarrer trauen. Eine Frau auf dem Hof, die sich verantwortlich fühlte, konnte nicht schaden.

»Sie ist eine Kleinhäuslertochter!«, schrie der Vater aufgebracht, und Johannes erwiderte: »Umso besser. Sie wird zu schätzen wissen, was sie bekommen hat.«

Nachdem er mit Ignaz abgereist war, hatte Eder einen Hirnschlag, Friedrich berichtete seinem Bruder umgehend in einem Brief davon. Sein Vater würde nie mehr seine politische Karriere gefährden, Johannes dankte im Stillen Gott dafür. An Emil schrieb er einen Brief, in dem er ihn bat, ihn in Linz zu besuchen, er würde sich freuen, seinen Bruder kennenzulernen.

Im Frühling machten die Brugger einen mehrtägigen Ausflug nach Linz. Emil war zum ersten Mal in seinem Leben in einer Stadt und war überwältigt, sie bummelten durch die Straßen, besuchten Märkte und Kaufhäuser, bestaunten die Elektrifizierung am Hauptbahnhof, gingen ins Theater. Gemeinsam mit Hedwig betrat er Johannes Eders Uhrmacher- und Schmuckgeschäft. Johannes, der sie erwartet hatte, lud die beiden in ein Kaffeehaus ein. Er freute sich ehrlich, die beiden jungen Leute zu sehen, und forderte sie auf, von sich zu erzählen. Sie löcherten ihn mit Fragen zu seinem Werdegang als Unternehmer und Politiker, aber er wollte nicht von sich sprechen. Er ist wie Ida, dachte er, was für ein schönes Paar, beinahe zu schön, um wahr zu sein.

Am Abend kamen sie zu viert zu ihm nach Hause, er hatte die zwei zusammen mit dem Ehepaar Brugger – weil er auch auf sie neugierig war – zum Essen eingeladen. Seine Frau und das Dienstmädchen kochten und backten den ganzen Tag, er wünschte sich das Feinste vom Feinen für seine Gäste. Brugger hatte sich in den letzten zehn Jahren kaum verändert, er sah immer noch so aus wie damals, als er bei ihm eingedrungen war, um mit seiner Schwester Franziska zu reden, und er ihn hinausgeworfen hatte. Die Eleganz und Attraktivität von Anna Brugger war auffällig.

Keiner sprach ihn auf seinen Besuch am Ederhof an, auch nicht auf seinen Vater, man plauderte über Allgemeines, über Alberts Jahre zur See, ihre Unternehmen, über die Kinder, über die Unterschiede des Lebens auf dem Land und in der Stadt, nur Emil fragte kurz nach Franziska. Seine Frau antwortete an seiner Stelle, denn sie war es, die mit ihr in Kontakt stand, Franziska – jetzt Ordensschwester Maria Agnes – war eine Schwester der Elisabethinen und arbeitete im Krankenhaus des Ordens, sie war sehr beliebt bei den Patienten, und es ging ihr gut. Johannes fiel auf, dass Albert Brugger aufhorchte, aus irgendeinem Grund schien er sich über die Auskunft zu freuen.

Bei einer bestimmten Formulierung Anna Bruggers über das Landleben horchte er selbst auf, es sei Idylle und Übel zugleich, sagte sie, dieselbe war in dem anonymen Brief, welchen ihn der Redakteur hatte lesen lassen, gestanden.

11

Eine Frau war es, welche die Tür von innen öffnete und die ersten zwölf Männer eintreten ließ. Sie war groß, wirkte jedoch zerbrechlich, das dunkelblaue, schlichte Kleid betonte ihre schmale Taille. Die aschblonden Haare hatte sie zu einem losen Knoten gebunden, einzelne Strähnen fielen ihr in die Stirn, auf dem Kopf trug sie einen verwelkten Blumenkranz. Emil war irritiert und merkte, dass es den anderen ebenso erging. Ihr Alter hätte er nicht schätzen können, war sie Anfang dreißig oder bereits vierzig? Was das Schätzen des Alters einer Frau betraf, war er einfach schlecht, Hedwig hatte sich deshalb oft über ihn lustig gemacht. Nur dass sie als junge Frau eine Schönheit gewesen war, erkannte er auf den ersten Blick.

Sie forderte alle auf, sich auszuziehen und sich in einer Reihe aufzustellen. Sie deutete auf zwei Bänke, die an der Wand standen.

»Die Kleidung bitte hierhin legen«, sagte sie und entfernte sich einige Meter.

Er setzte sich auf die Bank und schnürte seine Schuhe auf, die anderen taten es ihm nach. Als er fertig war – oder glaubte es zu sein –, richtete er sich auf. Die Frau kam zu ihm, sah an seinen Beinen hinunter und befahl ihm: »Auch das.«

Widerwillig schlüpfte er aus seiner wollenen langen Unterhose, er fand es befremdlich, sich in Anwesenheit einer Frau gänzlich entkleiden zu müssen. An dieser letzten Hürde soll es nicht scheitern, dachte er, um sich selbst zu beschwichtigen. Er faltete die Unterhose und legte sie auf sein Hemd, die Männer neben ihm, ebenfalls in Unterhosen, begannen zu murren.

»Ich zieh mich aus, wenn du draußen bist«, knurrte ein älterer Mann – Emil wusste aus dem Gespräch, das sie vor der Tür wartend geführt hatten, dass er Jedlicka hieß –, er schaute der Frau herausfordernd ins Gesicht.

Vom Tisch, der sich vor der großen Fensterscheibe befand, stand ein junger Mann auf und trat zu ihnen, er öffnete die Tür, kalte Luft strömte herein und ließ Emil frösteln.

»Der Herr darf nach draußen gehen, wenn ihm etwas nicht passt«, sagte er.

Jedlicka schüttelte verärgert den Kopf, wurde rot und senkte den Blick, der junge Mann schloss die Tür mit Nachdruck und kehrte zu seinem Tisch zurück.

»Sehr ordentlich«, sagte die Frau zu Emil und nickte anerkennend.

Der Stapel mit seinen Kleidungsstücken sah vorbildlich aus,

die meisten Männer hinter ihm hatten ihre Sachen achtlos auf die Bank geworfen. Emil wollte nicht, dass etwas zerknitterte, Hedwig hatte seine gesamte Kleidung vor seiner Abreise gewaschen, sorgsam gebügelt und im Koffer verstaut. Die Frau warf einen kurzen Blick in seine Dokumente, deutete ihm mit dem Kopf, nach rechts zu gehen, und streckte gleichzeitig die Hand aus, um die Dokumente des nächsten entgegenzunehmen. Aus den Augenwinkeln sah er, dass am anderen Ende des Raumes eine Tür aufging und ein alter glatzköpfiger Mann hereinkam, er hielt eine gefaltete Zeitung in der Hand.

Der junge Mann blickte ihm gelangweilt entgegen. Als Emil vor ihm stand, wurde ihm bewusst, dass sein Geschlecht genau in dessen Blickfeld lag, weshalb er es schnell mit den Händen bedeckte. Er wurde nach seinem Namen, seinem Alter, Geburtsort, Beruf und bisher überstandenen Krankheiten gefragt. Mit gestochener Schrift notierte der Mann alles auf einem vorgedruckten Formular, Emil blickte auf den mit Kopfschuppen weiß gesprenkelten Jackenkragen hinunter. Die letzte Frage galt den Eltern, ob sie noch am Leben waren und welchem Beruf der Vater nachging. Anschließend wurde er gewogen und gemessen.

»Ein Meter vierundsiebzig«, murmelte der junge Mann vor sich hin, bevor er die Zahl gewissenhaft notierte.

Die Frau ging an ihm vorbei, als er von der Waage stieg, und blieb stehen. »Was hast du da?«, fragte sie, sie legte ihre Hand auf seinen oberen Rücken. Er zuckte zusammen und machte einen Schritt nach vor, er sah, dass der junge Mann ein Grinsen nicht unterdrücken konnte.

Zwischen seinen Schulterblättern war der blasse Handabdruck immer noch zu sehen. Hedwig und er waren an einem Sonntagnachmittag Ende August in der prallen Sonne eingeschlafen, er war auf dem Bauch auf der Decke gelegen, sie seitlich an ihn gepresst, mit ihrer linken Hand auf seinem Rücken. Am Abend war sein Rücken knallrot, nur ihr Handabdruck leuchtete weiß. Hedwig machte ihn lachend darauf aufmerksam, er sah sich das Malheur daraufhin im Spiegel an und musste ebenfalls lachen. In der Nacht konnte er vor Schmerzen kaum schlafen. Zum Glück hatte es Hedwig nicht so schlimm erwischt, da sie ein kurzes Hemd getragen hatte, nur ihr Arm und ihr Oberschenkel waren ein bisschen rot.

»Es ist die Hand meiner Frau«, sagte er, »wir sind in der Sonne eingeschlafen.«

Die Frau entfernte sich wieder. Der Mann ließ ihn einige Übungen machen, Emil musste die Arme nach vor strecken, die Handflächen zeigen, Fäuste ballen und schließlich fünf Kniebeugen und zehn Liegestützen machen.

»Du weißt, was eine Liegestütze ist?«, wurde er gefragt.

Albert Brugger hatte sie einmal vorgezeigt. Mit Liegestützen und Klimmzügen hatten sich die Matrosen der k. u. k. Marine in Form gehalten, wenn ein Schiff wochenlang in einem Hafen gelegen war und es für die Besatzung nicht viel zu tun gegeben hatte.

Emil absolvierte die ihm aufgetragenen Übungen und hätte am liebsten weitergemacht, denn sie wärmten ihn, ihm war mittlerweile sehr kalt. Wie es ihm empfohlen worden war, war er früh dran gewesen, um einer der Ersten zu sein, er war in der Kälte mehr als eine Stunde lang vor dem Gebäude gestanden, laufend hatten sich andere zu ihm gesellt. Es war eine andere Kälte als in Putzleinsdorf, sie war feucht und kroch bis in die Knochen, der schneidende Wind tat sein Übriges. Alle waren froh, als sich die mächtige Eingangstür endlich öffnete. Im Flur taute er etwas auf, doch nackt in diesem großen, hohen Raum, begann er sofort wieder zu frieren. Es war nur ein einziger Kohleofen vorhanden, und Emil vermutete, dass mindestens drei vonnöten gewesen wären, um diese Halle – für nackte Menschen – erträglich zu beheizen. Doch er befürchtete, als Angeber dazustehen, falls er sich nicht genau an die Anweisung hielt, oder schlimmer noch als jemand, der nicht in der Lage war, bis zehn zu zählen, oder als jemand, der schlecht hörte. Er wusste nicht, was schlimmere Auswirkungen auf sein Gesundheitszeugnis gehabt hätte. Er erhob sich also nach zehn Liegestützen wieder, der junge Mann nickte ihm zu und setzte drei schwungvolle Häkchen in eine Spalte auf dem Formular. Er deutete ihm weiterzugehen, dorthin, wo die Frau auf dem Stuhl saß.

In ihrem Schoß lag ein aufgeschlagenes Buch, in dem sie zu lesen schien, Emil sah, dass ihre Lippen sich kaum merklich bewegten. Ihr gegenüber stand ein leerer Stuhl, auf dem ein Zeitungsblatt lag. Emil fühlte sich in ihrer unmittelbaren Gegenwart äußerst unwohl, er fragte sich, was sie inmitten der nackten Männer verloren hatte.

Der junge Mann gab ihm mit einer barschen Handbewegung zu verstehen, endlich weiterzugehen, und ihm blieb nichts anderes übrig, als auf die Frau zuzugehen. Auf dem Zeitungsblatt entzifferte er die Überschrift »Der erste Benzin-Omnibus der Welt soll spätestens im März seinen Betrieb aufnehmen«. Unter einem Foto eines älteren Mannes mit einem beeindruckenden Schnurrbart, der bis zum Kinn herunterhing und die Lippen zur Gänze bedeckte, stand »Der Erbauer Carl Benz«. Als Emil beim leeren Stuhl ankam, hob die Frau den Kopf und forderte ihn auf, sich zu setzen. Verlegen setzte er sich auf Carl Benz' Gesicht und faltete die Hände im Schoß, die Situation kam ihm zunehmend merkwürdig vor. Ihre grauen Augen schauten ihn mit einem abwesenden Blick an.

»Lesen Sie mir bitte diese Seite vor«, sagte sie und reichte ihm das Buch.

Ihre Hände, sie waren angenehm warm, streiften die seinen. Emil begann zu lesen: »Sie sahen sich eine Weile an, herüber und hinüber, als ob sie eine Lufterscheinung betrachteten, bis sich Sali endlich aufrichtete und langsam über die Straße und über den Hof ging auf Vrenchen los.« Nach ein paar weiteren

Zeilen unterbrach die Frau ihn: »Gut, danke, du bist ein geübter Leser. Hast du es viel praktiziert?«

Er wusste nicht, ob er die Wahrheit sagen sollte, nämlich dass er bis vor rund drei Jahren so gut wie nie ein Buch von innen angeschaut hatte. Erst auf Alberts Drängen hin hatte er sich mit dem Lesen beschäftigt, besondere Freude hatte es ihm aber nie bereitet, mit Büchern hatte er nicht viel anfangen können, er bevorzugte Zeitungen und Zeitschriften. In den letzten Wochen hatte er sich gezielt auf die Prüfungen vorbereitet, weil Hedwig darauf gedrängt hatte. Es wurde nicht nur die Gesundheit des Körpers, sondern auch des Verstandes untersucht, die Einreisewilligen mussten lesen, rechnen und andere Aufgaben vor einer strengen Kommission bestehen. Die Agentur in Linz hatte ihm diesbezüglich bestätigt, was er schon von zwei Familien erfahren hatte, die es wiederum in Briefen ihrer ausgewanderten Söhne und Töchter gelesen hatten: Jeglicher Hinweis auf geistige Schwerfälligkeit konnte als Zurückgebliebenheit eingestuft werden und führte dazu, dass man mit dem nächsten Schiff in die Heimat verfrachtet wurde. Emil wollte die Frau nicht anlügen, fragte sich jedoch, was ihm dienlicher sein würde: Wenn er behauptete, viel gelesen zu haben, oder wenn er bei der Wahrheit blieb? Er entschied sich für Letzteres. Warum lügen?, dachte er, ich kann gut lesen, und das alleine zählt. Schulterzuckend antwortete er: »Ich habe es erst in der letzten Zeit geübt.«

Die Frau nahm ihm das Buch ab, klappte es zu und legte es auf einen mit Zeitungspapier gefüllten Korb, der neben ihr auf dem Boden stand.

»Zähl rückwärts von dreißig bis eins«, forderte sie ihn auf, und er tat es, die ganze Zeit betrachtete sie ihn mit ihrem abwesenden Blick.

»Hast du schon ein bisschen Englisch gelernt?«, fragte sie weiter, und er nickte.

Gemeinsam mit Hedwig hatte Emil die ersten Kapitel des

Englischlehrbuches studiert, das ihm Albert geschenkt hatte. Er konnte grüßen, fünf Sätze über seine Person sagen (Hello, my name is Emil Wagner, I am twenty-four years old, I come from Austria, I am a farmer's son, I learned the profession of a miller), sich verabschieden und nach bestimmten Dingen fragen, wie zum Beispiel nach dem Befinden, der Uhrzeit, einem Geschäft. Er war froh, dass ihn die Frau um keine Kostprobe seiner englischen Kenntnisse bat, denn seine Aussprache war sicherlich miserabel, und vermutlich hätte sie ihn ausgelacht.

Er musste seinen Oberkörper vorbeugen und das Kinn zur Brust senken, damit die Frau seine Haare nach Läusen durchsuchen konnte. Er spürte ihre Finger an seiner Kopfhaut.

»Worum geht es in der Geschichte?«, fragte er zögernd, weil ihm die Stille unangenehm war, und weil er neugierig war.

»Es geht um zwei junge Leute, die sich lieben. Ihre Väter sind stark verfeindet. Sie haben sich wegen eines kleinen Ackerstücks arg zerstritten, teure Prozesse geführt und ihre Familien in bittere Armut gestürzt«, antwortete die Frau.

»Was geschieht mit ihnen?«, fragte Emil neugierig.

»Die zwei Verliebten sehen keinen Ausweg und gehen ins Wasser.«

»Das heißt, sie sterben?«

»Ja, sie sterben«, sagte sie.

»Sie hätten nach Amerika auswandern können«, sagte er.

»Der Autor hat das offensichtlich nicht in Betracht gezogen.«

»Das war dumm von ihm.«

Mit seitwärts geneigtem Kopf sah Emil in wenigen Metern Entfernung auf der linken Seite den alten glatzköpfigen Mann am massiven Schreibtisch sitzen, mittlerweile trug er einen weißen Doktormantel. Er war versunken in seine Zeitung und schnäuzte ab und zu lautstark in ein gemustertes Taschentuch, das er dann wieder zur Seite legte. Vor ihm lagen auf einem weißen Tuch einige medizinische Geräte. Emil kannte nur eines da-

von, mit einem solchen war ihm vor einigen Jahren die Lunge ab-
gehört worden, als er schwerkrank gewesen war und der Bauer
auf Drängen von Franz doch den Doktor geholt hatte. Obwohl
ihm mehrmals vom Agenten in Linz, welcher ihm die Schiffs-
fahrkarte verkauft hatte, versichert worden war, er hätte nichts zu
befürchten, er war ja gesund und kräftig, durchzuckte ihn kurz
die Angst, der Arzt könnte eine bisher unentdeckte Krankheit
bei ihm finden und ihm das nötige Gesundheitszeugnis nicht
ausfüllen. Dann müsste er seine Karte an jemanden verkaufen
und den Zug zurück in die Heimat nehmen. Wie würde Hedwig
ihn empfangen? Glücklich, weil er wieder bei ihr war, oder zutiefst enttäuscht, da ihre gemeinsamen Träume für immer begraben waren?

Die Frau nahm seinen Kopf in beide Hände und drehte ihn
auf die andere Seite. Nun sah er die andere Längsseite des Raumes vor sich, er betrachtete die vier hohen Fenster, die mit glit-
zernden Eiskristallen bedeckt waren. Er fragte sich, ob in der
warmen Jahreszeit etwas vor die Scheiben gehängt wurde, damit
niemand hereinsehen konnte. Seine Gedanken schweiften ab. Er
stellte sich einen warmen Frühlingstag vor, junge hübsche Frau-
en drängten sich vor den Fensterscheiben und schauten in das
Innere des Raumes, sie betrachteten ausgiebig die nackten Männer, lachten, zeigten mit ihren Fingern, spitzten ihre Münder und
schickten Küsse. Die Imagination veränderte sich: Die Blicke
und Küsse der Frauen galten ausschließlich ihm, weshalb er sich
streckte, als er gemessen wurde, besonders aufrecht auf die Waage stieg, ein geheimnisvolles Lächeln aufsetzte. Plötzlich sah er
Hedwig mit ihrem großen Bauch abseits stehen, sie sah ihn traurig an. Emil kehrte in die Gegenwart zurück, saß nackt, mit gebeugtem Kopf, auf dem Stuhl vor der Frau, die in seinen Haaren
herumwühlte. Er hoffte, sie würde schneller machen, auch weil
der nächste Mann mit den Liegestützen fertig war und neben
ihnen bereits wartete. Die ganze Situation war ihm mehr als un-

angenehm, er konnte nur hoffen, dass Hedwig bei der Untersuchung nicht nackt vor einem Mann sitzen musste, während
dieser in ihren Haaren herumwühlte. Bei dem Gedanken drehte
sich ihm der Magen um. Warum überhaupt mussten sie diese
Untersuchungen nackt über sich ergehen lassen?

»Ist deine Frau drüben?«, fragte sie und deutete mit dem
Kopf zur Tür, durch die er vor einer halben Stunde eingetreten
war. Auf der anderen Seite des Flurs, genau gegenüber, befand
sich der Untersuchungsraum für die Frauen.

Emil schüttelte den Kopf. »Sie kommt im Sommer nach. Mit
unserem Kind. Sie ist im siebten Monat schwanger.«

»Das hättest du auch noch abwarten können«, sagte die Frau
und ließ abrupt von ihm ab. Er stand auf, ohne ihre Aufforderung dazu abzuwarten, er wollte endlich von ihr weg. Sie nahm
das Zeitungsblatt, auf dem er gesessen war, an einer Ecke hoch
und legte es unter ihren Stuhl. Weil er vor Ärger rot im Gesicht
wurde und nicht wollte, dass sie es sah, wandte er sich ab. Was
wusste sie schon! Er hätte eben nicht warten können, das war ja
das große Problem gewesen.

»Finden Sie Ihr Glück und behalten Sie es«, sagte die Frau.

Der Doktor räusperte sich, stand auf, faltete die Zeitung und
winkte ihn zu sich. Er war einen halben Kopf kleiner als Emil, seine Kopfhaut war mit braunen Flecken übersät. Er sah sich die
Wirbelsäule an, tastete sie ab, ließ ihn dabei sich nach vorne
bücken. Mit Lupe und Licht schaute er in seinen Mund, in seine Nase, in seine Augen. Bevor er die Lunge abhörte, sagte er:
»Fünfmal kräftig ein- und ausatmen!«

Nachdem er seinen Stempel und seine Unterschrift auf das
Gesundheitszeugnis gesetzt und ihm das Papier ausgehändigt
hatte, sagte er: »Ich wünsche Ihnen alles Gute, junger Mann!«
Mehr nicht.

Emil starrte das Dokument an, ging zur Bank, auf der seine
Kleidung lag, und zog sich eilig an. Als er den Raum verließ,

blickte er zurück, er bemerkte, dass die Frau ihm nachschaute, schnell schloss er die Tür.

Er kämpfte sich durch den Flur, unzählige Menschen waren mittlerweile gekommen, um die Untersuchung über sich ergehen zu lassen, Männer und Frauen jeden Alters, kleine und größere Kinder, sie alle wollten nach Übersee, um ihr Glück zu finden und zu behalten. Manche hatten ihr gesamtes Gepäck dabei, weil sie direkt vom Bahnhof zur ärztlichen Station der Reederei gefahren waren, oder weil sie Angst vor Diebstahl hatten und es nicht in der Unterkunft zurücklassen wollten. Die Luft war erfüllt mit Stimmengewirr und Gerüchen, Emil war froh, als er im Freien war. Am bewölkten Himmel blitzte die Sonne hervor, der Wind blies dennoch schneidend kalt. Er presste das Kuvert mit den vollzähligen Papieren an sich und fühlte eine unsägliche Erleichterung.

Im Gasthof, in dem er abgestiegen war, verzehrte er ein üppiges Frühstück, gebratenen Speck, Spiegeleier, dicke Brotscheiben, frisch gebrühten Kaffee. Nach und nach trafen Leute ein, die ebenfalls im Gasthof wohnten, er hatte sie am Abend in der Gaststube sitzen gesehen. Sie hatten wie er die Gesundenuntersuchung hinter sich gebracht oder sich um ein anderes Dokument gekümmert oder gar erst ihre Fahrkarte kaufen müssen. Emil war froh, dass er beim Eintreffen in Bremen bereits im Besitz aller nötigen Papiere gewesen war und nur noch das erforderliche Gesundheitszeugnis gefehlt hatte, welches von der Reederei bescheinigt werden musste und nicht von irgendeinem Arzt in der Heimat ausgestellt werden konnte.

Die Stimmung war gelöst, offensichtlich waren alle bei ihren Erledigungen erfolgreich gewesen. Als ein Mann ein Bier bestellte, taten es ihm die anderen nach, ein zweites Bier folgte, man kam ins Gespräch. Das vorherrschende Thema war die eigenartige Frau, die im Untersuchungsraum der Männer herumgeschwirrt war, die keine Krankenschwesterntracht, dafür aber einen verwelkten Blumenkranz im Haar getragen hatte. Einer erzählte, dass er in das zuständige Büro gegangen war, um sich zu beschweren, aber dort hätte man ihn nur ausgelacht und zurückgeschickt.

»Sie hat meinen Kopf nach Läusen durchsucht, während ich nackt vor ihr sitzen musste!«, sagte der Mann wütend, die anderen pflichteten ihm bei: »Die Sache ist eine Unverschämtheit.«

»Das ist die Behrens. Sie ist stadtbekannt. Heinrich Wiegand, der Generaldirektor des Norddeutschen Lloyd, ist ihr Bruder«, sagte der Wirt, er bemühte sich, den breiten Bremer Dialekt zu vermeiden, um für alle verständlich zu sein. »Sie hat als junge Frau ihren Mann verloren, er war Arzt und hat für die Reederei die Gesundheitszeugnisse der Männer ausgestellt, sie hat bei ihm mitgearbeitet.«

»Was ist passiert?«, fragte eine Frau.

»Drei Brüder aus Preußen haben ihn ermordet«, antwortete der Wirt. »Zwei von ihnen hat er die Zeugnisse verweigert, sie durften nicht an Bord gehen. Der mittlere wollte ohne seine Brüder nicht auswandern. In der Nacht sind die drei in sein Haus eingedrungen. Dr. Behrens musste sich nackt ausziehen, sie spielten mit ihm eine Untersuchung nach. Einer hatte ein Messer dabei. Es soll grauenhaft gewesen sein. Frau Behrens hat man auf einen Stuhl gefesselt und gezwungen zuzusehen.«

»Warum hat er den beiden das Zeugnis verweigert?«, fragte ein anderer.

Der Jüngere sei schwachsinnig gewesen, erzählte der Wirt weiter, bei einer Frau und einem ihrer Kinder stellte Dr. Behrens zudem eine schwere Augenkrankheit, ein Trachom, fest. Die ganze Bande wirkte roh und verwahrlost. Der Arzt war jung, hatte gerade das Medizinstudium beendet und nahm seine Arbeit sehr genau. Er hatte von der Reederei strikte Anweisungen bekommen, die Sache ernst zu nehmen. Erst vor kurzem waren in den

Vereinigten Staaten strengere Einwanderungsgesetze, körperliche und geistige Gesundheit betreffend, verabschiedet worden. Im Fall einer Absage schickte man die Leute auf Kosten der Reederei in die Heimat zurück, was diese natürlich vermeiden wollte.

»Was ist mit den Mördern?«, fragte jemand. »Wurden sie geschnappt?«

Der Wirt nickte: »Die zwei Älteren haben vor Gericht den jüngsten Bruder beschuldigt, der aber gar nicht verstanden hat, worum es gegangen ist. Er hat zu allem genickt, gelacht und ja, ja gerufen. Die Richter haben alle drei zum Tode verurteilt, aber der Idiot wurde begnadigt, weil sich ein Priester für ihn eingesetzt hat. Er arbeitet immer noch als Gärtner in einem Kloster, ganz in der Nähe der Stadt. Die Behrens hat ihn einmal besucht, ein Jahr nach dem Prozess. Er hat sie erkannt und zu ihr gesagt: Finden Sie Ihr Glück und behalten Sie es. Das nämlich hat Dr. Behrens zu seinem Bruder gesagt, als er ihm das Gesundheitszeugnis ausgehändigt hat. Er hat das oft zu den Leuten gesagt. Hier in Bremen bekommt man so manches mit, viele – ein Drittel, um genau zu sein – sind in der ersten Zeit in Amerika überglücklich, voller Hochgefühl, scheitern aber dann und kehren noch ärmer als zuvor in die Heimat zurück. Der Idiot steht sabbernd da, zeigt mit dem Finger auf die Frau, schlägt sich auf die Schenkel und lacht immer wieder: Finden Sie Ihr Glück und behalten Sie es! Er hat sich nicht beruhigt. Seine Brüder haben den Satz in der Mordnacht mehrmals zum Arzt gesagt.«

In der Gaststube war es still, Emil lief ein Schauer über den Rücken. Der Wirt fuhr mit seiner Erzählung fort. Die junge Arztgattin erholte sich nicht und wurde im Laufe der Jahre seltsam, tat aber niemandem etwas zuleide. Sie wohnte im Haus ihres Bruders, war den ganzen Tag auf den Beinen, trieb sich im Hafen herum, meistens im Untersuchungsraum der Männer. Alle wussten über sie Bescheid und duldeten sie, auf Anweisung von Direktor Wiegand. Manche machten sich sogar einen Spaß aus der Empörung der Männer.

»Du auch?«, fragte der Mann, der sich zu Beginn lautstark beschwert hatte. »Du hättest die Geschichte gestern Nacht erzählen können.«

Der Wirt lachte und nickte. Allmählich, zuerst leise, dann zunehmend lauter, kehrten die Gespräche an die Tische zurück.

Ein Ehepaar und ein junger Bursche betraten die Gaststube und kamen zu Emil an den Tisch. Er hatte sie im Zug kennengelernt, sie waren in Straubing eingestiegen und hatten sich kurzerhand zu ihm gesetzt, die ganze Fahrt über unterhielten sie sich, wobei die meiste Zeit das Ehepaar, Hubert und Maria, redete. Sie hatten erst vor kurzem geheiratet und waren laute fröhliche Menschen; Franz, Marias jüngerer Bruder, war durch eine Hasenscharte verunstaltet und vermutlich deshalb sehr schüchtern, er machte kaum den Mund auf, dafür war er beim Tarock unschlagbar. Sie stammten von kleinen Bauern ab, die Familien waren kinderreich, und nur ein Nachkomme konnte den Hof weiterführen, die anderen mussten sehen, wo sie blieben. Möglichkeiten, sich eine eigene Landwirtschaft aufzubauen, gab es in der Heimat kaum, in Übersee jedoch zur Genüge. Die drei wollten nach Wisconsin, dort gab es günstig Farmland zu kaufen, über eine katholische Organisation hatte Hubert bereits einen Antrag gestellt. Emil wurde nach seinen Plänen ausgefragt. Er erzählte, dass er gelernter Müller war und ebenfalls nach Wisconsin, nach Milwaukee ging, um in einer Getreidemühle zu arbeiten, er wurde erwartet und sollte eine leitende Position einnehmen. Der Besitzer der Mühle stammte ursprünglich aus Böhmen und war ein alter Bekannter seines Lehrherrn, sie kannten sich aus der gemeinsamen Zeit in der k. u. k. Kriegsmarine. Dieser hatte das Ganze eingefädelt, wofür Emil ihm sehr dankbar war.

»Sein Wunsch war, dass ich so schnell wie möglich komme.

Ich hätte lieber noch ein halbes Jahr oder auch ein Jahr gewartet. Aber dann wäre die Stelle nicht mehr frei gewesen«, erzählte Emil. »Meine Frau ist nämlich hochschwanger. Wir wären gerne zusammen gereist. Sie kommt mit dem Kind nach.«

Die drei gratulierten ihm, Hubert holte eine Schnapsflasche aus seinem Koffer, und jeder trank einen Schluck auf Emils ungeborenes Kind. Man verstand sich gut, und als man in Bremen aus dem Zug stieg, beschloss man, gemeinsam einen Gasthof zu suchen. Bis in die Nacht hinein saßen sie in der Gaststube, für eine kurze Weile setzte sich ein Leichtmatrose der Reederei zu ihnen und erzählte von seiner Arbeit, er empfahl ihnen, die Elbe zu nehmen, sie würde in drei Tagen auslaufen. Als Emil todmüde ins Bett fiel, hatte er das Gefühl, Freunde gefunden zu haben.

Hubert zeigte Emil hocherfreut die drei Fahrkarten.

»Es war ein Kinderspiel, noch Karten zu bekommen«, erzählte er. »Das Schiff hat Platz für über eintausend Passagiere, dieses Mal sind nur zweihundert an Bord, nicht viele wollen im Winter über den Ozean. Dafür werden hundertfünfzig Tonnen Reis und an die hundert Tonnen eiserne Radreifen geladen.«

Sie beschlossen, sich Bremen ein bisschen anzusehen. Sie schlenderten durch die Stadt, und weil der kalte Wind zu ungemütlich war, setzten sie sich in ein Kaffeehaus, am Abend wurde es wieder spät in einer Kneipe.

Am nächsten Tag zogen sie wieder gemeinsam los, die Frau wollte noch ein Paar Schuhe kaufen, Hubert ein paar gute Zigarren.

»Hilft gegen die Seekrankheit«, sagte er.

Maria suchte stundenlang nach etwas Passendem, bis sie schließlich eine Bluse und keine Schuhe kaufte, und Emil dachte: Wie kompliziert die Frauen sind. In einem Wirtshaus aßen sie ein typisches Bremer Gericht, Grünkohl mit Pinkel, und tranken wieder zu viel Bier. Sie beschlossen, in Übersee in Kontakt zu bleiben, und schrieben sich gegenseitig ihre Adressen auf, Emil kannte die der Mühle auswendig, Maria notierte die Adresse vom Pfarrer des kleinen Ortes in Wisconsin, in dem sie erwartet wurden. Als sie auf die Straße traten, entdeckten sie ein Fotostudio und beschlossen, Bilder machen zu lassen. Emil sträubte sich, er wollte dafür kein Geld ausgeben, er war bei seiner Hochzeit vor eineinhalb Jahren – zum ersten Mal in seinem Leben – fotografiert worden, mit und ohne Hedwig. Es kam ihm unsinnig vor, nach so kurzer Zeit wieder Fotografien von sich anfertigen zu lassen. Er wollte das frühestens in fünf Jahren tun, mit Hedwig und seinen Kindern – falls es denn mehrere sein sollten – an seiner Seite, im Hintergrund sein Haus in Milwaukee, ein Foto würde er in seiner Stube aufhängen, ein Foto an die Familie Brugger schicken, ein drittes an seinen Vater, um ihn zu ärgern.

»Komm schon, es sind die letzten in der Heimat«, sagte Maria.

Er wollte erwidern, dass Bremen nicht seine Heimat war, doch sie griff bereits nach seiner Hand und zog ihn über die Schwelle. Sie lachten die ganze Zeit, der Fotograf bestand auf Ernsthaftigkeit. Nachdem Einzelporträts gemacht worden waren, ließ sich das Ehepaar zu zweit ablichten, zum Schluss schlug der Fotograf vor, sie alle zusammen zu fotografieren. Emil stand zwischen Maria und ihrem Bruder, sie war ausgelassen, legte nicht nur eine Hand auf die Schulter ihres Mannes, sondern auch auf seine. Er bemerkte, dass sie nach Rosenöl roch.

Mit einem Mal wünschte Emil sich sehnlichst, es wäre Hedwig, die neben ihm stand, ihn anlachte, ihn berührte, er spürte eine unendliche Müdigkeit und Traurigkeit in sich. Was tat er hier mit diesen fremden Menschen, warum gab er so viel Geld für Blödsinnigkeiten aus, warum trank er seit Tagen so viel Bier? Und warum um Gottes willen war er nicht bei seiner Frau geblieben, um ihr in der schweren Stunde beizustehen? Er hätte in Milwaukee oder sonst wo mit Sicherheit eine andere Arbeit gefunden, warum hatte er sich nur derart unter Druck gesetzt? Es fühlte sich alles falsch an. Es war noch nicht zu spät, er konnte immer noch umkehren, die Fahrkarte würde die Reederei sicherlich zurücknehmen, wenn auch nicht zum vollen Preis, aber das war ihm gleichgültig. Der Fotograf, mit einer Zigarette im Mund, scharwenzelte um sie herum, drehte und zog an ihnen, um sie in die gewünschte Position zu bringen, blies ihnen Rauch ins Gesicht. Schwindel erfasste ihn, am liebsten hätte er auf der Stelle das Studio verlassen, um sich am Bahnhof nach dem nächsten Zug in Richtung Süden zu erkundigen. Der Apparat blitzte auf, seine Augen schmerzten. Sie bezahlten den Mann und schrieben die Postanschrift der Eltern auf – Emil die der Hofmühle –, dorthin sollten die Bilder nach Fertigstellung geschickt werden. Er wankte ins Freie, die kalte Luft tat ihm gut.

»Du hast zu viel getrunken!«, lachte Hubert.

Maria entschied, sie wolle doch ein Paar Schuhe kaufen. Emil verabschiedete sich, indem er die Hand hob, und ging zum Gasthof zurück. In seinem Zimmer angekommen, schlief er tief und fest den ganzen Nachmittag. Als er aufwachte, war es bereits dunkel, er fühlte sich wieder zuversichtlich, die Bedenken waren wie weggewischt. Die Entscheidung, nicht auf diese gute Stellung in Übersee zu verzichten, war richtig gewesen, er wollte hart arbeiten, um sich des Vertrauens, das ihm im Vorhinein geschenkt worden war, würdig zu erweisen, er würde Joseph Zeman nicht enttäuschen. Wenn Hedwig mit dem Kind ankam, hätte er bereits ein großes helles Heim für seine Familie gefunden und eingerichtet, er freute sich auf ihren staunenden Blick, wenn sie durch die Räume ging. Er setzte sich an den kleinen wackligen Tisch und schrieb Hedwig einen Brief, er erzählte von den drei Leuten, die er im Zug kennengelernt hatte und mit denen er seine Zeit in Bremen verbrachte. *Wir haben unsere Adressen getauscht,* schrieb er und weiter: *Ich bin mir sicher, du wirst sie mögen. Es sind lustige Leute. Maria und du, ihr werdet bestimmt*

Freundinnen werden. Er steckte den Brief in ein Kuvert, überbrachte es dem Fotografen und bat, es den Fotos beizulegen, die an seine Frau Hedwig geschickt werden sollten.

Maria zeigte ihm beim Abendessen ihre neuen Schuhe, sie waren aus weichem Leder und hatten einen hohen Absatz, sie gefielen ihm, er nahm sich vor, in Milwaukee für Hedwig ähnliche zu kaufen. Er schämte sich, dass er vor wenigen Stunden noch gedacht hatte: Was habe ich mit diesen Fremden zu schaffen?

Feierstimmung und Melancholie kamen gleichzeitig auf: Es war der letzte Abend vor der Reise über den weiten Ozean. Am frühen Morgen hatten sie die Geestebahn nach Bremerhaven zu nehmen, wo gegen drei Uhr nachmittags die Elbe mit Kurs auf New York City ablegte. Emil hielt sich beim Essen und Trinken zurück, er wollte einen klaren Kopf haben, wenn der Schnelldampfer ins offene Meer hinausglitt, Albert hatte ihm diesen Rat gegeben, die Seekrankheit würde ihn dann nicht mit voller Wucht erwischen.

Staunend betrachteten sie die Elbe. Vom Leichtmatrosen, der sich am ersten Abend im Gasthof zu ihnen gesellt hatte, hatten sie einige technische Einzelheiten erfahren. Ihre Länge betrug 127 Meter, der Propeller bestand aus Manganbronze, sie war sicher, wendig, schnell, konnte eine Geschwindigkeit von sechzehn Knoten erreichen. Kajüten erster und zweiter Klasse waren vorhanden, und die Zwischendecksunterkünfte waren geräumig und sauber, die Zeit der katastrophalen Zustände auf Auswandererschiffen war zum Glück schon länger vorbei.

Vor der Rampe, die auf das Schiffsdeck führte, standen auf der linken Seite zwei Ärzte, einer davon war der kahlköpfige, unwillkürlich wandte Emil sich um und hielt nach der Behrens Ausschau. Tatsächlich stand sie in einigen Metern Entfernung inmitten des Getümmels, neben ihr ein elegant gekleidetes Paar, der

Mann schien alles mit Argusaugen zu beobachten. Jeder Passagier wurde mit einem schnellen Blick von oben nach unten begutachtet, die Augen wurden noch einmal untersucht, erst dann durfte er den Kontrolleuren auf der rechten Seite die Fahrkarte zeigen.

Und endlich war auch diese letzte Hürde geschafft, Emil ging langsam die Rampe hoch, in der rechten Hand seinen Koffer, vor ihm seine neuen Freunde. Er blickte auf das Wasser hinunter, das schwarz und träge gegen die Kaimauer schwappte, es wirkte bedrohlich auf ihn. Seine Halbbrüder hatten ihn mehrmals – unter dem Vorwand, ihn waschen zu wollen, da er furchtbar stänke – mit Gewalt in den gefüllten Brunnen gesetzt und seinen Kopf so lange untergetaucht, bis er glaubte, sterben zu müssen. Einmal, er war bereits bewusstlos, kam in letzter Sekunde sein Vater dazu und zog ihn heraus; während er würgend ins Leben zurückkehrte, hörte er die Schläge, die seine Brüder bekamen, und das Fluchen seines Vater: »Wollt ihr die Drecksarbeit beim Vieh machen?« Erst im Haus der Familie Brugger freundete er sich mit dem nassen Element an. Hedwig bestand darauf, dass er einmal in der Woche badete, und er begann es allmählich zu genießen, im warmen Wasser zu sitzen. Albert brachte ihm das Schwimmen bei, es dauerte nicht lange, bis er einige wenige Tempi schaffte, und die ganze Sache machte ihm sogar Freude.

Schnell stieg Emil hinunter in das Zwischendeck und suchte die Unterkünfte der Männer, er wollte nicht darauf warten, bis die besten Plätze belegt waren. Er entschied sich für ein Bett in der Nähe der Treppe, wo es zwar kühler, jedoch im Falle einer Übelkeit einfacher war, an Deck zu gelangen. Er legte seinen Koffer auf das obere Bett, schrieb seinen Namen und seine Passagiernummer auf die Karte, die am Pfosten befestigt war, und eilte zurück an Deck, wo es mittlerweile laut und hektisch zuging. Ein ohrenbetäubendes Signal ertönte, das Schiff legte ab, der Kai mit den winkenden Menschen wurde winzig, während die Elbe aufs offene Meer hinausfuhr. Emil empfand den Augenblick als erhebend, er fühlte eine unbändige Freude in sich. In einer Woche betrat er amerikanischen Boden und sein neues Leben begann! Neben ihm lagen sich seine Freunde lachend und weinend in den Armen und umarmten auch ihn.

Als es kalt wurde, verließen die Leute das Deck und suchten ihre Unterkünfte auf, nachdem jeder ein Bett gefunden hatte und Ruhe eingekehrt war, lagen die meisten still da und hingen ihren Gedanken nach. Aus dem Frauenbereich drang Kinderweinen herüber. Emil holte die Fotos aus seinem Koffer, die Hedwig sorgfältig in dickes Papier eingeschlagen hatte, damit sie nicht einrissen oder knickten. Er hatte ihr versprochen, in Milwaukee edle Holzrahmen dafür zu kaufen. Auf einem Bild waren nur ihr Kopf und ihre rechte Schulter zu sehen, ihre großen dunklen Augen blickten ihn schelmisch an, ihre vollen Lippen lächelten nur leicht, da der Fotograf nicht gewollt hatte, dass sie ihre Zähne zeigte. Ihre keck nach vor gestreckte Schulter war nackt, da sie kurzerhand ihr Kleid etwas hinuntergeschoben hatte, weshalb das Porträt wirkte, als wäre sie beim Fotografieren gänzlich nackt gewesen. Von ihrer verstorbenen Mutter, die in einem Wiener Theater gearbeitet hatte, hatte sie das Posieren gelernt. Auf einer anderen Fotografie, es war ihr Hochzeitsbild, saß Emil auf einem Fauteuil und Hedwig neben ihm auf der Lehne. Sie hatte die Beine übereinandergeschlagen, sodass ihre Schuhe und ihre schlanken Fesseln zu sehen waren, ihren Arm hatte sie um seine Schulter gelegt, darunter standen in Schnörkelschrift ihre Namen. Sie hatte sich geweigert, steif nebeneinander stehend abgelichtet zu werden, wie es bei Brautpaaren üblich war. Das dritte Bild zeigte Emil und Hedwig gemeinsam mit dem Ehepaar Brugger und den Söhnen Carl, Eugen und Gustav vor der Hofmühle. Im Vordergrund saßen auf zwei Stühlen sein Arbeitgeber – der ihm mehr ein väterlicher Freund gewesen war –, rechts neben ihm seine Frau, sie hatte das jüngste Kind, Gustav, auf dem Schoß, der damals erst drei Jahre alt gewesen war, er schaute mit finsterem Blick und Schmollmund in die Kamera. Neben Anna stand Carl, er lehnte sich leicht an die Schulter der Mutter. Neben Albert stand Eugen, Carls Zwillingsbruder, er blickte ebenso finster drein wie der kleine Gustav, er hatte zwischen Hedwig und Emil stehen wollen, doch es war ihm verboten worden. Hinter Albert stand Hedwig, die Ähnlichkeit der beiden stach ins Auge, hinter Anna stand er, Emil. Hedwig und er waren die Einzigen, die einander ansahen, sie hatte nach seiner Hand gegriffen, woraufhin er sich ihr zugewandt hatte, im Nachhinein war er sich sicher gewesen, dass sie es mit Absicht gemacht hatte. Sie war es, die Regie führen wollte: vorne die fünfköpfige Familie, die ernst in die Kamera schaute, dahinter das Liebespaar, das nur Augen füreinander hatte. Er fuhr sanft mit dem Zeigefinger über ihr Gesicht und auch über das der drei Buben, er hatte sie in den letzten Jahren liebgewonnen.

Jemand rüttelte ihn an der Schulter, er schreckte hoch.

»Es gibt Abendessen, du Schlafmütze«, sagte Hubert.

Er musste kurz eingeschlafen sein, die Fotos hatte er an seine Brust gepresst, er verstaute sie wieder sorgfältig im Koffer. Obwohl er großen Hunger verspürte – er hatte den ganzen Tag kaum etwas zu sich genommen –, verzichtete er auf das Essen, die anderen zogen alleine los. Emil schlüpfte in seinen Mantel und begab sich an Deck, es war eiskalt, einige Menschen waren über die Reling gebeugt, stöhnten, übergaben sich, andere huschten, blass im Gesicht und gekrümmt, herum. Emil blickte lange auf das schwarze Meer hinaus, später leisteten ihm seine Freunde Gesellschaft. Sie tarockierten im Speisesaal, ein Mann begann Ziehharmonika zu spielen, manche Paare begannen zu tanzen, um Mitternacht fielen die Letzten ins Bett. Die Aufregung ließ Emil nicht einschlafen. Es war für ihn unfassbar, dass er sich tatsächlich in einem Schiffsbauch befand, der ihn nach Amerika brachte, in das paradiesische Land, in dem man mit der Arbeit seiner Hände, seines Kopfes wohlhabend werden konnte. Er musste innerlich lachen, seit seiner Abreise vor einer Woche wechselte seine Stimmung beinahe stündlich. Mit dem Gedanken an Hedwigs dicken Bauch und ihre großen Brüste fiel er schließlich in einen leichten Schlaf.

Ein dumpfer Knall weckte ihn, er richtete sich auf und beugte sich zu seinem unteren Bettnachbarn hinunter.

»Was war das?«, fragte er.

»Schlaf weiter«, knurrte dieser. Emil lauschte, es war wieder still, er drehte sich zur Seite.

Wenige Minuten darauf waren Rufe und eilige Schritte vom Deck zu hören, die immer lauter wurden, er sprang aus dem Bett, schlüpfte in seine Hose und lief barfuß die steile Treppe hoch, einige folgten ihm. Auf Deck herrschte ein unglaublicher Tumult, schreiend liefen Leute – manche von ihnen halbnackt – in der Dunkelheit herum. Panik erfasste Emil.

»Was ist passiert?«, fragte er einige, doch sie schüttelten nur mit angstgeweiteten Augen den Kopf, endlich fand er im Gedränge einen Matrosen, der ihm antwortete: »Wir sind seitlich gerammt worden.«

»Und was bedeutet das?«, fragte er weiter gegen den Lärm anschreiend.

»Was das bedeutet?«, schrie der Matrose zurück. »Das bedeutet, das Schiff sinkt!«

Emil starrte ihn fassungslos an.

»Wie viel Zeit bleibt noch, um zu packen und in die Rettungsboote zu steigen?«, fragte ein älterer Mann neben ihm, er packte den Matrosen am Oberarm. Dieser schaute den Fragenden ungläubig an, riss sich los und eilte weiter. Emil zwang sich zur Ruhe, ich muss Hubert und die anderen wecken, sagte er zu sich, und meine Dokumente holen, die Dokumente brauche ich am dringendsten. Und die Fotos. Einen Anzug kann ich mir in Milwaukee kaufen.

Er setzte sich in Bewegung und merkte, dass es völlig aussichtslos war, zu versuchen, in das Zwischendeck zu gelangen, die Zugänge waren mit schreienden, sich hervorkämpfenden Menschen verstopft, es wurde getreten, geschlagen, gebrüllt, geweint. Ihm wurde übel, er taumelte und musste sich festhalten. Dass Hubert, seine Frau und sein Schwager mittlerweile wach waren und heil an Deck kamen, konnte er nur hoffen.

»Frauen und Kinder nach Steuerbord in die Rettungsboote!«, rief jemand. Emil kämpfte sich nach Steuerbord und sah Matrosen, die verzweifelt bemüht waren, die hölzernen Rettungsboote klarzumachen.

»Die Taue sind gefroren!«, hörte er mehrmals jemanden schreien.

Das Schiff begann sich ächzend zu senken, die Menschen schrien auf. Wenn die Rettungsboote auf der einen Seite für Frauen und Kinder vorgesehen waren, dann durften vermutlich die Männer in die Rettungsboote auf der anderen Seite einsteigen, er kämpfte sich nach Backbord. Auch hier bemühten sich einige Männer, ein Rettungsboot klarzumachen, mit dem Unterschied, dass es Passagiere und keine Besatzungsmitglieder waren, sie hatten keinerlei Erfahrung, Emil half mit und erkannte schnell, dass es zwecklos war. Wieder senkte sich das Schiff ab und neigte sich dabei leicht nach Steuerbord, dieses Mal ohne jedes Geräusch, als hätte es vor, sich still und leise zu verabschieden, ein chorartiger Aufschrei stieg in die Luft, viele stürzten zu Boden und rutschten meterweit über das vereiste Deck. Emil sah den Kapitän auf der Brücke stehen und einem Offizier Anweisungen geben, der daraufhin wieder zu den Rettungsbooten auf der Steuerbordseite zurückeilte. Neben der Brücke standen zwei Matrosen, sie schossen Leuchtraketen ab, die zischend und rot in den Himmel aufstiegen. Emil schöpfte Hoffnung, sicherlich gab auch der Funker sein Bestes, um auf das sinkende Schiff aufmerksam zu machen, ein Schiff, das sich in der Nähe befand, würde kommen und sie retten. Bis dahin war es jedoch unerlässlich, die Menschen zu beruhigen und in die Rettungsboote zu setzen und, vor allem, diese ins Wasser zu bekommen! Warum machte das die Besatzung nicht, warum lief alles derart tumultartig und chaotisch ab? Er erkannte, dass es ohne Erwärmung mittels einer Fackel aussichtslos war, die gefrorenen Taue zu lösen, dafür jedoch keine Zeit blieb, das Schiff senkte sich mit einer unglaublichen Geschwindigkeit. Er war der Meinung gewesen, ein Schiffsuntergang, vor allem wenn es sich um einen riesigen Dampfer handelte, dauerte viele Stunden lang, und dass es in dieser Zeit der Besatzung möglich war, sich um alles ordnungsgemäß zu kümmern, den Leuten Schwimmgürtel anzulegen, sie in die Rettungsboote einsteigen zu lassen, diese zu fieren; während sich in der Zwischenzeit mehrere zu Hilfe kommende Schiffe um den Unglücksort versammelten, um die Passagiere an Bord zu nehmen.

Eine Axt war vonnöten, um die Taue zu kappen. Emil lief wieder nach Steuerbord und suchte den Offizier, den er beim Kapitän gesehen hatte, als er ihn fand, drückte dieser ihm einen Rettungsgürtel in die Hand, er wirkte, als wäre er in Trance.

»Ich brauche eine Axt!«, schrie Emil.

»Ziehen Sie das an!«, sagte der Mann und wankte weiter.

Mittlerweile waren die Menschen wie von Sinnen, sie klagten und schrien, verloren das Gleichgewicht, klammerten sich verzweifelt an Gegenständen fest, Kinder wurden umgerannt und verletzt, eine sehr junge Frau, fast noch ein Mädchen, saß mit ihrem Baby am Boden und weinte. Er band den Gürtel um und sah, dass man in Begriff war, ein Rettungsboot ins Wasser zu lassen, es war zur Hälfte mit Frauen und Kindern gefüllt. Er zog die junge Mutter hoch und bahnte sich mit ihr einen Weg durch die

Menge, ein Offizier, der in der Mitte des Bootes stand, reichte der Frau die Hand und half ihr in das Boot, dann streckte er die Hand nach Emil aus.

»Kommen Sie!«, rief er. Emil schüttelte den Kopf. Auch die Frau rief: »Machen Sie schnell, kommen Sie!« Er wandte sich um, viele Frauen standen wie gelähmt hinter ihm und rührten sich nicht, niemand war an ihrer Seite, der sie gezwungen hätte einzusteigen oder ihn daran gehindert hätte, die zwei Matrosen, welche an beiden Seiten die Seile hielten, schienen ihm überfordert und hilflos. Einen kurzen Augenblick lang überlegte er, hinüberzuspringen, doch er konnte es mit seinem Gewissen nicht vereinbaren, eine derart verachtenswerte Tat hätte er sich nie verziehen. Er packte eine Frau, die neben ihm stand, und half ihr in das Boot, wie auch drei Mädchen, die offensichtlich Schwestern waren. Aus den Augenwinkeln sah er, dass die Taue eines zweiten Rettungsbootes erfolgreich gekappt worden waren, er atmete auf und schöpfte Hoffnung, dass eines nach dem anderen klargemacht werden konnte.

Er half vier weiteren Frauen, das Boot zu besteigen, bevor es von den beiden Matrosen die wenig verbliebenen Meter hinabgelassen wurde. Da sich gleichzeitig das Schiff stark absenkte, kam es ruckartig auf und schlug auf der Stelle um, sämtliche Insassen fielen ins Wasser, Emil und die Umstehenden schrien auf. Er kletterte über die Reling, ging in die Knie, klammerte sich mit der einen Hand fest und streckte die andere den Leuten hin. Die beiden Matrosen taten es ihm nach, es gelang ihnen, einige an Bord zu ziehen, was durch die nassen schweren Kleider der Frauen erschwert wurde. Drei Frauen klammerten sich weiterhin am umgedrehten Rettungsboot fest, das sich vom sinkenden Schiff entfernte. Mittlerweile stand die Steuerbordseite bereits ein paar Zentimeter unter Wasser, und zum ersten Mal kam Emil der Gedanke, dass die Sache für ihn schlecht ausgehen könnte, Todesangst ergriff ihn.

Nachdem er der letzten Frau geholfen hatte, über die Reling zu steigen, stand er bis zu den Knien im Wasser. Er sah, dass sich das zweite Rettungsboot vom Schiff fortbewegte und die Frauen, die sich an das gekenterte Boot klammerten, den Leuten darin zuriefen: »Hierher!« Wieder schöpfte er ein wenig Hoffnung, er durfte nicht aufgeben, er durfte es einfach nicht, er musste an Hedwig und sein Kind denken und es wagen. Er wandte sich um, hinter ihm war nur noch Verwüstung und Verzweiflung, niemand mehr, der versuchte, ein Boot klarzumachen, Leuchtraketen in den Himmel zu schießen, der Kapitän stand starr und bleich auf der Brücke. Seitdem er das Zwischendeck verlassen hatte, war nicht viel Zeit vergangen.

Emil atmete tief durch, ließ sich kurzentschlossen ins eiskalte Wasser sinken und stieß sich von der Reling ab. Bevor das andere Boot dort ankam, musste er beim gekenterten Boot sein, mit kräftigen Zügen entfernte er sich vom Schiff. Als er sich umdrehte, sah er das sinkende Schiff längsseitig vor sich, es gab ein schreckliches Bild ab. Der Bug mit dem Promenadendeck verschwand vor seinen Augen unter Wasser, das Heck ragte noch hervor, auf ihm drängten sich unzählige Menschen, die zwei Schlote und vier Masten ragten wie Mahnmale in die Höhe, weitere unzählige Menschen trieben hilfeschreiend im Wasser. Er schwamm weiter, die Kälte war unerträglich und machte ihn müde. Nicht weit von ihm entdeckte er den Holzdeckel einer Truhe, an dem sich jemand festklammerte, er schwamm darauf zu, mit einer Art Schwimmhilfe war es sicherlich um einiges leichter, zum Rettungsboot zu gelangen. Die Leiche eines etwa fünfzehnjährigen Jungen, steif und blaugefroren, löste sich in dem Augenblick vom Brett, als er es erreichte, und versank in der Tiefe.

Emil brachte seine letzte Kraft auf, um sich mit dem Oberkörper auf das Holz zu hieven, mit beiden Händen umklammerte er die Kante, mit den Beinen begann er zu strampeln. Er hörte die schwächer werdende Frauenstimme immer wieder rufen: »Hier sind wir!«, es kam von links, und vor ihm bewegte sich das Licht des anderen Rettungsbootes in der Dunkelheit, es sah aus, als würde es tanzen.

Carl
und
Luzia

1

Die Nacht wollte kein Ende nehmen.

Die Männer lagen dichtgedrängt, um sich gegenseitig zu wärmen, sie hatten vom Zugführer aus reiner Schikane die offenen Unterstände zugewiesen bekommen. Carl stand stündlich auf und ging einige Schritte, er hatte Angst um seine Finger und seine Zehen, weshalb er sie ständig bewegte, auch die Ohren und die Nase rieb er ohne Unterlass. Mit Leo – er war vor dem Krieg Volksschullehrer gewesen – wechselte er sich ab, immer wieder die Kameraden zu wecken, damit sie Arme und Beine bewegten. Was Erfrierungen betraf, war Carl panisch. Selbst wenn seine Gruppe in einer Baracke untergebracht war, in der sich ein notdürftig beheizter Ofen befand, oder sie in einer Kaverne Feuer machen durften, gab er sich nie bedenkenlos dem Schlaf hin und rüttelte die Männer hin und wieder wach, weil er wollte, dass sie ihre Gliedmaßen bewegten, und vor allem um sicherzugehen, dass sie noch am Leben waren. So mancher wurde darüber fuchsteufelswild.

Im letzten Winter hatte Carl auf dem Monte Cimone furchtbare Erfrierungen gesehen, die Verstümmelten mit den amputierten Gliedmaßen, der amputierten Nase, Ohren, verfolgten ihn in seinen Albträumen. Am öftesten kam ihm Bert in den Sinn, da er in seiner Gruppe gewesen war und sie Freundschaft geschlossen hatten. Dem Bäckermeister aus dem Salzkammergut – er war um die vierzig, hatte Frau und fünf Kinder – erfroren bei einem Patrouillengang die Finger, da der heftige Wind seine Handschuhe über den Abgrund fortgeweht und er sich zu allem Unglück auch noch verirrt hatte, erst nach Stunden war er in die Stellung zurückgekehrt. Die Temperatur war nicht besonders niedrig, etwa zwei bis drei Grad unter Null, aber der Wind war stets das Schlimmste. Innerhalb der nächsten Tagen verfärbten sich Berts Finger blauschwarz, und sie brachten ihn zur Sanitätsstation, die sich in einer Barackensiedlung – ursprünglich eine der Italiener – westlich von der Stellung befand. Carl bekam die Mitteilung, dass er nach Bozen, in ein Lazarett, transportiert werden sollte, wo ihm, falls keine Besserung eingetreten war, die Finger oder sogar die Hände amputiert werden mussten, bevor es in die Heimat ging. Er besuchte ihn, um sich zu verabschieden. Verlegen stand er neben der Pritsche, richtete die Grüße der anderen aus und erzählte, was in den letzten Tagen vor sich gegangen war, es war das Übliche, Ausschau halten nach Bewegungen der Italiener, Kälte, Wind, Nässe, kaum Schlaf, kleine Essensrationen.

»Du darfst nach Hause«, sagte er und nickte ihm aufmunternd zu, obwohl ihm ein Kloß im Hals steckte.

»Wie soll ich ohne Hände meinen Beruf ausüben? Kannst du mir das sagen? Wie soll ich meine Familie ernähren?«, fragte Bert.

Carl wusste nicht, was er ihm antworten sollte. »Vielleicht geht ja alles gut«, erwiderte er schließlich.

»Fühlt sich nicht so an«, sagte Bert und holte die Arme unter der Decke hervor, er streckte ihm die verbundenen Hände entgegen, der schmutzige Verband sah aus, als trüge er dicke Fäustlinge. Carl stockte der Atem, von seinem Bruder Gustav wusste er, dass Hygiene das Wichtigste bei Wunden war, ganz gleich welcher Art.

»Wann wurde das zum letzten Mal gewechselt?«, fragte er.

»Wurde es noch gar nicht«, sagte Bert.

Am anderen Ende des Raumes rief ein Mann: »Haltets Maul! Es gibt Leute, die schlafen wollen.«

Carl fand den Sanitäter vor der Baracke, er spendierte ihm eine Zigarette, sie rauchten gemeinsam, dann, als er es wagte, den verdreckten Verband zu kritisieren, sah der Mann für einen Augenblick aus, als würde er auf ihn losgehen wollen.

»Wenn du stänkern willst, kannst gehen«, sagte er.

Carl bestand darauf, dass er den Verband auf der Stelle wechselte, er wurde stehengelassen, wütend marschierte er dem Mann hinterher und forderte ihn auf, ihm eine saubere Bandage auszuhändigen. Da kein Stuhl aufzutreiben war, hockte er auf den Knien neben der Pritsche und entfernte den alten Verband.

»Das musst du doch nicht tun«, sagte Bert.

Sorgfältig legte er einen neuen an, die Finger waren geschwollen, blauschwarz und an manchen Stellen offen, er wusste, dass sie nicht zu retten waren.

Als er die schmalen Pfade zur Stellung hochging, fühlte er sich hilflos und elend. Lasst uns doch alle die Waffen niederlegen und nach Hause gehen, dachte er. Am Abend – er saß mit einigen Männern zusammen, sie teilten sich eine Schnapsflasche – sprach er seinen Gedanken aus.

»Wer weiß, wie lange das Ganze dauern würde, wenn die Oberen hinter dem Schreibtisch hervorkommen und den Krieg zu Ende führen müssten«, sagte er.

Ein Leutnant war schockiert, es wäre demoralisierend für die Leute, so etwas laut zu sagen, schnauzte er Carl an, er solle das auf der Stelle unterlassen, es wäre ihre heilige Vaterlandspflicht, die Grenze zu Italien zu verteidigen, koste es, was es wolle.

»Sag so etwas nie wieder vor den anderen«, sagte in der Nacht sein Freund Leo zu ihm, »die zögern nicht lange und stellen dich vor ein Kriegsgericht.«

Nicht nur die Erfrierungen waren schlimm. Bei manchen begannen aufgrund der permanent feuchten Füße in den nassen Stiefeln regelrecht die Zehen zu schimmeln. Das erste Mal sah Carl einen solch verfaulten Fuß im ersten Kriegswinter bei einem jungen Mann aus dem Pongau. Das 3. Bataillon des Infanterieregiments Nr. 59 – die Rainer, wie sie allgemein genannt wurden – kämpfte noch an der Ostfront, sie lagen in Stellung in dem kleinen niederschlesischen Ort Janowice, der sich im Nirgendwo zwischen Krakau und Ostrava befand. Der Mann, schüchtern und pflichtbewusst, wurde immer ruhiger, eines Morgens blieb er einfach liegen und wollte nicht sagen, was los war, er wirkte beschämt.

»Du sagst mir jetzt, wo der Schuh drückt«, sagte Carl bestimmt, »eher gehe ich nicht weg.«

»Da, wo der Schuh drückt«, antwortete der Mann und zeigte dem entsetzten Carl seine Füße, einen Monat darauf starb er im Militärhospital an Blutvergiftung. Carl wurde nicht müde, vor den Männern zu betonen, dass Scham fehl am Platz sei, und bestand darauf, dass jeder seine Socken so oft wie möglich wechselte und die Füße mit Hirschtalg einschmierte. Seine Männer machten sich über ihn lustig, indem sie ihm ihre Füße hinstreckten und fragten, ob er daran riechen wolle.

Wie die Fliegen starben die Männer rings um Carl, zuerst in den unendlichen Weiten Galiziens und Schlesiens, dann in diesen trostlosen Gebirgszügen im Norden Italiens. Wenn sie nicht erfroren, abstürzten oder von einer Lawine in den Tod gerissen wurden, erkrankten sie schwer an Lungenentzündung, an Bauchtyphus, oder aber sie wurden von Schrapnells, Sprenggranaten, Handgranaten im Artillerie- oder Gewehrfeuer zerfetzt, und wenn es doch nicht ihr Ende gewesen war, fanden sie es in den Sanitätsbaracken, in den Lazaretten, dort ging es rau zu, man war zermürbt von dem furchtbaren Leid, das man täglich zu Gesicht bekam, und nur einige wenige kehrten zu ihrer Familie zurück, und das nur, weil sie verstümmelt waren, gezeichnet für den Rest ihres Lebens.

Carl führte als Feldwebel eine Gruppe mit zwölf Leuten an, das Gefühl, in Kameradschaft und Freundschaft mit seinen Männern verbunden zu sein, war an vielen Tagen das Einzige, das ihn aufrechterhielt. Doch auch das veränderte sich im Laufe der Jahre. Von der ursprünglichen Gruppe, die er im September 1914 zugeteilt bekommen hatte, waren nur noch Toni, ein junger Bauer aus dem Innviertel, und Leo am Leben. Die Gefallenen und Versehrten waren wieder und wieder ersetzt worden, mit frisch rekrutierten, kaum ausgebildeten Soldaten, für die er sich zwar verantwortlich fühlte, mit denen er sich aber nicht mehr befreunden wollte, weil er die Kraft dazu nicht mehr fand. Für jeden toten Soldaten seiner Gruppe fühlte er sich schuldig, und seine Qual war größer, wenn er wusste, was für ein Mensch er gewesen war und wen er hinterließ. Von seinen ersten Männern hatte er jede Kleinigkeit gewusst, auch die Namen der Eltern, Ehefrauen und Kinder oder den des Mädchens, von dem sie träumten, obwohl sie es kaum kannten. Jetzt hörte er zumeist weg, wenn ein Neuer anfing zu erzählen.

Carl sehnte sich nur noch nach einem Ende dieses gottverdammten Krieges, er war die Erschöpfung, den Hunger, die Kälte und die Nässe derart leid, dass er manchmal glaubte, wahnsinnig zu werden. Er staunte über das Glück, das ihn bisher keinen Augenblick lang verlassen hatte, es glich beinahe einem Wunder, ihm stand der vierte Kriegswinter bevor, er war am Leben und heil, zumindest sein Körper war es. Seine Tante Josephine hatte ihm, als er ein Kind gewesen war, die Geschichte von den Schutzengeln erzählt, die unsichtbar über jedem Menschen schwebten und auf ihn achtgaben. Er fand die Vorstellung irgendwie tröstlich, sein Vater tat sie mit einer ärgerlichen Handbewegung ab und sagte: »Glaub diese Märchen nicht, Carl, nur du allein bist für dich verantwortlich.« Dass sein Vater doch nicht in allem Recht hatte, zeigte sich in diesem furchtbaren Krieg, sein Schutzengel musste Unglaubliches leisten, er dankte ihm jeden Abend.

Gegen fünf Uhr früh hatte das Warten ein Ende, durchfroren krochen die Männer aus dem Unterstand, vertraten sich die Füße, schlürften ihren wässrigen Kaffee, setzten sich die Gasmasken auf. Das Schießen der Artillerie setzte ein. Wie bei vorangegangenen Gefechten verwendete sie Batterien mit Giftgas, die in die feindlichen Stellungen geschossen wurden, die Italiener erwiderten mit Trommelfeuer. Der Kampf um den Monte Miela und den Monte Flor begann, am nächsten Tag sollten der Meletta di Foza und der Meletta di Gallio eingenommen werden. In Carls Augen war das Meletta-Bergmassiv nur eine weitere unwirtliche Gegend voller Gestein und Geröll, in den Augen der Heeresführung stellte es ein wichtiges Etappenziel in der Offensive gegen den Feind dar. Diese hatte vor sechs Wochen vielversprechend begonnen und war der erste große Erfolg an der Südfront gewesen, denn die Italiener hatten sich bis hinter den Piave zurückziehen müssen. Es regnete Tapferkeitsmedaillen, und den Männern wurde vermittelt, die Südfront wäre ausschlaggebend für den Ausgang des Krieges, an ihnen allein läge es, diesen zu gewinnen. Nach einem siegreichen Kampf ist es leichter für die Oberen, den Männern einzureden, dass heute zu sterben noch heldenhafter ist als ein Jahr zuvor, sagte sich Carl bitter.

Als die Sonne bereits höher stand, dauerte der Beschuss immer noch an, drei Gruppen der Infanterie erhielten den Befehl, sich in Richtung des Feindes zu bewegen, um das Räumen der ersten Stellung zu beschleunigen. Carl und seine Männer sollten die Vorhut übernehmen, so die Anweisung des Zugführers Neupert, und Carl – er versuchte sich vor seinen Männern nichts anmerken zu lassen – murmelte: »Wie hätte es anders sein können.«

Seit wenigen Wochen war Leutnant Siegfried Neupert der neue Zugführer, unter dem Carls Gruppe und sieben weitere dienten, insgesamt waren sie an die hundert Mann. Der erste Zugführer, dem sie mehr als drei Jahre lang gedient hatten – sie hatten ihn alle sehr geschätzt –, war ums Leben gekommen. Eine Granate war über ihnen am Felsen krepiert und hatte eine Wolke von Sprengstücken und Steinen auf sie herabgeschleudert, sie erschlug elf Soldaten, darunter den Zugführer.

Neupert war knapp dreißig. Ein schöner Kopf mit aristokratisch wirkendem Gesicht – stechende dunkle Augen, gepflegter Schnurrbart, volles gewelltes Haar – saß auf einem gedrungenen Körper mit zu schmalen Schultern und zu kurzen Beinen. Ganz so, als wäre ihm bewusst, dass die Proportionen seines Körpers nicht passten, beinahe lächerlich wirkten, war ihm die Wichtigkeit ins Gesicht gemeißelt. Carl und seine Männer hatten einiges über ihn in Erfahrung gebracht, sie wussten, dass er aus einer wohlhabenden Familie in Linz stammte und sein Großvater mit einer Kürschnerei zu Geld gekommen war. Der Vater studierte Rechtswissenschaften und schaffte es bis zum Richteramt, das kleine Vermögen vergrößerte er konsequent mit Immobilienkäufen. Siegfried Neupert tat es seinem Vater gleich, studierte Jura und strebte ebenso eine Karriere im Staatsdienst an, ein Jahr bevor der Krieg ausbrach, wurde er als Staatsanwalt vereidigt.

Carl konnte Neupert nicht ausstehen. Von Anfang an hatte dieser keine Gelegenheit ausgelassen, ihn vor allen geringschätzig zu behandeln und zu schikanieren, warum das so war, konnten er und seine Männer nur vermuten. Neupert benötigte jemanden, an dem er seine Demütigung, seine Wut abreagieren konnte, und die Wahl war zufällig auf den gutmütigen Gruppenführer Carl Brugger gefallen, oder auch nicht zufällig, wer weiß. Er war von seinem Schreibtischposten in Meran zum Einsatz an der Front abgezogen worden, was er sich zuschulden kommen lassen hatte, wusste niemand, es kursierten Gerüchte. Vielleicht aber hatte der Leutnant davon gehört, dass man Carl zum Fähnrich hatte befördern wollen, was dieser dankend abgelehnt hatte – es war ihm mehr als genug, für zwölf Leute die Verantwortung zu tragen –, und interpretierte seinen fehlenden Ehrgeiz als mangelnde Begeisterung für den Krieg oder gar als Feigheit. Oder es war ihm einfach nur ein Dorn im Auge, dass Carl bei seinen Männern äußerst beliebt war.

Gebückt bewegten sich Carl und seine Männer vorwärts, die Waffen fest an sich gepresst, der Boden unter ihren Stiefeln war aufgrund des gefallenen Schneeregens nass und rutschig, immer wieder musste man Steinen und Felsbrocken ausweichen. Drei Feuerstellungen galt es am langgezogenen Bergrücken einzunehmen, bevor die Eroberung des Stützpunktes auf der Steinkuppe eingeleitet werden konnte. Mit der Hand gab er ein Zeichen, woraufhin sie sich trennten, er hatte ihnen eingetrichtert, einige Meter Abstand zum Nächsten zu halten, so blieben andere meist verschont, wenn es einen treffen sollte. Die Männer, die noch nicht lange an der Front waren, strahlten Zuversicht aus, sie hofften auf das Anhalten der Glückssträhne der k. u. k. Armee, auf einen weiteren Sieg, und gleichzeitig wirkten sie ängstlich. Manche von ihnen schrien wie verrückt, um sich gegenseitig zu ermutigen, zu berauschen. Carl hingegen rückte konzentriert vor, mit zugeschnürter Kehle und flauem Magen, sein treuer Begleiter war die Todesangst. Er wusste, dass es den meisten der Langgedienten ähnlich erging, er konnte es in ihren Gesichtern sehen.

Schrille Pfeifgeräusche ertönten, über ihren Köpfen durchfurchten Granaten den wolkenverhangenen Himmel, Explosionen, die bis in die Eingeweide spürbar waren, erschütterten den Bergrücken. Aus einem Trichter warfen Carl und einige seiner Männer mehrere Granaten gleichzeitig auf die Maschinengewehre in der ersten Stellung, um anschließend mit starkem Gewehrfeuer in den Graben zu springen. Er bot ein Bild der Verwüstung, überall lagen zerfetzte Körper und schwer Verwundete, leichter grüner Gasnebel bedeckte stellenweise den schlammigen Boden. Mit seinem Bajonett erstach Carl einen auf ihn losstürmenden Alpini, den er aufgrund des Nebels erst in letzter Minute sah. Der Sterbende trug keine Gasmaske, er hatte lediglich ein Tuch um die untere Gesichtshälfte gebunden, das Blut quoll ihm aus dem Mund und färbte das Tuch. Unverwandt schaute er Carl an, bis er aufhörte zu atmen, es war ein älterer Mann, seine Stirn war faltendurchzogen. Die restliche Besatzung verließ mit erhobenen Händen die Stellung, um sich den Nachrückenden zu ergeben. Carl sank heftig atmend in die Hocke, Leo ließ sich neben ihm nieder, er zündete sich mit zitternden Händen eine Zigarette an und teilte sie mit seinem Freund.

Die Rast war von kurzer Dauer. Nachdem zwei brauchbare Maschinengewehre abgebaut worden waren, verließen sie den Stellungsgraben und bewegten sich weiter in Richtung Bergkuppe. Langsam und geduckt liefen die Männer wieder zwischen pfeifenden Kugeln und Granaten im Zickzack vorwärts, suchten Schutz hinter einem Felsbrocken oder in Granatlöchern, aus den Augenwinkeln sah Carl, wenn ein Mann in seiner Umgebung getroffen wurde. Für die Verwundeten konnte kaum etwas getan werden. Es war zwar Sanitätspersonal anwesend, welches den Sturmwellen unmittelbar folgte, doch die Rückschaffung der Verletzten war infolge des Artilleriefeuers ein Ding der Unmöglichkeit. Die Rückzugsgräben ins Campo-Mulo-Tal, wo sich ein kleines Feldlazarett befand, waren zudem zerschossen und konnten nicht benutzt werden. Jeder wusste, dass eine Verwundung den Tod bedeutete.

Drei Stunden später wurde die zweite Stellung eingenommen. Die Verluste bei den eigenen Leuten waren dieses Mal höher als bei der Stürmung der ersten, das Bataillon verlor mehrere Männer, viele wurden schwer verwundet, die Sanitäter hatten alle Hände voll zu tun und waren dennoch hilflos. Carl saß neben einem jungen Gefreiten, dessen Bein weggeschossen worden war, verzweifelt versuchte er die Blutung mit seinen Händen zu stoppen und schrie nach einem Sanitäter.

»Werde ich es schaffen, Carl?«, hörte der junge Mann nicht auf zu fragen.

Die Minuten, bis zwei Sanitäter mit einer Trage auftauchten, kamen Carl wie eine Ewigkeit vor, er redete dem Mann gut zu, versicherte ihm, dass er es schaffen werde. Er starb in dem Augenblick, in dem ihm das Bein abgebunden wurde.

Während sie das brauchbare Material einsammelten und eine kurze Verschnaufpause einlegten, hofften sie inständig auf ein Abflauen des feindlichen Feuers, auf ein geschwenktes weißes Tuch. Doch die Schießerei dauerte ununterbrochen an, die feindliche Artillerie blieb ebenso wenig untätig wie die eigene. Heftiges Maschinengewehr- und Infanteriefeuer zeigte, dass die Italiener, obwohl sie auf verlorenem Posten waren, nicht an ein Kapitulieren dachten. Carl wiederholte in seinem Kopf flehend die Worte: Hört auf zu schießen! Er begann sie zu hassen für ihre stumpfsinnige Entschlossenheit, in den Tod zu marschieren und hunderte andere, egal ob Feind oder Freund, mitzunehmen.

Mittlerweile war es Nachmittag geworden, sie bewegten sich in Richtung des nächsten feindlichen Stellungsgrabens. Sie verließen die Deckung einiger Felsbrocken, als eine Sprenggranate in wenigen Metern Entfernung einschlug und zwei Männer zerriss. Carl konnte nicht erkennen, ob es welche aus seiner Gruppe oder andere erwischt hatte, schemenhaft sah er ihre Körper durch die Luft fliegen. Etwas Schweres fiel auf ihn, drückte seinen Kopf ruckartig auf die spitzen Steine unter ihm. War nur eine Frage der Zeit, bis es mich auch erwischt, das war alles, was er dachte. Er spürte Warmes auf seiner Wange und griff danach, es war Blut, Bäche von Blut liefen über sein Gesicht, es war überall, in seinem Nacken, am Hals, es quoll unter seiner Kappe hervor. Vermutlich hatte er eine schwere Kopfverletzung erlitten, an der er auf diesem trostlosen Bergmassiv sterben sollte, er wunderte sich, dass ein Mensch dermaßen viel Blut im Kopf hatte. Er brauchte eine Weile, um zu realisieren, dass es nicht seines sein konnte, und entwand sich dem Körper, der auf ihm gelandet war, rollte ihn zur Seite, um zu erkennen, dass diesem der Kopf fehlte und unaufhörlich Blut aus dem zerfetzten Hals strömte. Er brüllte auf, ein junger Soldat aus seiner Gruppe, ein Bursche noch, übergab sich neben ihm, Carl hörte nicht auf zu schreien: »Wer war das?«

Toni rutschte zu ihm, er und der Junge schauten ihn betreten an. Eine weitere Granate schlug unweit von ihnen ein, Steinsplitter rieselten auf sie herab, Toni packte ihn am Oberarm und zog ihn weiter. Mit einem letzten Blick auf den kopflosen Toten ließ Carl es geschehen, wer der Getötete war, erkannte er an den Stiefeln. Leo hatte diese einige Tage zuvor mit neuen, hellbraunen Schnürsenkeln versehen, und er hatte ihm dabei zugesehen. Leos Frau Bertha hatte sie auf sein Bitten hin – die Versorgung mit Ausrüstung war zunehmend schlechter geworden – ihrem Brief beigelegt.

Als es dämmerte, fielen nur noch vereinzelt Schüsse. Die meisten Stellungen waren aufgegeben, der Stützpunkt auf dem Bergrücken erobert, der Feind hatte sich zurückgezogen oder ergeben. Man machte sich auf, um nach Verwundeten zu suchen, musste aber aufgrund der eingeschränkten Sicht aufgeben, starker Nebel war aufgezogen. Sie konnten nur jene bergen, die nach Hilfe riefen, jedem war bewusst, dass diejenigen, die man nicht fand, dem Tod durch Erfrieren preisgegeben waren. Der Gedanke war Carl unerträglich, mit einer Fackel in der Hand wankte er auf den Abhängen herum und suchte weiter, Toni half ihm dabei, unter Felsvorsprüngen fanden sie neun verletzte Männer, zwei davon aus ihrer Gruppe. Es dauerte eine geraume Weile, bis sie im Unterstand waren, welcher den Verwundeten und dem Sanitätspersonal vorbehalten war. Carl wollte weitersuchen, da immer noch Männer des Bataillons vermisst wurden, ein Gefreiter überbrachte Neuperts Befehl, die Suche zu beenden. Es war stockdunkel, als sie die Kaverne betraten, in der sie die Nacht verbringen sollten, die Männer starrten Carl an, als wäre er ein Gespenst. Er ersuchte darum, den unverzüglichen Transport der Verletzten ins Campo-Mulo-Tal leiten zu dürfen, es wären genug Fackeln und Petroleumlampen vorhanden.

»Waschen Sie sich endlich das Gesicht«, schnauzte ihn Neupert an.

Carl gab nicht auf und bat erneut, doch er erhielt eine weitere Abfuhr. Es sei nichts zu machen, schnauzte Neupert, der Bergpfad ins Campo-Mulo-Tal sei zu lang und völlg vereist, unmöglich in der Nacht zu bewältigen.

»Er ist auch am Tag lang und vereist«, erwiderte Carl knapp, »ich kenne den Weg, und wir haben Steigeisen.«

»Hören Sie auf, den Helden zu spielen. Ich brauche morgen jeden Mann am Monte di Gallio.« Außerdem müsse in aller Frühe das Kampffeld nach verwendbarem Material abgesucht werden, so laute der Befehl von oben, fuhr Neupert fort. Alle Männer sollten versuchen, so gut es ging, in der Nacht etwas Schlaf zu bekommen. Carl widerstrebte es, die Nacht abzuwarten, um am nächsten Tag feindliches Kriegsmaterial einzusammeln, als wären sie auf einem mittelalterlichen Beutezug, und er bat erneut, den Verwundetentransport in die Wege leiten zu dürfen. Er hielt Neupert vor, dass die meisten Verletzten die Nacht nicht überstehen würden, selbst diejenigen nicht, die nicht schwer verwundet waren und eine gute Chance hätten, wenn sie sich in wenigen Stunden in einem geheizten Lazarett befanden und ordentlich behandelt wurden.

»Gehen Sie mir aus den Augen!«, brüllte Neupert.

Toni nahm Carl am Arm und führte ihn ans andere Ende der Kaverne, wo der Rest der Gruppe saß, zwei waren gefallen, drei verletzt, zwei davon schwer. Carl schlich in der Nacht in den Sanitätsunterstand zu seinen verwundeten Männern, sie überlebten die Nacht nicht.

Der Monte di Foza und der Monte di Gallio wurden am 5. und 6. Dezember eingenommen, die Verluste waren verheerend. Am Vormittag darauf suchten Carl und seine Männer das Kampffeld bei der Casera Meletta di Gallio ab, in einer abgelegenen Kaverne am westseitigen Abhang fanden sie Vermisste. Sie waren bei der Abwehr der Gegenangriffe in feindliche Hände gefallen, man hatte sie zwar verbunden, doch anschließend zurückgelassen, die meisten konnten nur als Tote oder Sterbende geborgen werden.

Nach Einbruch der Dämmerung marschierte das 3. Bataillon der Rainer in die Frenzela-Schlucht, um für weitere Befehle schneller verfügbar zu sein, aufgrund seiner stark gelichteten Bestände sollte es in den nächsten Wochen als Reserve dienen. Die eisig kalte Nacht musste im Freilager verbracht werden, ein Volltreffer einer Artilleriegranate kostete fünf weitere Männer das Leben. Am frühen Morgen des 8. Dezember wurde das Bataillon in die Verschneidung am Monte Zomo zurückgeschickt, zweimal bombardierte das italienische Luftgeschwader die Truppe während des Marsches – offensichtlich wollte der Feind den schönen klaren Tag nutzen –, doch verfehlten alle Bomben ihr Ziel. Ein Detachement hatte auf dem Kampffeld insbesondere nach Bestandteilen von Maschinengewehren Ausschau zu halten, Carl kochte vor Wut. In den alten italienischen Baracken fanden sie kaum Erholung, Waschgelegenheiten fehlten, die Fahrküche kam nicht an, weshalb es wieder keine warme Mahlzeit gab, am Abend zog schlechtes Wetter auf. Am folgenden Tag schlief das Bataillon, das nur noch aus fünfzehn Offizieren und zweihundertsechs Mann bestand, in italienischen Kavernen bei Campanella. Diese waren besser ausgestattet als die vorherigen, es war die erste Nacht seit langem, in der sie zumindest vor der Kälte geschützt waren. Am 10. Dezember kam der Befehl, nach Eintritt der Dunkelheit zum Kreuz beim Monte Longara zurückzumarschieren, die Männer waren froh, die Gegend um Campanella verlassen zu können. Den 11. verbrachte das Bataillon, das weitere zehn Männer verloren hatte, in den Baracken bei Croce di Longara, es schneite unaufhörlich so dicht, dass man kaum die Hand vor Augen sehen konnte. Am 12. marschierten sie über Casera Zingarella nach Ghertele, die Marschlinie war aufgrund von langen Trainkolonnen verlegt worden, und die Schneemengen abseits des Weges waren enorm, der Weg war lang und beschwerlich. Beim Einrücken in die bereitstehenden Baracken kam es zu einem überraschenden Beschuss mit schweren Granaten, wobei zwei Verletzte, die man den ganzen Weg über getragen hatte, starben. Am 13. marschierte das Bataillon auf den Monte Rovere und bezog gute Quartiere im Rivetta-Lager, acht bis vierzehn Erholungstage wurden den Männern zugesichert.

2

Aus Bozen traf Feldpost ein. Carl erhielt ein Päckchen aus der Heimat und einen Brief von Luzia. Das Päckchen war bereits Ende Oktober aufgegeben worden, der Brief vor drei Wochen, er überlegte, was er zuerst aufmachen sollte, und beschloss – um die Vorfreude länger genießen zu können –, das Paket der Eltern zu öffnen. Es enthielt dicke knielange Socken, Zigaretten, eine Keksdose und ein kleines Notizbuch. Er hatte ihnen geschrieben, dass sein altes sich dem Ende zuneigte und er gerne ein neues hätte, er schrieb täglich ein paar Zeilen über das Erlebte nieder. In der Keksdose fand er zuunterst einen Brief, offenbar hatten seine Eltern wieder einmal die Zensur umgehen wollen, was das betraf, waren sie – wie auch seine Schwester Elisabeth – äußerst findig geworden.

Sein Vater teilte ihm mit, dass seine Tante Josephine gestorben war, sie war schon länger bettlägerig gewesen.

Ihre letzten Worte haben Dir gegolten. Sie hat sich nichts mehr gewünscht, als dass Du gesund aus diesem Krieg, der schon viel zu lange dauert, heimkehrst, die Hofmühle übernimmst, heiratest und Kinder bekommst. Sie wird vor den Herrgott hintreten und diesen Wunsch vortragen, hat sie gesagt, bevor sie ihren letzten Atemzug getan hat. Mein lieber, lieber Carl, wir alle wünschen uns nichts sehnlicher als das. Achte auf Dich und setze Dich keiner unnötigen Gefahr aus. Ich kann gar nicht ausdrücken, wie sehr ich mich freue, wenn ich Dich endlich in meine Arme schließen darf.

Seit Oktober feiert ihr gegen die Walschen einen Sieg nach dem anderen. Ich bin stolz auf Dich und auf all die anderen tapferen Männer, die Dich umgeben. In der Presse werden unsere Soldaten überschwänglich gefeiert, die Hoffnung ist groß, dass der Krieg nun doch bald ein siegreiches Ende findet.

Sein Vater berichtete weiter von der Arbeit in der Mühle, die er seit zwei Jahren alleine verrichtete, von den Bauern, die weiterhin ihr Getreide brachten, verlangte er, dass sie mit Lebensmitteln bezahlten, die Papierkronen waren nicht einmal mehr das Papier wert, auf dem sie gedruckt waren. Zum Schluss beschwor er ihn noch einmal, sich keiner unnötigen Gefahr auszusetzen und durchzuhalten.

Seine Mutter hatte ebenfalls einen Brief beigelegt, wie immer schrieb sie über gänzlich andere Dinge als sein Vater, und auch die Art und Weise, wie sie darüber schrieb, war eine komplett andere. Seitdem Gustav gefallen war, war sie noch vehementer gegen den Krieg eingestellt und nahm dabei kein Blatt vor den Mund. Carl stellte sich vor, wie die beiden deshalb stritten, einen derartigen Streit hatte er einmal miterlebt. Seinem Vater war es nicht recht, dass der Sohn, der als Soldat an der Front kämpfte, während seines Heimaturlaubs mit schonungslosen Realitäten über den Krieg konfrontiert wurde, da er der Meinung war, es würde Carl weder nutzen noch weiterbringen und ganz bestimmt nicht guttun.

Es gibt kleine Siege in Italien, aber an der Westfront steht es schlecht, so seine Mutter, *in den Zeitungen schreiben sie davon kaum, doch wir haben unsere Quellen in Wien. Wir wissen nicht, was wir von der Sache halten sollen. Weißt Du Genaueres darüber, was reden die Offiziere? Wir haben auch von meinen Brüdern von zahlreichen Protesten gegen den Krieg gehört, die in Wien stattgefunden haben. Es gibt immer wieder Krawalle und Kundgebungen, die Leute in den Städten kommen mit den streng rationierten Lebensmitteln nicht mehr aus. Tagtäglich frage ich mich verzweifelt, wann beides endlich ein Ende hat: das Morden und Schlachten der Männer auf den Feldern und das Hungern der Alten, Frauen und Kinder in der Heimat.*

Ausschweifend schrieb sie über Elisabeth und ihre tägliche Tätigkeit am OP-Tisch in einem Lazarett in Asiago, wo sie dem Arzt vor allem bei Amputationen assistierte. Elisabeth war auf ihren Wunsch hin aus dem Kriegsspital in Wiener Neustadt in das Kriegsspital in Meran versetzt worden und schließlich direkt an die Front. *Du kannst Dir nicht vorstellen, was für eine unglaublich tapfere junge Frau Deine Schwester ist.* Die Tochter war der Mutter schon immer am nächsten gestanden. Über ihre verstorbene Schwägerin fiel kein Wort, die zwei Frauen hatten einander zwar respektiert – oder sich gegenseitig in Ruhe gelassen –, waren aber nie Freundinnen geworden. Die Eltern waren also alleine in dem großen Haus und mit der vielen Arbeit, diese Vorstellung verursachte Carl Magenschmerzen.

Anna hatte sich nach Gustavs Tod lange nicht erholt.

Die Beziehung zu ihrem jüngsten Sohn war eine sehr enge, was damit zu tun hatte, dass sie in den Jahren vor dem Krieg während der Wintermonate bei ihm in Wien gelebt und ihm den Haushalt geführt hatte. Als Gustav mit achtzehn nach Wien ging, um zu studieren, schlug Anna vor, dass die Tochter, damals dreizehn, ebenfalls nach Wien ziehen sollte, um dort eine höhere Schule zu besuchen. Albert unterstützte ihren Wunsch und überraschte die Familie mit der Ankündigung, eine Wohnung in Wien kaufen zu wollen.

»Es ist mir lieber, wenn Gustav nicht in Untermiete bei irgendwelchen fremden Menschen wohnt, wo er sich womöglich unwohl fühlt. Er soll sein eigener freier Herr sein«, sagte Albert. »Und ich möchte auch nicht, dass Elisabeth das ganze Jahr über bei den Nonnen lebt und nur im Sommer und zu Weihnachten bei ihrer Familie ist. Was haltet ihr davon, wenn wir eine Wohnung in Wien kaufen, die groß genug für uns alle ist?« Und zu Anna gewandt: »Die vor allem dir Unterschlupf bietet in der kalten Jahreszeit? Deine Schwermut von November bis März ist kaum zu ertragen, und ich brenne darauf, mit dir ins Theater zu gehen.«

Im Sommer 1908 kaufte Albert eine Wohnung in Döbling, Annas Bruder, der die Tischlerei des Vaters übernommen hatte, half, sie einzurichten. Carl kam es so vor, als wäre mit dieser Wohnung in Wien ein neues und glücklicheres Kapitel für die Familie angebrochen, seiner Mutter tat es sichtlich gut, einen zweiten Wohnsitz in ihrer Heimatstadt zu haben, bei ihrer Familie war sie nie gern zu Gast gewesen. Seitdem sie die Freiheit hatte, jederzeit dem Landleben zu entfliehen, welches sie als trostlos empfand, war sie wie ausgewechselt. Carl lernte eine neue Seite an seiner Mutter kennen, sie war lebendiger, liebevoller, gesprächiger. Vier bis fünf Monate verbrachte sie hauptsächlich bei ihren beiden Jüngsten, Albert besuchte sie gelegentlich und blieb jeweils für ein paar Tage, Carl war seltener in Wien. Er war gerne zu Hause und mochte seine Arbeit, Vinzenz litt seit Jahren an einem schwachen Herzen und war obendrein dem Alkohol nicht abgeneigt, weshalb Carl die Mühle samt Säge praktisch alleine betrieb. Wenn er auf Gustavs Drängen nach Wien kam – er tat es vorwiegend in der warmen Jahreszeit –, genoss er die ersten Tage in vollen Zügen. Er liebte es, mit seinem Bruder und dessen Freunden zu flanieren, den Mädchen nachzuschauen, in den Gastgärten zu sitzen und den jungen Leuten beim Palavern zuzuhören, um dann wieder gerne nach Hause zu fahren. Er war kein Stadtmensch, und das städtische Treiben erschien ihm anstrengend und oberflächlich.

Gustav hatte im Gegensatz zu Carl keinen Wehrdienst leisten müssen und wurde aufgrund seines Medizinstudiums nicht einberufen. Wie die meisten seiner Kommilitonen meldete er sich im August 1914 freiwillig. Bevor er einrückte, besuchte er für einige Tage seine Familie und verkündete beim ersten Abendessen, dass er in ein paar Tagen in den Krieg ziehen werde. In Annas Gesicht zeichnete sich Fassungslosigkeit ab, sie, die jegliche Form von Gewalt verabscheute, war außer sich. Ermutigt von den Professoren, sei es der größte Wunsch der Studenten, Kaiser und Vaterland zu dienen, erzählte Gustav. »Auch ich möchte Kaiser und Vaterland dienen.«

Carl fand seine Worte pathetisch. Du Idiot, dachte er, du ausgemachter Idiot.

»Ich leite als Assistenzarzt eine mobile Feldsanitätsstelle und werde direkt an der Front Erstversorgung leisten. Ich habe nicht vor, mich in einem Lazarett im Hinterland zu verstecken«, fuhr Gustav fort.

»Deinem Vaterland hättest du als Arzt in einem Militärhospital in Wien genauso dienen können!«, erwiderte Anna aufgebracht.

Carl war schockiert über Gustavs Entscheidung, er selbst hatte keine Wahl, er würde früher oder später einberufen werden, aber niemals hätte er sich freiwillig gemeldet. Der Gedanke, in den Krieg ziehen zu müssen, war ihm unerträglich, von einigen Bekannten wusste er, dass sie ähnlich dachten wie er. Man blickte dem Krieg besorgt entgegen, der Kaiser und seine Minister waren weit weg, das Pflichtgefühl ihnen gegenüber hielt sich in

Grenzen, die Menschen wollten in Frieden leben. Die Begeisterung, die in den Städten herrschte, konnten viele auf dem Land nicht nachvollziehen.

Er wunderte sich über die Entscheidung seines Bruders, Gustav war ein unpolitischer junger Mann, der sich seit seiner Jugend den Naturwissenschaften verschrieben hatte. Er hatte ein Gymnasium in Linz als einer der Besten absolviert und war in Wien bereits in den ersten Semestern des Studiums einem Professor aufgrund seiner Vorkenntnisse und seines Fleißes aufgefallen, dieser hatte ihm eine glänzende Zukunft als Arzt prophezeit. In der Familie genoss Gustav deshalb einen besonderen Status, jeder war stolz auf ihn, besonders der Vater, der sich als junger Mann gewünscht hatte, studieren zu dürfen. In wenigen Monaten sollte Gustav seine Abschlussprüfungen machen, eine Stelle als Chirurg im Sophienspital war ihm bereits angeboten worden.

In das betretene Schweigen hinein erzählte Gustav, dass er und seine Kommilitonen aus der Stellung ein Fest gemacht hatten, zu zwölft waren sie losgezogen, hatten die ganze Zeit, während sie begutachtet und ausgefragt worden waren, gewitzelt, um sich anschließend in einem Gastgarten zu betrinken. Der Bericht ihres jüngsten Sohnes brachte Anna noch mehr auf, sie erhob sich abrupt und verließ das Esszimmer.

Alle blickten auf Albert, dieser nahm sein Besteck wieder auf und aß weiter, die anderen taten es ihm nach, ein Gespräch kam nicht mehr zustande. Nach dem Essen bat er die Tochter, nach der Mutter zu sehen.

»Ich bin enttäuscht, dass du nicht mit mir darüber gesprochen hast«, sagte Albert. »Eine derartige Entscheidung trifft man nicht allein.«

»Keiner hätte mich davon abhalten können«, erwiderte Gustav trotzig. »Außerdem bin ich volljährig.«

Carl merkte seinem Bruder an, dass es ihm nicht gleichgültig war, was der Vater von ihm dachte, keinem der vier Kinder war die Meinung des Vaters je gleichgültig gewesen.

»Volljährig«, schnaubte Albert. »Volljährig bist du, aber finanziell abhängig bist du von mir. Ich bin dein Vater, ich bezahle dein Studium, dein tägliches Leben. Nicht der Kaiser. In erster Linie bist du deiner Familie Rechenschaft schuldig und dann erst dem Kaiser.«

Carl schaute zu Gustav, dann zu seinem Vater, dieser wirkte aufgewühlt. Dass sein Jüngster ihn nicht um Erlaubnis gefragt hatte, schien ihn mehr aufzubringen als die Tatsache, dass er bald an der Front stehen würde, um dort Leute zusammenzuflicken oder zu entscheiden, bei wem sich der Aufwand lohnte und bei wem nicht. Albert war in den ersten Tagen entsetzt gewesen über die Kriegserklärung, weil er wusste, Carl würde eingezogen werden, er hatte als einziger der Söhne den allgemeinen Wehrdienst geleistet. Dem Krieg selbst stand er nicht abgeneigt gegenüber. Die Ermordung des Thronfolgers durch die Serben stellte in seinen Augen einen Affront dar, welchem der Kaiser hart begegnen musste, um sich nicht zum Gespött zu machen.

»Ich kann verstehen, dass du nicht zurückbleiben willst, wenn alle anderen aufbrechen, um die Heimat zu schützen. Keiner gilt gerne als Feigling. Es ist eine Frage des Ehrgefühls. Aber deine Mutter hat Recht, du hättest dem Vaterland genauso gut gedient, wenn du die Leute in einem Militärhospital hinter der Frontlinie zusammenflickst. Wem hilft es, wenn man dich über den Haufen schießt?«, sagte Albert. »Die Wissenschaft, die Forschung, gleichgültig in welchem Bereich, ist unendlich wichtig für unser Land, ohne sie gäbe es keinen Fortschritt und keinen Wohlstand.«

Gustav blickte zu Carl und rollte mit den Augen, derartige Vorträge ihres Vaters hatten sie schon oft gehört.

»Die Ausbildung eines jeden einzelnen Studenten kostet eine Menge Geld, und das hat seine Richtigkeit, denn sie sind die Zukunft des Landes. Ich finde es im Allgemeinen unverantwortlich, sie auf ein Kampffeld zu schicken. Es sollte verboten sein, dass sie sich freiwillig melden. Die Begeisterung für diesen Krieg wird unter den jungen Studenten bewusst geschürt, und das verurteile ich zutiefst. Sie wären anderswo wesentlich nützlicher, auch während des Krieges. Nichts weiter als teures Kanonenfutter werden sie sein.«

Ein Student zählt für dich mehr als ein Bauer, Handwerker, Arbeiter, mehr als ein Müller, dachte Carl, es ist dir also gleichgültig, wenn ich auf ein Kampffeld geschickt werde und sterbe?

Gustav schien ähnliche Gedanken zu haben, denn er fragte: »Und Carl? Weil er nicht studiert, ist es für dich in Ordnung, wenn er fallen sollte, obwohl es nicht seine freie Entscheidung war, in den Krieg zu ziehen? Du weißt, dass er mit Sicherheit in den nächsten Wochen einberufen wird.«

»Das ist für mich natürlich nicht in Ordnung!«, sagte Albert laut. »Und ihr wisst auch, wie ich über den Wehrdienst denke.«

Sie wussten es. Ihm war als junger Mann der verpflichtende Wehrdienst entgegengekommen, da ihm dadurch ermöglicht wurde, von zu Hause fortzugehen und etwas von der Welt zu sehen. Doch im Grunde war er gegen den allgemeinen Wehrdienst, er fand es nicht richtig, dass jeder Mann dienen sollte, ganz gleich, ob er sich dazu berufen fühlte oder nicht. Carl war während der zwei Jahre seines Wehrdienstes sehr unglücklich gewesen, dass sein Vater mitgelitten hatte, hatte die beiden einander nähergebracht. Dieser hatte ihn oft an seinen freien Tagen in Salzburg besucht.

Die Tage, die Gustav zu Hause verbrachte, verliefen in bedrückter Stimmung, den Eltern und Elisabeth gegenüber sprach er nicht mehr von seiner bevorstehenden Einrückung, und auch sie vermieden das Thema. Nur mit Carl redete Gustav viel darüber, dabei war er voller Enthusiasmus und Vorfreude. Es sei höchste Zeit gewesen, etwas zu erleben, sagte er, denn wer möchte schon sein ganzes Leben lang nur die Schulbank drücken, um dann jahrzehntelang zu arbeiten? »Du wirst sehen, in ein paar Wochen sind meine Freunde und ich zurück und werden als Helden gefeiert. Und ich kann später meinen Kindern und Enkeln davon erzählen.«

Carl war es, der ihn zum Bahnhof brachte, die Eltern fühlten sich dazu nicht in der Lage.

Gustav war dem Sanitätsdienst des zweiten Corps der vierten Armee unter General Blasius von Schemua zugeteilt, so wie Carl auch erlebte er das Debakel des Gefechts in dem Städtchen Rawa-Ruska hautnah mit. Nach der verheerenden Niederlage geriet die gesamte Front der österreichisch-ungarischen Monarchie im Osten in Auflösung. Lemberg und ganz Ostgalizien waren verloren, die Truppen mussten sich bis an den Fluss San zurückziehen, der Verlust an Männern und Ausrüstung war enorm. Der Schock war groß, und das Bewusstsein, der Krieg werde doch nicht in wenigen Wochen gewonnen sein, folgte unweigerlich. Gustavs Worte in seinen Briefen veränderten sich im Laufe des Winters 1914/15, sie klangen nicht mehr übereifrig und euphorisch, er war ernüchtert von dem Grauen, das er täglich zu sehen bekam.

Mein lieber Bruder!

Heute wieder fünf Amputationen vorgenommen, direkt auf dem Feld, im Sanitätszelt. Zerfetzte Arme, zerfetzte Beine. Ich bin regelrecht zu einem Metzger geworden. Zwei dabei gestorben, drei auf dem Weg in das Lazarett hinter der Front. Ich hoffe, sie überleben den Transport, nachdem sie diese Tortur überstanden haben. Ich habe heute zu wenig Morphium für die armen Schweine gehabt und für mich zu wenig Kokain. Drei von fünf ist eine gute Rate, weiß ich mittlerweile. Aber den einen, sozusagen den vierten, den hätte ich gerne über den Berg gebracht. Er war erst zwanzig, ein unglaublich tapferes

Bürschchen. Während ich ihm den rechten Arm unterhalb des Schultergelenkes abgesägt habe, hat er mich die ganze Zeit mit großen Augen angesehen, eine Stunde später war er tot. Du kannst Dir nicht vorstellen, wie unerträglich mir mittlerweile das Geräusch der Säge geworden ist. Oberarzt Rothen sagt dazu: Sei froh, wenn es etwas zu sägen gibt, die Bauchwunden sterben dir alle weg, ohne dass du was dagegen tun kannst.

Am schlimmsten sind die Gesichtsverletzungen. Letzte Woche wurde ein Gefreiter gebracht, dem von der Nasenwurzel weg bis zum Unterkiefer das Gesicht fehlte. Der junge Mann hat zu einem Maschinengewehrteam gehört, das einen Schützen, einen Lader und einen Späher umfasst hat. Er war der Späher. Als er seinen Kopf gehoben hat, um durch den Feldstecher zu schauen, wurde er von einem Scharfschützen im Gesicht getroffen. Wie ich von seinen Kameraden gehört habe, ist er ein gutaussehender Mann gewesen, ein Liebling der Frauen. Anstelle seines Gesichtes war da nur ein Loch, ich konnte bis in die Speiseröhre hinuntersehen. Der Geistliche wollte ihm die Hostie geben, aber er wusste nicht, wohin er sie legen sollte. Ich konnte nichts für ihn tun, außer ihm Morphium zu verabreichen. Er hat auf ein Blatt Papier gekritzelt, dass er sterben möchte, ich habe mir für ihn dasselbe gewünscht. Er hat überlebt. Erst jetzt verstehe ich Tante Finis Spruch von den unergründlichen Wegen Gottes, dieser hat hier seine absolute Gültigkeit und ist an Zynismus und Hohn nicht zu übertreffen.

Ich weiß, mein lieber Bruder, Du magst es nicht, wenn ich über Gott und die Gläubigen lästere, aber an manchen Tagen ist es kaum zu ertragen. Ich bin überglücklich, wenn ich nur eine Kugel herausholen und die Wunde vernähen muss.

Im Frühling 1915 waren beide in Dörfern zwischen Gorlice und Tarnów stationiert, sie waren an die dreißig Kilometer voneinander entfernt. Carl erfuhr als Erster in der Familie von seinem Tod, sein Zugführer rief ihn zu sich und informierte ihn. Ein Artilleriegeschoss hatte das Sanitätszelt getroffen und alle darin befindlichen Männer getötet.

Carl erhielt einen Tag frei und wurde von einem Versorgungstransporter in das kleine Dorf Wojnicz in der Nähe Tarnóws mitgenommen. Er setzte alle Hebel in Bewegung, um zu veranlassen, dass die Leiche seines Bruders nach Hause überstellt wurde, doch er erhielt eine Absage nach der anderen. Die Züge und Transporter benötigte man für Verletzte, für Versorgungsgüter, Ausnahmen wurden keine gemacht, die Überreste seines Bruders hatten im galizischen Nirgendwo zu bleiben genauso wie die tausender anderer Toter. Carl konnte verhindern, dass Gustav in einem Massengrab verscharrt wurde, er selbst hob ein Grab neben der Wieckowka aus, ein Sanitäter hatte ihm erzählt, dass Gustav gerne am Abend an dem kleinen Fluss gesessen war. Mithilfe des Geistlichen trieb er einen Sarg auf, band ein Kreuz zusammen, auf welches er den Namen seines Bruders ritzte. Der Geistliche sprach ein paar Worte, bevor der Sarg von den Kameraden in die Erde gelassen wurde. Carl schrieb einen Brief an seine Eltern und legte ihn dem offiziellen Schreiben bei, er packte Gustavs Sachen und schickte sie nach Hause.

Elisabeth schrieb ihm, dass die Mutter nicht aufgehört hatte zu schreien und zu schluchzen, nachdem sie von Gustavs Tod erfahren hatte, der Arzt hatte ihr schließlich ein Beruhigungsmittel verabreichen müssen. Der Vater schloss sich im Arbeitszimmer ein und redete tagelang kein Wort.

Ende Mai, nach der siegreichen Schlacht bei Gorlice-Tarnów, erhielt Carl zwei Wochen Urlaub. Als er das Familiengrab besuchte – in den Grabstein war Gustavs Name unter dem seiner Großeltern Anton und Alberta und den seiner Großtante Rosa frisch eingraviert –, trat eine junge Frau zu ihm, reichte ihm die Hand und bekundete ihr Beileid. Er brauchte eine Weile, um zu erkennen, dass es Luzia Eder war, er hatte sie, seitdem sie ein Kind gewesen war, nicht mehr gesehen. Sie trug die Haare offen, was er noch nie an einer Frau im Ort gesehen hatte, nur die vorderen Strähnen hatte sie nach hinten geflochten, ihre große Narbe an der Wange war verblasst.

3

Carl verstaute die Briefe seiner Eltern in der alten Metalldose, in welcher sich auch noch die von Gustav befanden, und rauchte eine Zigarette. Vor ihm lag Luzias Kuvert.

In ihren Briefen beschrieb die junge Frau den Arbeitsalltag auf dem Hof, den sie mit einem alten Knecht und zwei Mägden, ihrem Onkel und ihrer Tante bewältigen musste, seitdem ihr Cousin sich freiwillig gemeldet hatte und die jüngeren Knechte eingezogen worden waren. Aber diese Schilderungen waren immer erfrischend, sie spickte sie mit humorvollen Bemerkungen, und die Liebe, die sie den Tieren entgegenbrachte, schwang in jedem Satz mit. Er war überzeugt, dass für Luzia nicht alles leicht und rosig war – er befürchtete das Gegenteil –, sondern dass sie versuchte, ihn damit aufzuheitern. Es gab nicht viel mehr, worüber sie sonst hätte schreiben können, auch er schrieb vor allem über den Alltag an der Front, wobei er die Abscheulichkeiten der Gefechte wegließ, seiner Meinung nach waren sie für eine junge Frau nicht geeignet. Über ihre Gefühle zu schreiben vermieden sie beide, sie kannten einander zu wenig, wussten noch nicht, wie sie zueinander standen. Im Grunde war Luzia Eder eine Heimaturlaubsbekanntschaft. Bei seinem ersten Urlaub hatte sie ihn auf dem Friedhof vor Gustavs Grab angesprochen. Bei seinem zweiten, im März 1916 – sein Regiment wurde von Galizien nach Italien verlegt, auf dem Weg nach Bozen durfte er für zwei Wochen bei seinen Eltern Halt machen –, fragte sie ihn beim Abschied, ob sie ihm schreiben dürfe, und küsste ihn spontan.

Nur in einem Brief hatte sie sich bisher über etwas beklagt. Überraschend waren militärische Beamte auf dem Bauernhof aufgetaucht und hatten nicht nur die Vorräte beschlagnahmt, sondern auch die Pferde mitgenommen. Ihr Flehen, dass sie die Felder im Frühling ohne die Haflinger nicht bestellen konnte, wurde ignoriert, die Männer behandelten sie und ihre Verwandten, als wären sie der letzte Dreck.

Einer hat gelacht und gesagt: Der Knecht kann ja euch drei anspannen. Ein anderer hat gesagt: Ihr Bauern lebt wie die Maden im Speck, während die Männer an der Front hungern. Ich habe mir das nicht gefallen lassen und habe ihn angespuckt und angeschrien, dass wir und die anderen Bauern im Dorf die Leute versorgen, so gut es uns möglich ist, dass auch die Vorräte dafür gedacht sind und viele Familien im Winter nun hungern müssen. Meine Tante hat zu mir gesagt, ich habe wie eine Furie ausgesehen. Die Eintreiber waren im ganzen Dorf unterwegs, in der Hofmühle haben sie die letzten zwei Schweine verladen.

Das war im letzten Frühling gewesen, Carl hoffte, dass die Eltern mittlerweile in der Lage gewesen waren, bei einem Bauern Ferkel zu kaufen. Ohne alljährliche Schlachtung im November sah es mit den Vorräten im Winter schlecht aus.

Er nahm den Brief in die Hand und öffnete ihn langsam. Die Zeilen waren in ungewohnt krakeliger Schrift verfasst, ganz so als wäre Luzia beim Schreiben aufgewühlt gewesen oder hätte sie eilig zwischen Tür und Angel geschrieben. Carl begann zu lesen und traute seinen Augen nicht.

Das Kaufhaus Brugger & Partner ist gestern abgebrannt. Jemand ist eingedrungen und hat ein Feuer im Inneren gemacht. Dein Vater ist überzeugt, dass es Deserteure waren, die eine Nacht im Warmen verbringen wollten. Das gelöschte Feuer hat weitergeglimmt, nachdem die Männer bereits weg waren. Dein Vater hat versucht, ein paar wertvolle Möbel zu retten, und ist wie ein Wahnsinniger immer wie-

der in die Flammen hineingelaufen. Deine Mutter hat furchtbare Angst um ihn ausgestanden. Seine Hände sind verbrannt, und er hat eine Rauchgasvergiftung erlitten. Der Arzt weiß nicht, ob er es schaffen wird. Er fragt ständig nach Dir. Deine Mutter ist verzweifelt, sie hat mich gebeten, diesen Brief zu schreiben. Sie hofft, dass Du so schnell wie möglich Urlaub bekommen kannst.

Ihr Cousin Matthias galt seit kurzem als verschollen, berichtete Luzia. Die Familie wusste nicht, ob er in russische Gefangenschaft geraten oder nicht identifiziert in einem Massengrab gelandet war, ihre Tante und ihr Onkel waren am Boden zerstört.

Sie endete mit den Worten: *Lieber Carl, Du kannst Dir nicht vorstellen, welch große Angst ich jeden Tag um Dich ausstehe. Ich sehne mich nur noch danach, dass ich Dich in meine Arme schließen kann. Bitte stirb nicht und kehr zu mir zurück, Deine nur an Dich denkende Luzia*

Als er den Brief beiseitelegte, merkte er, dass er Magenschmerzen und Herzklopfen gleichzeitig hatte.

Carl bat umgehend um Urlaub und erhielt die Erlaubnis. Ein Verpflegungstransporter sollte ihn nach Bozen mitnehmen, von dort ging es mit dem Zug nach Innsbruck und weiter nach Salzburg und Linz. Er verabschiedete sich von seinen Männern, als Neupert durch die Tür trat.

»Tut mir leid, Brugger, der Urlaub ist gestrichen«, sagte er und zog an seiner Zigarette, mit der anderen Hand tippte er auf ein gefaltetes Papier in seiner Brusttasche, Carl meinte ein gehässiges Grinsen um seine Lippen zu erkennen.

»Was soll das heißen?«

»Auf meinen Antrag hin rückgängig gemacht. Die Befehle haben sich geändert, wir müssen die 181. Brigade verstärken.«

Im Raum war es totenstill. Carl sah sich im Geiste mit seinen Händen Neuperts Hals fest umfassen und so lange drücken, bis dessen Augen hervortraten, er zu röcheln begann und schließlich tot zu Boden sank.

»Es ist dringend«, sagte er, »mein Vater ist schwerverletzt. Ich war das letzte Mal im März 1916 zu Hause.« Er hasste es zu betteln, und noch mehr zuwider war ihm, Neupert anbetteln zu müssen.

»Wir können keinen Mann entbehren. Morgen früh ist Aufbruch«, erwiderte Neupert.

»Wen kratzt es, ob in den nächsten zwei Wochen ein Mann mehr oder weniger in der Reserve ist?«, fragte Carl wütend.

»Fühl dich geehrt, Brugger, du bist unabkömmlich.« Neupert blies ihm den Rauch ins Gesicht und wandte sich zur Tür.

»Das können Sie nicht machen!«

Carl packte den Zugführer an der Schulter und riss ihn mit einer Vehemenz zurück, dass dieser über die Schwelle stolperte und auf dem Hinterteil landete, verhaltenes Lachen ertönte. Rot im Gesicht, rappelte Neupert sich hoch und streckte den erhobenen Zeigefinger in Carls Gesicht, unterließ es aber, etwas zu sagen, da er merkte, die Männer konnten sich das Grinsen kaum verkneifen.

Das Bataillon verließ das Lager am Monte Rovere, heftiger Schneefall machte den Marsch sehr beschwerlich, ein Mann wurde von einer Lawine verschüttet. Aufgrund der anhaltenden Lawinengefahr sah man sich gezwungen abzuwarten und fand in Baracken Notunterkunft. Am 20. Dezember stieß man endlich zur 18. Division der 181. Brigade auf dem Col del Rosso. Als Unterkünfte dienten alte italienische Gräben, die notdürftig überdeckt waren, Reisighütten, die zumindest ein wenig Schutz boten auf dieser Höhe, fehlten gänzlich. Die Schikanen des Zugführers nahmen kein Ende, genauso wenig wie der ununterbrochen brausende eisig kalte Wind auf der kahlen Bergkuppe. Hier herrscht auch ohne Artilleriebeschuss die Hölle, dachte Carl.

Das tagelange erbitterte Ringen um Monte Valbella, Col del

Rosso und Monte Echelle begann, am elften Tag bekam Carl im Nahkampf mit einem jungen italienischen Soldaten ein Messer in den linken Oberschenkel gerammt, er wurde in das Lazarett in Belluno gebracht. Dort fühlte er sich wie im Paradies, er schlief in einem richtigen Bett und erhielt zwei warme Mahlzeiten am Tag, er hoffte, dass ihm der Arzt wohlgesonnen war und ihn nicht so schnell zurück an die Front entließ.

4

Mit zwanzig war sich Eugen sicher, das Geschäft Brugger & Partner nicht weiterführen zu wollen. Er hatte vor, nach Amerika auszuwandern.

Dass diese Ankündigung für seinen Vater überraschend und vor allem hart zu akzeptieren sein würde, war ihm bewusst. Für Albert hatte sich in den letzten Jahren abgezeichnet, dass Carl Mühle und Säge und Eugen das Handelsgeschäft übernehmen würde, sie hatten beide keine höhere Schule besucht und arbeiteten seit ihrem fünfzehnten Lebensjahr in den Betrieben mit. Anfangs war Eugen eifrig gewesen, gierig darauf zu lernen, sich von seinem Vater etwas abzuschauen, er hörte aufmerksam zu, wenn Albert mit Lieferanten und Kunden verhandelte, doch war sein Interesse schnell abgeflaut. Für ihn war das Geschäft ein Krämerladen, der ihn langweilte, er wollte nicht sein Leben lang auf der Donau Alltagsgüter von Wien ins Mühlviertel transportieren und umgekehrt. Sein Vater legte ihm nahe, den Handel zu vergrößern, zu erweitern, Eugen könnte andere Güter ins Sortiment aufnehmen, bis nach Budapest und Passau liefern oder gar noch weiter, er hätte jede Freiheit. Doch was das betraf, fehlte Eugen erstens der Ehrgeiz, und zweitens war der Wunsch auszuwandern größer. Er entschied, für sich zu behalten, dass er für immer weggehen wollte, weil er nicht wusste, ob er gegen die Enttäuschung seines Vaters gewappnet war. In diesem Punkt war er feige.

Im Geiste hörte er dessen Predigt: »Ich kann verstehen, dass Besitzlose nach Übersee auswandern, Bauernsöhne, die beim Erben leer ausgehen, arme Handwerkerburschen, Tagelöhner, Knechte, Mägde und all diejenigen, für die es keine Möglichkeit gibt, sich in der Heimat eine Existenz aufzubauen. Aber du, Eugen«, dabei würde er ihn eindringlich ansehen, »du kommst aus einer wohlhabenden Familie, in der es ein gutgehendes Geschäft zu übernehmen gibt. Was auch immer du daraus machen willst, ich unterstütze dich dabei. Es ist nicht nötig, dass du deiner Heimat den Rücken kehrst und wie ein Landstreicher in der Fremde herumziehst, bis du irgendwo Fuß fassen kannst. Wir haben Angestellte, für die wir sorgen müssen, und darüber hinaus viele Verpflichtungen, man macht sich nicht aus dem Staub. Wir haben eine Verantwortung der Heimat gegenüber. Und ich wünsche mir nichts mehr, als dass mein Lebenswerk von dir weitergeführt wird.«

Je älter sein Vater geworden war, umso dogmatischer waren manche seiner Ansichten geworden. Dass eine neue Zeit angebrochen war, Dinge sich veränderten, nicht mehr nur Besitzlose auswanderten, sondern darüber hinaus Leute, denen Heimat nichts bedeutete und die ein aufregendes abenteuerliches Leben alten Traditionen und Werten vorzogen, konnte er nicht nachvollziehen, es passte nicht in sein Weltbild.

Nach wochenlangem Ringen eröffnete Eugen seinem Vater, dass er ihm etwas mitzuteilen habe, es war ein warmer Abend, sie saßen vor dem Kaufhaus und tranken ein Bier.

»Ich werde in die Staaten gehen«, sagte Eugen, um schnell hinzuzufügen: »Für ein paar Jahre.«

Im ersten Augenblick wirkte sein Vater fassungslos. Er hat es tatsächlich nicht einmal geahnt, dachte Eugen.

»Du willst nach Amerika?«, fragte Albert, und Eugen nickte.

Nach einer Weile sagte er: »Darüber muss ich eine Nacht schlafen.«

Am nächsten Tag fragte er ihn, wo genau in Amerika er leben und was er arbeiten wolle.

Eugen zuckte mit den Schultern und antwortete: »Ich weiß noch nichts Genaues, nur so viel, dass meine erste Station Milwaukee sein wird.«

»Ich verstehe«, sagte sein Vater leise.

Er versuchte ihn umzustimmen, erkannte aber rasch, dass er nichts ausrichten konnte, Eugen war ihm dankbar dafür.

»Ein Kaufmann, der nicht mit Leib und Seele Kaufmann ist, ist keiner«, sagte er, »aber was heute nicht ist, bedeutet nicht, dass es morgen nicht sein kann. Von all meinen Kindern bist du mir am ähnlichsten, Eugen. Als junger Mann wollte ich auch nichts mehr als von zu Hause fortgehen. Aber ich habe nie bereut, dass ich zurückgekommen bin. Ich hoffe sehr, dass du bald wieder bei uns bist.«

Er bot ihm eine hohe Geldsumme an, damit ihm der Anfang in Übersee leichter fallen würde, doch Eugen schlug sie aus, er hatte selbst jahrelang sein Gehalt gespart.

Drei Wochen später packte er einen kleinen Koffer, so wenig wie möglich wollte er aus der alten Heimat in sein neues Leben mitnehmen. Nichts würde er vermissen, weder Dorf noch Freunde – er hatte kaum welche –, weder sein Elternhaus noch seine Arbeit, nur der Abschied von seinen Geschwistern fiel ihm schwer. Carl konnte es kaum fassen, als er ihm erzählte, was er vorhatte, und redete tagelang nicht mit ihm. Gustav hatte das Gefühl, sein großer Bruder lasse ihn im Stich, und schrie ihn wütend an, die kleine Elisabeth hingegen umklammerte ihn heftig schluchzend. Sein Vater überreichte ihm einen Brief für Joseph Zeman, er war ein ehemaliger Kamerad in der k. u. k. Marine, der nach seiner Dienstzeit nach Milwaukee ausgewandert war. Die Ratschläge seiner Mutter, worauf er in der Fremde achten müsse, würgte er mit einer Handbewegung ab.

In der letzten Nacht in seinem Elternhaus schlich er auf den Dachboden, in einer hinteren Ecke stand die Truhe mit den Sachen, die seine Eltern von Emil und Hedwig aufgehoben hatten. Er öffnete sie, entnahm das Kuvert mit den Fotos, das zuoberst lag, und schloss sie wieder.

Er fuhr mit dem Zug nach Bremerhaven, kaufte im Büro des Norddeutschen Lloyd eine Fahrkarte zweiter Klasse nach New York und bestieg den Schnelldampfer Kronprinz Wilhelm. Während der ganzen Überfahrt blieb er für sich, er aß alleine, sprach mit niemandem, spielte nicht Karten, flirtete nicht. Das Wetter zeigte sich von seiner besten Seite, während der zehntägigen Überfahrt trübte keine einzige Wolke den Himmel.

An Deck schaute er auf das Wasser hinunter und stellte sich vor, wie Emil in den eisigen Wellen versank. Wie lange hatte es gedauert, bis er realisiert hatte, dass er sterben wird, dass er sein Kind nie kennenlernen wird, seine Frau nie mehr in den Armen halten? Drei Jahre und vier Monate lang hatte er Glück erleben dürfen, nachdem er einundzwanzig Jahre lang ein menschenunwürdiges Leben geführt hatte. Hatte er Wut verspürt auf sein ungerechtes Schicksal? Und hatte er in seinen letzten Minuten sehr gelitten? Der Gedanke an Emils Todesangst machte ihn beinahe wahnsinnig, ihn durchzuckte der Wunsch, die Kronprinz Wilhelm würde ebenso sinken wie die Elbe, damit er dasselbe wie Emil erleiden musste.

Einige Frauen bekundeten offen ihr Interesse an ihm, sie gackerten und tänzelten um ihn herum, eine junge Schweizerin war besonders hartnäckig, sie wollte nicht aufgeben, eines Abends überrumpelte sie ihn, indem sie in seine Kabine schlüpfte.

»Du wirkst so geheimnisvoll«, sagte sie.

Während sie von ihren Schwierigkeiten erzählte, begann sie sich vor ihm auszuziehen und jedes Kleidungsstück mit einer koketten Handbewegung auf den Stuhl zu werfen. Alleinstehenden Frauen war es nicht erlaubt, in die Staaten einzureisen, sagte sie, weshalb ein Mann, von einer Heiratsagentur vermittelt, sie auf Ellis Island in Empfang nehmen und auf der Stelle heiraten sollte, sie hatte jedoch Angst, dass dieser Mann alt und unansehnlich war. Schließlich stand sie nackt vor ihm, ihre Schultern waren schmal, ihre Brüste groß. Ob er ihr nicht helfen könne und im Fall einspringen, sie könnten ja dennoch getrennte Wege gehen oder sich später wieder scheiden lassen, das wäre, hatte sie gehört, in den Staaten eine Leichtigkeit im Gegensatz zum erzkatholischen Europa. Die Gebühr, welche der Mann bezahlt hatte, und das Zugticket vom Kaff in Minnesota, wo er lebte, bis nach New York City würde sie dem Mann zurückerstatten, aber sie wäre ja kein Stück Vieh! Und was für eine Ungerechtigkeit, dass ledige Männer einreisen durften, ledige Frauen hingegen nicht! Sie nahm sein Gesicht in ihre Hände, küsste ihn sanft auf die Lippen, flehte ihn an, ihr zu helfen. Er umarmte sie, packte ihre Arme am Rücken und schob sie – nackt wie sie war – aus der Kabine hinaus, ihr Schreien und Hämmern an die Tür ignorierte er.

Das Aufnahmeverfahren auf Ellis Island verlief ohne Komplikationen, ihm wurde bestätigt, er sei kerngesund und intelligent, die Beamten lobten ihn, weil er ein recht akzeptables Englisch sprach. Er blieb eine Woche in New York, schlenderte durch die Straßen und kam aus dem Staunen nicht heraus. Er war zwar mehrmals in Wien gewesen, doch das, was er hier sah an Wolkenkratzern, an Kaufhäusern, kleinen Geschäftslokalen, an Bars, Restaurants, an verschiedenartigen Menschen, übertraf bei weitem alles, die Stadt wirkte wie ein brodelnder Kessel auf ihn. Ihm gefiel, dass niemand wusste, wer er war, woher er kam, und sich auch keine Seele dafür interessierte.

Mit dem Zug reiste er nach Milwaukee weiter. Er nahm den Brief seines Vaters an Joseph Zeman aus der Tasche und öffnete ihn, er war kurz gehalten, sein Vater schrieb von politischen Dingen, vom Geschäft und bat zum Schluss den ehemaligen Kameraden aus der Marinezeit, ob es ihm möglich wäre, seinem Sohn den Anfang in der Fremde etwas zu erleichtern, über die Ereignisse des Jänner 1895 verlor er kein Wort.

Am Bahnhof angekommen, kaufte er einen Stadtplan und spazierte zum Michigansee. Eugen war begeistert, er hatte das Gefühl, er stünde vor dem Meer. Mit seinem Koffer saß er am Strand, es war heiß, um ihn herum saßen die Leute in Badeanzügen auf ihren Decken, viele von ihnen sprachen Deutsch. In einer Pension in der Nähe des Sees – sie wurde von österreichischen Auswanderern geführt – nahm er ein Zimmer, in der ersten Nacht konnte er nicht schlafen und wälzte sich herum.

Am nächsten Tag kaufte er ein Fahrrad und fuhr den Milwaukee River entlang bis zu einem zweistöckigen Backsteingebäude, auf dem in großen Lettern *Zeman Mill* geschrieben stand. Er betrat die Mühle, und der vertraute trockene Geruch des Getreides und des Mehlstaubs in der Luft schlug ihm entgegen. Holzrohre führten von den Decken hinab, durch welche das Mehl in die Säcke gelangte, durch den Stiegenaufgang am hinteren Ende des Raumes drang der gewaltige Lärm der Walzenstühle herab. Ein Bursche – er trug Ohrenschützer – kam auf ihn zu und fragte ihn, was er wolle. Eugen bat, mit dem *Chief* reden zu dürfen. Sie stiegen die Treppe hinauf und trafen an einem Walzenstuhl auf einen dicklichen Mann mit einer Halbglatze und buschigen Augenbrauen. Auf die Frage, ob eine Stelle frei wäre, er sei auf der Suche nach Arbeit, winkte der Mann – ohne ihn anzusehen – unwirsch ab: »No job, no job!« Erst nachdem Eugen den Brief seines Vaters aus der Jackentasche gezogen und gesagt hatte, dass er Albert Bruggers Sohn war, wandte sich ihm der Mann erstaunt zu.

In seinem winzigen stickigen Büro zwängte sich Joseph Zeman hinter den Schreibtisch, er sprach Deutsch, mit einem starken böhmischen Akzent und dem amerikanischen R. Eugen musste sich konzentrieren, um alles zu verstehen, denn vor lauter Begeisterung, dass der Sohn eines alten Kameraden vor ihm stand, redete er schnell und beinahe ohne Unterbrechung.

»Ich kann es nicht fassen, unglaublich, welch eine Überraschung«, sagte er ein ums andere Mal, »seit wann bist du in den Staaten? Was hast du vor? Warum hat dein Vater dich nicht vorher angekündigt? Wie geht es ihm? Er hat so lange nichts von sich hören lassen. Ach Herrgott, ich stelle zu viele Fragen! Lass dich anschauen! Du siehst aus wie dein Vater. Aber gut, ich kann nicht beurteilen, was du von deiner Mutter hast, ich kenne sie nur von einem Foto.«

Zwei Tage darauf begann er als einfacher Arbeiter in der *Zeman Mill* zu arbeiten. Er war hauptsächlich im sogenannten Mehlboden eingeteilt – offenbar traute man ihm die Bedienung der Walzenstühle nicht zu –, war für die Befüllung der Säcke mit dem gemahlenen Mehl und der Kleie zuständig, musste sie wiegen, das Gewicht in eine Liste eintragen, zuschnüren, verladen. Vor der Mühle verliefen Schienen, die zum Frachtbahnhof führten, von dort gelangten die Säcke nach Chicago und in andere Städte in der Region, bis vor einigen Jahren war das Mehl auf dem Michigansee transportiert worden.

Es war ein heißer Sommer, jeden Tag nach der Arbeit – auch wenn er Nachtschicht gehabt hatte – ging Eugen an den See, er war ein guter Schwimmer und liebte es, große Runden zu schwimmen. Seinem Vater war es wichtig gewesen, dass alle seine Kinder schwimmen konnten, und er hatte es ihnen in der Sommerfrische beigebracht, Carl und Eugen hatten es als Sechsjährige im Attersee gelernt, Gustav und Elisabeth im Wolfgangsee. An freien Tagen lieh er ein Ruderboot aus, packte Proviant ein und paddelte weit hinaus, abwechselnd schwamm er, las in einem Buch oder hing faul seinen Gedanken nach, während er die Stadt aus der Entfernung betrachtete. Manchmal verließ er mit dem Fahrrad die heiße Stadt und erkundete die Umgebung, streunte in Wäldern herum, die so weit und endlos waren, dass er aufpassen musste, den Weg heraus wiederzufinden. Einmal traf er auf eine Gruppe junger Menominee-Indianer und verbrachte den Nachmittag mit ihnen. Die drei Männer und zwei Frauen saßen am Flussufer des Menomonee River und grillten über einem Feuer Schwarzbarsche, die sie zuvor gefangen hatten, sie winkten ihn zu sich und boten ihm an, mit ihnen zu essen. Sie sprachen Englisch und trugen – außer buntem Schmuck aus Bändern, Glasperlen und Federn – Kleidung, als wären sie Weiße. Sie fragten ihn über sein Leben aus und konnten nicht glauben, dass er freiwillig die Heimat verlassen hatte, mit niemandem an seiner Seite, dass er keine Pläne für die nächsten Jahre hatte und im Grunde keine Ahnung, was er mit seinem Leben anfangen sollte.

»So etwas ist selten bei euch Weißen«, sagte einer der Männer, »die meisten von euch haben zu viele Pläne.«

»Trotzdem brauchst du eine Frau«, sagte ein anderer. »Wenn du dich unten entlädst«, er deutete in seinen Schritt, »bekommst du zumindest eine Ahnung davon, was das Leben ist.« Die fünf lachten, während er rot anlief.

»Gibt es denn keine in der Heimat, an die du denkst und die nachkommen könnte?«, fragte eine der Frauen. Eugen schüttelte den Kopf und dachte an die nackte Hedwig in der Badestube.

Die andere Frau sagte kichernd etwas zu ihr, und als er danach fragte, übersetzte ein Mann: »Sie hat gesagt, du wirst sicherlich keine Schwierigkeiten haben, hier ein Mädchen zu finden, um dich zu entladen.«

Er lernte schnell Leute kennen, vorwiegend Deutsche und Österreicher – einige davon aus dem Mühlviertel –, er verbrachte Zeit in den Biergärten, begann an Aktivitäten im Club Eichenlaub teilzunehmen, einem Verein, den österreichische Auswanderer gegründet hatten, um einander zu treffen und Bräuche aus der Heimat zu zelebrieren. Weil sie nicht aufhörten zu drängen, besuchte er mit ein paar jungen Leuten eine Bühnenaufführung im The Pabst. Der deutsche Auswanderer Frederick Pabst, mittlerweile ein reicher Bierbrauer, hatte das Theater gekauft, seither war es das Sinnbild schlechthin für die deutsche Kultur in der Region. Eugen verfolgte gelangweilt Schillers *Kabale und Liebe* und stellte sich die Begeisterung seiner Mutter vor, wäre sie neben ihm gesessen.

Überall wurde er herzlich aufgenommen. Er mochte Milwaukee, die dichten Wälder im Hinterland, den eindrucksvollen Lake Michigan mitsamt der Liegewiesen und Strände, die drei Flüsse, die sich durch die Stadt schlängelten, um gemeinsam in den großen See zu münden, die Parks an den Flussufern, die Brauereien mit den gemütlichen Bierhallen und Gastgärten, die bunt angestrichenen Einfamilienhäuser mit den gepflegten Gärten davor. Alles war anders als in der Heimat, und in den ersten Wochen konnte er nicht aufhören zu vergleichen, er fühlte sich wohl und frei. Wenn ihn Leute zu sich einluden, war er begeistert, wie komfortabel, hell und freundlich ihre Häuser, ihre Wohnungen waren, selbst wenn der Gastgeber ganz und gar nicht wohlhabend war, das Innere eines Hauses erschien ihm sinnbildlich für Amerika. In seinem Heimatdorf hatten die Häuser dicke Mauern, kleine, niedrige Räume mit winzigen Fenstern und einem einfachen Holzdielenboden, über den man nicht barfuß gehen konnte, weil man sich einen Splitter nach dem anderen einzog, sie waren obendrein mit unpraktischen, wuchtigen, dunklen Möbeln, manchmal sogar mit dunklem Holzgetäfel ausgestattet. Er fragte sich, ob eine ungemütliche, finstere Behausung den Charakter seiner Bewohner prägte, oder ob es umgekehrt war: Finstere Menschen waren nur in der Lage, sich eine düstere Behausung zu schaffen.

Er stellte sich das Leben von Emil und Hedwig vor, das sie in Milwaukee geführt hätten. Als er an einer Schule vorbeikam, fragte er sich, ob ihre Kinder diese Schule besucht hätten. In einer Wohngegend, die ihm gefiel, suchte er ein kleines Haus für die beiden aus, vor einem Schuhgeschäft fragte er sich, ob Emil darin Schuhe für Hedwig gekauft hätte. Als er einen Tanzabend im Club Eichenlaub besuchte, stellte er sich die beiden miteinander tanzend vor und wie die Männer Emil um Hedwig beneideten und die Frauen versuchten, mit ihm zu flirten.

Mitunter empfand er die Herzlichkeit und Gastfreundschaft als vereinnahmend, die *Germans* und *Austrians* blieben unter sich, es war verpönt, Polen oder Iren oder Leute anderer Nationalität zu kennen oder gar zu heiraten, man hielt sich an die unausgesprochene Regel, einen Ehepartner aus der Heimat zu wählen, Eugen wurde regelrecht umschwärmt. Und manche hatten gar den Hochmut, sich als den besseren Amerikaner zu sehen, als einen, der löbliche Werte lebte und nicht nur den Dollar anbetete. Wegen des Dollars seid ihr gekommen, dachte Eugen. Beim Weintraubenfest im Oktober lernte er ein Ehepaar aus seinem Heimatdorf kennen, sie lebten etwas außerhalb Milwaukees. Sie wussten, wer er war, sie kannten die Hofmühle, seinen Vater, das Kaufhaus Brugger & Partner, hatten von Emil und Hedwig in Briefen ihrer Verwandten gelesen, Eugen ließ sie stehen.

Zu Thanksgiving war Eugen bei den Zemans eingeladen, er saß zwischen den vier halbwüchsigen Kindern, ließ sich gehen, aß und trank zu viel, Agata Zeman war besonders um ihn bemüht. »Weißt du, so oft habe ich nicht Gelegenheit, einen jungen feschen Mann zu bewirten«, scherzte sie und legte ihm ein weiteres Stück Apple Pie auf den Teller, »du kommst viel zu selten.«

»Was soll ich machen? Er hat fast jede Einladung ausgeschlagen«, sagte Joseph Zeman.

Agata Zeman war Mitte vierzig, wirkte jedoch trotz ihres runden glatten Gesichts älter, da ihr Haar bereits ergraut war. Sie hatte etwas Mütterliches und gleichzeitig Resolutes an sich, alles, was sie tat, geschah mit Schwung, das gefiel ihm, er dachte an seine Mutter, die zumeist mit leidender Miene durch das Haus gehuscht war.

Agata war, das Auswandern betreffend, die treibende Kraft gewesen, sie hatte nicht aufgegeben, ihren zögerlichen Verlobten zu bearbeiten. Wie bei Emil und Hedwig, dachte Eugen, Hedwig hatte auch keine Ruhe mehr gegeben und war Emil ständig damit in den Ohren gelegen. Ein entfernter Verwandter Zemans war nach der Revolution ausgewandert und hatte eine kleine Mühle in Milwaukee aufgebaut, da keine Nachkommen vorhanden waren, lud er seinen Neffen zweiten Grades ein, zu ihm zu kommen. Eine solche Gelegenheit dürfe man sich doch nicht entgehen lassen!, so die Meinung der Verlobten. Im Sommer 1880 – ein Jahr vor Eugens Vater – quittierte Joseph den Dienst bei der Marine, heiratete seine Agata, zwei Wochen später befand sich das junge Paar auf dem Weg nach Amerika. In den darauffolgenden Jahren vergrößerte er die Mühle, zeugte vier Kinder und baute ein Haus für seine Familie. Die Geschichte kannte Eugen bereits, nicht nur von Zeman selbst, sondern auch von seinem Vater.

Nach dem Essen verabschiedeten sich die Kinder und zogen sich in ihre Zimmer zurück.

»Ich habe kein einziges Mal bereut, dass ich auf Agata gehört habe«, sagte Zeman, »nur das Heimweh ist schlimm.«

»Wie geht es dir damit?«, fragte ihn Agata.

Eugen wollte nicht sagen, dass er keines verspürte, und wechselte abrupt das Thema.

»Ich werde morgen nicht mehr in die Mühle kommen«, sagte er.

Die Zemans sahen ihn erstaunt an.

»Warum? Was ist passiert?«, fragte Joseph.

»Mir gefällt die Arbeit nicht«, antwortete er, »mir hat das Arbeiten in einer Mühle noch nie gefallen. Bei uns zu Hause ist mein Zwillingsbruder dafür zuständig, gemeinsam mit meinem alten Onkel Vinzenz, der aber, um ehrlich zu sein, nicht mehr viel auf die Reihe bekommt. Weil er – ich muss wieder ehrlich sein – zu viel trinkt, was mein Vater natürlich unter den Teppich kehrt, er zahlt ihm immer noch ein stattliches Gehalt. Und vorher hat Emil in der Mühle gearbeitet, Emil Wagner, der Name sagt dir doch etwas?«

»Warum wolltest du eine Arbeit bei mir in der Mühle haben?«, fragte Zeman. »Ich hätte dir helfen können, eine andere zu finden.«

»Ich wollte genau diese«, sagte Eugen.

Zeman hob ratlos die Hände, Agata betrachtete ihn mit einem besorgten Gesichtsausdruck.

»Emil Wagner, wer soll das sein?«, fragte sie.

»Das ist jemand, der eigentlich heute bei euch Gast sein sollte, zusammen mit seiner Frau und seinen Kindern, es sei denn, es wäre umgekehrt, und ihr wärt Gast in seinem Haus«, sagte er zu ihr und zu Zeman gewandt: »Ich habe ganze fünf Monate für dich gearbeitet, wir haben gemeinsam Bier getrunken, viel hast du mir erzählt von der Zeit in der Marine und von den ersten Jahren in Milwaukee. Aber kein einziges Mal hast du die Sache mit Emil erwähnt.«

»Wovon redest du?«, fragte Zeman.

»Du weißt, wovon ich rede.«

Es klang grob, Agata erhob sich. »So sprichst du nicht mit uns, Eugen. Es ist besser, du gehst jetzt«, sagte sie hart, »und wir reden weiter, wenn du deinen Rausch ausgeschlafen hast.«

Er wollte aufstehen, Zeman bedeutete ihm, sitzen zu bleiben.

»Ich warte«, sagte er.

»Mein Vater hat dir in einem Brief von einem jungen Mann namens Emil Wagner erzählt, der bei uns in der Hofmühle gearbeitet hat. Emil wollte mit seiner Frau nach Amerika auswandern. Er hat ihn dir ans Herz gelegt. Du hast geantwortet, dass er so rasch wie möglich kommen soll, weil du dringend einen guten Vorarbeiter brauchst.«

Agata schnaubte und lachte kurz auf. »Das kann ich mir nicht vorstellen. Du hattest doch nie Schwierigkeiten, gute Leute zu finden«, sie wandte sich an ihren Mann, dann wieder an Eugen, »einen Mangel an guten Arbeitskräften gibt es in Milwaukee nicht. Es kommen jährlich tausende neue Einwanderer aus der Heimat, die sich um Jobs reißen.«

»Ich erinnere mich«, sagte Zeman, »ja richtig, ich erinnere mich an den Brief deines Vaters. Ich habe mich über ihn gefreut, weil er so selten geschrieben hat. Der Mann allerdings ist nie aufgetaucht. Aber so etwas ist oft vorgekommen, dass sich die Leute im letzten Moment anders entschieden haben.«

»Emil hat sich nach deinem Brief unverzüglich um die Papiere gekümmert, er hat sich in den Zug gesetzt, ist nach Bremen gefahren und hat dort das erste Schiff bestiegen. Unglücklicherweise war das die Elbe. Sie ist von der britischen Crathie gerammt worden, am Morgen des 30. Jänner 1895. Die Crathie wäre zum Ausweichen verpflichtet gewesen, aber Steuermann und Ausguck haben in der Kombüse Kaffee getrunken und die Elbe deshalb nicht gesehen. Der Bug hat sich in die Backbordseite gebohrt und ein riesiges Loch in die Abteilung hinter dem Maschinenraum gerissen, das Schiff ist innerhalb von zwanzig Minuten gesunken. Die Rettungsboote waren eingefroren und konnten nicht klargemacht werden, und die Briten haben ohne jede Hilfestellung das Weite gesucht. Es haben nur zweiundzwanzig Menschen überlebt. Das habt ihr doch sicher damals in der Zeitung gelesen.«

Eine Weile herrschte Stille.

»Und Joseph soll schuld daran sein?«, fragte Agata. »Er hat eine bestimmte Formulierung in einem Brief gebraucht und soll deshalb schuld am Tod dieses Mannes sein? Denkt dein Vater auch so?«

»Natürlich ist niemand schuld an seinem Tod. Das heißt, wenn man von den zwei Wachhabenden auf der Crathie absieht«, sagte Eugen. »Ich habe die ganzen Jahre über geglaubt, es wäre dir ernst damit gewesen, dass Emil bei dir so schnell wie möglich anfängt zu arbeiten. Dass er in der Mühle tatsächlich unentbehrlich ist, weil du keinen guten Mann findest oder vielleicht schwerkrank bist. Ich weiß noch, dass auch mein Vater das vermutet hat, irgendetwas in einer Formulierung hat danach geklungen. Er hat Emil nahegelegt, sofort abzureisen. Aber du hast in den letzten Monaten kein einziges Mal den Mann erwähnt, den du damals *so rasch wie möglich* in deiner Mühle haben wolltest. Ich habe mich gefragt, warum du diese Worte geschrieben hast.«

»Ich habe das bei vielen gemacht«, sagte Zeman. »Ich habe oft Briefe bekommen, sehr oft, von Bekannten, Verwandten, die mich gebeten haben, beim Auswandern zu helfen. Wenn ich dann doch keine Stelle für sie in der Mühle gehabt habe, habe ich ihnen geholfen, woanders unterzukommen. Und wenn sie gar nicht aufgetaucht sind, war es mir auch recht.«

»Aber warum hast du geschrieben, *so rasch wie möglich*? Warum hast du das geschrieben?«, Eugen wurde laut.

»Vielleicht wollte ich diesem Mann das Gefühl geben, er wird dringend benötigt. Vielleicht war der Satz aber auch gedacht für die Behörde auf Ellis Island. Herrgott, ich weiß es beim besten Willen nicht mehr. Warum ist dir das so genau in Erinnerung geblieben? Wie alt warst du damals?«

»Nicht ganz zwölf.«

Agata betrachtete ihn forschend.

»War der Mann ein Verwandter?«

»Ein« – Eugen stockte – »guter Freund der Familie.«

»Den du sehr gerngehabt hast?«

»Ja.«

»Und seine Frau? Ist sie auch bei dem Schiffsunglück ums Leben gekommen?«

Er schüttelte den Kopf. »Sie war schwanger und wollte später nachkommen.«

Sie machte eine Geste, als würde sie sich mit dem Handrücken den Schweiß von der Stirn wischen, und sagte: »Da bin ich aber wirklich erleichtert, ansonsten hätte Joseph in den Augen der Brugger sogar drei Menschen auf dem Gewissen.«

Eugen stand auf und verabschiedete sich. Zeman reichte ihm schweigend die Hand, ohne von seinem Stuhl aufzustehen, Agata brachte ihn zur Tür, sie entschuldigte sich für ihren Zynismus: »Es tut mir leid, Eugen. Mein Mann war immer sehr in Eile und hat spontan etwas niedergeschrieben. Dein Vater hat seine Worte zu ernst genommen. Das Ganze war ein Missverständnis, eine unglückliche Fügung.«

Eugen nickte und schaute zu Boden.

»Du bist nur nach Milwaukee gekommen, um uns davon zu erzählen?«, fragte sie. »Was sollen wir deiner Meinung nach damit anfangen?«

»Ich wollte eine Zeitlang das Leben führen, das Emil hier geführt hätte«, sagte er, »ich wollte wissen, ob es ein gutes Leben gewesen wäre.«

»Und?«

»Die zwei wären hier sehr glücklich gewesen.«

»Was wurde aus der Frau? Hat sie mittlerweile wieder geheiratet?«, fragte Agata, er schüttelte den Kopf und ging, er durchquerte den Garten, ohne sich umzudrehen.

5

In St. Louis, Missouri, arbeitete Eugen den Winter über in einem von Benediktinerinnen geführten Waisenhaus. Er ersetzte den alten Hausmeister, der von der Leiter gestürzt war und sich neben einem komplizierten Bruch des Oberschenkels gebrochene Rippen und eine geprellte Schulter zugezogen hatte. Eugen fühlte sich wohl in dem großen alten Haus, das hundert Jahre zuvor von einem Händler im französischen Kolonialstil erbaut worden war. Es war ein kalter Winter, mit der Außenwelt hatte Eugen kaum Kontakt, er hatte das Gefühl, in einem warmen Kokon zu leben. Die Zuneigung, die ihm die Kinder vom ersten Tag an entgegenbrachten, überwältigte ihn. Dass er sich mit ihnen befasste, mit ihnen redete, mit ihnen spielte, darauf bestanden sie täglich, bald war er mehr Aufsichtsperson, Vertrauter und Spielkamerad denn Hausmeister, die Klosterschwestern ließen ihn gewähren. Diese verwöhnten ihn mit wohlwollender Aufmerksamkeit, einige von ihnen konnten das Flirten nicht lassen, kaum waren sie eine Sekunde mit ihm alleine. Auch das gute Essen und die abendlichen Zusammenkünfte, an denen auch die älteren Kinder teilnehmen durften, genoss er.

Da der Orden mit einer kirchlichen Organisation in Helena, Montana, in enger Kooperation stand, kamen einige der Kinder aus diesem dünn besiedelten Bundesstaat im Nordwesten, in dem das Leben noch wesentlich rauer war als im zivilisierten Osten. Die harten Schicksale dieser Kinder machten Eugen sehr betroffen. Drei Brüder hatten ihre Mutter verloren, weil sie auf dem Weg vom Stall zurück zum Haus von einem hungrigen Wolfsrudel angegriffen wurde, die Buben mussten durch das Fenster mitansehen, wie ihre Mutter getötet wurde. Sie hatte die Tür von außen verschlossen, um die Kinder daran zu hindern, ins Freie zu laufen – es hatte minus zwanzig Grad –, und ihnen so das Leben gerettet. Der Vater befand sich zur selben Zeit auf dem Weg in die nächste Stadt, wo er Lebensmittel und Medikamente holen wollte, die Farm war seit Wochen eingeschneit. Seine Leiche wurde von einem Nachbarn entdeckt, sein Pferd musste ihn abgeworfen haben, er war erfroren. Die Buben waren tagelang alleine in der Hütte, der Älteste war sieben, er gab sein Bestes, um die Jüngeren mit Essen zu versorgen und Feuer im Herd zu machen.

Ein anderes Kind, die vierzehnjährige Caitlin, hatte als Einzige einen nächtlichen Überfall überlebt, weil sie es schaffte, schwerverletzt aus dem Fenster zu springen und sich im Sägewerk ihres Vaters in einem Haufen Späne zu verkriechen. Ihr Vater war Ire gewesen, ihre Mutter stammte von den sogenannten Métis ab, Nachfahren der ersten europäischen Pelzhändler und ihren indianischen Frauen. Ihr Haar war schwarz und glatt, ihre wässrigblauen Augen, ihr heller Teint zeugten von ihrer irischen Abstammung. Der Sheriff verdächtigte die Kutenai, deren Flathead Reservation sich zwischen den Städten Kalispell und Missoula befand. Er ließ einige junge Männer verhaften, nach einer schnellen Gerichtsverhandlung wurden sie gehängt, obwohl das Mädchen mehrmals aussagte, es wären keine Indianer gewesen. Die Kutenais machten seit Jahren Schwierigkeiten, sie waren gegen den Bau einer Eisenbahnstrecke durch ihr Gebiet gewesen, gegen die Öffnung des Reservats für nichtindianische Siedler und seit kurzem gegen die zunehmenden Rodungen ihrer Wälder für die Bauholzindustrie, wiederholt hatte es kleinere Überfälle auf Holzfäller und Sägewerke gegeben. Da das Mädchen Verwandte im Osten hatte, wurde es – von einer ältlichen Witwe begleitet – mit dem Zug nach St. Louis gebracht. Tante und Onkel konnten jedoch beim besten Willen nicht ausfindig gemacht werden, weshalb Caitlin im Waisenhaus der Benediktinerinnen verblieb. Bei Eugens Ankunft lag sie die meiste Zeit im Bett, die Wunde am Bauch hatte sich wieder entzündet, sie hatte furchtbare Schmerzen. Als sie im Fieber delirierte, entschied man doch, sie ins Krankenhaus zu bringen, wo sie auf der Stelle operiert wurde, erst Wochen danach kehrte sie ins Waisenhaus zurück. Sie war gesund, würde jedoch höchstwahrscheinlich keine Kinder bekommen können, lautete die Diagnose der Ärzte. Caitlin wünschte sich, in ihre Heimat zurückzukehren, sie vermisste das freie, naturverbundene Leben und fühlte sich im städtischen Heim eingesperrt, die Schwestern vertrösteten sie auf ihre Volljährigkeit. Eugen erwischte sie eines Nachts am Tor, sie wollte heimlich zum Bahnhof gelangen, es blieb ihm nichts anderes übrig, als sie in ihren Schlafsaal zurückzubringen und ihr gut zuzureden.

Als der alte Hausmeister im Frühling wieder einsatzfähig war, zog Eugen weiter, obwohl die Schwestern ihn baten zu bleiben und die Kinder ihn geradezu anflehten. Der Abschied war herzzereißend, und er brauchte tagelang, um sich davon zu erholen. Noch Wochen später passierte es ihm, dass ihm unvermittelt ein Kind in den Sinn kam, das ihn an der Hand nahm und mit großen Augen um etwas bat.

Er entschied sich für Cincinnati im Staat Ohio, da hier – wie in Milwaukee und St. Louis – Deutsche und Österreicher dominierten. In dem Hotel, in dem er ein Zimmer gebucht hatte, wurde ihm am zweiten Tag eine Stelle angetragen. Der Hotelbesitzer, ein älterer Ungar, fragte ihn, ob er als Kellner anfangen wolle, es wurde dringend jemand im Speisesaal benötigt.

Das Haus beherbergte dreißig Zimmer und trug – nach der ersten jung verstorbenen Frau des Ungarn – den Namen Zsofia. Es war bereits etwas heruntergekommen, die Tapeten fleckig, die Möbel abgenützt, hatte jedoch Charme. In jedem Raum, selbst auf dem Boden, standen unzählige Vasen mit den unterschiedlichsten Nelken, welche die zweite Frau des Hotelbesitzers hingebungsvoll in einem Glashaus hinter dem Hotel züchtete. Sie war Wienerin und an die zwanzig Jahre jünger als ihr Mann, die beiden hatten einander auf dem Schiff kennengelernt und auf Ellis Island geheiratet. Auf ihr Drängen hin waren sie in Cincinnati gelandet, wo eine entfernte Cousine von ihr lebte, wenige Jahre nach ihrer Ankunft kauften sie einem Bayern das Hotel um einen Spottpreis ab, dieser hatte es offensichtlich eilig, die Stadt zu verlassen.

Der Eigentümer nahm sich Zeit und schulte Eugen ein, er war gutmütig, freundlich, humorvoll und dem Alkohol nicht abgeneigt. Jeden Abend betrank er sich an der eigenen Hotelbar, während er die Gäste mit Anekdoten aus seiner Vergangenheit unterhielt. In Budapest war er Oberkellner in einem noblen Restaurant gewesen, bis er eines Tages des Diebstahls bezichtigt wurde und sich vor einem Gericht verantworten musste. Die Sache wurde aufgeklärt, doch fand er keine Stelle mehr und entschloss sich daraufhin auszuwandern. Er war gut darin, Leute zu imitieren, und zog die adligen Gäste, die er vor vielen Jahren in seiner Heimatstadt bedient hatte, liebend gern durch den Kakao. An den Vormittagen lag er nicht ansprechbar im Bett. Seine Frau war unglücklich, sie litt unter der Alkoholsucht ihres Mannes und darunter, dass sie keine Kinder hatte. Ihre Frustration ließ sie oftmals an den Angestellten aus, um sich dann wieder zerknirscht zu entschuldigen und dabei nicht selten in Tränen auszubrechen.

Die Arbeit als Kellner machte Eugen nicht ungern, er empfand es als angenehm, ständig von vielen Menschen umgeben zu sein, mit denen er sich jedoch nicht emotional auseinandersetzen musste, so wie es bei den Waisenkindern gewesen war. Im Gegensatz zu seiner Zeit in St. Louis, in der er selten einen Fuß aus seiner Arbeitsstätte gesetzt, sich regelrecht verkrochen hatte, war er in der neuen Stadt nach Dienstschluss viel unterwegs. Mit Leonardo, der in der Hotelküche als Abwäscher angestellt war, zog er in den freien Stunden um die Häuser. Leo, ein Jahr älter als er, stammte aus einem sizilianischen Dorf, er war unglücklich in Cincinnati, wollte an die Ostküste, wo viele Italiener lebten. Sein

Traum war, eines Tages ein eigenes kleines Café zu führen. Sein Onkel und seine Tante lebten bereits länger in der Stadt, sie hatten für ihn die Überfahrt bezahlt und ihm die Stelle im Hotel Zsofia besorgt, aus einem Gefühl der Verpflichtung war er bisher geblieben.

Eines Nachts kam die Ehefrau des Hotelbesitzers in Eugens Zimmer, sie kroch zu ihm ins Bett, überraschte ihn im Schlaf und verführte ihn, ihre Hände rochen nach frischer Blumenerde. In den darauffolgenden Wochen wuchs das schlechte Gewissen seinem Arbeitgeber gegenüber und gleichzeitig das Verlangen nach dem Körper der Wienerin, die ihn immer wieder aufsuchte. Im Herbst suchte er das Weite. Er überredete Leo, mit ihm zu kommen, dieser stellte die Bedingung, dass das Ziel Boston sein müsse. Ihm war alles recht.

Boston war Eugens erste Station in den Staaten, an der nicht an jeder Ecke deutsch gesprochen wurde. Sofort nach ihrer Ankunft bewarb sich Leo als Kellner in einem italienischen Restaurant, es gehörte einem Mann mit dem Namen Alessandro Russell, der ursprünglich Russo geheißen hatte, auf Ellis Island hatte man kurzerhand den Namen geändert.

»Ihr müsst hungrig sein«, sagte er und setzte beiden einen Teller Spaghetti vor, Eugen plagte sich mit den langen dünnen Nudeln. Schließlich war er es, der die Stelle erhielt, da Russell jemanden benötigte, der Deutsch sprach, und weil er – Russells Worte – wirkte, als hätte er das richtige Auftreten dafür, Leo brachte er in der Küche unter. Leo, der lieber als Kellner gearbeitet hätte, verfluchte Eugen, war aber schnell wieder versöhnt. Gemeinsam suchten sie eine Unterkunft und fanden eine kleine Zweizimmerwohnung über einer Bäckerei, am Morgen weckte sie der Duft nach frischem Brot.

At Russells war ein beliebter Treffpunkt für Unternehmer, welche die Erfolgsleiter noch nicht bis nach oben geklettert, aber willens dazu waren, es bot das richtige Ambiente dafür, war solide und gediegen, weder eine kleine Spelunke noch ein überteuerter nobler Gourmettempel. Die Männer standen am Anfang ihrer Karriere, hatten gerade einen Betrieb oder ein Geschäft eröffnet, sie kamen, um bei einem Mittagessen Kontakte zu knüpfen oder Geschäfte anzubahnen, mit Kunden, Lieferanten oder eventuellen Partnern, aber auch um ihre Familien auszuführen.

Eugen interessierte sich für ihre Geschichten, und Alessandro Russell gab bereitwillig Auskunft. Ein junger Tiroler, der besessen daran arbeitete, ein Holzunternehmen aufzubauen, erregte seine Neugier am meisten. Wenn er ihn sah, dachte er an seinen Bruder Carl – woran das lag, hätte er nicht sagen können, vielleicht an der Ernsthaftigkeit, mit der er redete – und an das Mädchen Caitlin, die immer wieder von ihrem vergangenen Leben erzählt hatte, von ihrem Vater, dem sie oft hatte helfen müssen mit den schweren Baumstämmen, von dem Geruch nach Holz, den er verströmt hatte. Eugen selbst hatte in seiner Jugend stets lieber in der Säge ausgeholfen als in der Mühle, er mochte die Arbeit mit Holz.

Die meiste Zeit des Jahres lebte Frank – ehemals Franz – Tabelander in seinem *Lumber Camp* etwas außerhalb der kleinen Stadt Petersham, sie befand sich im Landesinneren von Massachusetts, siebzig Meilen westlich von Boston. Er war mit neunzehn ausgewandert und hatte zwei Jahre lang als Holzfäller in den Berkshire Mountains gearbeitet. Mit dem Ersparten hatte er schließlich ein kleines Waldgrundstück in der Nähe von Petersham gekauft, es eigenhändig gerodet und die Stämme an ein Sägewerk verkauft. Die Baumstümpfe wurden ausgegraben und verbrannt, das fruchtbare Land an einen Farmer verkauft und das nächste Waldgrundstück gekauft und gerodet, mittlerweile arbeiteten acht Männer für ihn. Wenn er in Boston zu tun hatte, schaute er bei Russell vorbei, an einem Abend – das Restaurant war bereits leer – saßen sie an der Bar und winkten Eugen zu sich.

»Das freut mich, dass du einen Landsmann von mir eingestellt hast«, sagte Tabelander zu Russell, und sie betranken sich zu dritt bis zum Morgengrauen. Frank war nervös, seine Jugendliebe war auf dem Weg zu ihm nach Amerika, er hatte ihr das Geld für die Überfahrt geschickt. In zwei Tagen sollte er sie auf Ellis Island abholen, wo auch die Trauung stattfinden sollte.

Eine Woche darauf kam er mit seiner Frau im Russells vorbei, um zu essen, bevor es nach Petersham weitergehen sollte. Im Handumdrehen machte Alessandro ein kleines Hochzeitsfest daraus, indem er zwei Geigenspieler holen ließ, Tische zu einer Tafel zusammenstellte und eine kurze Rede hielt.

Im Frühling 1907 beschloss Eugen weiterzuziehen, er war neugierig auf den Westen. San Francisco war ein Jahr zuvor nach einem Erdbeben und einem verheerenden Brand zerstört worden, und er hatte gehört, dass als Bauarbeiter gutes Geld zu verdienen war. Russell ließ ihn ungern ziehen, da er bei den Leuten, vor allem bei den Damen, gut ankam, er sei der geborene Kellner, versicherte er ihm, er versprühe Witz und Charme. Eugen jedoch hatte erkannt, dass er alles andere wollte, als sein Leben lang Leute bedienen. Der Abschied fiel ihm dieses Mal schwerer als in den vorangegangenen Städten, er musste einen liebgewonnenen Freund verlassen. Leonardo, der anfangs überlegt hatte, mit ihm zu kommen, entschied sich dagegen. Er hatte sich in ein Mädchen aus Rom verliebt, das mit ihren Eltern und vier Geschwistern eben erst nach Boston gekommen war.

Mit dem Zug fuhr Eugen Richtung Westen, in Nebraska stieg er in einem Ort mit dem Namen Cozad aus. Frank Tabelander hatte ihn gebeten, seinen Cousin zu besuchen, der sich ein Jahr zuvor mit seiner Familie südwestlich des Städtchens niedergelassen hatte. Die Familie war in Schwierigkeiten geraten, der Mann war beim Stallbau vom Gerüst gefallen und hatte sich einen offenen Unterschenkelbruch zugezogen, woraufhin die Bank den Kredit gekündigt hatte. Eugen sagte ohne zu zögern zu, er war neugierig darauf, wie das Leben einfacher Farmer in der endlosen Weite aussah.

Direkt vom Bahnhof marschierte er zur katholischen Kirche, fragte den Pfarrer nach den Beers und wie er am besten zu ihnen käme. Der junge Mann bot ihm an, ihn mitzunehmen, er hätte in einer Nachbarranch zu tun. Sie waren eine Stunde mit dem Einspänner unterwegs, der Weg verlief die meiste Zeit am Fluss entlang, an dessen Ufer mächtige Tannen und Fichten standen, Eugen konnte sich nicht sattsehen an der weiten Landschaft, sie erschien ihm unfassbar schön, er hatte Natur noch nie derart gewaltig und imposant erlebt.

Die Beers freuten sich über den Besuch und noch mehr über das Kuvert, welches er aushändigte – Tabelander hatte ihm Geld mitgegeben –, und luden ihn ein, ein paar Tage zu bleiben. Er saß inmitten der Familie, das Ehepaar hatte sieben Kinder, allesamt blond und blauäugig, wie Orgelpfeifen aufgereiht saßen sie ihm gegenüber und löcherten ihn mit Fragen nach dem Leben in Milwaukee, St. Louis, Cincinnati und Boston. Am nächsten Tag zeigten ihm die beiden älteren Kinder auf Pferden die Umgebung, das Pferd, auf dem Eugen saß, wurde vom Jungen an einer Leine geführt, das Mädchen galoppierte auf ihrem voraus und wieder zurück, umrundete sie. Sie trug Hosen, ihre offenen Haare flatterten im Wind. Am Abend fragte Eugen, ob er länger als ein paar Tage bleiben dürfe, er könne sich beim Stallbau nützlich machen.

»Ich kann dir nicht viel zahlen«, sagte Paul Beer.

»Ich will nur Kost und Logis«, sagte Eugen. »Und ich möchte, dass deine Kinder mir das Reiten beibringen.«

Er blieb ein halbes Jahr. Gemeinsam mit Paul junior – ab und zu halfen auch Farmer aus der Nachbarschaft aus – baute er über den Sommer den Stall nach Beers Anweisungen und zäunte zwei Weiden ein. Er half den Kindern bei den Hausaufgaben, ging mit den Söhnen fischen, lernte reiten, am Abend saß er mit der Familie zusammen. Die Beers hatten in Tirol einen kleinen Bauernhof bewirtschaftet, der zu wenig ertragreich gewesen war, um die sich stetig vergrößernde Familie zu ernähren. Paul war gezwungen gewesen, zusätzlich als Pferdeknecht bei einem Gutsherrn zu arbeiten, während sich seine Frau auf dem Hof abrackern musste. Sein Cousin riet ihm in einem Brief zur Auswanderung und sicherte finanzielle Unterstützung für den Anfang zu. Der ursprüngliche Plan war, in Nebraska eine Pferde- und Rinderzucht aufzubauen, doch schnell erkannte Paul Beer, dass es wesentlich besser und lukrativer war, sich nur auf Pferde zu konzentrieren. Beinahe jede Ranch weit und breit betrieb Rinderzucht, wohingegen Pferde, ob als Reittiere für die Cowboys oder für den deutschen Metzger in Cozad, der gerne Sauerbraten und Gulasch aus Pferdefleisch im Sortiment hatte, eher Mangelware waren. Auf Eugens Frage, ob sie es bereut hätten auszuwandern, schüttelten alle zögerlich den Kopf, nur Paul junior posaunte ein lautes und entschiedenes: »Nein.«

»Ich vermisse meine Familie so sehr, dass ich es manchmal nicht aushalte«, sagte Teresa.

»Mir fehlen mein Hof und das vertraute Gefühl, dass ich jeden einzelnen Stein kenne«, sagte Paul.

»Das Einzige, was mich stört in diesem Land, ist, dass unser Name wie Bier ausgesprochen wird und auch Bier bedeutet«, sagte Paul junior. »Auch wenn ich es gerne trinke.« Sein Vater lachte und verpasste ihm einen kleinen Boxhieb auf den Oberarm.

Anfang November 1907 kam Eugen in San Francisco an. Die Stadt war eine einzige Baustelle, die Stimmung war gedrückt, es gab viele Obdachlose und Hungernde, Polizei und Bürgerwehr waren allgegenwärtig, mit Erlaubnis des Bürgermeisters wurden Diebe und Plünderer auf der Stelle erschossen. Alles musste in Windeseile neu aus dem Boden gestampft werden, nicht nur aufgrund der geplanten Weltausstellung – wie Eugen aus der Zeitung erfuhr –, sondern um willige Investoren aus dem Osten nicht zu verlieren. In eine zerstörte Stadt wollte niemand ziehen geschweige denn Geld investieren, erzählte der Bauunternehmer, der ihn einstellte.

Er fand Arbeit in einer großen Baufirma und wurde dem Aufbau des abgebrannten Palace Hotels in der Montgomery Street zugeteilt. Er schleppte Balken, Bretter, Ziegel, mit Mörtel gefüllte Eimer, Männer aus China, Polen, Irland, Frankreich und Deutschland waren seine Arbeitskollegen, wie Ameisen wuselten sie auf der Baustelle herum. Weil er darum bat, übertrug man ihm – zusammen mit einem Iren – die Verantwortung für den Transport des Bauholzes vom Bahnhof bis zur Baustelle. Er arbeitete zwölf Stunden am Tag, doch verdiente er viermal mehr denn als Kellner.

Mit hunderten von Arbeitern und deren Familien hauste Eugen in einer Barackensiedlung am Rand von San Francisco, er hätte sich ein besseres Zimmer in einem verschonten Teil der Stadt leisten können, doch er wollte seinen Lohn sparen. Zu diesem Zweck eröffnete er ein Konto bei der Bank of California, das Geld in seinem Zimmer aufzubewahren wäre ihm zu unsicher gewesen. Immer wieder wurde eingebrochen, die verzweifelten Bestohlenen verdächtigten ihre Nachbarn, es herrschte eine Stimmung der Anspannung, des Argwohns, sie machte ihm mehr zu schaffen als die schwere körperliche Arbeit. Er erlebte furchtbare Unfälle mit, Männer wurden erschlagen, eingequetscht, stürzten in die Tiefe und zerschmetterten, ihre Familien erhielten einen Wochenlohn ausbezahlt und zwei Wochen Zeit, um die Arbeiterwohnung zu verlassen. Der Lebensstandard der Arbeiter war schlecht, es interessierte den Arbeitgeber nicht, wo und wie der Mensch, den er einzustellen gedachte, hauste und ob er gesund war, Wohlfahrt war ein unbekanntes Wort, ebenso Tradition oder Bürokratie, kaum jemanden interessierten Papiere. Dass lange Zeit im Westen vielfach Abenteurer ihr Glück gesucht hatten, während der Osten und Mittlere Westen schon länger hartnäckig von tüchtigen Familien bewirtschaftet wurden, war deutlich zu spüren. Bei einem gemeinsamen Bier kommentierte der Bauleiter die Situation mit den Worten: »Hier waren viel zu lange zu viele Glücksritter, zu viele Chinesen und zu wenige Deutsche.«

Im Dezember 1908 reiste er in den Osten zurück, er machte Halt in Nebraska und verbrachte das Weihnachtsfest bei den Beers, sie gaben ihm ein Geschenk für den Cousin mit, von dem sie wussten, dass seine Frau ein Kind erwartete. In Boston kam er bei Leonardo unter, dieser war frisch mit seiner jungen Römerin verheiratet und hatte sich mit Schwiegervater und Schwager selbständig gemacht. In einer gemieteten Halle wurde Pasta hergestellt, Leo war für Verkauf und Auslieferung zuständig, Eugen freute sich für seinen Freund.

Alessandro Russell setzte ihm als Erstes einen Teller Spaghetti vor, schaute ihm beim Essen zu und erkundigte sich nach seinem Leben im Wilden Westen. Eugen fragte ihn nach Frank Tabelanders Adresse und erfuhr, dass dieser ein Haus in der kleinen Stadt Concord gebaut hatte, seine junge Frau sollte nicht im Wald, inmitten all der Männer im *Lumber Camp*, leben müssen. Er hatte sich gegen Petersham entschieden, da ihm die Nähe zu Boston wichtig war, geschäftlich hatte er immer mehr mit Holzhändlern zu tun, und es war nötig, die Überstellung und das Verladen der Stämme am Frachtbahnhof zu überwachen. Auf der Fahrt nach Concord war Eugen nervös, in Gedanken übte er die Worte, die er zu dem Holzunternehmer sagen würde. Als er mit dem Geschenk der Beers in der Hand vor ihm stand – Tabe-

lander sah furchtbar aus und machte keine Anstalten, ihn herein-
zubitten, obwohl es stark schneite –, nahm er all seinen Mut zusammen und sagte: »Hör mir bitte ein paar Minuten zu. Ich
muss mit dir reden.«

»Worüber?«

»Ich habe Geld gespart und möchte als Partner bei dir im Geschäft einsteigen. Natürlich nicht zu gleichen Teilen, vielleicht
zwanzig zu achtzig am Anfang.«

Der Mann starrte ihn ungläubig an. »Der Kellner will bei mir
einsteigen.«

»Ich kann hart arbeiten und kenne mich mit Holz aus. Mein
Vater besitzt eine Gattersäge, und im letzten Jahr habe ich in San
Francisco mit Bauholz gearbeitet. Ich weiß, was gebraucht wird.
Gib mir eine Chance. Ich rate dir zu einem eigenen Sägewerk,
dann bist du nicht mehr abhängig, außerdem kannst du für fertig
geschnittenes Bauholz mehr verlangen als für ... «

Tabelander unterbrach ihn und trat zur Seite. »Ich weiß nicht,
ob ich sagen soll, du bist zum schlechtestmöglichen Zeitpunkt
gekommen oder genau zum richtigen.«

In der Küche saß eine junge Frau mit einem Kind an ihrer
Brust, ein zweites lag in einem Stubenwagen, ein drittes, es war
älter, spielte neben ihr auf dem Boden mit gefärbten Holzklötzen. Eugen erfuhr, dass Franks junge Ehefrau wenige Tage zuvor
bei der Niederkunft gestorben war, eine junge Mutter aus Concord wohnte vorübergehend mit ihren Kindern im Haus, um seine Tochter Mary zu stillen.

»Ich werde dir wirklich eine Chance geben«, sagte Frank am
nächsten Tag. »Ich glaube, mir wird eine Abwechslung guttun,
und außerdem schulde ich dir einen Gefallen. Mein Cousin Paul
lobt dich in höchsten Tönen.«

6

Im Sommer 1913 kam sein Bruder Gustav zu Besuch.

Eugen hatte die gesamte Familie eingeladen, ihn zu besuchen, und war enttäuscht, vor allem, dass Carl nicht mitgekommen war, verletzte ihn zutiefst. Gustav erklärte, dass Carl sich im letzten Moment gegen die Reise entschieden hatte, da Vinzenz im Sterben lag und er Josephine in der schweren Zeit nicht allein lassen wollte, dass der Vater sich wie immer im Geschäft unabkömmlich fühlte, die Mutter ohne ihn nicht hatte fahren wollen und die Eltern Elisabeth nicht erlaubt hatten mitzukommen. Er händigte ihm Briefe und Geschenke der Eltern und Geschwister aus.

Der Dreizehnjährige, von dem er sich vor zehn Jahren verabschiedet hatte, war zu einem Mann herangewachsen, der die Welt interessiert betrachtete und es liebte, lebhaft zu diskutieren. Eugens Befürchtung, dass er und sein Bruder einander fremd sein könnten, bewahrheitete sich nicht, er war überrascht, wie gut sie miteinander auskamen. Eine Woche lang erkundeten sie New York, Gustav wollte ein amerikanisches Krankenhaus sehen und war beeindruckt vom Mount Sinai Hospital am östlichen Ende des Central Parks. Sie schlenderten durch die Stockwerke und schauten in die Untersuchungs- und Krankenzimmer, bis sie hinausgeworfen wurden. Von New York aus machten sie einen Ausflug nach Philadelphia und weiter nach Washington, Eugen ließ Gustav seinen Ford fahren. Dieser staunte, wie fortschrittlich und modern das Leben in Amerika war.

»Weil die Demokratie die Zukunft ist«, sagte Eugen.

»Da würde dir Vater jetzt widersprechen«, grinste Gustav und fuhr mit tiefer Stimme fort: »Ein Kaiser, der seinem Volk eine Verfassung, ein Parlament mit Volksvertretern gibt, es liebt, führt und eint, ist besser als eine Tyrannei der Mehrheit.«

»Und du? Was sagst du?«

Gustav zuckte mit den Schultern. »Im Gegensatz zu unserem alten Herrn interessiere ich mich nicht sonderlich für Politik. Diejenigen, die finanziell keine Schwierigkeiten haben, leben überall gut. Das Geld macht den Unterschied.«

»Weise Worte für einen so jungen Mann«, lachte Eugen. »Für einen verwöhnten jungen Mann, wohlgemerkt.«

»Ich bin nicht verwöhnt«, protestierte Gustav. »Mein Studium ist harte Arbeit.«

»Das glaube ich dir aufs Wort, Bruderherz«, sagte Eugen. »Du arbeitest hart, weil du ehrgeizig bist, und das ist gut. Aber abgesehen davon genießt du ein unbeschwertes Studentenleben, zumindest lese ich das aus deinen Briefen heraus, und das ist auch gut. Weil du in einer großen Wohnung lebst, die unser Vater gekauft hat, und obendrein genug Geld zur Verfügung hast. Das sind die Voraussetzungen, die man braucht, um ein Studentenleben genießen zu können.«

»Weshalb ich hier – trotz Demokratie – kein besseres Leben als in der Heimat haben könnte.«

»Viele andere aber schon, angefangen von den Knechten, Kleinhäuslern, Handwerksburschen und weiteren unzähligen Söhnen von Vätern, die ihren Hof oder Betrieb nur an einen übergeben können. Hier ist jeder gleich, und der Fleißige kommt weiter als der andere.«

Gustav rollte mit den Augen. »Die ewige Leier vom Paradies Amerika. Ist es wirklich immer noch so? Wir lesen oft in der Zeitung, dass viele heimkehren, weil sie hier nur Elend kennenlernen.«

»Wenn hier jemand arbeiten will, gibt es Arbeit. Nicht jeder schafft es, his own business zu haben, aber Arbeit gibt es in Hülle und Fülle, niemand muss in Elend leben. Es sei denn, er hat keinen Willen zu arbeiten oder er trinkt oder beides.«

Gustav schüttelte den Kopf. »Das ist eine hochmütige Einstellung, Eugen.«

»Es ist die Wahrheit.«

»Mutter kennt einen Theaterregisseur, der mit einem Autor und seiner Schauspieltruppe ein Jahr lang in Amerika unterwegs gewesen ist. Er hat gesagt, dass die romantische Geschichte von edlen Wilden und ebensolchen Pionieren schon lange keine Gültigkeit mehr hat. Die Sitten der Amerikaner sind rau, es fehlt alles in allem an Zivilisiertheit und Kultur. Sie sind geistig tote, aber geldgierige Krämerseelen.«

»*Das* ist eine hochmütige Einstellung. Nämlich die der dekadenten Europäer gegenüber einem Land, das beginnt, ihnen Angst zu machen, weil es immer stärker wird. Sie halten große Stücke auf ihre Kultur«, er betonte das Wort abfällig, »während sich ihre Angestellten ein Leben lang für Kost und Logis abrackern. Darauf kann ich gerne verzichten, ich bevorzuge es, ein Barbar zu sein.«

Sie blieben einige Tage auf Cape Cod und genossen das Meer, in Boston besuchten sie Leonardo und Alessandro. Schließlich verbrachten sie einige Tage im Lumber Camp, weil Gustav darauf bestand, er wollte Eugens Arbeit aus unmittelbarer Nähe erleben. Dieser zeigte ihm, wie man einen Baum fällte, wie die Stämme aus dem Wald bis zum Lager geschafft und im Sägewerk entrindet und geschnitten wurden, wie man die Bretter für den Transport nach Boston verlud. Er brachte ihm das Reiten bei, und gemeinsam mit Frank gingen sie auf Hirschjagd.

An den Abenden saßen sie zu dritt beisammen, manchmal gesellten sich andere dazu, der Vorarbeiter, der Buchhalter, deren Frauen, auch das Kindermädchen Caitlin, nachdem die kleine Mary ins Bett gegangen war. Gustav suchte das Gespräch mit Caitlin, und Eugen stellte zu seiner Überraschung fest, dass er eifersüchtig war.

»Worüber habt ihr geredet?«, fragte er.

»Sie hat von sich erzählt, weil ich neugierig war. Von ihrer Kindheit in Montana und was mit ihrer Familie passiert ist, von der Zeit in St. Louis im Waisenhaus. Von deinem Brief vor vier Jahren, der ihr das Leben gerettet hat.«

»So hat sie das bezeichnet?«

Gustav nickte. »Die Schwestern haben gehofft, dass sie in den Orden eintritt, sie haben Druck auf sie ausgeübt. Sie war so glücklich über deinen Brief, dass sie auf der Stelle gepackt hat und zum Bahnhof marschiert ist.«

Eugen dachte an Caitlins Ankunft in Boston, auf dem Bahnsteig war sie es gewesen, die ihn erkannt hatte, nicht umgekehrt, aus dem Mädchen war eine Frau geworden. Mit ihrem winzigen Koffer stand sie vor ihm und sagte: »Vielen Dank, Mr. Brugger, dass Sie Ihrem Geschäftspartner mich als Kindermädchen empfohlen haben. Ich werde mein Bestes geben und ihn nicht enttäuschen.«

»Nicht so förmlich, Caitlin«, lachte er und schüttelte ihre Hand, »für dich bin ich immer noch Eugen.«

Auf der Fahrt nach Concord erzählte sie ihm, wie aufregend die Zugfahrt von St. Louis über Indianapolis, Columbus, Pittsburgh und New York für sie gewesen war, wie viele Menschen sie kennengelernt hatte. Sie hatte die letzten Jahre ausschließlich im Waisenheim verbracht, war überall eingesetzt worden, bei der Aufsicht der Kleinsten, in der Küche, beim Putzen der Schlafsäle, sie hatte sich damit abgefunden, ihr Leben in den Dienst der elternlosen Kinder zu stellen.

Eugen wunderte sich: »Du hättest doch überall Arbeit gefunden.«

Sie schüttelte den Kopf: »Ich sehe zu indianisch aus, das mögen die Leute nicht.«

Sie weigerte sich, alleine mit dem sechs Monate alten Kind in Franks Haus in Concord zu bleiben, sondern bestand darauf, im Lumber Camp zu wohnen.

»Sie wollen doch etwas von ihrer Tochter mitbekommen«,

sagte sie zu Frank, und da sie beharrlich blieb, gab er nach und ließ seine Blockhütte um zwei Räume erweitern.

Caitlin stellte sich für das gesamte Lumber Camp als wahrer Segen heraus, Monate später bedankte sich Frank bei Eugen für seinen Vorschlag, dem Waisenmädchen aus St. Louis einen Brief zu schreiben und ihr eine Stelle als Kindermädchen anzubieten.

»Sie gefällt dir, nicht wahr?«, fragte Eugen seinen Bruder.

»Du solltest dich lieber fragen, ob sie dir gefällt«, lachte Gustav. »Du musst blind sein, wenn du nicht merkst, dass sie in dich verliebt ist.«

Kurz vor seiner Abreise fand Gustav in Eugens Blockhütte die Bilder von Emil und Hedwig, aufmerksam betrachtete er das Hochzeitsfoto, die zwei Porträts, das Bild, auf dem die gesamte Familie vor der Hofmühle saß, hinter ihnen das frischgebackene Ehepaar, das nicht in die Kamera blickte, sondern nur Augen füreinander hatte.

»Warum hast du diese Fotos mitgenommen?«, fragte er verwundert.

Er hielt eines hoch, es war Hedwigs Porträt – sie reckte dem Betrachter ihre nackte Schulter entgegen und lächelte geheimnisvoll –, Eugen nahm es ihm verärgert aus der Hand.

»Erinnerst du dich gut an sie?«, fragte Gustav. »Kannst du mir erzählen, was es mit den beiden auf sich hatte?«

»Du weißt, was es mit ihnen auf sich hatte. Er ist bei einem Schiffsunglück gestorben, und sie wollte ohne ihn nicht weiterleben. Das ist alles.«

»Wenn das alles ist, warum hast du ihre Fotos mitgenommen? Keines von uns, aber die von ihnen?«

Eugen gab ihm keine Antwort und verstaute die Bilder sorgfältig wieder im Schrank.

Am Abend vor seiner Rückkehr nach Europa fragte Gustav, wann er vorhabe, nach Hause zurückzukehren.

»Hat Vater dich beauftragt, mich das zu fragen?«

»Nein. Er hat die Hoffnung aufgegeben, dass du je wieder heimkommst. Carl hat mich gebeten, dich zu fragen.«

»Sag ihm, dass ich es nicht weiß«, antwortete Eugen.

»Ich glaube, du bleibst für immer hier.«

»Bei deinem nächsten Besuch musst du unbedingt alle mitnehmen, hörst du? Ich bestehe darauf.«

»Auch Mutter?«, fragte Gustav leise.

Eugen nickte.

Nachdem er sich in Boston am Hafen von Gustav verabschiedet hatte, ging er ins At Russells, um zu essen, anschließend kaufte er in einem Blumenladen einen großen Strauß Rosen. Als er im Lumber Camp ankam, erschienen ihm die Schnittblumen auf dem Beifahrersitz lächerlich, er warf sie in die Tonne mit den Küchenabfällen. Frank, der das Ganze durch das Fenster des Office beobachtet hatte, fragte ihn grinsend, ob die Rosen für ihn gedacht waren.

Im Sommer 1914 brach der Krieg in Europa aus. Die Presse in den Staaten nahm von Anfang an großen Anteil an dem Geschehen in Europa. Im Laufe des Krieges veränderte sich die Stimmung gravierend, noch im März 1916 wurde von deutschen Einwanderern in Boston ein Wohltätigkeitsbazar organisiert, um für arme Kriegswitwen und Waisen in der Heimat Geld zu sammeln. Ein Jahr darauf behandelte man die deutschen und österreichischen Einwanderer reserviert, mitunter sogar feindselig. Präsident Wilson verkündete unter dem großen Beifall des Volkes im April 1917 den amerikanischen Kriegseintritt, Anlass war die Erklärung des uneingeschränkten U-Boot-Krieges durch Deutschland. Jeder, der aus dem Deutschen Reich oder der österreichisch-ungarischen Monarchie stammte, wurde verachtet, beschimpft, bespitzelt. Besonders schlimm wurde die Situation nach der Aufforderung, sogenannte »Freiheitsanleihen« zu kaufen, welche die Regierung bei der Finanzierung des Krieges unterstützen sollten. Damit der einfache Mann auf der Straße die Chance hatte, sich als Patriot zu erweisen, wurde eine Stückelung der Anleihe vorgenommen, die bis fünfzig Dollar herunterging. Eine wahre Bürgerhetze begann, jeder achtete auf den anderen, ob er eine derartige Kriegsanleihe zeichnete.

Frank und Eugen arbeiteten wie die Besessenen. Nach Boston fuhren sie nur, wenn es für das Geschäft zwingend notwendig war, die Atmosphäre in der Großstadt war aufgeheizter als auf dem Land. Ebenso vermieden sie, sich an den Wochenenden in Concord aufzuhalten, das Haus, das Frank nach der Hochzeit für seine Frau und sich dort gekauft hatte, stand leer. Immer wieder wollte er es verkaufen, um sich dann anders zu entscheiden, bis er den Plan endgültig verwarf. Das Haus war von seiner Frau eingerichtet worden, alles darin erinnerte ihn an sie und an die zwei gemeinsamen glücklichen Jahre, es wäre nur gut und recht, wenn seine Tochter Mary es eines Tages bekommen sollte, sagte er sich.

Seitdem Mary zur Schule ging, wohnte Frank mit seiner Tochter und dem Kindermädchen in Petersham. Noch vor dem Krieg hatte er ein Haus in der kleinen Stadt gekauft, kurz darauf hatte Eugen in seiner Nähe ein Cottage, umgeben von Apfelbäumen, entdeckt und nicht widerstehen können. Täglich fuhr Frank zur Arbeit in das Lumber Camp zwanzig Meilen westlich und kehrte an den Abenden zurück, um Zeit mit seiner Tochter zu verbringen. Eugen verbrachte zunächst nur die Wochenenden in seinem Cottage, bis er sich immer öfter nach einem Arbeitstag spontan in sein Auto setzte, um nach Petersham zu fahren. Zu Frank sagte er, er wäre froh, wenn er ab und zu dem Wald und den wortkargen Arbeitern entfliehen und einige Tage in der Zivilisation verbringen konnte, wobei das als Ausrede diente, denn er hielt sich gerne im Wald auf und mochte die Männer. Der Grund, warum es ihn immer öfter nach Petersham zog, war einzig und allein Caitlin. Wochen, nachdem Gustav abgereist war, waren sie ein Liebespaar geworden, sie war noch jungfräulich gewesen und hatte ihm während des Liebesakts gestanden, dass sie sich bereits im Waisenhaus, als Vierzehnjährige, in ihn verliebt hatte. Seine Heiratsanträge, die er ihr von Zeit zu Zeit machte, lehnte sie ab, sie werde keine Kinder bekommen und wolle aus diesem Grund nicht, dass er sich gebunden fühle.

Im Frühling 1915 schrieb sein Vater, dass Gustav in Galizien gefallen war, drei Jahre später bekam er die Nachricht, dass Carl an der Gebirgsfront im Norden Italiens getötet worden war.

7

Als Luzia vierzehn war, erhielt sie einen Brief ihres Onkels, er lud sie ein, nach Linz zu kommen. Beim Lesen der Zeilen klopfte ihr Herz vor Aufregung, immer schon hatte sie die Stadt sehen wollen. Im zweiten Absatz schrieb er, dass seine Frau Martha seit längerem schwerkrank war – sie war bettlägerig und den ganzen Tag alleine – und dass er sich sehr freuen würde, wenn eine junge Frau wie sie ihr Gesellschaft leisten und ihr unterstützend zur Seite stehen könnte. Luzia fühlte sich geehrt, dass Onkel Johannes sie als junge Frau bezeichnete, und händigte das zweite beschriebene Blatt ihren Eltern aus. Vorher hatte sie es überflogen, das Mädchen wäre bei der Pflege der Tante unbedingt erforderlich, stand da geschrieben, und es wurde darum gebeten, sie umgehend in den nächsten Zug zu setzen, die Sache pressiere.

Die Eltern reagierten ungehalten, und Luzia schlug schüchtern vor, sie könnte ja ein bis zwei Wochen lang in Linz bleiben und dann wieder zurückkommen. Ihr Vater schnaubte nur verächtlich. Er selbst schrieb seinem Bruder einen Brief, was genau darin stand, erfuhr sie nicht. In der Familie dachte man, die Sache wäre damit abgeschlossen, zehn Tage darauf tauchte Johannes unangekündigt auf dem Hof auf und begann einen heftigen Streit mit Friedrich. Er finde es ungeheuerlich, tobte er, dass sein Brief derart ignorant beantwortet worden war.

»Wenn ein Erwachsener, vor allem ein Verwandter, etwas von dir will, hast du ohne Widerrede zu gehorchen«, sagte er verärgert zu Luzia, und sie, hochrot im Gesicht, nahm all ihren Mut zusammen und stammelte: »Ich wär gern zu dir nach Linz gekommen.«

Es war ein Verrat an den Eltern, das wusste sie, diese warfen ihr einen scharfen Blick zu.

»Was das Mädchen will, interessiert mich herzlich wenig. Ich bin rechtlich ihr Vater, und ich sage dir, wir brauchen sie auf dem Hof«, schnauzte Friedrich in Richtung seines Bruders.

Es fand ein Machtkampf zwischen den beiden ungleichen Männern statt, den Luzia neugierig und gespannt verfolgte. Johannes war der redegewandte Politiker aus der Stadt, der es offenbar gewohnt war, dass die Leute sich ihm fügten, ganz gleich, ob er eine Bitte oder eine Aufforderung äußerte, er verhielt sich hochmütig und herablassend. Friedrich, der es als Großbauer nicht gewohnt war, dass ihm jemand etwas anschaffte, und vor allem nicht auf seinem Hof, war das selbstherrliche Getue des älteren Bruders derart zuwider, er platzte vor Ärger, konnte sich jedoch schwer artikulieren.

»Wer soll ihre Arbeit machen?«, wiederholte er mehrmals.

»Das interessiert mich herzlich wenig. Wie wäre es, wenn du dafür eine Magd einstellst und zahlst?«

Obwohl sie sich nichts mehr wünschte, als mit ihrem Onkel in die Stadt fahren zu dürfen, musste sie sich eingestehen, dass sie nicht verstehen konnte, warum ihr Vater seinen Bruder nicht einfach mit der Mistgabel in der Hand vom Hof jagte.

»Pack deine Sachen«, sagte Johannes zu ihr, die weiteren Einwände der Eheleute, das Mädchen wäre gerade im Hochsommer auf dem Hof unentbehrlich und sie könne ja im Winter die Pflegerin seiner Frau spielen, ignorierte er.

Im Zug starrte sie aus dem Fenster und betrachtete die schnell vorbeiziehende Landschaft, während Johannes eine Zeitung las, ab und zu betrachtete sie ihn verstohlen von der Seite. Sein schütteres dunkelblondes Haar zeigte den Ansatz einer kreisrunden Glatze, alles an ihm wirkte dicklich und weich – Bauch, Hände, Kinn, Wangen – und passte eigentlich gar nicht zu seinem Auftreten. Erst dreimal hatte sie ihn gesehen, bei ihrer Erstkommunion, beim Begräbnis des Großvaters und bei ihrer Firmung, seine Frau war jedes Mal dabei gewesen, Luzia hatte Martha als groß und freundlich in Erinnerung. Johannes faltete die Zeitung zusammen und sagte: »Du wirst dich schnell einleben. Und ich bin mir sicher, dass dir das Stadtleben gefallen wird. Es wäre ja schade, wenn ein aufgewecktes Mädchen wie du auf dem Land versauert.«

Er stellte ihr Fragen, wie es ihr in der Schule ergangen war, wie sie mit der Familie und der Arbeit zurechtgekommen war, schließlich beugte er sich vor, griff ihr unter das Kinn, drehte ihr Gesicht zur Seite und betrachtete die Narbe an ihrer linken Wange.

»Ein Jammer«, sagte er seufzend und sank wieder in den Sitz zurück. »Er war einfach ein sturer Hund, dein Großvater.«

Martha litt an Krebs, ein Monat zuvor war ihr in einem Krankenhaus in Wien die rechte Brust abgenommen worden, die Amputation war zwar gut verlaufen, doch sie erholte sich nicht, sie war schwach und erschöpft, konnte sich nicht lange auf den Beinen halten. Es gab Komplikationen bei der Wundheilung, die Wunde wollte nicht aufhören zu nässen und verströmte einen unangenehmen Geruch. Martha hatte das Schlafzimmer für sich allein, Johannes war ins Gästezimmer gezogen, er brauchte seinen

Schlaf. Er besaß zwei florierende Uhren- und Schmuckgeschäfte und war zudem kürzlich Präsident der Handelskammer geworden, frühmorgens eilte er aus dem Haus und kam spät am Abend heim. Als Luzia ihn fragte, welche Arbeit er den ganzen Tag verrichte, konnte er ihr keine zufriedenstellende Antwort geben, er berichtete von wichtigen Terminen, bei denen es um irgendwelche Verordnungen und Bestimmungen ging, auf dem Hof war immer augenscheinlich gewesen, was getan worden war. Ihr fiel eine Aussage des Vaters ein: »Diese Politiker und Bürokraten, wie die Pilze schießen sie aus der Erde und tun nichts anderes, als mit ihrer Wichtigtuerei unser Leben und unsere Arbeit zu erschweren.«

Martha hatte sechs Kinder zur Welt gebracht, die einzige Tochter wäre der Mutter in der schweren Zeit gern zur Seite gestanden, doch sie war in Salzburg verheiratet, hatte ein kleines Kind und musste sich um ihre eigene Familie kümmern. Die zwei jüngsten Söhne lebten noch zu Hause. Der Ältere der beiden, Valentin, erlernte das Goldschmiedehandwerk im Familienunternehmen, er kam wie sein Vater jeden Abend spät nach Hause und verbrachte seine Freizeit mit Freunden. Julius war Gymnasiast. Dass sein Jüngster die kranke Mutter pflegte, hatte Johannes nicht gefallen, seiner Meinung nach tat dies einem jungen Mann nicht gut, die Pflege kranker Menschen war erstens bedrückend und zweitens Frauensache. Luzia erkannte schnell, dass es ihrem Onkel nicht nur wichtig war, dass seine Frau bestens versorgt wurde, sondern auch, dass es seinem Sohn gut ging, dieser sollte nicht rund um die Uhr allein sein mit dem Dienstpersonal und mit der kranken Mutter, um die sich der Junge große Sorgen machte. Ihr Onkel hatte ihr also eine doppelte Aufgabe zugedacht.

Seitdem Luzia im Haus war, half Julius bis zum späten Nachmittag in den zwei Geschäften des Vaters aus, sein Vater konnte Müßiggang nicht ausstehen, und so war sie viele Stunden mit der kranken Frau und den zwei älteren Dienstmädchen alleine im großen, düsteren Haus. Sie saß neben Marthas Bett, las ihr vor, plauderte mit ihr, brachte ihr zu essen und trinken, half ihr, sich zu waschen. Obwohl die Familie herzlich mit ihr war und sie nicht als Angestellte behandelte, fühlte sie sich in den ersten Wochen miserabel, noch nie hatte sie sich im Sommer derart viel in geschlossenen Räumen aufgehalten, weder konnte sie in den Garten gehen noch sich die Stadt ansehen. Alles war ungewohnt, das andauernde Sitzen, das viele Redenmüssen mit jemandem – zu Hause war kaum gesprochen worden, man hatte still vor sich hin gearbeitet –, das zu weiche Bett, das Zusammensein mit einer Schwerkranken, der sie selbst auf die Toilette helfen musste. Die Weite fehlte ihr, das Wetter, die Natur, und auch bestimmte Gerüche, der Geruch, der ihr im abgedunkelten Krankenzimmer entgegenschlug, bereitete ihr anfangs Übelkeit. Sie sah den über einen Feldweg hängenden dicken Ast eines Walnussbaums vor sich, von dem aus sie ihren Großvater oft beobachtet hatte, wie er in der Abenddämmerung die Kühe von der Weide Richtung Stall trieb. Sie trotteten unter ihr vorbei, und sie schloss die Augen und lauschte, wie der hohle Klang ihrer Klauen schwächer und schwächer wurde, bis er sich im Zirpen der Heuschrecken verlor. Sie hatte Gerüche in der Nase, den wohlig vertrauten nach Stall, den die Leute nach dem Melken verströmten, wenn sie das Haus betraten, den frischen, würzigen des Waldbodens nach einem Regenguss, den schweren, warmsüßen in der Küche, nachdem die Mutter die frisch gebackenen Buchteln aus dem Rohr gezogen hatte.

Julius war lang und schlaksig, seine helle Haut, die blonden Haare, das besonnene freundliche Wesen hatte er von seiner Mutter geerbt. Er kümmerte sich nicht nur liebevoll um Martha, sondern bemühte sich auch um Luzia, es schien ihm wichtig zu sein, dass sie sich wohlfühlte, jeden Nachmittag wartete sie darauf, endlich seine Schritte in der Vorhalle und auf der Treppe zu hören.

»Julius ist da!«, sagte sie dann froh zu Martha und ging ihm entgegen.

Sie wagte sich nicht vorzustellen, wie ihr neues Leben ohne ihn ausgesehen hätte, sie wäre bis spät am Abend mit der niedergeschlagenen Patientin alleine gewesen und vermutlich völlig verzweifelt. Er war der Einzige, der seine Mutter dazu bewegen konnte, für eine Weile aufzustehen und sich zu ihm ins Esszimmer zu setzen, wo er bei einem verspäteten Mittagessen von den Erlebnissen mit den Kunden erzählte, die er mit Absicht amüsant gestaltete, um seine Mutter aufzuheitern.

Die Situation veränderte sich, nicht nur verflüchtigte sich die unerträgliche Hitze – deretwegen man im Haus zumeist die Vorhänge zugezogen hatte – und machte einem milden, warmen Herbst Platz, auch Marthas Gesundheitszustand besserte sich deutlich. An den Nachmittagen saß sie mit Julius und Luzia auf der Terrasse, und so gut es ihr möglich war, begann sie, ihren Pflichten im Haushalt wieder nachzugehen. Johannes erinnerte sie täglich beim Frühstück daran, sich zu schonen, doch sie war der Meinung, dass das Haus ohne sie verwahrloste, die Wäsche verschimmelte, die Dienstmädchen ein Lotterleben führten, Mäuse, Motten und Schaben die Küche beherrschten. Verwundert fragte sich Luzia, ob man etwas zum Besseren verändern konnte, das bereits perfekt war, zu Hause auf dem Ederhof war es nie derart sauber gewesen, die Wäsche nie so weich, es hatte keine mehrgängigen Mahlzeiten gegeben und obendrein noch einen frisch gebackenen Kuchen zum Kaffee. Einmal kam aus Salzburg die Tochter Elsa mit ihrem kleinen Sohn für eine Woche zu Besuch, für Luzia war es eine willkommene Abwechslung, sie verstand sich gut mit der jungen Frau. Julius ging wieder zur Schule und war glücklich darüber, er hatte die Arbeit in den väterlichen Betrieben nicht sonderlich gemocht, er kam früher nach Hause, und wenn Martha nach dem gemeinsamen Mittagessen eine Weile ruhte, saß er über seinen Hausaufgaben. Er bestand darauf, dass Luzia ihm Gesellschaft leistete, entweder las sie in seinen alten Schulbüchern, oder er berichtete davon, was er gelernt hatte. Diese Stunden waren ihr bald die liebsten.

Die liebevolle Stimmung, die im Haus herrschte, und das vor allem, seitdem es Martha besserging, gefiel Luzia, es war offensichtlich, dass sie von der Hausherrin ausging und diese ihre Männer dahingehend erzogen hatte. Die Art und Weise, wie Eltern und Kinder miteinander umgingen, erstaunte sie. Alle wünschten einen guten Morgen, eine gute Nacht, nahmen die Hände der Sitznachbarn, wenn das Tischgebet gesprochen wurde. Sie erkundigten sich danach, wie es dem anderen ging, waren besorgt, wenn es jemandem schlecht ging, und kümmerten sich um die Lösung des Problems, interessierten sich für die Meinung des anderen, und vor allem *sprachen* sie miteinander, selbst über banale Dinge wie das Wetter oder das Buch, das man soeben las, das Gericht, das man gerade vor sich auf dem Teller hatte. Mahlzeiten wurden zelebriert, man nahm sich Zeit für jeden Einzelnen, um mit ihm ins Gespräch zu kommen, zu Hause hatte man gegessen, weil gegessen werden musste. Manchmal schwirrte Luzia der Kopf von all den Gesprächen, die geführt wurden, auf dem Ederhof war es vorgekommen, dass den ganzen Tag keine fünf Worte fielen, und wenn doch, dann waren es entweder Aufforderungen oder Zurechtweisungen gewesen.

Einige Tage vor Weihnachten lernte sie ihre einzige Tante kennen. Sie begleitete Johannes, Martha und Julius in das Kloster der Elisabethinen, wo sie in einem winzigen, kalten Besucherraum Schwester Maria Agnes gegenübersaßen, diese hatte in einem Brief an ihren Bruder geschrieben, dass sie neugierig auf ihre Nichte sei. Luzia wurde eine Stunde lang über ihre Kindheit ausgefragt, besonders über den verstorbenen Großvater und auch darüber, was sie über ihre leiblichen Eltern wusste. Das Ganze kam ihr vor wie ein Verhör, eine Frage jagte die andere. Was ihre verstorbenen Eltern betreffe, wisse sie kaum etwas, sagte sie, sie habe sich nie getraut, zu Hause Fragen zu stellen, weil sie gespürt habe, das sei ein Thema, das ihre Familie lieber vergessen wollte. Während sie ihre Antworten gab, saß die Frau nickend und mit geschlossenen Augen da, den Rosenkranz hatte sie um die gefalteten Hände gewickelt.

Maria Agnes schaute ihren Bruder an und sagte: »Ich bin mir sicher, dein Onkel Johannes kann dir etwas über deine Eltern erzählen.«

Zum Schluss fragte sie, ob Luzia gerne eine höhere Schule besuchen möchte. »Julius hat mir geschrieben, dass du wissbegierig bist.«

»Setz dem Mädchen keine Flausen in den Kopf«, unterbrach Johannes sie. »Martha braucht sie im Haushalt, und Julius kann ihr das ganze neumodische Zeug auch beibringen.«

Am Abend, sie saßen alle im Wohnzimmer beisammen, fragte sie ihn, was er über Emil und Hedwig wisse.

»Dein Vater wollte nach Amerika auswandern und ist bei einem Schiffsunglück ums Leben gekommen, und deine Mutter wollte ohne ihn nicht weiterleben, das ist alles.«

»Aber welche Rolle haben der Hofmüller und seine Frau dabei gespielt?«, fragte sie ungeduldig, denn das, was er gesagt hatte, wusste sie bereits, aber er winkte ab und meinte, sie solle die alten Geschichten ruhen lassen.

»Würdest du gerne zur Schule gehen?«, fragte Julius sie ein paar Tage darauf, und Luzia nickte.

Sie war sich nicht sicher, ob sie wirklich den Wunsch verspürte, aber sie war neugierig, sie wollte wissen, wie es sich anfühlte, in einer städtischen Schule zu sitzen und nur von Mädchen, die ihr völlig fremd waren, umgeben zu sein. Würde es ihr gefallen, oder würde sie sich als Landpomeranze eingeschüchtert und unterlegen fühlen? Sie wollte Martha, die sie nicht nur schätzte, sondern auch sehr gernhatte, nicht im Stich lassen, aber der Besuch einer Schule war vermutlich aufregender, als gemeinsam mit der Hausherrin den Dienstmädchen Anweisungen zu geben, einkaufen zu gehen, einen Kuchen zu backen.

Julius bat seine Eltern, Luzia das Mädchenlyzeum in der Körnerstraße besuchen zu lassen, solange es der Mutter gut ging. Johannes war strikt dagegen, doch als Martha nicht aufhörte, ihn zu bedrängen, und auch Maria Agnes ihm diesbezüglich einen Brief schrieb, gab er schließlich nach und suchte den Direktor des Lyzeums auf. Luzia erhielt die Erlaubnis, nach den Weihnachtsferien einzusteigen. In der Silvesternacht stand sie neben Julius auf dem überfüllten Hauptplatz und betrachtete staunend das Feuerwerk, er griff schüchtern nach ihrer Hand.

Jeden Morgen verließen sie gemeinsam das Haus. Schon nach einigen wenigen Tagen fühlte sich Luzia in ihrer Schule wohl. Der Grund dafür war die um ein Jahr ältere Antonia, Tochter eines Arztes, die sich ihrer annahm, die beiden wurden schnell Freundinnen. Mit einundzwanzig anderen Mädchen saß sie in der Klasse und lernte unter anderem Englisch, Geschichte, Geografie, Physik, Buchhaltung und vor allem Hauswirtschaftskunde. Die Nachmittage verbrachte sie mit Julius lernend im Wohnzimmer, neben ihnen Martha, die entweder las oder sich mit einer Näh- oder Stickarbeit beschäftigte oder – wie es meistens der Fall war – einnickte. Manchmal besuchte sie Antonia, sie trafen weitere Freundinnen und bummelten durch die Stadt, oder aber die Freundin kam zu ihr. Wenn Johannes seinen Sohn aufforderte, doch Freunde zu treffen, zuckte er nur mit den Schultern und sagte, wenn er das Bedürfnis hätte, würde er es tun, er wäre lieber zu Hause bei seiner Mutter und Luzia. Weil sie sich dazu verpflichtet fühlte, schrieb sie ihren Eltern ab und zu einen Brief, es kam nie eine Antwort, nicht einmal zu ihrem fünfzehnten Geburtstag, den sie im April feierte, Luzia vermutete, dass gekränkter Stolz dahintersteckte. Vor den Sommerferien hatte sie Angst, sie würden verlangen, sie solle nach Hause kommen, um auf dem Hof mitzuhelfen, Martha beruhigte sie augenzwinkernd: »In dem Fall würde ich ihnen glatt eine Absage erteilen, mit der Begründung, dass du für mich unersetzlich bist.« Sie griff nach ihrer Hand. »Ich bin sehr froh, dass du bei uns bist, Luzia.«

Sie durfte die Familie nach Meran begleiten, Johannes und Valentin blieben nur wenige Tage und fuhren zurück nach Linz, Elsa kam mit ihrem Mann und ihrem Sohn nach, auch der Ehemann reiste bald wieder ab. Während Julius, Elsa und Luzia Wanderungen in den Bergen unternahmen, passte Martha auf das Enkelkind auf, am Abend saß man lange auf der Hotelterrasse beisammen. Sie machten einen Ausflug nach Bozen und fuhren für drei Tage nach Venedig, wo sie in einem Strandhotel am Lido di Venezia wohnten. Luzia war beeindruckt vom Meer, stellte aber fest, dass sie mit den Almen und den Bergen mehr anfangen konnte als mit Sand und Wasser, Julius freute sich darüber, er empfand ähnlich.

Den ganzen Sommer lang hatte sie das Gefühl, sie schwebe im siebten Himmel, so glücklich war sie in der beeindruckenden Natur, umgeben von Menschen, die sie liebte und von denen sie geliebt wurde. Wie leicht sich alles anfühlt, wenn man Geld hat, dachte sie. Aber allein daran konnte es nicht liegen, denn die Eder hatten auch nicht wenig davon, offensichtlich hinderte harte Arbeit die Menschen daran, freundlich und liebevoll zueinander zu sein, warum das so war, war ihr unverständlich, das eine wäre doch leichter erträglich mit dem anderen. An einem Abend, Elsa war mit dem Kind bereits in ihr Zimmer gegangen, begann Martha von Luzias Eltern zu reden, einiges habe ihr Johannes damals erzählt, sagte sie.

Zum ersten Mal hörte Luzia, dass ihre Mutter Hedwig eine

entfernte Verwandte der Brugger gewesen war, dass Emil von seinem Vater – ihrem geliebten Großvater – und den Halbbrüdern Friedrich und Ignaz sehr schlecht behandelt worden war, dass das junge Paar einige Jahre lang in der Hofmühle gelebt hatte.

»Johannes hat bereits in Linz gelebt, er ist sehr früh weggegangen, er hat die Zustände in seinem Elternhaus nicht ausgehalten. Ich weiß, zu dir war dein Großvater gut – dem Himmel sei Dank dafür –, aber er muss vor seinem Schlaganfall ein unglaublich grober Mensch gewesen sein, alle haben ihn gefürchtet wie den Teufel.«

Ähnliches hatte sie ab und zu im Dorf gehört: Das Kind kann von Glück reden, dass sein Großvater es so gut behandelt, früher war er ein ganz anderer Mensch. Es schien ihr, als ob die Dorfleute mit Argusaugen über ihn wachten und darüber, wie er sich zu ihr verhielt. Seltsamerweise interessierte nach dem Tod ihres Großvaters niemanden mehr, wie es ihr ging und wie lieblos sie behandelt wurde.

»Albert Brugger hat Emil in der Hofmühle aufgenommen, weil die junge Frau, Hedwig, ihn darum gebeten hat. Der alte Eder hat furchtbar getobt deswegen, ich glaube, es ist sogar eine Brandstiftung vorgefallen. Das Ehepaar Brugger hat die zwei jungen Leute sehr gerngehabt, und es war offensichtlich, dass das auf Gegenseitigkeit beruht hat. Sie haben uns einmal zu viert in Linz besucht, das war 1891 oder 1892. Deine Eltern waren ein schönes und vor allem liebenswürdiges Paar, Luzia. Die Leute im Dorf haben in der Sache zu den Brugger gehalten, nicht nur die, die den Eder nicht leiden konnten, sondern alle, einfach weil sie die beiden so gerngehabt haben. Hedwig hat auf Auswanderung gedrängt, sie wollte sich etwas Eigenes aufbauen, Emil wäre es recht gewesen, für immer in der Hofmühle zu bleiben. Aber er hat eingesehen, dass es besser ist zu gehen, weil die Familie Brugger dann wieder Ruhe vom Eder und seinen Feindseligkeiten gehabt hätte. Er hat im Jänner 1895 in Bremerhaven die Elbe bestiegen.«

»Und sie ist untergegangen, weil ein anderes Schiff sie gerammt hat.«

»Ja. Nach dem Unglück hat der Eder plötzlich getan, als ob er wie wahnsinnig um seinen Sohn trauern würde, er hätte ihm ein Erbe ausbezahlt, ihm geholfen, einen kleinen Hof zu kaufen, hat er behauptet, er hätte sich gerne um seinen Sohn gekümmert, wenn sich der Brugger nicht so wichtiggemacht hätte. Viele haben sich auf seine Seite gestellt. Wenn der Brugger den jungen Mann nicht vom Hof weggelockt hätte, wäre er noch am Leben, er trägt Mitschuld an seinem Tod, hat es plötzlich geheißen. Dass der Eder ihn menschenunwürdig behandelt hat, ihm der Brugger eine Chance gegeben, ihn in jeder Hinsicht unterstützt hat, davon war auf einmal keine Rede mehr. Die Leute, weißt du, hängen ihre Fahne gern nach dem Wind. Aber das war erst der Anfang. Drei Monate später hat Hedwig dich zur Welt gebracht, und nicht einmal eine Woche darauf hat sie sich erhängt. Nach ihrem Tod hat man ihnen Unrecht getan, auch Johannes, er hat es mir gegenüber einmal zugegeben. Das ist der Grund, warum er nicht gerne darüber spricht. Er hat vor Gericht dafür gesorgt, dass du Friedrich und Veronika zugesprochen wirst. Dafür hat er Zeugen gebraucht, die gegen die Brugger aussagen. Sie wurden bloßgestellt und diffamiert. Die ganze Sache war sehr schmerzhaft für sie. Sie wollten dich behalten. Es war Anna Brugger, die dich nach dem Tod deiner Mutter ein halbes Jahr lang gestillt hat, gemeinsam mit ihrer Tochter, danach hat sie dich auf den Ederhof bringen müssen.«

8

In den drei Sommern darauf fuhren sie in die Toskana, nach Südfrankreich – an einem Strand in der Nähe Nizzas küsste Julius sie zum ersten Mal – und wieder nach Meran, weil Luzia und Julius sich das wünschten. Im Oktober 1913 begann Julius Geisteswissenschaften in Wien zu studieren, er wollte Gymnasiallehrer für Deutsch und Geschichte werden, die Wochenenden verbrachte er in Linz. Luzia vermisste ihn und fühlte sich einsam in dem großen Haus, Valentin hatte geheiratet und lebte mit seiner Frau in einer eigenen Wohnung. Luzia hatte noch für ein Jahr das Lyzeum zu besuchen und wollte, weil Julius es sich wünschte, nach der Reifeprüfung ebenfalls nach Wien gehen. Sie hatte Bedenken, was das Leben in der Großstadt betraf, denn ihr war Linz bereits zu groß, zu laut, an den Wochenenden fuhr sie oft mit Julius und Martha aus der Stadt hinaus, um in der Natur zu sein.

»Wir werden sehen«, sagte Johannes dazu, und zu seiner Frau gewandt: »Mir wäre es lieber, Luzia bliebe bei uns, bis Julius fertig studiert hat, sonst bist du den ganzen Tag allein, Liebes.«

»Für mich ist das in Ordnung. Vorher wird aber geheiratet«, sagte Martha, dass die beiden ein Paar waren, freute sie.

Die beiden versprachen hoch und heilig, nach Julius' Studium zurückzukehren, aber Martha lachte nur: »Versprecht nicht zu viel, das Leben kommt meist anders als geplant.«

Im Jänner 1914 kehrte bei Martha die Krankheit mit voller Wucht zurück, es wurden Tumore nicht nur in der zweiten Brust, sondern auch in anderen Organen entdeckt, die Ärzte stellten mit Bedauern fest, dass sie machtlos waren. Luzia ging nicht mehr zur Schule, Julius kehrte nach Linz zurück und begann als Buchhalter im väterlichen Betrieb zu arbeiten.

Luzia gestand er, dass er sich auf der Universität ohnehin nicht wohlgefühlt hatte, er aber befürchtete, seine Eltern zu enttäuschen, die meisten seiner Professoren erschienen ihm weltabgewandt, er konnte damit nichts anfangen.

»Ihr zwei seid mir in den letzten Jahren eine große Freude gewesen«, sagte Martha zu Julius und Luzia. »Ich habe gehofft, eure Hochzeit noch mitzuerleben und auch euer erstes Kind.«

Das Sterben ihrer Tante war für Luzia in vielen Augenblicken mehr, als sie glaubte, ertragen zu können. Die Patientin wand sich vor Schmerzen, zum Schluss erhielt sie hohe Dosen an Morphium und dämmerte vor sich hin. Luzia wechselte ihre Windeln und fand es entwürdigend, so sterben zu müssen. Da Martha keine fremde Pflegerin um sich haben wollte, wechselten sich Julius und sie in den Nächten ab, einer von ihnen schlief auf dem Sofa im Schlafzimmer, untertags war Luzia alleine mit der Kranken. Johannes und die verheirateten Söhne kamen hin und wieder vorbei, saßen für wenige Minuten am Krankenbett, hielten mit Tränen in den Augen Marthas Hand und tätschelten anschließend ihre. Als es dem Ende zuging, kam Elsa aus Salzburg angereist und unterstützte sie, vier Monate nach der Diagnose starb Martha.

Bisher hatte Luzia nur den Tod ihres Großvaters erlebt, er war alt gewesen und eines Nachts nicht mehr aufgewacht. Nachdem er nicht zum Frühstück erschienen war, war sie in sein Zimmer gegangen, um nachzusehen, er lag auf dem Rücken, die Tuchent war glattgestrichen, und die Hände hatte er auf Brusthöhe gefaltet, als hätte er gewusst, dass er nicht mehr aufwachen würde. Seine linke Gesichtshälfte, die normalerweise herunterhing, wirkte, als hätte er nie einen Schlaganfall gehabt, für die Neunjährige sah der alte Mann aus, als würde er friedlich schlafen und von etwas Schönem träumen.

Er hatte Zeit für sie gehabt, alle Zeit der Welt, wenn sich die Leute auf dem Hof vor lauter Arbeit überschlagen hatten. Aufgrund seines herabhängenden linken Arms und seines hinkenden Beins konnte er keine schwere Arbeit verrichten, weshalb er auf sie aufpasste, als sie klein war, und später auch auf Matthias. Er war froh, wieder eine Aufgabe zu haben, er war jahrelang untätig herumgesessen, uneins mit der Welt und sich selbst, und Veronika war froh, dass ihr jemand mit den zwei Kindern half. Als sie noch klein waren, saß er mit ihnen während der Heuarbeit in der Wiese, er zog sie in einem Leiterwagen hinter sich her, mühte sich ab, Figuren für sie zu schnitzen – einmal verletzte er sich dabei mit dem Schnitzmesser –, im Winter rodelte er mit ihnen auf dem Hang hinter dem Haus. Obwohl ihm das Sprechen nicht leichtfiel, erklärte er ihnen die Bäume, Pflanzen, Blumen, Insekten, er hatte eine Engelsgeduld, besonders mit ihr. Sie war sein Liebling, wohingegen die Aufmerksamkeit und liebevolle Fürsorge der Eltern hauptsächlich Matthias galt. Veronika hatte keine Kinder bekommen können, was für ihre Ehe eine große Belastung gewesen war, erst nach Luzias Adoption wurde sie schwanger, so etwas würde, so die Hebamme, öfter vorkommen. Als Luzia siebzehn Monate alt war, wurde der heiß ersehnte Sohn geboren. Der Großvater bestand darauf, seine Enkeltochter in den ersten Tagen ins Dorf zur Schule zu begleiten, und diese Gewohnheit behielt er bei, weil ihm das Gehen guttat, es verhindere das endgültige Rosten seiner Knochen, behauptete er. Auf dem Nachhauseweg erwartete der Großvater sie an der Weggabelung unterhalb des Hofes.

An ihrem achten Geburtstag kam er mit einer jungen zugerittenen Haflingerstute samt Sattel und Zaumzeug nach Hause, die Eltern fielen aus allen Wolken. Er habe sie einem Bauern im Nachbarort abgekauft, sagte er und verkündete, es sei das Pferd seiner Enkeltochter. Es kam zu einem großen Streit zwischen Vater und Sohn, den Luzia mitanhörte, Friedrich tobte, weil sein Vater noch so viel Geld besaß, um ein Pferd zu kaufen, und es obendrein vor ihm versteckt hatte. Den Großvater ließ das Toben seines Sohnes kalt – er konnte sehr eigensinnig sein, was

Luzia an ihm liebte –, er sattelte das Pferd und half ihr beim Aufsteigen, tagelang führte er sie am Zügel, bis sie in der Lage war, alleine zu reiten. Den Eltern war das Pferd ein Dorn im Auge, sie fanden es unbescheiden und unpassend für eine Bauerntochter, man ging zu Fuß oder spannte es vor das Fuhrwerk, aber man saß nicht darauf. Luzia schien es, als hätte ihr Großvater Spaß daran, seinen Sohn zu ärgern.

Veronika zog ihm seinen besten Anzug an, der ihm zu groß war, er verschwand beinahe darin, drei Tage lang wurde er in der Stube aufgebahrt. Jeden Abend kamen Leute vorbei, um Gebete zu sprechen und vom alten Ederbauern Abschied zu nehmen. Luzia trauerte sehr um ihren Opa, und obwohl tagelang eine ernste, gedämpfte Stimmung im Haus herrschte, wunderte sie sich darüber, dass außer ihr und Matthias niemand eine Träne um den Verstorbenen vergoss, und sie stellte die Mutter zur Rede.

»Es gibt keinen Grund zum Weinen«, sagte Veronika. »Euer Großvater ist jetzt bei Gott. Er hat ein langes Leben gelebt und ist friedlich gestorben.«

Woraufhin Luzia zu dem Schluss kam, dass Erwachsene nur um Verstorbene weinten, wenn sie entweder zu früh gegangen waren oder heftige Schmerzen erleiden hatten müssen. Jemanden zu vermissen war offensichtlich kein Grund dafür. Als sie das qualvolle Sterben ihrer Tante hautnah miterlebte, erschienen ihr Veronikas Worte nicht mehr so herzlos, wie sie ihr als Kind vorgekommen waren.

Gemeinsam mit Elsa und Julius sortierte sie Marthas Sachen aus. Was ihr gefiel, durfte sie behalten, den Rest erhielt ein Heim, das bedürftigen Frauen Unterschlupf gewährte, Martha hatte dort vor ihrer Erkrankung oft ausgeholfen. Luzia nahm einige wenige Kleider, Röcke und Blusen an sich, außerdem einen langen Wintermantel aus Wildleder und mit einem Pelzkragen, Johannes hatte ihn im ersten Ehejahr seiner jungen Frau, der im Winter ständig kalt war, zu Weihnachten geschenkt. Der Mantel hatte es Luzia vom ersten Augenblick an angetan, Martha hatte sie als Vierzehnjährige hineinschlüpfen lassen, sie hatte sich vor dem Spiegel gedreht und war sich mondän und verwegen gleichzeitig vorgekommen.

Da es keinen Sinn ergab, das Schuljahr fertig zu machen – sie hatte zu viel versäumt –, führte Luzia den Haushalt. Es gab nicht viel zu tun, es war ruhig geworden. Als würde er sein Zuhause meiden, war ihr Onkel seit dem Begräbnis den ganzen Tag unterwegs und kam erst spät nachts zurück. Damit Luzia nicht so viel alleine war, nahm Julius am Nachmittag die Bücher aus dem Kontor mit und arbeitete zu Hause. Seit Marthas Tod waren sie oft zu zweit, ohne einen Aufpasser an ihrer Seite. Johannes schien sich um Konventionen wenig zu scheren oder ihnen zu vertrauen, beides gefiel Luzia. Manchmal fühlte es sich an, als ob sie ein jung verheiratetes Paar wären und das Haus ihnen gehörte, sie kümmerten sich um alles und nahmen die meisten Mahlzeiten zu zweit ein. Die Gespräche über eine gemeinsame Zukunft wurden konkreter, Luzia gab Julius zu verstehen, dass sie später auf dem Land leben wolle, in den vergangenen Jahren war ihr bewusst geworden, dass sie auf Dauer in der Stadt unglücklich sein würde.

»Am liebsten würde ich in den Bergen wohnen«, sagte sie. »Und am liebsten hätte ich ein Pferd, einen Hund, ein paar Hennen und ein paar Katzen.«

Es war ein heißer Tag im Juni, sie lagen nebeneinander auf einer Decke im Garten, er nahm einen Grashalm und fuhr damit ihren Unterarm entlang.

»Dann werde ich eben Bergdorfschullehrer«, sagte Julius, und sie lachte.

Er überlegte laut: Er würde im Herbst nicht nach Wien gehen, sondern in Linz die Lehrerbildungsanstalt besuchen, die meisten Jahre vom Gymnasium würde man ihm sicherlich anrechnen, nach Wien auf die Universität brächten ihn keine zehn Pferde zurück.

»Es muss ohnehin befriedigender sein, Dorfkinder zu unterrichten als überhebliche Gymnasiasten. Wenn ich mit der Ausbildung fertig bin, ziehen wir aufs Land, wo immer du auch hinwillst.«

»Ich hoffe, du stellst dir das Landleben nicht romantischer vor, als es ist.«

»Ich stelle mir alles vor, was du willst«, sagte er und küsste sie.

Sie wusste, dass Julius Schwierigkeiten mit seinem Vater bekommen würde, wenn er verkündete, ein einfacher Volksschullehrer werden zu wollen, und hoffte, dass er sich durchsetzen konnte.

Wenige Tage darauf, sie kam gerade vom Markt, sah Luzia ihren Onkel mit einer Frau an seiner Seite aus einem Kaffeehaus kommen, sie drehte sich schnell weg, später wusste sie nicht, ob sie es Julius erzählen sollte oder nicht, und noch später kam sie nicht dazu, denn am Abend war es in aller Munde: Der Thronfolger und seine Frau waren in Sarajevo ermordet worden.

Das furchtbare Ereignis hielt alle in Atem, und die Stimmung im Haus, in der Nachbarschaft, in der gesamten Stadt war aufgeheizt. Johannes verbrachte wieder mehr Zeit zu Hause, er erhielt zahlreichen Besuch von Freunden und Kollegen aus der Politik. Sie ereiferten sich über die verzwickte politische Situation in Europa, die meisten waren der Meinung, den Serben gehöre eine Lektion erteilt, nur Einzelne bezweifelten die Mitwisserschaft der serbischen Regierung an dem Attentat. Einen Monat später erklärte der Kaiser den Krieg, die Stadt ähnelte einem brodelnden Kessel, Johannes feierte die Kriegserklärung mit einem kleinen Sektempfang, der in einem Saufgelage endete. Obwohl

Luzia ihn beschwor, es nicht zu tun – sie konnte sich Julius beim besten Willen nicht auf dem Schlachtfeld vorstellen –, meldete er sich wenige Tage darauf freiwillig. Er war dem Druck seines Vaters nicht gewachsen gewesen, Luzia war wütend auf ihren Onkel.

In der Nacht vor seiner Abreise in die Kaserne, in der er seine kurze Ausbildung absolvieren sollte, schlich er zum ersten Mal in ihr Zimmer. Luzia vermutete, dass es am Alkohol lag, denn beim Abschiedsessen war viel Wein geflossen. Seine älteren Brüder waren mit ihren Gattinnen eingeladen gewesen, sie sollten in den nächsten Tagen alle in den Krieg ziehen, zwei von ihnen waren einberufen worden, drei hatten sich freiwillig gemeldet, Johannes hatte keine Ruhe gegeben. Julius, im Nachthemd, setzte sich an die äußerste Bettkante und gestand ihr, dass er vor den Kämpfen, die ihm so gut wie sicher bevorstanden, entsetzliche Angst hatte.

»Ich glaube nicht, dass ich mich als tapferer Soldat erweisen werde«, sagte er kleinlaut. »Ich sehe aber auch keine Möglichkeit, mich um den Kriegsdienst zu drücken, ohne als Feigling dazustehen. Ich träume seit Tagen von allen möglichen grausamen Todesarten.«

Er sprach mit gesenktem Blick, als wären seine Worte an seine nackten Zehen gerichtet. Luzia, die aufgerichtet und mit offenen Haaren in ihrem Bett saß, streckte ihre Hand aus und legte sie über die seine auf sein Knie. Ihr war bewusst, dass sie eigentlich hätte sagen müssen, dass Pflicht und Ehre es verlangten, das Heimatland tapfer zu verteidigen. Die anderen Frauen hatten während des Essens ständig solche Sätze von sich gegeben, doch ihr schnürte sich bei dem bloßen Gedanken die Kehle zu. Sie hätte sich auch einfacherer Floskeln bedienen können wie zum Beispiel »Nur Mut« oder »Hab keine Angst« oder »Alles wird gut«. Ihr kamen diese tröstlichen Redewendungen in dem Augenblick aber entsetzlich verlogen vor, weshalb sie nichts sagte, sie streichelte einfach nur weiter seine Hand, bis sie plötzlich – vermutlich ebenfalls unter dem Einfluss des Alkohols – ihre Bettdecke hob. Julius sah sie mit großen Augen an und schlüpfte neben sie, sie breitete die Decke über ihn. Seitlich zueinander gewandt lagen sie da, sie legte ihre Hand auf seinen Brustkorb, und er küsste sie.

»Darf ich dich sehen?«, fragte er flüsternd.

Sie halfen sich gegenseitig aus ihren Nachthemden, Luzia legte sich auf den Rücken, Julius betrachtete sie, andächtig streichelte er ihre Brüste, bevor er sich hinunterbeugte, sie mit kleinen Küssen bedeckte und schließlich ihre Brustwarzen zwischen seine Lippen nahm. Sein Körper leuchtete weiß und war mit Leberflecken übersät, seine Haut war weich. Sie spürte etwas in ihrem Schoß, was vermutlich allgemein als Lust bezeichnet wurde, es war warm und weich und kribbelte, sie kannte das Gefühl gut genug. Dasselbe hatte sie in den Nächten überkommen, wenn sie an Julius gedacht und sich gewünscht hatte, er würde den Mut aufbringen und in ihr Zimmer schleichen. Wenn es stark und fordernd war und sie nicht einschlafen ließ, nahm sie Zuflucht zu Trostmitteln, die sie mit fünfzehn zum ersten Mal entdeckt hatte: ein Kissen und ihre eigenen Finger. Damals machte sie sich große Sorgen, weil sie glaubte, die Einzige zu sein, die diese Möglichkeit bei sich entdeckt hatte, und sie müsste obendrein ein äußerst schlechtes, verdorbenes Wesen sein, wenn sie zu solchen Dingen fähig war und nicht die Disziplin aufbrachte, dem zu widerstehen. Voller Verzweiflung befürchtete sie, dass sie am nächsten Tag mit einem sichtbaren Mal gezeichnet sein würde, mit rotem Kopf war sie am Frühstückstisch gesessen. Als die resolute und aufgeklärte Antonia sie in Sachen einsamer Liebe eines Besseren belehrte, war sie sehr erleichtert.

»Pfff, Selbstdisziplin! Ach du meine Güte! Ich glaube sogar, diese hier bekommen das besser hin, als es ein Mann könnte«, sagte Antonia, hielt dabei ihre rechte Hand in die Höhe und bewegte ihre Finger. »Und sie schwängern mich auch nicht.«

Die Freundin, mit der sie heimlich hin und wieder erotische Bücher las, war überzeugt davon, dass alle Frauen, jung oder alt, zu diesem Mittel griffen, und vertrat die schockierende Ansicht, dass es genauso normal sei, wie wenn man einen Kuchen verdrückte, weil einem dieser schmeckte. Warum also sollte man ihn sich verkneifen? Antonia sprach ungezwungen über die Sache, nach Luzias Empfinden fast frivol.

»Ich habe noch nie so etwas Schönes gesehen«, murmelte Julius.

Während er sie am ganzen Körper streichelte und mit seinen Lippen liebkoste, wunderte sie sich, dass ihr Gefühl im Schoß nicht drängender und fordernder wurde. Plötzlich ergoss er sich mit einem Stöhnen an ihrer Seite, es war ihm unendlich peinlich, sie beruhigte ihn, zu ihr gewandt und mit der Hand auf ihrem Bauch schlief er ein, sie lag noch lange wach.

Am Morgen begann Julius sie wieder zu küssen und zu streicheln, sein erregtes Glied drückte gegen ihren Oberschenkel, sie hielt seine Hand fest und sagte: »Julius, es ist besser, wir heben uns das für den Tag deiner Heimkehr auf.«

Er hörte auf der Stelle auf, sie zu berühren, und sie fragte sich für einen kurzen Augenblick, ob sie es bevorzugt hätte, wenn er nicht derart folgsam gewesen wäre. Ihr fiel eine Aussage Antonias ein, die diese über zukünftige Ehemänner gemacht hatte: »Zumindest lenkbar sollten sie sein.«

Er redete noch eine Weile, beschwor Bilder herauf von einem gemeinsamen Leben auf dem Land, er als Lehrer von Kindern, die harte Arbeit gewohnt waren, die vermutlich dankbar waren für jedes nette Wort, sie in ihrem Obstgarten, als Bewirtschafterin ihres eigenen kleinen Hofes. Dann stand er auf, schlüpfte in sein Nachthemd, er sah ein bisschen lächerlich darin aus, und schlich aus ihrem Zimmer, beim Frühstück war er verlegen, am

Bahnhof überkam sie die Ahnung, dass sie ihn zum letzten Mal sah.

»Bitte fahr nicht«, sagte sie, sie umarmte ihn fest und begann zu weinen. »Bitte steig nicht in diesen Zug, bitte bleib bei mir.«

»Mach es ihm nicht schwer, Luzia«, sagte ihr Onkel und hielt sie an der Schulter fest. »Er ist bald wieder zurück.«

Sie konnte sich den ganzen Tag nicht beruhigen, wurde immer wieder von heftigen Weinkrämpfen geschüttelt.

Johannes stellte ihr frei, das letzte Schuljahr zu absolvieren oder als Verkäuferin in einem seiner Juweliergeschäfte zu arbeiten, sie war erstaunt über sein Angebot, es war verpönt, eine Frau für den Verkauf einzustellen.

»Du kannst natürlich auch den Haushalt führen, bis Julius zurück ist, wenn dir das lieber ist, ich werde dich angemessen bezahlen. Aber ich glaube, ich kenne dich mittlerweile gut genug, um zu wissen, dass dich Haushaltsführung alleine nicht befriedigt.« Sie war neugierig und nahm die Stelle im Geschäft an.

Ende September erhielt Johannes die Nachricht, dass sein Sohn Julius am 11. September bei der Kleinstadt Rawa-Ruska in der Nähe Lembergs gefallen war, wobei er sich vor seinem Tod durch besondere Tapferkeit ausgezeichnet hatte. Ein Brief eines Kameraden, der wenige Tage später ankam, schilderte die genauen Umstände. Bei einem verlustreichen Rückzugsgefecht waren vier andere Männer angeschossen worden, der Gruppenführer hatte sie zurücklassen wollen, Julius hatte sich geweigert und einen nach dem anderen vom Feld in den Sanitätsunterstand gezogen, zum Schluss war er vom Feind regelrecht durchlöchert worden. Ein Mann war nach der Amputation seines Beines gestorben, doch die drei anderen hatten überlebt. Dem Brief war das Foto von Luzia beigelegt, das Julius bei sich gehabt hatte. Sie brach zusammen, schlug mit Fäusten auf ihren Onkel ein, die darauffolgenden Tage vergingen für sie wie im Nebel. Mit Blick auf Marthas Bild sagte Johannes: »Wenigstens musste sie das nicht mehr miterleben.«

Er war nur noch ein Schatten seiner selbst, er hatte einen seiner Söhne verloren, ein zweiter lag verletzt in einem Lazarett in der Nähe von Lemberg, die Presseberichte über die Situation an der Ostfront setzten ihm zusätzlich schwer zu, eine klägliche Niederlage folgte der anderen, Luzia konnte dennoch kein Mitleid für ihn aufbringen. Sie gab ihm zu verstehen, dass sie – wie ihre Freundin Antonia – die Ausbildung zur Hilfskrankenschwester machen wolle, um in einem Lazarett an der Front zu arbeiten. Er zeigte ihr einen Brief von seinem Bruder, der bereits Tage zuvor angekommen war, in dem dieser mit seiner ungelenken Handschrift schrieb, dass die Nichte – Friedrich schrieb tatsächlich *die Nichte* – dringend auf dem Hof benötigt wurde, viele Knechte hatten sich freiwillig gemeldet oder waren eingezogen worden, sie wüssten nicht mehr, wo ihnen der Kopf stand. Zurück auf den Ederhof zu den wortkargen, lieblosen Verwandten war das Letzte, was sie wollte, sie begann regelrecht zu betteln, ihr das nicht anzutun.

»Ich möchte meinen Beitrag im Krieg leisten«, sagte sie, es entsprach nicht ganz der Wahrheit, sie wollte keinen Anteil daran haben, den schrecklichen Krieg zu unterstützen, sondern den einzelnen Soldaten zur Seite stehen, die verletzt waren, im Sterben lagen. Sie hoffte, ihn damit zu erweichen, dieselbe Floskel hatte Johannes gegenüber seinen Söhnen mehrmals vorgebracht: Es ist eure heilige Pflicht, euren Beitrag zu leisten.

»Ich kann es ihm nicht abschlagen«, sagte Johannes zerknirscht. »Du bist rechtlich seine Tochter und ihm Gehorsam schuldig, solange du minderjährig bist.«

Luzia hätte am liebsten erwidert, dass derselbe Einwand vor fünf Jahren von seinem Bruder gekommen war und dieser ihn damals nicht daran gehindert hatte, sie trotzdem in die Stadt mitzunehmen. Was hatte er im Zug zu ihr gesagt? Solch ein aufgewecktes Mädchen dürfe nicht auf dem Land versauern. Es würde für Gerede sorgen, wenn er alleine mit einer jungen Frau im Haus lebe, fuhr er fort, aber sie wusste, es gab einen anderen Grund, er hieß Annamaria und war eine Witwe um die vierzig. Sie hatte die beiden einige Male zusammen gesehen, vermutlich stand sie ihm im Weg oder machte ihm ein schlechtes Gewissen, weil sie ihn allein durch ihre Anwesenheit an Martha erinnerte und daran, dass sie erst wenige Monate unter der Erde lag.

»Die Ausbildung dauert nur sechs Wochen, dann bin ich weg«, warf sie ein, er sah sie geistesabwesend an und nahm ihre Hand: »Luzia, du bist es ihnen schuldig.«

Er brachte sie zum Bahnhof, sie bedankte sich artig bei ihm dafür, dass sie herzlich aufgenommen worden war, dass sie die Schule hatte besuchen dürfen, vieles gesehen, erlebt und erfahren hatte.

»Es freut mich, dass du es so siehst und wir nicht im Streit auseinandergehen«, sagte Johannes. »Wenn ich dich vor fünf Jahren nicht abgeholt hätte, hättest du wahrscheinlich etwas anderes als das Leben in einem Dorf und das Rackern auf einem Bauernhof nicht kennengelernt.«

Was vermutlich besser für mich gewesen wäre, dachte sie, was man nicht kennt, kann man nicht vermissen.

9

Friedrich holte sie ab, er hob ihre Koffer und Kisten auf das Fuhrwerk und schüttelte missmutig den Kopf.

»Wozu braucht ein Mensch so viel Zeug?« Viel mehr wurde auf der Fahrt nicht geredet, Veronika begrüßte sie mit den Worten, was für eine feine Stadtdame sie geworden sei. Matthias reichte ihr die Hand und beäugte sie neugierig, er war nicht ganz dreizehn gewesen, als sie weggegangen war.

»Deine Narbe ist kleiner geworden«, stellte er fest.

Die darauffolgenden Monate waren für sie die schlimmsten ihres bisherigen Lebens, abgesehen von der Zeit nach dem Sturz von ihrem Pferd, als sie wochenlang im Bett hatte liegen müssen, weil sie sich das Bein gebrochen hatte und in die Wunde im Gesicht kein Staub, kein Schmutz dringen durfte. Weil sie die schwere Arbeit nicht mehr gewohnt war, tat ihr jeder Knochen weh, aber immerhin schlief sie tief und fest und wälzte sich nicht schlaflos herum, wie es ihr seit Kriegsbeginn in Linz ergangen war. Untertags fühlte sie sich in ihre Kindheit zurückkatapultiert, Erinnerungen, die Bitterkeit und Wut in ihr hochsteigen ließen, verfolgten sie.

Weil ihr Großvater ohne sein Einverständnis ein Pferd für sie gekauft hatte, war Friedrich wochenlang zornig gewesen. Eines Tages hatte er die Mistgabel auf die Kruppe der Stute geworfen, sie hatte gescheut und war im Galopp vom Hof gelaufen. Luzia fiel vom Pferd, verhängte sich mit dem Fuß im Steigbügel und wurde mitgeschleift. Später erfuhr sie, ihr Großvater hatte sich auf die Suche gemacht, sie aber nicht gefunden, das Pferd, das im Grunde ruhig, gemächlich war, trottete nach einer Weile von selbst auf den Hof zurück. Nach Stunden fand man sie bewusstlos im Wald, sie hatte zahlreiche Prellungen, Abschürfungen am ganzen Körper, das linke Bein war gebrochen, ihr Gesicht auf der linken Wange halbmondförmig aufgeschnitten. Die Wunde musste mit zwölf Stichen genäht werden, sie saß auf dem Schoß ihres Großvaters, er hielt sie mit seinem gesunden Arm fest, während der Arzt einen Stich nach dem anderen machte und sie außer sich war vor Angst und Schmerzen. In den ersten Tagen wich ihr Großvater nicht von ihrem Bett, Friedrich nutzte die Gelegenheit und verkaufte die Haflingerstute, seinem Vater hielt er vor, an der ganzen Sache schuld zu sein. Luzia widersprach und klärte ihren Großvater über die geworfene Mistgabel auf, woraufhin dieser mit einem Stuhl auf seinen Sohn losging, Friedrich packte zuerst den Stuhl an den Beinen, dann seinen Vater am Kragen, schließlich musste Veronika dazwischengehen. Seit dem Tag herrschte Grabesstille zwischen den beiden, und Friedrichs Verhalten auch ihr gegenüber veränderte sich. Die Narbe sah schrecklich aus, ihr Großvater war untröstlich deswegen, von da an wurde er stiller und schien dahinzuschwinden, in der Schule, in der Kirche wurde sie angestarrt. Veronika ließ die Bemerkung fallen, dass sie jetzt tatsächlich wie eine Zigeunerin aussehe. Sie hatte sehr dunkle Haare, beinahe schwarz, und ihre Haut hatte das ganze Jahr über einen tiefbronzenen Ton, das müsse sie von ihrer Mutter haben, meinten die Leute, Emils Haut war hell gewesen, seine Haare brünett. Erst Julius gab ihr das Gefühl, dass sie attraktiv war und die mittlerweile verblasste Narbe, die er mit Vorliebe küsste, ihr eine verwegene Note verlieh. Ein halbes Jahr darauf starb ihr Großvater.

»Es wird Zeit, dass du von deinem hohen Ross heruntergeholt wirst«, sagte Friedrich nach seinem Tod zu ihr, und der kleine Matthias kicherte: »Aber sie ist ja schon runtergefallen.«

Sie hatte immer im Haus, im Gemüse- und Obstgarten viel mitgearbeitet, doch in den Stall hatte sie nicht gehen müssen, das änderte sich daraufhin. Am frühen Morgen, bevor sie zur Schule musste, melkte sie mit den Knechten und Mägden und am Abend wieder, an den Nachmittagen half sie wie bisher Veronika im Haus, sie hatte kaum mehr Zeit, ihre Schulaufgaben zu machen. Die Arbeit selbst war für sie nicht das Schlimmste, sie wusste von einigen Klassenkameraden, dass diese auch im Stall mithelfen mussten, aber die Feindseligkeit, die von Friedrich ausging, mitunter auch von Veronika, setzte ihr schwer zu.

Sie vermisste nicht das Leben in der Stadt und den Komfort, den es mit sich gebracht hatte – oder doch ein klein wenig, wenn sie ehrlich zu sich war –, vor allem aber vermisste sie das Leben in der Stadt, *bevor* Martha gestorben und *bevor* der Krieg ausgebrochen und Julius losgezogen war, weil sein Vater es sich wünschte. Die beiden waren nach ihrem Großvater die wichtigsten Menschen in ihrem Leben gewesen, und die Trauer über den Verlust dieser zwei Menschen war in manchen Momenten so stark, dass sie ihr die Kehle zuschnürte und sie darauf achten musste, nicht laut loszuheulen. Sie litt unter der Kargheit des Alltags und des Zusammenlebens, man arbeitete, aß, schlief, am Abend saß man manchmal in der Stube beisammen, wo jedoch wenig gesprochen, sondern eifrig Wäsche geflickt und Flachs gesponnen wurde. Sie hatte ein anderes Leben kennengelernt, eines, das sich nicht trostlos anfühlte und sich zu leben lohnte, und fand es unerträglich. Matthias war der Einzige, der das Gespräch mit ihr suchte, er fragte sie über alles Mögliche aus, vor allem über die Reisen nach Italien und Frankreich. Friedrich und Veronika verhielten sich distanziert ihr gegenüber, vermutlich trugen sie ihr noch nach, dass sie als Vierzehnjährige gerne ihrem Onkel in die Stadt gefolgt war und sich in der ganzen Zeit nie hatte blicken lassen. Sie sprach sie mit Onkel und Tante an, weil es sich für sie eigenartig angefühlt hätte, wenn sie Vater und Mutter gesagt hätte, nach all der langen Abwesenheit, nach all dem, was vor ihrem Weggehen vorgefallen war, und nach dem, was sie über ihre leiblichen Eltern erfahren hatte. Gleichzeitig wünschte sie sich, sie würden sie darum bitten, sie wie früher mit Vater und Mutter anzureden, und dabei ein liebes Wort sagen, sie fühlte sich einsam und zerrissen. Eine Magd, die sie noch von früher kannte, sagte mitfühlend zu ihr: »Jetzt braucht er dich nicht mehr, dein Onkel in der Stadt, jetzt darfst für den Onkel da wieder schuften. So ist das, wenn man die arme Verwandte ist, man wird herumgeschubst.«

Friedrich lachte sie aus, als sie einen Lohn verlangte, daraufhin trat sie ihm drohend entgegen und schrie ihn an: »Wenn du mir nichts zahlst, bin ich weg, es werden genug Krankenschwestern an der Front gesucht.«

Seine Verblüffung war ihm ins Gesicht geschrieben, und er versprach, ihr zu Lichtmess den Lohn einer Magd auszubezahlen. Hör auf, in Selbstmitleid zu versinken, sagte sie sich immer wieder, wenn dieser gottverdammte Krieg vorbei ist, gehst du zurück nach Linz und machst die Lehrerausbildung. Langsam gewöhnte sie sich an die Arbeit, die um halb fünf Uhr morgens im Stall begann, sie war fleißig und den ganzen Tag auf den Beinen, man ließ sie in Ruhe, Veronika taute allmählich auf und wurde etwas freundlicher.

An den Sonntagen hielt sie in der Kirche Ausschau nach den Brugger. Sie erblickte sie zwar in den Kirchenbänken sitzend, Albert Brugger auf der Männerseite, Anna Brugger auf der Frauenseite – ohne ihre Tochter Elisabeth, mit der Luzia zur Schule gegangen war –, doch verschwanden sie jedes Mal nach dem Gottesdienst schnell. Nie ergab sich die Gelegenheit, ein Gespräch zu beginnen, und in die Hofmühle zu fahren traute sie sich nicht.

Im Mai hörte sie, dass der jüngere Sohn der Brugger in Galizien gefallen war. Als sie das Grab ihres Großvaters besuchte, begegnete sie auf dem Friedhof einem der älteren Söhne Bruggers. Seine Wangen waren schmal, sein braunes dichtes Haar war sehr kurzgeschnitten, seine blauen Augen blickten ernst. Sie nahm ihren ganzen Mut zusammen und sprach ihm ihr Beileid aus, sie spürte seinen neugierigen Blick auf ihr und auf ihrer Narbe, instinktiv neigte sie den Kopf zur Seite.

»Welcher der Zwillinge bist du?«, fragte sie geradeheraus.

»Carl.«

Sie fragte ihn, wie Gustav ums Leben gekommen war, und er erzählte. Es war ein warmer Tag, sie setzten sich auf die schmale Holzbank an der Mauer des Friedhofs.

»Ich habe gehört, du hast in den letzten Jahren in Linz gelebt?«, fragte er.

Sie nickte und überlegte, wie sie das Thema auf Emil und Hedwig lenken sollte.

»Ich habe gehört, dein Zwillingsbruder ist in Amerika«, sagte sie. »Hast du ihn einmal besucht?«

»Nein. Gustav hat ihn besucht. Ein Jahr vor Kriegsbeginn.«

»Bist du nicht neugierig, wie das Leben dort ist?«

»Ich wurde zu Hause gebraucht.«

»Und er ist auch nie zu Besuch gekommen?«

»Nein.«

»Sind Zwillinge nicht unzertrennlich?«

Er zuckte mit den Schultern, sie schwiegen und blickten hinüber auf den Grabstein der Brugger, auf dem Gustavs Name weiß leuchtete.

»Ich hatte einmal die Ehre mit deinem Bruder Eugen«, sagte sie unvermittelt. »Ich war acht. Er hat mich vor der Schule abgepasst. Ich habe am Tag zuvor eurer Schwester an den Kopf geworfen, dass ihre Familie schuld am Tod meiner Eltern ist.« Sie wurde rot dabei. »Ich schäme mich heute dafür, und es tut mir leid. Kannst du deiner Schwester das ausrichten?«

»Das werde ich«, sagte Carl. »Hat er dir Angst eingejagt? Dir gedroht? So in der Art: Wenn du meine kleine Schwester nicht in Ruhe lässt, prügle ich dich windelweich? Das hätte zu ihm gepasst.«

»Du hast ja kein besonders gutes Bild von deinem Bruder«, lachte sie. »Nein, gar nicht.«

Sie erinnerte sich, dass Eugen Brugger in die Hocke gegangen war, um auf Augenhöhe mit ihr zu sein, dass er freundlich, aber eindringlich mit ihr gesprochen und dass sie letztendlich sogar zu weinen begonnen hatte. Der junge Mann hatte ihr gefallen, und sie hatte tagelang an ihn gedacht, eine kindische Schwärmerei war es gewesen, weshalb sie sich tatsächlich an seine Bitte gehalten und niemandem von dem Gespräch erzählt hatte. Es soll unser Geheimnis sein, hatte er gesagt.

Sie bedauerte, dass keine Fotos von ihren Eltern existierten.

»Wir haben welche«, sagte Carl und lud sie ein, am Sonntagnachmittag in die Hofmühle zu kommen. »Meine Eltern werden sich sehr freuen, dich zu sehen.«

Mit klopfendem Herzen stand sie vor dem großen weißen Haus, Carl begrüßte sie und führte sie auf die Veranda, wo Albert und Anna Brugger am gedeckten Tisch saßen – es gab Kaffee und Kuchen –, sie spürte, dass die beiden ebenso aufgeregt waren. Sie verbrachte den ganzen Nachmittag bei ihnen, löcherte sie mit Fragen über ihre Eltern und erzählte, wie es ihr in Linz ergangen war. Als sie das Hochzeitsfoto von Emil und Hedwig sah, konnte sie ihre Tränen nicht zurückhalten, weil es ihr peinlich war, dass sie weinte, verließ sie die Veranda und ging in den Garten, Anna Brugger folgte ihr, reichte ihr ein Taschentuch und umarmte sie.

»Du bist jederzeit willkommen«, sagten beide beim Abschied, Albert Brugger nahm ihre Hand in seine beiden Hände und wollte sie gar nicht mehr loslassen.

Carl begleitete sie durch den Wald bis zum Ederhof, kurz davor bat sie ihn umzudrehen, sie wollte nicht, dass ihre Verwandten mitbekamen, wo sie gewesen war, sie hatte ihnen erzählt, sie würde eine ehemalige Schulkameradin besuchen, die mittlerweile im Nachbardorf verheiratet war. Sie sah ihn noch dreimal, bevor er zurück an die Front musste, sie unterhielt sich gerne mit ihm, sie mochte seine bedächtige Art, über Dinge zu reden, seine Ruhe übertrug sich auf sie.

»Meine Eltern würden dich gerne ab und zu sehen, wenn du das möchtest«, sagte er beim letzten Mal, und dann fragte er: »Darf ich dich umarmen, Luzia?«

Sie nickte, und er umarmte sie sachte, als wäre sie seine Schwester, er strömte den warmen Geruch nach Holz aus.

Ein Jahr darauf, im Mai 1916, wurde Carl Bruggers Regiment von der Ostfront nach Norditalien verlegt, er erhielt zwei Wochen Urlaub, Luzia erschrak vor dem heftigen Gefühl, das sie empfand, als sie ihm zum ersten Mal – es war nach dem Gottesdienst – wieder gegenüberstand. Sie sahen sich mehrmals, vor ihrer Familie war es unmöglich geheim zu halten, wen sie besuchte, Friedrich reagierte verärgert. Am Tag vor seiner Abreise machten sie einen gemeinsamen Spaziergang, Carl hatte die Ärmel seines dicken Baumwollhemdes hochgekrempelt, seine Unterarme und seine Hände waren braun und sehnig, sie wirkten muskulös und feingliedrig gleichzeitig, am liebsten wäre sie von ihnen gestreichelt worden. Im Gegensatz zu ihm war Julius ein Junge gewesen.

Beim Abschied berührte sie seinen Handrücken, umfasste dann sein Handgelenk und drückte es, und das Gefühl, das sie dabei empfand, weckte in ihr die Sehnsucht zu erfahren, wie sich der Rest von ihm wohl anfühlte. Sie küsste ihn schnell auf die Wange und bat ihn, ihr zu schreiben.

10

Am 11. November 1918 wurde in Europa offiziell das Kriegsende erklärt, am Tag darauf las Eugen es in der Zeitung. Ende November erhielt er einen Brief von Elisabeth, es war das erste Mal, dass seine Schwester ihm schrieb, ihre Ratlosigkeit war aus jeder Zeile herauszulesen. *Der Vater hat sich seit dem Brand des Kaufhauses nicht erholt, und jetzt liegt er auch noch mit einer schweren Lungenentzündung im Bett. Die Zustände im Allgemeinen sind katastrophal. Mutter und ich wissen nicht, was in Zukunft werden soll.*

»Du musst fahren«, sagte Frank zu ihm.

Eugen antwortete seiner Schwester und kündigte seinen Besuch in der Heimat an, um für eine Zeitlang auszuhelfen und vor allem, um bestimmte Dinge – die Familie und den Besitz betreffend – zu regeln. Er fragte sich, ob seine Schwester bereit wäre, die Hofmühle und das Kaufhaus fortzuführen, nun da Carl nicht mehr lebte, oder ob der Vater einem Verkauf zustimmen würde, falls Elisabeth sich dies unter keinen Umständen vorstellen konnte. Vermutlich sehnten sich beide Frauen, Mutter und Schwester, nach ihrem Leben in Wien und wollten alles so schnell wie möglich zurücklassen, der alte kranke Vater musste völlig verzweifelt sein.

»Ich bleibe höchstens ein halbes Jahr«, sagte er zu Caitlin, »spätestens im Sommer ist alles geregelt, und ich komme zurück.«

Frank, Caitlin und Mary brachten ihn zum Bahnhof in Boston. In New York bestieg er ein Frachtschiff, welches sich zum ersten Mal nach dem Krieg wieder auf den Weg über den Atlantik machte und dessen Kapitän sich – für eine Menge Geld – bereiterklärt hatte, einige Leute an Bord zu nehmen, die regulären Passagierlinien hatten ihren Betrieb noch nicht wieder aufgenommen. Im Koffer hatte Eugen nicht nur seine Pistole und viele Dollarscheine, sondern auch mehrere Packungen Zucker,

Kaffee, Kakao, auch Tabak, da er wusste, das Geld in Europa war wertlos, und es bestand Bedarf an nahezu allem. Wie schon bei seiner ersten Schiffsfahrt nach New York vor fünfzehn Jahren blieb Eugen für sich und hielt sich von den Mitreisenden fern. Unter den Leuten war eine große Anspannung spürbar, niemand wusste, was einen erwartete, niemand konnte sich das *good old Europe* ohne das deutsche Kaiserreich und die österreichisch-ungarische Monarchie vorstellen.

Für die Zugreise von Rotterdam bis Passau benötigte er vier Tage, da die Züge, die zwar auf alten Anschlagtafeln angekündigt waren, vielfach nicht fuhren oder sich stark verspäteten. Er war entsetzt über das Chaos und das Elend, das an den Bahnhöfen und in den Straßen der Städte herrschte, Kriegsheimkehrer, noch in Uniform, huschten herum, Bettler, Schwarzhändler versperrten ihm mehrmals den Weg und hielten ihm Uhren und Schmuckgegenstände vor die Nase und fragten, was er dafür böte, Frauen saßen mit ihren blassen, dünnen Kindern auf den Randsteinen und hoben ihre Hände für ein Almosen. Er musste höllisch auf seinen Koffer achtgeben und verfluchte sich selbst, weil er nicht daran gedacht hatte, den alten, zerschlissenen zu nehmen. In Frankfurt versuchten zwei Halbwüchsige ihm den Koffer zu entreißen, in Nürnberg war es ein junges Paar, der Mann war kräftig und wollte nicht aufgeben, erst als Eugen seine Pistole zog, liefen beide davon. In den Gasthöfen, die geöffnet waren – es waren nicht viele –, musste er den Wirtsleuten Kaffee oder Zucker in Aussicht stellen, um überhaupt ein Zimmer zu bekommen, nicht einmal Dollars wollten sie haben. Er schlief schlecht, nie wurde er die Angst los, dass jemand mit Gewalt in sein Zimmer eindringen könnte, um ihn auszurauben. Am 20. Dezember stieg er in Passau in den Zug nach Wegscheid, von dort ging er zu Fuß, er hatte Glück, es war ein milder sonniger Wintertag, nach fünf Stunden erreichte er Putzleinsdorf. Auf den ersten Blick hatte sich in seinem Heimatdorf nichts verändert, als er über den Marktplatz ging, wurde er von so manchem neugierig beäugt. Das ist also gleich geblieben, dachte er. Als er in der Talsenke die Hofmühle vor sich sah und auf der Anhöhe daneben die Brandruinen des Kaufhauses, klopfte sein Herz.

Er betrat das Haus, seine Mutter weinte, als sie ihn in die Arme schloss, er wunderte sich darüber, denn er hatte sie als kühl in Erinnerung behalten. Seine Schwester, sie war bei seinem Fortgehen acht gewesen, war eine hübsche, selbstbewusste Frau geworden, der Mutter wie aus dem Gesicht geschnitten, sie hatte eine rauchige, tiefe Stimme, die ihm gefiel. Am bewegendsten aber war für ihn das Wiedersehen mit seinem Vater, als Albert ihm entgegenkam, langsam, mit unsicheren Schritten, mit einer Decke um die Schultern, und die Arme nach ihm ausstreckte, konnte er die Tränen nicht zurückhalten.

Elisabeth zeigte ihm das Zimmer, das sie für ihn auf Vordermann gebracht hatte, als Kind hatte er es mit seinem Zwillingsbruder Carl bewohnt. An der Wand hing noch das gerahmte Foto, das sie als Fünfzehnjährige, nach dem Schulabschluss, zeigte: Carl hatte den Arm um seine Schultern gelegt. Sie half ihm beim Auspacken und war begeistert vom Tabak, den er mitgebracht hatte. Umgehend wollte sie eine Zigarette mit ihm rauchen, sie standen am offenen Fenster und rauchten. Sie war geübt darin und erzählte Eugen, dass es ihr bei der Arbeit im Lazarett zur Gewohnheit geworden war. Sie blies ihm den Rauch ins Gesicht: »Schön, dass du da bist.«

In der Küche bei Kaffee und einer kleinen Jause sagte seine Mutter beschämt: »Du bist vermutlich Besseres gewohnt.«

Er saß neben seiner Schwester, ihm gegenüber die Eltern, sie waren alt geworden, Albert war völlig ergraut, sein Gesicht faltendurchfurcht, Annas dunkles Haar war von Silberfäden durchzogen, ihr Gesicht zeigte winzige Fältchen um die Augen, beide wirkten schmal und verletzlich. Die Veränderung seiner Mutter stach ihm mehr ins Auge als die des Vaters. Sie trug einen einfachen Rock und eine dunkle Bluse, ihre Hände waren rau und schwielig, als wäre sie eine gewöhnliche Bäuerin. Früher war Anna nur in eleganten Kleidern zu sehen gewesen, die Finger maniküre, die Frisur kunstvoll aufgesteckt, oft hatte er gehört, was für eine schöne Mutter er hatte. Er hätte nicht sagen können, woran es lag: Die Frau, die ihm gegenübersaß, gefiel ihm besser als die, die er in Erinnerung hatte.

Sie drängten ihn, von sich zu erzählen, und er gab einen kurzen Bericht über sein Leben in Massachusetts, über die Arbeit in den Wäldern, das Sägewerk, den Holzhandel, über seinen Geschäftspartner Frank und dessen Tochter Mary – von Caitlin erzählte er nichts. Immer wieder fiel er dabei ins Englische und musste sich konzentrieren, um die Wörter im Deutschen zu finden. Anschließend erfuhr Eugen, wie es seiner Familie während des Krieges ergangen war, einiges wusste er bereits aus Briefen. Sie sprachen über Gustav, über dessen Tod sie offensichtlich bereits hinweggekommen waren im Gegensatz zu Carls, denn er wurde mit keinem einzigen Wort erwähnt. Elisabeth erzählte von ihrer Ausbildung zur Krankenschwester im Herbst 1914, von ihrer Arbeit in verschiedenen Kriegsspitälern und Lazaretten an der Südfront. Sein Vater berichtete, dass er das Handelsgeschäft Brugger & Partner im Frühjahr 1917 auf Anweisung der Behörde schließen hatte müssen. Am Anfang des Krieges hatte es floriert, allerdings auf umgekehrtem Weg, verstärkt hatten die Kaufleute in Wien Mehl, Fleisch, Kartoffeln und andere Lebensmittel gekauft. Doch dauerte es nicht allzu lang, bis die Bauern kaum mehr verkaufen wollten – die Behörden beschlagnahmten, was das Zeug hielt, um die Lebensmittelversorgung in den Städten nicht gänzlich zusammenbrechen zu lassen – und sie das Wenige, das ihnen blieb, für die eigenen Leute benötigten. Anna, Albert und Josephine hatten von der Mühle und der Säge gelebt, sie hatten zwar nicht gehungert, sich jedoch einschränken müssen, es war ein bescheidenes Leben, das sie geführt hatten und immer noch führten, ein völlig anderes als vor dem Krieg, als sie alles im Überfluss gehabt hatten. Josephine war im letzten Herbst an einer schweren Grippe erkrankt und gestorben, die gute Seele war bis zum Schluss eine unermüdliche Stütze der Familie gewesen, ihre Hennen, ihr großer Kartoffel- und Gemüseacker, ihr Obstgarten waren in den harten Zeiten unentbehrlich gewesen. Seit ihrem Tod lebten Albert und Anna alleine in der Hofmühle, vor einem Monat war Elisabeth heimgekehrt, sie wollte aber demnächst nach Wien zurückgehen, um eine Stelle im Allgemeinen Krankenhaus anzunehmen. Als alle aufgehört hatten zu reden, fragte Eugen: »Wie ist Carl gestorben?«

»Über Carl reden wir morgen«, sagte Albert. »Du bist sicher müde, möchtest ein Bad nehmen und früh schlafen gehen. Wir würden uns freuen, wenn du uns morgen in die Kirche begleitest.«

Eugen lachte. Kaum ist man zu Hause, ist man wieder Kind, dachte er, nimm ein Bad, geh früh schlafen, begleite uns zum Gottesdienst. Seitdem er in den Staaten lebte, war er nicht mehr in der Kirche gewesen.

»Ich bin nicht müde«, sagte er. »Und ich möchte über Carl reden.«

Albert warf Anna einen Blick zu, und sie nickte. Er stand auf, legte eine Hand auf Eugens Schulter und sagte: »Komm mit.«

Sie verließen die Küche, betraten im ersten Stock den großen Raum, der früher Annas Nähzimmer gewesen war und nun offensichtlich als Abstellkammer diente. Eugen erkannte Sachen, die früher ihm und seinen Brüdern gehört hatten, die Lampe, die Albert in der Hand hatte, warf gespenstische Schatten darauf, er sah Gustavs Schaukelpferd, sein – oder Carls? – Firmanzug hing an der Wand. Sie gingen durch die Tür, die in den alten Trakt des Hauses führte, standen in dem Zimmer, welches vor vielen Jahren Emil und Hedwig bewohnt hatten, es war stockdunkel, vor die Fenster waren Decken genagelt, alles wirkte heruntergekommen. Sie gingen die schmale Treppe hinab in das Erdgeschoss, Albert klopfte fünfmal an die Tür der Stube, sie wurde aufgerissen, vor ihnen stand Carl.

11

Am elften Tag des Kampfes um den Monte Valbella erwischten Granatsplitter Tonis Beine. Carl fand ihn in einem Trichter, in den er auf allen vieren gekrochen war, um Deckung zu finden und auf Hilfe zu warten, ein Gefallener lag neben ihm. Die Versuche, den Verletzten aus dem Trichter zu schaffen und zum Sanitätsunterstand zu bringen, scheiterten, der Artilleriebeschuss war zu heftig, und Carl hätte mit Toni auf dem Rücken diesem nicht ausweichen können. Er hatte keine andere Möglichkeit, als eine Beruhigung des Feuers abzuwarten und mit den Sanitätern zurückzukommen. Carl band, so gut es ihm möglich war, das linke Bein ab, es war schlimmer getroffen als das rechte, das Blut floss unaufhörlich. Toni richtete sich auf und lehnte sich an die Erdwand, Carl zog dem Toten den Mantel aus und breitete ihn über seinen Freund.

»Glaubst du, eine Beinprothese wird mir stehen?«, fragte Toni und versuchte zu lachen, scheiterte aber kläglich.

»Ich werde dir eigenhändig eine schnitzen«, sagte Carl.

»Herrgott nein, ich will ja keinen Klumpfuß, sondern etwas Zierliches, das kommt bei den Frauen an.«

»Ich bin ein begnadeter Schnitzer, du bekommst die grazilste Prothese, die es je gegeben hat, du wirst schon sehen. Ich male sie dir auch an, wenn du willst. Grün mit gelben Dotterblumen? Oder doch einfärbig hellblau?«

In dem Moment, in dem Carl aus dem Trichter kletterte – das Feuer hatte etwas nachgelassen –, sprang ein junger italienischer Soldat am anderen Ende hinein und ließ sich schwer atmend nieder, um sein Carcano zu laden. Als er die beiden bemerkte, zeichnete sich auf seinem Gesicht pure Verzweiflung ab. Carl schätzte ihn auf siebzehn, achtzehn, er hob seine Arme, wies mit dem Kopf auf Toni, wiederholte das Wort *ferito,* legte langsam sein Gewehr auf den Boden. Er sah Toni unter dem Mantel nach seiner Waffe tasten und bedeutete ihm mit den Augen, es nicht zu tun, der Italiener bemerkte ihren Blickwechsel, verlor die Nerven und stürzte schreiend auf Carl zu. Sie kämpften mit bloßen Händen miteinander, schlugen sich die Fäuste ins Gesicht, würgten einander, Carl konnte den Angstschweiß des Burschen riechen. Er rammte ein Messer in Carls Oberschenkel, gleichzeitig feuerte Toni einen Schuss ab – der junge Soldat stand endlich mit dem Rücken zu ihm –, tödlich getroffen sank er zu Boden.

»Sag nichts, ich weiß, ich bin ein Idiot«, sagte Carl, während er seine Wunde begutachtete, sie war tief und blutete stark.

»Du bist kein Idiot, du bist ein *gottverdammter* Idiot!«

Der stärker werdende Blutverlust verhinderte, dass er aus dem Trichter klettern konnte, er gab auf und ließ sich neben Toni nieder.

»Sie werden uns finden«, sagte er, mehr um sich selber zu beruhigen.

Als es dämmerte, tauchte eine Silhouette über ihnen auf, eine Fackel wurde in den Trichter gehalten.

»Hier sind zwei Verletzte!«, rief Carl.

Der Schatten bewegte sich eine Weile nicht, um sich dann langsam zu entfernen.

»Nicht weggehen! Wir brauchen Sanitäter!«, brüllte Carl.

Aus der Ferne hörte er Neuperts Stimme: »Da ist niemand. Wir suchen dort drüben weiter.«

Dieses Schwein, dachte Carl, dieses elende Schwein lässt uns hier tatsächlich verrecken. Er gab nicht auf und schrie weiter, hoffte, dass die Männer ihn hörten, doch der starke Wind, der über den Trichter brauste, schluckte alles. Die ganze Zeit über redete er beruhigend auf Toni ein, um ihn wach zu halten, nach Stunden konnte er seine Augen selbst nicht mehr offen halten und schlief kurz ein. Als er hochfuhr, war es windstill, und Schneeflocken tanzten in der Luft, es war erschreckend still. Sein Freund war tot.

Mit Toni fiel der letzte Mann der ersten Gruppenbesetzung, die er im August 1914 in dem kleinen Nest Mokryany nahe Lemberg zugeteilt bekommen hatte. Schon am ersten Abend zeigte sich, dass der Bauernbursche Anton Eisl, der Jüngste in der Gruppe, ein lustiger Kerl war, ein Spaßvogel, der die Leute gerne mit Scherzen unterhielt. Nach stundenlangem Exerzieren saßen sie im Gastgarten eines kleinen Dorfwirtshauses, um einen zu heben, er war gesteckt voll mit Soldaten des 3. Bataillons des k. u. k. Infanterieregiments Nr. 59. Jeder bekam nur eine Maß Bier, mehr hatte der verzweifelte Wirt nicht, er war völlig überfordert mit der ungewohnt hohen Gästeanzahl. Toni schaute eine Weile trübsinnig in sein leeres Glas, sprang dann auf, deutete mit dem Zeigefinger Richtung Osten und schrie aufgeregt irgendetwas von Russen im Anmarsch, und während die Männer hochsprangen und schauten, schnappte er sich zwei Gläser und trank sie leer. Carl konnte die Schlägerei, die es beinahe gegeben hätte, gerade noch verhindern.

»Was für ein lustiges und hitzköpfiges Küken wir da haben«, sagte er zu dem Burschen auf dem Weg zurück zu den Unterkünften und nahm ihn spaßhalber in den Schwitzkasten.

Noch in der Nacht wurde Carl von einem Mann aus seiner Gruppe, Paul Glück, und einem Sanitäter gefunden, sie waren skeptisch geworden und hatten die Suche erneut aufgenommen. Da es nicht aufhörte zu schneien, verzögerte sich der Transport der

Verwundeten ins Tal, Carl musste im Sanitätsunterstand ausharren, die Wunde wurde gereinigt und verbunden, er bekam Fieber. Neupert verhielt sich, als wäre nichts geschehen, Carl stellte ihn zur Rede und kündigte an, er werde den Vorfall dem Bataillonskommandanten melden, unter den Männern entstand Gerede. Obwohl starke Lawinengefahr herrschte, kam am späten Nachmittag des zweiten Tages der überraschende Befehl zum sofortigen Abtransport der Verwundeten ins Campo-Mulo-Tal, sie mussten mit großem Abstand hintereinander getragen werden. Als am Beginn der Kolonne ein lauter Tumult entstand – ein Schuss war zu hören, jemand schrie – und der ganze Zug stoppte, entfernten sich die zwei Träger, um nachzusehen, Carl blieb auf der Trage zurück. Später sollte er erfahren, dass ein Schuss in der Nähe abgefeuert worden war und man bereits an einen Angriff der Italiener geglaubt hatte, ein Mann war leicht verletzt, die Kugel hatte ihn am Oberarm gestreift.

Er sah einen Mann auf sich zukommen, konnte ihn aber aufgrund des gleißenden Schnees nicht erkennen. Der Mann verließ wenige Meter, bevor er bei ihm ankam, den ausgetretenen Pfad und stapfte den Hang hinauf, wobei er bis zu den Oberschenkeln im Schnee versank, schließlich verschwand er aus Carls Sichtfeld. Kurze Zeit darauf begann Schnee herabzurieseln, der immer mehr und bedrohlicher wurde, Carl rollte von der Trage, lag auf dem Bauch, drückte sich an die Böschung und krallte sich an einem Gestrüpp fest, die Trage wurde den Hang hinuntergespült. Doch so schnell es begonnen hatte, endete das Ganze auch wieder, Carl, über und über mit Schnee bedeckt, brauchte eine Weile, um sich zu befreien und auf den Rücken zu drehen, seine Wunde schmerzte höllisch. Er sah einen Mann auf sich zukommen, als dieser bei seinen Füßen stand und auf ihn herabschaute, erkannte er, dass es Neupert war.

Siedend heiß wurde ihm bewusst, dass er derjenige gewesen war, der den Schnee von oben losgetreten hatte. Neupert musste gehofft haben, eine große Lawine würde entstehen und ihn mit-reißen. Mit einem Blick hatte Neupert erkannt, dass sie alleine waren und sich durch eine hohe Schneewechte auf dem Abhang oberhalb des Weges die einmalige Gelegenheit bot, sich seiner endgültig zu entledigen. Wegen eines Lawinentoten, der ohne-hin schon verwundet war, würde ihn niemand zur Rechenschaft ziehen. Carl traute ihm sogar zu, das Ganze geplant zu haben, in-dem er für einen Tumult am Anfang der Kolonne sorgte.

Neupert musterte ihn und bückte sich langsam, Carl – er tat, als wäre er benommen – ließ ihn nicht aus den Augen. Todes-angst kroch in ihm hoch, und gleichzeitig überkam ihn unbe-schreiblicher Hass auf den Mann, der ihn monatelang schika-niert und seinen Freund auf dem Gewissen hatte. Ruckartig richtete er sich auf, packte Neupert mit beiden Händen an der Kehle und versetzte ihm mit seinem gesunden Bein einen hef-tigen Schlag gegen das Knie. Neupert wurde von Carls Angriff völlig überrascht, sie rangen miteinander, ihr Kampf dauerte nur kurz, Neupert stürzte den steilen Abhang hinunter.

Carl sank schwer atmend auf den Schnee zurück – seine Wun-de blutete sehr stark – und er sah im selben Augenblick einen seiner Männer nur wenige Meter hinter ihm stehen, sein Ge-sichtsausdruck war fassungslos, offenbar hatte er alles mitange-sehen.

Er war bewusstlos, als er im Lazarett in Belluno ankam. Da keine Trage mehr verfügbar gewesen war, hatten ihn zwei seiner Män-ner abwechselnd auf dem Rücken getragen, was sehr schmerz-haft für ihn gewesen war, im Tal hatte man die Verwundeten in zwei Lastwagen verfrachtet, die Erschütterungen während der Fahrt waren eine weitere Tortur gewesen. Nachdem er aufge-wacht war, griff er panisch an sein Bein.

»Keine Sorge, es ist noch da«, sagte eine Krankenschwester, sie half ihm, sich aufzurichten, und reichte ihm ein Glas Wasser.

»Die Wunde ist gut vernäht, wir hoffen, dass sie sich nicht entzündet.«

Anfangs genoss Carl den Aufenthalt im Lazarett, kein eisiger Wind wehte, alles war sauber, er schlief in einem Bett, erhielt zwei warme Mahlzeiten am Tag, und obendrein waren die Schwestern um ihn bemüht. Doch schnell kroch die Angst in ihm hoch, jeden Augenblick vom Arzt gesundgeschrieben zu werden und an die Front zurückzumüssen. Seine Verletzung war nicht besonders schlimm, sie heilte gut, zu seinem Glück, wie die Schwestern immer wieder betonten. Was wissen sie schon, dachte er bitter. Er ertappte sich dabei, sich eine schwere Verwundung zu wünschen, nur damit er nicht wieder an die Front musste, alles, was er sich wünschte, war nach Hause fahren zu dürfen.

Das Lazarett war in einem ehemaligen Schulgebäude untergebracht. Auf dem Gang und in den vier Klassenzimmern versorgten ein Arzt, zwei Sanitäter und vier Krankenschwestern die Patienten, bis sie entweder an die Front entlassen oder zur weiteren Erholung in die Kriegsspitäler nach Bozen, Meran oder Innsbruck verlegt wurden. Ein weiteres Klassenzimmer diente als Operationsraum, in den Räumen des Dachbodens schliefen die Schwestern und Sanitäter, die keinen Nachtdienst hatten, der Arzt war in einem Gasthaus in der Nähe untergebracht. Neben Carl lag ein Gefreiter aus Graz, dessen Knie von Kugeln zertrümmert worden war, sein Name war Andreas Mitterer, vor dem Krieg war er Elektroingenieur gewesen, er würde für den Rest seines Lebens ein steifes Bein haben.

»Immerhin habe ich noch eines«, sagte er.

»Und du darfst nach Hause«, sagte Carl.

In wenigen Tagen sollte Andreas entlassen werden, die beiden begannen Schach zu spielen, um sich die Zeit zu vertreiben. Manchmal passierte es, dass sie sich gegenübersaßen und es plötzlich stockdunkel wurde, woraufhin einer den anderen spaßhalber beschuldigte, die Figuren verschoben zu haben. Der Generator, der das Lazarett mit Strom versorgte, hatte eine Reparatur nötig, immer wieder ging das Licht in den Räumen aus, und die Schwestern mussten Petroleumlampen aufstellen.

Auf der anderen Seite lag ein Sanitäter, dessen untere Gesichtshälfte, unterhalb der Nase, dick verbunden war, Carl erfuhr von einer Schwester, dass der Mann Milan hieß, aus Laibach stammte und vor dem Krieg Arbeiter in einer Lederfabrik gewesen war. Auf dem Monte Pertica war er in feindliches Feuer geraten, er hatte einen Verwundeten auf die Trage gehoben, sich aufgerichtet, als ihn eine Kugel am linken Unterkiefer traf. Um essen und trinken zu können, musste eine Schwester jedes Mal den Verband abwickeln und ihn wie ein kleines Kind mit Brei und Wasser füttern, die Sache war sehr schmerzhaft für ihn und meistens nur mit Morphium möglich. Milan wartete auf ein Bett im Allgemeinen Krankenhaus in Wien, wo ein plastischer Chirurg sein Gesicht einigermaßen wiederherstellen sollte. Wenn das Morphium nachließ, wanderte er rastlos herum, am liebsten begleitete er Carl und Andreas in die Laube hinter der Schule und sah ihnen beim Rauchen zu, er ging nah an sie heran und sog den Rauch gierig über die Nase ein, wobei ein schniefendes und rasselndes Geräusch zu hören war.

Vor dem Krieg hatten sich die Schulkinder während der Pausenzeiten in der Laube aufgehalten. Während Carl in die verhärmten Gesichter der Männer schaute, denen ein Arm oder ein Bein fehlte, deren Kopf verbunden war, die auf Krücken gingen, stellte er sich die lärmenden Mädchen und Buben beim Spielen vor und dachte an seine Kinder, die er eines Tages hoffte zu haben.

Bald bin ich fünfunddreißig, dachte er, und ein Ende des Krieges ist nicht in Sicht. Und wenn er zu Ende war, würde alles seine Zeit brauchen: Man musste um eine Frau werben und vorher eine finden, um die es sich zu werben lohnte – das stellte seiner

Meinung nach die größte Schwierigkeit dar –, sie dazu bringen, mit ihm das Leben teilen zu wollen, das Aufgebot bestellen, eine Hochzeit feiern, den gemeinsamen Hausstand einrichten, sich aneinander gewöhnen, beten, dass es nicht zu lange dauerte, bis die Frau in guter Hoffnung war, und schließlich warten, bis – so Gott es wollte – ein gesundes Kind geboren wurde. Für ihn hatte der Aufgabe, eine Familie zu gründen, schon immer etwas Schweres angehaftet. Konnte es sein, dass es nicht mehr nötig war, die richtige Frau zu finden, die das Leben mit ihm teilen wollte, da er sie bereits gefunden hatte? Er dachte an Luzias letzte Zeile in ihrem Brief: *Bitte stirb nicht und kehr zu mir zurück, Deine nur an Dich denkende Luzia.* Wenn er an sie dachte, überkam ihn ein überwältigendes Gefühl, durfte er sich tatsächlich Hoffnung machen, sie zur Frau zu bekommen? Sie war zwölf Jahre jünger als er, was sah sie in ihm? Und was würde ihre Familie zu einer Verbindung – ausgerechnet – mit einem Brugger sagen?

Die Leute in seiner Umgebung hatten sich vor dem Krieg gewundert, warum er keine Anstalten machte, sich eine Frau zu suchen, sie hatten ihm immer wieder versichert – vermutlich um ihm Mut zu machen –, dass diese Jahre die schönsten im Leben eines jungen Mannes darstellten. Er konnte nicht nachprüfen, ob sie als frisch verliebte Menschen glücklich gewesen waren, er konnte ihnen nur glauben, wenn sie es ihm erzählten, aber das, was von ihrem Glück geblieben war, empfand er als bitter und erbärmlich. Seine Mutter sah mit ihren geistesabwesenden Augen durch seinen Vater hindurch, und dieser ging mit ihr um, als wäre sie ein rohes Ei, das auf keinen Fall zerbrechen durfte. Seine Tante Fini wurde von ihrem Mann Vinzenz gar nicht angesehen, er redete auch nicht mit ihr, jahrelang nicht, um nicht zu sagen, jahrzehntelang. Bevor er aufhörte, mit ihr zu reden, beschimpfte er sie als ausgedörrt und nutzlos – Carl hatte es als Achtjähriger mit eigenen Ohren gehört –, sie hingegen tat täglich, als wäre

die Welt in Ordnung, was Carl ihr im Grunde hoch anrechne-
te. Denn die Lästertiraden seiner Tante Katharine über ihren
Mann Alfred, bei denen sie kein Blatt vor den Mund nahm, fand
er derart hässlich, dass es ihm manchmal die Sprache verschlug.
Bei den meisten jungen Frauen aus dem Dorf, die sie im Laufe
der Jahre für den Haushalt einstellten, bekam er mit, wie sie sich
verliebten – sie gingen dann summend ihrer Arbeit nach –, heirateten und innerhalb weniger Jahre verbitterten. Carl verzichtete lieber auf ein wenig überschwängliches Glück zu Beginn,
wenn dafür später ein Rest davon übrig bleiben sollte. Ihm fiel
ein Spruch ein, den sein Bruder Eugen als Kind eine Zeitlang
ständig von sich gegeben hatte, niemand wusste, woher er ihn
hatte: Finden Sie Ihr Glück und behalten Sie es.

Elisabeth besuchte ihn, Carl freute sich übermäßig darüber, er
hatte sie das letzte Mal vor mehr als einem Jahr, im Herbst 1916,
in Meran gesehen. Sie war ihm damals verändert vorgekommen,
was nicht nur an der neuen Frisur lag, sondern auch an dem ge-
kürzten Rock, welcher nicht bis zu den Knöcheln reichte, sondern nur bis zu den Unterschenkeln, außerdem rauchte sie wie
ein Schlot und wirkte durch ihre Gesten und ihre Sprechweise
abgebrüht. Ihre Haare hatte sie selbst in Schulterlänge abge-
schnitten, woraufhin sich ihre Locken verstärkt hatten, sie kräuselten sich bis zum Kinn hoch. Carl war zunächst schockiert,
musste jedoch zugeben, dass das kurze Haar ihr hübsches herz-
förmiges Gesicht besser zur Geltung brachte als der monströse
Dutt, den sie bisher getragen hatte.

Sie überreichte ihm einen gefüllten Rucksack, er staunte nicht
schlecht, als er ihn öffnete, er enthielt Speck, Käse, Fleischkon-
serven, Brot, sogar Zigaretten.

»Wie bist du an die Sachen gekommen?«

»Ich bin mit der Köchin befreundet«, sagte sie. »Heb sie dir
für später auf, wenn du wieder an der Front bist.«

Carl schlüpfte in seinen Mantel, und sie gingen nach draußen, um in der Laube zu rauchen, die Männer starrten Elisabeth an, es schien ihn mehr zu stören als sie selbst.

»Was genau ist passiert?«, fragte sie ihn und deutete mit dem Kopf auf seinen verbundenen Oberschenkel.

Er erzählte von Toni und dessen Verwundung, von dem Trichter, von dem jungen italienischen Soldaten, dessen Leben er gerne verschont hätte, und dass man ihn erst in der Nacht, nach Tonis Tod, gefunden hatte, als er mit seinem Leben bereits abgeschlossen hatte. Neuperts Rolle erwähnte er mit keinem Wort, es war besser, wenn sich Schweigen über die Geschichte breitete, nachdem, was auf dem Weg ins Tal passiert war, konnte er keine Nachforschungen gebrauchen.

»Du hast wirklich geglaubt, du stirbst?«

»Ich war überzeugt davon.«

»Wer hat dich gefunden?«

»Ein siebzehnjähriger Bursche aus meiner Gruppe, er heißt Paul Glück.«

»Du musst ihm sehr dankbar sein.«

»Das bin ich.«

Dass er zwei Gründe hatte, Paul auf ewig dankbar zu sein, musste er ebenso verschweigen. Der junge Mann war es gewesen, der Neuperts Absturz mitangesehen und ihn gedeckt hatte, ohne dass er ihn darum gebeten hatte, kein Wort hatten sie über das Geschehene verloren. Er bestätigte, dass der Zugführer Siegfried Neupert von einem Schneebrett, das vor seinen Augen abgegangen war, mitgerissen worden war, der Gruppenführer Carl Brugger sich glücklicherweise mit Müh und Not an einem Gestrüpp hatte festhalten können, seine Trage jedoch fortgespült worden war.

Bereits nach einer Stunde musste sie wieder aufbrechen, der Fahrer, der sie nach Belluno mitgenommen hatte – er hatte Nachschub an Medikamenten und an Verbandsmaterial geliefert –, gesellte sich zu ihnen in die Laube und drängte auf Abfahrt, mit einer heftigen Umarmung verabschiedete sich Elisabeth von Carl.

»Pass auf dich auf und wage es ja nicht zu fallen, Bruderherz«, sagte sie und winkte den anderen Männern zu.

Nach dem Besuch seiner Schwester schrieb der Arzt Carl gesund, in wenigen Tagen sollte er an die Front zurück. Sein Bettnachbar Andreas wurde entlassen, am Tag seiner Heimfahrt rauchten sie zum Abschied eine letzte Zigarette, Milan stand neben ihnen und machte sein lautes schniefendes Geräusch. Carl kramte in Elisabeths Rucksack, holte ein Stück Speck und Brot hervor und überreichte beides Andreas, dieser wehrte ab, doch Carl bestand darauf.

»Damit du nicht verhungerst, bis du in Graz ankommst.«

Ein Mann kam aus dem Schuppen neben der Laube, in dem sich der defekte Benzingenerator befand, er fluchte, sie boten ihm eine Zigarette an. Der Bürgermeister habe ihn geschickt, das verdammte Ding zu reparieren, sagte er, der Generator fiele in seinen Zuständigkeitsbereich, der Arzt habe sich mehrmals bei ihm darüber beschwert.

»Ich kenne mich mit sowas aus«, sagte Andreas und bot seine Hilfe an, er hatte noch etwas Zeit bis zur Abfahrt seines Zugs.

Carl reichte Andreas die Hand, ihm war kalt, er wollte zurück ins Lazarett gehen, die beiden Männer gingen in den Schuppen, Milan folgte ihnen aus Neugier.

Im selben Augenblick, als Carl nach der Türklinke des Hintereingangs griff, hörte er einen ohrenbetäubenden Knall und wurde gegen die Tür gepresst. Er wandte sich um, und mit Entsetzten begriff er, dass der Schuppen explodiert war und in Flammen stand. Er lief zurück und erkannte, dass er für die drei Männer nichts tun konnte, ihre toten Körper brannten. Nur wenige Sekunden lang überlegte er. Er nahm seine Marke ab und warf sie ins Feuer, schnappte Andreas' Rucksack, der in der Laube lehnte, und lief fort.

Da er Angst hatte, jemand könnte ihn am Bahnhof erkennen, beschloss er, zu Fuß zu gehen, anfangs ging er hauptsächlich in der Nacht, abseits der Straße, und das nur wenige Stunden lang, um sein Bein zu schonen, allmählich traute er sich auch untertags zu gehen, ein verwundeter Soldat schien niemanden zu kümmern. Das Vorwärtskommen im Schnee war an manchen Stellen beschwerlich, zum Glück hatte sich das Wetter gebessert, die Temperatur war gestiegen, und es war zumeist sonnig. Er übernachtete in Ställen oder Heuschobern, wenn Bauersleute ihn entdeckten, setzte er an zu erklären, er wäre auf dem Weg nach Hause und hätte sich das Zugticket nicht leisten können, die meisten winkten ab, es interessierte sie nicht, sie waren den Krieg leid.

Nach zehn Tagen erst kam er in Innsbruck an. In der Stadt war er mutiger, es wuselte von Soldaten, die meisten davon verletzt, sie waren auf Erholung oder unterwegs von der Südfront nach Hause, niemand interessierte sich für den Einzelnen. Er mietete ein Zimmer in einer Pension, um sich gründlich zu waschen – den Bart ließ er stehen – und guten Schlaf zu finden. Auf dem Bett liegend dachte er an seine Eltern, er war überzeugt davon, dass seine Mutter hinter ihm stehen würde, und fragte sich, wie sein Vater auf die Tatsache, dass sein Sohn ein Deserteur war, reagieren würde. Er füllte Andreas' Rucksack mit Lebensmitteln, die ihm eine Bäuerin nach hartem Feilschen verkaufte, Elisabeths Proviant hatte sich dem Ende zugeneigt, ihren Rucksack hatte er in einem Wald in der Nähe von Sterzing verbrannt. In einem Kaffeehaus blätterte er Zeitungen durch und fand in den *Innsbrucker Nachrichten* einen kurzen Artikel über den Brand im Lazarett in Belluno. *In Belluno hat die Explosion eines defekten Benzingenerators in einem Schuppen hinter dem Lazarett drei Opfer gefordert. Franz Gamper, 67, Gemeindeangestellter, war da-*

bei, den Generator mit Benzin zu füllen, als dieser in die Luft ging.
Das tragische Unglück forderte nicht nur sein Leben, sondern auch
das des Gruppenführers Carl Brugger, k. u. k. Infanterieregiment
Nr. 59, 34 Jahre alt, und Milan Vidmar, Sanitäter der k. u. k. 5. Ar-
mee, 29 Jahre alt. Alle drei Männer waren auf der Stelle tot. Das
Lazarett selbst blieb zum Glück unbeschädigt.

Von Innsbruck nach Salzburg fuhr er mit dem Zug, bei der
Kontrolle zeigte er Andreas Mitterers Entlassungspapiere, anschließend war er schweißgebadet, er hatte das beunruhigende
Gefühl, jeder der Mitreisenden bemerke seinen inneren Aufruhr. Ab Salzburg ging er wieder zu Fuß, ein Grazer auf dem Weg
nach Linz und weiter ins Mühlviertel wäre bei einer Kontrolle
kaum glaubwürdig gewesen. Je näher er seiner Heimat kam, des-
to mehr Normalität herrschte, das Land wirkte, als gäbe es keinen Krieg, es waren keine Soldatentrupps, keine Trainkolonnen,
keine zerschossenen Gebäude zu sehen. Nachdem er bei Nieder-
ranna die Donau überquert hatte, wuchs seine Angst, erkannt zu
werden, er zog seine Kappe tief ins Gesicht und suchte sich abgelegene Pfade, dass Winter war, kam ihm zugute, kaum jemand
hielt sich im Freien auf.

Die letzten Kilometer schlich er regelrecht durch den Wald,
im Morgengrauen konnte er die Hofmühle und auch die Brandruine des Kaufhauses durch die Bäume sehen, er hatte das Gefühl, sein Herz setze vor Freude und Erleichterung aus. Einer der
Hunde lief ihm bellend entgegen, erkannte ihn aber und presste
sich freudig winselnd an ihn, während der zweite Hund im Haus
wie verrückt bellte, drückte sich Carl an der Hausmauer entlang
bis zur kleinen windschiefen Tür des alten Traktes und suchte
umsonst den Schlüssel in Josephines altem Versteck. Die Fenster zur Küche und zur Stube waren von innen mit einem großen
Brett zugenagelt und verliehen dem Haus einen verlassenen Eindruck. Er schlich geduckt bis zur Eingangstür, sie öffnete sich
einen Spalt, ein Gewehrlauf wurde sichtbar, und die drohende

Stimme seiner Mutter sagte: »Ich rate Ihnen, auf der Stelle zu verschwinden.«

Zehn Tage zuvor hatten seine Eltern die Nachricht erhalten, dass ihr Sohn im Lazarett seinen Verletzungen erlegen war. Der Totenschein war dem offiziellen Schreiben beigelegt, der Pfarrer hielt eine Begräbnismesse ab, die Gravur des Grabsteins war veranlasst. Elisabeths Brief, der wenige Tage darauf eintraf, klärte über die genauen Umstände auf, sie hatte von einer Schwester im Lazarett erfahren, dass Carl bei einer Explosion ums Leben gekommen war.

Völlig aufgelöst saßen sie ihm gegenüber und sahen ihm beim Essen zu. Es hatte eine Weile gedauert, bis Anna die Tür langsam aufgeschoben hatte, um nachzusehen, wer derjenige war, der nicht aufhörte zu flüstern, *Ich bin es, Carl.* Sie befürchtete, jemand erlaube sich einen schlechten Scherz mit ihnen. Um sicherzugehen, dass niemand ihn zu Gesicht bekam, hielten sie sich im Erdgeschoss des alten Hauses auf, das seit Josephines Tod unbewohnt war, die Fenster hatte seine Mutter zugenagelt, um Deserteure am Einsteigen zu hindern. Die Hände und Unterarme seines Vaters sahen furchtbar aus, sie waren mit einer dunkelroten rissigen, verkrusteten Haut überzogen und steif, er konnte sie kaum bewegen, auch seine Stirn hatte rote Flecken. Als er immer wieder in das brennende Kaufhaus hineingelaufen war, um einige der verbliebenen wertvollen Waren zu retten, hatte er sich zum Glück ein nasses Tuch um Nase und Mund gebunden, so die Mutter. Sein Vater redete nicht viel, sein Atem ging schwer und rasselnd, sein Gesicht drückte Müdigkeit und Resignation aus.

Carl fragte nach Luzia, seine Mutter antwortete, dass die Nachricht von seinem Tod sie sehr getroffen habe.

»Sie ist eine liebe junge Frau«, sagte Anna, »immer wieder hat sie uns besucht und nach dem Rechten gesehen. Einmal hat sie uns sehr geholfen.«

Sie erzählte, dass Albert im Februar 1917 für einige Tage in der Linzer Justizanstalt inhaftiert gewesen war. Er riskierte eine Fahrt mit dem Frachter Anna in die Stadt, um im Hafen günstig Lebensmittel und Brennholz an bedürftige Familien zu verkaufen, und wurde des Schwarzhandels bezichtigt. Der Sturkopf musste sich stets um andere sorgen, selbst wenn die Zeiten für die eigene Familie schwierig waren, dachte Carl. Solche Fahrten auf der Donau hatte der alte Mann einige unternommen, einmal schon hatte man ihn erwischt, da war er noch mit einer Abmahnung davongekommen.

»Luzia hat ihren Onkel Johannes gebeten, alle Hebel in Bewegung zu setzen, um deinen Vater freizubekommen, und er hat es tatsächlich getan«, schloss Anna.

In der Nacht verbrannte Carl Andreas' Rucksack mitsamt seinem Inhalt und alles, was er auf dem Leib trug. Er hielt sich vorwiegend im Keller und in Josephines Küche auf, obwohl die Hofmühle abgelegen vom Dorf stand und es weit und breit keine Nachbarn gab, war seine Angst, entdeckt zu werden, groß. Für gefährliche Situationen präparierte er ein Holzfass – es war zu einem Drittel mit Birnenmost gefüllt –, sodass er sich schnell darin verstecken konnte. Jedes Mal, wenn sich Leute der Hofmühle näherten, kroch er hinein und harrte stundenlang darin aus, später wurde er nachlässiger, er blieb zumeist in der alten Küche und Stube und beobachtete durch die Schlitze zwischen zwei Brettern, was vor sich ging und ob es erforderlich war, in den Keller zu gehen und in das Fass zu steigen.

Anfang März tauchten überraschend Männer auf, sie fuhren mit zwei Fahrzeugen vor und wiesen sich als Beamte des Militärdivisionsgerichts in Linz aus. Sie waren auf der Suche nach dem Feldwebel Carl Brugger, dem nicht nur Desertion vorgeworfen wurde, sondern obendrein die willentliche Vortäuschung seines Todes, was eine grobe Verletzung des Militärstrafrechtes darstellte. Sie durchwühlten das ganze Haus, die Mühle und sogar die Brandruine des Kaufhauses. Anna spielte ihre Rolle der außer sich tobenden Mutter, die zwei ihrer Söhne im Krieg verloren hatte und deren einer nun derart schändlich beschuldigt wurde, äußerst überzeugend. Carl, der sich erst zehn Stunden später aus dem Fass wagte – er war völlig durchgefroren –, bekam von seinem Vater die Einzelheiten berichtet.

»Hier ist der Totenschein, unterzeichnet von einem Arzt!«, schrie sie und hielt das Papier den Männern vors Gesicht. »Lesen Sie das! Sie dürften ja in der Lage sein zu lesen! Sie und Ihre Männer verkriechen sich hinter ihren Schreibtischen, während andere an der Front verrecken, Ihr elenden Feiglinge! Es ist himmelschreiend, dass Familien, die ihre Söhne verloren haben, so behandelt werden, schämen Sie sich!« Zum Schluss spuckte sie ihnen vor die Füße, ging zu einem Fahrzeug und öffnete resolut die Fahrertür.

Wochen darauf erschienen erneut Männer, dieses Mal krochen sie aus dem Wald – durch die beiden Hunde wurde Carl dennoch rechtzeitig gewarnt –, wieder stellten sie alles auf den Kopf und mussten unverrichteter Dinge wieder abziehen.

Es ging Carl zunehmend schlechter, die Angst, entdeckt zu werden, die permanente Anspannung, das Nichtstun, das Gefühl, seine Kameraden im Stich gelassen zu haben, die Schande und Hoffnungslosigkeit – was würde nach dem Krieg sein? – machten ihm zu schaffen, er ertappte sich dabei, dass er an Selbstmord dachte. Er ließ sich gehen, es gab Tage, an denen er einfach liegenblieb, an denen er sich nicht aufraffen konnte, kleine Tätigkeiten im Haus, in der Mühle zu erledigen oder die Bücher zu lesen, die ihm sein Vater gab.

Eines Nachts kam Luzia zu ihm, da der Hund nicht angeschlagen hatte, wachte er erst auf, als sie bereits im Raum war und die Tür leise hinter sich schloss. Anna habe sie nach der Messe beiseitegenommen und ihr die Wahrheit berichtet und sie jetzt ins Haus gelassen, flüsterte sie.

»Keine Sorge, meine Familie weiß nicht, dass ich hier bin.«

Sie habe von innen ihre Kammertür versperrt, sei aus dem Fenster gestiegen und vom Hof geschlichen. Carl ärgerte sich über das eigenmächtige Handeln seiner Mutter und darüber, dass sie ihn nicht informiert hatte, er genierte sich, der jungen Frau unrasiert und im Nachthemd in der finsteren schäbigen Küche gegenüberzusitzen. Als würde sie seine Gedanken ahnen, sagte sie: »Sie hat nicht gewusst, dass ich komme. Aber ich habe es nicht mehr ausgehalten, ich musste dich sehen.«

Es fühlte sich eigenartig und fremd an, ihr gegenüberzusitzen. Als sie zu weinen begann und unter Tränen in einem fort sagte, wie froh sie sei, dass er am Leben war, war das Eis gebrochen. Er streckte seine Hände aus, ergriff die ihren und zog sie hinunter auf die Decke am Boden, sie küssten sich gierig, und er spürte sein Glied hart werden. Sie fasste mit ihren Händen unter sein Hemd, streichelte seine Brust, seinen Bauch, seine Schamhaare, berührte mit den Fingerspitzen seinen Penis. Schließlich zog sie ihm das Hemd aus, es war, als ob sie die Führung übernommen hätte und er keine Kraft fände, es umgekehrt geschehen zu lassen; eine ungeheure Stärke ging von ihr aus. Sie saß vollständig bekleidet auf seinen Knien, während er nackt auf der Decke lag, sie legte das Ohr auf seinen Bauchnabel, um ihn dann mit Küssen zu bedecken, wobei sie ihre Zunge kreisen ließ. Mit ihren Fingern umrandete sie seine Brustwarzen, immer wieder beugte sie sich vor, um ihn zu küssen, am Ende ließ sie die Hand zu seinem Glied hinuntergleiten und umfasste es. In seinen heimlichen Träumen in den kalten Gräben hatte er gesehen, wie ihre Hand sich fest um sein Glied schloss, und jetzt war es Wirklichkeit, und weil Luzia stärker zu sein schien, als er je geahnt hatte, hatte er das Gefühl, die Hand schloss sich nicht nur um den einen Körperteil, sondern um ihn. Während sie mit ihren Lippen wieder seinen Mund suchte, ließ sie seinen Penis nicht los, sie hielt ihn fest, wie ein Erstkommunikant seine Taufkerze festhielt, weder zu locker noch zu fest, dafür ein bisschen verkrampft. Er richtete sich auf, zog ihre Schuhe und Strümpfe aus, währenddessen knöpfte sie ihre Bluse auf, dabei ließ sie ihn nicht aus den Augen. Sie streifte die Bluse über ihre Schultern zurück, und er sah ihre nackten straffen Brüste, offenbar hatte sie keine Zeit gehabt, ein Mieder anzulegen. Sie nahm seinen Kopf und führte ihn an ihre steil nach oben gerichteten Brustwarzen, während er sie mit seinen Lippen liebkoste, legte sie ihren Kopf in den Nacken und stöhnte leise. Langsam schob er ihren Rock hoch, ihre Schenkel leuchteten weiß und fühlten sich muskulös an. Noch im Sitzen griff sie an ihren Rücken und öffnete die Knöpfe am Rockbund, sodass im selben Moment, als sie aufstand, ihr das Kleidungsstück von der Hüfte rutschte und zu Boden fiel, völlig nackt stand sie über ihm, Carl umfasste mit beiden Händen ihre Taille und zog sie zu sich auf die Decke.

Im Mai hielt abermals ein Auto vor der Hofmühle, vier Männer sprangen heraus und liefen ins Haus, ein fünfter blieb im Freien, er spazierte auf dem Vorplatz und im Garten auf und ab, stützte sich dabei auf einen Stock, sein linkes Bein war steif.

»Er hat bei dieser Hitze Lederhandschuhe getragen, ich nehme an, einige seiner Finger waren amputiert. Und an seiner Brille war eine Kupfermaske befestigt«, berichtete Anna, »sie hat seine Nase, sein Kinn und seine Wangen bis zu den Ohren bedeckt, der Mund war frei. Was für eine Perversion, ausgerechnet einen Versehrten bei der Suche nach Deserteuren einzusetzen.«

Der Mann hatte ihr seinen Namen genannt, und sie teilte ihn Carl mit, er versuchte ungerührt zu wirken und fragte wie beiläufig: »Hat er mit dir gesprochen?«

»Er weiß, dass du am Leben bist, hat er gesagt, ich habe die

Autotür geöffnet und ihm nahegelegt, er möge sich zum Teufel scheren.«

Carl sah seine Mutter verblüfft an, als sein Vater fragte, ob er den Mann kenne, verneinte er.

Im Juli wagte sich Carl zum ersten Mal ins Dorf, um die Messe zu besuchen, er drückte den Hut tief ins vollbärtige Gesicht, ging leicht gebeugt und hinkte, zwei Wochen zuvor hatte sein Vater dem Bürgermeister von einem deutschböhmischen Soldaten aus Prag erzählt, der von der Südfront auf dem Weg nach Hause bei ihnen gestrandet war. Der Mann wolle nicht in seine Heimat zurück, er halte nichts von einem eigenen tschechoslowakischen Staat, so Albert.

»Sein Name ist Tomáš Daněk. Wir haben ihn mit hohem Fieber vor unserer Tür gefunden. Er hat keine Familie und möchte vorläufig bei uns bleiben, ehrlich gesagt sind wir froh darüber, wir können jede Hilfe gebrauchen.«

12

Als Eugen zum ersten Mal wieder die Kirche betrat, die Kniebeuge machte und in die Bank rutschte, fühlte er sich in seine Jugendzeit zurückversetzt. Er sah sich um, merkte, dass man ihn verstohlen betrachtete. Es gab einen deutlichen Überschuss an Frauen und alten Männern, die Menschen sahen verhärmt und abgearbeitet aus. Aber da er dasselbe als Jugendlicher gedacht hatte, wenn er in die Gesichter der Dorfbewohner geschaut hatte, konnte er nicht sagen, ob ein Unterschied erkennbar war oder nicht. Kaum saß er, nahm auf der gegenüberliegenden Seite eine junge Frau Platz, durch ihren Ledermantel mit Pelzkragen und ihre Frisur – sie trug ihre Haare offen, hatte sie lediglich an den

Seiten bis zu den Ohren mit einem französischen Zopf zurück-geflochten – hob sie sich von den anderen ab. Bevor sie ihren Kopf nach vor zum Altar wandte und ihre Hände faltete, warf sie ihm einen Blick zu.

Nach der Messe huschten die Leute mit eingezogenen Köpfen schnell auseinander – auch seine Eltern eilten sofort nach Hause –, kaum jemand blieb stehen, um sich mit anderen zu unterhalten, so wie Eugen es in Erinnerung hatte. Nach dem sonntäglichen Gottesdienst hatte man sich stets auf dem Markt-platz oder im Gasthof Linde getroffen, für viele, die außerhalb des Dorfes wohnten, war das die einzige Gelegenheit gewesen, mit anderen zusammenzukommen, Neuigkeiten auszutauschen. Ihm warf man wieder neugierige Blicke zu, doch offensichtlich war man zu scheu, ihn anzusprechen. Er hielt Ausschau nach sei-ner Schwester und war überrascht, sie etwas abseits im Gespräch mit der jungen Frau im Ledermantel zu entdecken, er zündete sich eine Zigarette an, überquerte den Marktplatz – der Schnee knirschte unter seinen Stiefeln – und trat zu ihnen. Die junge Frau drehte sich um, er sah, dass sie auf der linken Wange eine blasse Narbe hatte, sie grüßte ihn und reichte ihm die Hand, ihr Händedruck war fest.

»Du musst Eugen sein«, sagte sie und musterte ihn lächelnd. »Dein Bruder hat viel von dir erzählt.«

Ohne sich selbst vorzustellen, fragte sie ihn, wie es sei, nach so langer Zeit wieder in der Heimat zu sein, und da er nicht sa-gen wollte, dass sich alles fremd anfühlte, erwiderte er, er freue sich darüber, bei der Familie zu sein und ihr in der schweren Zeit beistehen zu können. Sie verabschiedete sich, bat, Grüße an Al-bert und Anna auszurichten, und eilte über den Marktplatz da-von.

»Wer ist sie?«

»Hast du sie nicht erkannt?«

»Nein.«

»Das war Luzia Eder«, sagte sie, und für einen Augenblick blieb ihm die Luft weg.

Auf dem Heimweg dachte Eugen an die letzte – und im Grunde einzige – Begegnung mit Luzia Eder, damals war sie acht Jahre alt gewesen und hatte gemeinsam mit seiner Schwester die Volksschule besucht. Die beiden konnten einander nicht ausstehen, was hauptsächlich an Luzia lag, die keine Gelegenheit ausließ, Elisabeth zu hänseln. Als seine kleine Schwester eines Tages wieder heulend am Mittagstisch saß und sein Vater entschied, weder mit den Eder noch mit dem Lehrer darüber zu sprechen, was zwischen den Mädchen vorgefallen war, sondern erneut abzuwarten, beschloss Eugen, die Sache selbst in die Hand zu nehmen.

Wenn seine Schwester sie ihm nicht genau beschrieben hätte, er hätte nicht gewusst, welches der Mädchen Luzia war, sie war ein gewöhnliches Kind, ein Bauernkind unter vielen, nichts Besonderes, er hätte Emils und Hedwigs Tochter nicht erkannt. Seitdem das Kind in der Hofmühle abgeholt worden war, hatte er es nur wenige Male mit Friedrich Eder und seiner Frau Veronika in der Kirche oder im Gasthaus gesehen, jede Begegnung war mehr als flüchtig, man ging aneinander vorbei und nickte dem anderen zu. Wenn er ohne seine Eltern auf die Eder traf, erkannte er sie zumeist nicht einmal, die Dorfleute interessierten ihn nicht besonders. Er wusste bei vielen nicht, wer sie waren, wie sie hießen, wo sie wohnten, was sie *ausmachte*, im Gegensatz zu seiner Tante Josephine, die zu jedem Gesicht eine Klatschgeschichte kannte oder mitunter auch ein Urteil fällte: »Das ist genauso ein Tunichtgut wie sein Vater« oder: »Das sind rechtschaffene Leute« oder: »Das ist eine ganz liederliche Person.« Wenn er jedoch im Beisein seiner Eltern auf das Ehepaar traf, war es unmöglich, sie nicht zu erkennen, denn die Anspannung, der innere Aufruhr der beiden, wenn sie die Eder erblickten –

selbst wenn es nur aus der Entfernung war –, übertrug sich auf ihn. In der ersten Zeit war es besonders schlimm gewesen, Eugen hatte mit ihnen gelitten, sein ganzer Körper hatte ihm wehgetan.

Was ihn erstaunte, war das Gefühl, das er während des Gesprächs mit dem Mädchen empfand: Er fand sie unsympathisch. Wie kann ich ein achtjähriges Kind unsympathisch finden?, fragte er sich und gab sich sogleich selbst die Antwort: Es lag daran, dass sie nichts an sich hatte, das ihn an Emil und Hedwig erinnert hätte – was auch immer das hätte sein mögen –, sie war eine Eder, musterte ihn mit hochmütigen Augen und zusammengepressten Lippen. Sieh mal an, dachte er, die großbäuerliche Hochnäsigkeit blitzt ihr schon aus den Augen. Er musste sich ins Gedächtnis rufen, dass ein Kind vor ihm stand, ansonsten hätte er sich vermutlich hinreißen lassen, etwas Grobes zu sagen. Eugen bemühte sich um Freundlichkeit, denn ihm war bewusst, sollte Luzia zu Hause von der Begegnung erzählen – er hoffte, sie würde es nicht tun –, würde es den Eder Aufwind geben, wenn sie dabei aufgebracht oder gar verängstigt wirkte. Er bückte sich, um nicht auf sie herabschauen zu müssen, und bat sie eindringlich, zu seiner Schwester Elisabeth nicht mehr solche Dummheiten zu sagen, diese wäre sehr verletzt gewesen und hätte geweint.

»Warum kommst du denn überhaupt auf die Idee, so etwas zu behaupten?«, fragte er lächelnd und versuchte seiner Stimme einen sanften Klang zu geben.

»Vorgestern haben wir im Deutschunterricht über verschiedene Berufe gesprochen. Jeder, der wollte, hat etwas sagen können, und Elisabeth hat von ihrem älteren Bruder Carl erzählt, der Müller ist. Sie hat genau erklärt, was ein Müller macht.« Sie betrachtete ihn prüfend. »Bist du Carl?«

Er schüttelte den Kopf. »Nein, ich bin Eugen.«

»Der Lehrer hat zum Schluss gesagt: Danke, Elisabeth, das

war sehr gut, übrigens habe ich schon von vielen gehört, dass die Hofmühle die beste Mühle im Ort ist, sie mahlt das Mehl am feinsten. Ich habe zu Hause beim Essen dann gefragt, warum wir nicht in der Hofmühle mahlen lassen, sondern in der Bergmühle, und dann hat mein Großvater gesagt: Weil die Brugger deinen Vater auf dem Gewissen haben und auch deine Mutter. Ich habe Friedrich und Veronika gefragt, ob das stimmt, meine Tante wollte nichts sagen, aber der Onkel hat gesagt: Dein Großvater hat Recht. Ich habe gesagt: Wieso, was genau ist passiert, was haben sie denn getan? Aber dann haben sie nichts mehr gesagt.« Sie begann tatsächlich zu schniefen, das kleine Biest, wollte sie von sich ablenken und Mitleid erregen?

»Das ist immer so, wenn ich nach meinen Eltern frage! Niemand will mir etwas erzählen, ich weiß nichts über sie.«

Eugen beruhigte sie. Er erklärte ihr, dass niemand schuld am Tod ihrer Eltern sei, Dinge passierten nun mal, weil das Leben so war, wie es war. Und während er diese Worte zu ihr sagte, staunte er darüber, wie problemlos ihm diese Binsenweisheit über die Lippen kam und wie gern er sie selbst geglaubt hätte.

Nachdem Luzia aus der Schule verschwunden war, eilte Eugen durch das Dorf und bog in den Feldweg ab, der zum Ederhof führte. Als er den Alten erblickte, der den Weg entlanghinkte, verlangsamte er seinen Schritt. Es stimmte also tatsächlich, was Josephine erzählt hatte: Der alte Eder begleitete seine Enkelkinder zur Schule, wobei er jedoch am Ortseingang, vor dem Marktplatz, stehenblieb und ihnen nachschaute, bevor er den weiten Weg zum Hof wieder zurückging.

Er holte ihn ein und blieb vor ihm stehen, sodass der alte Mann einen Bogen um ihn hätte machen müssen, hätte er weitergehen wollen. Obwohl er wusste, dass Johann Eder Alter und Schlagfluss zugesetzt hatten, fragte er sich dennoch, wie es möglich war, dass in der Vergangenheit so viele Menschen vor dem Mann Angst gehabt hatten. Eder war einen Kopf kleiner als Eugen, seine ganze Gestalt wirkte verhutzelt, die linke Hälfte des Gesichts war schrecklich verzerrt, Auge und Mundwinkel hingen herab.

»Weißt du, wer ich bin?«, fragte Eugen.

Eder machte eine Bewegung mit dem Kopf, die er nicht deuten konnte.

»Falls du es nicht weißt, ich heiße Brugger«, mit einem Ruck packte er den Stock und schleuderte ihn ins Feld hinein.

»Stell dir vor, Eder, du stirbst aus heiterem Himmel«, sagte er ruhig. »Niemand hätte Zweifel daran, dass ein weiterer Schlagfluss dir den Garaus gemacht hat. Oder dein Herz einfach aufgehört hat zu schlagen. Kein Mensch käme auf den Gedanken, dass«, er machte eine kleine Pause, »dir etwas anderes zugestoßen sein könnte.«

Eugen trat hinter ihn, hielt mit der rechten Hand Eders rechten Arm fest und presste die linke Hand auf Nase und Mund des Alten, nach einer Weile ließ er ihn wieder los, der Alte taumelte, versuchte das Gleichgewicht zu finden und rang nach Luft.

»Aber wer sollte so etwas schon einem wehrlosen alten Mann antun?«

Eugen beugte sich vor, sein Gesicht befand sich unmittelbar vor dem Eders.

»Wenn du deiner Enkeltochter noch einmal den Blödsinn erzählst, dass meine Familie schuld am Tod ihrer Eltern sei, kann es durchaus sein, dass dir etwas zustößt«, sagte er drohend. »Ich habe gehört, du hast sie gern, was mich natürlich freut, übrigens auch meine Eltern. Ich nehme an, du möchtest sie und deinen Enkelsohn aufwachsen sehen.«

Er tippte grüßend an seine Kappe und spazierte gemächlich ins Dorf zurück, als er sich umdrehte, sah er, wie Eder ins Feld hineinwankte, um seinen Stock zu holen.

Am Abend saß Eugen wieder lange in der alten Stube mit Carl beisammen, sein Bruder strahlte Einsamkeit aus, Verlorenheit, Verzweiflung.

»Geh noch nicht«, bat er, als Eugen zu Bett gehen wollte, »ich war so viel allein im letzten Jahr. Bitte bleib noch bei mir sitzen und erzähl mir von deinem Leben in Übersee. Ich hör dir gern zu, dann sind die Stimmen in meinem Kopf zumindest für eine Weile still.«

Weit nach Mitternacht machte er sich auf den Weg zurück in sein Zimmer, er sah Licht im Wohnzimmer, klopfte und trat ein, seine Schwester – im Nachthemd, mit einer Decke bis zur Hüfte – lag auf dem Sofa, sie rauchte, vor ihr auf dem Tisch standen eine leere Flasche Wein und ein Glas.

»Ich konnte nicht schlafen«, sagte sie entschuldigend und richtete sich auf.

»Stört es die Eltern nicht, wenn du im Haus alles vollqualmst?«

Sie zuckte mit den Schultern. Er setzte sich zu ihr, zündete sich ebenfalls eine Zigarette an und musterte sie. Ihre Zahnlücke sieht bezaubernd aus, dachte er, *sie* sieht bezaubernd aus. Unter dem Nachthemd zeichneten sich wohlgeformte Brüste und eine schmale Taille ab, die dunkelbraunen dichten Locken fielen ihr auf die Schultern, hingen ihr wirr ins Gesicht, sie strich sie zurück, ihre grünen Augen schimmerten dunkel. Sie sollte nach Wien zurückgehen, mit jungen Leuten zusammen sein, ihr Leben genießen, was tut sie hier auf dem Land, bei den alten Eltern in dem heruntergekommenen Haus? Dann fiel ihm ein, dass er sich in einem Land befand, das sich bis vor wenigen Wochen im Krieg befunden hatte, das obendrein besiegt worden war, die Situation in der Großstadt war vermutlich wesentlich schlimmer als auf dem Land, wo es zumindest genug zu essen und Brennholz gab. Sie holte noch eine Flasche Wein und ein Glas aus der Küche, schenkte ihm und sich ein und setzte sich wieder.

»Warum hast du nicht geschrieben, dass Carl am Leben ist?«, fragte er.

Sie betrachtete ihn forschend: »Wärst du dann gekommen?«

»Vermutlich nicht, oder?«, sagte sie, als er nichts erwiderte. »Fühlst du dich hintergangen? Wir dachten alle, dass es Vater guttun würde, wenn du dich endlich wieder blicken lässt, auch wenn es nur für kurze Zeit ist. Es war sein größter Wunsch, dich noch einmal zu sehen. Außerdem wussten wir nicht, ob Briefe geöffnet und gelesen werden. Also bitte verzeih mir meine Finte.«

Sie schwiegen eine Weile.

»Seit wann bist du mit Luzia Eder befreundet? Ihr wart in der Schule wie Katz und Maus.«

»Wir sind nicht mehr in der Schule.«

»Als Kind war sie ein Ekel.«

»Sie war nie ein Ekel. Du übertreibst. Wir haben uns gegenseitig gehänselt, was zwischen Kindern völlig normal ist.«

Eugen sah ihr zu, wie sie ihr Glas in einem Zug leerte, sich eine weitere Zigarette anzündete und gierig an ihr zog, sie legte dabei den Kopf in den Nacken und schloss für einen Moment die Augen. Sie hat die genauen Hintergründe damals nicht gekannt und tut es auch heute noch nicht, dachte er. Woher sollte sie auch? Sie war nach Emils Fortgehen geboren worden und zu Ostern 1895, als das Schreckliche mit Hedwig passiert war, erst wenige Wochen alt gewesen. Niemand in der Familie hatte über die beiden gesprochen, weshalb auch Gustav, der zu dem Zeitpunkt fünf gewesen war, später kaum mehr etwas von den jungen Leuten gewusst hatte, die er als kleines Kind so gerngehabt hatte. Es sollte Gras über die *Sache* wachsen, so die Worte des Pfarrers und einiger anderer Leute, die damals vermittelt und beschwichtigt hatten, das sei zum Besten für alle, besonders für das kleine Mädchen. Die Eltern hielten sich daran, weder redeten sie mit anderen – geschweige denn mit ihren Kindern – noch miteinander über den Tod des jungen Paares, der lange Zeit wie ein Damoklesschwert über ihrer Familie hing und ihre Ehe beinahe zerbrechen ließ. Vor allem nach Hedwigs Suizid war der Vater wochenlang außer sich gewesen, die Mutter völlig gebrochen.

»Es war komplizierter, glaub mir das.«

»Ich nehme an, du möchtest es mir erzählen.«

»Nur, wenn du es hören willst.«

»Ich will.«

Er erzählte ihr von seinem Zusammentreffen mit der Achtjährigen und ihrem Großvater, und nachdem er alles gesagt hatte, klatschte sie, die Zigarette zwischen den Lippen, dreimal in ihre Hände.

»Mein Held«, sagte sie.

Sie brachte ihm – obwohl zwölf Jahre jünger als er – keinen Respekt entgegen und machte sich offenbar über ihn lustig, er wusste nicht, ob er verärgert oder amüsiert sein sollte. Was für eine dreiste junge Frau sie ist, dachte er.

»Du bist betrunken«, sagte er.

»Mag sein. Sei nicht böse. Weißt du, diese alten Geschichten interessieren mich nicht besonders«, sagte sie und stand auf, sie kam zu ihm und setzte sich – seine Verblüffung ignorierend – auf seinen Schoß.

»Gibt es jemanden in deinem Leben?«, fragte er.

Sie zählte an ihren Fingern ab: »Es gibt Mutter, Vater, Carl, die Hunde, die Hennen. Und jetzt dich.«

»Ob es einen Mann in deinem Leben gibt.«

»Welche Männer? Sie sind entweder tot oder verstümmelt.«

»Vor dem Krieg?«

»Ich war in jemanden verliebt.«

»Erzähl von ihm.«

»Es gibt nicht viel zu erzählen. Ein guter Freund von Gustav hat mir gefallen, und ich glaube, es hat auf Gegenseitigkeit beruht. Wir haben aber nie darüber gesprochen. Er heißt Georg

Tichy, kommt aus einer Ärztefamilie, hat einen Bruder und eine Schwester.«

»Was ist mit ihm passiert?«

»Er gilt als vermisst.«

»Wie lange willst du auf ihn warten?«

»Wer hat gesagt, dass ich auf ihn warte?«

»Komm mit mir nach Amerika. Dort wird es dir gefallen.«

»Nie und nimmer. Es gibt hier genug zu tun.«

Bei ihren Worten musste Eugen an seinen Vater denken, der stets Verantwortung gegenüber den Mitmenschen gepredigt hatte und ihnen in jungen Jahren damit auf die Nerven gegangen war.

»Wie der Vater so die Tochter«, sagte er. »Und Carl? Hatte er vor dem Krieg ein Mädchen? Hat jemand auf ihn gewartet?«

»Du hast sie heute nach der Kirche gesehen.«

»Luzia? Luzia Eder?«

Er war derart erstaunt, dass seine Schwester ihn irritiert ansah: »Ist alles in Ordnung?«

»Ich hätte dir das nicht verraten dürfen«, fügte sie hinzu, »Carl wollte es dir selbst sagen.«

»Weiß sie, dass er am Leben ist?«

»Sie ist die Einzige außer uns, die es weiß. Und du?«, fragte sie schläfrig. »Was ist mit dir?«

Zum Glück schlief seine Schwester ein, er wäre nicht in der Lage gewesen, von Caitlin zu erzählen, während seine Gedanken um die überraschende Nachricht kreisten. Er trug sie in ihr Zimmer, sie wachte auf, murmelte verschlafen, es sei gut, dass er nach Hause gekommen war, er legte sie auf das Bett, deckte sie zu und warf ein paar Holzscheite in den Ofen. Die ganze Nacht wälzte er sich herum, er war aufgewühlt wie schon lange nicht mehr, er konnte nicht glauben, dass sein Zwillingsbruder und Emil und Hedwigs Tochter ein Paar waren.

In der Christmette hielt er Ausschau nach Luzia Eder, sie

saß in einer der vorderen Reihen, er betrachtete sie von hinten, sie wandte sich um und nickte ihm freundlich zu, anschließend wartete sie vor der Kirche, wünschte allen Frohe Weihnachten. Carl – als Tomáš Daněk – wartete etwas abseits, Eugen beobachtete, dass Luzia im Vorbeigehen kurz nach seiner Hand griff.

13

Kurz nach Neujahr fuhr Elisabeth nach Wien. Sie wollte wieder als Krankenschwester arbeiten, auf dem Land, im Elternhaus, kam sie sich nutzlos vor. Albert und Anna ließen sie ungern ziehen, sie hatten Angst vor den Gefahren, die eine Großstadt – in der tausende Menschen hungerten und froren – für eine alleinstehende junge Frau darstellten. Albert machte Anstalten, es ihr zu verbieten, doch sie setzte ihren Willen durch. Eugen entschied sich, sie zu begleiten.

In Wien war sie entsetzt über das Elend, das sie sah, sie erkannte ihre geliebte Stadt kaum wieder. Unzählige bettelnde Kriegsversehrte waren auf den Straßen unterwegs, Obdachlose lungerten an den Straßenrändern herum, vor den Lebensmittelgeschäften standen reihenweise Menschen an, die Straßen waren verdreckt, viele Läden mit Brettern zugenagelt, eine bedrohliche und verzweifelte Anspannung war überall spürbar.

»Dass die Sorge der Eltern unberechtigt ist, können wir wohl nicht behaupten«, konstatierte Eugen lapidar auf dem Weg vom Bahnhof zur Wohnung. Sie merkte, dass er ebenfalls zu zweifeln begann, ob ihre Entscheidung richtig war. Sie hingegen stellte fest, dass sie sich freier als in ihrem Heimatdorf fühlte.

Die Wohnung, in der seit Jahren niemand mehr gewesen war, war zwar verstaubt und eiskalt, aber nicht zerstört, nichts fehlte. Ihr Vater hatte im Sommer 1915 die Eingangstür mit Ketten und

Schlössern versehen, um unliebsame Eindringlinge fernzuhalten. Sie ging durch die Räume, entfernte die weißen Tücher von den Möbeln, atmete tief durch und dachte: endlich zu Hause.

Eugen half ihr, die Räume auf Vordermann zu bringen, sich einzurichten, einige Vorräte an Lebensmitteln sowie Brennholz und Kohle für die Zimmeröfen zu beschaffen, an den Abenden unterhielten sie sich stundenlang. Er zeigte sich interessiert an ihrem Leben, wollte so viel wie möglich von ihr wissen. Sie erzählte von ihrer Arbeit im Lazarett in Asiago und vom Arzt, unter dem sie gearbeitet hatte, sie hatte Glück mit ihm gehabt, er hatte sie geschätzt und ihr vieles beigebracht, einmal ließ er sie – unter seiner Anleitung – die Amputation einer Hand durchführen, da sie bereits oft zugeschaut hatte, konnte sie den Ablauf auswendig im Schlaf hersagen.

»Die Hand ist ein gefrorener Klumpen zertrümmerter Knochen gewesen, an dem nur noch ein letzter violetter Finger gehangen ist. Sie ist nur noch vom Eis zusammengehalten worden und hat im OP buchstäblich zu schmelzen begonnen.«

Sie band den Unterarm mit einer Aderpresse ab, schnitt die Haut ein, legte den Knochen frei, indem sie die Muskelfasern beiseiteschob, und sägte dann mit einer einzigen raschen Bewegung den Knochen durch – Eugen verzog das Gesicht –, band die Muskelfasern an ihren Enden ab und schlang sie zusammen, ehe sie die überlappende Haut vernähte.

»Der Arzt hat mir geraten, nach dem Krieg Medizin zu studieren«, sagte sie.

»Gibt es einen Soldaten, der dir besonders in Erinnerung geblieben ist?«, fragte Eugen.

Der Erste ist immer der Schlimmste, hatte die leitende Krankenschwester im Lazarett in der Nähe der polnischen Stadt Przemyśl zu ihr gesagt. Der junge Antal geisterte ihr immer noch im Kopf herum. Der ungarische Kavallerist geriet bei einem Sturz unter sein Pferd und konnte sich nicht befreien, es dauerte zwei

Tage, bis er von einem Spähtrupp gefunden wurde. Er hatte mitansehen müssen, wie das Tier qualvoll gestorben war, während er ebenfalls den Tod vor Augen hatte, er war schwach, ausgekühlt und völlig dehydriert. Sein Bein musste oberhalb des Knies amputiert werden, sein Handgelenk wurde geschient, anfangs sah es aus, als würde die Wunde gut verheilen, doch dann setzte Wundbrand mit einer solchen Heftigkeit ein, dass schnell erneut operiert werden musste. Als ihm Elisabeth mitteilte, dass der Oberschenkel unterhalb der Leistengegend abgenommen werden musste, sagte er in seinem brüchigen Deutsch: »Sagen Sie Arzt schönen Gruß von mir, er soll Stängel dran lassen, ist bestes Stück an mir«, woraufhin sie rot anlief. Zwei Tage danach starb er, die letzten Stunden saß sie neben seinem Bett, streichelte seine Arme, sein Gesicht und redete beruhigend auf ihn ein.

Sie zündete sich eine Zigarette an und merkte, dass ihre Hände zitterten.

»Und wer war dieser Quasimodo mit dem Namen Tomáš Daněk, dessen Identität Carl angenommen hat?«

Elisabeth lachte.

»Er war kein Quasimodo, Carl übertreibt es lediglich ein bisschen, damit niemand im Dorf auf die Idee kommt, irgendetwas anzuzweifeln. Tomáš war ein Gefreiter im Infanterieregiment Nr. 28, sogar ein gutaussehender. Arbeiter aus Prag, zwei Jahre jünger als Carl und du, Mutter Österreicherin, Vater Böhme, beide schon tot. Er war das ledige Kind einer verwitweten Kleinbäuerin im nördlichen Mühlviertel, in der Nähe zum Bezirk Krumau, der Vater hat ihn nach ihrem Tod zu sich nach Prag geholt. Tomáš hat bei den Ringhoffer-Werken gearbeitet, er wollte Geld sparen und später ins Mühlviertel zurückgehen und einen kleinen Hof kaufen. Als er genug Geld beisammenhatte, ist der Krieg ausgebrochen. An der Piave hat er auch gegen Böhmen gekämpft, einige revolutionäre Truppen haben schon im ersten Kriegsjahr die Seiten gewechselt. Das war für ihn besonders schlimm. Ein

Schrapnell hat ihn am oberen Rücken erwischt, er ist nach zwei Wochen gestorben.«

»Und du hast seine Papiere entwendet?«

Sie nickte. »Mutter ist im letzten Juni nach Trient gefahren, wir haben uns dort getroffen. Sie wollte, dass ich ihr Papiere eines gefallenen Soldaten aushändige. Das Ganze war Luzias Idee, ich hätte keine bessere haben können. Carl ist es in seinem Versteck ganz und gar nicht mehr gut gegangen, er sollte zumindest die Messe besuchen können.«

»Darum ist es ihr gegangen?«, fragte Eugen kopfschüttelnd.

»Ihm ist es darum gegangen. Sie wollte, dass er das Haus verlassen kann und dabei nicht ständig Gefahr läuft, dass ihn jemand verpfeift, und dass er nicht mehr ständig in Angst leben muss. Niemand hat gewusst, wie lange der Krieg noch dauern wird. Und mit dem Bürgermeister war nicht zu spaßen, er hat Deserteure unverzüglich den Divisionsgerichten gemeldet. Ich habe gut überlegt, welche Papiere ich entnehme. Es musste ein Soldat sein, der keine Familie hatte, weshalb Totenschein und Benachrichtigung nicht abgeschickt worden waren. Ich bin in der Kartei alle durchgegangen, die im letzten Jahr gestorben sind, es wären einige in Frage gekommen. Ich habe mich für Tomáš Daněk entschieden, er hat zu Carl gepasst, vom Alter, von der Statur, vom Aussehen, außerdem habe ich ihn gemocht. Ich habe den Totenschein verschwinden lassen und stattdessen einen Entlassungsschein ausgestellt, den habe ich zusammen mit dem Legitimationsblatt Mutter gegeben. Der Bürgermeister war zufrieden damit, sein einziger Kommentar lautete: In fünf Jahren kann Tomáš Daněk um den Heimatschein ansuchen.«

Einmal führte Eugen sie aus, sie aßen in einem Restaurant, das Essen kostete ein Vermögen.

»Bist du reich?«, fragte Elisabeth unverblümt.

»Man könnte sagen, weil die Dinge derzeit so stehen, wie sie stehen, bin ich hier ein gemachter Mann.«

»Und in den Staaten?«

»Dort bin ich zwar auch kein armer Schlucker, aber es gibt noch ganz andere Kaliber.«

Er bestand darauf, dass sie eine oder zwei Mitbewohnerinnen suchte und er bei der Wahl ein Wort mitzureden hatte, Elisabeth stöhnte und sagte: »Eine reicht.«

Sie fand sofort eine Stelle im Allgemeinen Krankenhaus. Dass sie zu Beginn des Krieges nur eine Ausbildung zur Hilfsschwester gemacht hatte, wurde geflissentlich übersehen, ihre Erfahrung zählte, Krankenschwestern wurden händeringend gesucht, laufend kamen kranke Soldaten von den Fronten und aus der Kriegsgefangenschaft zurück. Einen Arzt, den sie aus dem Lazarett in Asiago kannte, fragte sie, ob er eine Mitbewohnerin für sie wüsste, und er legte ihr seine entfernte Cousine aus dem Burgenland ans Herz. Die junge Frau war Lehrerin in einem Mädchengymnasium und lebte bei einer alten Dame in Untermiete, bei der sie sich nicht wohlfühlte, sie hatte kein eigenes Zimmer und musste mit der Vermieterin in einem Bett schlafen. Elisabeth fand sie auf Anhieb sympathisch, auch Eugen war angetan von ihr, sie stammte aus einer Arbeiterfamilie, war begeistert von der Wohnung und konnte ihr Glück kaum fassen, sie vereinbarten, dass sie zur Monatsmitte einziehen sollte.

»Zufrieden?«, fragte Elisabeth ihren Bruder, als sie wieder zu zweit waren.

»Noch nicht ganz.« Aus seiner Reisetasche holte er seine Smith & Wesson und überreichte sie ihr, er fühle sich sicherer, wenn sie eine Waffe bei sich habe, sagte er und zeigte ihr, wie die Pistole geladen, wie sie gehalten wurde, und wie man zielte.

»Morgen suchen wir ein verlassenes Grundstück und üben.«

»Ich kann schießen«, sagte sie, zielte auf ein gesticktes Bild an der Wand, und ehe Eugen protestieren konnte, drückte sie ab, das Glas zerbrach, die Kugel blieb in der Mitte der Stickerei stecken.

»Das hat mir nie gefallen«, sagte sie und erzählte, dass in einem Lazarett in Asiago ein paar verwundete Soldaten, die sich auf dem Weg der Besserung befanden, den Krankenschwestern das Schießen beigebracht hatten. Als Nachbarn auftauchten, um nachzusehen, was passiert war, brauchten sie eine Weile, um sie davon zu überzeugen, dass sich der Schuss aus Versehen gelöst hatte und obendrein nichts Schlimmes passiert war.

Am Abend, bevor Eugen abreiste, saßen sie bis weit nach Mitternacht zusammen.

»Ich mag dich, Bruderherz«, sagte sie. »Warum bist du so früh weggegangen? Du warst nicht einmal zwanzig.«

»Ich war zwanzig.«

»Ich hätte dich gebraucht.«

»Du hast mich als Kind nicht gebraucht. Du hattest Mutter, ihr wart völlig fixiert aufeinander.«

»Warst du eifersüchtig?«, lachte sie.

»Gustav war es. In den ersten Jahren sogar sehr. Deshalb ist er ständig Carl und mir nachgelaufen.«

»Carl hat mir einmal gesagt, du bist gegangen, weil du dich mit Mutter nicht verstanden hast. Du hast nicht mit ihr geredet, und sie hat unter deiner Kälte gelitten. Kaum warst du weg, ist es ihr bessergegangen. Was hast du ihr vorgeworfen?«

»Carl hat recht, wir sind nicht gut miteinander ausgekommen. Aber das war nicht der Grund. Mir war alles zu eng. Und Mutter ist es bessergegangen, weil Vater diese Wohnung für sie gekauft hat, nicht weil ich weggegangen bin.«

Zum Schluss gab er ihr ein Bündel Dollarnoten: »Für den Fall, dass du mit deinem Gehalt nicht auskommst, wechselst du ein paar Scheine auf der Bank.«

»Ab heute bist du mein Lieblingsbruder«, sagte sie und küsste ihn laut schmatzend auf die Wange.

Sie begleitete ihn zum Bahnhof. »Versprich mir, dass du mich oft besuchst, solange du in der Heimat bist«, sagte sie und umarmte ihn fest, sie wartete auf dem Bahnsteig, bis der Zug abgefahren war.

Als sie die Treppen hochstieg, sah sie einen Mann neben der Wohnungstür sitzen, er stand umständlich auf, sie brauchte eine Weile, bis sie erkannte, dass es Georg Tichy war und dass ihm der linke Arm fehlte.

Im Zug hing Eugen seinen Gedanken nach. Am ersten Abend war er durch die hohen Räume der Wohnung gewandert, die ausgesprochen geschmackvollen Möbel hatten ihm gefallen. Sein Vater musste ein Vermögen ausgegeben haben, um seiner Frau dieses Zweitdomizil zu ermöglichen, im Gegenzug war er bei ihr und seinen jüngeren Kindern Gast gewesen, die Liebe zwischen seinen Eltern hatte er nie verstanden.

»Es waren ständig eine Menge Leute da, Gustavs Kommilitonen, meine Freundinnen, deren Mütter. Zu Mutter sind Bekannte gekommen, für die sie genäht hat, und Vater, wenn er in Wien war, hat seine Geschäftspartner eingeladen. An den Abenden, an denen die Hanáčeks und Hofmanns da waren, ist es immer hoch hergegangen, sogar Carl ist dann aufgetaut. Regelmäßig sind die Nachbarn gekommen und haben sich beschwert, weil wir so laut waren«, hatte Elisabeth erzählt, und ihm war eingefallen, dass Gustav bei seinem Besuch in den Staaten Ähnliches über gesellige Abende im Kreis der Familie und Freunde berichtet hatte.

Er stellte sich seine Brüder, seine kleine Schwester, die Eltern vor, wie sie mit ihren Freunden tranken und lachten, und für einen kurzen Augenblick war er neidisch, diese offenbar unbeschwerten Jahre nicht miterlebt zu haben.

Bevor er ausgewandert war, hatte er sich seiner Familie nicht sonderlich nahe gefühlt, seltene Augenblicke mit Carl und Gustav ausgenommen. Die Verantwortung des Einzelnen gegenüber der Familie, von der sein Vater ständig sprach – und nicht nur der Vater, auch der Pfarrer, der Lehrer und alle älteren Leute, die er kannte –, spürte er nicht, und er wollte sie auch nicht übernehmen. Er konnte dieses Getue, das um die Familie gemacht wurde, nicht nachvollziehen. Seiner Meinung nach diente es lediglich dazu, starken Einfluss auf die jungen Menschen zu nehmen, sie zu bremsen, zu knechten. Nur ein Mensch, der sich seiner Familienbande entledigt, ist vollkommen frei, dachte er.

Und heute, mehr als fünfzehn Jahre später, verging er vor Sorge um seine Schwester. Sie, die er als Achtjährige zum letzten Mal gesehen hatte und deshalb kaum kannte, hatte ihn vom ersten Tag an für sich eingenommen, er wollte nichts mehr, als dass es ihr gut ging, und das wünschte er sich auch für Carl und für die Eltern. Der Gedanke an das, was sie durchgemacht hatten, spielte sicherlich eine Rolle, auch das Wissen, dass die Situation in der Heimat für weitere Jahre eine schwierige sein würde. Aber es war nicht nur das, er hätte nicht sagen können, was genau es war, vermutlich war er ein anderer geworden.

In den wenigen Tagen seit seiner Ankunft war ihm Hilflosigkeit an allen Ecken und Enden entgegengeschlagen – mit Ausnahme seiner resoluten Schwester erschien ihm seine Familie wie gelähmt –, gleichzeitig spürte er heftige Zuneigung, eine fatale Mischung. Sein Bruder war rastlos, sehnte sich nach einem normalen Leben, er führte Selbstgespräche, konnte in der Nacht nicht schlafen, weil ihn furchtbare Albträume quälten. Er suchte Eugens Nähe, wann immer es ging, liebte es, wenn dieser von seinem Leben in den Staaten erzählte, wohingegen er selbst nicht gern vom Krieg – aber umso lieber von seinen Kameraden – redete, manchmal zeigte sich in seinem Blick so viel Verzweiflung und Ausweglosigkeit, dass Eugen meinte, eine Spur Irrsinn zu erkennen. Seinem Vater war einerseits die Freude, dass seine zwei ältesten Söhne ihn wieder umgaben, täglich ins Gesicht geschrieben, andererseits war er fassungslos über den Untergang der Monarchie, für ihn war unbegreiflich, dass ein neues Zeitalter anbrechen sollte – das seinem Land obendrein von anderen Staaten aufgezwungen worden war –, er fiel nicht gerne zur Last, weshalb er sich wenig schonte, wenn Eugen ihn ansah, bereute er, so lange nicht zu Besuch gekommen zu sein. Seine Mutter war den ganzen Tag auf den Beinen und arbeitete, nie kam ein jammerndes Wort über ihre Lippen, sie war mit allen freundlich und fürsorglich, pflegte ihren Mann mit Hingabe, über sie staunte er am meisten. Seine Schwester rauchte wie ein Schlot, ihr Gesichtsausdruck war in manchen Augenblicken abgeklärter als der einer Vierzigjährigen und machte ihn traurig, sie nahm kein Blatt vor den Mund, war impertinent und charmant zugleich, wickelte die Eltern um den Finger und auch ihn. Sie alle erschienen ihm bedürftig, sie waren verloren ohne ihn. *Real commitment is the only thing you can't buy,* hatte er einmal gelesen, wo, wusste er nicht mehr, nur der Satz war ihm in Erinnerung geblieben.

14

Eugen war die Untätigkeit leid, er kaufte einem Bauern aus dem Nachbardorf ein Rückepferd ab, einem anderen vier Ferkel. Gemeinsam mit Carl – als Tomáš Daněk verkleidet – begann er Bäume zu fällen, mithilfe des Pferdes zogen sie die Stämme zur Hofmühle. An Frank schrieb er einen Brief, in dem er ihn bat, Geld von seinem Bankkonto an eine bestimmte Bank in Linz zu transferieren.

»Warum tust du dir das immer noch an?«, fragte er eines Abends ungehalten, er merkte, dass es ihn zunehmend nervte, dass Carl – selbst wenn sie allein im Wald unterwegs waren – nicht aufhörte, sich krumm und hinkend fortzubewegen. »Der Krieg ist vorbei. Es wird Zeit, dass du aufhörst zu hinken und bucklig zu gehen. Rasier dich, zieh ordentliche Kleidung an und sei wieder du selbst.«

»Ich bin seit einem Jahr offiziell ein toter Mann«, sagte Carl. »Ich kann nicht einfach plötzlich von den Toten auferstehen.«

»Der Krieg ist vorbei. Tausende von Soldaten müssen ihre Desertion vor den Leuten rechtfertigen. Ist es das, worum es dir geht? Hast du damit ein so großes Problem?«

»Bei mir sieht die Sache etwas anders aus. Ich wurde nicht irrtümlich für tot erklärt, und ich bin auch nicht einfach desertiert wie tausend andere auch. Ich habe mit voller Absicht meinem Regiment und den Behörden meinen Tod vorgetäuscht.«

»Man hat dich versehentlich für tot erklärt. Auf dem Weg zurück zum Regiment bist du in feindliche Hände gefallen, und seither warst du in italienischer Kriegsgefangenschaft. Du kehrst heim und stellst alles richtig. Es herrscht überall absolutes Chaos, wen würde es kümmern?«

»Meine Kameraden würde es kümmern. Mein Regiment ist von der italienischen Front geschlossen heimgekehrt, hat in Bozen noch für Ordnung gesorgt, bevor die Stadt den Italienern übergeben wurde. Es gibt genaue Listen der Kriegsgefangenen, der Gefallenen. Andere Gefangene werden wissen, dass ich nicht unter ihnen war. Und wie ist es möglich, dass ich ein Jahr lang in italienischer Gefangenschaft war und meinen Eltern keinen einzigen Brief geschrieben habe? Ich habe sie im Glauben gelassen, dass ich tot bin? Kein einziger Kamerad würde glauben, dass ich in italienische Hände gefallen bin, die Front war vom Lazarett viele Kilometer entfernt. Was soll ich ihnen sagen? Dass ich mich auf den Weg zum Feind gemacht habe, nachdem ich meinen Tod inszeniert habe?«

»Du musst ihnen gar nichts sagen.«

»Jeder würde sofort wissen, dass es um das Vertuschen von Desertion geht, und Desertion ist der größte Verrat, den es in der Armee gibt. Bei mir kommen noch andere Vergehen hinzu, ich habe unterlassen, beim Löschen des Feuers zu helfen, den Rucksack meines toten Kameraden gestohlen, mich für ihn ausgegeben, seine Eltern haben vergeblich auf seine Heimkehr gewartet. Normalerweise würde man mich vor ein Kriegsgericht stellen und bei einem Schuldspruch hinrichten lassen.«

»Es gibt kein *normalerweise* mehr, auch kein Militärgericht und ebenso wenig die k. u. k. Armee.«

»Alle zivilen strafrechtlichen Gesetze haben nun auch für Militärpersonen Gültigkeit. Es wurde vorübergehend eine Kommission gebildet, sie untersucht gröbere Delikte von ehemaligen Truppenkommandanten und bringt sie vor Gericht. Ich würde mit Sicherheit zumindest hinter Gittern landen, wenn nicht sogar ...«

»Aber nicht für lange, wenn überhaupt. Es gibt mildernde Umstände. Während der Explosion bist du mit dem Kopf gegen die Tür geprallt, du warst nicht bei Sinnen, als du weggelaufen bist. Am besten ist, du stellst dich selbst.«

»Ich war aber bei Sinnen!«

»Das ist doch im Nachhinein völlig egal.«

»Wie einfach alles für dich ist«, sagte Carl. »Du kannst mich nicht verstehen, weil du nicht dabei warst, du hast nicht Seite an Seite mit Kameraden für dein Heimatland gekämpft.«

»Herrgott, du bist am Leben!«

»Mir ist es nicht egal. Ich will nicht vor ein Gericht gestellt werden und werde mich deshalb auf keinen Fall stellen. Denk darüber, was du willst. Meine Kameraden haben zu mir aufgesehen, sie haben die Große Silberne Tapferkeitsmedaille für mich beantragt, im Dorf wurde ein Ehrenbegräbnis abgehalten. Ich kann nicht im Nachhinein aus dem Nichts auftauchen und behaupten, das mit dem Brand wäre ein Versehen gewesen. Ich habe mir in den letzten Monaten viel den Kopf darüber zerbrochen. Es ist einfach nicht möglich.« Die letzten Worte betonte er.

»Du willst den Rest deines Lebens als Tomáš Daněk durch die Gegend hinken?«, fragte Eugen fassungslos.

»Ich weiß nicht, was ich machen soll«, antwortete Carl. »Dass ich vor den Leuten, vor meinen Kameraden, als Feigling dastehen würde, ist das eine. Aber es geht nicht nur um mich. Es würde die Eltern zutiefst beschämen und vor allem Luzia und ihre Familie, falls wir je heiraten sollten, vielleicht Elisabeths Zukunft beeinflussen, ich kann ihnen das nicht antun.«

Daher weht der Wind also, dachte Eugen, die Eder sind das Problem, ein desertierter Brugger wäre für sie das passende Öl, um das schwelende Feuer wieder zum Entfachen zu bringen.

»Beschämen? Die Eltern wissen, dass du deinen Tod vorgetäuscht hast, dass du desertiert bist, und sie sind einfach nur glücklich, dass du am Leben bist und obendrein noch ganz. Ich hoffe, bei Luzia ist das ebenso der Fall«, Eugen merkte, dass er sich in Rage redete. »Und das solltest du auch sein, Carl. Der Krieg ist seit mehr als zwei Monaten vorbei. Du bist ein freier Mann, leb dein Leben und, bevor andere es tun, melde dich. Ich kümmere mich um einen guten Anwalt.«

»Ob nur sie es wissen, oder ob es das ganze Dorf weiß und mit Fingern auf uns zeigt, das ist ein großer Unterschied.«

»Du könntest nach Amerika auswandern.«

»Bleibst du dann hier und kümmerst dich um die Eltern?«, fragte Carl zornig und fügte einlenkend hinzu: »Ja, das könnte ich. Aber ich will nichts lieber als hierbleiben und das weiterführen, was unser Vater und Großvater aufgebaut haben, und meine Kinder in der Heimat aufwachsen sehen.«

»Dann tu es, Carl.«

Sein Bruder erwiderte nichts mehr, Eugen betrachtete ihn aufmerksam.

»Kann es sein, dass es dir gar nicht um die Eltern, Luzia oder Elisabeth geht, sondern um deine Ehre?«, fragte er, das letzte Wort betonte er abfällig und legte dabei die rechte Hand auf seine Brust. »Auch wenn es in deinem Fall nur post mortem ist. Ist es nicht so?«

Carl starrte Eugen wütend an.

»Dass ich mich im Krieg davongemacht habe, war nicht ehrenhaft, ich weiß das, aber ich bereue es nicht«, sagte er. »Ich bin heilfroh, am Leben zu sein, und bin überzeugt, dass ich es nicht wäre, wenn ich nicht abgehauen wäre. Der Krieg war verloren, das wussten schon die meisten, und es war nur noch ein sinnloses Gemetzel! Geschehen ist geschehen, aber ich will auf keinen Fall meine Familie aufgrund meines Verhaltens in der Vergangenheit kompromittieren und sie unglücklich machen. Und auch mich nicht und schon gar nicht die Frau, die ich liebe.«

Er stand auf. »Ich will nichts mehr als diesen Krieg vergessen und vorwärtsschauen. Ich will einfach nur ein anständiges Leben führen, am liebsten hier in meiner Heimatgemeinde. Weißt du, was das ist, ein anständiges Leben? Vermutlich nicht, du kennst bestimmte Werte nicht mehr, du bist ja durch und durch ein Amerikaner geworden! Du bist der große Unternehmer, ein sogenannter *Selfmademan,* der sich um nichts schert als um seinen Verdienst und sein angenehmes Leben. Kameradschaft, Treue, Glaube, Tradition bedeuten dir nichts. Gustav hat mir erzählt, wie du in New York in einem Casino mit Dollarscheinen um dich geworfen hast, dich hast vollllaufen lassen, der beste Champagner musste es sein, zwei Huren an deiner Seite! Ich konnte dich förmlich vor mir sehen, das Bild hat sich mir eingebrannt.«

Eugen hatte keine Lust auf eine Moralpredigt von seinem Bruder, der schon in der Jugendzeit ständig hervorgekehrt hatte, dass er der Artigere und moralisch Anständigere von ihnen beiden war. Er fragte sich, ob Gustav bei der Wahrheit geblieben war und erzählt hatte, dass er, Eugen, die beiden Frauen vor dem Casino verabschiedet hatte, wohingegen Gustav eine Prostituierte mit in sein Hotelzimmer genommen hatte. Da er zu wenig Geld bei sich hatte und seinen Bruder nicht wecken wollte, blieb sie die ganze Nacht bei ihm, und Eugen musste sie am Frühstückstisch vor allen Gästen bezahlen. Die Dame steckte die Dollarscheine ein und fing seelenruhig zu frühstücken an, der Hoteldirektor kam aufgeregt scharwenzelnd in den Speisesaal, Eugen musste auch ihm noch ein paar Dollarscheine zustecken, damit er Ruhe gab. Aber im Grunde war es ihm gleichgültig, was Gustav erzählt oder ausgelassen hatte und was Carl darüber dachte. Er verließ die Küche, den Rest des Tages sprachen sie nicht mehr miteinander.

Wenige Tage darauf fuhren zwei Autos vor dem Haus vor, Carl und Eugen waren dabei, die Stämme zu Brennholz zu verarbeiten, Eugen wollte es in Linz verkaufen, aufgrund der Knappheit von Heizmaterial in den Städten rechnete er mit einem guten Erlös. Aus dem ersten Auto stieg ein Mann, er trug schwarze Handschuhe und ging an einem Stock, aus dem zweiten sprangen Wachebeamte. Carl raunte Eugen eindringlich zu, er solle auf keinen Fall vergessen, dass er bei einem Brand ums Leben gekommen sei, bevor er sich, den Hut tief ins Gesicht gezogen und stark hinkend, einige Schritte entfernte und fortfuhr, die Scheite auf das Fuhrwerk zu stapeln.

Nachdem der Mann auf Eugen gedeutet hatte, packten ihn die Männer, warfen ihn zu Boden und legten ihm Handschellen an. Anna lief ins Haus, holte Eugens Pass, doch all ihre Einwände halfen nichts, er wurde ins Auto gezerrt. Als sie nicht aufhörte, den Mann, der ihn abführte, festzuhalten, schlug er sie heftig ins Gesicht, Eugen schrie empört auf, begann sich zu wehren und Fußtritte zu verteilen, daraufhin versetzte man ihm einen Faustschlag in den Bauch. Carl hinkte heran, nahm Anna am Arm, wobei er mit einem böhmischen Akzent vor sich hin murmelte, dass man eine Frau nicht schlage, und führte sie ins Haus.

Man brachte Eugen nach Linz in die Polizeikommandantur, in einem fensterlosen Raum wurde er mit Handschellen an einen Stuhl gefesselt. Erst nach geraumer Weile betrat der Mann mit den schwarzen Handschuhen und dem Stock den Raum, gefolgt von den zwei Wachebeamten, zwischen denen Eugen im Auto gesessen war.

»Du hast doch nicht im Ernst geglaubt, du kommst damit durch, Brugger?«, fragte ihn der Mann, nachdem er ihn ein paar Mal schweigend umrundet hatte. Seine Worte wurden von einem leisen Zischen begleitet, Eugen stellte fest, dass an der Brille eine Kupfermaske befestigt war, sie ging bis über das Kinn, anstelle des Mundes war ein Schlitz zu sehen.

Die darauffolgenden Stunden wusste Eugen nicht, wie ihm geschah, die Polizisten schlugen ihn immer wieder, in den Bauch, in das Gesicht, der Mann hörte nicht auf zu behaupten, er wäre sein Zwillingsbruder, er wiederum hörte nicht auf zu wiederholen, dass sein Name Eugen Brugger war und er die letzten fünfzehn Jahre in den Staaten gelebt hatte.

»Aus heiterem Himmel taucht der Bruder in der Heimat auf! Was für ein Zufall«, sagte der Mann langsam. »Es verkehren keine Passagierschiffe zwischen Amerika und Europa, und keine Behörde hat seine Einreise vermerkt, aber er ist da, der Zwillingsbruder, er ist da!« Sein Lachen klang hysterisch. »Einen Reisepass kann man schicken, die englische Sprache kann man sich aneignen, Brugger. Hast du wirklich gedacht, es wäre so einfach?«

Plötzlich schrie er und schlug mit seinem Stock wie wild geworden auf ihn ein: »In Graz warten die Eltern des Elektroingenieurs Andreas Mitterer immer noch auf ihren Sohn, er ist nie bei ihnen angekommen. Weil er derjenige ist, der in Belluno bei der Explosion ums Leben gekommen ist und nicht Carl Brugger.«

Für kurze Zeit verlor Eugen das Bewusstsein, sein ganzer Körper schmerzte unerträglich, das linke Auge war zugeschwollen, aus der Nase tropfte unaufhörlich Blut. Ein älterer Mann betrat den Raum, er trug einen eleganten Anzug, die Beamten tippten an ihre Kappen und begrüßten ihn mit *Dr. Neupert* und *Euer Ehren*, er betrachtete Eugen aufmerksam und fragte, wie die Dinge standen.

Eugen hob den Kopf und sagte: »Du bist also Siegfried Neupert. Mein Bruder hat in seinen Briefen von deinen Schikanen erzählt.«

Der Mann mit den Handschuhen sagte: »Er hat sich gut vorbereitet.«

Der Ältere gab ihm mit einer unwirschen Handbewegung zu verstehen, dass er still sein solle, und sagte mit dem Kopf auf den anderen deutend: »Mein Sohn ist Siegfried Neupert.«

Er zog einen Stuhl heran, setzte sich unmittelbar vor Eugen und fragte ihn nach Einzelheiten seiner Überfahrt, wo er in den letzten Jahren gelebt und welchen Beruf er ausgeübt hatte, als sein Sohn einwarf, er solle um Himmels willen nicht auf das Gerede hereinfallen, brachte er ihn mit einem Blick zum Schweigen.

»Sie können dem Bürgermeister von Petersham telegrafieren, er wird bestätigen, dass ich im Dezember die Stadt verlassen habe, um nach Europa zu reisen. Sie können auch dem Bürgermeister von Boston telegrafieren und ihn in meinem Namen fragen, ob bei der Geburt seines dritten Kindes alles gut gegangen ist und ob es ein Bub oder Mädchen geworden ist«, sagte Eugen.

Den Rest des Tages verbrachte er in einer Zelle, ebenso wie die zwei folgenden, in den Nächten tat er kein Auge zu, er hatte starke Schmerzen im Brustbereich und war sich sicher, dass einige Rippen gebrochen waren, ein Arzt wurde ihm verweigert. Gegen Abend des dritten Tages wurde er von Dr. Neupert abgeholt.

»Ich entschuldige mich für die Unannehmlichkeiten,« sagte er, während sie den langen Flur entlanggingen.

»So einfach kommen Sie und Ihr Sohn nicht davon«, erwiderte Eugen. »Ich werde Anzeige erstatten.«

Neupert blieb stehen. »Sie haben gesehen, was Ihr Bruder meinem Sohn angetan hat. Er hat ihn mit der Absicht, ihn zu töten, einen steilen Abhang hinuntergestoßen. Mein Sohn hat mit schweren Erfrierungen überlebt, seither ist sein Leben die Hölle.«

Eugen griff zu einer Notlüge: »Ich weiß aus einem Brief, den mein Bruder noch aus dem Lazarett geschrieben hat, dass es umgekehrt war. Carl hat sich lediglich gewehrt, und dabei ist es zu diesem unglücklichen Unfall gekommen.«

Eine Tür ging auf, Eugen sah, dass seine Mutter sich in dem Raum befand, ihre Wange war auf der Höhe des Backenknochens blaugrün verfärbt, er beugte sich zu Neupert: »Ich werde keine Anzeige erstatten. Sollte jedoch Ihr Sohn mir oder meiner Familie noch einmal zu nahe kommen, setze ich seinem Leben endgültig ein Ende, das schwöre ich.«

Der alte Mann legte die Hand an Eugens blutverschmierten Kragen und flüsterte drohend: »Wir behalten euch im Auge, und sollte es irgendein winziges Anzeichen geben, dass dein Bruder am Leben ist, wird es ihm schlecht ergehen, das schwöre ich dir, du aufgeblasener Möchtegern-Amerikaner. Dann sorge ich persönlich dafür, dass er die Todesstrafe bekommt.«

»O mein Gott«, sagte seine Mutter bei seinem Anblick.

Nachdem Eugen am zweiten Tag nicht nach Hause gekommen war, hatte sich Carl auf den Weg nach Linz machen wollen, um sich zu stellen, Albert und sie hatten ihn beinahe mit Gewalt zurückhalten müssen, erzählte sie. Sie war aufgebrochen, um herauszufinden, wo Eugen hingebracht worden war und was man mit ihm vorhatte, doch sie war immer wieder abgewimmelt worden, zweimal zerrte man sie regelrecht vor die Tür, bis schließlich Richter Dr. Hermann Neupert sie empfing und ihr versicherte, es handle sich um ein Missverständnis.

Sie übernachteten in dem Gasthof, in dem Anna bereits die

letzte Nacht verbracht hatte, der Wirtin kauften sie ein saube-res Hemd ab, beim Abendessen waren sie die Einzigen in der Gaststube. Sie wollte alle Einzelheiten wissen, Eugen berichtete knapp, den Namen Neupert hatte Anna aus Carls Mund noch nie gehört, sie wusste nur von einem verhassten Zugführer.

»Wir haben aber geahnt, dass etwas Schlimmes vorgefallen ist. Carl wäre nie und nimmer desertiert«, sagte sie.

Denselben Gedanken hatte Eugen ebenfalls seit seiner An-kunft gehabt, eine Desertion passte nicht zu seinem pflichter-füllten Bruder. Sie legte ihre Hand auf seine und bedankte sich dafür, dass er Elisabeth in Wien unterstützt und Carl nicht ver-raten hatte, dafür, dass er nach Hause gekommen war. Eugen wusste nicht, was er sagen sollte, er schaute auf ihre Hand hinab, sie zog sie verlegen weg, ein weiteres Gespräch wollte sich nicht entwickeln, er ging früh auf sein Zimmer, wo ihn seine Schmer-zen wieder kaum schlafen ließen.

Mit dem Zug fuhren sie nach Neufelden, von dort marschier-ten sie zu Fuß nach Putzleinsdorf, sie kamen nur langsam vor-an, Eugen rang nach Luft. Die letzten Kilometer zur Hofmühle ging Anna alleine, Eugen wartete bei alten Bauersleuten, die ihn die ganze Zeit über misstrauisch beäugten, während er ihnen schwer atmend und heftig schwitzend in der finsteren Küche gegenübersaß. Sie kam mit Pferd und Gefährt zurück, Carl war nicht auffindbar gewesen, und sie hatte keine Zeit verschwenden wollen. Eugen sah seine Mutter zum ersten Mal mit Zügel und Peitsche in der Hand auf dem Bock eines Fuhrwerks sitzen. Sie brachte ihn zum Arzt, dieser legte ihm einen festen Verband an und verabreichte ihm Morphium, in der Hofmühle sank er ins Bett und schlief auf der Stelle ein.

In der Nacht sah er seinen Bruder und Luzia, sie saßen neben-einander auf dem kleinen Sofa, er hörte sie leise miteinander sprechen.

»Eigentlich hatte dieser Neupert keine schlechte Idee«, sagte Luzia. »Als Eugen Brugger kannst du die Hofmühle erben und weiterführen. Du kannst nicht dein ganzes Leben lang als Tomáš Daněk in der Hofmühle hausen und dich verstellen.«

»Wie soll das gehen? Wer soll Eugen sein?«

»Er nimmt für kurze Zeit Tomáš Daněks Identität an und reist dann mit seinen Papieren nach Amerika zurück. Viele Böhmen wandern aus. Dort ist er wieder der Holzhändler Eugen Brugger. Verbrennt Daněks Papiere. In Amerika ist es doch egal, dass es einen zweiten Eugen Brugger in irgendeinem Dorf in Europa gibt. Er kann sagen, er hat seine Papiere und seine Einreisebestätigung verloren.«

»Ich weiß nicht, ob das alles so einfach ist.«

»Carl, was willst du machen? Was sollen *wir* machen?«

»Wir könnten nach Amerika auswandern.«

»Das könnten wir. Aber ich glaube nicht, dass es das ist, was du willst. Und ich möchte es auch nicht.«

Eugen nickte ein, wachte wieder auf und verlangte nach Wasser. Die zwei standen auf, Luzia küsste Carl und schlich aus dem Zimmer, für einen Augenblick lang glaubte Eugen, sie wäre Hedwig. Hedwig drehte sich um, lächelte ihn an und warf ihm eine Kusshand zu.

Carl beugte sich über ihn und fragte besorgt, wie es ihm gehe, er wiederholte mehrmals, wie leid ihm alles täte, Eugen wollte mit ihm reden, doch schlief er wieder ein.

»Zumindest weiß ich jetzt, warum du noch immer als hinkender Böhme herumläufst«, sagte Eugen am Tag darauf, Carl hatte ihm das Frühstück an das Bett gebracht. »Hättest du mich nicht vorwarnen können? Du musst doch geahnt haben, dass Neupert früher oder später auftauchen wird.«

»Ich habe es geahnt, aber nie gedacht, dass er so weit geht. Ich habe angenommen, wenn er deinen Pass sieht, gibt er Ruhe. Du bist noch nicht lange wieder zu Hause, ich wollte dich nicht beunruhigen.«

»Du hast gewusst, dass Neupert den Absturz überlebt hat, und bist deshalb desertiert, nicht wahr?«

Sein Bruder antwortete nicht.

»Carl, sag es mir.«

»Ja, ich habe es gewusst und war panisch vor Angst. Ich habe gedacht, dass sie mich jeden Moment im Lazarett abholen und vor ein Militärgericht stellen. Der junge Mann, der die Suche nach mir nicht aufgegeben und mich im Trichter gefunden hat, hat mich informiert, dass Neupert überlebt hat und sich in Bozen befindet. Das Bataillon hat die Mitteilung von einem Funker bekommen. Paul ist dafür den langen Weg von Longarone bis nach Belluno marschiert. Das Bataillon war auf dem Weg nach Innichen, dort sollte die Einwaggonierung nach Wien zur Retablierung stattfinden, er sollte später wieder zu ihnen stoßen.«

Paul Glück tauchte im Lazarett auf und flüsterte ihm zu, er müsse ihn unter vier Augen sprechen, so Carl weiter. Im Freien, abseits von der Raucherlaube, berichtete ihm der Bursche, der bewusstlose Neupert sei am späten Abend des Tages, an dem er abgestürzt war – vor dem Wort abgestürzt zögerte er kurz –, von einer Patrouille auf einem Schneefeld gefunden und sofort ins Spital in Bozen gebracht worden. Man glaubte nicht an sein Überleben, sein Knie war zertrümmert, er hatte schwere Erfrierungen an den Händen und im Gesicht – seine Nase, sein Kinn, seine Wangen waren tiefschwarz –, er konnte tagelang nicht sprechen, ein Großteil seiner Finger musste amputiert werden, seine ersten Worte waren, wo Carl Brugger sich aufhalte.

»Die Eltern und Elisabeth wissen nichts davon, obwohl ich glaube, sie ahnen, dass mehr vorgefallen sein muss, als ich ihnen erzählt habe. Du kennst unsere Eltern, aus Rücksichtnahme fragen sie nicht weiter, wenn sie Widerstand spüren. Aber manchmal wünscht man sich, dass jemand nicht aufgibt und alles wissen will. Luzia ist die Einzige, der ich es bisher anvertraut habe. Sie hat gespürt, dass es da etwas gibt, das mich belastet, und hat nicht aufgehört zu bohren.«

Und er fügte hinzu: »Letzte Nacht hast du sie Hedwig genannt.«

Eugen
und
Hedwig

1

Eugen war sieben, als Hedwig in die Hofmühle kam.

Sie war nicht allein, ihr Vater war bei ihr, er war der Cousin ersten Grades seines Vaters und seiner Tante Josephine, von dessen Existenz sie nichts gewusst hatten, weshalb bei der Ankunft der beiden eine gewisse Aufregung herrschte. An den Mann hatte Eugen bald kaum noch Erinnerungen, er starb nach wenigen Wochen. Wie ein schmuddliger Tattergreis war er ihm vorgekommen, ein bisschen grauste ihm. Auch wenn er gebadet hatte, strömte seine Haut einen säuerlichen Geruch aus, sein Atem war noch schrecklicher, er roch nach Fäulnis. Eugen wollte gar nicht neben ihm sitzen oder mit ihm reden, weil ihm übel davon wurde.

Hedwig hingegen roch immer gut, ihre Haut nach Flieder oder Rose, je nachdem, welches Wasser sie benutzte, ihre Kleidung nach Lavendel, ihre Haare nach Zimt, ihr Atem nach Milchreis. Wie sie das mit dem Zimtgeruch hinbekam, zeigte sie Carl und ihm in ihrem Zimmer, Carl schaute ehrfürchtig, Eugen demonstrativ gelangweilt zu. Sie beugte sich nach vor, schüttelte kräftig ihre Haare und schlang sie, während sie sich aufrichtete, mit beiden Händen zusammen. In den losen Dutt und auch in den Rest steckte sie behutsam mehrere Zimtstangen, darüber setzte sie eine Leinenhaube und einen festen Turban aus blaugrünem glänzenden Samt. Sie wussten, dass er aus dem Theater stammte, in dem ihre Mutter gearbeitet hatte.

»So schlafe ich«, sagte sie.

»Du siehst aus wie Aladdin«, sagte Carl.

Sie führte ihnen einen orientalischen Tanz vor, indem sie Arme und Hände verrenkte und mit dem Bauch wackelte, und

Carl kicherte. Am Morgen darauf schlichen sie in ihr Zimmer, sie nahm die Kopfbedeckungen ab, entfernte die Zimtstangen, und sie durften an ihrem Haar riechen.

Nach dem Tod ihres Vaters blieb Hedwig bei der Familie, sie half dem Dienstmädchen im Haushalt und passte auf Gustav auf, er war erst wenige Monate alt und weinte viel, die Mutter war mit ihm überfordert, wie sie überhaupt mit allem überfordert war. Der Vater hätte es bevorzugt, Hedwig im Bureau des Kaufhauses anzustellen – er schätzte ihre rasche Auffassungsgabe –, und Eugen spürte, dass das auch ihr lieber gewesen wäre. Aber sie tat von Anfang an der Mutter gut, die im Dorf keine Freundinnen hatte, sich einsam fühlte, an Migräne litt und ständig niedergeschlagen war. Hedwig brachte Lebhaftigkeit ins Haus, ihre gute Laune war ansteckend und riss sogar die Mutter mit. Für Eugen war sie anfangs nur eine weitere Angestellte, damit die Mutter sich nicht viel mit ihnen abgeben musste und mit der der Vater sein schlechtes Gewissen beruhigte, weil er selten zu Hause war. An den Nachmittagen waren Carl und er für gewöhnlich auf sich alleine gestellt, aber wann immer sie Zeit hatte, verbrachte sie die junge Frau mit ihnen, wobei ihr immer etwas Neues, Verrücktes einfiel. Sie war in einem Theater, unter Schauspielern, groß geworden und kannte Geschichten, Aufführungen, Rollen, am liebsten waren ihr die Komödien von Shakespeare. Sie verkleidete, schminkte sich und auch Carl und Eugen, und wenn sie vom dazugehörigen Stück erzählte – oder es ihnen vorlas – und zwischendurch einzelne Szenen spielte, lauschten die zwei gebannt.

Allmählich mochte Eugen sie sehr, und er begann sie heimlich zu beobachten. Sie war nicht nur das schönste Mädchen, das er kannte, sondern auch das außergewöhnlichste, und er kannte viele, da im Kaufhaus ein ständiges Kommen und Gehen herrschte. Sie verkörperte Eigenschaften, die ihn beeindruckten, und interessant wäre für ihn – viele Jahre später – gewesen, ob es lediglich kindliche Verklärung gewesen war oder er sie immer noch so sehen würde: atemberaubend in jeder Hinsicht. Die Vorhänge in der Badestube präparierte er so, dass man sie nicht ganz zuziehen konnte, sondern ein winziger Spalt in der Mitte zwischen den beiden Bahnen blieb. Er kletterte auf einen Stuhl und band jeweils die oberste Kante an der Vorhangstange fest. Wenn Hedwig am Freitagabend badete, schlich er aus dem Haus, um einen Blick durch genau diesen Spalt zu werfen. Dafür wollte er den richtigen Zeitpunkt erwischen, nämlich den, in dem sie sich auszog und in die Wanne stieg. Er stand vor dem Fenster und sah ihr zu, sein Herz klopfte dabei so heftig, dass er Angst hatte, sie könnte es durch die Scheibe hören. Einmal erwischte ihn Carl dabei, er war ihm nachgeschlichen, Eugen musste ihm versprechen, eine Woche lang die Hausaufgaben für ihn zu machen, ansonsten hätte er ihn an die Eltern verraten. Carl blieb neben ihm stehen, spähte selbst hinein, wurde dabei glühend rot, und Eugen musste lauthals lachen.

Ein Jahr und drei Monate darauf kam Emil in die Hofmühle, die Umstände seiner Ankunft waren noch aufregender. Nicht nur Hedwig war tagelang angespannt und atmete erleichtert auf, als der junge Mann vor dem Haus auftauchte, sondern auch der Vater. Erst viel später wurde Eugen das volle Ausmaß von dessen Handeln bewusst. Niemand hätte einen verwahrlosten – und womöglich verrohten – Mann aufgenommen und dadurch die Feindschaft mit dem größten Bauer in der Umgebung riskiert, nur weil ein verliebtes Mädchen, das man erst ein Jahr lang kannte, sich das einbildete. Es passte zu seinem Vater, er konnte Leid nicht mitansehen und schon gar nicht, wenn es in seiner Umgebung geschah. Vielleicht beeindruckte ihn auch Hedwigs übermäßige Liebe, weil er sich selbst im Innersten nach einer solchen sehnte.

Emil sah zerlumpt aus und war verletzt, sein Gesicht war blutverschmiert, der Arzt musste seinetwegen kommen. Er sah aus, als hätte er einen schweren Kampf hinter sich, und alleine das erregte Eugens Neugier. Die Mutter war verärgert, dass ihre Einwände ignoriert worden waren, und er spürte, dass sie Hedwig nicht teilen wollte. Carl und ihm ging es ähnlich, aber was Eugen betraf, änderte sich das schnell, Emil faszinierte ihn. Er hatte Gespräche der Erwachsenen belauscht und wusste ungefähr, was der junge Mann mitgemacht hatte, und er begann sich alles Mögliche bildhaft vorzustellen. Emil musste den ganzen Tag schuften, wurde in der Nacht im Stall angekettet, bekam nur ein altes Stück Brot zu essen, der Bauer ging mit der Peitsche auf ihn los, die Halbbrüder stellten äußerst grausame Dinge mit ihm an. Seine überbordende Fantasie ließ ihn manchmal nicht schlafen, so sehr beschäftigte ihn die Lebensgeschichte des jungen Mannes. Emil hatte nicht nur durchgehalten, sondern sich körperliche Stärke angeeignet, um sich von den bösen Menschen zu befreien. In Eugens Augen war er ein Held, wie Herkules, er bewunderte ihn und schloss ihn ins Herz.

Anfangs war Emil unsicher, er brachte kaum ein Wort heraus und wurde rot, wenn jemand mit ihm sprach. Hedwig wollte ihm diese Unsicherheit nehmen, bei den Mahlzeiten – wenn er sich sichtlich unwohl fühlte und unbeholfen am Tisch saß – nickte sie ihm immer wieder aufmunternd zu, sie antwortete sogar für ihn, wenn ihm eine Frage gestellt wurde.

»Lass Emil für sich reden«, lachte der Vater, und die Zwillinge machten sich einen Spaß daraus, sich ebenfalls gegenseitig grinsend zuzunicken.

Sie strahlte so viel Liebe aus, dass das ganze Haus davon erfüllt schien. Obwohl sie ihre Arbeit nicht im Geringsten vernachlässigte, gab es für sie nur noch den jungen Mann, den sie wachsam mit ihren Augen verfolgte, um stets im Vorhinein seine Bedürfnisse zu erahnen und ihm bestimmte Situationen zu erleichtern. Eine unglaubliche Herzenswärme und Zuneigung stülpte sie über ihn, und er richtete sich daran auf.

Niemand in der Familie konnte sich dem Zauber, der von Emil und Hedwig und ihrer Liebe ausging, entziehen, es war, als würde das Glück, das die beiden ausstrahlten, auf alle abfärben. Hedwig war ohne Emil nicht vorstellbar, und Eugen konnte sich bald seine Familie nicht mehr ohne das junge Paar vorstellen. Die bedrückende Stimmung, die bei ihnen geherrscht hatte, war verschwunden, die Mutter summte sogar oft vor sich hin, der Vater war wieder öfter zu Hause. Wie ein Schwamm saugte Emil alles auf, was Vinzenz ihm in der Mühle beibrachte, was er sah und hörte. Abwechselnd übten die Eltern das Lesen mit ihm, der Vater dozierte über Physik, Geschichte, Geografie, die Mutter brachte ihm das Tanzen bei. Er war ihr Projekt, durch das sie zusammenfanden.

Der Samstagabend, an dem sie alle durch das Wohnzimmer hopsten, Walzer und Polka tanzten, blieb Eugen besonders in Erinnerung. Der Vater lud einen Geigenspieler ein, es floss eine Menge Alkohol, und schließlich wurde nur noch gelacht und gewitzelt, während sie die Tanzschritte nachmachten, die entweder Hedwig oder die Mutter vorzeigten. Eugen sah zum ersten Mal die Eltern miteinander tanzen, während er sie herumwirbelte, flüsterte der Vater der Mutter etwas ins Ohr, und sie konnte nicht aufhören zu lachen, daneben übte Emil mit Hedwig, und Carl forderte Tante Josephine auf. Sie alle waren bei einer Hochzeit eingeladen, ein Angestellter seines Vaters heiratete – einer der Männer, der mit seinem Gespann und Fuhrwerk Auslieferungsdienste besorgte –, und deshalb wollte Emil tanzen lernen. Beim Fest tanzte er schließlich mit allen Frauen, die anwesend waren, wobei er dem Alter nach vorging, er ging von Tisch zu Tisch und fragte jede einzelne höflich nach ihrem Namen und wie alt sie war – die Frauen waren höchst erstaunt –, um dann die Älteste als Erste zum Tanz zu holen. Sie war über siebzig, eine gebückt gehende Frau, die sich zuerst zierte, aber, von allen angefeuert, am Ende doch aufstand und mit Emil einen Walzer tanzte, zum Schluss applaudierten die Leute, und Emil verneigte sich theatralisch. Alle Frauen hatten an diesem Abend eine große Freude mit ihm.

Aber das war erst im Frühling, als Emil bereits ein Dreivierteljahr bei den Brugger wohnte, vorher – und auch danach – gab es unzählige andere Abende, an die Eugen gerne dachte und die er später noch lieber vergessen hätte.

Oft las ihnen Hedwig Komödien von Shakespeare vor, wobei sie mehr schauspielerte als las, und einmal, sie hörten wieder *Die Komödie der Irrungen*, weil Carl und er das Stück so mochten – es ging um zwei Zwillingspaare, die verwechselt wurden –, forderte sie spontan Emil auf, ein paar der Rollen zu übernehmen, um sein Lesen zu verbessern. Nach einigem Zögern ließ er sich darauf ein. Er las stockend, begann aber bald eine ähnlich übertriebene Mimik und Gestik wie Hedwig zu machen, die meistens nicht zum Gelesenen passte, sodass Carl und Eugen vor Lachen fast platzten. Gustav warf sich auf den Boden und lachte mit ihnen, obwohl er nicht wusste, worum es ging. Als die Eltern sich dazusetzten, fragte der Vater augenzwinkernd, ob die Handlung des *Schecksbier-Stückes* nicht anders verliefe, ob nicht Hedwig auf einem Balkon stehen und Emil zu ihr rauflamentieren müsse, wie unsterblich verliebt er sei. Er habe davon einmal in der Zeitung gelesen, sagte er, es heiße *Romil und Hedulia* oder so ähnlich. Daraufhin fing die Mutter zu lachen an, Hedwig wurde rot, und Emil sagte, das Stück sei ihm nicht bekannt, woraufhhin die Mutter noch mehr lachten musste.

Zu Weihnachten – Emil war seit drei Monaten im Haus – hielt Hedwig eine kleine Rede, bei der sie zu weinen begann, sie bedankte sich bei den Eltern, dass sie vor eineinhalb Jahren wie ein Familienmitglied aufgenommen worden war.

»Ihr könnt euch gar nicht vorstellen, wie wohl ich mich bei euch fühle. Ich danke Gott jeden Tag dafür, dass er mich zu euch geführt hat. Na ja, und meinem Vater, in der Sache hatte er ausnahmsweise den richtigen Riecher. Ich wüsste nicht, was sonst aus mir geworden wäre«, sagte sie und schaute zu Emil hinüber, der hinzufügte: »Und ich danke euch auch von Herzen, dass ihr mir eine Arbeitsstelle und ein Heim gegeben habt.«

Hedwig, unter Tränen, umarmte Eugens Eltern, Josephine und Vinzenz, Emil schüttelte verlegen Hände, Gustav jammerte, er wolle auch umarmt werden. Angesichts der Gefühlsduselei rollten Carl und er die Augen, aber dann ließen sie sich auch gern von Hedwig umarmen und küssen.

Im Juni 1893 heirateten die beiden, Hedwig war zwanzig, Emil nicht ganz dreiundzwanzig, die Eltern hielten sie zwar für zu jung, brachten aber Verständnis auf. Wofür sie Verständnis aufbrachten – Eugen hatte ein Gespräch belauscht –, wollten sie ihm nicht sagen. Er wusste ohnehin, womit er es zu tun hatte, er hatte Hedwig und Emil nicht nur einmal beim Küssen beobachtet, es hatte ausgesehen, als würden sie sich gegenseitig auffressen wollen, Hedwig schob Emil schließlich weg und flüsterte: »Zuerst wird geheiratet.«

Der Vater war Emils Trauzeuge, die Mutter Hedwigs, nur die drei Kinder und Josephine und Vinzenz waren in der Kirche, Emil hatte sich gegen eine Einladung der Familie Eder entschieden. Die Eltern überraschten das Brautpaar mit einem Festessen im Garten, auch drei Musiker waren anwesend, Vaters Angestellte, seine Schwester Katharine und vier ihrer Kinder samt Familien waren da, um mitzufeiern, sie bildeten ein Spalier, als die Neuvermählten den Garten betraten. In der Nacht konnten sie Gustav plötzlich nicht mehr finden, bis ihn Emil unter der Trauerweide entdeckte, wo er eingeschlafen war.

Nach der Hochzeit zog Hedwig aus dem Zimmer neben Carl und Eugen aus und in Emils Kammer im alten Trakt ein. Es sei ihr lieber so, sagte sie, vermutlich wollte sie nicht, dass sie und ihr frisch angetrauter Ehemann unter ständiger Beobachtung standen. Ein Fotograf kam und machte Bilder von den beiden, auch von ihnen allen vor dem Haus und eines vom Vater vor dem Kaufhaus. Der Vater hatte ihn aus diesem Grund in die Hofmühle bestellt, für gewöhnlich musste ein Brautpaar in das Studio des Fotografen kommen. Für die Fotos schlüpften Hedwig und Emil noch einmal in ihre Hochzeitskleidung. Hedwigs Kleid – es war ein aufwendig genähtes, enzianblaues Taftkleid mit Puffärmeln, das ihren dunklen Teint zur Geltung brachte – hatte Anna geschneidert, der Vater war mit Emil nach Linz gefahren, um einen Anzug in Auftrag zu geben. Emil wollte nicht, dass so viel Geld für ihn ausgegeben wurde, doch der Vater bestand darauf.

»Einen guten Anzug wirst du ein Leben lang brauchen«, sagte er.

Eugen stellte sich immer vor, dass Emil in seinem guten Anzug auf dem Meeresgrund lag, obwohl es nicht sehr wahrscheinlich war, dass er ihn auf dem Schiff angezogen hatte. Als er die Hofmühle im Jänner 1895 verließ, packte Emil den guten Anzug in seinen Koffer und trug den schlechten – es war ein alter von Eugens Vater – am Körper. Das blaue Hochzeitskleid bewahrten die Eltern nach Hedwigs Tod in einer großen Truhe auf dem Dachboden auf. Zwanzig Jahre später holte es Anna hervor, um es Luzia zu zeigen, die auf Carls Einladung hin in die Hofmühle gekommen war, um Fotos von ihren Eltern zu sehen, und wieder fünf Jahre später trat sie damit vor den Traualtar, ohne Puffärmel, die waren nicht mehr in Mode.

Die beiden jungen Leute wollten nach Amerika auswandern. Als Eugen das zum ersten Mal hörte, war er elf, er stellte Emil wütend zur Rede, als dieser es bestätigte und ihn beruhigend an der Schulter nahm, riss er sich los, versteckte sich im Keller und heulte Rotz und Wasser. Er konnte und wollte sich ein Leben ohne seinen Freund nicht vorstellen, Emil war ihm neben Carl der liebste Mensch. Kaum kamen sie aus der Schule, liefen sie zu ihm, um ihm entweder in der Mühle, in der Säge, im Kaufhaus oder im Lager zu helfen. Eugen hatte dabei mehr Ausdauer, er war lieber mit Emil zusammen als im Haus bei den Frauen, Carl verließ sie meistens nach einer Weile. Emil behandelte ihn wie einen Erwachsenen, und sie hatten bei der Arbeit ihren Spaß, Eugen mochte nicht für die Schule lernen oder lesen, wie es die Mutter von ihm verlangte, auf Gustav aufpassen oder Tante Josephine im Garten helfen. Er war – zum Leidwesen der Eltern – ein schlechter Schüler und fühlte sich bei der Arbeit wohler als in der Schule und bei den Hausaufgaben.

Der Vater bot Emil an, später die Mühle zu pachten, aber das war Hedwig nicht genug, es war offensichtlich, dass sie die treibende Kraft war. Sie wollte nicht ihr Leben lang in einer alten Kammer hausen und abhängig sein, sie wollte ihr Nest bauen, ein Heim gestalten, ihre eigene Küche haben, nicht ständig umringt von anderen Menschen sein. Das erfuhren wir von Emil, Hedwig sprach nicht viel darüber, sie befürchtete, dass die Eltern sie undankbar fanden.

»Ihr eigenes Heim gestalten«, sagte Vinzenz und seufzte, »früher wären Leute wie die zwei zufrieden gewesen, wenn es ihnen so gut gegangen wäre, wie es den beiden geht. Nicht nur zufrieden, sie hätten ihr Glück nicht fassen können! Sie haben eine große Kammer, er bekommt einen großzügigen Lohn, sie essen dreimal am Tag nicht nur gut, sondern üppig. Früher konnten solche nicht einmal heiraten!«

»Und es ist gut, dass es nicht mehr so ist«, sagte der Vater.

Vinzenz und er diskutierten oft über derartige Dinge. Darüber, dass sich Dienstboten bestimmte Rechte erkämpften, dass sie lieber in die Stadt zogen, um in einer Fabrik zu arbeiten, aber dafür heiraten konnten, dass ein Knecht, der eisern seinen Lohn gespart hatte, in der Lage war, einen kleinen Hof zu pachten.

»Da stimme ich dir zu. Aber Zufriedenheit ist auch wichtig. Je besser es den Leuten geht, umso mehr wollen sie haben. Die Welt steht Kopf, wenn die Leute nicht mehr wissen, wo ihr Platz ist.«

Der Vater schrieb einem ehemaligen Kameraden aus der Marinezeit, der nach Milwaukee ausgewandert war und dort eine Mühle übernommen hatte, und fragte ihn, ob er eine Stelle für Emil hätte. Kurze Zeit darauf wussten Hedwig und Anna, dass sie beide ein Kind erwarteten, der errechnete Geburtstermin kurz vor der Osterzeit unterschied sich nur um drei Tage. Die beiden Frauen behaupteten, es wäre Zufall, Eugen konnte das – als Erwachsener – nicht glauben und nur Vermutungen anstellen: Hedwig erzählte Anna unter Tränen, dass *das Ding* gerissen war, woraufhin seine Mutter beschloss, ebenfalls ein weiteres Kind haben zu wollen, der Wunsch nach einer Tochter war bei ihr immer noch groß. Vielleicht hoffte sie dadurch, das junge Paar in der Heimat halten zu können, oder sie glaubte, die beruhigende Vorstellung von einer gemeinsamen Mutterschaft – und von einem zweiten Kind im gleichen Alter wie das eigene – würde Hedwig überzeugen, in der Hofmühle zu bleiben.

Sie ließ sich nicht überzeugen. Hedwig war nicht glücklich über die ungeplante Schwangerschaft, weil die lange Reise nach Amerika, der Aufenthalt in Ellis Island, der Anfang im fremden Land dadurch beschwerlicher für sie sein würden, aber sie beharrte darauf, sie wollte nichts als auswandern. Viele sagten später, Hedwig sei abenteuerlustig gewesen und habe Emil in ihrem Überschwang mitgerissen. Und dass die Gehässigkeiten seines Halbbruders Friedrich, die er jedes Mal, wenn man aufeinandertraf, von sich gab, den letzten Ausschlag gegeben hätten. Die Erinnerungen an seine schlimme Kindheit habe er endlich ganz hinter sich lassen wollen. Das stimmte sicherlich alles, aber Eugen wusste, dass es einen weiteren Grund gab, warum Hedwig Emil zum Auswandern drängte.

Sie wollte ihre kleine Familie für sich haben, sie wollte ihren

Mann für sich alleine haben. Sie hatte keinen Anlass, eifersüchtig zu sein, und war es trotzdem. Emil liebte Hedwig, aber er brauchte sie nicht mehr – so wie es im ersten Jahr gewesen war –, um sich wie ein Mensch zu fühlen, sich seiner sicher zu sein, er war nicht mehr abhängig von ihr. Seine Entwicklung, die Eugens Vater so große Freude bereitete, schien ihr Angst zu machen. Mit Argusaugen beobachtete sie Emil, wenn sie am Sonntag mit Leuten zusammentrafen und mit ihnen plauderten, wenn sie nach der Messe zum Frühschoppen gingen, wenn sie gemeinsam im Kaufhaus arbeiteten und Kunden bedienten. Emil hatte etwas an sich, das die Aufmerksamkeit der Menschen auf sich zog, sie unterhielten sich gern mit ihm, und es gab Frauen, die mit ihm schäkerten.

»Er ist nicht nur ein Sanguiniker, er hat obendrein Charisma«, hörte er einmal den Vater zur Mutter sagen.

»Und Charme«, erwiderte die Mutter.

Hedwig tat alles, um ihre Eifersucht zu verbergen, aber diejenigen, die sie gut kannten, bekamen sie trotzdem mit, die Eltern, Josephine, Vinzenz, und auch Eugen bemerkte sie, weil er viel mit ihr und Emil zusammen war. Hedwig wurde still, sie zog sich in sich zurück, er sah, wie sie sich quälte, sich das Leben schwermachte und darunter litt. In Amerika wäre Emil wieder mehr auf sie angewiesen gewesen, sie konnte leidlich Englisch sprechen, er würde in einer Mühle arbeiten, in der es nur Männer gab, nicht in einem Kaufhaus, in dem sich eine Menge Frauen tummelten, die ihm schöne Augen machten, und sie wäre mit ihm allein in einer Wohnung, ohne Anna Brugger. Sie war sogar – und vor allem – eifersüchtig auf die Hausherrin, die sich hervorragend mit Emil verstand und einen zwanglosen Umgang mit ihm pflegte, als wäre er ihr jüngerer Bruder. In manchen Situationen verstand auch Eugen das Verhalten seiner Mutter nicht, es verwirrte ihn, und er fragte sich, warum sie sich nicht mehr zurückhielt.

Während die Schwangerschaft seiner Mutter leichter verlief als die ersten zwei, verlangte sie Hedwig alles ab, ihre Zweifel, Launen, Verstimmungen verstärkten sich. Sie litt unter starker Übelkeit und Schwindel, war schwach und musste nach einer Blutung tagelang liegen, der Arzt riet ihr, die Fahrt nach Amerika um ein Jahr zu verschieben. Der erwartete Brief aus Milwaukee traf Anfang Jänner 1895 ein, Joseph Zeman hatte eine gute Stelle für Emil, dieser sollte so rasch wie möglich abreisen, er sagte auch Unterstützung bezüglich einer vorübergehenden Unterkunft zu. Neugierig verfolgte Eugen die Gespräche der Erwachsenen, die alle Für und Wider abwogen.

»Ich glaube nicht, dass du dir diese einmalige Gelegenheit entgehen lassen solltest«, sagte Albert schließlich. »Es ist von Vorteil, jemanden in der neuen Heimat zu haben, der einem Arbeit und Unterkunft gibt.«

An einem Tag bestärkte ihn Hedwig: »Es ist wirklich das Beste, wenn du alleine fährst. Ich komme im Herbst mit dem Kind nach, dann hast du für uns schon eine passende Wohnung gefunden.«

Am anderen Tag bettelte sie ihn regelrecht an, bei ihr zu bleiben und gemeinsam mit ihr nach der Geburt des Kindes die Reise anzutreten, es flossen Tränen.

»Das kann ich doch nicht machen«, sagte Emil. »Albert bittet um eine Stelle für mich, und dann bekomme ich eine und soll sie wieder absagen? Es wäre mir unangenehm, beiden gegenüber.«

Er entschied sich, alleine zu fahren.

Am 18. Jänner verließ er sie. Der Vater brachte ihn nach Wegscheid, wo er den Zug nach Bremen bestieg. Vorher hatte Aufregung im Haus geherrscht, gleichzeitig war die Stimmung gedrückt gewesen. Emil war mit dem Vater nach Linz gefahren, sie hatten in einer Agentur eine Fahrkarte des Norddeutschen Lloyd

gekauft, beim Bürgermeister mussten die benötigten Ausreise-
papiere beantragt werden. Die Frage, was man am besten für eine
so lange Reise einpackte, beschäftigte sie alle. Zum ersten Mal
seit mehr als drei Jahren ging Emil zum Ederhof, er verabschiedete sich von seinem Vater und seinem Bruder, der Besuch dauerte nur wenige Minuten, man behandelte ihn abweisend. Hedwig sollte im August oder September nachkommen, wenn es
warm war und das Kind bereits einige Monate alt, die Eltern
überlegten, wer sie begleiten könnte, um sie mit dem Baby zu unterstützen.

»Ich fahr mit«, sagte Eugen.

Seine Eltern lachten, und Hedwig umarmte ihn: »Dich würd
ich auf der Stelle mitnehmen, Eugen.«

Er war unendlich traurig.

Sie wussten nicht, welches Schiff Emil bestiegen hatte, weshalb
sie erst Tage später von seinem Tod erfuhren. Am Morgen des
30. Jänner ging es Hedwig sehr schlecht, sie war völlig außer sich,
sie sagte, sie sei mitten in der Nacht aufgewacht und habe gespürt, dass irgendetwas Schreckliches vorgefallen war.

»Ich glaube, Emil ist etwas zugestoßen«, weinte sie beim
Frühstück.

»Dem Himmel sei Dank, dass sich nicht alle Frauen so hysterisch aufführen, wenn sie ein Kind erwarten«, flüsterte der Vater
der Mutter zu.

Am 5. Februar las Albert in der Zeitung vom Untergang der
Elbe am frühen Morgen des 30. Jänner. Seine Befürchtung, dass
Emil auf dem Schiff gewesen war, behielt er für sich, am selben
Tag suchte er den Agenten in Linz auf. Er bestand darauf, dass
dieser nach Bremen telegrafierte, um in Erfahrung zu bringen,
ob ein gewisser Emil Wagner aus Putzleinsdorf unter den Passagieren der Elbe gewesen war. Am Tag darauf kam er aus Linz zurück und teilte zuerst der Mutter und dann Carl und Eugen mit,

dass Emil bei einem Schiffsunglück ums Leben gekommen war, anschließend sagte er es Hedwig, dabei waren sie allein in ihrem Zimmer. Eugen konnte erst viel später – ein Jahr vor seiner Auswanderung – mit seinem Vater darüber reden, Albert erzählte ihm, dass es das Schwerste gewesen war, was er in seinem Leben hatte meistern müssen.

2

Seine Feuertaufe als Eugen Brugger hatte Carl bei einem Besuch bei der Witwe seines Freundes Leo zu bestehen.

»Die junge Frau ist dafür geeignet, weil sie dich nur einmal während eines Fronturlaubs kurz zu Gesicht bekommen hat«, sagte Eugen, »bei Leuten, die dich besser kennen, wird die Sache schwieriger.«

Sie saßen Bertha in der Küche gegenüber, Eugen – als Tomáš Daněk – rückte mit seinem Stuhl vom Tisch weg, zum offenen Fenster hin. Er sah hinunter zum Innenhof, wo die kleine Marianne mit anderen Kindern spielte, sie war unverkennbar die Tochter, alles an ihr war wie an der Mutter rundlich, alabasterhäutig und hellblond. Nachdem Carl gesagt hatte, er habe in den letzten fünfzehn Jahren in den Staaten gelebt, sprach Bertha ihn scherzhalber mit Mister Brugger an. Eugen lachte auf, Carl reagierte nicht.

Ihn hatte er wie besprochen als Freund der Familie vorgestellt. Auf dem Weg nach Prag war Tomáš Daněk in seinem Elternhaus gestrandet und hängengeblieben – das war im letzten Kriegssommer gewesen –, da ihn in der Heimat nichts und niemand erwartete. Eugen ertrug es kaum mitanzusehen, wie unbeholfen und jämmerlich Carl sich gegenüber der jungen Witwe verhielt, am liebsten hätte er ihn am Kragen vom Stuhl hochgezogen und sich selbst hingesetzt, um weiterzureden. Carl saß zusammengesunken da und war das Häufchen Elend in Person. Mehrmals verkündete er, wie leid ihm der Tod des Volksschullehrers Leo, der seinem verstorbenen Bruder ein solch guter Freund gewesen war, tat, Eugen konnte nur noch mit den Augen rollen. Die Frau, die sich zu Beginn über den Besuch gefreut hatte – sie war in eine schickere Bluse geschlüpft, hatte ihre Haare zurechtgemacht, Kaffee gekocht und Kekse bereitgestellt –, sank im Lauf des Gesprächs ebenfalls in sich zusammen. Sie begann ihr Leid zu klagen, ihr weiches Gesicht sprach plötzlich von nichts als zerstörter Hoffnung. Der Witwenbezug reiche gerade aus, um nicht zu verhungern, lamentierte sie, sie finde keine Stelle als Sekretärin, wenn es so weiterging, müsse sie zurück aufs Land zu ihren Eltern ziehen.

»Erst letzte Woche habe ich Leos Plattenspieler und alle Platten verkaufen müssen, ich habe das Geld für die Miete gebraucht«, sagte sie. »Leo hat ohne Musik nicht leben können, er ist durch die Wohnung gegangen und hat gesummt. Er hat ständig gesummt.«

Carl erwiderte lächelnd: »Ich erinnere mich daran«, und fügte schnell hinzu: »Dass mein Bruder mir das in einem Brief geschrieben hat.«

Eugen signalisierte ihm mit den Augen, sich schnell zu verabschieden, gehorsam erhob er sich und reichte der jungen Frau die Hand. In der Tür drehte Eugen sich um und fragte mit einstudiertem böhmischen Akzent, an wen sie den Plattenspieler verkauft habe.

»Ich suche schon länger einen«, sagte er, und sie nannte verdattert den Namen des Händlers und dessen Adresse.

Auf der Straße hielt er Carl verärgert vor: »Ihr fünfmal zu sagen, wie leid dir der Tod ihres Mannes tut, hilft der Frau nicht weiter. Ansonsten hast du kaum den Mund aufgebracht. Ein bisschen Fröhlichkeit hätte nicht geschadet.«

»Fröhlichkeit? Ihr Mann ist tot!«

»Das weiß sie seit anderthalb Jahren, sie ist den Gedanken mittlerweile gewohnt.«

»Ich sehe sie an und denke an Leo, daran, wie sein kopfloser Körper auf mir gelandet ist. Tut mir leid, dass ich da nicht fröhlich sein kann.«

»Das ist der Unterschied zwischen dir und mir. Während du gegen die Italiener gekämpft hast, habe ich mit ihnen gearbeitet und bin an den Abenden mit ihnen beisammengesessen. Während Leopolds kopfloser Körper auf dir gelandet ist, habe ich mit Leonardo ein Bier getrunken. Halte dir das vor Augen. Ich sehe nur eine Frau vor mir, die ein bisschen Zuspruch nötig hat und vielleicht ein bisschen Spaß.«

Carl schnaubte.

»Dein Auftrag ist, mich zu studieren, jede meiner Gesten, die Gesichtsausdrücke, meine Sprache, wie ich mich bewege«, schärfte Eugen ihm ein, als sie am Tag darauf mit vertauschten Rollen wieder vor der Tür der jungen Frau standen.

Überrascht schaute sie die zwei Männer an. Eugen zog eine Stoffpuppe hinter dem Rücken hervor und überreichte sie Marianne, die am Tisch saß und malte und angesichts der Puppe vor Freude strahlte. Zwei Weinflaschen, Brot, geräucherte Forelle, Käse, Letzteres eingeschlagen in Butterpapier, legte er neben die abgekauten Farbstifte. Carl alias Tomáš, der hinter ihm eingetreten war, nahm er den Plattenspieler und die darauf gestapelten Schallplatten ab und stellte beides auf den Stuhl.

»Für dich, liebe Bertha«, sagte er, und sie schlug die Hände vor den Mund.

Eugen hatte die Sachen in dem Geschäft, das sie genannt hatte, gefunden, sie waren in der Auslage gestanden. Es war ein kleiner Buch- und Musikladen in der Fußgängerzone, der wenige Wochen vor Kriegsbeginn eröffnet hatte, um dann gleich wieder schließen zu müssen. Die Lebensmittel hatte er für eine horrende Summe auf dem Schwarzmarkt erstanden, die Puppe in einem Spielzeuggeschäft, das er noch aus seiner Kindheit kannte, er war ein paar Mal mit den Eltern dort gewesen. Als angesichts der vielen Geschenke Tränen flossen, zog Eugen ein Taschentuch aus seiner Hosentasche und reichte es der Frau. Sie tupfte Augen und Wangen trocken, die mit roten Flecken überzogen waren. Während sie gemeinsam aßen, tischte er Anekdoten aus seinem Leben in den Staaten auf, Bertha konnte nicht aufhören zu lachen. Dabei legte sie den Kopf in den Nacken, sie fasste mit der linken Hand kokett an ihren Hals, zog ihre Augen zu Schlitzen zusammen und öffnete ihren Mund weit, sodass man ihren rosa Gaumen sehen konnte.

»Heute klingt dein R amerikanischer als gestern«, stellte sie fest.

»Das liegt am Wein«, sagte Eugen und streifte zufällig ihre Hand, er sah, dass Carl genervt dreinschaute.

Als er eine Platte auflegte und Bertha sich auf ihrem Stuhl im Takt zu wiegen begann, stand Carl ruckartig auf und fragte, ob es in Ordnung sei, wenn er mit der kleinen Marianne Eis essen gehe. Sie sah ihn irritiert und erschrocken an, um sie zu beruhigen, schlug Eugen vor, die Nachbarskinder, die im Innenhof Tempelhüpfen spielten, ebenfalls mitzunehmen, und gab ihm ein paar Geldscheine.

Aus dem Schlafzimmer wurde eine Jacke für die Kleine geholt. Eugen sah ein schmiedeeisernes Bettgestell, auf einer Seite lagen ein Kinderpolster und eine kleine Decke. Ihm fiel ein, was Carl über seinen Kameraden erzählt hatte, Leo war der Sohn eines Schmiedes gewesen, vermutlich war das Bett ein Hochzeitsgeschenk der Eltern gewesen. Carl hatte so viel über den Freund gesprochen, dass er ihn plötzlich vor sich sah. Er stellte sich die beiden an einem warmen Frühlingsabend wie dem heutigen vor, das Fenster weit geöffnet, lagen sie nackt in diesem großen Bett und zogen abwechselnd genüsslich an einer Zigarette, nachdem sie sich geliebt hatten. Sie war eine sinnliche Frau, und Leo hatte seine Freude an ihr. Die besorgte Mutter blieb am Fenster stehen, bis die gesamte Truppe hinter Carl abgezogen war, Marianne zwischen zwei halbwüchsigen Mädchen, die mit ihr *Engelchen flieg* spielten.

»Sie schläft bei mir«, sagte sie beschämt, sie hatte Eugens Blick auf das Bett bemerkt. »Ich weiß, dass sie schon zu groß dafür ist, aber was soll ich machen, ich kann alleine nicht einschlafen.« Nach einer Weile fügte sie hinzu: »Überhaupt ertrage ich das Alleinsein schwer.«

Er wirbelte sie zu einem schnellen Foxtrott durch die Küche, sie war eine gute Tänzerin. Einige blonde Strähnen lösten sich aus ihrem Haarknoten, sie blies sie immer wieder aus ihrem erhitzten Gesicht, wobei sie ihre Lippen spitzte. Als sie es wieder tat, beugte er sich vor und drückte einen leichten Kuss darauf, ihr Mund roch nach Käse und Wein. Sie lachte ihn an, und er küsste sie wieder, weil sie ihn mit den Augen dazu aufforderte. Sie tanzten, sie drückte sich an ihn, er spürte ihre großen Brüste, später saßen sie auf dem großen Bett, das bei jeder Bewegung quietschte. Er öffnete die obersten Knöpfe ihrer Bluse und zog sie ihr über die Schulter, sie war weich und rund, schob die Hand in ihren Büstenhalter, umfasste ihre Brust und klemmte die Brustwarze zwischen zwei Fingern ein, sie stöhnte leise. Als es an der Wohnungstür klopfte, sprang sie auf und begann ihre Bluse zuzuknöpfen. Eugen ging in die Küche, öffnete und erklärte dem Kind, dessen Mund eisverschmiert war, die Mutter sei dabei, sich eine Jacke zu holen, es sei nun doch frisch geworden. Beim Abschied bat Bertha ihn leise wiederzukommen, auf dem Weg zum Gasthaus, in dem sie übernachteten, war Carl missmutig.

»Bist du jetzt ein Witwentröster?«, fragte er.

Eugen bestand darauf, den Sommer über weitere Besuche zu machen.

»Deine neue Identität kannst du nur außerhalb des Dorfes üben«, sagte er.

Da Carl neugierig war, welches Leben die ehemaligen Kameraden nach dem Krieg führten oder wie es deren Familien ohne sie erging, ließ er sich darauf ein, nach einem Jahr des Eingesperrtseins war er außerdem froh, ein bisschen herumzukommen.

Weil Eugen es bereits im Winter leid gewesen war, alle kurzen Strecken zu Fuß zurückzulegen und für die längeren das Pferd vor das Fuhrwerk spannen zu müssen – er war es nicht mehr gewohnt, dass Mobilität derart mühsam war –, hatte er im März einem Wiener Industriellen aus der Textilbranche, der im Krieg viel Geld verloren hatte, einen Ford T Touring abgekauft. Die Familie war angesichts des Wagens, dessen Seiten rot lackiert waren, hellauf begeistert, Eugen erlebte seinen Bruder zum ersten Mal seit seiner Heimkehr ausgelassen, vor der Hofmühle drehte dieser eine Runde nach der anderen und wollte gar nicht mehr aussteigen. An diesem Tag nahm Carl erstmalig für einige Stunden seine neue Identität an, er rasierte sich, die Mutter schnitt ihm die Haare, er schlüpfte in Eugens Kleidung und fuhr durch den Ort bis zum Ederhof, um Luzia das Auto zu zeigen – und ihren Eltern sein Interesse an der Tochter.

An vier Wochenenden machten sich die Brüder auf den Weg, sie fuhren durch Oberösterreich und Salzburg, klapperten die Familien ab und übernachteten in einem Hotel oder Gasthof. In einem kleinen Notizheft hatte Carl die Namen, Adressen und Besonderheiten all seiner Männer notiert, eine Seite pro Mann, bei denjenigen, die nicht mehr am Leben waren, hatte er am rechten oberen Eck ein Kreuz hingemalt. Manchmal saß er mit dem Heft in der Hand da, starrte hinein und war minutenlang nicht ansprechbar. *Adalbert Poschinger, geboren am 27.4.1876, Bä-*

ckermeister in Bad Ischl. Geschäftstüchtig. Hat die Kaiserfamilie mit Nusskränzen beliefert. Verheiratet mit Maria, fünf Kinder, der älteste Bub zehn Jahre alt. Groß, stämmig, brünett, Halbglatze. Gemütlich, manchmal mürrisch. Lieblingsspeisen sind Wiener Schnitzel mit Erdäpfelsalat und Schweinsbraten mit Semmelknödeln. Sein Spruch: Wenn eins von beiden am Sonntag nicht auf den Tisch kommt, hat er eine ganze Woche lang einen Grant, folglich mit den Kameraden permanent grantig. Am Monte Cimone schwere Erfrierungen an beiden Händen im Jänner 1917. Leopold Augstein, geboren am 29.6.1885, Volksschullehrer in Linz. Stammt aus dem Innviertel, Vater Schmied, fünf Geschwister. Eher schmächtige Gestalt, blond. Freundlich, besonnen. Isst gern gefüllte Paprika. Die Erlaubnis, die Lehrerbildungsanstalt besuchen zu dürfen, vom Vater hart erkämpft. Große Freude am Unterrichten und Leben in der Stadt. Am Tag der Ermordung unseres Thronfolgers seine Bertha geheiratet. Flitterwochen in Venedig. Sie erwartet ein Kind. Geburt der Tochter Marianne am 6.5.1915. Gefallen am 4.12.1917. Anton Eisl, geboren am 4.7.1884, Sohn eines Bauern im Innviertel. Wird von allen Toni genannt. Soll Hof später übernehmen. Acht jüngere Geschwister. Schlaksig, dunkelhaarig. Haudegen, manchmal vorlaut, innerlich gefühlvoll. Sorgt sich sehr um kranke Mutter. Isst am liebsten Kaiserschmarrn. Träumt von einem Mädchen aus dem Ort namens Gertrud. Ist zu feig, um ihr zu schreiben. Wird damit aufgezogen. Gefallen am 15.1.1918. Rudolf Schren, gefallen, Johann Waldmann, gefallen, Richard Albing, beide Beine zerschossen und in der Folge amputiert, Ferdinand Karrer, gefallen, Rupert Salchegger, gefallen, Christian Rettenbacher, Lawinentod, Franz Gamsjäger, gefallen, Ulrich Panholzer, rechter Arm zerfetzt und in der Folge amputiert, Jakob Riener, gefallen, Johann Hödlmoser, Matthias Pichler, gefallen, Leonhard Falkner, Stephan Lemberger, Lawinentod, Franz Karl Hübner, Josef Hemetsberger, gefallen, Hubert Pfister, gefallen, Paul Glück, Franz Sieber, Johann Mühlegger.

In Salzburg blieben Eugen und Carl in einem Hotel, das dem

Vater eines ehemaligen Kameraden gehörte, Richard Albings beide Beine waren amputiert worden. Er war abweisend, beinahe feindselig Eugen gegenüber, gab ihm zu verstehen, dass er nicht gekämpft hatte und es deshalb nicht wert war, dass man sich mit ihm abgab. Er sagte abfällig zu seiner Frau, ohne ihn anzusehen: »Der Gockel da soll sich verziehen.« Der Frau war es unendlich peinlich. Erst nach einer Weile taute er etwas auf, als sie kurz mit seinem Vater alleine waren, jammerte dieser: »Ein Hoteldirektor ohne Beine, wie soll das gehen?«

Das Hotel war voll mit ausländischen Sommergästen, welche die Inflation der österreichischen Krone nutzen wollten, es waren einfache Leute, die sich vor dem Krieg einen derartigen Urlaub nicht hätten leisten können, niederländische Telefonistinnen, britische Bauarbeiter, junge Kellner aus Dänemark, die vier fielen an den Abenden durch ihr lautes und übermütiges Verhalten auf.

»Sogar der Hotelpage hat ein würdevolleres Auftreten als sie«, konstatierte Carl.

Eugen musste grinsen. »Sie haben definitiv mehr Spaß als Würde.«

»Die Welt ist verrückt geworden.«

Als die Männer mitbekamen, dass Eugen längere Zeit in den Staaten verbracht hatte, suchten sie mit ihrem gebrochenen Englisch das Gespräch mit ihm, sie löcherten ihn mit Fragen nach dem Leben in Übersee, weil er es leid war, tischte er ihnen ein Märchen von einem Kampf mit einem Bären auf. Sie selbst erzählten, dass sie noch nie im Ausland gewesen waren und ein langweiliges Leben als Kellner führten, ein Zeitungsbericht, der die Berge als Touristenziel anpries, hatte sie motiviert zu packen und in den Zug zu steigen.

»Weil die österreichische Krone zur Zeit nichts wert ist, sollte man sich als Tourist am besten schnell auf den Weg machen. Die bettelnden Kinder und Kriegsversehrten muss man in Kauf nehmen, hat der Redakteur geschrieben«, erzählte einer der Männer.

Von ihren Eltern hatten sie den Auftrag bekommen, nach wertvollen Gemälden oder Antiquitäten Ausschau zu halten, die spottbillig zu haben sein sollen, weil die Besitzer aus materieller Not gezwungen seien, sie zu verkaufen. Die Männer tranken eine Flasche Wein nach der anderen und grölten schließlich stockbetrunken: »Auf das Ende der Habsburger!«

»Diese Aasgeier«, sagte Carl.

Immer wieder tauschten Eugen und Carl die Rollen. Ehemaligen Kameraden gegenüber spielte Carl den wortkargen Böhmen, war der stumme beobachtende Zuseher, dessen Anwesenheit damit erklärt wurde, dass er als Chauffeur fungieren musste, weil sich Eugen Brugger bei Waldarbeiten die Hand verletzt hatte. Die Wahrheit war, dass Eugen befürchtete, sein Bruder könne sich mit einer unbedachten Bemerkung verraten oder die Kameraden würden an einer bestimmten Geste, an einem Gesichtsausdruck erkennen, dass es Carl sein *musste,* im Schützengraben lernt man einen Menschen gut kennen.

Wenn sie die Familie eines Gefallenen besuchten, trug Eugen den alten verschlissenen Anzug des Vaters, schob das Porzellangebiss in den Mund, klebte den monströsen Schnauzbart an und schlurfte gebeugt und mit steifem Bein hinter Carl her. Dieser tauchte frisch rasiert, die Haare exakt gescheitelt und pomadisiert in seinem hellbraunen Leinenanzug samt cremeweißer Weste aus Seide auf, an den Füßen sogenannte Saddle Shoes, der letzte Schrei aus Amerika. Er überreichte Geschenke, spielte mit den Kindern, unterhielt sich mit den Erwachsenen und achtete sorgsam darauf, das R nicht zu rollen, ab und zu ein englisches Wort einzustreuen oder so zu tun, als ränge er um einen Begriff im Deutschen. Einige suchten unumwunden die Diskussion über den politischen Status quo mit ihm. Sie wollten wissen, was er von Wilson hielt, der seine vierzehn Punkte nicht hatte durchsetzen können, vom rachsüchtigen Clemenceau und von Orlando, vom Zuspruch Südtirols an Italien, *das größte Verbrechen überhaupt!*, wie es der Vater eines gefallenen Kameraden ausdrückte. Viele Familien hatten schreckliche Winter hinter sich, hatten gefroren und gehungert. Viele waren verbittert, sie glaubten nicht an das Überleben der kleinen Republik ohne Kornkammern, ohne Häfen und Rohstoffe, deren Form auf der Karte regelrecht verstümmelt aussah, und waren für einen Anschluss an Deutschland. Carl und Eugen hatten unzählige solcher Diskussionen mit dem Vater geführt. Carl wollte sich nicht darauf einlassen und wiegelte jedes Mal halbherzig ab, trotzdem waren ihm diese Art von Besuchen lieber. Als Tomáš Daněk seinen ehemaligen Kameraden gegenüberzustehen war kaum zu ertragen für ihn, manchmal stand er wortlos auf und ging nach draußen, um neben dem Auto zu warten. Die Männer starrten Eugen an, als wäre er ein Gespenst, er musste zuerst aufklären, dass er Carls Zwillingsbruder war, der die letzten Jahre in den Staaten gelebt hatte.

»Offensichtlich hast du nie von mir erzählt«, sagte er.

»Selten«, erwiderte Carl.

Einige begegneten ihnen abweisend. Wenn Eugen den Leuten erzählte, er habe seinen Zwillingsbruder fünfzehn Jahre lang nicht gesehen und wolle einfach nur über ihn reden, erfahren, wie er als Kamerad, als Gruppenführer gewesen sei – was durchaus der Wahrheit entsprach –, waren sie milder gestimmt und begannen zu reden, sie alle lobten Carls Charaktereigenschaften über die Maßen. Andere wiederum waren froh über die Abwechslung in ihrem tristen Alltag und fragten nicht lang nach dem Grund des Besuchs, sie bestaunten das Auto und fragten ihn über Amerika aus.

Bert Poschinger, der Bäckermeister in Bad Ischl, dessen beide Hände auf dem Monte Cimone erfroren waren, war der Einzige,

der sich daran erinnerte, dass Carl einmal von einem Zwillingsbruder erzählt hatte.

»Du musst Eugen sein«, sagte er sofort. »Du hast in Boston
über einer Bäckerei gewohnt, zusammen mit einem Sizilianer.
In einem Brief hast du geschrieben, dass ihr jeden Morgen mit
dem Geruch von frischem Brot, Mohnstriezeln und Nussbeu-
geln aufgewacht seid.«

Die linke Hand war ein verformter Klumpen, an dem nur
noch der Daumen übrig war, der rechte Arm war unterhalb des
Ellbogens amputiert, er trug eine Prothese aus Holz, an deren
Ende sich eine Hand, ebenfalls aus Holz, befand. Zur Begrüßung
streckte er ihnen die linke Hand hin, Eugen wusste nicht, ob er
den Daumen oder den Klumpen nehmen sollte.

»Vorher habe ich eine hölzerne Prothese mit einer Plastik-
hand dran bekommen, hat ausgesehen wie ein Handschuh, ge-
stülpt über einen Holzpflock. Das Ganze war nicht sonderlich
geeignet für die Öfen, um es gelinde auszudrücken,« erzählte er
später bei Kaffee und Kuchen.

Seine Frau lachte. »Bert hat ein heißes Blech aus dem Ofen
gezogen und dabei ist der Handschuh geschmolzen. Die ganze
Backstube hat fürchterlich gestunken.«

Der älteste Sohn war mittlerweile fünfzehn, er hatte die Lehre
begonnen, immerhin war die Behörde kulant gewesen und hatte
Bert die Genehmigung, einen Bäckerbetrieb zu führen und einen Lehrling auszubilden, nicht entzogen, obwohl er nicht mehr
in der Lage war, selbst seinen Beruf auszuüben. Wie sein Sohn
stand er jeden Morgen um zwei Uhr auf und überwachte die Arbeit, er sagte an, was zu geschehen habe, beim Tragen der Bleche,
der Schüsseln konnte er helfen, ebenso beim Abwiegen und Ver-
mengen der Zutaten und beim Aufräumen, das Kneten und Formen musste der Junge alleine bewältigen. Am Vormittag passte
er auf den kleinen Sohn auf, während seine Frau sich im Laden
um den Verkauf kümmerte, ein Jahr nach Berts Heimkehr war

ein Nachzügler geboren worden. Zu Mittag schlief er zwei Stunden, am Nachmittag half er den Kindern bei den Hausaufgaben und ging bei jedem Wetter eine Runde spazieren.

»Seitdem ich mich strikt an einen Tagesablauf halte, geht es mir besser. Ich habe mich eine Zeitlang gehen lassen, die Phantomschmerzen plagten mich. Bis ich mir gesagt habe: Andere sind noch schlechter dran als du! Du bist am Leben, du hast ein Heim, eine liebe Frau, du siehst deine Kinder aufwachsen, du hast immer noch dein Geschäft, auch wenn es nicht mehr so gut geht wie früher, weil man nie genug Zucker, Mohn, Topfen, nicht einmal Mehl herbekommt, und weil die Leute weniger kaufen.«

Später drehten sie eine Runde durch den Ort, die neunjährige Tochter begleitete sie und schob stolz den Kinderwagen. Als sie an der Kaiservilla vorbeikamen – die Fenster waren verhängt –, blieben sie eine Weile stehen, bevor sie sich abwandten und weitergingen.

»Weißt du, Eugen«, sagte er, »das mag seltsam für dich klingen, aber mir hilft der Gedanke an unseren Kaiser. Ich habe den alten Herrn nicht nur geschätzt, sondern wirklich gemocht. Er war um das Wohl seiner Völker bemüht, aller seiner Völker, er war arbeitsam, gottesfürchtig, umsichtig, weder verschwenderisch noch prahlerisch. Diese ganze lange Zeit hätten wir keinen besseren Kaiser haben können. Den Krieg hat er nicht gewollt, er wurde ihm aufgezwungen. Ich stelle mir vor, wie er oben im Himmel auf mich herabschaut und mich beobachtet. Für ihn strenge ich mich wieder an. Weil er das möchte.« Rot im Gesicht, endete er mit den Worten »Ach, ich hätte dir das nicht erzählen sollen.«

Eugen dachte an einen Aufsatz eines Professors der Geschichte, den er am Ende des Krieges in irgendeiner Wochenzeitung in Boston gelesen hatte, es war ein Nachruf auf die österreichische Monarchie und besonders auf den verstorbenen Kaiser gewesen. Der Verfasser bezeichnete Franz Joseph I., von Gottes Gnaden

Kaiser von Österreich, König von Ungarn und Böhmen, König der Lombardei und Venedigs und so weiter, als einen pflichterfüllten Herrscher, der die Bürokratie liebte, während seiner gesamten Regentschaft keine einzige innovative und konstruktive Idee hatte geschweige denn umgesetzt hätte, ein denkbar schlechter Kriegsherr und Diplomat war, als *Pater familias* galt, jedoch zu seinen Kindern – vor allem zu seinem Sohn – ein äußerst kühles Verhältnis hatte, dem Volk als sparsam und spartanisch galt, jedoch Unsummen für seine Frauengeschichten ausgab. Der Verfasser wünschte den Einwohnern des neu gegründeten Staates viel Freude an der Demokratie. Eugen verspürte Entrüstung darüber – ein wenig Patriotismus regte sich in ihm –, dass sich ein Lehrer und Schreiberling, der nie viel Verantwortung in seinem Leben hatte übernehmen müssen, über einen langverdienten Monarchen eines fremden Landes derart geringschätzend äußerte. Aber je länger er über das Geschriebene nachdachte, umso mehr kam er zu der Erkenntnis, dass der Text Wahrheiten enthielt.

Er lächelte: »Das ist schön, Bert.«

Auf der Heimfahrt sagte Carl: »Der Besuch bei Bert war der einzige, der mir gutgetan hat.«

Wie verschieden wir sind, dachte Eugen, den Besuch beim Bäcker, der keinen Teig mehr kneten kann, fand ich am traurigsten. Auf Geheiß des Kaisers hat er sich die Hände abfrieren lassen, und trotzdem sehnt er sich nach nichts anderem als dessen gütigen Augen, die auf ihn herabschauen. Carl und Bert waren in dieser Hinsicht Seelenverwandte. Auch Carl mochte den Gedanken, von jemandem *gesehen* zu werden, nicht nur von Gott, sondern von Menschen in seiner unmittelbaren Umgebung, die er schätzte und auf deren Urteil er etwas hielt. Er war der Meinung, wenn der Mensch bei seinen Handlungen Zeugen habe, strenge er sich mehr an. Eugen hingegen waren Zeugen ein Gräuel.

Der Besuch bei der Familie von Toni Eisl blieb Eugen am eindrücklichsten in Erinnerung. Zwei Söhne waren im Krieg gefallen, die Mutter war kurz nach der Nachricht von Tonis Tod gestorben, sie war lange krank gewesen. Die Familie lebte von einem kleinen Bauernhof, der Vater arbeitete zusätzlich als Postbote, die sieben Menschen lebten in äußerst bescheidenen Verhältnissen. Eugen fiel auf, dass der Mann liebevoll mit seinen Kindern umging, und über manche seiner Aussagen staunte er.

»Die Welt, wie wir sie gekannt haben, ist untergegangen«, sagte er. »Wer einigermaßen hell im Kopf ist, trauert ihr nicht nach. Ich kann die jungen Leute verstehen, die jetzt misstrauisch gegenüber den Alten sind und sich nichts mehr sagen lassen. Hoffentlich sind sie klüger, wenn eine Autorität wieder einmal Heldentum anpreist.«

Siegfried Neupert suchte Eugen alleine auf. An einem Samstagmorgen stand er vor der Tür der Villa, es war nicht schwierig gewesen, die Privatadresse des Staatsanwaltes herauszufinden. Dem verdutzten Dienstmädchen reichte er seinen Hut, bevor er es zur Seite schob. Im Esszimmer fand er das Paar beim Frühstück, die Frau – eine zarte Brünette mit großen grauen Augen – sah entzückend aus, er küsste ihre Hand, während ihr Mann lautstark wetterte, er solle auf der Stelle sein Haus verlassen, seine Maske zitterte. Eugen schaute sich um, nahm einen Apfel aus der Obstschale und biss hinein.

»Ich wollte Ihnen nur mitteilen, dass ich vorhabe, in der Heimat zu bleiben«, sagte er, »und dass Sie Ihr blaues Wunder erleben werden, sollten Sie sich noch einmal mir oder meiner Familie nähern.«

Er warf ihm den angebissenen Apfel zu und verließ die beiden wieder.

Auf dem Weg nach Wien beschloss Eugen spontan, einen Umweg über Freistadt zu machen und Paul Glück zu besuchen. Wie alle anderen auch starrte er ihn an, als wäre er ein Gespenst. Bei Eugens Ankunft saß er mit nacktem Oberkörper auf dem kleinen Balkon, seit er aus dem Krieg heimgekehrt war, war er arbeitslos und von seinen Eltern abhängig. Nachdem seine Mutter sie mit Kaffee bewirtet hatte, machten sie einen Spaziergang durch die kleine Stadt, es war offensichtlich, dass dem jungen Mann die elterliche Wohnung zu eng war. Auf der Straße zündete er sich sofort eine Zigarette an und atmete tief durch.

»Du hast meinem Bruder auf dem Monte Valbella das Leben gerettet«, sagte Eugen.

»Wollen Sie sich dafür bedanken?«, fragte er und grinste. »Das könnte ich als sarkastische Spöttelei auffassen. Erfrieren wäre immerhin ein angenehmerer Tod gewesen als in Flammen aufzugehen.«

»Du warst derjenige, der gesehen hat, wie Neupert auf dem Weg ins Tal abgestürzt ist.«

Er schaute ihn skeptisch an. »Woher wollen Sie das wissen? Von Ihrem Bruder können Sie es ja nicht mehr haben. Und ich habe dichtgehalten. Ihm zuliebe.«

»Carl hat mir aus dem Lazarett einen Brief geschrieben.«

»Ach ja«, sagte er. »Was genau hat er geschrieben?«

»Dass er auf dem Transport von Neupert angegriffen worden ist, er wollte ihn den Hang hinunterstoßen. Carl hat sich gewehrt, dabei ist Neupert abgerutscht.«

Glück blieb stehen. »Er hat Ihren Bruder nicht angegriffen. Er hat sich über ihn gebeugt, das war alles. Carl hat sich so plötzlich aufgesetzt, als wäre er von einer Tarantel gestochen worden, er hat ihn an der Gurgel gepackt und ihm einen Schlag gegen das Knie verpasst. Neupert war so überrascht, dass er ziemlich schnell das Gleichgewicht verloren hat. Wir haben beide ausgesagt, dass eine Lawine ihn mitgerissen hat und sich Carl zum

Glück an einem Strauch hat festhalten können. Das haben wir nicht einmal abgesprochen. Ich habe den Mund gehalten, weil ich Ihren Bruder gerngehabt habe, er hat sich immer für seine Männer eingesetzt. Alle haben wir mitbekommen, wie Neupert Ihren Bruder schikaniert hat.«

»Woher willst du wissen, dass er ihn nicht angreifen wollte? Mein Bruder kann es in seinem Gesicht gesehen haben.«

»Was immer er in seinem Gesicht gesehen hat, Neupert hätte ihn nicht angegriffen. In dem Moment, in dem er sich über Carl gebeugt hat, hat er nämlich mich gesehen. Ich bin von hinten, vom Ende der Trainkolonne, gekommen, Neupert von vorne. Carl hat ihn kommen sehen, aber mich nicht, weil er mit den Füßen voraus gelegen ist.«

»Das heißt, Neupert weiß, dass du alles gesehen hast?«

»Ja, und er war sofort, nachdem ich im November heimgekommen bin, hier und hat mich danach gefragt. Er sieht scheußlich aus. Wär besser für ihn gewesen, er hätte tatsächlich das Zeitliche gesegnet.«

»Was hast du ihm gesagt?«

»Dasselbe wie an dem Tag, an dem er die Rutschbahn genommen hat. Keinen Millimeter bin ich von meiner Geschichte abgewichen. Ich habe Ihnen schon gesagt, dass ich dichtgehalten habe. Ich habe Neupert gesagt, dass ihm seine Erinnerung einen Streich spielen muss, er ist von niemandem angegriffen worden, sondern hat das Pech gehabt, dass ihn eine Lawine mitgerissen hat. Er ist fuchsteufelswild geworden, und ich habe ihm ins Gesicht gegrinst.«

»Aber warum? Carl ist tot.«

»Das hat genau zwei Gründe: Im Nachhinein gute Kameraden anschwärzen geht nicht, auch wenn sie schon tot sind. Das ist eine Sache der Ehre. Im Nachhinein als Lügner dastehen wollte ich auch nicht unbedingt. Da hätte mir der Herr Staatsanwalt vielleicht noch Probleme gemacht. Obwohl er versprochen hat, ich würde auf keinen Fall welche bekommen. Aber ich traue ihm nicht. Ich traue den Oberen allen nicht«, sagte er und spuckte aus.

Eugen verabschiedete sich von Glück und ging zum Auto. Es war also Carl gewesen, der Neupert angegriffen hatte, nicht umgekehrt. Es muss am Krieg liegen, dass nicht einmal die Guten, die Anständigen mit sauberen Händen herauskommen, dachte er auf dem Weg nach Wien.

In einem Gastgarten und bei strahlendem Sonnenschein stellte ihm seine Schwester ihren einarmigen Georg Tichy vor, sie wirkte glücklich und voller Tatendrang, er redete nicht viel. Er war ein schöner Mann, so wie sie es in einem Brief geschrieben hatte, groß, mit muskulösem Körper, vor dem Krieg war er Langstreckenläufer gewesen. Den Hemdsärmel seines linken Armes hatte er unterhalb der Schulter zusammengeknotet, Eugen musste ständig verstohlen hinschauen. Er fragte die beiden nach ihren Plänen, Elisabeth wollte im Herbst mit dem Medizinstudium beginnen, Georg arbeitete in der Praxis seines Vaters mit.

»Wenn ich mit dem Studium fertig bin, übernehmen wir gemeinsam die Praxis«, sagte sie. »Und im nächsten Frühling wird geheiratet.« Sie beugte sich zu Tichy und küsste ihn.

In der Nacht saß Eugen mit ihr alleine in der Küche, ihre Mitbewohnerin verbrachte den Sommer im Burgenland, wie immer rauchte sie eine Zigarette nach der anderen. Seinen Scherz, dass es Gott sei Dank nicht der rechte Arm war, der dem Liebsten fehlte, quittierte sie mit einem schiefen Grinsen.

»Du willst also Medizin studieren«, sagte er. »Hut ab. Es leben die Frauen! Die Mutter reist an die Front, um für Carl einen Namen und Papiere zu besorgen, damit er nicht ganz durchdreht, meine kleine Schwester will Medizin studieren, damit ihr einarmiger Mann die Praxis des Vaters übernehmen kann, was er vermutlich ohne sie nicht könnte.«

»Ich wollte immer schon Medizin studieren«, unterbrach ihn Elisabeth. »Hör auf, auf Georgs Invalidität herumzureiten.«

»Und Luzia hat die famose Idee, dass Carls Probleme mit meiner Identität gelöst werden könnten. Vielleicht hätte der Kaiser die Frauen den Krieg führen lassen sollen? Oder sie zumindest als Generäle einsetzen? Wahrscheinlich hätte er ihn dann gewonnen.«

»Wir hätten ihn gar nicht angezettelt«, erwiderte Elisabeth, und sie fügte hinzu: »Sei mir nicht bös, aber was den Krieg betrifft, bin ich nicht zu Scherzen aufgelegt. Die Kriege haben immer die Männer geführt, und die Frauen haben die Folgen ausbaden müssen, währenddessen und in den Jahren danach.«

Sie fragte ihn nach Luzias Idee, und Eugen setzte ihr vorsichtig Carls und seinen Plan auseinander, sie in das Geheimnis einzuweihen war der Grund seines Besuches. Er schärfte ihr ein, dass niemand außer der Familie Bescheid wissen durfte, sie dürfe es auf keinen Fall jemals ihrem Georg sagen, sie hörte ihm ungläubig zu.

»Willst du das wirklich?«, fragte sie schließlich. »Ich nehme an, das Ganze ist nicht so einfach, wie sich das anhört. In deiner Nähe leben ein paar oberösterreichische Familien. Das hast du doch einmal geschrieben? In Boston? Früher oder später würde es jemandem auffallen, dass es zwei idente Eugen Brugger gibt, in Massachusetts und im Mühlviertel. Weil die Leute ihren Familien in der Heimat Briefe schreiben und umgekehrt. Und das würde bedeuten, dass Carl ins Gefängnis geht, dafür würden Vater und Sohn Neupert auf der Stelle sorgen. Du kannst in Amerika vermutlich leichter untertauchen als er hier.«

Sie hatte sein Dilemma auf einen Blick erkannt.

»Ich weiß das, Betty«, sagte er. »Ich kann auf keinen Fall in mein ursprüngliches Leben zurückkehren. In Amerika würde die Sache vermutlich niemanden jucken, aber für Carl wäre es zu riskant. Ich müsste irgendwo, am besten nicht an der Ostküste, von vorne beginnen. Oder als Tomáš Daněk hierbleiben.«

»Das ist Irrsinn. Du hast dir eine Menge aufgebaut. Warum lässt du dich darauf ein?«, fragte sie.

»Warum lässt du dich darauf ein?«

»Was meinst du?«

»Tichy. Jeder Mann mit zwei Armen und Beinen würde dir verfallen.«

»Lass das.«

»Ihr wart vor dem Krieg nicht zusammen. Liebst du ihn wirklich?«

»Ach Eugen«, sagte sie und seufzte. »Es ist Liebe, es ist Mitleid, es ist auch Ehrgeiz. Als Frau wäre es schwierig für mich, eine eigene Praxis zu eröffnen. Wenn du es in Prozentsätzen haben willst: achtzig, zehn, zehn. Ich liebe ihn, das andere spielt eine Rolle, aber eine unerhebliche. Kann man Gefühle immer strikt trennen? Es ist die Vertrautheit, die ich ihm gegenüber spüre, ich kenne ihn schon so lange. Die Erinnerung an Gustav und an die schöne Zeit mit ihm in Wien. Es ist ein Gefühl der Verpflichtung allen Kriegsversehrten gegenüber, ich glaube, ich könnte keinen gesunden Heimkehrer heiraten. Ich weiß, das klingt verrückt. Es ist, weil er geweint hat, als wir uns wiedergesehen haben. Nach seiner Heimkehr ist er sofort zu mir gekommen, um in Erfahrung zu bringen, wie es mir geht.«

Später, als sie ihm eine gute Nacht wünschte, sagte er: »Ich möchte, dass Carl und Luzia glücklich sind, das ist alles.«

»Und was ist mit deinem Glück?«

»Vielleicht finde ich es als Tomáš Daněk.«

Sie lachte, und für einen Augenblick überlegte er, ihr zu erzählen, was der wahre Grund dafür war, sich darauf einzulassen, aber nur für einen kurzen.

3

Der Vater entschied sich gegen Eugen, es war Carl, der ihn auf seine Geschäftsreise nach Wien begleiten durfte. Am Karsamstag wollten sie zurück sein, ihren zwölften Geburtstag würden sie getrennt verbringen.

Eugen wusste, dass es die Mutter gewesen war, die den Vater gebeten hatte, dieses Mal Carl mitzunehmen, denn er hatte im letzten Sommer dabei sein dürfen. Der Vater hatte sie beide mitnehmen wollen, doch Carl war aus freien Stücken zu Hause geblieben. Aus diesem Grund empfand er es ungerecht, von der Reise ausgeschlossen zu werden. Eugen bettelte den Vater an, ihn ebenfalls mitzunehmen.

»Ich brauche dich zu Hause«, antwortete er. »Du musst deine Mutter unterstützen, so gut du kannst. Ich verlasse mich auf dich.«

Josephine lag mit einer schweren Bauchgrippe im Bett, und die Mutter war mit dem zwei Wochen alten Baby beschäftigt. Endlich war die ersehnte Tochter gekommen, sie war auf Wunsch des Vaters nach der Kaiserin benannt worden. Die Mutter brauchte einen von den Zwillingen im Haus, damit er sich mit Gustav beschäftigte, da sie sich außerdem liebevoll um Hedwig kümmerte. Seit drei Tagen lagen zwei kleine Mädchen im Stubenwagen, Hedwig hatte ihrer Tochter die Namen ihrer Mutter und ihrer Großmutter gegeben: Luzia Rosa.

Die Geburten waren bei beiden Frauen ohne Komplikationen verlaufen, Carl, Eugen und Gustav waren in diesen Stunden bei Josephine und Vinzenz einquartiert worden. Eugen hatte seinen Vater noch nie so erleichtert gesehen wie nach Hedwigs Niederkunft, er sank schwer auf einen Stuhl, als er zu seiner Schwester sagte: »Sie hat ein gesundes Mädchen bekommen. Es ist alles gutgegangen, schnell und ohne Probleme. Nach der schwierigen Schwangerschaft habe ich das gar nicht erwartet.«

Mit Josephine gingen die Buben hinüber, der Stubenwagen stand in der Küche, das Baby lag neben seiner Schwester, weil Hedwig schlafen wollte. Es kam Eugen eigenartig vor, dass sie ihr Kind nicht bei sich haben wollte, Elisabeth war immer dort, wo die Mutter war, sie ließ sie nicht aus den Augen. Die Hebamme sagte zu Josephine, dass sie noch nie eine Wöchnerin erlebt habe, die während der gesamten Wehen geweint habe. Er dachte daran, wie Hedwig zur Mutter gesagt hatte: »Wenn ich kein Kind erwartet hätte, wäre ich mit Emil ertrunken, wir wären gemeinsam gestorben. Und es wäre besser gewesen.«

Der Vater hatte nach Elisabeths Geburt die – offenbar wichtige – Geschäftsreise verschoben. Es gab Schwierigkeiten in Wien, die Adam Hanáček nicht alleine lösen konnte. Ein Lieferant, dem bereits eine hohe Anzahlung geleistet worden war, hatte nicht geliefert – der Mann war unauffindbar –, und ein anderer hatte schlechte Qualität geliefert und wollte trotzdem den vollen Kaufpreis, er drohte, vor Gericht zu gehen. Der Vater wollte überstürzt aufbrechen, wartete dann die zweite Geburt ab, war jedoch die ganze Zeit angespannt.

Eugen wollte sich gar nicht vorstellen, welch aufregende Dinge Carl in Wien sehen und erleben würde, wohingegen er sich um langweiligen Frauenkram kümmern musste. Bestimmt würden sie, nachdem der Vater alles erledigt hatte, in den Tiergarten Schönbrunn gehen oder ins Naturhistorische Museum, sich vielleicht sogar einen Schwank im Theater ansehen. Er wollte nichts mehr als mitfahren, für ein paar Tage der weinenden Hedwig, der Mutter, die nur um sie herumscharwenzelte, den schreienden Säuglingen, der niedergeschlagenen Stimmung entkommen. Zweimal noch versuchte er den Vater umzustimmen, beim zweiten Mal schlug er vor, Tante Katharine zu bitten, in der Zeit der Mutter auszuhelfen, der Vater reagierte ungehalten.

»Schluss jetzt, Eugen«, sagte er laut und schaute ihn mit einem derart zornigen Blick an, dass Eugen unwillkürlich zurückzuckte, er war solche Blicke von ihm nicht gewohnt. »Wir wollen niemanden mit unseren Problemen belästigen.«

Eugen wusste, worauf er anspielte. Albert wollte nicht noch mehr Öl ins Feuer gießen, die Leute zerrissen sich ohnehin genug das Maul, seitdem im Februar bekannt geworden war, dass die Elbe gesunken war und mit ihr Eders Sohn. Carl und er packten gerade Sachen für die Kunden ein und halfen, sie auf die Fuhrwerke zu laden, als der alte Eder ins Kaufhaus schlurfte, es war an einem Samstag, und es herrschte voller Betrieb.

»Das hat er natürlich abgewartet«, sagte die Mutter bitter.

Er warf Albert Brugger lautstark vor, er sei schuld am Tod seines Sohnes, er habe ihn zum Auswandern überredet, weil er ein Handelsgeschäft in Amerika eröffnen wolle, dafür habe er Emil vor Ort gebraucht.

»Du hast ihn für deine Zwecke benutzt, Brugger, du geldgieriger Hund, er ist wegen dir gestorben!«

Eugen musste sich konzentrieren, um alles zu verstehen, was Eder sagte, der wegen seiner herabhängenden Gesichtshälfte sehr undeutlich sprach.

Daraufhin hielt sich im Dorf hartnäckig das Gerücht, Brugger & Partner plane, einen Handelsstützpunkt in New York zu eröffnen, um Waren aus Amerika einzuführen, und Emil Wagner wäre das Opfer der ehrgeizigen Pläne vom Hofmüller geworden.

»Versprich mir, dass du dich gut um Gustav kümmerst«, ermahnte ihn der Vater noch einmal am Abend vor der Abreise. »Tu alles, was dir die Mutter aufträgt. Verbreite ein bisschen gute Laune im Haus, das kann nicht schaden. Und euren Geburtstag feiern wir am Ostersonntag nach.«

Er durfte also den Hofnarren für die Frauen geben, während Carl in Wien seinen Spaß hatte! Enttäuscht und wütend verzog er sich in ihr Zimmer, seit Emils Tod schlief auch Gustav bei Carl und ihm, in dessen Zimmer wohnte jetzt Hedwig. Nach Emils Tod hatten die Eltern verlangt, dass sie wieder in den neuen Trakt zog, sie wollten sie in der Nähe wissen.

Gustav wartete auf ihn und streckte ihm zwei Pferde und zwei Ritter entgegen.

»Spielen«, forderte er ihn auf.

Widerwillig setzte er sich neben Gustav auf den Teppich, nahm die hölzernen Figuren und setzte das Schauspiel fort, das er am Tag zuvor begonnen hatte: Kaiser Maximilian war auf seinem kraftvollen Schimmel Maphima – der Name setzte sich zusammen aus Maria, Philipp und Margarete – in die Schlacht geritten, gegen seinen Erzfeind, den französischen König Karl VIII. Nun endlich stand er ihm allein auf dem Schlachtfeld gegenüber, die beiden lieferten sich einen erbitterten Schwertkampf, den schließlich Kaiser Maximilian zu seinen Gunsten entscheiden konnte. Gustav johlte vor Vergnügen, sprang auf und ab und klatschte begeistert in die Hände.

Eugen täuschte Kopfschmerzen vor und trug Carl auf, den Eltern mitzuteilen, dass er beim gemeinsamen Abendessen nicht dabei sein konnte. Er fühlte sich außerstande, am Tisch zu sitzen und so zu tun, als wäre alles in Ordnung, er wusste, seine Wut würde innerlich hochkriechen. Womöglich müsste er Tränen zurückhalten, würde dabei wie ein schmollendes Kleinkind wirken, und der Vater würde ihn schimpfen. Seitlich auf dem Bett liegend lauschte er den Schritten der Menschen, dem Knarren der Türen und Bodendielen, das tat er immer, wenn er nicht schlafen konnte. Aufgrund der Geräusche konnte er erraten, wer welchen Raum verließ oder betrat, ein paar Mal hatten Carl und er einen Wettbewerb daraus gemacht, den immer er gewann, sodass Carl schnell die Lust an diesem Spiel verlor. Eugen hoffte inständig auf die schweren Schritte des Vaters. Er stellte sich vor, dass die Tür geöffnet wurde, sein Vater eintrat, sich auf das Bett setzte und ihm mitteilte, die Mutter hätte eine andere Lösung gefunden oder würde es alleine schaffen und er dürfe doch mitkommen. Niemand kam, und nach einer Weile schlief er mit knurrendem Magen ein.

Nachdem Carl leise aus dem Zimmer geschlichen war, stieg Eugen aus dem Bett, ging zum Fenster, schob den Vorhang zur Seite und schaute hinaus. Der Himmel war wolkenlos blau, und die Sonne schien strahlend, Carls Ausflug nach Wien würde auch noch von herrlichem Wetter gekrönt sein, er hatte also letzte Nacht vergeblich um strömenden Regen und eisigen Wind gebetet. Die Stute war bereits eingespannt, Vinzenz saß wartend auf dem Fuhrwerk, er sollte die beiden zum Bahnhof nach Neufelden bringen. Carl, die Haare streng zur Seite gekämmt, kam aus dem Haus, hinter ihm der Vater, er kletterte am Wagen hoch und streckte ihm lächelnd die Hand hin, um ihn hochzuziehen, Eugen ließ wütend den Vorhang los und kroch wieder unter die Bettdecke. Gustav rüttelte ihn wach.

»Du sollst mir beim Anziehen helfen und mit mir frühstücken«, sagte er. »Hat Mutter gesagt.«

Am Frühstückstisch fand er Hedwig vor, sie war zum ersten Mal seit der Entbindung auf den Beinen, die letzten Tage hatte sie im Bett verbracht, schlafend, weinend, sich abmühend, dem Säugling die Brust zu geben. Die Mutter hatte ihr das Essen ans Bett gebracht, selbst der Vater hatte das übertrieben gefunden. Offensichtlich zeigte die Standpauke der Hebamme Wirkung, sie war am Vortag bei Hedwig gewesen und hatte ihr geraten, zumindest ein paar Stunden am Tag aufzustehen.

»Wenn die Milch einschießt, fühlt sich jede Wöchnerin bedrückt, das nützt nichts, da musst du durch, Mädchen«, sagte sie.

Hedwig trug nichts als ein weißes Nachthemd und einen Schlafmantel, die dichten dunklen Haare fielen ihr über den Rücken, mit langsamen, trägen Bewegungen nahm sie ihre Tasse und trank. Eugen schmierte für Gustav Brote und beobachtete sie aus den Augenwinkeln. Am Anfang hatte ihn Hedwigs Trauer in seinen Bann gezogen, so ist das also, wenn ein Mann geliebt wird und stirbt, hatte er gedacht, allmählich aber war Zorn dazugekommen. Emil ist es bei uns gut gegangen, euch ist es bei uns gut gegangen, warum zum Teufel hast du unbedingt auswandern wollen?, dachte er. Und jetzt, nach beinahe drei Monaten, wollte er sie nicht mehr sehen und hören müssen. Seit dem Tag im Februar, an dem Hedwig in ihrem Zimmer ohnmächtig geworden war, drehte sich alles um ihren Schmerz, er hielt das Haus gefangen, machte jedem das Atmen schwer.

Gustav lief ihm ständig hinterher, er war weinerlich, fühlte sich schlapp, Eugen mühte sich ab, ihn zu beschäftigen, bereits nach wenigen Stunden war er gereizt. Hedwig hatte offenbar beschlossen, der Aufforderung der Hebamme nachzukommen, sie blieb auf den Beinen, zog sich nur am Nachmittag in ihr Zimmer zurück, um ein bisschen zu schlafen, um Gustav kümmerte sie sich dennoch nicht eine Minute lang. Am Abend klagte der Kleine über Bauchschmerzen, Eugen brauchte lange, um ihn zum Einschlafen zu bringen.

Am nächsten Tag spazierte er gleich nach dem Frühstück mit seinem Bruder ins Dorf und kaufte im Krämerladen Süßes. Der Postbote kam ihnen entgegen und händigte ihm Briefe für den Vater aus, er plauderte mit ihnen und fuhr Gustav ein Stück auf dem Rad auf und ab, bevor sie in die Hofmühle zurückgingen. Bei jeder Gelegenheit scheuchte sie die Mutter mit irgendwelchen Aufforderungen in einen anderen Raum oder ins Freie. Eugen wollte, dass sie sich um Gustav kümmerte, dass Hedwig wieder die Alte war, er wurde zunehmend wütender. War es nicht die heilige Pflicht der Mutter, sich um ihre Kinder zu kümmern? Und Hedwigs Pflicht war es, sie dabei zu unterstützen, denn der Vater bezahlte ihr monatlich zu diesem Zweck einen Lohn, und wie der Vater zu sagen pflegte, wuchs das Geld nicht auf den Bäumen. Sie war eine Diebin. Im Grunde bestahl sie den Vater, denn sie erfüllte ihre Aufgabe nicht, im Gegenteil: Sie war zu einer Aufgabe geworden.

Am Abend – Gustav schlief bereits – schlich er im Haus herum, aus dem Wohnzimmer hörte er die Stimmen der Frauen, wie so oft in den letzten Wochen redete Anna leise und beschwichtigend auf Hedwig ein. Er ging ins Arbeitszimmer des Vaters – das war den Kindern verboten –, setzte sich auf den Stuhl vor dem Schreibtisch und schaute die Briefe durch, die ihm der Postbote gegeben hatte. Einer war an Hedwig adressiert, er hob ihn erstaunt hoch, er fühlte sich dick an, sie hatte noch nie einen Brief erhalten, seitdem sie in der Hofmühle wohnte. Vielleicht war er von Verwandten von Hedwig in Wien, vielleicht hatten diese von ihrem Elend gehört und boten ihre Hilfe an, vielleicht konnte sie gar zu ihnen ziehen.

Eugen las den Absender, er kam nicht aus Wien, sondern von einem Fotoatelier in Bremen. Hat Hedwig ausgerechnet in der Stadt, in der Emil seine letzten Tage verbracht hat, Verwandte, fragte er sich, eigenartig, dass sie nie davon erzählt hat. Er drehte das dicke Kuvert hin und her, nahm den Brieföffner, schlitzte es auf und zog zwei beschriebene Blatt Papier und zwei Fotografien heraus. Er erschrak heftig, eines war ein Porträt von Emil, das zweite Bild zeigte ihn mit drei fremden Menschen: Emil stand zwischen einer Frau, die den Arm um seine Schulter gelegt hatte, und einem jungen Burschen, auf der anderen Seite der Frau stand ein Mann. Auf dem Papier war eindeutig Emils Handschrift zu erkennen, ihm wurde schwindlig, sein Herz klopfte, und er brauchte eine Weile, um sich zu beruhigen. War Emil gar nicht auf der Elbe gewesen, sondern in Bremen geblieben, arbeitete er dort für einen Fotografen? Eugen schloss das Arbeitszimmer von innen ab, um nicht von der Mutter überrascht zu werden. Auf dem Papier stand links geschrieben: »Meine liebste

Hedwig!« und rechts das Datum: 28. Jänner 1895, demnach war der Brief bereits älter als zwei Monate.

Emils Brief zu lesen stellte keine Schwierigkeit dar, die Handschrift war leserlich, sie wirkte wie die eines Schülers. Er erzählte von der Zugfahrt und dass er Leute aus Bayern kennengelernt habe, mit denen er seine Zeit in Bremen verbrachte, sie hießen Hubert, Maria und Franz und waren lustige Leute, sie hatten, weil sie betrunken gewesen waren, ein gemeinsames Foto gemacht, der Fotograf würde es ihr zukommen lassen. *Ich hoffe, Du bist nicht böse deswegen. Es war nicht kostspielig.* Er schrieb von der Gesundenuntersuchung und einer verrückten Frau, die dabei gewesen war, sie war die Witwe eines Arztes. *Das ist eine eigenartige Geschichte. Ich werde sie Dir ausführlich erzählen, wenn wir uns wiedersehen. Die Frau hat zu mir gesagt: Finden Sie Ihr Glück und behalten Sie es. Sie sagt das zu allen. Ihr Mann hat früher die Untersuchungen für die Reederei durchgeführt. Ein paar Männer, die kein Zeugnis von ihm bekommen haben, haben den Arzt umgebracht. Sie hat dabei zuschauen müssen. Deshalb ist sie verrückt geworden. Jetzt läuft sie mit einem Blumenkranz im Haar herum und schaut durch einen hindurch. Ihr Mann hat allen Auswanderern beim Abschied dasselbe gewünscht. Ein Drittel wird nämlich sehr unglücklich in der neuen Heimat und kommt in die alte zurück. So ist es mir hier gesagt worden. Stell Dir vor, ein Drittel! Meine liebe, liebe Hedwig. Wir haben unser Glück schon vor drei Jahren in der Hofmühle gefunden. Weil Du mich gefunden hast auf der Bachwiese. Ich mag mir gar nicht vorstellen, was sonst mit mir geworden wäre. Wir werden es in Amerika nicht verlieren. Weil wir fleißig sein werden und uns nicht unterkriegen lassen. Und weil Du mir das Liebste auf der Welt bist.*

Der Brief endete mit den Zeilen: *Heute ist mein letzter Abend hier. Ich bin aufgeregt. Morgen zeitig früh bringt uns die Bahn von Bremen bis Bremerhaven, wo ich zu Mittag das Schiff besteige. Die Elbe läuft am Nachmittag aus. Ich freue mich sehr auf unser gemeinsames Leben in Milwaukee. Sei nicht traurig, die Zeit bis zum Som-*

mer geht schnell vorbei. *Grüß die Brugger recht herzlich von mir, gib
den Buben einen Kuss von mir und Eugen zwei. Dein Dich liebender
Ehemann Emil, pass gut auf Dich und unser Kind auf. Du wirst
sehen, ich habe Recht, und es wird ein Mädchen.*

Eugen stand auf, setzte sich mit dem Brief und den Fotografien in der Hand in den großen Fauteuil und rollte sich dort ein,
er schluchzte und fühlte sich hundeelend. Später schreckte er
hoch, weil ihm eiskalt war – das Arbeitszimmer wurde natürlich
nicht geheizt, wenn der Vater abwesend war –, er musste eingeschlafen sein. Er stand auf und versteckte das Kuvert mitsamt
seinem Inhalt in einem dicken Buch, das im Regal stand. Er alleine konnte darüber entscheiden, was er mit Emils Gruß aus dem
Jenseits machte, ob er ihn Hedwig sofort aushändigte oder zuerst mit dem Vater darüber redete. Aber dann verwarf er den Gedanken wieder, der Vater hatte ihn nicht nach Wien mitgenommen, dafür würde er ihn nicht in sein Geheimnis einweihen. Es
gab eine dritte Möglichkeit: Er konnte alles für sich behalten.
Der Gedanke gab ihm ein kleines bisschen das Gefühl, mächtig
zu sein.

In der Nacht wurde er von Gustav geweckt, er stand neben seinem Bett, ein eigentümlicher Geruch ging von ihm aus, er zündete die Lampe auf dem Nachttisch an. Gustavs Pyjamahose war
braun verfärbt und nass, offensichtlich hatte er sich bei Josephine angesteckt und sich eine Bauchgrippe eingefangen, er stank
erbärmlich, Eugen konnte nicht anders, als sich die Nase zuzu-
halten. Er lief zum Schlafzimmer der Eltern, das Bett war leer, er
suchte die Mutter in der Küche, im Wohnzimmer, im Nähzimmer, er klopfte an Hedwigs Zimmertür und öffnete sie. Im Zimmer war es warm, fast stickig, die Mutter lag neben Hedwig im
großen Bett, sie waren seitlich zueinander gewandt und schliefen. Beide trugen sie nur ein Hemd, darunter konnte er die großen Brüste erkennen, er sah ihre nackten Arme und Beine, die

Hand der Mutter auf Hedwigs Hüfte, zwischen ihnen die zwei Mädchen. Der Anblick widerte ihn an.

Er verließ das Zimmer und schloss leise die Tür. Er zog Gustav die Hose aus und zog ihm – ohne ihn zu waschen – eine neue an, wickelte ihn in eine Wolldecke und legte ihn in Carls Bett, es ekelte ihn schrecklich dabei, zum Glück schlief Gustav sofort wieder ein. Das ganze Zimmer roch übel, er wälzte sich herum und stand erneut auf. Er ging ins Arbeitszimmer, sperrte von innen ab und holte das Kuvert aus dem Buch, er betrachtete die Fotos und las den Brief wieder und wieder durch. *Finden Sie Ihr Glück und behalten Sie es.* Die Frau, die neben Emil stand, hatte also Maria geheißen und war eine lustige Person gewesen, sie war mollig, hatte blonde Haare, die sich am Stirnansatz kräuselten, sie lächelte kokett in die Kamera, den Kopf hatte sie zu Emil geneigt, es sah aus, als wären die beiden ein Paar. Er stellte sich Emil vor, wie er im Gasthof in seinem Zimmer saß und den Brief schrieb, wie er vor Aufregung nicht schlafen konnte. *Gib den Buben einen Kuss von mir und Eugen zwei.*

In den Schubladen suchte er nach einer Schere. Er schnitt rechts den Mann und links den Burschen weg, sodass nur noch Emil und die Frau namens Maria auf dem Bild zu sehen waren. Aus der Küche holte er eine ovale Suppenschüssel, auf der Rückseite des Fotos fuhr er mithilfe der Schüssel die Form mit einem Bleistift nach und schnitt das Ganze vorsichtig aus. Am Ende lag ein perfekt ovales Foto vor ihm, dessen Rand er mit schmutzigen Fingern und Asche abwetzte, damit er nicht frisch geschnitten aussah, den Rest versteckte er in der Bibel im obersten Regal, er wusste, sein Vater würde sie nicht hervorziehen und lesen. Mit verschnörkelten Blockbuchstaben schrieb er auf die Rückseite des Fotos: Emil und Maria, Milwaukee, März 1895.

Eugen blieb im Armsessel des Arbeitszimmers sitzen, das Foto lag auf dem Schreibtisch, die Tür stand einen Spalt offen. Gegen Morgen, es dämmerte bereits, ging die Mutter in ihr Zimmer. Nach einer Weile hörte er Hedwig die Treppen herunterkommen, sie suchte die Toilette auf und trank in der Küche ein Glas Wasser, er rief nach ihr, sie schob die Tür auf und schaute herein.

»Was tust du da, Eugen?«, fragte sie und kam herein. »Warum bist du nicht im Bett?«

Er jammerte, dass er nicht hatte schlafen können, weil Gustav und sein Bett ziemlich stanken, weshalb er ins Arbeitszimmer ausgewichen war. Als sie am Schreibtisch vorbeikam, fiel ihr Blick auf das Foto, sie blieb ruckartig stehen und hob es hoch. Er stand auf und sagte, sie dürfe das nicht sehen, der Vater habe es erst vor wenigen Tagen bekommen und in seinem Arbeitszimmer versteckt, damit sie es nicht zu Gesicht bekomme.

»Ich hätte es wieder in die Schublade zurücklegen sollen. Der Vater wollte dir alles sagen, wenn es dir bessergeht.«

Sie sagte nichts, schaute das Bild mit großen Augen an, drehte es um, las, drehte es wieder um. Emil habe es aus Milwaukee geschickt, mehr wisse er auch nicht, er sei nicht auf der Elbe gewesen, weil er mit einem Mann den Platz getauscht habe. Er riss ihr das Foto aus der Hand und verließ das Arbeitszimmer, in der Tür drehte er sich um und sagte hart: »Du hättest ihm nicht so auf die Nerven gehen sollen.«

Er lief in sein Zimmer, sein Herz klopfte heftig, und sein Magen rumorte. Die Uhr zeigte fünf, Gustav schlief noch, und er kroch ins Bett, das Foto versteckte er unter der Matratze, ein paar Minuten darauf hörte er Hedwig in ihr Zimmer gehen und leise die Tür schließen, er war todmüde und schlief ein.

Die Mutter fand Hedwig drei Stunden später auf dem Dachboden. Sie hatte die Wäscheleine, die sich aufgerollt in einem Leinensack befand, verwendet, die Leine hing von Mai bis Oktober im Garten und wurde über den Winter auf dem Dachboden verstaut. Sie hatte das eine Ende zweimal über den Balken geschlungen und das andere um einen stehenden Sparren gebunden. Sie war auf einen Stuhl gestiegen, hatte das freie Ende genommen und die Schlinge geknotet, diese über ihren Kopf gezogen und den Stuhl weggestoßen. Der Fall war zu kurz gewesen, um sich das Genick zu brechen, ihre Zehen baumelten nur wenige Zentimeter über dem Boden, sie hatte sich stranguliert, ihr Gesicht war blau verfärbt, und die Zunge hing aus dem Mund.

Die Einzige, der Eugen je davon erzählte, war Caitlin, ein langer Winterabend und ein Glas Whisky zu viel hatten ihn dazu verleitet, das war im Jänner 1915, die Sache war bereits zwanzig Jahre her.

»Holy shit«, sagte sie, und er war froh, dass sie nicht rührselig reagierte, indem sie ihn in den Arm nahm und versuchte, ihn zu trösten. Sie fragte, was danach passiert war, und er vertraute ihr auch das an.

Er wachte mit Bauchschmerzen auf und mit dem Wissen, seinen Streich schnell rückgängig machen zu müssen. Hedwig hatte sicherlich genug gelitten, er musste ihr sofort alles gestehen, ihr Emils Brief und die Reste des Fotos aushändigen. Er wollte sich die Reaktion der Mutter und vor allem seines Vaters nicht ausmalen, wenn sie ihnen die Geschichte erzählte. Zu der Angst vor einer Strafe kam der Gedanke, dass er es zu weit getrieben und etwas Schreckliches getan hatte. Gustav lag nicht mehr in Carls Bett, das Haus schien leer zu sein – die beiden Babys brüllten im Schlafzimmer der Eltern –, er fand ihn schließlich in der Badestube, wo er von einer aufgelösten Josephine gewaschen wurde. Sein kleiner Bruder wirkte verschreckt, und seine Tante beschwor ihn eindringlich, nicht auf den Dachboden zu gehen, er hetzte die Treppen hoch und kletterte die schmale Stiege hinauf. Der Arzt und Vinzenz waren gerade dabei, das Seil durchzuschneiden, seine Mutter stand weinend daneben. Er wankte schließlich in sein Zimmer, holte das Foto unter der Matratze hervor, steckte es in den Küchenherd und warf ein brennendes Streichholz hinterher, das Kuvert mit dem Rest verbrannte er erst Monate später.

Der Vater und Carl kamen in der Nacht nach Hause, die Mutter hatte an Adam Hanáček telegrafiert. Eugen wurde krank, den zwölften Geburtstag verbrachte er entweder im Bett oder auf der Toilette. Am Anfang war es eine Magengrippe wie bei Josephine und Gustav, aber er erholte sich nicht, bekam hohes Fieber und weigerte sich zu essen, man musste ihm das Essen – kräftigende Suppen, Apfelkompott und Haferschleim – beinahe mit Gewalt einlöffeln. Er selbst hatte kaum Erinnerung an diese Wochen, es war Carl, der ihm davon später erzählte, auch davon, dass er immer wieder den Satz *Finden Sie Ihr Glück und behalten Sie es* gemurmelt habe. Zwei Monate lang war er zu Hause, der Lehrer weigerte sich, ihm ein Zeugnis auszuhändigen, er verlangte, dass er das Schuljahr wiederholte, obwohl die Eltern darum baten, ihn aufsteigen zu lassen – sie würden in den Ferien mit dem Buben alles nachholen, versicherten sie –, aber der Mann war ein Sturkopf. Nach dem Sommer besuchte Eugen also eine andere Klasse als sein Zwillingsbruder, und sie verbrachten den Großteil des Tages getrennt. Er entfremdete sich von Carl – obwohl dieser sich um ihn bemühte –, er verhielt sich abweisend, und das blieb so bis zu seiner Auswanderung acht Jahre darauf.

Der Vater machte der Mutter Vorwürfe, sie habe nicht gut genug auf Hedwig aufgepasst, es war das erste Mal, dass sie ihn schreien hörten, lange Zeit sprachen die Eltern nicht miteinander.

Ein Mann aus der Stadt tauchte auf – ein Halbbruder Emils, der in der Politik tätig war –, er teilte mit, dass ein Adoptionsverfahren in die Wege geleitet worden war. Die Ehe seines Bruders

Friedrich und dessen Frau Veronika war kinderlos, und auch der alte Eder wollte unbedingt, dass seine Enkeltochter auf dem Ederhof aufwachse. Die Eltern wehrten sich dagegen, vor Gericht argumentierten sie, dass sie die einzigen Verwandten der Kindesmutter waren und sich Emils Familie nie um diesen geschert hatte, am wenigsten sein Vater. Sie verloren den Prozess, der monatelang dauerte. Hedwigs Selbstmord spielte dabei eine Rolle, Leute im Dorf sagten aus, sie sei in der Familie nicht gut behandelt worden, warum sonst habe man die junge Frau derart vom Dorfleben abgeschottet? Friedrich Eder und auch andere sagten aus, der Eder habe die Vaterschaft von Emil anerkennen, Kontakt mit ihm haben wollen, und der Brugger habe Emil das ausgeredet, der junge Mann sei überhaupt sehr unter dem Einfluss vom Hofmüller gestanden.

Eugen hätte die Mutter gerne gefragt, warum sie mit Emil nicht anders umgegangen war, denn dass sie mit ihm geflirtet hatte, wurde ihm, je älter er wurde, bewusst. Auch andere Dinge begriff er erst nach und nach. Dass Hedwigs Zustand nach der Geburt und ihre Trauer, ihre Eifersucht eine große Rolle gespielt hatten, jede andere Frau hätte ihm in der Situation eine Ohrfeige gegeben und nach der Wahrheit verlangt. Aber das half ihm nicht viel. Er konnte sich auch nicht lange rechtfertigen damit, dass er übermüdet und kränklich gewesen war, er war ein verwöhnter Bengel gewesen, der es nicht ertragen hatte, dass sich nicht alles um ihn drehte. Hedwig war nicht ganz zweiundzwanzig gewesen, irgendwann hätte sie sich von ihrer Trauer erholt, sie hätte einen neuen Mann gefunden, weitere Kinder gehabt, vielleicht wäre sie ausgewandert, Luzia Rosa hätte eine Mutter gehabt.

Vieles hätte er gern vergessen, Hedwigs Blick, als sie im Arbeitszimmer das Foto in Händen hielt und sich dann ihm zuwandte, die zwei brüllenden Säuglinge im Elternschlafzimmer, als er durch das leere Haus ging und ihn eine furchtbare Ahnung beschlich, Annas rotes verquollenes Gesicht, als sie ihm mit den Händen bedeutete stehenzubleiben, neben ihr Hedwigs baumelnde Beine.

4

Die Doppelhochzeit der Geschwister fand im November 1919 statt.

Ursprünglich war der Plan gewesen, sie ein halbes Jahr später stattfinden zu lassen, da alle Bedenken hatten, die Leute im Dorf könnten sich Gedanken machen, weil Eugen Brugger und Luzia Eder bereits wenige Monate nach ihrem Kennenlernen vor den Traualtar traten. Doch weil es dem Vater immer schlechter ging und die Geschwister befürchteten, er werde den kommenden Winter nicht überleben, wurde sie kurzerhand vorverlegt. Besonders Luzia war es recht, sie wollte nicht noch einen weiteren Winter getrennt von Carl auf dem Ederhof verbringen müssen.

Vor der Hochzeit scherzte Eugen mit seinem Bruder: »Wenn du es bist, der mit der Braut zum Traualtar schreitet, kannst du mir ja zumindest die Hochzeitsnacht überlassen.«

Und Luzia fragte er: »Wie wäre es, wenn du tatsächlich mich heiratest und nicht meinen Doppelgänger?«

»An die dummen Scherze meines Bruders musst du dich gewöhnen«, sagte Carl zu seiner Verlobten, und sie lachte.

Aus Luzia wurde Eugen nicht schlau. Sie war stark, zuverlässig und besaß eine große Willenskraft, in manchen Momenten wirkte sie jedoch wenig gefestigt, scheu und verletzlich. In solchen Augenblicken klammerte sie sich mit einer Vehemenz an Carl, die ihn – wäre er an seiner Stelle gewesen – erschreckt hätte, seinem Bruder schien es nichts auszumachen, im Gegenteil. Eugen ertappte sich dabei, dass er sie mit Caitlin zu vergleichen begann, die, nachdem sie sich geliebt hatten, vom Bett aufgestanden war, um in ihr Zimmer in Frank Tabelanders Haus zurückzukehren. Ob sie es tat, weil sie spürte, dass er lieber alleine schlief, oder weil sie selbst zu viel Nähe schwer ertrug oder beides der Fall war, wusste er nicht, er hatte sie nie danach gefragt.

Er fragte sich, ob es daran lag, dass Luzia zweimal in ihrem Leben eine herbe Zurücksetzung erfahren hatte. Sie war die Prinzessin ihres Großvaters gewesen, der sich trotz des lädierten Körpers von seiner Familie nicht hatte kleinkriegen lassen. Nach seinem Tod behandelten sie ihre Adoptiveltern – sicherlich auch mit einer Portion gehässiger Schadenfreude – liebloser als den eigenen Sohn. Mit vierzehn holte sie ihr Onkel nach Linz, sie fand Aufnahme in einer fürsorglichen Familie, ihre Tante war wie eine Mutter für sie. Fünf Jahre später ließ derselbe Onkel sie fallen wie eine heiße Kartoffel und schickte sie auf den Hof zurück, weil sie ihm im Weg stand, und das kurz nachdem ihr geliebter Cousin gefallen war. Das zweite Mal in ihrem Leben wurde sie von den Menschen, die ihr am nächsten standen, schwer enttäuscht, und sie durchlebte eine Zeit voller Verzweiflung. Und in dieser für sie sehr schwierigen Zeit hörte sie in der Hofmühle endlich all das über Emil und Hedwig, was sie schon immer hatte wissen wollen. Dass die Liebesgeschichte ihrer Eltern und die Hofmühle in Zusammenhang standen, spielte für sie sicherlich eine – wenn auch unbewusste – Rolle, als sie sich in Carl verliebte. Für Luzia war seine Familie von einem Nimbus umgeben, denn sie war es gewesen, die ihren Eltern ihre Liebe erst ermöglicht hatte. Wäre Carl kein Brugger, hätte sie sich nicht in ihn verliebt, er wäre ihr gar nicht aufgefallen, das eine bedingte das andere, davon war Eugen überzeugt. Wäre er derjenige gewesen, der sich damals um sie bemüht hätte, hätte sie sich in ihn verliebt.

Die Trauung und das anschließende Fest im Gasthof Zur Linde waren im Dorf Carls erster großer Auftritt als Eugen Brugger, vorher hatte er großteils vermieden, mit den Leuten ins Gespräch zu kommen. Da es das erste Mal war, dass sie für längere Zeit zusammen in Erscheinung traten – weshalb die Gefahr größer war, dass jemandem die Ähnlichkeit auffiel –, musste sich Eugen eingestehen, dass er angespannt war. Er schärfte Carl noch einige Dinge ein, die er nicht vergessen durfte, und warf sich selbst in Schale: ein etwas besserer Anzug als sonst, ein neuer Hut, der eigene Schnurrbart – er hatte ihn sich eigens für diesen Anlass wachsen lassen –, die falschen Zähne frisch geputzt. Um das linke Knie wickelte er einen festen Verband, damit er keine Minute lang vergaß zu hinken.

Er war kein Mann, der bei Frauen auf Kleider, Schuhe und anderen Firlefanz achtete, aber er musste zugeben, dass er gerührt war, als die beiden Bräute zum Altar schritten, wo ihre Verlobten sie erwarteten. Luzia hatte nicht von Friedrich geleitet werden wollen – dieser hatte sich ohnehin geziert –, sodass es Albert war, der zwischen den beiden jungen Frauen ging, die sich bei ihm eingehängt hatten. Ihre Ausstattung hatte gänzlich Anna übernommen, aus ihrem unerschöpflichen Fundus wurden Kleider, Schuhe und Schmuck ausgesucht. Für Elisabeth nähte sie eines ihrer Kleider um, das elegante hellgelbe Seidenkleid mit spitzenbesetzten Ärmeln hatte sie vor Jahren bei Theaterbesuchen getragen. Luzia schritt im enzianblauen Hochzeitskleid ihrer Mutter zum Altar, Anna hatte es leicht verändert und die Puffärmel entfernt. Die eine trug eine dreireihige Perlenkette in ihren gelockten kinnlangen Haaren, die andere einen Blumenkranz auf ihrer kunstvoll aufgesteckten Frisur.

Die große Verwandtschaft von Georg Tichy war aus Wien angereist, auch Adam Hanáček und Wilhelm Hoffmann und ihre Familien waren gekommen, die Kirche war voll. Die Leute waren neugierig und besetzten die letzten Reihen oder standen gar, auch auf dem Marktplatz hielten sich viele auf, um auf dem Weg ins Gasthaus einen Blick auf die Brautpaare zu werfen.

»Die Trauer über den Verlust von Gustav und Carl wird immer ein Teil unserer Familie sein«, begann Albert seine Rede im Saal vor den Gästen. »Aber heute feiern wir einen Freudentag und wir verdanken ihn allein den beiden. Elisabeth hat ihren Georg über Gustav kennengelernt, denn die beiden waren sehr gute Freunde. Die Nachricht von Carls Tod hat Eugen nach langer Zeit wieder nach Hause geführt, und er hat sich für die Heimat entschieden. Und für Luzia, deren Geschichte – wie alle Anwesenden hier wissen – eng mit der unserer Familie verknüpft ist.«

Er vermied es, zu viel über Emil und Hedwig zu sagen, Eugen wusste, der Vater wollte keine alten Geschichten aufwärmen und böses Blut erzeugen. Er scherzte lediglich darüber, dass die Geburtstage der Bräute nur zehn Tage auseinander lagen und die beiden sich in den ersten sechs Monaten ihres Lebens ein Bett geteilt hatten. Nachdem er geendet hatte, stand Luzias Onkel Johannes auf und ging zu den Brautpaaren, Luzia hatte ihn eingeladen, er war mit seiner Frau und der dreijährigen Tochter aus Linz angereist und saß mit den Eder an einem Tisch.

»Verzeih mir, Albert«, sagte er, »aber ich kann es mir nicht nehmen lassen, zu einem der Brautpaare auch ein paar Worte zu sagen.«

Er erzählte in wenigen Sätzen von Emil und Hedwig, bedankte sich, dass sein Halbbruder damals in der Hofmühle aufgenommen worden war, und bat Albert und Anna Brugger um Verzeihung für sein unwürdiges Verhalten vor Gericht vor vielen Jahren. Er liebe Luzia wie eine Tochter und freue sich am heutigen Tag für sie, und er wünsche ihr und ihrem Ehemann alles Glück der Welt. Weil sein Vater es nicht tat, stand Matthias auf, nachdem sein Onkel zu Ende gesprochen hatte, er hob sein Glas, blickte in die Runde und sagte laut: »Auf Luzia und Eugen! Und auf Elisabeth und Georg!« Die Leute erhoben sich und prosteten den Brautpaaren zu, während Johannes Albert die Hand reichte.

Eugens Sorgen, jemand könnte die Ähnlichkeit zwischen ihm und Carl erkennen, stellten sich als unnötig heraus. Er saß abseits, beobachtete die Menschen und wurde von niemandem beachtet, in den Staaten hätte man *outcast* zu einem wie ihm gesagt, und davon liefen seit Kriegsende zur Genüge in der kleinen Republik herum. Manchmal zwinkerte Elisabeth Eugen zu, und sie forderte ihn auch zum Tanz auf, obwohl er den drei Frauen verboten hatte, das zu tun, weil er befürchtete, es würde Aufsehen erregen, es war nicht üblich, mit einem angestellten Knecht zu tanzen. Sie flüsterte ihm ins Ohr, dass sie ein Kind erwartete.

»Ich weiß es erst seit ein paar Tagen, und du bist der Erste, der es erfährt, Bruderherz.«

Matthias war der Einzige, der sich für Eugen interessierte, zu später Stunde kam er an seinen Tisch und setzte sich ihm gegenüber. Er war vor wenigen Wochen aus der russischen Kriegsgefangenschaft zurückgekehrt und fing an, über die Revolution in Russland zu reden, über Lenin und seine Planwirtschaft, die Enteignung der Unternehmer und Grundbesitzer, die Verstaatlichung der Industrie. Man hatte im Lager die Gefangenen vom Bolschewismus überzeugen wollen, Matthias war einer regelrechten Gehirnwäsche unterzogen worden. Eugen fragte sich, was er von ihm wollte, und war auf der Hut, was aufgrund seiner heillosen Betrunkenheit schwierig war; außer die Leute zu beobachten und tief ins Glas zu schauen, war ihm nicht viel geblieben. Seinem Gang und seiner Sprache nach zu schließen hatte Matthias auch nicht wenig getrunken.

»Lieber wär ich in Italien Kriegsgefangener gewesen«, sagte er, »die haben nicht so gefroren wie wir. Und wahrscheinlich auch mehr zu essen bekommen. Die Ration Wodka, die wir jeden Abend gekriegt haben, war größer als die Ration steinhartes Brot. Wenigstens habe ich gelernt, wie man ihn herstellt. Ich glaub, ich werd heuer mehr Erdäpfel einsetzen als im vorigen Jahr, und Zuckerrüben.«

Zum Schluss klopfte er Eugen auf die Schulter und sagte: »Ich könnt dich hin und wieder im Sommer brauchen, Tomáš. Bei der Feldarbeit. Wenn du willst, zahl ich dich mit Hochprozentigem.«

»Das lässt sich machen«, sagte er, der junge Mann hatte Humor und gefiel ihm.

Gegen Morgen, nachdem alle Gäste sich verabschiedet hatten, saßen sie alleine an einem Tisch im Hochzeitssaal, die Eltern, Carl, Luzia und er, auch Elisabeth schlüpfte noch einmal zur Tür herein und setzte sich zu ihnen, ihr Mann Georg – sie hatten ein Zimmer im Gasthof – war bereits eingeschlafen.

»Du musst unbedingt die gute Nachricht verkünden«, sagte Eugen und merkte, dass er heftig lallte.

Elisabeth griff über den Tisch nach der Hand des Vaters und der Mutter und teilte ihnen mit, dass sie im nächsten Sommer Großeltern werden würden. Anna fing an zu weinen, als Eugen die Schulter seiner Schwester umfasste und sie zu sich zog, kippten beide mit ihren Stühlen um, Carl meinte kopfschüttelnd, es wäre höchste Zeit aufzubrechen. Sie gingen zu Fuß in die Hofmühle, Eugen war derart betrunken, dass ihn Carl und Luzia in die Mitte nehmen mussten, um ihn zu stützen, sie brachten ihn zu Bett, Carl zog ihm die Schuhe aus.

»Versprich mir, dass du glücklich wirst«, sagte Eugen, er nahm ihn dabei am Kragen und sank wieder zurück aufs Bett.

Carl schaute auf ihn hinunter. »Das bin ich schon.«

»Was das Glücklichsein betrifft, besteht die Kunst darin, es zu bleiben.«

»Das habe ich vor«, lachte Carl, er tätschelte die Schulter seines Bruders und zog Luzia aus dem Zimmer.

Drei Monate nach der Hochzeit, im Februar 1920, starb Albert, er war bereits wochenlang bettlägrig gewesen, erneut war eine Lungenentzündung hinzugekommen, er hatte kaum noch Luft bekommen. Eugen wich zum Schluss dem Vater nicht mehr von der Seite, in den Nächten wechselte er sich mit der Mutter ab, er saß neben seinem Bett, las ihm vor oder unterhielt sich leise mit ihm.

Im Frühling rissen Carl und Eugen die Brandruine des Kaufhauses nieder und errichteten an seiner Stelle ein Sägewerk und einen Rundholz- und Schnittholzlagerplatz, sie hatten entschieden, anstelle des Warenhauses Brugger & Partner einen Holzhandel aufzubauen, von ihrem Vater hatten sie den Segen dafür bekommen. Auch Mühle und Wohnhaus – der alte Trakt, den ihre Großtante Rosa im Jahr 1849 renoviert, und der, den ihr Vater im Jahr 1882 angebaut hatte – wurden abgerissen und neu aufgebaut.

Ein zweistöckiges Haus im Stil einer Südstaatenvilla – mit einer Veranda an der Frontseite und schmalen Säulen aus Holz – entstand, das Ehepaar hatte sich von Eugens euphorischen Erzählungen von Bauweisen in den Staaten mitreißen lassen, er war es, der den Bau plante und finanzierte, immer wieder ließ er sich Geld von Tabelander schicken. Der große Bau erregte Aufmerksamkeit in der Umgebung, nicht wenige Neugierige kamen vorbei, um ihn zu begutachten.

Im Sommer gebar Elisabeth einen Sohn, er wurde auf den Namen Albert Gustav getauft. Anna zog nach Wien, um ihre Tochter während des Studiums bei Kind und Kegel zu unterstützen. Bei Eugens Besuchen gab Elisabeth sich entschlossen und diszipliniert, aber er hörte heraus, dass die Professoren auf der Universität alles taten, um den weiblichen Studenten Steine in den Weg zu legen, und wie sehr sie darunter litt, so wenig von ihrem kleinen Buben mitzubekommen.

Im Dorf und auch in den Nachbardörfern trat Eugen nur als

hinkender und buckliger Thomas Danek auf – den man mittlerweile mit h und ohne Háčeks schrieb, er hatte bei der Ausstellung der neuen Papiere darauf geachtet –, kaum war er weiter weg, nahm er es mit dem steifen Bein und dem gekrümmten Rücken nicht so genau. Es kümmerte niemanden, wer er war oder, besser gesagt, wer er nicht war, er war nur einer von zahllosen Kriegsversehrten, die ihr Dasein fristeten, ein unsichtbares Nichts. Auf dem Weg nach Linz oder Wien war er Thomas Danek, in den Städten selbst trat er als weltmännischer und finanzkräftiger Eugen Brugger auf. Er musste sich eingestehen, dass er es genoss, die Rollen zu tauschen, es begann immer mehr zu einem reizvollen Spiel für ihn zu werden.

Manchmal schaute er bei Bertha vorbei, der kleinen Marianne brachte er Geschenke mit, die Mutter führte er aus, er hatte die beiden gern, Carl erzählte er nichts davon. Auch Paul Glück sah er ab und zu, er war nach Linz gezogen und arbeitete als Hausmeister in der Staatsanwaltschaft. Dass Neupert ihm die Stelle verschafft hatte, machte Eugen Sorgen, er wusste, er hatte auf beide weiterhin ein Auge zu werfen, und konnte nicht so schnell in die Staaten zurückkehren, seine Abreise zögerte er hinaus.

Eineinhalb Jahre nach seinem Fortgehen hielt er einen Brief von Caitlin in den Händen, sie hatte sogar ein Foto von sich beigelegt – ernst schaute sie in die Kamera –, sie schrieb nicht viel, fragte, wann er gedenke, in die Staaten zurückzukehren. Es musste sie Überwindung gekostet haben, diese wenigen Zeilen zu schreiben. Einen Brief an sie zu verfassen, verschob er immer wieder, er wusste nicht, was er ihr schreiben sollte.

Kurz nachdem im Sommer 1921 das Haus fertiggestellt worden war, erhielt er einen Brief von Frank Tabelander. *Es heißt, Du hast eine Frau aus dem Dorf geheiratet, ein protziges Haus gebaut und bist dabei, ein Sägewerk und einen Holzhandel aufzubauen.* Ein Bekannter in Boston habe ihn angesprochen und ihm davon erzählt. Warum um Himmels willen habe er nie davon geschrieben, warum werde er derart hingehalten und hintergangen, schrieb Tabelander, seine Wut war in jeder Zeile spürbar, er hätte in vielen Dingen anders agiert, hätte er gewusst, dass er geschäftlich in Zukunft auf sich alleine gestellt war.

Während Carl sich hauptsächlich um die Mühle kümmerte, arbeitete Eugen hart im Sägewerk und zog große Aufträge an Land, er tat sich mit einem Holzhändler in Linz zusammen, der den Großteil des Bauholzes für gutes Geld in andere Länder verkaufte. Er hatte keine Freude außer seiner Arbeit, der körperlichen und geistigen, wobei ihm die körperliche lieber war, es tat ihm gut zu ermüden, zu schwitzen, die Knochen knirschen zu hören, darüber vergaß er nachzudenken, was aus ihm werden sollte. Je länger er in der Heimat war, umso blasser – und weniger schmerzhaft – wurden seine Erinnerungen an sein vergangenes Leben.

Manchmal half er tatsächlich auf dem Ederhof aus, er fasste Heu in Reihen zusammen, warf es auf das Fuhrwerk, hievte es auf den Scheunenboden. Mit Matthias verstand er sich gut, allerdings trank dieser gerne über den Durst, wenn die Erinnerung an den Krieg und die Gefangenschaft zu übermächtig wurde, könne er nicht anders, sagte er.

Auch Luzia half bei der Heuarbeit aus, wenn er dabei war, es kam ihm vor, als suchte sie seine Nähe. Sie war anders, wenn Carl nicht anwesend war, weniger ernsthaft, gelassener, fröhlicher, das erste Mal war ihm das nach der Taufe von Elisabeths Sohn aufgefallen. Weil der Rest der Familie – auch Carl – zu müde dafür war, besuchten sie zu zweit ein Tanzlokal und betranken sich bis in die frühen Morgen. Eugen war überrascht, wie gut ihm die Frau gefiel, die ihm gegenübersaß und immer wieder aufsprang, um ihn auf die Tanzfläche zu ziehen.

Mit einer dünnen Bluse bekleidet, mit nackten Armen und

den Rock hochgebunden, sodass man ihre Beine sehen konnte, ging sie neben ihm her, wenn sie sich ihm zuwandte, lächelte sie ihn an.

Unsere Leseempfehlung

144 Seiten

An Deck eines Schiffes auf dem Weg von New York nach Europa sitzt Gustav Mahler. Er ist berühmt, der größte Musiker der Welt, doch sein Körper schmerzt, hat schon immer geschmerzt. Während ihn der Schiffsjunge sanft, aber resolut umsorgt, denkt er zurück an die letzten Jahre, die Sommer in den Bergen, den Tod seiner Tochter Maria, die er manchmal noch zu sehen meint. An Anna, die andere Tochter, die gerade unten beim Frühstück sitzt, und an Alma, die Liebe seines Lebens, die ihn verrückt macht und die er längst verloren hat. Es ist seine letzte Reise.

»Ein wunderbarer Roman über das Auseinanderfallen und sich selbst neu zusammensetzen.«

Sally-Charell Delin, *SR2 Kultur*

Birgit Birnbacher, der Meisterin der »unpathetischen Empathie« (Judith von Sternburg, *Frankfurter Rundschau*), gelingt es, die Frage, wie und wovon wir leben wollen, in einer packenden und poetischen Sprache zu stellen.

Ein einziger Fehler katapultiert Julia aus ihrem Job als Krankenschwester zurück in ihr altes Leben im Dorf. Dort scheint alles noch schlimmer: Die Fabrik, in der das halbe Dorf gearbeitet hat, existiert nicht mehr. Der Vater ist in einem bedenklichen Zustand, die Mutter hat ihn und den kranken Bruder nach Jahren des Aufopferns zurückgelassen und einen Neuanfang gewagt. Als Julia Oskar kennenlernt, der sich im Dorf von einem Herzinfarkt erholt, ist sie zunächst neidisch. Oskar hat eine Art Grundeinkommen für ein Jahr gewonnen und schmiedet Pläne. Doch was darf sich Julia für ihre Zukunft denken?

192 Seiten. Gebunden. zsolnay.at

Unsere Leseempfehlung

Robert
Seethaler
Das Feld

Roman

GOLDMANN

272 Seiten

Wenn die Toten auf ihr Leben zurückblicken könnten, wovon würden sie erzählen? Einer wurde geboren, verfiel dem Glücksspiel und starb. Ein anderer hat nun endlich verstanden, in welchem Moment sich sein Leben entschied. Eine erinnert sich daran, dass ihr Mann ein Leben lang ihre Hand in seiner gehalten hat. Eine andere hatte siebenundsechzig Männer, doch nur einen hat sie geliebt. In Robert Seethalers neuem Roman geht es um das, was sich nicht fassen lässt. Es ist ein Buch der Menschenleben, jedes ganz anders, jedes mit anderen verbunden. Sie fügen sich zum Roman einer kleinen Stadt und zu einem Bild menschlichen Erlebens.

goldmann-verlag.de

 GOLDMANN